Remando como
un solo
hombre

La historia del equipo de remo
que humilló a Hitler

DANIEL JAMES BROWN

Remando como un solo hombre

La historia del equipo de remo
que humilló a Hitler

DANIEL JAMES BROWN

Traducción de
GUILLEM USANDIZAGA

Nørdicalibros   Capitán Swing

Título original:
The Boys in the Boat

© Del libro: 2013 by Blue Bear Endeavors, LLC

© De la traducción: Guillem Usandizaga

© De esta edición:
Nórdica Libros, S.L.
www.nordicalibros.com
Capitán Swing Libros, S. L.
www.capitanswinglibros.com

© De las fotografías:
Créditos de las imágenes: pp. 16 and 28: *Seattle Post-Intelligencer* Collection, Museum of History & Industry, Seattle, All Rights Reserved; pp. 18 and 241: PEMCO Webster & Stevens Collection. Museum of History & Industry, Seattle, All Rights Reserved; pp. 36, 46, 81, 87, 102, 128, 178, 277, 341, 361, 370, 380, 410, 417, 420 and 425: Judith Willman Materials; p. 51: University of Washington Libraries, Special Collections, UW 33403; p. 68: University of Washington Libraries. Special Collections, A. Curtis 45236; p. 88: University of Washington Libraries, Special Collections, UW 20148z; p. 125: Bundesarchiv, Bild 183-S34639 / Rolf Lantin; p. 151: University of Washington Libraries, Special Collections, UW 3559; p. 197: © Bellmann/ CORBIS; p. 204: Photo by Josef Scaylea. Used by permission; p. 226: University of Washington Libraries, Special Collections, UW 33402; p. 268: By permission of *Seattle Post-Intelligencer*; p. 292: Courtesy of Heather White; p. 319: Courtesy of the family of Bob Moch; pp. 350, 379, 388, 394, 396, 397 and 405: Limpert Verlag GmbH; p. 355: United States Holocaust Memorial Museum, Courtesy of Gerhard Vogel; p. 404: University of Washington Libraries, Special Collections, UW 1705; p. 414: Bundesarchiv, Bild 183-R80425 / o.Ang.

© Diseño gráfico:
Filo Estudio - www.filoestudio.com

ISBN: 978-84-10200-51-7
Primera edición: septiembre de 2015
Segunda edición: mayo de 2024
Depósito Legal: M-12195-2024
Código BIC: FV
Thema: FV
Impreso en España / *Printed in Spain*
Kadmos (Salamanca)

Corrección ortotipográfica: Victoria Parra y Ana Patrón

Para

Gordon Adam
Chuck Day
Don Hume
George «Shorty» Hunt
Jim «Stub» McMillin
Bob Moch
Roger Morris
Joe Rantz
John White Junior

y todos los demás fabulosos chicos de los años treinta:
nuestros padres, abuelos, tíos y viejos amigos.

PRÓLOGO

Este libro nació un día de primavera, frío y lloviznoso, en el que trepé por encima de la cerca de cedro que rodea mi prado y me abrí camino a través del bosque húmedo hasta la modesta casa de madera donde John Rantz agonizaba.

Solo sabía dos cosas de Joe al llamar ese día a la puerta de su hija Judy. Sabía que, con setenta y tantos, arrastró él solo un montón de troncos de cedro montaña abajo, que los partió a mano, cortó los postes e instaló los 667 metros lineales de la cerca por la que acababa de trepar; una tarea tan hercúlea que, cada vez que pienso en ella, muevo la cabeza maravillado. También sabía que había sido uno de los nueve jóvenes del estado de Washington —agricultores, pescadores y leñadores— que conmocionaron tanto al mundo del remo como a Adolf Hitler al ganar la medalla de oro en la modalidad de ocho con timonel en los Juegos Olímpicos de 1936.

Cuando Judy me abrió la puerta y me acompañó hasta la acogedora sala de estar, Joe estaba echado en un sillón reclinable con los pies levantados, con todos sus 188 centímetros de altura. Llevaba un chándal gris y unos botines afelpados de un rojo intenso. Lucía una barba blanca y corta. Tenía la piel cetrina y los ojos hinchados, debido a la insuficiencia cardíaca congestiva que le aquejaba. Cerca había una bombona de oxígeno. El fuego crepitaba y silbaba en la estufa de leña. Las paredes estaban cubiertas de viejas fotografías de familia. Una vitrina atestada de muñecas, caballos de loza y porcelana con motivos florales descansaba contra la pared del fondo. La lluvia salpicaba una ventana que daba al bosque. En la minicadena, sonaban con suavidad canciones de *jazz* de los años treinta y cuarenta.

Judy me presentó y Joe me tendió la mano, extraordinariamente larga y delgada. Judy le había leído en voz alta uno de mis libros y él quería conocerme y hablar del texto. Se daba la casualidad de que, de joven, había sido amigo de Angus Hay Jr., hijo de un personaje determinante en la historia que cuenta ese libro. Así que estuvimos hablando un rato del tema. Luego la conversación fue derivando hacia su propia vida.

Tenía la voz aflautada, frágil y debilitada casi hasta el límite. De vez en cuando se quedaba en silencio. Sin embargo, poco a poco, incitado con suavidad por su hija, se puso a tirar de algunos hilos de su vida. Al recordar su infancia y su juventud durante la Gran Depresión, habló con la voz entrecortada, pero con decisión, sobre las privaciones que soportó y los obstáculos que superó: una historia que, mientras yo tomaba notas sentado, empezó por sorprenderme y luego me asombró.

Sin embargo, no fue hasta que empezó a hablar de su dedicación al remo en la Universidad de Washington cuando se puso a llorar de cuando en cuando. Habló del aprendizaje del arte de remar, de botes y remos, de tácticas y técnica. Rememoró las largas y frías horas pasadas en el agua, bajo cielos grises como el acero; las victorias cosechadas y las derrotas evitadas por los pelos; el viaje a Alemania y la entrada en el Estadio Olímpico de Berlín bajo la atenta mirada de Hitler; y al resto de compañeros de tripulación. Sin embargo, ninguno de estos recuerdos le arrancó una lágrima. Fue en un intento de hablar del «bote» cuando se le empezaron a entrecortar las palabras y los ojos, todavía vivaces, se le llenaron de lágrimas.

En un primer momento, pensé que se refería al *Husky Clipper*, el bote de competición con el que saltó a la fama. ¿O tal vez se refería a sus compañeros de equipo, un grupo inverosímil que consiguió uno de los grandes hitos del remo? Finalmente, al ver a Joe esforzándose una y otra vez en no perder la compostura, me di cuenta de que «el bote» era algo más que la embarcación o los remeros. Para Joe, incluía ambas cosas pero las trascendía: era algo misterioso y casi imposible de definir. Era una experiencia compartida, algo singular que pasó en una época dorada y lejana, en la que nueve jóvenes generosos lucharon juntos, trabajaron codo con codo, como un solo hombre, y dieron todo lo que tenían los unos por los otros, unidos para siempre por el orgullo, el respeto y el afecto. Joe lloraba, como mínimo en parte, por la pérdida de ese momento, pero mucho más, creo, por la pura belleza del mismo.

Cuando ya estaba a punto de irme, Judy sacó la medalla de oro de Joe de la vitrina y la puso entre mis manos. Mientras la admiraba, me contó que años atrás desapareció. La familia buscó y rebuscó en la casa de Joe, pero finalmente se rindió y la dio por perdida. No fue hasta al cabo de muchos años, al reformar la casa, cuando por fin la encontraron escondida entre el material aislante del desván. Al parecer, una ardilla le cogió afición a los destellos del oro y escondió la medalla en su nido como si de un tesoro se tratara. Mientras Judy me lo contaba, se me ocurrió que la historia de Joe, igual que la medalla, llevaba demasiado tiempo oculta.

Estreché de nuevo la mano de Joe y le comenté que me gustaría volver otro día y hablar un poco más con él, y que me gustaría escribir un libro sobre su época de remero. Joe me agarró otra vez de la mano y dijo que a él le parecía bien, pero entonces se le volvió a entrecortar la voz y me advirtió con delicadeza: «Pero no tiene que ser solo sobre mí. Tiene que ser sobre el bote».

Lo que han pasado

(1899-1933)

«El remo es todo un arte.
Es el mejor arte que hay. Es una sinfonía de movimiento.
Cuando remas bien, es algo que se acerca a la perfección.
Y cuando te acercas a la perfección, rozas lo divino.
Es algo que roza el tú de los tús. Que es el alma».

GEORGE YEOMAN POCOCK

«Pero aun así quiero y deseo todos los días marcharme
a mi casa y ver el día del regreso… pues ya soporté
muy mucho sufriendo en el mar y en la guerra».

HOMERO

El pabellón de botes de la Universidad de Washington en los años treinta

CAPÍTULO I

«Al haber remado desde la tierna edad de doce años y al no
haber abandonado el mundo del remo desde entonces, creo que
puedo hablar con autoridad sobre lo que podemos llamar los
valores escondidos del remo —*los valores sociales, morales*
y espirituales de este deporte, el más antiguo del que tenemos
noticia—. *Ninguna clase magistral inculcará estos valores en*
el alma de los jóvenes. Tienen que adquirirlos a través de sus
propias observaciones y de su aprendizaje».

GEORGE YEOMAN POCOCK

E l 9 de octubre de 1933 Seattle amaneció encapotado. Un día gris
en una época gris.

En los muelles, los hidroaviones de la Gorst Air Transport se elevaban lentamente por encima del estrecho de Puget y pasaban zumbando
hacia el oeste a poca altura, por debajo del manto de nubes, empezando
sus vuelos cortos al astillero de Bremerton. Los transbordadores se alejaban del Colman Dock sobre un agua tan plana y apagada como el peltre
viejo. En el centro de la ciudad, el edificio Smith apuntaba al cielo sombrío como un dedo levantado. En las calles a los pies del edificio, hombres con americanas raídas, zapatos desgastados y sombreros de fieltro
magullados empujaban carretillas de madera hasta las esquinas donde
iban a pasar el día vendiendo manzanas, naranjas y paquetes de chicles
por unos cuantos peniques. A la vuelta de la esquina, en la pendiente
pronunciada de Yesler Way, la antigua zona deprimida de Seattle, más
hombres guardaban largas colas, con la cabeza gacha, mirando la acera
mojada y hablando en voz baja entre ellos mientras esperaban que abrie-
ran los comedores de beneficencia. Los camiones del *Seattle Post-Intelli-*
gencer traqueteaban por las calles adoquinadas y arrojaban paquetes de
periódicos. Los chavales tocados con gorras de lana que los vendían
arrastraban los paquetes hasta los cruces transitados, las paradas de

tranvía y las entradas de los hoteles, donde sostenían los diarios en alto y los ofrecían a dos centavos la copia, voceando el titular del día: «La ayuda del Gobierno llegará a quince millones de personas».

HOOVERVILLE (SEATTLE)

Unas cuantas manzanas al sur de Yesler, en un barrio de chabolas que se extendía por la orilla de la bahía de Elliott, los niños se despertaban dentro de cajas de cartón húmedas que hacían las veces de camas. Sus padres salían de casuchas de cinc y tela asfáltica, y les invadía el hedor de aguas residuales y algas en descomposición procedente de las marismas que quedaban al oeste. Desmontaban cajas de madera, se agachaban ante brasas humeantes y las reavivaban. Levantaban la vista al cielo gris y uniforme y, al ver señales de que iba a llegar mucho más frío, se preguntaban cómo se las apañarían un invierno más.

Al noroeste del centro, en el viejo barrio escandinavo de Ballard, los remolcadores soltaban nubes de humo negro mientras metían largas armadías de troncos en la esclusa, que las elevaba hasta el nivel del lago Washington. Sin embargo, en buena parte de los astilleros apiñados alrededor de las esclusas, reinaba el silencio y, de hecho, estaban casi abandonados. En la bahía de Salmon, un poco más hacia el este, docenas de barcos pesqueros, que llevaban meses sin faenar, cabeceaban en los amarres, y la pintura se desconchaba de los cascos desgastados. En el barrio de Phinney Ridge, que se yergue ante Ballard, el humo de la leña subía de las estufas y chimeneas de cientos de casas modestas y se disipaba en la neblina asentada más arriba.

Era el cuarto año de la Gran Depresión. Uno de cada cuatro estadounidenses en edad laboral —diez millones de personas— no tenía trabajo ni ninguna perspectiva de encontrarlo, y solo una cuarta parte recibía algún tipo de ayuda. En esos cuatro años, la producción industrial se había desplomado a la mitad. Como mínimo, un millón de personas, y quizá incluso dos, no tenían casa y vivían en la calle o en barrios de chabolas, como Hooverville, en Seattle. En muchas ciudades estadounidenses, todos los bancos estaban cerrados a cal y canto; tras sus puertas, los ahorros de incontables familias estadounidenses habían desaparecido para siempre. Nadie sabía cuándo se acabarían las vacas flacas, o si algún día se acabarían.

Y quizá esto era lo peor. Ya fueras un banquero o un panadero, un ama de casa o un sintecho, te acompañaba de noche y de día una incertidumbre terrible y constante respecto al futuro, una sensación de que en cualquier momento el suelo podía desaparecer bajo tus pies. En marzo había salido una película extrañamente oportuna y enseguida se había convertido en un éxito de taquilla: *King Kong*. Por todo el país se formaron largas colas delante de los cines, y personas de todas las edades apoquinaron valiosas monedas de diez y veinticinco centavos para ver la historia de una bestia enorme e irracional que había invadido el mundo civilizado, había capturado a sus habitantes entre sus garras y los había dejado colgando al borde del abismo.

Había indicios de que iban a venir tiempos mejores, pero solo eran indicios. La bolsa se había recuperado a principios de año, el índice Dow Jones había subido un histórico 15,34 por ciento en un solo día, el 15 de marzo, y cerró a 62,10. Sin embargo, los estadounidenses habían asistido a la destrucción de tanto capital entre 1929 y finales de 1932 que casi todos creían, y el tiempo les dio la razón, que llevaría toda una generación —veinticinco años— que el Dow Jones recuperara sus máximos anteriores de 381 puntos. Y, en cualquier caso, el precio de una acción de General Electric no les decía nada a la mayoría de estadounidenses, que no tenían acciones. Lo que les importaba era que las cajas fuertes y tarros de debajo de la cama, donde guardaban lo que quedaba de sus ahorros de toda una vida, a menudo estaban peligrosamente vacíos.

Había un nuevo presidente en la Casa Blanca, Franklin Delano Roosevelt, un primo lejano de uno de los presidentes más optimistas y enérgicos, Teddy Roosevelt. FDR llegó al cargo rebosando optimismo, arropado por un montón de eslóganes y planes. Sin embargo, Herbert Hoover había llegado envuelto en un optimismo parecido y predijo alegremente que pronto llegaría un día en que la pobreza se expulsaría de Estados Unidos para siempre. «Nuestra tierra es rica en recursos, inspiradora en su gloriosa belleza, llena de millones de hogares felices; tiene la suerte de contar con buenas condiciones y oportunidades», dijo Hoover en su toma de posesión, antes de añadir unas palabras que no tardarían en resultar irónicas: «No hay ningún país en que el trabajo bien hecho encuentre mayor recompensa».

En cualquier caso, era difícil formarse una opinión sobre el nuevo presidente Roosevelt. En verano, cuando empezó a aplicar sus medidas, un coro cada vez más ensordecedor de voces hostiles empezó a tacharlo de *radical*, de *socialista* e incluso de *bolchevique*. Eran acusaciones inquietantes: por muy mal que estuvieran las cosas, no abundaban los estadounidenses dispuestos a seguir el camino ruso.

También había otro dirigente en Alemania, llegado al poder de la mano del Partido Nacionalsocialista Alemán de los Trabajadores, un grupo con fama de comportarse como matones. Todavía era más difícil saber cómo había que interpretar esa victoria. Sin embargo, Adolf Hitler estaba empeñado en rearmar a su país a pesar del Tratado de Versalles. Y si el interés de la mayoría de estadounidenses por los asuntos europeos era casi nulo, los británicos estaban cada vez más inquietos ante la situación, y era inevitable plantearse si se estaba a punto de repetir los horrores de la Gran Guerra. Parecía improbable, pero la posibilidad flotaba como una nube persistente e inquietante.

El día anterior, el 8 de octubre de 1933, el *American Weekly*, el dominical del *Seattle Post-Intelligencer* y de docenas de otros periódicos estadounidenses, había publicado una viñeta de media página que formaba parte de una serie titulada *Sombras de la ciudad* [*City Shadows*]. Oscura, dibujada al carboncillo con técnica de claroscuro, representaba a un hombre con bombín presa del desánimo, sentado en la acera cerca de su puesto de caramelos con su mujer detrás, vestida con harapos, y su hijo al lado, con algunos periódicos en la mano. La leyenda rezaba: «Venga, papá, no te rindas. Puede que no hayas vendido nada en toda la semana, pero yo tengo mi ruta de reparto de prensa». Sin embargo, era la expresión de la cara del hombre lo más llamativo. Angustiado, ojeroso, instalado en algún lugar más allá de la desesperación, daba a entender, de forma descarnada, que ya no creía en sí mismo. Para buena parte de los millones de estadounidenses que leían el *American Weekly* cada domingo, era una expresión demasiado familiar: la que veían cada mañana cuando se miraban al espejo.

Pero ese día en Seattle ni el cielo encapotado ni la penumbra duraron toda la jornada. Hacia última hora de la mañana, se empezaron a abrir grietas en el manto de nubes. Las aguas quietas del lago Washington, que se extendían detrás de la ciudad, pasaron lentamente de gris a verde y finalmente a azul. En el campus de la Universidad de Washington, encaramado encima de un acantilado que da al lago, los rayos de luz oblicuos empezaron a calentar los hombros de los alumnos que holgazaneaban en un amplio cuadrángulo de césped frente a la nueva y maciza biblioteca de piedra, y almorzaban, se enfrascaban en sus libros o charlaban tranquilamente. Entre los estudiantes se paseaban ufanos cuervos negros de plumaje lustroso con la esperanza de que en el césped hubiera caído algún bocado de salchicha ahumada o de queso. Encima de las vidrieras y de los elevados chapiteles neogóticos de la biblioteca, las chillonas gaviotas giraban en círculos blancos contra un cielo que, poco a poco, se iba volviendo azul.

En su mayor parte, chicos y chicas se sentaban en grupos separados. Los chicos llevaban pantalones planchados, zapatos acordonados, bien relucientes, y cárdigan. Mientras comían, hablaban con seriedad sobre las clases, sobre el inminente partido de fútbol americano contra la Universidad de Oregón, y sobre el final inverosímil del campeonato de béisbol de dos días atrás, cuando el pequeño Mel Ott, de los New York Giants, llegó a la base con dos fueras en la décima entrada. Ott había puesto el marcador dos a dos y luego pegó un batazo recto y largo hasta los asientos centrales y completó la carrera que les valió el campeonato y se lo arrebató a los Washington Senators. Era una demostración de que un tipo tirando a bajo podía ser decisivo, y un recordatorio de lo rápido que las cosas podían dar la vuelta, a mejor o a peor. Algunos jóvenes chupaban con pereza de sus pipas de madera de brezo y el aroma del tabaco Prince

Albert los envolvía. A otros les colgaba un cigarrillo de los labios, y, mientras hojeaban el *Seattle Post-Intelligencer* del día, podían alegrarse con un anuncio de media página que pregonaba la última prueba de que fumar era bueno para la salud: «21 de los 23 campeones de los Giants fuman Camel. Para ganar el campeonato, hay que estar en forma».

Las chicas, sentadas en el césped formando sus propios grupos, llevaban zapatos bajos de salón y medias de rayón, faldas hasta las pantorrillas y blusas holgadas con pliegues y volantes en las mangas y el cuello. Se esculpían el pelo con una amplia variedad de formas y estilos. Igual que los chicos, hablaban de las clases y, a veces, también de béisbol. Las que habían tenido alguna cita el fin de semana hablaban de las películas que se acababan de estrenar en la ciudad: *La mujer preferida*, con Gary Cooper, en el Paramount, y una película de Frank Capra, *Dama por un día*, en el Roxy. Igual que los chicos, muchas fumaban cigarrillos.

A media tarde, salió el sol y quedó un día cálido y diáfano, de luz dorada. Dos jóvenes que destacaban por su altura corrían con prisa por el cuadrángulo de césped frente a la biblioteca. Uno, un estudiante de primero que medía metro ochenta y ocho y se llamaba Roger Morris, era de complexión larguirucha y desgarbada; lucía una maraña de cabellos oscuros con un mechón que siempre amenazaba con caerle encima de la cara alargada, y a primera vista las cejas negras y espesas le daban un aire algo ceñudo. El otro joven, Joe Rantz, también era de primero y casi igual de alto —metro ochenta y seis—, pero tenía una complexión más compacta, con los hombros anchos y las piernas macizas y fuertes. Llevaba el pelo rubio rapado. Tenía la mandíbula pronunciada, facciones suaves y regulares, los ojos grises tirando a azules, y atraía las miradas disimuladas de muchas chicas sentadas en el césped.

Los dos jóvenes iban a la misma clase de ingeniería y esa tarde radiante compartían un objetivo audaz. Dieron la vuelta a una esquina de la biblioteca, bordearon el círculo de cemento del estanque Frosh, bajaron una cuesta cubierta de hierba y luego cruzaron Montlake Boulevard esquivando un flujo continuo de cupés negros, sedanes y biplazas descapotables. La pareja de amigos se dirigió hacia el este entre la pista de baloncesto y la excavación en forma de herradura que servía de campo de fútbol americano. Después giraron otra vez al sur por un camino de tierra que atraviesa el bosque abierto y lleva a una zona pantanosa que bordea el lago Washington. En el camino, adelantaron a otros chicos que iban en la misma dirección.

Finalmente, llegaron a una punta de tierra situada justo donde el canal conocido como Montlake Cut —simplemente el *Cut* en el habla del lugar— daba a la bahía de Union, en la orilla oeste del lago Washington. En la punta había un edificio extraño. Las paredes laterales —cubiertas de guijarros deteriorados por la intemperie y en las que se abrían una serie de ventanales— estaban inclinadas hacia dentro y las remataba un techo abuhardillado. Cuando los chicos dieron la vuelta hasta la fachada del edificio, se encontraron un par de puertas correderas enormes, la mitad superior de las cuales consistía casi exclusivamente en ventanas acristaladas. Una rampa ancha de madera iba desde las puertas correderas hasta un muelle largo que flotaba en paralelo a la costa del Cut.

Era un antiguo hangar construido por la Marina de Estados Unidos en 1918 para alojar hidroaviones de la Naval Aviation Training Corps durante la Gran Guerra. La guerra se terminó antes de que el edificio llegara a utilizarse, así que fue cedido a la Universidad de Washington en otoño de 1919. Desde entonces, sirvió de pabellón para guardar los botes del equipo de remo de la universidad. Ahora tanto la rampa ancha de madera que lleva al agua como un saliente estrecho de tierra al este del edificio estaban abarrotados de chicos que pululaban nerviosamente; en concreto, eran 175, la mayoría altos y delgados, aunque más o menos una docena eran notablemente bajos y menudos. También había unos cuantos chicos más mayores que, recostados en el edificio, con jerséis blancos estampados con grandes *W* color púrpura y los brazos cruzados, evaluaban a los recién llegados.

Joe Rantz y Roger Morris entraron en el edificio. A cada lado del espacio cavernoso, los botes de competición, largos y de líneas elegantes, estaban apilados de cuatro en cuatro en armazones de madera. Los cascos de madera pulida miraban hacia arriba y brillaban con los rayos de luz blanca que caían de las ventanas altas, y daba la sensación de que uno se encontraba en una catedral. El ambiente era seco y estaba en calma. Desprendía un agradable olor de barniz y de madera de cedro recién serrada. De las vigas del techo, colgaban banderolas universitarias de colores desvaídos: California, Yale, Princeton, la Marina de Estados Unidos, Cornell, Columbia, Harvard, Syracuse o el Instituto Tecnológico de Massachusetts (MIT). En los rincones del almacén, había docenas de remos de pícea amarilla apoyados verticalmente, de una longitud de entre tres y tres metros y medio, y con palas blancas en las puntas. Al fondo del pabellón, en una buhardilla, se oía a alguien que trabajaba con una escofina.

Joe y Roger se inscribieron en el equipo de remo de primer curso y, entonces, volvieron a la luz intensa del exterior y se sentaron en un banco a la espera de instrucciones. Joe le echó una mirada a Roger, que parecía relajado y seguro de sí mismo.

—¿No estás nervioso? —susurró Joe.

Roger le devolvió la mirada.

—Estoy aterrado. Doy esta imagen para rebajar un poco la sensación de competición.

Joe sonrió un momento, demasiado aterrado él mismo para aguantar la sonrisa mucho tiempo.

En el caso de Joe Rantz, quizá más que en el del resto de jóvenes reunidos en Montlake Cut, había algo en juego esa tarde, y él era perfectamente consciente de ello. Las chicas del césped frente a la biblioteca que lo habían mirado con interés habían pasado por alto algo que a él le parecía evidente: que su ropa no era como la de la mayoría de estudiantes —no llevaba la raya de los pantalones tan bien planchada, los zapatos acordonados no eran nuevos ni recién limpiados, y el jersey no era de estreno ni estaba impecable, sino que era una prenda heredada, vieja y arrugada—. Joe sabía de qué iba el mundo real. Sabía que no era evidente que ese fuera su lugar y tenía claro que no podía quedarse mucho tiempo en ese mundo de pantalones planchados, pipas de madera de brezo y cárdigan; de ideas interesantes, conversación sofisticada y oportunidades fascinantes, si la cosa no iba bien con el remo. No sería ingeniero químico y no se podría casar con su amor del instituto, que lo había acompañado hasta Seattle para empezar a construir una vida juntos. Fracasar como remero significaría, como mínimo, volver a un pueblo inhóspito de la península Olímpica, sin más perspectiva que vivir solo en una casa fría, vacía y a medio construir, sobrevivir como pudiera con trabajillos, buscando comida, y quizá, si tenía mucha suerte, encontrar otro trabajo en la construcción de una autopista para la Civilian Conservation Corps. En el peor de los casos, supondría unirse a una larga cola de hombres desesperados delante de un comedor social como el de Yesler Way.

Formar parte del equipo de primero no daba derecho a una beca para los estudios; en 1933 no existía tal cosa en Washington, pero era una garantía de conseguir un trabajo a tiempo parcial en alguna parte del campus, y eso —junto con lo que el joven Joe había podido ahorrar durante el largo año de duro trabajo manual por el que había pasado desde que terminó el instituto— podía permitirle pagarse la carrera. Sin embargo, sabía que en pocas semanas solo un puñado de la multitud de chicos que le rodeaban seguiría compitiendo por entrar en el equipo de primero. A fin de cuentas, solo había nueve asientos en el bote de primero.

El resto de la tarde estuvo, en buena parte, dedicado a la recopilación de datos y cifras. A Joe Rantz, Roger Morris y los demás aspirantes les pidieron que se subieran a la báscula, que se pusieran al lado de un medidor de altura y que rellenaran formularios sobre su historia médica. Los ayudantes de entrenador y los estudiantes de cursos posteriores, provistos de pizarras, no andaban lejos y los miraban y anotaban los datos. Resultó que treinta estudiantes de primero medían metro ochenta o más, veinticinco medían metro ochenta y dos o más, catorce medían metro ochenta y cinco o más, seis medían metro ochenta y siete o más, uno medía metro noventa y un par «se alzaban un metro noventa y dos por encima del suelo», tal como observó uno de los periodistas deportivos que estaban presentes.

Dirigía todo el proceso un joven delgado que llevaba un gran megáfono. Tom Bolles, el entrenador de los de primero, había sido él mismo remero en Washington. De cara insulsa y agradable, algo chupada, y aficionado a llevar gafas de montura metálica, Bolles había estudiado historia, cursaba un máster y tenía un aire claramente intelectual —un aspecto que había animado a algunos periodistas deportivos de Seattle a empezar a referirse a él como *el profesor*—. Y, en muchos sentidos, el papel que tenía por delante ese otoño, como cada otoño, era el de educador. Cuando sus colegas de la pista de baloncesto o del campo de fútbol americano se encontraban con los estudiantes de primero cada otoño, podían suponer que los chicos habían jugado a esos deportes en el instituto y que, como mínimo, conocían los rudimentos de cada uno. Sin embargo, casi ninguno de los jóvenes reunidos esa tarde alrededor del pabellón de los botes había cogido unos remos, y lo que es seguro es que no lo habían hecho en una embarcación tan delicada y exigente como un bote de competición, tirando de remos el doble de largos que la altura de los jóvenes.

La mayoría eran chicos de ciudad, igual que los que holgazaneaban en el césped —hijos de abogados y hombres de negocios—, vestidos elegantemente con pantalones de lana y cárdigan. Unos pocos, como Joe, eran agricultores, leñadores o pescadores, el producto de las poblaciones nebulosas de la costa, de granjas lecheras húmedas y de pueblos madereros humeantes repartidos por todo el estado. En su infancia, habían manejado con mano experta hachas, arpones y horcas, y se les habían fortalecido los brazos y ensanchado los hombros. Bolles sabía que su fuerza era una ventaja, pero en el remo —de ninguna manera se le escapaba— era como mínimo tan decisivo el arte como el músculo, y una inteligencia aguda era tan importante como la fuerza bruta. Había mil detalles que aprender, dominar y aplicar de una forma concreta para impulsar por el agua un bote de madera de cedro de sesenta centímetros de ancho, con tres cuartos de tonelada de humano a bordo con algún atisbo de velocidad y elegancia. En los próximos meses, tendría que enseñar a estos chicos, o a los pocos que iban a formar parte del equipo de primero, todas y cada una de esas mil pequeñas cosas. Y también algunas grandes: ¿podrían seguir los chicos de campo la parte intelectual del deporte?, ¿tendrían los chicos de ciudad la dureza necesaria para sobrevivir? La mayoría, Bolles lo sabía, no la tendrían.

Otro hombre alto miraba en silencio apostado en la ancha entrada del pabellón de los botes, impecablemente vestido como de costumbre, con un terno de calle oscuro, una camisa blanca recién planchada, corbata y sombrero de fieltro, mientras hacía girar una llave de la asociación Phi Beta Kappa que colgaba de un cordón que tenía en la mano. Al Ulbrickson, entrenador jefe de remo de la Universidad de Washington, era muy detallista y su manera de vestir comunicaba un mensaje sencillo: que era el jefe y que no estaba para tonterías. Solo tenía treinta años, lo suficientemente joven como para sentir la necesidad de marcar una distancia entre él y los chicos a los que dirigía. El traje y la llave de la asociación Phi Beta Kappa ayudaban en este sentido. También ayudaba que fuera muy guapo y conservara la complexión del remero que en su momento había sido, el antiguo remero de popa de un equipo de Washington que ganó campeonatos nacionales en 1924 y 1926. Era alto, musculoso, de hombros anchos y claramente nórdico de facciones, con los pómulos altos, la mandíbula marcada y los ojos fríos y de un gris pizarra. Eran el tipo de ojos que te hacían callar enseguida si eras un joven con tendencia a poner en cuestión las cosas que decía.

Había nacido justo aquí en el distrito de Montlake de Seattle, a poca distancia del pabellón de los botes. Se había criado unas cuantas millas más al sur del lago Washington, en Mercer Island, mucho antes de que se convirtiera en un enclave de ricos. De hecho, venía de una familia muy humilde, que tenía que hacer grandes esfuerzos para llegar a final de mes. Para ir a la Franklin High School, cada día durante cuatro años tuvo que remar tres millas hasta Seattle en una pequeña barca y volver. Destacó en el instituto, pero nunca le pareció que los profesores sacaran lo máximo de él. No fue hasta que llegó a la Universidad de Washington y se ofreció para el equipo cuando encontró lo suyo. Por fin contaba con un reto en el aula y en el agua, y destacó en los dos ámbitos. Cuando se licenció en 1926, la Universidad lo contrató enseguida como entrenador del equipo de primero y luego como entrenador jefe. Ahora vivía solo para el remo de Washington. La universidad y el remo habían hecho de él lo que era. Para él eran casi una religión. Su trabajo consistía en animar a otros a que también se convirtieran.

Ulbrickson también era el hombre menos hablador del campus, quizá de todo el estado de Washington, legendario por su reticencia y lo inescrutable de su rostro. La mitad de sus ancestros eran daneses y la otra mitad, galeses, y los periodistas deportivos de Nueva York, molestos y fascinados al mismo tiempo por lo difícil que era arrancarle una buena declaración, habían dado en llamarlo *el danés adusto*. A sus remeros también les pareció un nombre adecuado, pero era muy improbable que lo llamaran así delante de él. Los chicos le tenían un gran respeto, que él se ganaba casi sin levantar la voz, de hecho casi sin hablar con ellos. Lo poco que decía lo escogía con tanto cuidado y lo transmitía de forma tan eficaz que cada palabra le caía al chico al que iba dirigida como una cuchilla o un bálsamo. Tenía rigurosamente prohibido a sus chicos que fumaran, soltaran palabrotas y bebieran, aunque se sabía que en alguna ocasión hacía las tres cosas cuando no podía verlo ni oírlo ningún miembro del equipo. A los chicos a veces les parecía casi como si no tuviera emociones, aunque año tras año conseguía despertar las más profundas y positivas que muchos de ellos jamás habían conocido.

Esa tarde, mientras Ulbrickson ojeaba la nueva cosecha de alumnos de primero, Royal Brougham, el jefe de deportes del *Post-Intelligencer*, se le fue acercando. Brougham era un hombre delgado, al que muchos años después el periodista de la ABC Keith Jackson llamaría *pequeño elfo alegre*. Puede que fuera alegre, pero también era astuto. Conocía bien la solemnidad perpetua de Ulbrickson y le había puesto sus propios apodos al entrenador: a veces lo llamaba *el chaval inexpresivo*, y otras *el hombre con la cara de piedra*. Esa tarde miró la cara granítica de Ulbrickson y empezó a asaltarlo a preguntas —preguntas perspicaces y molestas—, decidido a descubrir qué pensaba el entrenador de los Huskies sobre la nueva cosecha de alumnos de primero, toda esa *madera alta*, en palabras de Brougham. Ulbrickson guardó silencio un buen rato mientras miraba a los chicos apostados en la rampa con los ojos entrecerrados por los reflejos del sol en el canal. La temperatura había subido hasta los veinticinco grados, excepcionalmente cálida para una tarde de otoño en Seattle, y algunos chicos se habían quitado la camisa para aprovechar el sol. Unos pocos paseaban a lo largo del muelle, agachándose para levantar los largos remos de pícea amarilla, ver cómo era la sensación y comprobar que pesaban considerablemente. Bajo la luz dorada de la tarde, los chicos se movían con garbo, ágiles y sanos, dispuestos a aceptar el reto.

AL ULBRICKSON

Cuando Ulbrickson, por fin, se volvió hacia Brougham y contestó, fue con una sola palabra que tampoco parecía decir mucho: «Agradable».

Royal Brougham conocía a Al Ulbrickson bastante bien y se quedó pensando en la palabra. Había algo en la forma en que Ulbrickson había respondido, un deje en la voz, un brillo en los ojos o una crispación en la comisura de los labios que atrajo la atención de Brougham. Al día siguiente, ofreció a sus lectores la traducción de la respuesta de Ulbrickson: «Lo que en términos menos cautelosos significa… «muy buena impresión, la verdad"».

El interés de Royal Brougham por lo que Al Ulbrickson pensaba no era superficial; era mucho más que el deseo de llenar su columna diaria con la enésima cita escueta de Ulbrickson. Brougham andaba metido en una búsqueda, una de las muchas que emprendió en sus sesenta y ocho años de carrera en el *Post-Intelligencer*.

Desde que entró en el periódico en 1910, Brougham se había convertido en algo parecido a una leyenda local, célebre por la asombrosa habilidad con la que sonsacaba información a figuras tan notorias como Babe Ruth y Jack Dempsey. Su opinión, sus conexiones y su tenacidad estaban tan bien consideradas que enseguida se convirtió en una especie de maestro de ceremonias de la vida social de Seattle, solicitado por peces gordos de toda clase —políticos, estrellas del atletismo, rectores de universidad, empresarios de boxeo, entrenadores e incluso corredores de apuestas—. Sin embargo, antes que nada, Brougham era un promotor magistral. Emmett Watson, otro escribidor legendario de Seattle, lo llamó *mitad poeta, mitad P. T. Barnum*. Lo que quería promocionar por encima de todo era Seattle. Quería transformar la imagen que el resto del mundo tenía de su ciudad —maderera, pesquera, gris y aletargada— en algo mucho más distinguido y sofisticado.

Cuando Brougham empezó a trabajar en el *Post-Intelligencer*, el programa de remo de Washington no consistía en mucho más que un puñado de rudos chicos de campo dando bandazos por el lago Washington en botes que no eran del todo estancos y parecían bañeras, que tenían como entrenador al que a muchos les parecía un loco pelirrojo llamado Hiram Conibear. En el ínterin, el curso avanzó mucho, pero todavía se lo consideraba poco, más allá de la costa oeste. Brougham pensaba que era el momento de cambiar todo eso. A fin de cuentas, nada igualaba en distinción y sofisticación a un equipo de remo de nivel mundial. Era un deporte con una connotación clasista. Y un equipo era una buena manera para que una universidad o una ciudad se dieran a conocer.

En los años veinte y treinta, el remo universitario tenía muchísimos seguidores, a menudo encumbrado a los niveles del béisbol y el fútbol americano universitario por la cantidad de espacio que la prensa le concedía y la gente a la que atraía. La prensa nacional se fijaba en los mejores remeros, incluso en la época de Babe Ruth, Lou Gehrig y Joe DiMaggio. Los periodistas deportivos más destacados como Grantland Rice y Robert Kelley, del *New York Times*, cubrían las principales regatas. Millones de seguidores seguían los progresos de sus equipos a lo largo de las temporadas de entreno y competición, especialmente en la costa este, donde algo tan menor como el dolor de garganta de un timonel podía aparecer en los titulares. Los colegios privados del este, tomando como modelo instituciones británicas de élite como Eton, presentaron el remo como un deporte de caballeros y proveyeron a las universidades más prestigiosas del país, como Harvard, Yale o Princeton, con sus jóvenes caballeros remeros. Los seguidores más entusiastas incluso coleccionaban cromos de sus equipos favoritos.

Hacia 1920 los aficionados de la costa oeste empezaban a interesarse de forma parecida por sus propios equipos —espoleados por una acalorada rivalidad, que se remontaba a 1903, entre dos grandes universidades públicas, la Universidad de California de Berkeley y la Universidad de Washington—. Tras años de esfuerzos por conseguir financiación y reconocimiento incluso en sus propios campus, los programas de remo de ambas universidades por fin habían empezado a cosechar algún éxito ocasional al competir con sus homólogos del este. Recientemente, equipos de California habían llegado a ganar dos veces el oro en los Juegos Olímpicos. Ambas universidades podían contar a partir de entonces con que decenas de miles de estudiantes, exalumnos y ciudadanos emocionados acudirían a sus regatas dobles de cada mes de abril, en las que luchaban por la preeminencia en el remo de la costa oeste. Sin embargo, a los entrenadores del oeste se les pagaba una ínfima parte de lo que cobraban los entrenadores del este, y los equipos del oeste todavía remaban, en buena parte, los unos contra los otros. Ninguna de las dos universidades tenía un penique para fichajes y prácticamente nada que se pareciera a unos mecenas solventes. Todo el mundo sabía que el centro de gravedad del remo universitario estadounidense se encontraba en algún lugar entre Cambridge, New Haven, Princeton, Ithaca y Annapolis. A Royal Brougham se le ocurrió que si el centro de gravedad se pudiera desplazar de alguna manera hacia el oeste, tal vez caería de lleno en Seattle y le proporcionaría a la ciudad una buena dosis de respeto, del que estaba muy necesitada. También sabía que, tal como iban las cosas, podía suceder que cayera en California.

Esa tarde, mientras Al Ulbrickson observaba a los alumnos de primero en el pabellón de botes de Seattle, ocho mil kilómetros hacia el este, un arquitecto de treinta y nueve años llamado Werner March trabajaba ya bien entrada la noche, encorvado sobre una mesa de dibujo de una oficina en alguna parte de Berlín.

Pocos días atrás, el 5 de octubre, Adolf Hitler y él se apearon de un Mercedes-Benz blindado de color negro en el campo, al oeste de Berlín. Les acompañaba el doctor Theodor Lewald, presidente del Comité Alemán Organizador de los Juegos Olímpicos, y Wilhelm Frick, ministro del Interior del Reich. El lugar donde se apearon estaba ligeramente elevado, unos treinta metros más alto que el centro de la ciudad. Al oeste se extendía el antiguo bosque de Grunewald, donde los príncipes alemanes del siglo XVI cazaban ciervos y jabalíes y donde, por aquel entonces, berlineses de todas las clases disfrutaban de caminatas y pícnics e iban a buscar setas. Al este, los chapiteles de las iglesias y los tejados puntiagudos antiguos del centro de Berlín se erguían por encima de un mar de árboles de colores rojizos y dorados en el ambiente frío de otoño.

Los cuatro habían ido a inspeccionar el viejo Deutsches Stadion, construido en 1916 para los malogrados Juegos Olímpicos de ese año. El padre de Werner March, Otto, diseñó y controló la construcción de la estructura —el estadio más grande del mundo en aquel entonces—, pero los Juegos se anularon debido a la Gran Guerra, que tanto humilló a Alemania. Ahora, bajo la dirección del joven March, se reformaba el estadio de cara a los Juegos Olímpicos de 1936, de los que Alemania era anfitriona.

En un principio, Hitler no tenía ninguna intención de acoger los Juegos. Casi todo lo que tenía que ver con la idea lo ofendía. El año anterior había tachado los Juegos de *invención de judíos y masones*. La misma esencia del ideal olímpico —que deportistas de todos los países y razas se mezclaran y compitieran en un plano de igualdad— era incompatible con el principal postulado del Partido Nacionalsocialista: que el pueblo ario era manifiestamente superior a los demás. Y Hitler sentía repugnancia ante la idea de que judíos, negros y otras razas vagabundas del mundo entero se pasearan por Alemania. Sin embargo, en los ocho meses que habían pasado desde que en enero llegó al poder, Hitler había empezado a cambiar de parecer.

El hombre que, más que cualquier otro, fue responsable de esta transformación es el doctor Joseph Goebbels, ministro de Ilustración Pública y Propaganda. Ahora Goebbels —un antisemita especialmente furibundo que ideó buena parte del ascenso político de Hitler— estaba desmantelando sistemáticamente la libertad de prensa que quedaba en Alemania. Con una altura escasamente superior a metro cincuenta, la pierna derecha deforme y más corta, un pie zambo y la cabeza con una forma algo extraña, demasiado grande para el tamaño de su cuerpo, Goebbels no tenía aspecto de hombre poderoso, pero se contaba de hecho entre los miembros más importantes e influyentes del círculo íntimo de Hitler. Era inteligente, buen orador y extraordinariamente astuto. A muchas personas que lo conocían de actos sociales —entre ellos, el embajador estadounidense en Alemania, William Dodd; su mujer, Mattie; y su hija, Martha— les parecía «encantador», «contagioso» o «uno de los pocos alemanes con sentido del humor». Al hablar, su voz resultaba sorprendentemente cautivadora para ser tan bajo, una herramienta que blandía como una espada cuando se dirigía en persona a grandes multitudes o cuando hablaba por la radio.

Esa misma semana había reunido a trescientos periodistas berlineses para informarles de las disposiciones de la nueva Ley Nacional de Prensa de los nazis. En primer lugar, anunció que a partir de entonces, para ejercer el periodismo en Alemania, habría que ser miembro autorizado de la organización de prensa oficial, la Reichsverband der Deutschen Presse, y se denegaría la autorización a las personas que tuvieran un abuelo judío, o incluso a las que estuvieran casadas con alguien que lo tuviera. En cuanto al contenido editorial, nadie podía publicar nada que no contara con la bendición del partido. En concreto, no se podía publicar nada que «persiguiera debilitar el poder del Reich dentro o fuera del país, la voluntad del pueblo alemán como comunidad, su espíritu militar o su cultura y economía». Aquel día Goebbels aseguró tranquilamente a su público de periodistas estupefactos que nada de eso tenía por qué suponer ningún problema: «No veo por qué ibais a tener la menor dificultad en ajustar la tendencia de lo que escribís a los intereses del Estado. Es posible que el Gobierno se equivoque alguna vez —en cuanto a medidas concretas—, pero es absurdo pretender que algo superior al Gobierno pueda ocupar su lugar. ¿De qué sirve, por tanto, el escepticismo editorial? Solo consigue que la gente se inquiete». Sin embargo, para mayor seguridad, el nuevo Gobierno nazi aprobó una medida adicional que preveía la pena de muerte para los que publicaran «artículos traicioneros».

Sin embargo, Goebbels tenía la mira puesta en mucho más que en controlar la prensa alemana. Siempre atento a las nuevas oportunidades de modular el mensaje general que se difundía desde Berlín, enseguida se dio cuenta de que acoger los Juegos Olímpicos brindaría a los nazis una oportunidad única de ofrecer al mundo una imagen de Alemania como Estado moderno y civilizado, un país amable, pero poderoso, que el mundo debía reconocer y respetar. Perfectamente consciente de los planes que tenía para Alemania en los días, meses y años venideros, Hitler, al escuchar a Goebbels, empezó a apreciar poco a poco el valor de ofrecer al mundo un rostro más atractivo que el que presentaban sus tropas de asalto de camisa parda y sus fuerzas de seguridad de camisa negra. En el peor de los casos, el paréntesis olímpico le serviría para ganar tiempo: tiempo para convencer al mundo de sus intenciones pacíficas justo cuando comenzaba a reconstruir el poder militar e industrial de Alemania de cara a la lucha titánica que se avecinaba.

Esa tarde Hitler había recorrido la zona olímpica sin sombrero, escuchando tranquilamente a Werner March, que explicaba que el hipódromo contiguo al viejo estadio impedía una gran ampliación. Hitler echó una mirada al hipódromo e hizo una aclaración que asombró a March. El hipódromo tenía que «desaparecer». Había que construir un estadio mucho más grande, con capacidad para un mínimo de cien mil personas. Y más todavía, tenía que haber un enorme complejo deportivo alrededor que ofreciera espacios para un amplio abanico de competiciones, un único *Reichssportfeld* unificado. «Será una tarea de todo el país», dijo Hitler. Tenía que ser un testimonio del ingenio alemán, de su superioridad cultural y de su creciente poder. Cuando el mundo se reuniera aquí, en este terreno elevado con vistas a Berlín, en 1936, contemplaría el futuro no solo de Alemania, sino de la civilización occidental.

Cinco días después, Werner March, encorvado sobre la mesa de dibujo, solo tenía tiempo hasta la mañana para mostrarle a Hitler los planos preliminares.

En Seattle, hacia la misma hora, Tom Bolles y sus ayudantes liberaron a los estudiantes de primero. Los días empezaban a acortarse y a las 17:30 horas el sol se escondió detrás del puente de Montlake, justo al oeste del pabellón de los botes. Los chicos emprendieron el camino de vuelta al campus principal, cuesta arriba. Iban en pequeños grupos, moviendo la cabeza, hablando en voz baja sobre sus posibilidades de formar parte del equipo.

Al Ulbrickson se quedó en el muelle flotante mientras escuchaba el sonido del agua del lago al lamer la orilla y veía cómo los chicos se iban. Tras su mirada implacable, los pensamientos se sucedían todavía más rápido que de costumbre. Hasta cierto punto, seguía obsesionado por la desastrosa temporada de 1932. Más de cien mil personas habían acudido a ver la competición anual entre California [Cal] y Washington y se habían agolpado a lo largo de las orillas del lago. El viento soplaba con fuerza en el momento en que tenía que empezar el principal evento, la regata entre universidades, y el lago estaba espumoso por el oleaje. Casi en el mismo instante en que comenzó la carrera, el bote de Washington empezó a hacer agua. A mitad de la regata, los remeros, sentados en sus bancos móviles, chapoteaban cubiertos de varios centímetros de agua. Cuando el bote de Washington se acercó a la meta, estaba dieciocho largos detrás del de Cal y la única duda era si se hundiría antes de cruzarla. Siguió más o menos a flote, pero el resultado fue la peor derrota en la historia de Washington.

En junio de ese año, el equipo de Ulbrickson intentó sacarse la espina en la regata anual de la Asociación de Remo Interuniversitaria en Poughkeepsie (Nueva York), pero Cal les dio otra paliza, esta vez por cinco largos. Ya entrado el verano, el equipo de Washington se aventuró en las pruebas clasificatorias para los Juegos Olímpicos en el lago Quinsigamond de Massachusetts y lo intentó una vez más. Esta vez lo eliminaron en la fase de clasificación previa. Y para colmo, en agosto, en Los Ángeles, Ulbrickson presenció cómo su homólogo de Cal, Ky Ebright, ganaba el galardón más codiciado del deporte: una medalla de oro olímpica.

Los chicos de Ulbrickson se reorganizaron enseguida. En abril de 1933, un equipo nuevo y refundado se vengó sin demora y arrolló a los Cal Bears, los campeones olímpicos, en las aguas del estuario de Oakland, es decir, en casa. Al cabo de una semana, lo hicieron de nuevo y derrotaron a Cal y a la Universidad de California en Los Ángeles (UCLA) en un recorrido de dos mil metros en Long Beach (California). La regata de Poughkeepsie de 1933 se anuló debido a la Gran Depresión, pero Washington volvió a Long Beach ese verano para competir contra los mejores equipos del este: Yale, Cornell y Harvard. Washington le arrebató el primer lugar a Yale por dos metros y medio y se proclamó campeona nacional de facto. Ulbrickson contó a la revista *Esquire* que ese equipo era, de lejos, el mejor que había entrenado. Tenía lo que los periodistas llamaban *mucha ligereza*. Teniendo en cuenta la historia reciente y el aspecto prometedor de algunos estudiantes de primero que esa tarde se alejaban del pabellón de los botes, había muchas razones para que Ulbrickson fuera optimista de cara a la próxima temporada.

Sin embargo, seguía habiendo una realidad dolorosa. Ningún entrenador de Washington se había siquiera acercado a la clasificación para los Juegos Olímpicos. Con el encono que últimamente había surgido entre los equipos de Washington y California, las dos medallas de oro de Cal habían sido difíciles de encajar. Ulbrickson ya tenía la mira puesta en 1936. Tenía muchas ganas de volver a Seattle con una medalla de oro; desde luego más ganas de las que reconocía.

Para conseguirlo, Ulbrickson sabía que tendría que salvar una serie de obstáculos imponentes. A pesar de los reveses del año anterior, el entrenador jefe de Cal, Ky Ebright, seguía siendo un adversario extraordinariamente astuto, considerado por muchos como el maestro intelectual del deporte. Poseía una asombrosa habilidad para imponerse en las grandes regatas, las que realmente contaban. Ulbrickson tenía que encontrar un equipo que pudiera ganar al mejor Ebright y mantenerlo a raya en un año olímpico. Luego tendría que arreglárselas para volver a ganar a las universidades de élite del este —en especial a Cornell, Syracuse, Pennsylvania y Columbia— en la regata de la Asociación de Remo Interuniversitaria de Poughkeepsie en 1936. Después era muy posible que tuviera que enfrentarse a Yale, Harvard o Princeton —universidades que ni se dignaban a remar en Poughkeepsie— en las pruebas de clasificación para los Juegos Olímpicos. Después de todo, Yale había conseguido el oro en 1924. También era probable que los clubes privados de remo del este, especialmente el Pennsylvania Athletic Club y el New York Athletic Club, estuvieran entre los contendientes en las pruebas clasificatorias de 1936. Finalmente, si lograba viajar a Berlín, tendría que derrotar a los mejores remeros del mundo —seguramente chicos británicos de Oxford y Cambridge, aunque se decía que los alemanes estaban formando equipos extraordinariamente potentes y disciplinados con el nuevo sistema nazi, y los italianos casi se hicieron con el oro en 1932.

Ulbrickson sabía que todo tenía que empezar aquí, en este muelle, con los chicos que ahora se alejaban hacia la luz menguante. Entre ellos —esos chicos verdes e inexpertos— habría que seleccionar a un equipo capaz de afrontar grandes retos. Habría que detectar a los pocos que tenían el potencial de fuerza bruta, la resistencia casi sobrehumana, la fuerza de voluntad indomable y la capacidad intelectual necesaria para dominar las cuestiones técnicas; y cuáles, además de todas esas cualidades, tenían la más importante: la capacidad de olvidarse de sus propias ambiciones, de tirar su ego por la borda, dejar que se arremolinara en la estela del bote, y remar, no solo por él mismo, no solo por la victoria, sino por los demás chicos del bote.

HARRY, FRED, NELLIE Y JOE RANTZ HACIA 1917

CAPÍTULO II

«Estos gigantes del bosque son un espectáculo. Algunos tienen mil años, durante los cuales no han parado de crecer, y cada árbol encierra la historia de su lucha secular por la supervivencia. Al observar los anillos de la madera, se puede saber lo que han pasado. En algunos años de sequía, casi murieron, ya que apenas se distingue crecimiento. En otros, el crecimiento fue mucho mayor».

GEORGE YEOMAN POCOCK

El camino que Joe Rantz recorrió aquella tarde de 1933 a través del cuadrángulo de césped y cuesta abajo hasta el pabellón de los botes solo eran los últimos centenares de metros de un camino mucho más largo, difícil y a ratos sombrío por el que había transitado durante buena parte de su juventud.

Sus comienzos habían sido bastante prometedores. Fue el segundo hijo de Harry Rantz y Nellie Maxwell. Harry era un hombre alto, que pasaba de largo el metro ochenta, de pies y manos grandes, y huesudo. Tenía una cara despejada y corriente, con unas facciones poco llamativas, pero agradables y parejas. A las mujeres les parecía atractivo. Te miraba a los ojos con una expresión simple y seria. Sin embargo, la placidez de su rostro ocultaba una mente excepcionalmente activa. Era un manitas e inventor incansable, un amante de los aparatos y de los mecanismos, un diseñador de máquinas y artilugios de todo tipo, y un forjador de grandes sueños. Lo que le gustaba era resolver problemas complejos y se enorgullecía de encontrar soluciones nuevas, el tipo de ideas en las que el resto de gente no pensaría en un millón de años.

La época de Harry produjo sueños atrevidos y soñadores audaces. En 1903, un par de manitas como Harry, Wilbur y Orville Wright, se encaramaron a un artilugio de su invención cerca de Kitty Hawk, en Carolina del Norte, y volaron tres metros por encima de la arena durante doce segundos. En el mismo año, un californiano llamado George Adams Wyman llegó a Nueva York en moto procedente de San Francisco. Fue la primera persona que cruzó el continente en un vehículo motorizado y lo hizo en tan solo cincuenta días. Veinte días más tarde, Horatio Nelson Jackson y su bulldog, Bud, llegaron de San Francisco en su Winton abollado y cubierto de barro, lo que le convirtió en el primero que realizó la gesta en automóvil. En Milwaukee, Bill Harley y Arthur Davidson, de veintiún y veinte años respectivamente, acoplaron un motor diseñado por ellos a una bicicleta modificada, colgaron un letrero delante de su taller y montaron un negocio de venta de motocicletas. Y el 23 de julio de ese mismo año, Henry Ford le vendió al doctor Ernst Pfenning un Modelo A de un rojo reluciente, el primero de los 1.750 que iba a vender en el próximo año y medio.

En una época de triunfos tecnológicos tan señalados, a Harry le parecía claro que un hombre con suficiente inventiva y agallas podía conseguirlo casi todo, y no tenía intención de quedar al margen de la nueva fiebre del oro. Antes de fin de año, diseñó y construyó de cero su propia versión de un automóvil y, para asombro de sus vecinos, maniobró por la calle lleno de orgullo, conduciendo con una caña en lugar de un volante.

Se había casado por teléfono en 1899, solo por la novedad maravillosa de intercambiar votos desde dos ciudades distintas a través de un invento nuevo tan fascinante. Nellie Maxwell era profesora de piano, hija de un serio pastor de los Discípulos de Cristo. El primer hijo de la pareja, Fred, nació poco después, en ese mismo año de 1899. En 1906, al buscar un sitio donde Harry pudiera dejar su huella en el mundo, la joven familia abandonó Williamsport (Pennsylvania), se dirigió al oeste y se instaló en Spokane (Washington).

En muchos sentidos, la Spokane de entonces no era tan distinta de la ciudad maderera destartalada que había sido en el siglo XIX. Situada donde las frías y claras aguas del río Spokane corren espumosas por una serie de pequeñas cascadas, la ciudad estaba rodeada de bosques de pinos ponderosa y de campo abierto. Los veranos eran achicharrantes y el ambiente seco y perfumado con el aroma a vainilla de la corteza de pino ponderosa. En otoño, a veces venían tormentas de arena marrón muy intensas de los ondulantes campos de trigo que quedaban al oeste.

Los inviernos eran gélidos, las primaveras poco generosas y de llegada lenta. Y las noches de sábado de todo el año, los vaqueros y los leñadores abarrotaban los bares y garitos del centro, le daban al whisky y salían rodando a la calle, enzarzados en una pelea.

Sin embargo, desde que a fines del siglo XIX llegó el ferrocarril de la Northern Pacific y llevó por primera vez a decenas de miles de estadounidenses al noroeste, la población de Spokane enseguida se disparó a más de cien mil habitantes, y empezó a surgir una comunidad nueva y más refinada junto a la antigua ciudad maderera. En la orilla sur del río se consolidó un próspero centro comercial, repleto de señoriales hoteles de ladrillo, sólidos bancos de caliza y una amplia variedad de magníficas tiendas y establecimientos mercantiles de prestigio. En la orilla norte del río, barrios ordenados de pequeñas casas de madera bordeaban los céspedes perfectamente cuadriculados. Harry, Nellie y Fred Rantz se mudaron a una de estas casas, en el número 1023 de East Nora Avenue, y Joe nació allí en marzo de 1914.

Harry no tardó en abrir un taller de fabricación y reparación de automóviles. Era capaz de arreglar prácticamente cualquier coche que llegara, petardeando o tirado por una mula, a la puerta de su garaje. Sin embargo, se especializó en fabricar coches nuevos: a veces ensamblaba los populares *cycle-cars* de un cilindro de McIntyre Imp y otras montaba vehículos de su propia invención. Él y su socio, Charles Halstead, consiguieron enseguida la sucursal local de venta de coches mucho más sólidos —Franklins de estreno—, y con la bonanza de la ciudad pronto alcanzaron el volumen máximo de trabajo que eran capaces de asumir, tanto en el taller como en la oficina de ventas.

Harry se levantaba a las cuatro y media cada mañana para ir al taller y, a menudo, no volvía a casa hasta bien pasadas las siete de la tarde. Los días laborables Nellie enseñaba piano a los niños del barrio y se ocupaba de Joe. Adoraba a sus hijos, cuidaba de ellos con mucho esmero y procuraba mantenerlos alejados del pecado y de la estupidez. Fred iba a la escuela y los sábados ayudaba en el taller. Los domingos por la mañana toda la familia iba a la misa de la Central Christian Church, donde Nellie era la pianista principal y Harry cantaba en el coro. Los domingos por la tarde descansaban: a veces paseaban hasta el centro y compraban helados, o iban en coche hasta Medical Lake, que quedaba al oeste, y hacían un pícnic, o paseaban por el refugio fresco y sombreado de Natatorium Park, entre álamos de Virginia, cerca del río. Ahí podían entretenerse con algo tan relajado y familiar como un partido de béisbol semiprofesional, tan despreocupado como una vuelta en el nuevo y espectacular tiovivo Looff, o tan conmovedor como un concierto de John Philip Sousa en el quiosco de música. En definitiva, era una vida satisfactoria —una parte, como mínimo, del sueño que había llevado a Harry al oeste.

Sin embargo, los primeros recuerdos infantiles de Joe no eran ni mucho menos así. Tenía, más bien, un caleidoscopio de imágenes rotas que empezaba en la primavera de 1918, a punto de cumplir cuatro años, con el recuerdo de que, estando con su madre en un campo lleno de maleza, ella tosió mucho y se tapó con un pañuelo, y el pañuelo se volvió de un rojo intenso por la sangre. Se acordaba de un médico con una cartera negra de cuero y del olor persistente de alcanfor en casa. Se acordaba de estar sentado en un banco duro de iglesia balanceando las piernas mientras su madre yacía en una caja cerca del altar y no se levantaba. Se acordaba de estar echado en una cama con su hermano mayor, Fred, sentado en el borde, en la habitación de arriba de Nora Avenue, mientras los vientos primaverales hacían vibrar las ventanas y Fred le hablaba en voz baja sobre morirse y los ángeles, y sobre la universidad y la razón por la que no podía ir al este, a Pennsylvania, con Joe. Se acordaba de viajar solo en tren durante varios días y noches, y de que por la ventana de su asiento vio sucederse montañas azuladas y campos verdes cubiertos de barro y terminales de trenes herrumbrosas y ciudades sombrías llenas de chimeneas. Se acordaba de un hombre negro y corpulento, calvo y con un uniforme azul recién planchado que cuidaba de él en el tren, le traía bocadillos y lo arropaba en la litera por la noche. Se acordaba de encontrarse con la mujer que dijo que era su tía Alma. Y luego, casi inmediatamente, una erupción en la cara y el pecho, dolor de garganta, fiebre alta y otro doctor con otra cartera negra de cuero. Después, durante días que se alargaron a semanas, nada más que estar echado en una cama en un altillo que no le sonaba con las persianas siempre bajadas —nada de luz, ni de movimiento, ni de ruido excepto el gemido solitario de un tren de vez en cuando—. Ni mamá ni papá ni Fred. Solo el ruido de un tren cada tanto y una habitación extraña dando vueltas a su alrededor. Y el comienzo de algo distinto: una pesadez nueva, una vaga aprensión, una carga de duda y de miedo que le oprimía los pequeños hombros y el pecho perpetuamente congestionado.

Mientras él se recuperaba de la fiebre escarlata en el altillo de una mujer a la que no conocía, los últimos vestigios de su antiguo mundo se desvanecían en Spokane. Su madre yacía en una tumba descuidada, víctima de cáncer de garganta. Fred se había marchado a acabar la universidad. Su padre, Harry, que había visto cómo sus sueños se hacían añicos, huyó a las tierras inexploradas de Canadá, incapaz de asimilar lo que había visto en los últimos momentos de su mujer. Solo podía decir que había habido más sangre de la que se imaginaba que podía caber en un cuerpo y más de la que nunca sería capaz de borrar de su memoria.

Al cabo de poco más de un año, en el verano de 1919, Joe, que contaba cinco años, se encontró en un tren por segunda vez en su vida. Esta vez volvía a dirigirse al oeste, llamado por Fred. Desde que habían mandado a Joe a Pennsylvania, Fred se había licenciado y, a pesar de que solo tenía veintiún años, había conseguido un trabajo de director de distrito escolar en Nezperce (Idaho). Fred también había tomado esposa, Thelma LaFollette, una gemela de una próspera familia de agricultores de trigo del este de Washington. Ahora Fred esperaba proporcionarle a su hermano pequeño algo parecido al hogar seguro y protector que ambos habían conocido antes de que su madre muriera y de que su padre huyera desconsolado al norte. Sin embargo, cuando un maletero ayudó a Joe a bajar del tren en Nezperce y lo dejó en el andén, apenas se acordaba de Fred y no sabía ubicar a Thelma. De hecho, pensó que era su madre, corrió hacia ella y se le abrazó a las piernas.

Aquel otoño, Harry Rantz volvió repentinamente de Canadá, compró un terreno en Spokane y empezó a construir una casa nueva en un intento de rehacer su vida. Igual que su hijo mayor, necesitaba una esposa para convertir la nueva casa en un hogar y, como su hijo, encontró lo que buscaba en la otra gemela LaFollette. Con veintidós años, la hermana de Thelma, Thula, era una muchacha preciosa, esbelta y de cara delicada, con un montón de rizos negros y una sonrisa atractiva. Harry tenía diecisiete años más, pero eso no era ningún impedimento para él ni para ella. El motivo de la atracción de Harry era evidente. El motivo de la de Thula no lo era tanto y a su familia le resultaba algo misterioso.

El padre de los Rantz le debió parecer un personaje romántico. Hasta entonces, ella había vivido en una casa de labranza aislada, rodeada de inmensos campos de trigo, con pocas cosas para entretenerse más allá del ruido del viento haciendo susurrar cada otoño los tallos completamente secos. Harry era alto y bien parecido, le brillaban los ojos, era bastante cosmopolita, rebosaba energía, era muy creativo para las cosas mecánicas y, sobre todo, parecía una especie de visionario. Solo con hablar de ellas, podía hacerte ver cosas que iban a llegar en un futuro, cosas en las que nadie más había pensado.

Todo fue muy rápido. Harry terminó la casa de Spokane. Thula y él cruzaron la frontera del estado y se casaron a la orilla del lago Coeur d'Alene (Idaho) en abril de 1921, para gran disgusto de los padres de ella. De golpe, Thula se convirtió en suegra de su hermana gemela.

Para Joe, este matrimonio significaba un nuevo hogar y otra adaptación. Dejó Nezperce y se mudó con un padre al que apenas conocía y con una madrastra a la que no conocía en absoluto.

Durante un tiempo pareció que su vida recuperaba algo semejante a la normalidad. La casa que había construido su padre era espaciosa, bien iluminada y desprendía un agradable olor a madera recién serrada. Fuera había un columpio con el asiento suficientemente ancho para que él, su padre y Thula se columpiaran los tres a la vez en las noches cálidas de verano. Podía ir caminando a la escuela y tomaba un atajo por un campo donde a veces, ya de vuelta a casa, birlaba un melón maduro para la merienda. En los terrenos baldíos cercanos, uno podía pasar los largos días veraniegos entretenido excavando elaborados túneles subterráneos —refugios frescos y oscuros frente al calor seco de Spokane, que a veces resultaba abrasador—. E igual que en la casa antigua cuando su madre vivía, en la nueva siempre había música. Harry había conservado el bien más preciado de Nellie, su piano de cola, y le encantaba sentarse con Joe y aporrear canciones populares que Joe cantaba alegremente: «Ain't We Got Fun», «Yaaka Hula Hickey Dula», «Mighty Lak' a Rose» o la preferida de Harry, «Yes! We Have No Bananas».

Thula consideraba que la música que les gustaba a Harry y a Joe era ordinaria, no le entusiasmaba tener el piano de Nellie en casa y no se dignaba a acompañarlos. Ella era una violinista consumada, que de hecho destacaba muchísimo, y en su casa valoraban tanto su talento que nunca tuvo que lavar los platos por miedo de que el jabón y el agua le estropearan los dedos. Tanto ella como sus padres tenían la convicción de que algún día tocaría en una gran orquesta, quizá en Nueva York o en Los Ángeles, o incluso en Berlín o Viena. Ahora por las tardes, cuando Joe estaba en la escuela y Harry en el trabajo, ensayaba horas y horas —hermosas piezas clásicas que se levantaban y caían y salían por las ventanas con mosquitero y vagaban por la polvorienta y seca ciudad de Spokane.

En enero de 1922, Harry y Thula tuvieron a su primer hijo, Harry Junior, y en abril de 1923 tuvieron un segundo, Mike. Sin embargo, para el nacimiento de Mike, la vida familiar había empezado a degradarse en casa de los Rantz. La época de los grandes soñadores pasó a la historia ante la mirada de Harry. A Henry Ford se le había ocurrido fabricar coches en una cadena de montaje móvil y, pronto, otros siguieron sus pasos. La producción en serie, la mano de obra barata y el gran capital eran las consignas del momento. Harry se encontró en el lado de la ecuación que correspondía a la mano de obra barata. Desde hacía un año, los días laborables vivía y trabajaba en una mina de oro de Idaho; después cada viernes conducía 225 kilómetros por carreteras serpenteantes de montaña hasta Spokane en su Franklin descapotable de cuatro puertas, largo y negro, y volvía a Idaho todos los domingos por la tarde. Harry estaba contento con el trabajo. Era una fuente regular de ingresos y podía aplicar sus habilidades mecánicas. Para Thula, por el contrario, el cambio significó largas y sombrías semanas sola en casa, sin nadie que la ayudara, sin nadie con quien hablar por la noche, ni nadie con quien cenar, excepto tres niños gritones: un bebé, un niño pequeño y un hijastro joven, extrañamente reservado y vigilante.

Al poco de nacer Mike, durante una de las visitas de fin de semana de Harry, en mitad de una noche oscura y sin luna, Joe se despertó de golpe al notar olor a humo y el crepitar de llamas en alguna parte de la casa. Cogió rápidamente al bebé, agarró a Harry Junior del brazo y lo sacó de la cama y salió a trompicones de la casa con sus pequeños hermanastros. Poco después, su padre y Thula también salieron de la casa con los pijamas chamuscados, perplejos, llamando a sus hijos. Cuando Harry vio que su familia estaba intacta, se metió de nuevo entre el humo y las llamas. Pasaron varios minutos —¡qué largos se hicieron!— antes de que volviera a aparecer, recortado contra el fuego en la entrada del garaje. Empujaba el piano de Nellie, lo único que conservaba de ella. Su cara, regada por el sudor, era una máscara de angustia, con todos los músculos en tensión mientras volcaba todo su peso sobre el piano, moviéndolo a base de fuerza bruta a través de la amplia entrada, centímetro a centímetro. Cuando el piano por fin estuvo a buen recaudo, Harry

Rantz y su familia se reunieron a su alrededor y contemplaron atónitos cómo su casa quedaba reducida a cenizas.

En el resplandor de la luz parpadeante, mientras los últimos vestigios del tejado se derrumbaban consumidos por las llamas, Thula Rantz debió de preguntarse por qué Harry escogió salvar un piano viejo con riesgo de su vida. Joe, que ahora tenía nueve años, de pie junto a su madrastra, volvió a sentir lo que sintió por primera vez en el altillo de su tía en Pennsylvania cinco años antes: el mismo frío, miedo e incertidumbre. Empezaba a parecer que un hogar era algo con lo que no necesariamente se podía contar.

Sin ningún lugar adonde ir, Harry Rantz metió a su familia en su Franklin y se dirigió al noreste, al campamento minero en el que durante el último año había trabajado como mecánico jefe. Fundada en 1910 por un personaje llamado John M. Schnatterly, la mina estaba situada en el extremo norte de Idaho, justo en la frontera con Montana, donde el río Kootenai discurre hacia el sur y se aleja de Columbia Británica. En un principio, la empresa se llamaba Idaho Gold and Radium Mining Company, puesto que Schnatterly afirmó haber encontrado un filón de radio de millones de dólares de valor. Cuando el radio no apareció por ningún lado, el Gobierno mandó que Schnatterly dejara de llamarla *mina de radio*, de modo que él bautizó alegremente a la empresa como Idaho Gold and Ruby Mining Company, nombre en el que parece que por *rubíes* deben entenderse los pequeños granates que de vez en cuando se encontraban entre la escoria de la mina. A principios de los años veinte, la mina seguía sin producir demasiado, por no decir nada, y eso valía para oro, rubíes e incluso granates. Este hecho, sin embargo, no impidió que Schnatterly acogiera a un flujo constante de adinerados inversores del este, a los que transportaba en su yate de lujo río Kootenai arriba hasta la mina y a los que acababa estafando millones de dólares en inversiones. Por el camino se enemistó con bastante gente, consiguió enzarzarse en tres tiroteos y recibió tres heridas de bala en reconocimiento a su labor antes de morir víctima de una explosión que sacudió su yate. Nadie estaba seguro de si había sido un accidente o una venganza, pero olía a esto último.

De las tres docenas de empleados de la compañía, casi todos vivían con sus familias en el campamento minero de Schnatterly, Boulder City. Los destartalados edificios —treinta y cinco cabañas de factura tosca, pequeñas e idénticas, con retrete exterior, una herrería, un taller de máquinas, un barracón para hombres solteros, una iglesia, un aserradero que funcionaba con agua, y una pequeña planta hidroeléctrica casera— se aferraban a la ladera de la montaña a lo largo del arroyo Boulder, unidos por una red de aceras de madera. Una escuela de una sola aula con tejas de cedro se erguía entre pinos, en un terreno plano encima del campamento, pero había pocos niños y no asistían a clase de forma regular. Desde la escuela, descendía bruscamente por la ladera de la montaña un camino de tierra lleno de surcos que trazaba una larga serie de curvas muy pronunciadas antes de enderezarse y cruzar un puente sobre el río Kootenai hasta la orilla de Montana, donde estaban el economato y una choza para cocinar.

Era un asentamiento lúgubre, pero para el manitas de Harry era un paraíso y el lugar perfecto para olvidarse de Spokane. Con su prodigiosa capacidad mecánica, se dedicó a arreglar y mantener el aserradero que funcionaba con agua, una cantera que funcionaba con electricidad, una excavadora Marion de vapor de cuarenta y cinco toneladas, y muchos vehículos y maquinaria de la mina.

Para Joe, que tenía nueve años, Boulder City escondía maravillas a cada paso. Cuando su padre utilizaba la enorme excavadora de vapor, Joe se sentaba en el extremo posterior de la máquina y daba vueltas en el tiovivo mientras Harry hacía girar una y otra vez el mastodonte que escupía vapor. Cuando Joe se cansaba de esto, Harry se pasaba toda la tarde en el economato construyendo un *kart*. A la tarde siguiente, Joe lo arrastraba con gran trabajo por el camino de tierra hasta lo alto de la montaña, apuntaba el artilugio cuesta abajo, se metía dentro y soltaba el freno. Bajaba por el camino como una exhalación y tomaba las curvas cerradas a gran velocidad, gritando con todas sus fuerzas durante todo el trayecto hasta el río y el otro lado del puente. Luego salía y volvía a empezar la caminata hasta lo alto de la montaña y lo hacía otra vez y otra hasta que ya era demasiado oscuro para ver el camino. Estar de aquí para allá al aire libre, con el viento en la cara, le hacía sentirse vivo, le quitaba la ansiedad que desde la muerte de su madre siempre parecía acompañarlo.

Cuando llegaba el invierno y las laderas de las montañas se cubrían de un grueso manto de nieve, su padre sacaba el equipo de soldadura y le construía a Joe un trineo con el que podía deslizarse camino abajo a velocidades todavía más supersónicas. Y Joe acabó por descubrir que, si nadie miraba, podía llevar a Harry a la montaña, ayudarlo a meterse en un vagón en lo alto de un puente de armazón desvencijado que bordeaba el arroyo Boulder, empujar el vagón, saltar él mismo dentro y traquetear montaña abajo a velocidad de vértigo con su hermanastro pequeño delante de él, gritando entusiasmado.

Joe con Harry, Thula, Mike y Harry Junior en la mina de Gold and Ruby

Cuando no se lanzaba montaña abajo, ni echaba una mano en el aserradero ni estaba en la escuela de una sola clase que quedaba encima del campamento, Joe podía explorar el bosque o caminar entre las montañas —que rozan los 2.000 metros— del Bosque Nacional de Kaniksu, más al oeste. Podía buscar cuernos de ciervo y otros tesoros del bosque, nadar en el Kootenai o cuidar del huerto del que se encargaba en un pequeño terreno dentro de la cerca que rodeaba la cabaña de su familia.

Sin embargo, para Thula, Boulder City era el sitio más desolado del mundo. Era insoportablemente caluroso y polvoriento en verano, húmedo y embarrado en primavera y otoño, y mugriento durante todo el año. El invierno era lo peor. Cuando llegaba diciembre, bajaba un aire gélido de Columbia Británica por el valle del Kootenai, se abría camino a través de todas las grietas y hendiduras de las endebles paredes de su cabaña, y penetraba a través de las capas de ropa o las mantas bajo las que intentaba refugiarse. Todavía cargaba con un bebé llorón, un niño pequeño aburrido y gruñón y un hijastro al que, a medida que crecía y se volvía más difícil de controlar, estaba empezando a ver como un recordatorio no deseado del anterior y tan ejemplar matrimonio de su marido. No ayudaba que, para pasar el rato, Joe estuviera punteando sin parar un ukelele, cantando y silbando las canciones populares que tanto les gustaban a su padre y a él. Ni tampoco ayudaba que cuando Harry volvía a casa del trabajo, a menudo dejara la cabaña cubierta de grasa y serrín. La cosa terminó abruptamente una tarde fría en la que Harry venía penosamente cuesta arriba, al final del día, con el mono cubierto de grasa. Al entrar en la cabaña, Thula lo miró, gritó y lo volvió a empujar afuera por la puerta. «Quítate esas prendas roñosas, baja al arroyo y lávate», ordenó. Harry se sentó dócilmente en un tronco, se quitó las botas, se desnudó y solo se dejó puestos los calzoncillos largos de algodón, y cojeó descalzo por un sendero rocoso hasta el arroyo Boulder. A partir de entonces, sin que importara el tiempo o el momento del año, Harry se bañaba obedientemente en el arroyo y entraba en casa con las botas en la mano y el mono encima de un brazo.

Cuando Thula era pequeña, su familia siempre la valoró mucho, no solo por su belleza —muy superior a la de su gemela Thelma— y por su extraordinario talento con el violín, sino también por sus gustos refinados y su sensibilidad. De hecho, era tan exquisitamente sensible, que toda su familia creía que tenía el don de la clarividencia, una idea que se vio espectacularmente reforzada cuando leyeron el periódico la mañana del 15 de abril de 1912. La noche anterior, Thula se despertó súbitamente gritando sobre icebergs y un barco grande que se hundía y gente que pedía ayuda.

Thula era culta, tenía sensibilidad artística y estaba decidida a buscar cosas más sofisticadas de las que podía ofrecer una finca de trigo. Ahora que estaba aislada en Boulder City, sus pocas amistades se reducían a las mujeres incultas y marginales de los aserradores y mineros. Se iba dando cuenta de que no podía estar más lejos de hacer realidad su sueño de sentarse llena de orgullo en medio de la primera fila, de primer violín en una orquesta sinfónica importante. Apenas podía ensayar. En invierno tenía los dedos demasiado entumecidos para pasearlos de un lado a otro del teclado, mientras que en verano los tenía tan agrietados y doloridos por el ambiente seco de Idaho que apenas podía aguantar el arco. La mayoría de días el violín no se movía del anaquel, y el instrumento la llamaba, casi se burlaba de ella mientras lavaba montones interminables de platos y de pañales sucios. En casa de sus padres, era su hermana Thelma quien ayudaba a hacer ese tipo de tareas, no ella. Y sin embargo, Thelma vivía con todas las comodidades en una casa agradable de Seattle. Cuanto más pensaba en lo injusto de la situación, más subía la tensión en la cabaña.

Finalmente, la tensión se desbordó una cálida tarde de verano. Thula estaba embarazada de su tercer hijo. Había pasado buena parte de la tarde a gatas, fregando el suelo de pino de la cabaña y tenía un dolor punzante en la espalda. Al acercarse la hora de la cena, Thula empezó la rutina de trastear en la cocina de leña, echando astillas para encender el fuego, intentando conseguir suficiente llama para mandar la corriente chimenea arriba. De debajo de la encimera, salía humo y se le metía en los ojos. Cuando finalmente consiguió que el fuego tirara, se puso a improvisar una cena para Harry y los chicos. Entre el presupuesto limitado y el escaso surtido de alimentos del economato, era difícil servir una cena como Dios manda cada noche. Todavía era más difícil que aguantara en la mesa bastante tiempo como para que sus hijos comieran decentemente. Joe crecía como un pino y engullía comida a la misma velocidad a la que Thula conseguía prepararla. A ella siempre le preocupaba que a sus propios chicos no les quedara suficiente.

Thula empezó a apartar airadamente las cacerolas de la encimera en un intento de hacer sitio, sin saber qué iba a cocinar. Entonces, de repente, oyó un grito fuera de la cabaña, seguido de un llanto largo y sentido, la voz del pequeño Mike. Thula soltó una cacerola encima de la cocina y echó a correr hacia la puerta.

Esa tarde Joe estaba fuera, a gatas, cuidando de su huerto. El huerto era como una especie de santuario para él, un lugar donde mandaba él y no Thula, y que lo llenaba de orgullo. Cuando entraba en la cabaña con una cesta de tomates frescos o un montón de maíz tierno y después los veía en la mesa de la cena, sentía que colaboraba con la familia y que ayudaba a Thula, quizá incluso que compensaba lo último que la hubiera podido molestar. Esa tarde, mientras trabajaba en una hilera del huerto arrancando malas hierbas, se había dado la vuelta y había visto que lo seguía Mike, de dieciocho meses, que lo imitaba y arrancaba alegremente zanahorias a medio crecer. Joe se volvió y le gritó hecho una furia y Mike soltó un chillido estremecedor. Casi enseguida Joe miró hacia el porche y vio a Thula con la cara encendida de ira. La madre corrió escaleras abajo, levantó a Mike del suelo, lo metió en la cabaña y cerró de un portazo.

Cuando Harry regresó del trabajo al final de la tarde, Thula lo esperaba en la entrada. Le exigió que devolviera a Joe, que se lo quitara de la vista y que le diera una buena paliza. En lugar de eso, Harry subió al piso de arriba con su hijo, lo invitó a sentarse y habló seriamente con él. Thula explotó ante lo que le pareció falta de disciplina. Se sintió atrapada, desesperada, y al final anunció que no viviría bajo el mismo techo que Joe, que era él o ella, que Joe tenía que irse si ella tenía que quedarse en un sitio tan dejado de la mano de Dios. Harry no logró calmarla y no pudo soportar la idea de perder a una segunda mujer, menos todavía si era tan encantadora como Thula. Subió al piso de arriba y le contó a su hijo que tendría que marcharse de casa. Joe tenía diez años.

A primera hora de la mañana siguiente, su padre subió con él por el camino de tierra hasta la escuela de tejas planas de lo alto de la colina. Joe se quedó fuera, sentado en las escaleras, y Harry entró a hablar con el profesor. Joe esperó sentado a la luz de la mañana, dibujando círculos con un palo en la tierra polvorienta y mirando con aire absorto un arrendajo de Steller que se había posado en una rama cercana y empezó a chillarle como si le riñera. Después de un buen rato, su padre y el profesor salieron de la escuela y se estrecharon la mano. Habían cerrado un trato. A cambio de un lugar donde dormir en el edificio, Joe cortaría suficientes astillas y madera para que la enorme chimenea de piedra de la escuela estuviera bien cebada de día y de noche.

Así empezó la vida de exiliado de Joe. Thula ya no le cocinaba, de modo que todas las mañanas antes de la escuela, y también todas las tardes, bajaba por el camino de tierra hasta la cocina, en la falda de la montaña, a trabajar a cambio de desayuno y cena para la cocinera de la empresa, Madre Cleveland. Se encargaba de llevar bandejas cargadas de comida —platos repletos de tortitas y panceta ahumada por la mañana, y de pedazos de carne y patatas humeantes por la tarde— de la cocina al comedor contiguo, donde mineros y aserradores con el mono de trabajo sucio se sentaban en mesas largas cubiertas de papel de estraza y comían vorazmente entre ruidosas conversaciones. A medida que los hombres terminaban de comer, Joe llevaba los platos sucios de vuelta a la cocina. A última hora de la tarde, volvía a subir fatigosamente por la montaña hasta la escuela para cortar más madera, hacer los deberes y dormir lo que pudiera.

Se alimentaba e iba tirando, pero su mundo se había vuelto oscuro, estrecho y solitario. En el campamento no había chicos de su edad de los que hacerse amigo. Sus compañeros más cercanos —sus únicos compañeros desde que se mudó a Boulder City— siempre fueron su padre y Harry Junior. Ahora que vivía en la escuela, suspiraba por los tiempos en que los tres formaban una especie de confederación de resistencia ante la creciente amargura de Thula, y salían disimuladamente a la parte de detrás de la cabaña a pasarse una pelota entre los pinos o a armar jaleo tirados por el suelo, o se sentaban al piano, aporreando sus canciones preferidas siempre que ella no los pudiera oír. Todavía echaba más en falta los momentos pasados a solas con su padre, sentados en la mesa de la cocina jugando al Gin Rummy mientras Thula ensayaba con el violín, o fisgoneando bajo el capó del Franklin, apretando y ajustando todas las partes del motor al tiempo que su padre le explicaba la función de cada una. Lo que más echaba de menos era cuando su padre y él se sentaban de noche en el porche de la cabaña y miraban hacia arriba, a las asombrosas constelaciones que brillaban en la bóveda negra del cielo nocturno de Idaho, sin decir nada, simplemente juntos, respirando el aire frío y esperando que pasara una estrella fugaz para poder pedir un deseo. «No dejes de mirar», le decía su padre. «Ten los ojos bien abiertos. Nunca se sabe cuándo va a caer una. El único momento en que no se ven es cuando dejas de mirar». Eso, Joe lo echaba de menos, y era duro. Sentarse solo de noche en las escaleras de la escuela y mirar el cielo a solas no le parecía lo mismo.

Joe creció mucho ese verano, sobre todo verticalmente, aunque las caminatas montaña arriba y montaña abajo enseguida le fortalecieron los músculos de las piernas y los muslos, y el manejo constante del hacha en la escuela y el llevar las bandejas en la cocina empezaron a esculpir su torso. Comía con voracidad en la mesa de Madre Cleveland. Sin embargo, siempre parecía que se quedaba con hambre y rara vez dejaba de pensar en comida.

Un día de otoño el profesor llevó a Joe y al resto de alumnos al bosque en una excursión para la clase de ciencias naturales. Los condujo hasta el tocón viejo y podrido de un árbol sobre el que crecía un gran hongo blanco —una masa redondeada y retorcida de pliegues de color crema y arrugas—. El profesor arrancó el hongo del tocón, lo sostuvo en alto y lo identificó como un *Sparassis radicata*. No solo era comestible, exclamó el profesor, sino que estofado era delicioso. El descubrimiento de que se podía encontrar comida gratis encima de un tocón en el bosque causó un profundo impacto en Joe. Esa noche, echado en su litera de la escuela, miraba las oscuras vigas del techo sumido en sus pensamientos. Parecía que en el descubrimiento del hongo había algo más que una clase de ciencias. Al parecer, si uno iba con los ojos abiertos, podía encontrar cosas valiosas en el lugar menos pensado. El secreto estaba en reconocer lo bueno cuando uno lo veía, sin que importara lo raro o falto de valor que pareciera a primera vista, ni cuántas personas podían pasar de largo y dejarlo atrás.

George Pocock, Rusty Callow, Ky Ebright y Al Ulbrickson

CAPÍTULO III

«A su manera, cualquier buen entrenador de remo
transmite a sus hombres el tipo de autodisciplina
necesaria para conseguir lo máximo de la mente, el corazón
y el cuerpo. Por eso la mayoría de exremeros dicen
que aprendieron lecciones más fundamentales en
el bote de competición que en las aulas».

GEORGE YEOMAN POCOCK

El remo de competición es una actividad de extraordinaria belleza precedida por un castigo brutal. A diferencia de la mayoría de deportes, que recurren a grupos de músculos concretos, el remo utiliza significativa y repetidamente casi todos los músculos del cuerpo, a pesar del hecho de que un remero, como le gustaba decir a Al Ulbrickson, «hace la línea de golpeo en su apéndice posterior». Y el remo no formula estas exigencias musculares a intervalos fijos, sino una tras otra, a lo largo de un periodo prolongado de tiempo, repetidamente y sin descanso. En una ocasión, después de ver practicar a los estudiantes de primero, Royal Brougham, del *Seattle Post-Intelligencer*, se maravilló de lo implacable del deporte: «Nadie se ha tomado nunca un descanso en una regata de remo», observó. «No hay ningún lugar para parar y beberse un agua refrescante o para respirar aire fresco y tonificante. Uno sencillamente fija la mirada en la nuca roja y sudada del tipo de delante y rema hasta que le dicen que ya se ha acabado… Chico, no es un deporte para blandengues».

Cuando uno rema, los principales músculos de los brazos, las piernas y la espalda —especialmente cuádriceps, tríceps, bíceps, deltoides, músculo dorsal ancho, abdominales, tendón de la corva y glúteos— aportan la fuerza bruta e impulsan el bote hacia delante contra la resistencia constante del agua y el viento. Al mismo tiempo, docenas de músculos más pequeños del cuello, las muñecas, las manos e incluso de los pies modulan continuamente esos esfuerzos y mantienen el sutil equilibrio necesario para la estabilidad de una nave de sesenta centímetros de ancho —más o menos, la anchura de la cintura—. El resultado de todos estos esfuerzos musculares, tanto a gran escala como a pequeña, es que el cuerpo quema calorías y consume oxígeno a un ritmo que no tiene parangón en prácticamente ninguna otra actividad humana. De hecho, los fisiólogos han calculado que remar en una regata de dos mil metros —el estándar olímpico— tiene el mismo efecto fisiológico que jugar dos partidos de baloncesto seguidos. Y ese coste se paga en unos seis minutos.

Un remero o remera en buen estado físico, de forma que compita al más alto nivel, tiene que ser capaz de consumir nada menos que ocho litros de oxígeno por minuto; de media, un varón suele consumir entre cuatro y cinco litros como mucho. En proporción, los remeros olímpicos procesan la misma cantidad de oxígeno que un caballo de carreras purasangre. Nótese que esta tasa extraordinaria de entrada de oxígeno no soluciona toda la regata. Si bien entre el 75 y el 80 por ciento de la energía que produce un remero en una competición de dos mil metros es energía aeróbica alimentada con oxígeno, las regatas siempre empiezan y normalmente terminan con duros *sprints*. Estos *sprints* exigen niveles de producción de energía que superan de largo la capacidad del cuerpo de producir energía aeróbica, independientemente de la entrada de oxígeno. El cuerpo tiene, pues, que producir energía anaeróbica de forma inmediata. Esto, a su vez, genera grandes cantidades de ácido láctico, y ese ácido se acumula rápidamente en el tejido de los músculos. La consecuencia es que, a menudo, los músculos empiezan a gritar de dolor casi desde el principio de la regata y siguen gritando hasta el final.

Y no son solo los músculos los que gritan. El sistema óseo, al que todos esos músculos están sujetos, también sufre tensiones y presiones tremendas. Sin una preparación y un entrenamiento adecuados —y, a veces incluso, con ellos— los remeros de competición pueden experimentar un amplio abanico de dolencias en las rodillas, cadera, hombros, codos, costillas, cuello y, sobre todo, en la columna vertebral. Estas lesiones y dolencias van desde ampollas a tendinitis graves, bursitis, vértebras dislocadas, disfunciones del manguito rotador y fracturas por fatiga, especialmente fracturas de las costillas.

El denominador común de todas estas afecciones —ya sean de los pulmones, los músculos o los huesos— es un dolor insoportable. Y esa es quizá la primera lección, y la más importante, que tienen que aprender los remeros novatos sobre el remo de competición en los niveles más altos del deporte: que el dolor es parte esencial del trato. No es una cuestión de si te va a doler o de cuánto te va a doler, sino que se trata de qué harás mientras el dolor te tenga entre sus manos y si lo harás bien.

Todo esto enseguida les resultó evidente a Joe Rantz y al resto de chicos que se presentaron a la prueba para el equipo de estudiantes de primero de la Universidad de Washington en otoño de 1933.

Todas las tardes, después de las clases, Joe hacía la larga caminata hasta el pabellón de los botes. Se ponía el jersey y los *shorts*. Se pesaba, un ritual cotidiano. Pesarse estaba pensado, por un lado, para recordar a los chicos que cada cincuenta gramos de más que se metían en el bote tenían que justificarse en términos de energía producida y, por otro lado, para asegurarse de que los chicos no entrenaran demasiado y de que no bajaran de su peso óptimo. Joe miraba una pizarra para ver qué equipo le tocaba ese día y se unía al grupo de chicos reunidos en la rampa de madera frente al pabellón de los botes, dispuesto a oír lo que el entrenador Bolles tenía a bien decir antes de que empezara el entreno.

En esas primeras semanas, el tema de Bolles cambiaba cada día, dependiendo de factores tan imprevisibles como el tiempo de Seattle o las torpezas técnicas de las que se hubiera dado cuenta en el entreno anterior. Joe se fijó pronto en que dos temas más amplios e interrelacionados salían indefectiblemente en estas charlas. Los chicos oían cada tanto que el camino que habían escogido era más difícil de lo que se podían imaginar, que tanto su cuerpo como su carácter se pondrían a prueba en los próximos meses, que solo unos pocos dotados de una resistencia física y de una fuerza mental casi sobrehumanas serían lo suficientemente buenos para llevar la *W* en el pecho, y que hacia Navidad la mayoría lo habrían dejado, quizá para jugar a algo menos exigente física e intelectualmente, como el fútbol americano. Sin embargo, Bolles hablaba a veces de experiencias transformadoras. Ofrecía la perspectiva de formar parte de algo más grande que ellos mismos, de encontrar en ellos algo que todavía no sabían que poseían, de pasar de la juventud a la madurez. A veces bajaba un poco la voz y cambiaba el tono y la cadencia y hablaba de momentos casi místicos en el agua —momentos de orgullo, euforia y profundo afecto por los demás compañeros del bote, momentos que recordarían, que apreciarían y que contarían a sus nietos cuando fueran viejos—. Momentos que incluso los acercarían más a Dios.

A veces, mientras Bolles les hablaba, los chicos se daban cuenta de que había alguien al fondo, mirando en silencio y escuchando atentamente. Un hombre de cuarenta y pocos, alto como casi todos los de la rampa, con gafas de montura de concha tras las que acechaba una mirada aguda y penetrante. Tenía la frente ancha y lucía un peinado extraño —llevaba el pelo, oscuro y ondulado, largo por arriba, pero muy corto por encima de las orejas y en la parte de atrás de la cabeza, de forma que las orejas resultaban excesivamente grandes, y parecía que llevaba un bol encima de la cabeza—. Casi siempre llevaba un mandil de carpintero cubierto de serrín rojo y virutas de cedro. Hablaba con un marcado acento británico, un acento bien, el tipo de voz que se oiría en Oxford o en Cambridge. Muchos chicos sabían que se llamaba George Pocock y que construía botes de competición en la buhardilla del pabellón, no solo para la Universidad de Washington, sino para programas de remo de todo el país. Ninguno de ellos sabía, sin embargo, que mucho de lo que le habían oído decir a Bolles —la esencia de lo que les había transmitido— tenía sus orígenes en la filosofía tranquila y las profundas reflexiones del británico.

A George Yeoman Pocock solo le faltó nacer con un remo en las manos. Vino al mundo el 23 de marzo de 1891 en Kingston-upon-Thames, desde donde podía contemplar una de las mejores aguas para remo del mundo. Descendía de un antiguo linaje de constructores de embarcaciones. Su abuelo paterno se había ganado la vida construyendo a mano botes de remo para los barqueros profesionales que navegaban por el Támesis a su paso por Londres, ofreciendo servicios de taxi acuático y de barca de pasaje, igual que sus predecesores lo habían hecho durante siglos.

Desde principios del siglo XVIII, los barqueros de Londres también hicieron un deporte de la competición con sus botes en regatas improvisadas. Eran acontecimientos tumultuosos. Los amigos de los participantes a veces hacían maniobras con barcos o barcazas para interponerse en el camino de los rivales, o se apostaban en puentes a lo largo del recorrido para tirar piedras de buen tamaño al paso de los botes rivales. Desde 1715, los barqueros más diestros también celebraban un evento mucho más refinado, una regata anual desde el puente de Londres hasta Chelsea, en la que el premio era el derecho a llevar unos ropajes de lo más abigarrado y británico: una chaqueta de un carmesí intenso con una insignia plateada, prácticamente del tamaño de un plato, cosida en la manga izquierda, pantalones bombachos carmesí a juego y unos calcetines blancos que llegaban hasta las rodillas. Hasta el día de hoy, la regata, la Doggett's Coat and Badge, se celebra en el Támesis cada julio con gran ceremonia y esplendor.

El abuelo materno de Pocock también trabajaba en la construcción de embarcaciones, y diseñó y montó una amplia variedad de pequeñas naves, entre ellas la Lady Alice, la barca modular de encargo que sir Henry Stanley utilizó para buscar al doctor David Livingstone en África Central en 1874. Su tío Bill había construido el primer casco sin quilla en su atarazana debajo del puente de Londres. Su padre, Aaron, también siguió el oficio, y construyó botes de competición para el colegio Eton, donde los hijos de los nobles hacían competiciones de remo desde finales del siglo XVIII. Y fue en el antiguo cobertizo para botes, en la orilla opuesta a la mole del castillo de Windsor, donde George se crio. A los quince firmó los papeles para entrar como aprendiz de su padre y durante los seis años siguientes trabajaron codo con codo, centrados en mantener y aumentar la prodigiosa flota de botes de competición de Eton con la ayuda de sus herramientas.

Sin embargo, George no solo construía botes; también aprendió a remar y a hacerlo muy bien. Observó con mucha atención la forma de remar de los barqueros del Támesis —un estilo caracterizado por paladas cortas, pero fuertes, y la rapidez al agarrar y soltar— y la adaptó a la competición en un bote. El estilo que desarrolló no tardó en demostrarse superior en muchos sentidos a la palada larga tradicional que se enseñaba en Eton. Después del entreno, los chicos aristocráticos de Eton pasaban el rato en el Támesis, y descubrieron que George y su hermano, Dick, aunque socialmente inferiores, los dejaban atrás a menudo. Al cabo de poco tiempo, los chicos Pocock se encontraron dándoles clase a gente como el joven Anthony Eden, el príncipe Prajadhipok de Siam y lord Grosvenor, hijo del duque de Westminster.

A su vez, George Pocock aprendió algo de los chavales de alta cuna de Eton. De forma natural, tendía a hacerlo todo al máximo nivel: dominar todas y cada una de las herramientas sobre las que ponía las manos en la tienda de su padre, aprender a remar con la palada más eficaz o construir los botes de competición más elegantes y competitivos. Ahora, al notar la presión de las distinciones de clase británicas, consciente de la diferencia entre cómo hablaban él y su padre y cómo les hablaban, decidió esforzarse por hablar con el acento culto de los chicos a los que servía en lugar de con su natural acento *cockney*. Y, para asombro de casi todos, lo consiguió. Su voz nítida pronto destacó en el cobertizo para botes, no por la afectación, sino como una muestra de orgullo y de su profundo compromiso con la elegancia, la precisión y la búsqueda del ideal que iba a marcar toda su vida.

Impresionado por la perseverancia de George y por su habilidad en el agua, Aaron Pocock lo inscribió en una regata profesional, el Sportsman Handicap de Putney en el Támesis, cuando tenía diecisiete años. Invitó a su hijo a construirse su propio bote para la competición a partir de un pedazo de madera en el cobertizo para botes de Eton y le dio un consejo que George nunca olvidó: «Nadie te preguntará *cuánto* tardaste en construirla; solo preguntarán *quién* la construyó». Así que George se tomó su tiempo, e hizo un bote de remo a mano, con esmero y meticulosidad, a partir de pino noruego y caoba. Deslizó el bote en el agua en Putney, se inclinó con fuerza sobre los remos y a lo largo de tres pruebas eliminatorias derrotó a cincuenta y ocho remeros. Volvió a casa con una pequeña fortuna: cincuenta libras esterlinas de premio. Poco después, el hermano de George, Dick, lo superó al ganar el galardón de remo más importante, el mismo Doggett's Coat and Badge, de casi doscientos años de antigüedad.

George estaba empezando a entrenar para probar suerte en la Doggett's Coat and Badge cuando, a finales de 1910, su padre perdió de repente el trabajo en Eton, despedido porque se había ganado fama de ser demasiado condescendiente con los hombres que trabajaban para él. Súbitamente sin medios, su padre empezó a buscar trabajo en la construcción de embarcaciones en los muelles de Londres. George y Dick, que no querían representar una carga para su padre, decidieron un buen día emigrar al Canadá occidental, donde habían oído que se podía ganar hasta diez libras esterlinas a la semana trabajando en el bosque. Hicieron la maleta, en la que metieron algunas herramientas de construcción de embarcaciones, emplearon lo que ganaron en las regatas en comprar un billete de tercera clase para Halifax, a bordo del vapor Tunisian, y zarparon desde Liverpool.

Al cabo de dos semanas, el 11 de marzo de 1911, después de atravesar Canadá en tren, los Pocock llegaron a Vancouver con cuarenta dólares canadienses entre los dos. Sucios, aturdidos y hambrientos, deambularon desde la estación de tren hacia el enladrillado centro de Vancouver bajo una lluvia fría y triste. Era el cumpleaños de George, que cumplía veinte. Dick era un año mayor. Súbita e inesperadamente lanzados a la deriva por el mundo, ambos estaban incómodos en lo que les parecía una primitiva ciudad de frontera completamente distinta de los alrededores de Eton, aburridos, pero seguros. Aunque todavía se encontraban en los dominios del rey, les parecía como si hubieran aterrizado en otro planeta. Finalmente dieron con una habitación lúgubre en un edificio del centro, la alquilaron a dieciocho dólares la semana y enseguida se pusieron a buscar trabajo. Con dinero solo para dos semanas de alquiler, no le hicieron ascos a nada de lo que les ofrecieron. Dick trabajó de carpintero en la *casa de locos* de la ciudad, un hospital para enfermos mentales cerca de Coquitlam. George fue a trabajar a un campamento maderero en el río Adams, a las afueras de Vancouver, donde pronto se encontró subiendo y bajando fatigosamente una montaña, intentando satisfacer el apetito insaciable de leña y agua de una pequeña máquina de vapor. Al cabo de un mes de serrar madera y subir desde el río baldes de hojalata llenos de agua de dos en dos, lo dejó y volvió a Vancouver, donde consiguió un trabajo relativamente fácil en el astillero, donde no tenía que trabajar al ritmo que marcaba la máquina de vapor. Sin embargo, era un trabajo desagradable y peligroso, que pronto le costó dos dedos.

En 1912 las cosas empezaron a irles mejor a los Pocock. El Vancouver Rowing Club, que sabía de su fama en Inglaterra, les encargó que construyeran dos botes individuales a cien dólares la pieza. Los Pocock abrieron tienda en una vieja cabaña abandonada que flotaba sobre maderas a cincuenta metros de la orilla en Coal Harbour y por fin retomaron la que iba a ser la dedicación de su vida: fabricar excelentes botes de competición. Se pusieron a trabajar sin descanso en la tienda del piso de abajo y paraban solo por la noche, cuando dormían en una habitación sin estufa encima de la tienda.

Las condiciones no eran las ideales. La luz se filtraba por el tejado, y el viento y la lluvia atravesaban las rendijas entre tableros. Para bañarse se tenían que tirar al agua fría y salada del puerto desde la ventana de la habitación. Tenían que remar hasta una fuente pública en Stanley Park para conseguir agua potable. De vez en cuando, el ancla de la cabaña se soltaba y la pequeña vivienda iba a la deriva entre transatlánticos que entraban y salían mientras los Pocock dormían. Con marea baja, la cabaña quedaba encima de un banco de barro inclinado. Cuando volvía a subir la marea, las maderas impregnadas de agua sobre las que estaba construida la estructura la lastraban y la fijaban al barro. Más adelante, George describió la rutina diaria: «El agua subía a la tienda y nosotros nos refugiábamos en la habitación de arriba e intentábamos calcular cuándo iba a ocurrir el próximo acto de la obra de teatro. Al final, oíamos un rumor y un estruendo, los troncos se desasían del abrazo del barro y el edificio subía a la superficie como un submarino, chorreando agua por las puertas que daban a cada lado. Entonces ya podíamos volver al trabajo, hasta el próximo cambio de marea». A pesar de todo, los hermanos terminaron los botes y, a medida que corrió por Canadá la voz acerca de su buen oficio, fueron teniendo nuevos encargos. A mediados de 1912, los dos —con solo veinte y veintiún años— empezaban a notar que pisaban terreno firme.

Un día borrascoso y gris, George Pocock miró por la ventana del taller flotante y vio a un hombre larguirucho y desgarbado con una mata de pelo rojiza, pero canosa, agitada por el viento, remando como si todo él fuera codos y rodillas. Se esforzaba con los remos, observó George, «como un cangrejo desorientado». Parecía que el tipo intentaba alcanzarlos, aunque no daba la sensación de que hiciera grandes progresos en ese sentido. De hecho, la forma de remar era tan torpe e ineficaz que los Pocock concluyeron que el hombre tenía que estar borracho. Acabaron por encontrar un bichero, engancharon la barca del tipo y la arrastraron a lo largo del taller. Cuando, no sin cierto recelo, lo ayudaron a subir, sonrió, les tendió una mano bien grande y soltó con voz atronadora: «Me llamo Hiram Conibear. Soy el entrenador de remo de la Universidad de Washington».

Conibear —al que se llegaría a calificar de *padre del remo* en la Universidad de Washington— se convirtió en el entrenador porque no había nadie disponible para asumir el puesto, no porque tuviera la más mínima idea de remo. Había sido ciclista profesional en una época en la que hasta ocho hombres podían subirse a una sola bicicleta con varios sillines e ir a toda velocidad por caminos de tierra llenos de baches en los que se creaban unos tumultos que, a menudo, acababan en colisiones espectaculares y sangrientas. Después pasó a ser preparador físico de fútbol americano universitario y de equipos de atletismo y, más recientemente, en 1906, preparador de los campeones del mundo, los White Sox de Chicago. Cuando llegó a Washington en 1907, como entrenador de atletismo y preparador físico del equipo de fútbol americano, su única experiencia en el remo eran cuatro semanas del verano de 1905 en las que entrenó en un barcucho de cuatro remeros en el lago Chautauqua de Nueva York. Sin embargo, en 1908 empezó de entrenador de equipo más o menos por eliminación, en sustitución de un par de voluntarios a tiempo parcial.

Conibear era, según los que lo conocían bien, «sencillo, directo y audaz». Enfocó su nuevo trabajo con la ilusión que lo caracterizaba, lo que George Pocock llamó tiempo después *entusiasmo contagioso*. Como no tenía lancha de entrenador, corría por la orilla del lago Washington gritándoles a los chicos a través del megáfono, mezclando alegremente el argot del béisbol con la terminología del remo y un amplio abanico de irreverencias. Despotricaba tan alto, tan a menudo y con expresiones tan subidas de tono que los ofendidos vecinos de la orilla del lago no tardaron en quejarse a la universidad. Convencido de que las clases de remo tenían que ser más científicas, estudió minuciosamente libros de anatomía y textos de física. Más adelante se adueñó de un esqueleto humano del laboratorio de biología, lo ató al banco de un bote, le sujetó las manos a un palo de escoba y observó sus movimientos con atención mientras sus alumnos-ayudantes lo manipulaban para simular varias paladas. Una vez convencido de que iba por el buen camino respecto a la mecánica del deporte, centró su atención en los botes mismos. La Universidad de Washington había confiado en botes de fabricación casera, de los cuales muchos eran notablemente barrigones y lentos; algunos tenían tendencia a descuajaringarse cuando se remaba fuerte, y uno en concreto tenía una forma tan redondeada por debajo y tanta facilidad para volcar que Homer Kirby, el remero de popa del equipo de 1908, dijo que si uno quería mantenerlo estable, tenía que hacerse la raya en medio del pelo y dividir el tabaco de masticar a partes iguales en cada carrillo.

Lo que Conibear quería ahora era el tipo de botes que hacían en Inglaterra: largos, bien diseñados y elegantes. Botes rápidos. Cuando supo que un par de constructores de embarcaciones ingleses se habían instalado un poco más al norte, en Vancouver, salió en su busca.

Cuando encontró la tienda flotante en Coal Harbour, les contó a los Pocock que su intención era montar un verdadero ejército del remo. Tenía que comprar una flota, quizá hasta cincuenta botes de ocho remeros, pero desde luego no menos de doce. Quería que los Pocock se trasladaran inmediatamente a Seattle, donde les proporcionaría una tienda dentro del campus —una tienda seca en tierra firme— en la que construir la flota.

Sorprendidos, pero encantados con la magnitud del posible encargo, los Pocock visitaron Seattle y después enviaron un telegrama a Inglaterra para su padre, animándolo a venir corriendo a Washington, ya que habían encontrado trabajo para los tres. Cuando Aaron ya estaba de camino cruzando el Atlántico, George y Dick recibieron una carta aleccionadora de Conibear. Parecía que se había precipitado un poco la primera vez que habló con ellos. Resultaba que solo tenía dinero para comprar un bote en lugar de doce. Cuando le contaron el contratiempo, Aaron contestó secamente a sus hijos: «Acordaos de que el señor Conibear es estadounidense».

A pesar de la rebaja drástica de las expectativas, los Pocock no tardaron en instalarse en el campus de la Universidad de Washington, y Hiram Conibear se fue dando cuenta de que, al contratar a George Pocock, había contratado a mucho más que un hábil constructor de embarcaciones. Cuando George vio a los remeros de Washington en el agua, enseguida detectó ineficiencias y deficiencias en la mecánica de su palada que no podían solucionarse manipulando un esqueleto. Al principio se retuvo, ya que no era su estilo ofrecer consejos si no se los pedían. Sin embargo, cuando Conibear empezó a pedirles a los Pocock su opinión sobre cómo remaban los chicos, George se fue soltando. Le descubrió a Conibear los elementos de la palada que había aprendido de los barqueros del Támesis en su niñez y que había enseñado a los chicos de Eton. Conibear escuchaba con avidez, aprendía rápido, y pronto de ese diálogo surgió lo que dio en conocerse como *la palada Conibear*. Presentaba un retroceso más corto, una captura más rápida y un tirón más corto, pero más enérgico, en el agua. Al final de la palada, los remeros se quedaban en una posición más recta, listos para deslizarse hacia delante y empezar la siguiente palada más rápido y con menos molestia y trabajo. Era muy distinta de la palada utilizada tradicionalmente por las universidades del este —y de Eton—, con su retroceso exagerado y su recuperación larga, y casi enseguida empezó a brindarle a Washington las primeras victorias importantes. Incluso las universidades del este tomaron nota de la palada Conibear e intentaron entender cómo algo tan poco ortodoxo podía tener tanto éxito.

Conibear murió pocos años después, en 1917, al romperse la rama a la que se había subido para coger una ciruela de un árbol de su jardín trasero, y caer de cabeza al suelo. Sin embargo, por entonces Washington se había convertido ya en un sólido competidor de la costa oeste, en un rival que las universidades de Stanford, California y Columbia Británica respetaban, aunque todavía no había alcanzado el sueño de Conibear: ser «la Cornell del Pacífico».

Después de la Gran Guerra, Dick Pocock se trasladó al este a construir botes para la Universidad de Yale, mientras George se quedó en Seattle y le empezaron a llover de todo el país pedidos de sus embarcaciones exquisitamente montadas. A lo largo de las décadas siguientes, una serie de entrenadores y equipos de la Universidad de Washington se dieron cuenta de que el inglés que trabajaba tranquilamente en la buhardilla del pabellón de los botes tenía mucho que enseñarles de remo. Llegaron a verlo como algo nuevo bajo el sol, lo que en lenguaje actual se llamaría *un friki del remo*. Sus conocimientos sobre los aspectos técnicos del deporte —la física del agua, de la madera y del viento, o la biomecánica de los músculos y los huesos— no tenían parangón.

Sin embargo, la influencia de Pocock no se acababa en su dominio de la vertiente técnica del deporte. En realidad, solo empezaba ahí. A lo largo de los años, al ver ir y venir a sucesivas clases de remeros, al observar a chicos extremadamente fuertes y orgullosos esforzarse en dominar las fastidiosas sutilezas del deporte, al estudiarlos, trabajar con ellos, aconsejarles y oírles confesar sus sueños y sus puntos flacos, George Pocock aprendió mucho sobre los corazones y las almas de los jóvenes. Aprendió a ver esperanza donde un chico pensaba que no había, a ver habilidad ahí donde estaba oculta por el ego o la ansiedad. Constató lo frágil de la seguridad en uno mismo y el potencial redentor de la confianza. Detectó la fuerza de los hilos tenues de afecto que a veces surgían entre un par de jóvenes o entre todo un equipo que se esforzaba en hacerlo lo mejor posible. Y llegó a entender que esos vínculos casi místicos de confianza y afecto, si se cuidaban correctamente, podían elevar a un equipo por encima de la esfera ordinaria, transportarlo a un lugar en el que nueve chicos se convertían de alguna manera en una sola cosa —algo que no podía acabar de definirse, algo que estaba tan sintonizado con el agua, la tierra y el cielo que, al remar, el éxtasis sustituía al esfuerzo—. Era algo excepcional, algo sagrado, algo que esperar con devoción. Y en los años que llevaba en Washington, George Pocock se había convertido discretamente en su máximo sacerdote.

Años después, un timonel de la Universidad de Washington resumiría el sentir de cientos de chicos que acusaron la influencia de Pocock: «Los miembros de los equipos de remo de Washington siempre notamos su presencia, ya que él simbolizaba aquello que siempre representan los hijos de Dios».

Cada día, después de que Tom Bolles terminara de hablar y George Pocock volviera a entrar en la tienda, los chicos sacaban de los estantes los remos, largos y con las palas blancas, los llevaban hasta el agua y se preparaban para remar. No estaban ni mucho menos listos para meterse entre los ajustados límites de un bote de competición, de modo que esperaban turno para subir a bordo de la venerable barcaza de entreno de la universidad, la *Old Nero*. La embarcación —una gabarra ancha y de fondo plano con un largo pasillo en medio y asientos para seis remeros novatos— había servido de campo de pruebas para estudiantes de primero desde 1907, prácticamente durante los treinta años en que Washington había tenido un programa de remo.

Mientras los nuevos alumnos dedicaban los primeros días a familiarizarse con los remos, Tom Bolles y Al Ulbrickson iban y venían por el pasillo de la *Old Nero* vestidos con trajes de franela y sombreros de fieltro. Ulbrickson solía observar a los chicos en silencio y los seguía evaluando. Bolles, en cambio, no paraba de gritarles: había que agarrar el remo así y no *asá*, poner las palas perpendiculares al agua, enderezar la espalda, flexionar las rodillas, poner rectas las rodillas, tirar fuerte un momento, aflojar en otro... Era apabullante y agotador. En parte, la *Old Nero* estaba pensada para que los chicos que, por temperamento, no estaban hechos para el remo —Ulbrickson los llamaba *mimados*— se dieran cuenta de ello pronto, antes de que rompieran remos y botes de competición caros. Los chicos hacían grandes esfuerzos, llegaban al límite y jadeaban, pero a pesar de todos sus afanes, solo conseguían que *Old Nero* se alejara lenta y erráticamente del Cut hacia la extensión agitada del lago Washington. Mientras intentaban asimilar las clases y la experiencia, y sincronizar esfuerzos, vivían con un miedo constante de cometer alguno de los errores mayúsculos que Bolles no paraba de señalarles.

Había un error concreto que no necesitaba reprimenda. Los estudiantes enseguida aprendieron que si las palas de los remos entraban demasiado en el agua, con un ángulo equivocado o a destiempo respecto al resto, o si se quedaban en el agua una fracción de segundo más de lo necesario al final de una palada, podía ser que *pillaran un cangrejo*: el remo se quedaba súbita e irremediablemente encallado en el agua, tan firmemente inmovilizado como si una especie de crustáceo gigantesco hubiera subido desde las profundidades y hubiera agarrado la pala para no soltarla. La *Old Nero* seguía adelante, pero el remo no. El chico que sostenía el remo o bien recibía un viaje en el pecho que lo expulsaba de su asiento o, si cogía demasiado tiempo el remo, se veía catapultado al agua de forma brusca. Cada palada ofrecía a los chicos la posibilidad de una humillación pasada por agua, fría y espectacularmente pública.

De todos los estudiantes de primero, el único que había remado alguna vez en la vida era Roger Morris. Antes de la Depresión, la familia Morris tenía una cabaña rústica en la parte occidental de la isla de Bainbridge, en el estrecho de Puget. De niño, Roger pasó los veranos remando tranquilamente en la bahía de Manzanita, una cala azul y preciosa al abrigo de las Montañas Olímpicas. Roger era alto y fuerte y, cuando le apetecía, podía llegar en ese bote de remos a casi cualquier lugar que se propusiera, un hecho que demostró un buen día a los doce años. Aquejado de dolor de muelas y con la intención de volver a la comodidad de la casa familiar en el barrio de Fremont de Seattle, remó unas quince millas —hacia el norte por el paso de Agate, seis millas al sureste atravesando las aguas relativamente abiertas del estrecho de Puget, entre buques de carga y ferris, luego rumbo al este a través de la esclusa de Ballard, donde escurrió su pequeño bote de remos entre traineras de salmón, remolcadores y balsas de troncos, y finalmente por la bahía de Salmon— antes de llegar a casa ante la estupefacción de su madre. Sin embargo, a bordo de la *Old Nero*, Roger enseguida se dio cuenta de que su estilo de remo espontáneo no le era de ninguna ayuda, sino más bien lo contrario, cuando de lo que se trataba era de dominar la palada de competición que Tom Bolles y Al Ulbrickson enseñaban en los años treinta.

De hecho, a ningún estudiante de primero le parecía fácil dominarla. Para conseguir una palada medianamente fluida y fuerte, tenían que aprender a ejecutar una serie de movimientos calculados con exactitud y cuidadosamente coordinados. De cara a la popa del bote, todos los chicos empezaban con el pecho inclinado encima de las rodillas, los brazos extendidos hacia delante y ambas manos agarradas al mango del largo remo. Al principio de la palada, lo que se conoce como *agarre*, dejaban caer la pala del remo en el agua e inclinaban el torso hacia atrás, hacia la proa, manteniendo la espalda recta. A medida que los hombros se acercaban a una línea vertical respecto del cuerpo, empezaban el *golpe de piernas*, impulsándolas hacia delante, con lo que el asiento se deslizaba hacia la proa gracias a los rieles engrasados que tenía debajo. Al mismo tiempo, tiraban del remo hacia su pecho contra la resistencia del agua, volcando en la palada toda la fuerza combinada de los músculos de los brazos, la espalda y las piernas. Al llegar el remo al pecho, y con la espalda inclinada unos quince grados hacia la proa, completaban el *retroceso*. Entonces empezaba el *soltar*. Dejaban caer las manos hacia la cintura y sacaban la pala con rapidez y decisión del agua mientras, al mismo tiempo, daban un giro con la muñeca de la mano más cercana al agua para colocar la pala paralela a la superficie del agua. Luego, para empezar la *recuperación*, rotaban los hombros adelante y empujaban los brazos hacia la popa contra el remo mientras subían las rodillas hasta el pecho, impulsando así el cuerpo hacia delante sobre los rieles, de vuelta a la postura en cuclillas con la que habían empezado. Finalmente, mientras el bote se movía hacia delante debajo de ellos, rotaban de nuevo el remo para poner la pala perpendicular a la superficie para el próximo agarre, la volvían a dejar caer en el agua justo en el mismo momento que los demás chicos, y enseguida repetían todo el proceso una y otra vez al ritmo que el timonel pedía a través del pequeño megáfono que llevaba atado a la cabeza. Si se hacía correctamente, este proceso impulsaba hacia delante el bote con fluidez y fuerza. Sin embargo, había que enroscar y desenroscar el cuerpo en un ciclo continuo e ininterrumpido. Tenía que hacerse rápido y exactamente de la misma forma —con el mismo ritmo y con la misma fuerza— que los demás tripulantes del bote. Era endiabladamente difícil, como si ocho hombres encima de un tronco flotante que amenazara con girar sobre sí mismo cada vez que se movían tuvieran que darle a ocho pelotas de golf exactamente en el mismo momento, exactamente con la misma fuerza, dirigiendo la pelota exactamente al mismo punto de un *green*, y hacerlo una y otra vez, cada dos o tres segundos.

Los entrenamientos duraban tres horas cada tarde y, a medida que los días se acortaban, se alargaban hasta los fríos atardeceres de octubre. Cuando los chicos salían del agua, las manos les sangraban y tenían ampollas, sentían un dolor punzante en los brazos y las piernas, les dolía la espalda y estaban empapados de una mezcla pegajosa de sudor y agua de lago. Guardaban los remos, colgaban la ropa de remar para que se secara en un armario calentado al vapor del pabellón de los botes, se vestían y empezaban la larga subida de vuelta al campus.

Al atardecer, Joe Rantz observaba con creciente satisfacción que había menos chicos subiendo la colina. Y también observaba otra cosa. Los primeros que habían tirado la toalla eran los chicos con los pantalones impecablemente planchados y los zapatos acordonados bien relucientes. En una época en que las imágenes de los mejores remeros aparecían en las portadas de *Life* y del *Saturday Evening Post*, a muchos el remo universitario les parecía una forma de acrecentar su estatus social, de ser importantes en el campus. Pero no contaban con la extrema exigencia, física y psicológica, del deporte. Al bajar por las tardes al pabellón de los botes, Joe veía cada vez más chicos que le sonaban —chicos que habían dejado el remo— holgazaneando en el césped delante de la Biblioteca Suzzallo, lanzándole una mirada rápida mientras él pasaba. El dolor se cobraba su precio y a Joe ya le parecía bien. Para él, el dolor no era nada nuevo.

EL CENTRO DE SEQUIM (WASHINGTON)

CAPÍTULO IV

«Es difícil conseguir que el bote vaya tan rápido
como uno querría. El enemigo, desde luego, es la resistencia
del agua, ya que hay que desplazar la cantidad de agua
equivalente al peso de los hombres y el equipo,
pero esa misma agua es lo que te aguanta y ese mismo
enemigo es tu amigo. La vida es igual: los problemas
que tienes que superar también te aguantan
y te dan más fuerza para superarlos».

GEORGE YEOMAN POCOCK

Una noche tormentosa de noviembre de 1924, Thula Rantz se puso de parto en la cabaña de la mina Gold and Ruby. Mientras estaba echada en la cama y gemía, Harry se dirigió a Bonners Ferri (Idaho), a casi treinta kilómetros por carreteras de montaña serpenteantes, a buscar un médico. Enseguida se encontró con un puente dañado en la única carretera que salía de la ciudad. Con la ayuda de algunos mineros, reconstruyó el puente, consiguió llegar a Bonners Ferri y volvió justo a tiempo para que el médico atendiera el parto de su primera hija, Rose. Pero la odisea le llevó toda la noche.

Para Thula fue la gota que colmó el vaso. Ya estaba harta de la cabaña, de la mina y de Idaho. Al cabo de unas semanas, cargaron el Franklin, recogieron a Joe en la escuela, condujeron hasta Seattle y se mudaron al sótano de la casa de los padres de Thula en Alki Point. Por primera vez en un año, todos vivían bajo un mismo techo.

La cosa no fue bien. Thula, con otro bebé del que cuidar, no estaba más contenta en la estrechez del sótano que en la cabaña. De nuevo, Joe siempre parecía un estorbo. De modo que cuando Harry consiguió un trabajo de mecánico en la Hama Hama Logging Company en el canal Hood —a medio día de viaje al oeste de Seattle en coche y ferri—, Joe también tuvo que irse. Harry se llevó a su hijo, que no contaba más de diez años, para que viviera con una familia apellidada Schwartz, cerca del campamento maderero.

Hacia 1925 Harry había ahorrado un poco de dinero del trabajo en Hama Hama y lo utilizó para pagar la entrada de un taller de coches y tienda de neumáticos en Sequim, en la parte norte de la península Olímpica. El taller estaba en pleno centro, en Washington Street, la calle principal que atravesaba la pequeña ciudad, justo en el camino de cualquiera que viajara de Seattle a Port Angeles o más lejos, dentro de la península. Parecía una buena ubicación, y Harry consiguió volver a hacer lo que más le gustaba: reparar coches. Toda la familia se mudó a un pequeño piso encima del taller. Joe se inscribió en la escuela de Sequim. Pasaba los fines de semana ayudando a su padre a arreglar coches, cacharreando con los carburadores y aprendiendo a vulcanizar caucho, en parte por las ganas que tenía de ejercitar sus cada vez mayores habilidades mecánicas y en parte por no encontrarse con Thula en el piso de arriba. Cuando el alcalde de Sequim destrozó el Franklin de Harry, porque se quedó mirando a una chica que pasaba por la calle —rompió incluso el bastidor de madera—, le compró a Harry un modelo nuevo, y Harry le dio a Joe el Franklin viejo para que practicara reparándolo. Ese año nació una segunda hija, Polly, y ante el afianzamiento del negocio, Harry compró una finca de sesenta y cuatro hectáreas de terreno recién talado al suroeste de la ciudad. Ahí empezó a construirse él mismo una gran casa de campo.

Sequim está situada en una gran extensión de pradera entre las Montañas Olímpicas coronadas de nieve al sur y el estrecho de Juan de Fuca, ancho y azul, al norte. La isla de Vancouver se intuye en el horizonte. Al abrigo de las montañas, resguardada de las tormentas que entran del Pacífico desde el suroeste, la zona es mucho menos lluviosa que el resto de la parte occidental de Washington, y los cielos suelen ser más azules que grises. De hecho, el tiempo es tan seco que los primeros colonos encontraron cactus. Era el tipo de ciudad en que la gente se reunía el fin de semana para construir una iglesia nueva, para comerse un helado el domingo por la tarde, o para pasarlo en grande en el baile del sábado por la noche. En Sequim el carnicero también podía ser el bombero voluntario que te salvaba la casa o el granero, o el vecino que te ayudaba a reconstruirlos. Era un lugar donde las indias americanas de la tribu *s'klallam*, cercana a Jamestown, compartían recetas con la mujer de un pastor protestante mientras se tomaban un café en el Dryke's Café;

donde los hombres mayores se sentaban los sábados por la tarde delante de la estafeta de correos y escupían el jugo marrón del tabaco dentro de escupideros estratégicamente dispuestos; donde los chicos vendían melones robados de parcelas del lugar a Pete «el de Honolulu», que aparcaba en Seal Street una furgoneta que hacía las veces de tienda de fruta; donde los niños entraban en Lehman's Meat Market y les daban un perrito caliente porque parecía que tenían hambre, o donde paraban en Brayton Drug Store y les ofrecían un caramelo solo por decir «por favor».

La casa de campo en las afueras que Harry se puso a construir entre los tocones de árboles se convirtió en un proyecto de nunca acabar. Con la ayuda de Joe, excavó una acequia para desviar agua —ilegalmente— de un canal de riego que salía del cercano río Dungeness. Montó un aserradero alimentado por el agua desviada. Taló los pocos árboles torcidos de los que la empresa maderera había hecho gracia, y luego serró suficiente madera basta para armar la casa de dos pisos y aplicarle a una parte un revestimiento de cedro. Joe y él recogieron guijarros del río Dungeness y levantaron con gran esfuerzo una enorme chimenea de piedra. La casa estaba todavía a medio hacer cuando Harry decidió vender el taller de coches y mudarse con su familia a la finca talada.

A lo largo de los años sucesivos, Harry y Joe seguían poniendo clavos cuando tenían tiempo. Construyeron un porche muy amplio y una leñera, un gallinero destartalado que pronto acogió a más de cuatrocientas gallinas, y un corral de ordeño desvencijado para media docena de vacas lecheras que pastaban entre los tocones. Harry instaló un volante y un generador en la rueda hidráulica que alimentaba el aserrador, tendió cable eléctrico por la casa y colgó bombillas de las vigas. Si el suministro de agua de la acequia aumentaba o disminuía, las luces se encendían o se apagaban y brillaban con distintos grados de intensidad. No obstante, nunca consiguió terminar del todo la casa.

A Joe el estado de la casa no le importaba tanto. Volvía a tener algo que se parecía a un hogar y un nuevo mundo que explorar. Detrás de la casa había un prado de casi media hectárea, que en verano se cubría de dulces fresas silvestres. En primavera, el agua corría por la rueda hidráulica con tanta fuerza que acabó por excavar una piscina de casi tres metros de profundidad y ocho metros de largo. Los salmones, las truchas y las truchas cabeza de acero del río Dungeness no tardaron en meterse en la acequia y formaron bancos en el estanque. Joe colocó una red en un extremo de un palo largo y, siempre que le apetecía pescado para cenar, sencillamente cogía la red, se iba detrás de la casa, escogía un pez y lo pescaba. El bosque que había un poco más lejos de la finca estaba lleno de osos y de pumas. Ese hecho preocupaba a Thula que, como es comprensible, sufría por su camada de niños pequeños, mientras que Joe sentía una gran emoción cuando, de noche, oía chapotear a los osos que pescaban en el estanque o a los pumas que chillaban cuando se encontraban con sus congéneres en la oscuridad.

Joe era un buen estudiante, apreciado por sus compañeros, a quienes les parecía sociable, desenvuelto, bromista y divertido. Los pocos que lo conocían bien sabían que súbita e inesperadamente se ponía serio —nunca cruel u hostil, sino precavido, como si hubiera una parte de él que no quisiera mostrar.

Era uno de los alumnos preferidos de la señorita Flatebo, la profesora de música. Gracias al trueque y a la generosidad de unos cuantos amigos, pronto reunió una colección desigual de viejos instrumentos de cuerda —una mandolina, varias guitarras, un ukelele antiguo y dos banjos—. Sentado cada día en el porche después de la escuela, retomando la práctica por la noche cuando ya había acabado los deberes, con paciencia y gran esfuerzo aprendió a tocar cada instrumento competentemente. Cogió la costumbre de llevar una de las guitarras al autobús escolar cada día. Se sentaba en la parte de atrás y tocaba y cantaba sus canciones preferidas —temas muy animados de vodeviles que había escuchado en la radio, largas baladas cómicas y tristes y cadenciosas canciones de vaqueros— para regocijo de los demás alumnos, que se acercaban por grupos a la parte de atrás del autobús a escuchar y a cantar con él. No tardó en darse cuenta de que tenía una admiradora especial, una chiquilla muy guapa llamada Joyce Simdars —con rizos rubios, la nariz chata y pequeña, y una sonrisa encantadora— que cada vez más a menudo se sentaba a su lado y cantaba con él en una perfecta armonía a dos.

Para Joe, Sequim se perfilaba como algo cercano al paraíso. Para Thula, en cambio, fue una decepción más, ya que no le parecía una mejora significativa respecto a Boulder City, el sótano de sus padres o el piso de encima de la tienda de neumáticos. Atrapada en una casa a medio terminar, rodeada de tocones podridos y de toda clase de animales salvajes, se sentía más alejada que nunca de la vida sofisticada que imaginaba para sí. Todo lo que rodeaba a la vida campestre la horrorizaba: ordeñar las vacas a diario, el hedor omnipresente a estiércol, recoger huevos sin descanso, la limpieza diaria del separador de mantequilla y las luces siempre parpadeantes que colgaban de las vigas. Odiaba cortar astillas sin tregua para alimentar la cocina de leña, levantarse temprano y acostarse tarde. Y siempre estaba molesta con Joe, con sus amigos adolescentes y con las bandas que improvisaban en el amplio porche y que armaban jaleo de día y de noche.

Pareció que todas estas miserias se juntaran en un único momento espantoso una mañana neblinosa de invierno en que, estando delante de la cocina de leña con una sartén llena de grasa de tocino, patatas y cebollas, Thula se dio la vuelta y tropezó con Harry Junior, que estaba echado bocarriba en el suelo. La sartén y su contenido cayeron de lleno en el cuello y el pecho del niño. Los dos gritaron al mismo tiempo. Harry salió corriendo por la puerta, se quitó la camisa de un tirón y se arrojó encima de un montón de nieve, pero el daño ya estaba hecho: en el pecho tenía unas quemaduras y unas ampollas horrorosas. Sobrevivió, pero solo después de coger una neumonía que le tuvo semanas ingresado en un hospital cercano, y de perderse un año entero de escuela.

Después de esto, las cosas volvieron a ser más amargas para toda la familia. En otoño de 1929, en la vida de Joe se abrió un boquete. La noche del 29 de septiembre, la casa familiar de Joyce Simdars ardió y quedó reducida a cenizas sin que hubiera nadie dentro. A Joyce la enviaron a vivir con una tía en Great Falls (Montana) hasta que se reconstruyera la casa. De un día para otro, el viaje en autobús a la escuela dejó de ser lo que era.

Al cabo de un mes ocurrió una calamidad mucho más grande. La economía rural de Estados Unidos ya hacía algún tiempo que pasaba serios apuros. La gran cantidad de excedentes de trigo, maíz, leche, cerdo y ternera producidos en el Medio Oeste hizo que el precio de las materias primas agrícolas se desplomara. El trigo rendía una décima parte de lo que rendía nueve o diez años atrás. En Iowa, una fanega de maíz no llegaba al precio de un paquete de chicles. Y la caída de precios empezó a extenderse hacia el Lejano Oeste. Las cosas en Sequim no eran tan duras como en las Grandes Llanuras, pero lo eran bastante. La finca de los Rantz, como incontables fincas de todo el país, había conseguido hasta ese momento ser mínimamente rentable. Sin embargo, cuando los Rantz abrieron el *Sequim Press* el 30 de octubre y leyeron lo que había ocurrido en Nueva York en los últimos días, Harry y Thula tuvieron la certeza de que el mundo había cambiado por completo, de que la protección ante la tormenta de Wall Street no duraría demasiado, ni siquiera en Sequim, en el extremo noroeste del país.

A lo largo de las siguientes semanas, las cosas continuaron deshilachándose en casa de los Rantz en Silberhorn Road. Una semana después del crac financiero, empezaron a aparecer a diario perros salvajes en la finca. Ese otoño docenas de familias habían abandonado sus casas y sus fincas en Sequim, y muchos dejaban tras de sí a perros que tenían que apañárselas solos. Ahora se unían en jaurías y daban caza a las vacas por todo el terreno de los Rantz, mordisqueándoles las piernas sin descanso. Las vacas mugían angustiadas y se movían pesadamente entre los tocones hasta que quedaban agotadas y se les retiraba la leche, que era la principal fuente de ingresos de la finca. Dos semanas más tarde, se colaron visones en el gallinero, mataron a docenas de gallinas y dejaron los cuerpos ensangrentados amontonados en las esquinas. Al cabo de unos días volvieron a hacerlo, casi como si fuera una diversión, y los huevos dieron menos dinero. Más adelante Harry Junior diría de los acontecimientos de ese otoño: «Todo dejó de funcionar. Era como si alguien le hubiera dicho a Dios: «¡Ve a por ellos!”».

Entonces, a última hora de una tarde lluviosa de noviembre, Joe se apeó del autobús escolar justo cuando la oscuridad envolvía la casa. Al caminar por la entrada de los coches, esquivando los baches llenos de agua de lluvia, Joe se fijó en el Franklin de su padre, con el motor encendido y de cuyo tubo de escape salía una nube de humo blanco. Había algo atado al techo del coche, con una lona encima. A medida que se acercó, vio que los niños estaban colocados en los asientos de atrás, entre maletas, y lo observaban a través de los cristales empañados. Thula estaba en el asiento delantero, mirando hacia delante, hacia la casa, donde Harry esperaba en el porche a que Joe se acercara. Joe subió las escaleras del porche. Su padre tenía la cara pálida y demacrada.

—¿Qué pasa, papá? ¿Adónde vamos? —murmuró Joe.

Harry bajó la mirada a las tablas que entarimaban el porche; luego la levantó y la fijó en el bosque oscuro y húmedo, encima del hombro de Joe.

—Aquí no estamos bien, Joe. Ya no hay nada que hacer. Thula tiene muy claro que se va. No para de decírmelo.

—¿Y adónde vamos?

Harry se volvió y miró a Joe a los ojos.

—No lo sé. De momento, a Seattle, después quizá a California. Pero, hijo, el caso es que Thula quiere que te quedes aquí. Yo me quedaría contigo, pero no puedo. Los niños necesitan a un padre más que tú. De todos modos, ahora ya estás casi criado.

Joe se quedó helado. Clavó los ojos, de un azul grisáceo, en la cara de su padre, que de repente se volvió vacía e inexpresiva como una piedra. Atónito, Joe procuró asimilar lo que acababa de oír. Incapaz de hablar, alargó la mano y la puso sobre la reja de cedro para sostenerse. Las gotas de lluvia que caían del tejado salpicaban el barro que había debajo. La barriga se le revolvió. Finalmente farfulló: «¿Y no puedo acompañaros?».

—No, no funcionaría. Mira, hijo, si algo sé de la vida, es que si quieres ser feliz, tienes que aprender a serlo solo.

Dicho esto, Harry volvió al coche a grandes zancadas, entró, cerró la puerta y arrancó. En los asientos traseros, Mike y Harry Junior miraban detenidamente por la ventana ovalada de detrás. Joe vio cómo las luces rojas se alejaban y desaparecían envueltas en la oscuridad y la lluvia. Dio media vuelta, entró en casa y cerró la puerta tras de sí. Todo el proceso había llevado menos de cinco minutos. Ahora la lluvia retumbaba en el tejado. La casa estaba fría y húmeda. Las bombillas que colgaban de las vigas se encendieron un momento. Luego se apagaron y ya no volvieron a encenderse.

La lluvia todavía aporreaba el tejado de la casa a medio terminar de Sequim cuando Joe se levantó al día siguiente. Durante la noche se había puesto a ventar, y las copas de los abetos de detrás de la casa gemían. Joe estuvo un buen rato echado en la cama, con los oídos bien abiertos, recordando los días que se había pasado echado en la cama del altillo de su tía en Pennsylvania escuchando el ruido quejumbroso de los trenes a lo lejos, presa del miedo y la soledad, que le oprimían el pecho y lo hundían en el colchón. Volvía a tener la misma sensación. No le apetecía levantarse y, de hecho, le daba igual si se levantaba o no.

Finalmente, sin embargo, sí se levantó. Encendió la cocina de leña, puso agua a hervir, frio algo de panceta ahumada e hizo café. Muy lentamente, mientras se comía la panceta y la cabeza se le despejaba con el café, la espiral de pensamientos bajó de ritmo y se fue dando cuenta de algo. Abrió los ojos y lo agarró, lo interiorizó, lo comprendió todo de golpe y notó que esa comprensión iba acompañada de una determinación tenaz, de una creciente sensación de resolución. Estaba cansado de encontrarse en esta situación —asustado, dolido, abandonado y preguntándose siempre por qué—. Viniera lo que viniera en un futuro, no iba a dejar que volviera a pasar nada parecido. A partir de ahora, seguiría su propio camino, encontraría su propia senda hacia la felicidad, tal como había dicho su padre. Le demostraría a él y a sí mismo que era capaz de hacerlo. No se convertiría en un ermitaño. Le gustaba mucho la gente, y los amigos ayudan a ahuyentar la soledad. Pero nunca más iba a depender de ellos ni de su familia ni de nadie más, y así podría ser el que era. Sobreviviría y lo haría solo.

El olor y el sabor de la panceta le habían abierto el apetito y todavía tenía hambre. Se levantó y rebuscó en la cocina para ver lo que había. No encontró demasiadas cosas: algunas cajas de copos de avena, un tarro de pepinillos, unos cuantos huevos de las gallinas que habían sobrevivido a los ataques de los visones, media col y algo de salchicha ahumada en la nevera. No era mucho para un chico de quince años que ya se acercaba al metro ochenta.

Se hirvió un poco de avena y volvió a sentarse para seguir con sus pensamientos. Su padre siempre le decía que todos los problemas tienen solución. Pero siempre insistía en que, a veces, la solución no está donde la gente suele pensar, que a veces hay que mirar en sitios inesperados y pensar de forma nueva y creativa para encontrar las respuestas que uno busca. Se acordó del hongo encima del tronco podrido en Boulder City. Se le ocurrió que podía sobrevivir solo si estaba alerta, atento a las oportunidades y si no permitía que su vida la decidieran las ideas de los demás sobre lo que él tenía que hacer.

En las semanas y meses siguientes, Joe fue aprendiendo a apañárselas solo. Clavó estacas de hierro en el suelo para reforzar el gallinero ante futuros ataques de visones e hizo acopio de los pocos huevos que recogía cada mañana. Buscaba setas cuando el bosque estaba húmedo y, con la lluvia todavía reciente, las encontraba a mansalva: rebozuelos naranjas, ondulados y hermosos, y setas calabaza gordas y carnosas que freía en la grasa de tocino que Thula había guardado en una lata. Recogía las últimas moras del otoño; pescaba los últimos peces de la charca de detrás de la rueda hidráulica; recogía berros, les añadía bayas y ya tenía una ensalada.

Pero con bayas y ensalada no se llegaba muy lejos. Estaba claro que iba a necesitar algo de dinero. Condujo hasta el centro en el viejo Franklin que su padre había dejado en el garaje y lo aparcó en Washington Street, donde se sentó en el capó y cantó al son del banjo, con la esperanza de que le dieran algo de dinero suelto. No tardó en descubrir que en 1929 ese concepto no existía.

El crac empezó en Wall Street, pero enseguida arruinó a comunidades de costa a costa. El centro de Sequim estaba desierto. El State Bank de la ciudad todavía aguantaba, pero quebraría en cuestión de meses. Cada día, más fachadas de tiendas aparecían cerradas con tablas. Mientras Joe cantaba, los perros, sentados sobre las aceras de madera, lo escuchaban con desgana y se rascaban las pulgas bajo la lluvia. Por la calle sin asfaltar transitaban coches negros que salpicaban al pasar sobre baches llenos de barro y despedían chorros de agua marrón, pero los conductores no le prestaban atención a Joe. Prácticamente el único público con el que podía contar era un personaje barbudo al que todo el mundo llamaba *el ruso loco*, que llevaba toda la vida vagando descalzo por las calles de Sequim y hablando consigo mismo entre dientes.

Joe le dio un poco más a la imaginación. Meses antes, él y su amigo Harry Secor descubrieron un lugar del río Dungeness donde había salmones reales —algunos de hasta metro veinte de largo— en un remanso profundo, verde y que tendía a arremolinarse, a la espera de desovar. Joe encontró un arpón en el granero y empezó a llevarlo escondido en el bolsillo.

A primera hora de una mañana neblinosa de sábado, él y Harry se abrieron camino a través de una maraña empapada de álamos de Virginia y alisos que bordeaban el Dungeness y esquivaron al guardabosques que solía patrullar por el río en la época en que desovan los salmones. Cortaron un palo resistente de un aliso joven, le ataron el arpón y se fueron acercando sigilosamente al río rápido y frío. Joe se quitó los zapatos, se arremangó los pantalones y se adentró despacio en los bajos que había río arriba del remanso. Cuando Joe ya estuvo listo, Harry se puso a tirar grandes cantos rodados en el remanso y a golpear la superficie con un palo. Presas del pánico, los peces salieron disparados río arriba hacia los bajos, donde los esperaba Joe. Mientras pasaban como una bala, Joe apuntó con el arpón a uno de los peces más grandes, clavó el palo en el agua y tuvo la habilidad de darle debajo de las agallas, donde el arpón no dejaría marcas reveladoras. Entonces, entre muchos gritos y chapoteo, salió del agua a tropezones y arrastró al salmón, que se iba retorciendo, hasta la orilla de grava.

Esa noche, solo en casa, Joe se dio un festín. A partir de entonces, se dedicó a convertir la pesca furtiva de salmón en un negocio. Cada sábado por la tarde, Joe caminaba cinco kilómetros hasta la ciudad con uno o más salmones enormes colgados del hombro en una vara de sauce, con las colas arrastrándose por el suelo. Entregaba la pesca en la puerta trasera de Lehman's Meat Market y en las puertas traseras de varias casas particulares de Sequim, donde la vendía por dinero o la cambiaba por mantequilla, carne, gasolina para el Franklin o lo que necesitara aquella semana, y les aseguraba solemne y afablemente a sus clientes que sí, desde luego, que la había pescado con anzuelo y sedal, en buena lid.

Hacia finales de invierno, Joe dio con otra oportunidad de negocio. Con la Prohibición a la orden del día y Canadá a veinticuatro kilómetros, del otro lado del estrecho de Juan de Fuca, Sequim era un animado puerto de entrada de licores de todo tipo. Buena parte se iba a los bares clandestinos de Seattle, pero había un contrabandista que se especializaba en los clientes de la ciudad. Todos los viernes por la noche, Byron Noble recorría con estruendo las afueras de Sequim en un gran Chrysler negro de líneas elegantes y dejaba petacas llenas de ginebra, ron o whisky detrás de determinados postes de cercas, donde sus clientes sabían que tenían que buscarlas. Joe y Harry Secor no tardaron en saber igualmente dónde buscarlas.

En noches gélidas, vestidos con ropa oscura y gruesa, seguían a Noble en su ruta nocturna, vertían el contenido de algunas petacas en tarros de fruta y sustituían el licor por vino de diente de león que ellos mismos fermentaban en el granero de Joe. Suponían que, de esa forma, en lugar de parecer que alguien había robado la mercancía, a los clientes de Noble les parecería sencillamente que habían dado con un lote de aguachirle. Sin embargo, iban con cuidado de no robar demasiado a menudo en el mismo lugar, temerosos de que Noble o sus clientes estuvieran al acecho, esperándoles con una escopeta. Después de una noche de trabajo, Joe dejaba sigilosamente los tarros de fruta llenos de licor de verdad detrás de los postes de los clientes que él había conseguido discretamente.

Cuando no pescaba furtivamente ni robaba bebida, Joe trabajaba en cualquier tipo de trabajo legal que se le ofreciera. En los prados de los vecinos cavó túneles debajo de los tocones y los arrancó del suelo con largas barras de hierro. Si la palanca no funcionaba, colocaba cargas de dinamita debajo, encendía una mecha y corría como un condenado mientras la dinamita volaba por los aires los tocones y se elevaba una nube negra de tierra y piedras. Cavaba acequias a mano, agachándose y escarbando con una pala. Para hacer postes de cercas, partía con un hacha de doble filo y mango largo los enormes troncos de cedro que en primavera bajaban por el Dungeness. Cavaba fuentes. Construía graneros encaramado a las vigas, fijando clavos. Ponía en marcha manualmente los separadores de mantequilla, arrastraba latas de leche y nata de más de cincuenta kilos, y las cargaba en camiones que las entregaban a la cooperativa de productos lácteos Dungeness-Sequim. Al acercarse el verano, trabajaba bajo cielos azul pálido en los campos secos que rodean Sequim, donde cortaba heno con una guadaña, lo cargaba en carros y lo echaba a toneladas en los pajares de los graneros de sus vecinos.

En toda esta etapa, Joe se volvió cada vez más fuerte e independiente. No dejó de ir a la escuela y sacó buenas notas. Sin embargo, al final del día seguía solo, cada noche volvía a la casa vacía y a medio terminar. Comía solo, sentado en un extremo de la gran mesa donde su familia solía reunirse para cenar animadamente. Todas las noches lavaba el único plato que utilizaba, lo secaba y lo volvía a colocar en su lugar, encima de la pila de platos que Thula había dejado en un armario de la cocina. Se sentaba frente al antiguo piano de su madre en el salón y le arrancaba tintineos y melodías sencillas que flotaban por los espacios vacíos y oscuros de la casa. Se sentaba en las escaleras de la entrada y tocaba el banjo y cantaba en voz baja para sí mismo.

En los siguientes meses, Joe buscó nuevas oportunidades en Sequim. En la misma Silberhorn Road, encontró trabajo a tiempo parcial ayudando a su vecino mayor, Charlie McDonald. McDonald se ganaba la vida talando árboles, enormes álamos de Virginia que crecían a orillas del río Dungeness. Era un trabajo agotador. Los álamos eran inmensos, de un diámetro tan grande que, a veces, a Joe y a Charlie les llevaba una hora o incluso más talar uno, serrando de un lado para otro a través del duramen blando y blanco con una sierra para dos personas que medía más de dos metros. En primavera, al caer los árboles que talaban, la savia, abundante en esa estación, salía disparada de los tocones hasta una altura de un metro. Luego, Joe y Charlie cortaban todas las ramas con hachas, le quitaban la corteza al tronco con largas barras de hierro y lo ataban a los caballos de tiro de Charlie, Fritz y Dick, para que arrastraran la madera hasta sacarla del bosque y se pudiera enviar a la planta de pasta de papel en Port Angeles.

A Charlie lo habían gaseado en la Gran Guerra y tenía las cuerdas vocales prácticamente destrozadas. No soltaba más que graznidos y susurros. Al trabajar juntos, Joe se quedó maravillado de que Charlie consiguiera que los pesados caballos de tiro le hicieran caso con un apenas audible «arre» o «so» o, muy a menudo, sencillamente con un silbido y un movimiento de cabeza. Charlie hacía una señal, y Fritz y Dick se sentaban al mismo tiempo sobre las patas traseras y él los ataba. Hacía otra señal, y los dos se levantaban y tiraban como si fueran un solo caballo, con los movimientos completamente sincronizados. Tiraban con todas sus fuerzas. Charlie le contó a Joe que cuando los caballos tiran de esa manera, tiran mucho más del doble de lo que cada uno puede tirar solo. Tiran, dijo él, hasta que el tronco se mueva, el arnés se rompa o les falle el corazón.

Con el tiempo, Joe empezó a cenar algunas veces con la familia McDonald a cambio de su trabajo. Pronto se ganó la simpatía de las hijas preadolescentes —Margaret y Pearlie— y se quedaba después de la cena, la mayoría de noches hasta tarde, rasgueando el banjo y cantándoles a las niñas, o echado en la alfombra de la sala de estar, jugando con ellas al dominó, al *mahjong* o a los palitos chinos.

Pronto encontró otra forma de sacarse unas perras, al tiempo que también se divertía. Con dos amigos de la escuela, Eddie Blake y Angus Hay Junior, formaron una banda de tres miembros, con Joe en el banjo, Eddie en la batería y Angus en el saxo. El trío tocaba canciones de *jazz* en el cine Olympic de Sequim durante las pausas a cambio de que les dejaran ver las películas. Tocaban para bailes tradicionales en el Grange Hall en Carlsborg. Los sábados por la noche tocaban en un salón de baile en la cercana Blyn, donde un agricultor había convertido su gallinero, al que le había añadido unas cuantas luces eléctricas, en el local de baile más frecuentado de Sequim. Las chicas entraban gratis en el Chicken Coop y los chicos por veinticinco céntimos, pero Joe y sus compañeros de banda no pagaban entrada cuando actuaban. Para Joe, era un dato muy importante: hacía algunas semanas, Joyce Simdars había vuelto de Montana, y que la entrada fuera gratis significaba que podía invitarla a venir. No tardó en descubrir, muy a su pesar, que solo muy de vez en cuando la dejaban salir; solo cuando su madre la podía acompañar, sentada con actitud vigilante en el amplio asiento trasero de felpa del Franklin, con el territorio peligroso controlado.

Si Joyce Simdars quería algo en este mundo, era que su madre no estuviera tan encima de ella.

Joyce Simdars a los dieciséis años

La familia Simdars era austera y la educación de Joyce, estricta. Sus padres, que descendían de inmigrantes alemanes y escoceses que se contaron entre los primeros colonos de Sequim, creían que el trabajo era un fin en sí mismo, que llevaba por el buen camino al alma díscola y que nunca se trabajaba demasiado. El padre de Joyce, de hecho, iba camino de matarse en el trabajo. A pesar de sufrir hipertrofia cardíaca y reumatismo inflamatorio, siguió arando el campo a la manera tradicional: detrás de un tiro de mulas. Hacia el final de su vida, las mulas prácticamente lo arrastraban de un lado al otro del campo desde poco después del amanecer hasta el atardecer, a veces seis días por semana durante la temporada de siembra.

Sin embargo, era la madre de Joyce, y en especial sus creencias religiosas, lo que más la agobiaba. Enid Simdars seguía los dictados de la ciencia cristiana, una fe que predica que el mundo material y todo el mal que lo acompaña son una ilusión, y que la única realidad es la espiritual. Entre otras cosas, eso suponía que la oración y nada más que la oración podía curar enfermedades como el reumatismo que aquejaba al padre de Joyce, y que los médicos eran una pérdida de tiempo. También suponía algo que, durante la infancia de Joyce, la afectó de forma todavía más personal. Enid creía que solo había una *Joyce buena* y que una *Joyce mala* era un imposible teológico, que cualquier persona que lo pareciera era, por definición, una impostora disfrazada de su hija. Cuando Joyce se portaba mal, para su madre sencillamente dejaba de existir. A la Joyce mala se la sentaba en una silla, no se le hacía caso y no bajaba de la silla hasta que espontáneamente volvía a aparecer la Joyce buena. El resultado es que Joyce pasó buena parte de su infancia batallando con la idea de que cualquier mal pensamiento o mala conducta suya significaban que no era digna de ser querida y que, de hecho, estaba a punto de dejar de existir. Años después se acordaba de estar sentada sollozando en la silla, comprobando una y otra vez que todavía existía.

Si tenía un refugio, este era trabajar al aire libre antes que en casa. Odiaba las tareas domésticas, en parte porque en casa de los Simdars nunca se acababan, y en parte porque la tenían bajo la campana de vidrio de la mirada vigilante de su madre. Y no ayudaba que, desde los dieciséis años, Joyce hubiera empezado a sufrir artritis, lo que parecía un regalo genético de su padre. Lavar platos, fregar el suelo y limpiar las ventanas sin parar eran el tipo de trabajo repetitivo que le agravaba el dolor de las manos y las muñecas. Siempre que tenía una oportunidad, se escabullía a trabajar en el huerto o a cuidar de los animales con su padre. Él no era precisamente cariñoso, más propenso a acariciar al perro de la familia que a sus hijos, pero como mínimo siempre parecía vagamente contento de que lo acompañara, y a Joyce el trabajo agrícola le resultaba más interesante que las tareas domésticas. A menudo había que resolver problemas prácticos o hacer algo nuevo, y esto atraía la curiosidad intelectual de Joyce —una curiosidad que ya había hecho de ella una muy buena alumna en la escuela, incluso avanzada a su edad—. Siempre le apetecía profundizar en todo lo que despertaba su interés, desde la fotografía al latín. Le encantaba la lógica, separar las cosas y volverlas a juntar, ya fuera un discurso de Cicerón o un molinete. Sin embargo, al final del día, en los límites oscuros y estrechos de la casa, a Joyce siempre le esperaban los platos y demás tareas domésticas y la mirada vigilante de su madre.

Así que cuando Joyce se fijó en Joe Rantz —quien, sentado al fondo del autobús escolar, rasgueaba una guitarra y cantaba una canción antigua y graciosa con una amplia sonrisa que mostraba los dientes—, cuando oyó su risa bulliciosa y vio la alegría de sus ojos al mirarla, se sintió atraída y enseguida vio en él una ventana a un mundo más amplio y soleado. Joe parecía la misma encarnación de la libertad.

Joyce sabía cuáles eran las circunstancias de Joe, sabía lo marginal que era su existencia y las escasas perspectivas que tenía. Sabía que muchas chicas se alejarían de un chico así, y que tal vez ella también debería hacerlo. Y, sin embargo, cuanto más observaba cómo se enfrentaba Joe a esas circunstancias, lo fuerte que era, los recursos con los que contaba, y cómo le gustaba, igual que a ella, el reto de resolver problemas prácticos, más llegó a admirarlo. Con el tiempo también entendió que él, igual que ella, vivía atormentado por la falta de confianza en sí mismo. Ante todo, le maravillaba y estaba exultante por el simple e innegable hecho de que parecía interesarse por ella tal como era, buena o mala. Poco a poco decidió que algún día encontraría una manera de compensar la forma en que el mundo había tratado hasta entonces a Joe Rantz.

En el verano de 1931, Joe recibió una carta de su hermano Fred, entonces profesor en el Roosevelt High School de Seattle. Fred quería que Joe viniera a Seattle a vivir con él y con Thelma y que cursara el último año en el Roosevelt. Fred decía que si Joe terminaba el bachillerato en un instituto tan prestigioso como el Roosevelt, podía conseguir entrar en la Universidad de Washington. Una vez ahí, todo era posible.

Joe no se fiaba. Desde que Fred lo había recogido en Nezperce cuando tenía cinco años, a Joe siempre le había parecido que Fred era un poco autoritario, con tanta tendencia a dirigir la vida de Joe como a ayudarlo. Daba la sensación de que durante mucho tiempo Fred había pensado que su hermano pequeño era un poco inútil, y que en muchos aspectos él tenía que llevarlo por el buen camino. Ahora que Joe empezaba a pisar suelo firme, a conseguir cosas por su cuenta, no tenía nada claro que quisiera que Fred, o cualquier otra persona, le dijera cómo tenía que vivir la vida. Tampoco estaba seguro de que quisiera vivir con la hermana gemela de Thula. Y la verdad es que no se había planteado ir a la universidad. A pesar de todo, al considerar la carta de Fred, la idea empezó a atraerle. Había sido un buen estudiante, tenía una curiosidad infinita sobre un montón de cuestiones y le gustaba la idea de poner a prueba su capacidad intelectual. Pero, sobre todo, sabía que era improbable que Sequim lo llevara al futuro que se empezaba a imaginar, un futuro centrado en Joyce Simdars y en una familia propia. Sabía que para llegar a él tendría que separarse de Joyce, como mínimo por ahora.

Finalmente cerró con tablas la casa de Sequim, le dijo a Joyce que volvería al final del año escolar, cogió el ferri para Seattle, se mudó con Fred y Thelma, y empezó a ir a clase en el Roosevelt. Fue un giro curioso: por primera vez desde que tenía memoria, se encontró con tres comidas decentes al día y poco que hacer, excepto ir a clase y pensar qué le interesaba. Se lanzó de lleno a ambas cosas. De nuevo, destacó en clase y enseguida se abrió camino hasta el cuadro de honor. Se apuntó a la coral y aprovechó la oportunidad que le dio de cantar y de actuar en obras de teatro y tocar música. Se inscribió en el equipo de gimnástica, en el que la fuerza prodigiosa de su torso lo hizo destacar en anillas, barras altas y paralelas. Al final del día, a veces salía por la ciudad con Fred y Thelma y comía en restaurantes de verdad, veía películas de Hollywood, incluso iba a musicales en el 5th Avenue Theatre. A Joe le parecía una vida extraordinariamente desahogada y privilegiada, y le confirmó lo que iba pensando: a la vida le pedía algo más de lo que Sequim podía ofrecer.

Un día de primavera de 1932, mientras Joe practicaba *gigantes* en la barra alta del gimnasio, se fijó que en la entrada había un hombre alto con traje gris oscuro y sombrero de fieltro que lo observaba con atención. El hombre se fue, pero al cabo de pocos minutos Fred entró en el gimnasio y le pidió a Joe que se acercara a la puerta.

—Acaba de entrar un tipo en mi clase y me ha preguntado quién eras —dijo Fred—. Ha dicho que era de la universidad. Me ha dado esto. Dice que lo busques cuando estés en la universidad. Que puede que tenga cosas que proponerte.

Fred le pasó una tarjeta a Joe y Joe le echó un vistazo:

ALVIN M. ULBRICKSON
ENTRENADOR DE REMO
DEPARTAMENTO DE ATLETISMO
DE LA UNIVERSIDAD DE WASHINGTON

Joe se quedó pensando en la tarjeta un momento y luego se dirigió a su taquilla y la guardó en la cartera. Por probar, no se perdía nada. El remo no iba a ser más difícil que talar álamos de Virginia.

En el verano de 1932, Joe volvió a Sequim después de terminar con matrícula el bachillerato en el Roosevelt. Si de verdad iba a estudiar en la universidad, tendría que juntar suficiente dinero para el alquiler, los libros y la matrícula. Le iba a llevar un año ganar lo suficiente para el primer curso. Ya se preocuparía más adelante del segundo, el tercero y el cuarto.

Joe estaba contento de volver a casa. Tal como temía, en Seattle Fred había dirigido todos sus movimientos. Seguro que era con la mejor de las intenciones, no lo dudaba, pero Joe se había sentido agobiado por las interminables observaciones y consejos, que versaban sobre temas tan dispares como a qué clases apuntarse o cómo hacerse el nudo de la corbata. Fred incluso le había sugerido que saliera con chicas concretas del Roosevelt y le había dado a entender que la joven Simdars de Sequim tal vez fuera un poco pueblerina, y que quizá debiera aspirar a más, a una chica de ciudad. Y también había otra cuestión. A lo largo del año, Joe había empezado a sospechar y luego a creer que Fred y Thelma sabían exactamente dónde vivían su padre, su madrastra y sus hermanastros, y que no era lejos. Había oído algún fragmento de conversación, había notado cambios de tema repentinos, miradas que enseguida se desviaban y llamadas en las que se hablaba con la boca tapada. Joe había pensado en encararlos, pero siempre lo había reconsiderado y se había quitado el tema de la cabeza. Lo último que quería era saber que su padre estaba cerca y que no hacía ningún esfuerzo por tenderle la mano.

En Sequim, Joe trabajó sin parar. Se consideró afortunado al conseguir un trabajo de verano en la Civilian Conservation Corps que consistía en asfaltar la nueva Olympic Highway a cincuenta céntimos la hora. El dinero no estaba mal, pero el trabajo era durísimo. Se pasaba ocho horas al día sacando con la pala el asfalto humeante de los camiones y allanándolo antes del paso de las apisonadoras, y el calor implacable que desprendía el asfalto negro se unía con el calor que irradiaba el sol, como si las dos fuentes compitieran por ver cuál lo mataría antes. Los fines de semana volvía a segar heno con Harry Secor y cavaba acequias para los agricultores de la zona. En invierno volvió al bosque con Charlie McDonald y taló álamos de Virginia, los ató a los caballos de tiro y los deslizó afuera del bosque, en medio de la nieve o la aguanieve.

Sin embargo, también había una parte positiva. Casi todas las tardes, Joyce bajaba del autobús en Silberhorn, cerca del río, en lugar de en Happy Valley, donde vivía. La joven corría por el bosque en busca de Joe. Cuando lo encontraba, él siempre la abrazaba con fuerza, y ella, tal como recordaría setenta años más tarde en su lecho de muerte, notaba el olor a madera húmeda, a sudor y a naturaleza agreste de Joe.

Un día radiante de finales de abril, Joyce corrió en busca de Joe como de costumbre. Cuando lo encontró, él la cogió de la mano y la llevó a un pequeño prado entre álamos de Virginia en la orilla sur del Dungeness. Joe la invitó a sentarse en la hierba y le pidió que esperara un momento. Se alejó un par de metros, se sentó y se puso a examinar el suelo con mucha atención, manoseando la hierba. Joyce sabía en qué andaba Joe. Siempre había tenido una extraña habilidad para encontrar tréboles de cuatro hojas y le encantaba regalárselos como muestra de cariño. Ella no tenía ni idea de cómo conseguía encontrarlos con tanta facilidad, pero él siempre le explicaba que no era, en absoluto, una cuestión de suerte, que solo era cuestión de estar atento. Joe solía decir que: «el único momento en que no encuentras tréboles de cuatro hojas es cuando dejas de buscarlos». A ella le encantaba esta forma de ver las cosas. Resumía en pocas palabras lo que más le gustaba de él.

Joyce se tumbó en la hierba y cerró los ojos; notaba la agradable calidez del sol en la cara y las piernas. Al cabo de poco rato, menos de lo habitual, oyó que Joe se acercaba. Se incorporó y le sonrió.

—He encontrado uno —dijo risueño.

Extendió el puño cerrado y ella alargó la mano para recibir el trébol. Pero a medida que él la abrió lentamente, ella vio que no escondía un trébol, sino un anillo de oro con un diamante pequeño, pero perfecto, que centelleaba a la luz del sol primaveral.

ESTUDIANTES DE PRIMERO A BORDO DE LA *OLD NERO*

CAPÍTULO V

«Puede que el deporte más duro sea el remo. Una vez
empieza la regata, no hay tiempos muertos ni sustituciones.
Se exploran los límites de la resistencia humana. Por lo tanto,
el entrenador tiene que desvelar los secretos de la clase de
resistencia que viene de la mente, el corazón y el cuerpo».

GEORGE YEOMAN POCOCK

A medida que llegó a su fin el otoño de 1933, la temperatura diurna en Seattle bajó hasta los pocos grados positivos. Los cielos siempre estaban sombríos y lloviznaba sin parar. Del suroeste, llegaban vientos cortantes que levantaban un montón de olas espumosas en el lago Washington. El 22 de octubre, un vendaval arrancó letreros de los edificios del centro, volcó casas flotantes en el lago Union, y en el estrecho de Puget hubo que rescatar a treinta y tres personas de varias embarcaciones de recreo sacudidas por la tempestad.

Para los chicos que todavía competían por un lugar en el equipo de los estudiantes de primero, el empeoramiento del tiempo conllevaba nuevas formas de sufrimiento al remar a bordo de la *Old Nero*. Los chaparrones les caían directamente sobre la cabeza y los hombros desnudos. Los remos golpeaban las olas agitadas por el viento y levantaban una espuma helada que les daba en la cara y hacía que les escocieran los ojos. Las manos se les entumecían tanto que nunca estaban seguros de que tuvieran bien agarrados los remos. No se notaban las orejas ni la nariz. Parecía que el agua gélida del lago les sacara el calor y la energía más rápido de lo que ellos podían producirla. En el preciso instante en que dejaban de mover los músculos doloridos, les daba un calambre. Y caían como moscas.

De los 175 chicos de un principio, el 30 de octubre quedaban 80 compitiendo por un sitio en los dos primeros botes de los alumnos de primero. También había un tercer y un cuarto bote, pero era improbable que los que fueran en ellos compitieran en primavera o tuvieran la oportunidad de integrarse en el equipo de la universidad. Tom Bolles decidió que ya era el momento de sacar a los mejores de la *Old Nero* y meterlos en bateles. Tanto Joe Rantz como Roger Morris estaban entre los escogidos.

Los bateles se parecían mucho a los botes de competición en los que los chicos querían entrar, pero eran un poco más anchos de manga y tenían el fondo y la quilla más planos. A pesar de que eran bastante más estables que los botes de competición, eran embarcaciones complicadas, de fácil vuelco y de maniobra difícil. Lo que había sido cierto antes volvía a serlo ahora: para mantenerse a flote tendrían que dominar una serie de habilidades completamente nuevas. Sin embargo, por el momento ya era bastante haber salido de la *Old Nero* y haber entrado en algo parecido a un bote, y Joe se metió en el batel y se ató los pies a los extensores henchido de orgullo.

Tanto para Joe como para Roger, conseguir entrar en los bateles fue una apreciada recompensa después de tantos días interminables y de grandísima exigencia desde el comienzo de la universidad. Entre semana, Roger caminaba cada día cuatro kilómetros desde la casa de sus padres en Fremont hasta la universidad, iba a clases de ingeniería hasta el momento del entreno, y cuando terminaba, volvía caminando a casa para ayudar en las tareas domésticas y hacer los deberes. Las noches de los viernes y los sábados, para pagarse la matrícula y contribuir a la economía familiar, tocaba el saxofón y el clarinete en una banda de *swing*, los Blue Lyres, que había montado en el instituto. Los fines de semana trabajaba para la empresa de mudanzas de su familia, la Franklin Transfer Company, trayendo y llevando sofás, camas y pianos de las casas de toda la ciudad. Ese otoño casi la mitad de las hipotecas de Estados Unidos no tenían al día los pagos y cada día había mil ejecuciones, de modo que a menudo era un trabajo triste en el que tocaba echar a familias de casas por las que habían trabajado toda la vida. Demasiado a menudo, en la entrada de las casas, los hombres miraban a Roger ojerosos y las mujeres lloraban mientras él cargaba en un camión sus últimas posesiones, que no iban a otra casa, sino a la casa de subastas. Cada vez que eso pasaba, Roger murmuraba una pequeña oración dando gracias de que hasta ese momento su familia hubiera conseguido mantener la casa. Como tantos otros, en pocos años habían pasado de una existencia de clase media, cómoda y segura, a otra en la que cada dólar parecía más difícil de ganar que el anterior. Pero, al menos, todavía tenían la casa.

Roger era un tipo curioso, un poco arisco, con tendencia a hablar con brusquedad, casi groseramente. No era fácil hacerse amigo suyo, pero a veces Joe se sentaba con él en la cafetería. Hablaban de vez en cuando; en general, charlaban de forma algo forzada sobre las clases de ingeniería. La mitad de las veces comían en silencio. Parecía que les unía un leve y tácito lazo de afecto y respeto, y por otro lado Joe no sentía mucha afinidad por la mayoría de chicos del pabellón de los botes. A pesar de que los chicos que vestían de forma más elegante se habían ido, todavía le parecía que él desentonaba entre los supervivientes. Cada día aparecía con el mismo jersey arrugado, el único que tenía, y casi cada día en el vestuario caía algún comentario malicioso. «El vagabundo Joe», se burlaban. «¿Cómo van las cosas por Hooverville?», «¿con ese trapo quieres cazar polillas, Rantz?». Joe cogió la costumbre de llegar pronto y ponerse la ropa de remo antes de que aparecieran los demás.

Por las tardes salía corriendo de las clases de ingeniería hacia el entreno. Justo después volvía a darse prisa, esta vez para llegar al trabajo en la tienda de atletismo del campus, donde atendía hasta la medianoche, vendiendo desde chocolatinas hasta lo que un anuncio de la tienda llamaba, de forma eufemística, *los protectores de las partes vitales*. Después del trabajo recorría fatigosamente University Avenue en medio de la lluvia y la oscuridad hasta la Young Men's Christian Association (YMCA), donde hacía de conserje a cambio de una habitación parecida a una celda en la que no cabía más que un escritorio y una cama. Solo era una habitación más dentro de un laberinto de celdas que se habían habilitado en un sótano reconvertido en el que, en un principio, se almacenaba carbón. Las habitaciones, húmedas y sombrías, alojaban a un grupo ecléctico de estudiantes, chicos y chicas. Entre ellos había una joven alumna de teatro, precoz y talentosa, llamada Frances Farmer, a la que menos de dos años más tarde los demás verían en la gran pantalla. Pero los moradores del sótano socializaban poco, y para Joe su habitación no era mucho más que un lugar donde hacer los deberes y estirar el cuerpo dolorido durante unas horas antes de ir a clase por la mañana. No tenía nada que ver con lo que llamaríamos *un hogar*.

Por muy duro que fuera el otoño de 1933 para Joe, no todo era trabajo y soledad. Joyce estaba a su lado y eso era un consuelo.

Joyce había venido a Seattle para acompañar a Joe, pero también para luchar por sus propios sueños. Su éxito académico la puso en un camino distinto del de las demás chicas de Sequim con las que había ido al instituto. Joyce no quería forjarse una carrera fuera de casa, sino que quería cuidar de la familia y hacerlo muy bien. Sin embargo, no tenía ninguna intención de vivir una vida como la de su madre, en la que las tareas domésticas definían y limitaban el horizonte de su visión del mundo. Quería vivir una vida intelectual, y la universidad era el billete para esa vida.

Sin embargo, aunque pudiera resultar paradójico, el único camino que llevaba a su meta pasaba por más tareas domésticas. Ese septiembre bajó de un ferri y llegó al centro de Seattle urgentemente necesitada de un lugar donde vivir y de una forma de pagar la matrícula, la comida y los libros. Se inscribió en la universidad y se mudó durante un breve periodo de tiempo con su tía Laura, pero pronto se hizo evidente que, con las vacas flacas, alimentar una boca más era una carga inoportuna sobre el presupuesto ya muy ajustado de su tía. Durante las dos semanas siguientes, Joyce se levantó cada mañana al amanecer y le echó un vistazo a las pocas ofertas de trabajo del *Seattle Post-Intelligencer*. Muchos días los anuncios no llegaban a la media docena, junto a largas columnas en las que la gente se ofrecía para trabajar.

Aparte de una mente brillante, lo único que Joyce podía ofrecer al mundo de los empleadores era su habilidad para lo que menos le gustaba hacer: limpiar y cocinar. De modo que se centró en los anuncios de servicio doméstico. Se ponía el mejor traje de domingo y, con tal de no pagar el billete de autobús, caminaba kilómetros cada vez que encontraba un anuncio de muchacha de servicio, y se internaba en el barrio elegante de Laurelhurst al este del campus o subía la cuesta empinada hasta la cima de Capitol Hill, donde había casas victorianas señoriales en calles laterales tranquilas y sombreadas. Una y otra vez se encontraba en la puerta a las esposas altivas de la élite de la ciudad, que la hacían pasar a salones pretenciosos, la invitaban a sentarse en sofás recargados y luego le pedían referencias y que acreditara su experiencia de trabajo, cosa que Joyce no podía hacer.

Finalmente, una tarde calurosa, después de otra entrevista desalentadora en Laurelhurst, Joyce decidió empezar a llamar a la puerta de los vecinos. En esa parte de la ciudad, las casas eran sólidas y elegantes.

Quizá alguien necesitaba ayuda y todavía no había puesto un anuncio. Joyce se pateó la calle de un lado para otro, y le dolían los pies, artríticos e hinchados, se le acumulaba el sudor bajo los brazos y el cabello se le ponía húmedo y alborotado a medida que recorría largos senderos hasta imponentes entradas principales y llamaba suavemente a la puerta.

Después de llamar a unas cuantas, en una apareció un hombre mayor, muy flaco, un destacado juez de la ciudad, que la escuchó, ladeó la cabeza, la observó con atención, pero no la puso en ningún apuro con preguntas sobre referencias o experiencia. Mientras el juez la estudiaba, hubo un silencio largo e incómodo. Finalmente, dijo con voz ronca: «Vuelve por la mañana y veremos si te va bien el uniforme de la última chica».

El uniforme le iba bien, y Joyce había conseguido trabajo.

Ahora, los fines de semana por la tarde, cuando Joyce tenía algo de tiempo libre, ella y Joe se montaban en un tranvía por unos cuantos centavos e iban al centro a ver una película de Charlie Chan o de Mae West por cuarenta centavos más. Los viernes por la noche eran las noches universitarias en el Club Victor, lo que significaba que no había consumición mínima y que se podía bailar al son de un director de banda de la ciudad, Vic Meyers. Los sábados, a menudo, había partido de fútbol americano, y después de los partidos solían ir a bailar al gimnasio femenino. Joe y Joyce no faltaban casi nunca, y era Joe el que pagaba los veinticinco centavos de la entrada. Sin embargo, bailar en una pista de baloncesto al son atronador de la banda universitaria no era especialmente romántico, ni mucho mejor que bailar dentro de los límites estrechos y sudorosos del Chicken Coop de Sequim. Joe no podía hacer lo que más le apetecía: llevar a Joyce a los sitios de postín del centro que muchas amigas suyas frecuentaban. Eran locales donde Joyce podría haber llevado un vestido de raso y Joe un traje, si los hubieran tenido, salas como el Trianon Ballroom en la Tercera con Wall Street, con su pista de baile de arce brillante con capacidad para cinco mil personas, las lámparas de araña centelleantes, las paredes rosa pintadas con escenas tropicales y la cubierta plateada que colgaba encima de la banda. En lugares así, uno podía bailar toda la noche al son de músicos de la calidad de los Dorsey Brothers o Guy Lombardo. Joyce decía que no le importaba, pero a Joe le molestaba no poder llevarla ahí.

A mediados de noviembre, el campus bullía de entusiasmo y expectación al acercarse el partido de bienvenida contra la Universidad de Oregón. Como preludio, Joe y sus compañeros de equipo de primero se enfrentaron al equipo de la universidad en su propio partido de fútbol americano y los mayores les dieron un rapapolvo. Fue una derrota que los estudiantes de primero no olvidarían, y juraron que se vengarían en el agua. Mientras tanto, la tradición exigía que los perdedores prepararan un banquete para los vencedores, y el periódico de los estudiantes, el *University of Washington Daily*, aprovechó la oportunidad para burlarse del equipo de primero: «Les resultará fácil escoger un menú porque el domingo los mandaron a freír espárragos».

El 17 de noviembre cayó un manto de tristeza sobre el campus al ocurrir una tragedia en el punto álgido de las celebraciones. Willis Thompson, un estudiante de primero que intentaba encender una hoguera con motivo de una concentración, se salpicó la ropa con gasolina y se prendió fuego. Después de sufrir grandes dolores durante varios días, Thompson murió a la semana siguiente.

Un manto de otro tipo, más literal, persistía ese mes sobre el país. El 11 de noviembre, algunos agricultores de las Dakotas se despertaron tras una noche ventosa y se encontraron con algo que no habían visto nunca: cielos diurnos ennegrecidos por la capa superficial del suelo de sus campos, que se había secado y había quedado a merced del viento. En los días sucesivos, el cielo de Chicago se volvió oscuro, ya que la nube de polvo se desplazó hacia el este, y unos días más tarde la gente del norte del estado de Nueva York alzó la vista, estupefacta ante un cielo color ladrillo. Nadie lo sabía todavía, pero el polvo de ese mes, esa primera *ventisca negra*, solo era un presagio de lo que iba a conocerse como *Dust Bowl* o «Cuenco de Polvo», el segundo acto de la larga tragedia de los años treinta y primeros cuarenta. A los vientos de noviembre de 1933 no tardarían en sucederles otros todavía más fuertes, que se llevarían buena parte de la capa superficial del suelo de las llanuras de Estados Unidos y que empujarían a cientos de miles de refugiados hacia el oeste en busca de un trabajo que no existía: a la deriva, desarraigados, sin hogar, desposeídos en su propia tierra, con la confianza en sí mismos y el sustento arrebatados por el viento.

Y cada vez había más rumores distantes, pero sombríos, procedentes de Alemania, indicios del tercer acto, el más trágico. El 14 de octubre, Hitler abandonó repentinamente la Sociedad de Naciones e interrumpió las conversaciones de desarme con Francia y sus aliados. Fue un giro profundamente inquietante, que básicamente consistió en derogar el Tratado de Versalles y minar las bases sobre las que se había construido la paz europea desde 1919. Krupp, el legendario fabricante alemán de armamento y municiones, había empezado a trabajar en secreto en un pedido inicial de 135 carros de combate Panzer I. Algunos observadores habían detectado un gran aumento en el volumen de nitratos —que se utilizan para la fabricación de municiones— que pasaban por el canal de Panamá con instrucciones de navegación parciales, de camino entre Chile y las Azores, rumbo a Europa, pero sin que se conociera su destino final.

Ese otoño, en las calles de las ciudades alemanas, hubo agresiones por parte de guardias de asalto contra ciudadanos estadounidenses y de otros países extranjeros que se negaron a saludar a lo nazi, lo que llevó a Estados Unidos, Gran Bretaña y Holanda a advertir a Berlín de «serias consecuencias» si había más ataques. A finales de otoño, las noticias llegaron hasta Seattle. Richard Tyler, el decano de ingeniería de la Universidad de Washington, que acababa de volver de Alemania, publicó sus impresiones en un artículo del *Daily*: «Hoy en día los alemanes tienen miedo a expresar su opinión incluso sobre asuntos triviales», dijo, antes de observar que a cualquier persona que dijera algo que pudiera ser interpretado como poco halagüeño con los nazis se la podía detener y encarcelar sin juicio. Y aunque Tyler y sus lectores todavía no lo sabían, los nazis ya habían encarcelado a miles de disidentes políticos en un campo que habían abierto en marzo cerca del precioso pueblo medieval de Dachau.

El relato de Tyler y docenas más, algunos incluso más siniestros, especialmente los de los inmigrantes judíos procedentes de Alemania, toparon ese otoño con una casi total indiferencia en Estados Unidos. Cuando se hizo una encuesta a los estudiantes de la Universidad de Washington sobre si Estados Unidos debería aliarse con Francia y Gran Bretaña para oponerse a Alemania, los resultados fueron los mismos de encuestas similares en casi todos los rincones del país: un 99 por ciento dijo que no. El 15 de noviembre, Will Rogers resumió de forma ingeniosa la actitud estadounidense ante la perspectiva de un segundo conflicto franco-alemán con una imagen sencilla y de andar por casa. Dijo que Estados Unidos debería «dejar tranquilos a ese par de gatos que tienen las colas atadas el uno al otro e intentar curarnos los arañazos que nos llevamos la última vez que intentamos separarlos».

La tarde del 28 de noviembre, el último día de entreno del primer trimestre, los estudiantes de primero hicieron una sesión final gélida. Cuando el último remero regresó al pabellón de los botes, el entrenador Bolles les dijo a los chicos que se quedaran, que ya era el momento de anunciar quiénes pasaban al primer y segundo botes. Luego, entró en el despacho de Al Ulbrickson.

Los chicos se observaban entre ellos. A través de los cristales empañados del cubículo que hacía las veces de despacho del entrenador, veían a Ulbrickson y a Bolles inclinados sobre el escritorio con sus trajes de franela, atentos a un papel. El pabellón de los botes despedía un olor agrio a sudor, calcetines húmedos y moho, como todas las tardes, ahora que había empezado la estación lluviosa. La última luz de la tarde, ya tenue, se filtraba por las ventanas. De vez en cuando las ráfagas de viento hacían vibrar la enorme puerta corredera. Al demorarse los dos entrenadores en el despacho, las habituales bromas y burlas posteriores al entreno no acabaron de cuajar y las sustituyó un silencio incómodo. El único ruido era un golpeteo suave. En la buhardilla del fondo, Pocock juntaba con clavos el armazón de un bote nuevo. Roger Morris se acercó a Joe y se quedó a su lado sin decir nada mientras se secaba el pelo con la toalla.

Bolles salió del despacho y se subió a un banco con el papel bien sujeto. Los chicos formaron un semicírculo a su alrededor.

Lo primero que dijo es que esa solo era una primera selección, que todos podían seguir compitiendo por las plazas que estaba a punto de anunciar, que les animaba a hacerlo, que a nadie deberían subírsele los humos solo porque oyera su nombre ahora. Nadie debería pensar que tenía el sitio asegurado. No había sitios asegurados. Entonces se puso a leer los nombres de la lista, empezando por los que iban en el segundo bote, es decir, por los nombres de los chicos que serían los principales contendientes de los presuntos favoritos del primer bote.

Cuando Bolles acabó de anunciar el segundo bote, Joe le echó una mirada a Roger, que tenía los ojos clavados en el suelo. No habían dicho el nombre de ninguno de los dos, pero pronto iban a salir de dudas. Bolles empezó a enumerar el equipo del primer bote: «Asiento de proa, Roger Morris. Asiento número dos, Shorty Hunt. Asiento número tres, Joe Rantz…». Mientras Bolles seguía con la lista, Joe cerró el puño sin despegarlo del costado y le dio una ligera sacudida, ya que no quería dar mayores muestras de celebración delante de los chicos que no habían sido escogidos. A su lado, Roger soltó un ligero suspiro.

Mientras los demás chicos se dirigían a las duchas, los que habían entrado en el primer bote sacaron un batel del pabellón, lo levantaron por encima de las cabezas y lo bajaron al lago, cada vez más oscuro, para celebrar la buena noticia remando. Un viento suave, pero cortante, agitaba el agua. Mientras el sol se ponía, se ataron los pies a los extensores y empezaron a remar hacia el oeste a través del Cut y la bahía de Portage y hasta el lago Union, en busca de aguas más calmadas de las que podían encontrarse en la extensión abierta del lago Washington.

La temperatura había caído hasta muy pocos grados positivos, y en el agua la sensación todavía era de más frío. Joe apenas se dio cuenta. Al deslizarse el bote sobre la superficie del lago Union, el ruido del tráfico de la ciudad desapareció y entró en un mundo completamente silencioso, excepto por los gritos rítmicos del timonel desde la popa. El asiento de Joe se deslizaba metódica y silenciosamente hacia atrás y hacia delante sobre las guías engrasadas que tenía debajo. Joe empujaba y tiraba suavemente con los brazos y las piernas, casi con facilidad. Cuando la pala blanca del remo entraba en el agua negra, solo murmuraba.

En la punta norte del lago, el timonel soltó un «alto». Los chicos dejaron de remar y el bote se deslizó hasta detenerse mientras los largos remos dibujaban surcos en el agua. Por el cielo cruzaban nubes oscuras con los bordes plateados por la luz de la luna, llevadas con brío por el viento. Los chicos siguieron sentados sin hablar, jadeantes, y exhalaban columnas de vaho. Incluso ahora que habían dejado de remar, iban sincronizados al respirar, y durante un breve y frágil momento a Joe le pareció como si todos formaran parte de una sola entidad, algo vivo que respiraba y tenía su propio espíritu. Hacia el oeste, los faros plateados de los coches cruzaban lentamente el arco de acero parecido a una telaraña del nuevo puente de Aurora. Al sur, las luces ámbar del centro de Seattle bailaban reflejadas en las olas. Encima de Queen Anne Hill parpadeaban las luces rubí de las torres de comunicaciones. Joe engulló grandes bocanadas de aire gélido y se quedó mirando la escena, convertida en una masa confusa de colores ya que, por primera vez desde que su familia lo había abandonado, los ojos se le llenaron de lágrimas.

Joe bajó la mirada y toqueteó el escálamo para que los demás no le vieran. No sabía de dónde salían las lágrimas ni qué significaban.

Sin embargo, algo había cambiado en su interior, aunque fuera por un momento.

Los chicos recuperaron el aliento y hablaban en voz baja, por una vez no bromeaban ni metían bulla, se limitaban a hablar tranquilamente sobre las luces y lo que les esperaba. Entonces el timonel gritó: «¡Listos!». Joe se dio la vuelta y se puso de cara a la popa, deslizó el asiento hacia delante, hundió la pala blanca del remo dentro del agua negra como el petróleo, tensó los músculos y aguardó la orden que lo impulsaría adelante, hacia la oscuridad iluminada.

El 2 de diciembre de 1933, en Seattle se puso a llover como no lo había hecho nunca y no lo ha vuelto a hacer desde entonces. En los siguientes treinta días, solo hubo uno en que el cielo estuvo despejado de nubes y solo cuatro en que no llovió. A finales de mes, en la Universidad de Washington habían caído catorce pulgadas y cuarto de lluvia. En el centro habían caído quince pulgadas y un tercio, récord absoluto de todos los meses del año desde que hay registros. Algunos días lloviznó y otros diluvió, pero no paró.

En todo el oeste de Washington, los ríos —el Chehalis, el Snoqualmie, el Duwamish, el Skykomish, el Stillaguamish, el Skokomish o el Snohomish— se desbordaron, se llevaron por delante casas de campo y arrojaron millones de toneladas de la capa superficial del suelo al estrecho de Puget, lo que inundó el barrio comercial de las comunidades ribereñas desde la frontera canadiense hasta el río Columbia. Al norte de Seattle, el crecido río Skagit atravesó los terraplenes cerca de su desembocadura y vertió agua salada en ocho mil hectáreas de las tierras más fértiles del estado.

En muchos barrios elegantes de las laderas de Seattle —sitios como Alki, Madrona y Magnolia—, la erosión hizo que se desprendieran casas de los acantilados y que cayeran en el lago Washington o en el estrecho de Puget. Las calzadas se resquebrajaron y siguieron a las casas cuesta abajo. En el centro, el agua de la lluvia anegó las alcantarillas, borboteó por los sumideros e inundó las calles y comercios del barrio internacional, uno de los más bajos de la ciudad. En el mísero barrio de chabolas que se desparramaba por la orilla de la bahía de Elliott, la lluvia incesante disolvió el papel de periódico que tapaba las grietas de las endebles paredes, se abrió camino a través de la tela de las tiendas viejas y expuestas a los elementos, y causó goteras en los tejados de acero corrugado, lo que empapó viejos colchones que descansaban sobre suelos embarrados y dejó congelados a los que intentaban dormir encima.

En medio de esta avalancha, justo después de los exámenes finales del trimestre de otoño, Joyce se cogió unos días libres y volvió con Joe a Sequim para Navidad. Joe les hizo una visita a los McDonald y echó un vistazo a la casa de Silberhorn, pero se alojó donde los padres de Joyce y durmió en una cama en el altillo. Cuando estuvo instalado, la madre de Joyce sacó un recorte del periódico del pueblo y le enseñó el titular: «Joe Rantz entra en el primer equipo de remo». Le dijo que en el pueblo no se hablaba de otra cosa.

SEGUNDA PARTE

Sobreponerse

(1934)

Tom Bolles

CAPÍTULO VI

«Siempre he tenido la ambición de ser el mejor
constructor de botes del mundo; y sin falsa modestia,
creo que he conseguido ese objetivo. Si vendiera Boeings,
me temo que perdería el aliciente y me convertiría en un
hombre rico, pero en un artesano de segunda.
Prefiero seguir siendo un artesano de primera».

George Yeoman Pocock

En enero, Joe y Joyce regresaron a Seattle, donde seguía lloviendo casi cada día. Cuando el 8 de enero volvieron a empezar los entrenos, a Joe y a los otros diecisiete chicos del primer y segundo bote se les dijo que podían dejar los bateles y entrar por primera vez en botes de competición de verdad: las preciosas y elegantes embarcaciones construidas por George Pocock en su taller de la buhardilla al fondo del pabellón de los botes de la Universidad de Washington.

Los chicos también se enteraron de que lo que en otoño les había parecido un calendario durísimo de entrenos era solo una pequeña muestra de lo que Al Ulbrickson y Tom Bolles les tenían reservado ahora. Les dijeron que en los próximos meses competirían, sobre todo, entre ellos, contra el equipo universitario juvenil y contra sus homólogos de otras universidades. Después, puede que compitieran contra la Universidad de Columbia Británica o contra un puñado de equipos del noroeste. Pero la temporada de competición era corta y había mucho en juego: a mediados de abril solo los alumnos de primero necesarios para llenar un bote —los que acabaran formando parte del primer bote— se enfrentarían a su principal rival, la Universidad de California en Berkeley, aquí mismo en el lago Washington, en la regata anual de la costa del Pacífico. Si ganaban esa competición —y solo en ese caso— podrían reivindicar su hegemonía en el oeste. Eso probablemente les daría la oportunidad de competir contra la Marina de Estados Unidos y las universidades de élite del este en el campeonato nacional de estudiantes de primer curso en Poughkeepsie en junio. Eso era todo. Toda la temporada —nueve meses de preparación— se reducía a dos grandes competiciones.

En los seis años que llevaba entrenando a estudiantes de primer curso, Bolles nunca había entrenado a un equipo que hubiera perdido contra California, ni contra nadie más, en el lago Washington. No entraba en los planes de Bolles que este grupo fuera el primero, sin que importara lo buenos que se suponía que eran los alumnos de Cal, y él sabía que efectivamente se suponía que eran muy buenos. De hecho, Bolles sabía que los chicos de Ky Ebright llevaban remando desde agosto y que él los había puesto a competir entre ellos en botes de verdad desde finales de octubre, cuando los estudiantes de primero de Washington empezaban tímidamente a probar los bateles. Bolles observó que en las últimas semanas Ebright había metido más ruido del habitual en la prensa de San Francisco y alrededores sobre la paliza que sus alumnos de primero le darían a Washington. Bolles les contó a sus chicos que, desde ese momento hasta el día de la regata, remarían seis días a la semana, lloviera o tronara.

Llovió y remaron. Remaron con viento cortante, con aguanieve gélida e incluso con nieve cada tarde hasta que oscurecía completamente. Remaron mientras la lluvia fría les caía por la espalda, se encharcaba en el fondo del bote y se agitaba de aquí para allá, debajo de los asientos móviles. Un periodista deportivo que los vio entrenar ese mes observó que «llovía, llovía y llovía. Luego llovía, llovía y llovía». Otro comentó que «podrían haberles dado la vuelta a los botes y remar sin que su avance se hubiera visto excesivamente afectado. Casi había tanta humedad encima de la superficie del lago como debajo». A lo largo de todo el proceso, Bolles los seguía obstinadamente de aquí para allá del lago Washington y por Montlake Cut hasta el lago Union, donde remaban dejando atrás cascos mojados y negros, y baupreses empapados de viejas goletas de madera. Lidiando con el mal tiempo y el mar encrespado desde el puente de mando abierto de la *Alumnus*, su lancha entarimada de caoba y con detalles en latón, envuelto en un impermeable de un amarillo intenso, Bolles daba órdenes a gritos con el megáfono hasta que la voz se le ponía ronca y le dolía la garganta.

De nuevo, chicos que habían soportado los entrenos gélidos de octubre y noviembre, ahora guardaban los remos en los estantes al final del día, subían la colina fatigosamente y ya no volvían más. Los remeros pronto pasaron de llenar cuatro botes a llenar tres y hacia finales de mes a Bolles a veces le costaba llenar el tercer bote. Todos los chicos del bote de Joe aguantaron, pero enseguida se desvaneció la camaradería espontánea que sintieron por un momento la primera vez que salieron juntos al lago Union en noviembre. La preocupación, la falta de confianza en sí mismos y las peleas sustituyeron al optimismo de aquella noche a medida que Bolles volvía a estudiarlos y se planteaba a quién mantener en el bote y a quién no.

Al Ulbrickson trabajaba igual de duro con los estudiantes de los últimos años en un intento de decidirse por un primer y un segundo equipos para competir contra Cal en abril y contra las universidades del este en junio. Sin embargo, a medida que aquel enero pasado por agua se acercaba a su fin y daba paso a un febrero borrascoso, estaba decididamente insatisfecho con lo que veía en el agua, especialmente con su equipo. Después de los entrenos, Ulbrickson tenía la costumbre de sentarse en su despacho y escribir anotaciones en un cuaderno. A menudo esos comentarios privados eran mucho más expresivos que los que le permitía su personaje público reservado. Entre muchas entradas en las que se quejaba del tiempo, todavía se quejaba más de la falta de brío de los mayores cuando los hacía competir entre ellos. Cada vez más, llenó el cuaderno con comentarios punzantes: «demasiado bailar», «demasiados llorones», «falta carácter», «podían haberse acercado más si lo hubieran deseado con todas sus fuerzas».

El 16 de febrero Ulbrickson por fin encontró algo que le gustó, pero no donde lo buscaba. Al volver al pabellón de los botes al final de la tarde, el bote del primer equipo de la universidad coincidió con el bote de los estudiantes de primero de Tom Bolles, que también volvía. Cuando todavía quedaban dos millas, los dos equipos se enzarzaron espontáneamente en una regata hasta su destino. Al principio los alumnos de primero iban igualados con el primer equipo y remaban al mismo ritmo. A Ulbrickson no le sorprendió excesivamente. Sabía que Bolles había trabajado a fondo con los estudiantes de primero. Sin embargo, los dos equipos llevaban horas remando y mientras Ulbrickson los seguía en su lancha, esperaba que el grupo más joven y menos experimentado se viniera abajo. Pero en lugar de venirse abajo, a media milla del pabellón de los botes los alumnos de primero se pusieron súbitamente por delante y consiguieron una ventaja de un cuarto de largo.

Eso llamó la atención de Ulbrickson. También llamó la atención de Harvey Love, el timonel del primer equipo, que se puso a pedir a gritos un ritmo de palada superior. El equipo titular puso toda la carne en el asador en los últimos treinta segundos, pero lo único que consiguió fue igualar a los alumnos de primero al llegar al muelle flotante del pabellón de los botes. Esa noche la mordaz entrada de Ulbrickson en su diario rezó: «Hoy ha sido la primera vez que el equipo titular se ha esforzado».

Mil setenta kilómetros al sur, en el estuario de Oakland —en aguas de la Universidad de California—, Ky Ebright se enfrentaba a problemas llamativamente similares. Solo seguía remando para California un miembro del equipo que ganó la medalla de oro en los Juegos Olímpicos de 1932, y la alineación de Ebright no conseguía más que marcas mediocres. Ebright no lograba entender qué fallaba. «Tienen el físico adecuado y mucha potencia, pero no consigo ver a un equipo ganador», se quejó al *San Francisco Chronicle*. Por si fuera poco, en las últimas semanas los estudiantes de primero habían empezado a ganar al equipo titular en pruebas cronometradas y en regatas mano a mano.

En cierto sentido, Ky Ebright era lo contrario de Al Ulbrickson. Ulbrickson, antiguo remero de popa —uno de los mejores que ha dado Washington—, era alto, fornido y muy guapo. Ebright, antiguo timonel, era bajo, flaco, llevaba gafas y destacaba por sus rasgos angulosos, con la nariz prominente y el mentón hundido. Ulbrickson vestía de forma conservadora, normalmente con sombrero de fieltro y terno de franela; Ebright también llevaba trajes de franela, pero los combinaba de forma inverosímil con un viejo sueste de hule o con un sombrero de ala ancha, cuya parte de delante se subía, lo que le daba un aspecto parecido al compañero cómico de Gene Autry, Smiley Burnette, o a una versión más joven del compañero igualmente cómico de Hopalong Cassidy, Gabby Hayes. Ulbrickson era reservado hasta rayar en la grosería, mientras que Ebright era expresivo hasta rayar también en la grosería. Uno de sus remeros, Buzz Schulte, recordaba que: «Gritaba, animaba, tomaba el pelo, hacía todo lo que fuera necesario para motivar a sus chicos». Con tendencia a golpear el megáfono contra las bordas de su lancha de entrenador, una vez se lo tiró a un remero al que se le había quedado clavado el remo. El megáfono, que no era especialmente aerodinámico, se alejó bastante de su blanco y cayó en la falda del timonel, Don Blessing, que, molesto por el ataque a su compañero de bote, empujó suavemente el megáfono con la rodilla hasta que se precipitó por la borda. Mientras se hundía en las profundidades, un Ebright enfurecido estalló: «¡Blessing! ¡Maldita sea! Era un megáfono caro. ¿Por qué te lo has cargado de esa manera?».

Aunque a veces podía ser una persona difícil, Ky Ebright, como Al Ulbrickson, era un gran entrenador —destinado, como Ulbrickson, a pasar a los anales del remo— y le importaban mucho los jóvenes que estaban a su cargo. La noche que California ganó el oro en los Juegos Olímpicos de Ámsterdam de 1928, un Ebright emocionado se acercó a Blessing, rodeó al joven con el brazo y le dijo con voz entrecortada: «Mira, Don, te he puesto de vuelta y media muchas veces y te he hecho enfadar muchas veces, pero eres el mejor timonel, el mejor estudiante que he tenido, y quiero que sepas que te lo agradezco mucho». «Me hizo llorar», dijo Blessing más adelante. «A ver, para mí, él era Dios». Era un sentimiento compartido por la mayoría de chicos que Ebright entrenó, entre ellos Robert McNamara, que después sería secretario de Defensa de Estados Unidos, y la estrella del cine Gregory Peck, que en 1997 donó veinticinco mil dólares al equipo de Cal en recuerdo de Ebright.

Igual que Ulbrickson, Ebright se crio en Seattle, estudió en la Universidad de Washington y fue ahí, en 1915, donde se inició en el remo como timonel. En una ocasión timoneó un equipo de Washington que le sacó quince humillantes largos a California. Después de licenciarse, siguió moviéndose por el pabellón de los botes de la Universidad de Washington, dando consejos de manera informal a estudiantes y entrenadores, y echando una mano en lo que se ofreciera. En 1923, cuando el entrenador jefe de Washington se fue a entrenar a Yale, Ebright se contaba entre los candidatos dispuestos a sustituirlo, pero la Universidad de Washington lo descartó en beneficio de Russell «Rusty» Callow.

Poco después, la Universidad de Washington se enteró de que el entrenador de California, Ben Wallis, dejaba Berkeley y que la universidad estaba a punto de abandonar su programa de remo después de años de resultados mediocres. La junta administrativa de remo de la Universidad de Washington enseguida tomó buena nota. El equipo de remo de California se remontaba a 1868, lo que lo convertía en uno de los programas más antiguos del país. Stanford abandonó el remo en 1920. Si Cal también lo dejaba, los administradores temían que Washington no pudiera justificar la continuidad de su programa dada la ausencia de un rival serio en la costa oeste. Pero había una solución a mano: California quería un entrenador competente, Ebright quería un trabajo de entrenador, Washington quería un rival y el resultado fue que Ky Ebright se convirtió en el entrenador jefe de California en febrero de 1924, con la misión de reconstruir el programa de la universidad. Y se tomó muy en serio el cometido.

Hacia 1927 el programa de Cal había mejorado hasta el punto de que Berkeley podía disputar a Washington la hegemonía en la costa oeste. Entre los dos programas comenzaron a surgir tensiones. Desde el principio, a algunas personas del pabellón de los botes de Washington les pareció que, al aceptar irse a Cal, Ebright había traicionado la institución que lo había formado. Acertadamente o no, a otros les parecía que a Ebright le dolía no haber conseguido el trabajo en la Universidad de Washington y que estaba empeñado en desquitarse. A medida que California fue mejorando, surgieron otras disputas, nuevos rencores, y la relación entre ambos programas empeoró aún más. La rivalidad entre ellos no tardó en convertirse en «despiadada y feroz», tal como Ebright la calificó más adelante.

Parte del encono se centraba de forma inverosímil en el hombre más caballeroso de ambos pabellones. Ky Ebright sabía de su época en Washington lo que significaba la presencia de George Pocock para el programa de remo de esa universidad. Y al construir su propio programa, empezó a darle vueltas.

En su resentimiento también se deslizaban sospechas sobre el equipo. Como la práctica totalidad de los entrenadores del país, a finales de los años veinte Ebright compraba casi todo su equipo a Pocock, que llevaba un negocio independiente desde su tienda del pabellón de los botes de la Universidad de Washington. En todo Estados Unidos se consideraba que los botes de madera de cedro y los remos de pícea de Pocock no tenían parangón en cuanto a oficio, durabilidad y, lo más importante, velocidad en el agua. Eran lo máximo, tan elegantes y aerodinámicos que la gente solía decir que parecía que se movieran aunque descansaran en los armazones. Hacia mediados de los años treinta, un bote de ocho asientos de Pocock tenía el mismo precio de mercado que un LaSalle nuevo de estreno fabricado por la marca Cadillac de General Motors. Sin embargo, Ebright, influido por rumores que había oído su padre, llegó a sospechar que Pocock le mandaba equipos defectuosos o de menor calidad para perjudicar al principal adversario de Washington. Le escribió a Pocock una carta airada sobre el asunto: «Él oyó que habías dicho que el bote que esperabas que utilizara Washington era mucho mejor que el que este año habías hecho para California». A lo largo de los próximos meses, llegaron al buzón de Pocock una serie de cartas de Berkeley cada vez más desagradables y acusatorias. El inglés las respondía todas educada y diplomáticamente manifestando que el equipo que mandaba a Cal era idéntico al que proporcionaba a Washington o a cualquiera de sus clientes: «Créeme que la Universidad de Washington no tendría ningún problema en intercambiar los botes con vosotros —escribió—. Sácales a tus hombres la idea de que las embarcaciones les llegan del enemigo. Ni mucho menos. Lo primero, a mucha distancia, es mi trabajo, y luego viene la popularización del remo como deporte». Sin embargo, las sospechas de Ebright no desaparecieron, y siguió arremetiendo contra Pocock: «Es lo más natural del mundo que nuestros hombres piensen lo que digo que piensan —que el equipo les viene del enemigo—. Les afecta la moral y nos lo pone difícil para competir en un plano de igualdad».

Al lidiar con Ebright, Pocock se enfrentó a un dilema. Hacia 1931 las consecuencias de la Depresión habían provocado que en todo el país dejaran de existir programas de remo o que redujeran drásticamente la compra de equipos. Aunque sus botes se apreciaban mucho, Pocock empezó a esforzarse por mantener el negocio en pie, obligado a escribir cartas quejumbrosas a entrenadores de todo el país en las que les suplicaba pedidos. Ebright parecía dispuesto a aprovechar la oportunidad para vengarse de las culpas que atribuía a Pocock. En su correspondencia con el constructor de embarcaciones, amenazó con comprar su equipo a un proveedor inglés, pidió descuentos y solicitó modificaciones del diseño en caso de comprar. Pocock le explicó una y otra vez que necesitaba pedidos desesperadamente, pero que no podía bajar los precios: «En lo que va de año, ningún cliente me ha pedido un descuento. Saben que los botes valen su precio». Pero Ebright solo endureció su postura: «No vas a conseguir los precios de antes durante mucho más tiempo, sencillamente será imposible pagarlos… La gallina de los huevos de oro se ha largado».

Sin embargo, lo que más sacaba de quicio a Ebright del programa de Washington no era la calidad o el precio del equipo que le llegaba de Pocock, sino la calidad de los consejos que les llegaban a los chicos de Washington y a los suyos no. Ebright sabía que Pocock dominaba todos los aspectos del deporte, desde los detalles técnicos hasta la psicología ganadora y perdedora, y no le parecía bien que Washington tuviera el monopolio de la sabiduría de Pocock. Cuando las dos universidades coincidían, le asqueaba ver al inglés agachado en el muelle hablando con los chicos de Washington o en la lancha de Ulbrickson, inclinándose hacia él y susurrándole cosas al oído. De forma algo extraña dada la distancia geográfica, Ebright le soltó a Pocock: «Te lo digo una vez más: nunca nos has acompañado en un entreno… Tendrías que venir con nosotros y hacernos sugerencias, igual que haces con Washington».

Para Pocock, su integridad, su oficio y, sobre todo, su honor lo eran todo. Las cartas lo hirieron. No había ninguna razón lógica por la que le debiera a California nada más que el equipo de calidad que les seguía mandando. Y había algo más. La primera vez que California se dirigió a Washington en busca de un nuevo entrenador jefe en otoño de 1923, fue a George Pocock a quien le ofrecieron el trabajo en primer lugar. Pocock pensó que aportaría más al deporte si seguía construyendo botes. Él fue el primero en sugerir el nombre de Ky Ebright.

A pesar de todo, Pocock intentó limar asperezas. Siempre que las dos universidades coincidían, hacía todo lo que estaba en su mano por hablar con los chicos de Cal. Les ayudaba a aparejar los botes antes de las regatas. Se preocupaba de charlar con los entrenadores de Cal y les daba consejos. Sin embargo, el ataque de Ebright a Pocock no pasó desapercibido en el pabellón de botes de Washington y en torno a 1934 las relaciones entre ambos programas no podían ser más tensas.

A mediados de primavera, Tom Bolles se empleaba a fondo cada día con los estudiantes de primero, y no parecía que las cosas fueran en la buena dirección. «Cada día parece que vayan más lentos», se lamentaba un Bolles malhumorado y abatido.

Uno de los principales retos del remo es que cuando a un miembro del equipo le da un bajón, a todo el equipo se le contagia. Un equipo de béisbol o de baloncesto puede triunfar aunque su jugador estrella no esté en forma. Sin embargo, la exigencia del remo es tanta que cualquier hombre o mujer que esté en un bote de competición depende de que sus compañeros de equipo no cometan prácticamente ningún fallo en ninguna de las paladas. Los movimientos de cada remero están tan estrechamente entrelazados, tan exactamente sincronizados con los movimientos de todos los demás, que cualquier error o flojo desempeño de un remero puede mandar al traste el tempo de la palada, el equilibrio del bote y, en definitiva, el éxito de todo el equipo. La mayoría de veces el problema surge de la falta de concentración de algún remero.

Por este motivo, empeñados como estaban en recuperar la buena forma, los estudiantes de primero de Washington se inventaron un mantra que su timonel, George Morry, cantaba mientras remaban. Morry gritaba «¡C-E-B, C-E-B, C-E-B!» una y otra vez al ritmo de las paladas. Quería decir que había que estar siempre centrados en el bote. Pretendía ser un recordatorio de que, desde que el remero se mete en un bote de competición hasta el momento en que el bote cruza la línea de meta, el remero tenía que estar centrado en lo que pasa dentro de la embarcación. Todo su mundo tiene que reducirse al pequeño espacio entre las bordas. Tiene que prestar una atención especial al remero de delante y a la voz del timonel que da las órdenes. Nada de fuera del bote —ni el bote de al lado, ni los aplausos de los espectadores ni la cita de ayer— puede entrar en la mente del buen remero. Sin embargo, por mucho que cantaran «C-E-B», no parecía que les acabara de funcionar. Bolles decidió que tenía que hacer pequeños ajustes en los fundamentos del bote, en la mecánica de lo que hacía que funcionara o que no funcionara.

A grandes rasgos, todos los remeros en un bote de ocho asientos hacen lo mismo: tirar del remo desplazándolo dentro del agua con la mayor suavidad posible, con la fuerza y frecuencia que pida el timonel. Sin embargo, de cada uno de los remeros se esperan cosas distintas según el asiento que ocupan. Dado que el resto del bote va necesariamente donde va la proa, cualquier desviación o irregularidad en la palada del remero de proa presenta un gran potencial de alterar el rumbo, la velocidad y la estabilidad del bote. De modo que si el remero de proa tiene que ser fuerte, como todos los demás, es muy importante que él o ella sea técnicamente competente: capaz de tirar perfectamente del remo, palada tras palada, sin falta. Lo mismo vale, en menor medida, para los remeros de los asientos número dos y tres. A los asientos cuatro, cinco y seis se los llama a menudo *la sala de máquinas* del equipo, y los remeros que los ocupan suelen ser los más corpulentos y fuertes del bote. Si bien la técnica no deja de ser importante en estos asientos, la velocidad del bote depende en última instancia de la potencia bruta de estos remeros y de la eficacia con que la transmitan al agua a través de los remos. El remero del asiento número siete es una especie de híbrido. Él o ella tiene que ser casi tan fuerte como los remeros de la sala de máquinas pero tiene que estar especialmente atento, siempre consciente y conectado con lo que pasa en el resto del bote. Él o ella tiene que ajustarse con precisión al ritmo y al nivel de potencia que fija el remero del asiento número ocho, el *remero de popa*, y tiene que transmitir esa información de forma eficaz a la sala de máquinas. El remero de popa se sienta justo delante del timonel, cara a cara, pero al final es el remero de popa el que controla estos puntos. El resto del bote rema al ritmo y a la potencia a los que rema el remero de popa. Si todo va bien, el bote entero funciona como una máquina bien engrasada, en la que cada remero es un eslabón fundamental de una cadena que hace avanzar a esa máquina, como una cadena de bicicleta.

Para revertir el pinchazo de los estudiantes de primero, Bolles tuvo que entretenerse en buscar los eslabones débiles de la cadena y repararlos. Joe Rantz parecía uno de los potenciales eslabones débiles de esa primavera. Bolles había intentado mover a Joe entre el asiento número tres y el número siete, pero sin resultado. Tenía pinta de ser un problema técnico. Desde el comienzo de las pruebas a los alumnos de primero del otoño anterior, Bolles no había conseguido que Joe *enderezara* sistemáticamente —que girara el remo de modo que la pala quedara perpendicular a la superficie justo antes de meterla en el agua en el agarre, el principio de la palada—. Si la pala entraba en el agua en cualquier ángulo distinto a noventa grados, la cantidad de energía generada por la palada siguiente se veía comprometida y se reducía la eficiencia de todo el bote. Enderezar exigía fuerza de muñeca y un buen nivel de control motor, y sencillamente no parecía que Joe le cogiera el tranquillo. Es más, su palada era muy peculiar en general. Remaba con mucha potencia pero decididamente a su manera, y partiendo de cualquier indicador convencional, su manera parecía altamente ineficaz.

Una tarde, la desesperación llevó a Bolles a echar a Joe del primer bote antes de que los chicos se metieran en el lago Washington. La velocidad del bote disminuyó claramente. Perplejo, Bolles volvió a colocar a Joe en el bote para el regreso. Joe y el primer bote original ganaron al segundo bote por un buen margen. Bolles estaba desconcertado. Quizá el problema no estaba en la muñeca de Rantz. Quizá el problema lo tenía en la cabeza.

El incidente, por breve que fuera, le recordó súbitamente a Joe lo precaria que era su posición en el equipo, y por tanto sus estudios en la universidad. Unos días después, el 20 de marzo, cuando un artículo del *Post-Intelligencer* tituló «Rantz se afianza en el número 3», Joe lo recortó, lo pegó en el álbum que acababa de empezar y escribió al lado: «¿Soy una apuesta segura? Mira lo que dice el *PI*. Pero no hay que confiarse». Cualquier tarde podía venirse abajo todo aquello por lo que había trabajado.

Joe seguía sintiéndose el pariente pobre de todos y eso no le ayudaba. Con el tiempo todavía fresco, seguía llevando su jersey andrajoso al entreno casi cada día, y los chicos siempre se burlaban de él.

Los chicos encontraron nuevos motivos de hilaridad a costa de Joe un día en que un grupo lo vio cenando en la cafetería. Joe se había servido un montón de pastel de carne acompañado de patatas y maíz cremoso. Se puso manos a la obra con el tenedor y el cuchillo, engullendo bocados con mucho brío. Justo después de dejar el plato limpio, se volvió al chico que estaba sentado a su lado y le pidió las sobras de pastel de carne, que se zampó a la misma velocidad.

Con el ruido de la cafetería, Joe no se dio cuenta de que alguien se había colocado detrás de él. Tampoco oyó las risas. Cuando finalmente paró un momento y levantó la vista, vio que el chico del otro lado de la mesa sonreía. Siguiendo su mirada, se dio la vuelta y se encontró a media docena de tipos del pabellón de los botes formando un semicírculo y ofreciéndole sus platos sucios entre sonrisas burlonas. Joe hizo una pausa, sobresaltado y humillado, pero luego, con las orejas enrojecidas, se dio la vuelta, bajó la cabeza y siguió comiendo, metiéndose la comida en la boca como el que tira heno en el granero, moviendo metódicamente la mandíbula, con la mirada fija, fría y desafiante. Casi siempre estaba hambriento y no iba a renunciar a comida en perfecto estado por una pandilla de zopencos en jerséis. Había cavado demasiadas acequias, talado demasiados álamos de Virginia, y buscado demasiadas bayas y setas en el bosque frío y húmedo.

A finales de marzo, daba la sensación de que se había superado la crisis del equipo. Las pruebas cronometradas de los estudiantes de primero volvían a mejorar al tiempo que parecía que Bolles había dado con la combinación acertada de chicos y de distribución de asientos. El 2 de abril, cuando Joe todavía se sentaba en el asiento número tres, Bolles les puso el cronómetro. Esa noche, al volver a casa, Joe escribió en su álbum: «Dos millas: 10:36. ¡Tenemos que recortar ocho segundos para ser el equipo de estudiantes de primero más rápido de la historia!».

Durante buena parte de esa semana hizo demasiado viento para remar, pero el 6 de abril amainó, y Ulbrickson decidió que el primer equipo, el segundo y el de los estudiantes de primero se enfrentaran en el lago Washington. Era la ocasión idónea para meter en el agua a los tres equipos y ver si el descanso al que los había obligado el viento había afectado a su rendimiento.

En la salida, Ulbrickson colocó al segundo equipo, que hasta ese momento no había destacado especialmente, tres largos por delante de los otros dos botes. Al equipo de estudiantes de primero le dijo que parara y acabara la regata en la baliza de dos millas, la distancia estándar en las competiciones de su categoría. Eso proporcionaría a los entrenadores un último dato preciso del tiempo en condiciones de competición antes del enfrentamiento con Cal. El primer y segundo equipos iban a seguir la regata hasta la baliza de tres millas.

Ulbrickson comprobó que los botes estaban alineados y gritó por el megáfono: «¡Listos… y a remar!». Harvey Love, el timonel del primer equipo, estaba hablando y se le pasó la señal. Los estudiantes de primero les sacaron inmediatamente medio largo a los mayores. Los tres botes adoptaron un ritmo de palada moderadamente rápido y durante una milla todos mantuvieron el ritmo y sus posiciones respectivas —el segundo equipo todavía conservaba la ventaja de tres largos con la que había salido, los estudiantes de primero eran los segundos y la proa del bote del primer equipo estaba clavada medio largo atrás, al lado del asiento número cinco—. Entonces, lentamente, la proa del primer equipo se retrasó al sexto asiento, al séptimo, al del remero de popa y finalmente al del timonel. En la baliza de una milla y media, los estudiantes de primero habían abierto un resquicio de agua entre la parte trasera de su bote y la proa del bote del primer equipo, y empezaban a acercarse al bote del segundo. No habían aumentado ni una pizca su ritmo de palada. Cuando quedaba un cuarto de milla, ante la sensación de que ya le iba bien donde tenía a ambos botes y consciente de que al equipo le quedaba mucha mecha, el timonel George

Morry les dijo a los estudiantes de primero que subieran el ritmo de palada un par de golpes, y adelantaron al segundo equipo y se pusieron a la cabeza. En la baliza de dos millas, Morry gritó «¡alto!», y los estudiantes de primero pararon cuando ya les sacaban dos largos a ambos botes, dejaron que los remos surcaran las aguas y se deslizaron hasta detenerse. Al pasar de largo los otros dos botes, los estudiantes de primero gritaron en señal de victoria y alzaron los puños al aire.

Bolles miró el cronómetro, vio el tiempo en que el equipo de estudiantes de primero había recorrido dos millas y tuvo que volverlo a mirar. Ya sabía que estaban aprendiendo a marchas forzadas, pero ahora, además, sabía a ciencia cierta que en el bote había el potencial para algo extraordinario. Lo que no sabía es si California presentaría algo todavía más extraordinario, tal como parecía que Ky Ebright insinuaba a la prensa. Se vería dentro de una semana, el 13 de abril. Mientras tanto, decidió mantener en secreto el tiempo que marcaba el cronómetro.

Hay algunas leyes de la física por las que todos los entrenadores de remo se rigen. La velocidad de un bote de competición está principalmente determinada por dos factores: la energía producida por las paladas combinadas de los remos, y el ritmo de palada, el número de golpes por minuto que realiza el equipo. De modo que si dos botes que soportan el mismo peso tienen idéntico ritmo de palada, se adelantará el que produzca más energía por palada. Si esos dos botes tienen idéntica energía por palada, pero uno tiene un ritmo de palada más rápido, se adelantará el del ritmo de palada más rápido. Un bote que tenga tanto un ritmo de palada muy rápido como paladas muy potentes ganará a un bote que no pueda igualarlo en ninguno de esos aspectos. Pero desde luego, los remeros son humanos y no hay equipo que pueda mantener indefinidamente tanto paladas potentes como un ritmo muy rápido. Y, lo que es crucial, cuanto más rápido es el ritmo de palada, más difícil es mantener los muchos movimientos individuales del bote sincronizados. De modo que toda regata es un malabarismo, una serie de ajustes delicados y conscientes de energía, por un lado, y ritmo de palada, por el otro. Puede que nunca se consiga el rendimiento óptimo, pero lo que Bolles vio ese día —a su equipo remando tan cómodamente a un ritmo rápido, pero sostenible, y con tanta potencia— le daba todos los motivos para pensar que algún día esos estudiantes de primero podían conseguirlo.

Y no era solo su destreza física. Le gustaba el carácter de estos alumnos de primero. Los chicos que habían llegado hasta ese punto eran duros y optimistas de una manera que parecía característica de sus raíces del oeste. Eran el producto genuino, en su mayor parte el resultado de pueblos madereros, granjas lecheras, campamentos mineros, barcos pesqueros y astilleros. Por su aspecto, su forma de andar y de hablar parecía que hubieran pasado la mayor parte de sus vidas al aire libre. A pesar de la dureza del momento y de las circunstancias adversas, sonreían con facilidad y franqueza. Tendían alegremente las manos encallecidas a los desconocidos. Te miraban a los ojos, no con una actitud desafiante, sino de invitación. Te tomaban el pelo a la mínima. Al toparse con obstáculos, veían oportunidades. Bolles sabía que todo eso significaba mucho potencial para el equipo, especialmente si ese equipo tenía la oportunidad de remar en el este.

Esa misma tarde, en la estación de ferrocarril del Pacífico Sur, Ky Ebright metió a sus chicos y a los botes de competición a bordo del *Cascade* y se dirigió hacia Seattle.

Ebright sabía que había hecho viento en el noroeste, y se mostró inquieto ante la prensa de San Francisco sobre la falta de experiencia de sus chicos en aguas encrespadas. Él conocía al dedillo los caprichos del lago Washington de sus días de timonel y, para su desesperación, el tiempo en el estuario de Oakland había sido tranquilo y agradable como siempre. De modo que cuando volvió a ventar poco después de que los equipos de California llegaran a Seattle, Ebright no perdió tiempo. El 10 de abril metió a los tres equipos en el lago espumoso para ver cómo se defendían en medio de las olas. Resultó que se defendían muy bien, especialmente los estudiantes de primero. El equipo joven de Cal apenas rozaba la superficie del agua y los remos atravesaban las olas entre paladas y se hundían limpiamente en ellas en el agarre, al comienzo de cada palada. Los californianos se anotaron una serie de buenos tiempos en pruebas cronometradas, aunque Ebright no los reveló a la prensa. El entreno confirmó lo que Ebright y el entrenador de los estudiantes de primero, Russ Nagler, otro antiguo timonel de Washington, llevaban intuyendo desde hacía algún tiempo: que puede que nunca hubieran entrenado a unos estudiantes de primero tan buenos, mejores todavía que los que habían conseguido una medalla de oro en 1932. Cuando el 6 de abril un periodista del *San Francisco Chronicle* le preguntó a Ebright qué pensaba del potencial de los estudiantes de primero, el entrenador de Cal contestó con una franqueza sorprendente: «Ebright adoptó un aire radiante y soltó con voz atronadora: «Nuestro bote de estudiantes de primero le va a dar una paliza de campeonato al de los Huskies novatos"».

Tom Bolles y Al Ulbrickson habían leído ese artículo y ahora observaban el entreno de la Universidad de California desde la orilla con aparente preocupación. El mismo día habían salido con sus chicos, ante la mirada de la prensa y de Ebright, para volver al cabo de una sola milla, tras un remar manifiestamente letárgico y con el bote medio lleno de agua por culpa de las olas. Bolles volvió al muelle con aire triste y, contra su costumbre, se acercó a los periodistas reunidos en el pabellón de los botes y les dio un pronóstico escueto, pero sombrío, sobre los estudiantes de primero: «Parece que remaremos desde atrás».

Desviar la atención formaba parte del deporte. Era bastante fácil aparejar un bote de modo que los remos estuvieran un poco más cerca del agua de lo aconsejable y bastante fácil tirar flojo del remo, pero que pareciera que se tiraba fuerte. Cuando la cita de Bolles apareció en el periódico al día siguiente, Joe la recortó, la pegó en su álbum y escribió al lado: «El entrenador dijo que los de Cal iban muy estirados. Hace valoraciones pesimistas para que vayan todavía más estirados. Así será más fácil dejarlos tiesos».

El día de la regata, el viernes 13 de abril, era uno de esos días primaverales poco frecuentes en Seattle en que nubes de algodón atraviesan un cielo azul turquesa y por la tarde se alcanzan los veintitantos grados.

A las once de la mañana, un ferri fletado por los estudiantes salió de Colman Dock en el centro de Seattle y se dirigió a la esclusa de Ballard rumbo al lago Washington. A primera hora de la tarde, llegó al muelle oceanográfico de la universidad, donde Joyce Simdars entró a bordo junto a mil cuatrocientos bulliciosos estudiantes vestidos de púrpura y dorado, acompañados por los bronces atronadores y los tambores retumbantes de la banda universitaria, que tocaba el himno del equipo. Mientras el ferri se alejaba del muelle, la banda se pasó a canciones de *jazz* y algunos estudiantes salieron en tropel a la cubierta y se pusieron a bailar.

Joyce se había acomodado en un banco de la cubierta de proa y sorbía café al sol, ansiosa de ver competir a Joe y de encontrarse con él después, fuera cual fuera el resultado. De todos modos, no podía evitar estar nerviosa. Sabía las ganas que Joe tenía de triunfar en el remo y cuántas cosas que los afectaban a ambos dependían de ello. Para animarlo, se había tomado una tarde libre de su trabajo de interina en casa del juez en Laurelhurst. Odiaba el trabajo tanto como era de esperar. Era el tipo de trabajo doméstico que siempre había detestado. Tenía que llevar un uniforme ridículo y moverse silenciosamente por la casa como un ratón, no fuera que molestara al juez en sus deliberaciones aparentemente interminables y sacrosantas. Entre eso, estudiar para las clases y el invierno excepcionalmente largo y húmedo, había palidecido y a veces estaba baja de ánimo, así que en el ferri disfrutaba del aire fresco y del calor del sol.

A medida que el barco rodeó el faro de Laurelhurst y se dirigió hacia el norte, avanzó pegado a la costa oeste del lago. En los muelles privados, las terrazas traseras y las pendientes de césped a lo largo de toda la orilla occidental del lago, la gente extendió mantas, abrió botellas de cerveza fría y de Coca-Cola, sacó la comida de las cestas de pícnic, descascaró los cacahuetes, se los metió en la boca y comprobó los binoculares. Aquí y allá, en estrechas franjas de playa, se pasaban la pelota algunos jóvenes descamisados. También había chicas en bañadores pudorosos de una pieza con faldas de volantes que chapoteaban en el agua o estaban tumbadas en la cálida arena mientras esperaban.

En la punta norte del lago, cientos de embarcaciones de recreo confluían en el mismo lugar. Se iban reuniendo e iban fondeando veleros blancos y elegantes, lanchas con el casco de caoba pulida, yates majestuosos revestidos de teca y latón, y humildes esquifes y botes de remos, que formaban un enorme semicírculo de embarcaciones delante de Sheridan Beach, justo después de la barcaza que llevaba marcada en el casco la línea de meta de las regatas en forma de una gran flecha negra que apuntaba al agua. Una nave guardacostas patrullaba los carriles de la regata, haciendo sonar una sirena y dando órdenes a gritos a través de los megáfonos, y despejaba los carriles de pequeñas embarcaciones.

Joyce se levantó del banco y se hizo un hueco junto a la barandilla entre el resto de estudiantes. Se dijo que, pasara lo que pasara, iba a mantener la calma.

Unas cuantas millas al sur, otros dos mil seguidores vestidos de púrpura y dorado se montaron a bordo de un tren panorámico en la estación de la universidad de la Northern Pacific Railway. Más de setecientos apoquinaron dos dólares por cabeza para conseguir un sitio en nueve vagones panorámicos con los laterales abiertos, mientras que el resto pagaron un dólar cincuenta por asientos de vagón normales. Al empezar cada una de las regatas del día, el tren circulaba hacia el norte a lo largo de la costa occidental del lago Washington, en paralelo al recorrido de la competición desde Sand Point hasta la línea de meta en Sheridan Beach, y después volvía a la línea de salida antes de la siguiente regata. En total, casi ochenta mil ciudadanos de Seattle —muchos más de los que cabían en el estadio de fútbol americano de Washington— empezaron pronto un fin de semana espléndido y vinieron a ver las regatas.

Más al sur, en San Francisco y alrededores, esa tarde buena parte de la atención de la gente estaba centrada en una búsqueda federal a gran escala del fugitivo John Dillinger, al que alguien aseguraba haber visto comiendo en una cafetería de San José el día anterior. Pero poco antes de las tres de la tarde, miles de seguidores de la zona hicieron girar los diales y abandonaron las emisoras de información para escuchar la retransmisión de la regata de Seattle, en la cadena de radio CBS.

Los equipos de estudiantes de primero de Washington y de California remaron con brío hacia la línea de salida, junto a Sand Point. Competirían los primeros en la distancia de dos millas, seguidos en intervalos de una hora por el segundo y el primer equipo, cuyo recorrido sería de tres millas. Joe Rantz se sentaba en el asiento número tres del bote de Washington, mientras que Roger Morris ocupaba el asiento número siete. Ambos estaban nerviosos, igual que el resto de chicos. Aunque en la costa el tiempo era cálido, en medio del lago se había levantado una brisa del norte moderadamente fuerte, y al remar la iban a tener justo en contra. Eso les iba a retrasar y tal vez les cortaría las alas. Pero, sobre todo, se enfrentaban al hecho de que unos pocos minutos de esfuerzo extremo les iban a revelar si cinco meses y medio de entreno habían valido la pena. Durante esos pocos minutos, cada uno iba a realizar más de trescientas paladas. Con ocho remeros en el bote, los remos iban a tener que entrar y salir del agua limpiamente más de dos mil cuatrocientas veces. Si un solo chico se equivocaba en una de esas paladas —si a uno solo se le quedaba clavado el remo—, en la práctica la regata se acabaría, y nadie tendría la oportunidad de viajar a Nueva York en junio para competir por el campeonato nacional contra los mejores equipos del este. Joe contempló a la muchedumbre que se agolpaba a lo largo de la costa. Se preguntó si Joyce estaría la mitad de nerviosa que él.

A las tres de la tarde, con un leve oleaje, los estudiantes de primero colocaron su bote en paralelo al de California, hicieron todo lo que pudieron para centrarse en la embarcación y esperaron la señal de salida. Tom Bolles colocó la lancha de entreno detrás del bote de los chicos. Llevaba un sombrero de fieltro más gastado de lo habitual, con el ala caída y la copa muy apolillada. Se lo había comprado de segunda mano en 1930, lo acabó considerando su sombrero de la suerte y ahora lo llevaba en todas las regatas.

La banda del ferri dejó de tocar. Los estudiantes dejaron de bailar y se agolparon en la barandilla, mientras el transbordador se escoraba ligeramente hacia los carriles de la regata. El maquinista del tren panorámico puso la mano en el acelerador. Millares de personas a lo largo de la costa se llevaron los binoculares a los ojos. El juez de salida gritó: «¡¿Listos?!». Los chicos de Washington deslizaron los asientos hacia delante, hundieron las palas blancas en el agua, se inclinaron sobre sus remos y miraron fijamente adelante. George Morry, el timonel de Washington, levantó el brazo derecho para indicar que el bote estaba listo. Grover Clark, el timonel de Cal, hizo lo mismo con un silbato entre dientes. El juez de salida gritó: «¡A remar!».

California salió disparada, azotando el agua a unas frenéticas treinta y ocho paladas por minuto. La proa plateada de su bote enseguida se adelantó un cuarto de largo al de Washington. Ya en cabeza, Cal bajó un poco el ritmo a unas más sostenibles treinta y dos, y Grover Clark empezó a marcar cada palada con el silbato. Washington se estabilizó en treinta, pero mantuvo la posición un cuarto de largo detrás. Los dos botes surcaron las aguas del lago durante casi un cuarto de milla separados por esa distancia; el sol arrancaba destellos a las palas blancas de Washington y un brillo azul a las de California. Sentado en el asiento número tres, Joe Rantz estaba en paralelo con el asiento seis o siete del bote de California; en el asiento siete, en paralelo a Roger

Morris no había más que la superficie de agua. Ahora todos los chicos estaban concentrados en el bote. Encarados a popa, lo único que veían era la espalda palpitante del compañero de delante. Nadie tenía ni idea de cuánto se había adelantado California con su impulso inicial. George Morry, que estaba encarado hacia la proa, lo sabía perfectamente. Delante de él veía la espalda de Grover Clark, pero mantuvo a Washington a treinta paladas por minuto.

Al pasar la baliza del cuarto de milla, los dos botes se fueron igualando poco a poco. Después Washington empezó a superar a California, metódicamente, asiento a asiento, y eso que los chicos seguían remando a unas sorprendentemente bajas treinta paladas. En la baliza de una milla, Washington ya le sacaba ventaja a Cal. Cuando el bote de California entró en el campo de visión de los chicos de Washington, estos sintieron una inyección de confianza. El dolor que se les había ido instalando en los brazos, piernas y pecho no disminuyó, pero se retiró al fondo de la mente, ahuyentado por una sensación cercana a la invulnerabilidad.

En el bote de California, Grover Clark se quitó el silbato de la boca y gritó «¡Diez de las grandes!», la orden estándar en remo para diez paladas gigantescas, todo lo fuertes y potentes que los remeros puedan. Los remos de California se doblaron como arcos con la tensión, y durante esas diez paladas los californianos mantuvieron la posición. Sin embargo, Washington seguía adelante, con la ventaja —que ahora ya casi era de dos largos— prácticamente intacta. En la baliza de milla y media, Clark pidió otras diez grandes, pero a esas alturas los chicos de Cal ya lo habían dado todo, mientras que los de Washington no. Cuando entraron en la última media milla, al abrigo de las colinas de la punta norte del lago, el viento de proa amainó. Se empezaron a oír gritos de júbilo en el semicírculo de barcos que había delante, en las playas, en el tren panorámico que circulaba por la costa y, los más ruidosos, en el ferri repleto de estudiantes. El bote de California se esforzaba en recuperar el terreno perdido, y el silbato de Grover Clark ahora aullaba como una locomotora de vapor descontrolada. Cerca de la línea de meta y con una ventaja que ya llegaba a cuatro largos, finalmente George Morry dio órdenes de subir el ritmo. Los chicos de Washington lo aumentaron a treinta y dos y luego hasta treinta y seis, simplemente porque sabían que podían. Washington cruzó la línea de meta cuatro largos y medio por delante de California y casi veinte segundos por delante del récord de estudiantes de primero, a pesar del viento de proa.

Por toda la orilla del lago Washington resonaban bocinas estridentes y gritos de júbilo. Los estudiantes de primero de Washington remaron hasta el bote de California y consiguieron el trofeo tradicional de los equipos victoriosos: las camisetas que los rivales vencidos se acababan de quitar. Les dieron la mano a los chicos de California, alicaídos y descamisados, y después remaron para ir a guardar el bote. Tom Bolles los acogió alegremente en el *Alumnus* y luego los transportó al ferri de los estudiantes.

Joe, radiante y con un jersey de California en la mano, subió a saltos la escalera hasta la cubierta en busca de Joyce. Como ella medía metro sesenta, costaba encontrarla entre la multitud que se acercaba a felicitar a los chicos. Pero Joyce lo había visto a él. Se abrió camino a través de la masa de cuerpos apretujados, escurriéndose a través de pequeños resquicios, retirando un codo aquí, apartando suavemente una cadera allá, hasta que por fin apareció ante Joe, que rápidamente se inclinó, la envolvió en un abrazo eufórico y sudoroso, y la levantó por los aires.

Un grupo de estudiantes acompañó al equipo a la cocina del barco y los invitaron a sentarse en una mesa en la que había un montón de helado, más de lo que eran capaces de comerse, cortesía de la asociación de estudiantes de la Universidad de Washington. Joe se hartó, como siempre hacía cuando le ofrecían comida gratis o comida en general. Cuando por fin tuvo bastante, cogió a Joyce de la mano y la sacó de nuevo a cubierta donde la banda volvía a tocar canciones bailables, ruidosas y estridentes. Joe, bronceado y descalzo, con jersey y *shorts*, cogió a Joyce, delgada y esbelta, enfundada en un veraniego vestido blanco con volantes, y la hizo girar una vez bajo su brazo largo y extendido. Y luego bailaron, dieron vueltas por la cubierta, siguieron el compás, sonrieron y rieron, embriagados bajo el cielo azul de Seattle.

Ese mismo día, en un barrio elegante de Berlín, próximo al Ministerio de Ilustración Pública y Propaganda, Joseph y Magda Goebbels dieron la bienvenida a una hija, una niña de cabello castaño a la que pusieron Hildegard. La apodaban Hilde, pero su padre no tardó en llamarla *mi ratoncita*. Fue la segunda de lo que acabaron siendo seis hijos, a todos los cuales Magda Goebbels ordenaría asesinar con cianuro once años después.

Esa primavera, al ministro del Reich Goebbels, las cosas le iban de maravilla. Estaban derribando el antiguo estadio olímpico y Werner March había dibujado planos elaborados del enorme complejo que lo sustituiría para los Juegos de 1936, planos que encajaban con las ambiciones de Hitler y con los objetivos de propaganda de Goebbels. El *Reichssportfeld* se extendería a lo largo de más de 130 hectáreas.

En enero y febrero, en preparación de los Juegos, Goebbels formó comités organizadores en el Ministerio de Propaganda. Había comités de prensa, radio, cine, transporte, arte público y presupuesto, cada uno encargado de responsabilidades distintas, pero con el objetivo común de extraer de los Juegos el máximo valor propagandístico. No había que despreciar ninguna oportunidad ni dar nada por hecho. Todos los aspectos, desde cómo iban a ser tratados los medios extranjeros hasta cómo se iba a decorar la ciudad, se planificarían con rigor. En una de esas reuniones, uno de los ministros de Goebbels propuso una idea completamente nueva —una imagen potente pensada para subrayar las raíces ancestrales que el Tercer Reich se atribuía en la antigua Grecia—: unos relevos de antorchas que llevaran una llama desde Olimpia, en Grecia, hasta Berlín.

Mientras tanto, el trabajo de Goebbels, consistente en eliminar cualquier influencia judía o *censurable* de la vida cultural de Alemania, seguía sin tregua. Desde las grandes hogueras del 10 de mayo de 1933, en que estudiantes universitarios berlineses, incitados por el propio Goebbels, quemaron unos veinte mil libros —libros, entre otros, de Albert Einstein, Erich Maria Remarque, Thomas Mann, Jack London, H. G. Wells y Helen Keller—, el ministro no había cesado en su empeño de *purificar* el arte, la música, el teatro, la literatura, la radio, la enseñanza, el atletismo y el cine alemanes. Se había impedido que los actores, escritores, artistas, profesores, funcionarios, abogados y médicos judíos ejercieran su profesión, privándoles así de sus medios de vida, ya fuera a través de la promulgación de nuevas leyes o a través del terror que administraban las tropas de asalto paramilitares de camisa parda, la *Sturmabteilung* o SA.

La industria cinematográfica alemana se convirtió en uno de los intereses específicos de Goebbels. Le llamaba la atención el potencial propagandístico de las películas y era despiadado al eliminar cualquier idea, imagen o tema que no encajara con el naciente mito nazi. Para asegurarse de que se cumplían sus designios, el departamento de Cine del Ministerio de Propaganda supervisaba directamente la planificación y producción de todas las películas alemanas. El propio Goebbels —que, de joven, fue un novelista y dramaturgo frustrado— se empeñó en revisar personalmente los guiones de casi todas las películas y utilizaba un lápiz verde para tachar o reescribir réplicas o escenas ofensivas.

Más allá del valor pragmático de propaganda del cine, a Goebbels también le cautivaba el *glamour* del séptimo arte y especialmente el hechizo de las estrellas alemanas que iluminaban las grandes pantallas berlinesas. Como todos los actores, actrices, productores y directores le debían su carrera, empezaron a pulular en torno a Goebbels, adulándolo y buscando su favor.

El junio anterior, Hitler le había hecho entrega a Goebbels de una suntuosa residencia privada en la recién bautizada Hermann-Göring-Strasse, una manzana más al sur de la puerta de Brandeburgo. Goebbels enseguida reformó y amplió la casa —el antiguo palacio de los mariscales de la corte prusiana, de cien años de antigüedad— para hacerla todavía más espléndida de lo que ya era. Añadió un segundo piso, instaló un cine privado, construyó invernaderos climatizados y diseñó jardines simétricos. Con un presupuesto básicamente ilimitado, Magda Goebbels lo amuebló y decoró a lo grande: cubrió las paredes con gobelinos y pinturas agenciados en museos alemanes, puso alfombras lujosas, incluso instaló una cómoda que anteriormente había pertenecido a Federico el Grande. Elevada de esta forma a los estándares de los Goebbels, la casa servía como marco tanto de veladas íntimas como de magníficas cenas para la élite nazi y los que se movían en su entorno.

Entre las personas que acudían al número 20 de Hermann-Göring-Strasse, a Goebbels le interesaban especialmente algunas aspirantes a estrella de cine. Unas cuantas no tardaron en descubrir que satisfacer los deseos eróticos del ministro, a pesar de su estatura enana y su físico contrahecho, daba un espaldarazo a sus perspectivas profesionales. A otras las frecuentaba por sus cualidades estrictamente cinematográficas y por la sensación de importancia que le daba estar conectado con ellas.

Esa primavera había una joven en especial que a veces se presentaba en casa de Goebbels y que pertenecía a la segunda categoría. Tenía una amistad cada vez más estrecha con Adolf Hitler y era una fuerza con la que había que contar por sí misma. Al fin y al cabo, se convertiría en la mujer de Alemania, que más que ninguna otra iba a conformar significativamente el destino del movimiento nazi.

Leni Riefenstahl era guapa y brillante. Sabía lo que quería y cómo conseguirlo. Y, por encima de todo, lo que quería era ser el centro de atención, estar en primer plano, rodeada de aplausos.

JOSEPH GOEBBELS Y LENI RIEFENSTAHL

Desde muy joven, demostró unas ganas incontenibles de triunfar. Cuando, a los diecisiete años, decidió convertirse en bailarina, hizo caso omiso de las ideas recibidas, que proclamaban que los bailarines tienen que empezar a formarse de niños. A los veintitantos, bailaba profesionalmente por toda Alemania en teatros llenos hasta la bandera y recibía críticas entusiastas. Después de que una lesión acabara con su carrera de bailarina, se pasó a la interpretación. Enseguida consiguió un papel protagonista y se convirtió en una estrella con su primera película, *La montaña sagrada (Der heilige Berg)*. Es característico de Riefenstahl que, al encadenar una serie de películas similares, su ambición creciera. Cada vez menos dispuesta a ceder el control creativo, en 1931 fundó su propia productora y, de forma pionera para una mujer de los años treinta, se puso a escribir, producir, dirigir, editar y protagonizar su propia película.

La luz azul (Das blaue Licht), que se estrenó en 1932, era diferente de todo lo que se había visto hasta entonces. Era una especie de cuento de hadas místico que idealizaba y ensalzaba la vida sencilla de los agricultores alemanes en tierras alemanas. Condenaba la corrupción del mundo industrial moderno. Implícitamente, también condenaba a los intelectuales. Enseguida tuvo éxito a nivel internacional y estuvo en cartelera durante semanas en Londres y París.

En Alemania, la recepción fue más tibia, pero a Adolf Hitler *La luz azul* lo arrebató, y vio en ella una representación visual y artística de la ideología de *la sangre y la tierra* sobre la que se había fundado el partido nazi: la idea de que la fuerza de la nación radicaba en su linaje nativo, puro y sencillo. Hitler ya hacía un tiempo que sabía de Riefenstahl, pero ahora se convirtió en amigo de la directora. En 1933, a petición del *Führer*, dirigió una película de propaganda de una hora de duración, *La victoria de la fe (Der Sieg des Glaubens)*, que documentaba el congreso del partido nazi de ese año en Núremberg. Rodó la película sin demasiado tiempo de preparación, tuvo dificultades técnicas y no le convenció el resultado, pero a pesar de todo Hitler siguió impresionado por su trabajo. Ahora el *Führer* esperaba que en otoño Riefenstahl produjera una película más ambiciosa sobre el congreso de Núremberg de 1934.

A medida que la progresión ascendente de su carrera continuaba, Riefenstahl y Goebbels chocaron a menudo. Goebbels se puso muy celoso de la influencia de la directora sobre Hitler y de la inmunidad que le daba respecto a su autoridad. Y, sin embargo, también se sentía atraído por ella y la buscaba afectiva y sexualmente. Con el tiempo, esta extraña pareja jugaría un papel importante en definir cómo vería el mundo los Juegos Olímpicos de 1936 en Berlín y, por extensión, la naturaleza misma del nuevo Estado nazi.

No obstante, por el momento, su cara no era más que una entre el remolino de caras glamourosas que entraban y salían de la majestuosa casa de Joseph y Magda Goebbels, donde se descorchaban botellas de champán, los anfitriones agasajaban a los invitados, todos se celebraban a sí mismos, su juventud y su guapura, bailaban hasta altas horas de la noche, cantaban, veían películas y hablaban de la pureza racial, mientras la pequeña Hilde Goebbels dormía en la cuna en una habitación del piso de arriba.

Joe con su banjo

CAPÍTULO VII

«Remar en una regata es un arte, no un barullo
frenético. Hay que remar con la fuerza de la mente,
además de con la de las manos. Desde la primera palada,
hay que ahuyentar cualquier pensamiento sobre el otro
equipo. Los pensamientos tienen que centrarse en ti y en
tu bote, siempre en clave positiva, nunca negativa».

GEORGE YEOMAN POCOCK

Joe Rantz y sus compañeros de equipo se apostaron en la barandilla del ferri y miraron el agua, protegiéndose con la mano del resplandor del sol de media tarde. Hacía dos horas que habían derrotado a los estudiantes de primero de California. Ahora era el turno de que el primer equipo se midiera con los chicos de Ky Ebright.

Lo que ocurrió en los siguientes minutos resultó ser una de las grandes regatas universitarias en la historia de la rivalidad entre California y Washington. Inmediatamente después de la regata, Frank G. Gorrie, de la Associated Press, mandó al este un entusiasta relato para sus lectores de todo el país: «Los famosos equipos de remo pasaron como una bala pegados el uno al otro en las aguas en las que centelleaba el sol. Primero se puso en cabeza uno y luego el otro, pero nunca a una distancia mucho mayor de un metro. California consiguió una pequeña ventaja al principio, perdió terreno allá por la milla, volvió a adelantar su proa en la baliza de milla y media, quedó detrás al dar Washington *diez de las grandes* tres veces seguidas en la baliza de dos millas, y volvió con fuerza al cabo de un momento».

Joe contemplaba fascinado el desarrollo del espectáculo. De vez en cuando, los estudiantes del ferri animaban a Washington a «darle más», a subir el ritmo de palada y dejar atrás a California. Con un ritmo brioso de treinta y seis paladas por minuto, Cal aporreaba el agua hasta emblanquecer la superficie, pero durante más de dos millas y media el timonel de Washington, Harvey Love, mantuvo el ritmo a unas relativamente relajadas treinta y una paladas, e hizo solo lo estrictamente necesario para mantener el bote en liza: impulsaba a los chicos hacia delante ordenando diez de las grandes cuando estaba en peligro de quedar rezagado, pero luego se relajaba y volvía al ritmo de siempre, sin desfondar al equipo. No fue hasta que vislumbraron la barcaza de la línea de meta, después de que California hubiera intentado una y otra vez descolgarse sin conseguirlo nunca, cuando Love por fin gritó: «¡Ya! ¡A fondo!». El ritmo de palada subió a treinta y ocho y luego, casi inmediatamente, a cuarenta. El bote de Washington dio un salto adelante, el de California dudó un momento y Washington cruzó la línea poco más de un segundo por delante de California, con un nuevo récord en ese recorrido de 16:33,4.

Fue una regata emocionante, pero para Joe y los demás estudiantes de primero fue, sobre todo, una lección sobre la forma que tenía de ganar el hombre que en otoño iba a convertirse en su entrenador principal. En cierto sentido, el ejemplo ya lo había dado Tom Bolles cuando ocultó a Ebright las mejores marcas de los estudiantes de primero y explicó a sus chicos el valor que tenía dejar que los de Cal llegaran demasiado estirados. Pero ver la regata del primer equipo hizo que Joe tomara plena conciencia de ello. Para derrotar a un contrincante que es igual a ti, o incluso superior, no tiene por qué ser bastante darlo todo de principio a fin. Hay que dominar psicológicamente al adversario. Cuando llega el momento crítico en una regata ajustada, hay que saber algo que él ignora —que en tu interior tienes algo reservado, algo que si se revelara haría que dudara de sí mismo, que flaqueara justo en el momento decisivo—. Como tantas cosas en la vida, el remo tenía que ver, en parte, con la confianza y, en parte, con conocerse a sí mismo.

En los días que siguieron a la regata entre California y Washington de 1934, a los estudiantes de primero no tardó en darles un bajón. Cada día se anotaban tiempos desalentadores. Desde que derrotaron a California, daba la sensación de que se habían descentrado. Cuanto más les gritaba Tom Bolles a través del megáfono, más patosos parecían.

Un perezoso día de principios de mayo, en que el calor del sol caía sobre sus espaldas desnudas, algunos chicos remaron tan letárgicamente que no consiguieron cruzar rápido delante de un remolcador que se acercaba, arrastrando una barcaza. El remolcador se venía encima del bote, escupiendo humo negro, con el silbato y la sirena a todo trapo. El timonel, John Merrill, gritó: «¡Atrás! ¡Atrás!». Al chico del asiento número cuatro le entró pánico y se tiró tan torpemente al agua que casi vuelca el bote. El remolcador viró bruscamente a babor, rozó la proa del bote y fue un milagro que no le diera al chico que estaba en el agua. Bolles, que lo observaba todo desde su lancha, se puso fuera de sí. Recuperó del agua al avergonzado saltador, aceleró el motor de la lancha y se dirigió al pabellón de los remos.

Los chicos remaron de vuelta al campus en silencio. Bolles los estaba esperando. Caminaba enfurecido de un lado al otro del muelle, levantándoles el índice a los muchachos, que todavía estaban sentados en el bote. Gruñó que iba a rehacer el equipo desde cero para la regata de Poughkeepsie de junio. Nadie tenía el asiento asegurado sencillamente por haber remado en el bote que había derrotado de forma tan espectacular a California. Joe se llevó un chasco. Lo que, por un momento, había parecido una apuesta segura volvía a estar en peligro. Esa misma semana recibió una nota de secretaría que le advertía de que podía suspender educación física, a la que se suponía que el remo sustituía. Esa noche Joe, que acababa de ver una película de la Paramount en la que aparecía un personaje de dibujos animados nuevo en la gran pantalla, Popeye el marino, escribió en su álbum: «Estoy indignado».

A mediados de mayo, el tiempo en Seattle, como a veces hace traicioneramente a finales de primavera, pasó de soleado a infecto, y los estudiantes de primero se enfrentaron de nuevo a vientos de proa, a que se les entumecieran las manos por el frío y a olas espumosas que se rompían en la proa. Pero, para sorpresa suya y de sus entrenadores, cuanto más empeoraba el tiempo, mejor remaban.

Remando contra un viento fuerte del norte en uno de esos días grises y húmedos de finales de mayo en los que cada vez que soltaban los remos se desprendía espuma y había agua agitándose en el fondo de la embarcación, Joe y sus compañeros del primer bote terminaron una prueba cronometrada a 10:35, a solo cuatro segundos del récord de ese recorrido. George Pocock contempló la prueba a bordo del *Alumnus*. Al volver a tierra, se acercó a un periodista que estaba en el pabellón, lo acorraló y emitió un juicio digno de atención: «Tom Bolles cuenta con un buen bote para aguas encrespadas —dijo tranquila, pero convincentemente—. Es de lo mejor que he visto». Viniendo de Pocock —un hombre reservado y modesto que no tendía a exagerar respecto a nada, y todavía menos respecto a la habilidad con los remos de nueve estudiantes de primero— era algo parecido a una unción divina. Tom Bolles dejó de hablar de rehacer el equipo desde cero. Los nueve estudiantes de primero que habían vencido a California irían a Poughkeepsie a competir por el campeonato nacional.

A última hora de la tarde del 1 de junio de 1934, la banda de música de la Universidad de Washington y más de mil seguidores se agolpaban en el vestíbulo de mármol de la estación de ferrocarril de King Street en Seattle, animando y cantando himnos mientras los estudiantes de primero y el primer equipo se subían a un tren de la Great Northern, el Empire Builder, con destino a Poughkeepsie. Los estudiantes de primero estaban especialmente animados. La mayoría no había salido del oeste de Washington y era la primera vez que subía a un tren. Pero ahí estaban, a punto de atravesar todo el continente. Para chicos que se habían criado ordeñando vacas, blandiendo hachas y apilando madera, que sabían el nombre de la mitad de los habitantes de su pueblo y cuyos padres les podían contar la primera vez que vieron un automóvil o una casa con electricidad, era algo emocionante.

Sentado en su asiento de felpa, mirando por la ventana tintada de verde del coche cama, Joe no se acababa de creer el barullo que, procedente del vestíbulo, ahora se desparramaba hacia el andén. A él nunca lo habían festejado por nada y, sin embargo, ahí estaba, formando parte de algo que era objeto, no solo de admiración, sino de una especie de adulación. Lo llenaba de orgullo, pero también de una inquietud tensa y agitada. Se le despertaban cosas en las que estos días intentaba no pensar.

Esa noche, mientras el Empire Builder subía por la cordillera de las Cascadas, en el paso de Stevens, y empezaba a atravesar las áridas extensiones de trigo del este de Washington, los chicos se divertían. Estuvieron de juerga hasta altas horas de la noche, jugando a las cartas, contando chistes subidos de tono, corriendo por los pasillos del coche cama y pasándose una pelota hasta que quedaron agotados y se dejaron caer en las literas.

Al día siguiente, volvió a haber risas cuando alguien sacó un paquete de globos. Los llenaron de agua en el baño, se colocaron en las ruidosas plataformas entre vagones y, mientras cruzaban Montana y entraban en Dakota del Norte, empezaron a tirar alegremente los globos de agua a cualquier blanco que se les pusiera delante —vacas que pastaban en el campo, coches polvorientos que esperaban en el cruce a que acabara de pasar el tren, perros soñolientos despatarrados en los andenes de estaciones de pueblo—, cantando cada vez el estribillo «Inclinaos ante Washington» mientras dejaban atrás a sus atónitas víctimas.

Más adelante Joe, envalentonado por la aventura de los globos de agua, sacó de la caja la guitarra que se había llevado con cierta duda. Algunos chicos mayores se reunieron a su alrededor con curiosidad mientras giraba clavijas y punteaba las cuerdas para afinar el instrumento. Mirando los trastes y concentrado en la digitación, empezó a rasguear acordes y a cantar el tipo de canciones que tocaba en el instituto: canciones de campamento y de vaqueros que había aprendido en la mina Gold and Ruby o con las que se había quedado cuando escuchaba la radio en Sequim.

Al principio los chicos se limitaron a mirarlo mientras cantaba; luego empezaron a cruzarse miradas entre ellos, luego a reírse y finalmente a abuchear y a gritar. «Mira a Joe «el Vaquero»», soltó uno. Otro llamaba al resto del vagón: «Eh, muchachos, venid y escuchad a Rantz «el Remero Trovador»». Joe levantó la vista sobresaltado y paró de tocar en seco «The Yellow Rose of Texas». Avergonzado, pero con determinación y una mirada fría como el hielo, volvió a meter rápidamente la guitarra en la caja y se fue a otro vagón.

Pocas cosas podían hacerle más daño a Joe. La música era lo que le alegró los días grises de la infancia. Lo acercó a otras personas en el instituto, le ganó amistades e incluso le ayudó a apañárselas en Sequim. Era su talento especial y un motivo de orgullo. Ahora, repentina e inesperadamente, se le volvía en contra y le recordaba lo poco sofisticado que era. Justo cuando empezaba a sentir que pasaba a formar parte de algo más amplio, lo volvían a echar.

Cuando el 6 de junio llegaron al estado de Nueva York, los equipos de Washington guardaron los botes en un antiguo cobertizo en la orilla oeste del Hudson, la de tierras altas, enfrente de Poughkeepsie. El cobertizo realmente no era más que eso. Pasaban corrientes de aire y era destartalado, estaba encaramado sobre el río con unos pilotes delgados, y las duchas bombeaban agua maloliente directamente del Hudson y la arrojaban sobre la cabeza de los muchachos.

Tom Bolles sacó a los estudiantes de primero al agua ese mismo día, ya que tenía ganas de ver cómo se manejaban en un nuevo recorrido. Era la primera vez que remaban en un río y no en un lago, la primera vez, de hecho, que remaban fuera del lago Washington. El clima era completamente distinto al que estaban acostumbrados: un agobio de calor y bochorno. Solo con llevar el bote, el *City of Seattle*, al agua, ya estaban empapados de sudor. En el agua corría algo de brisa, pero, al subir al bote, incluso el viento les parecía tibio. Se quitaron las camisetas, las mojaron en las aguas del Hudson y se las volvieron a poner, pero eso solo pareció hacer más insoportable la humedad. Bolles les dijo que remaran un rato río arriba para calentar. Él se metió en una lancha y se puso a seguirlos. Cuando le pareció que estaban listos, levantó el megáfono y les mandó hacer un *sprint*. Los chicos se inclinaron sobre los remos y subieron el ritmo, pero Bolles ni siquiera se molestó en mirar el cronómetro. A simple vista se daba cuenta de que estaban remando muy por debajo de sus capacidades. Peor todavía, no se les veía en forma; estaba claro que el calor los había dejado hechos polvo, e iban de un lado al otro del río. Se las apañaban con casi cualquier viento y oleaje en el lago Washington, pero las olas del Hudson eran distintas: olas largas y bajas que golpeaban lateralmente el bote y que dejaban las palas de los remos agitándose en el aire un momento, y al siguiente demasiado hundidas en el agua. Los efectos de la marea y de la corriente los desconcertaban. Se suponía que el agua no tenía que moverse debajo del bote, no tenía que llevarlos a sitios a los que no querían ir. Bolles dio la orden de «¡Alto!» a través del megáfono e hizo señas de volver al pabellón de los botes. Tendría que hablar con Pocock.

Los chicos, desanimados, guardaron el bote, se ducharon con agua de río y se marcaron una buena caminata subiendo por las vías del ferrocarril que recorrían la orilla occidental antes de encaramarse por el acantilado de las tierras altas hasta la pensión de Florence Palmer, donde se alojaban. La casa de la señora Palmer era pequeña y la tarifa, barata. Las escasas provisiones de la cocina no colmaron ni de lejos el apetito de dos docenas de chicos altos y robustos y unos cuantos entrenadores y timoneles. Los muchachos se zamparon todo lo que vieron y luego subieron fatigosamente a las habitaciones de la buhardilla donde, hacinados de seis en seis, intentaron dormir con un calor asfixiante y húmedo en catres que se parecían más a potros de tortura que a camas.

La regata de la Asociación de Remo Interuniversitaria en Poughkeepsie era una institución con solera, que hundía sus raíces en la historia del remo estadounidense.

El primer gran espectáculo de remo en Estados Unidos fue un duelo en 1824 en el puerto de Nueva York entre un equipo de cuatro barqueros neoyorquinos que competían en un bote Whitehall de veinticuatro pies, el *American Star*, y cuatro marineros de un barco de guerra británico que hacía escala en la ciudad y tripulaban un bote similar, el *Certain Death*. La guerra de 1812 y el incendio de la Casa Blanca todavía eran recientes y los ánimos estaban caldeados, especialmente por parte estadounidense. Los anfitriones ganaron la regata y el jugoso premio de mil dólares remando de Battery hasta Hoboken y volvieron ante una muchedumbre eufórica de entre cincuenta mil y cien mil espectadores, hasta entonces la mayor reunión de estadounidenses para presenciar un evento deportivo.

En la década de 1830 empezaron a aparecer clubs privados de remo en varias ciudades estadounidenses, y en la década de 1840 unas cuantas universidades del este habían formado equipos. La primera regata universitaria de remo en Estados Unidos —y, de hecho, el primer acontecimiento deportivo interuniversitario de cualquier tipo— enfrentó a Harvard y Yale en 1852, en el lago Winnipesaukee en Nuevo Hampshire. Con la salvedad de unas cuantas interrupciones —grandes guerras que impusieron a los jóvenes de esas universidades otras ocupaciones más peligrosas—, la regata entre Harvard y Yale se ha celebrado todos los años desde 1859. Durante buena parte de este periodo, la regata ha sido uno de los principales acontecimientos deportivos del país. En 1869, Harvard se enfrentó en el Támesis a la institución más elitista de Gran Bretaña, Oxford. La universidad británica derrotó a Harvard ante una enorme multitud, pero se le dio tanta publicidad al acontecimiento en Estados Unidos que produjo una explosión de interés en el remo. También imbuyó al deporte de un aura de elitismo que ha perdurado hasta el día de hoy.

Otras universidades del este no tardaron en lanzar programas de remo, y muchas empezaron a competir entre ellas en regatas mano a mano. Sin embargo, Harvard y Yale no remaron en ningún tipo de campeonato interuniversitario más allá de su regata anual, y no hubo nada que se pareciera a un campeonato nacional hasta 1895. Entonces, alentadas por la New York Central Railroad, Cornell, Columbia y Pennsylvania acordaron formar la Asociación Interuniversitaria de Remo y reunirse anualmente en un tramo del Hudson en Poughkeepsie que es recto durante cuatro millas, donde remeros *amateurs* y profesionales habían remado desde 1860. Casi inmediatamente después de ese primer encuentro —que Cornell ganó el 21 de junio de 1895—, empezaron a invitar a otras universidades a Poughkeepsie y la regata pasó a ser vista como la más prestigiosa del país, incluso por delante de la regata anual entre Harvard y Yale, como equivalente en cierto sentido a un campeonato nacional.

A principios de siglo xx, los clubs de remo florecían en los enclaves acomodados. Los hoteles de lujo y los transatlánticos —entre ellos, el *Titanic*— instalaron baterías de máquinas de remo para que sus clientes se mantuvieran en forma y emularan a sus héroes. En la segunda década del nuevo siglo, decenas de miles de seguidores —hasta 125.000 en 1929— fueron a Poughkeepsie a contemplar la regata anual en persona; millones más escucharon la transmisión radiofónica; y la regata llegó a rivalizar con el derbi de Kentucky, el Rose Bowl y la Serie Mundial como gran acontecimiento deportivo nacional.

Durante la mayor parte del primer cuarto de siglo, las universidades del este dominaron cómodamente la regata. Ninguna universidad del oeste se atrevió siquiera a competir hasta que Stanford se presentó en 1912 y no logró más que acabar sexta. El año siguiente Hiram Conibear llevó por primera vez al este a un primer equipo de Washington. Aunque sus muchachos del oeste, campestres y sencillos, no ganaron, quedaron terceros, un resultado que sorprendió a los seguidores y a la prensa del este. En 1915 volvieron a sorprenderse al quedar segunda Stanford. Un escritor neoyorquino, más o menos horrorizado, observó que «si Stanford no hubiera utilizado un bote del oeste construido de forma chapucera, podrían haber ganado». De hecho, Stanford utilizó un bote construido en el este y dejó el elegante bote construido por Pocock en casa, en Palo Alto.

Sin embargo, durante los siguientes diez años, las universidades del oeste —California, Stanford y Washington— solo volvieron a aventurarse por Poughkeepsie de forma ocasional. Era difícil justificar el viaje. Transportar al este al equipo y varios botes de competición delicados era caro, y los chicos del oeste siempre se encontraban con una mezcla incómoda de embobada curiosidad, sutil condescendencia y, a veces, burla abierta. Los seguidores, exalumnos y periodistas del este, así como la prensa nacional, estaban acostumbrados a que los botes en el Hudson los ocuparan los hijos de senadores, gobernadores, magnates de la industria e incluso presidentes, y no los de agricultores, pescadores y leñadores.

Entonces, una tarde lluviosa de 1923, el primer equipo de Washington volvió a Poughkeepsie con su nuevo entrenador jefe, Russell «Rusty» Callow. Tras adelantarse a los demás contrincantes, Washington y un equipo de élite de la Marina de Estados Unidos llegaron a la recta final absolutamente igualados. Dado que el clamor del público ahogaba sus órdenes, el timonel de Washington, Don Grant, levantó de repente por encima de la cabeza una tela roja —que había cortado apresuradamente de una bandera de Cornell justo antes de la regata— para indicarles a los chicos que era el momento de darlo todo. El remero de popa, Dow Walling, que tenía una pierna atrozmente inflamada con tres enormes forúnculos, se deslizó adelante sobre el asiento, llevó ambas piernas hacia la popa y subió el ritmo por encima de las frenéticas cuarenta paladas a las que los chicos de Washington ya estaban remando. El bote salió disparado y Washington se llevó por poco la primera victoria del oeste en la regata de la Asociación Interuniversitaria de Remo. El eufórico equipo de Huskies sacó cuidadosamente a Walling del bote y lo mandaron al hospital. En el muelle, se reunieron a su alrededor seguidores y periodistas asombrados, que los asaltaban a preguntas: ¿La Universidad de Washington estaba en el distrito de Columbia? ¿Dónde caía exactamente Seattle? ¿Alguno de ellos era leñador de verdad? Los chicos, con sonrisas de oreja a oreja, no hablaron demasiado, pero se pusieron a repartir tótems.

Al presenciar el final de la regata desde la lancha de los entrenadores, George Pocock gritó y armó jolgorio, cosa rara en él. Más adelante, el inglés normalmente reservado confesó: «Me debo de haber comportado como un niño». Pero no era para menos. Él había construido el bote de cedro americano con el que Washington ganó. Era la primera vez que los del este tenían la ocasión de ver su trabajo. A los pocos días de volver a Seattle, le habían llegado a la tienda pedidos para ocho botes de ocho asientos. Menos de una década después, la mayoría de botes de la regata de Poughkeepsie serían de Pocock. En 1943, todos —treinta botes en total— serían suyos.

El doctor Loyal Shoudy, un destacado exalumno de Washington con un apego casi fanático a la universidad, se quedó tan impresionado con el logro de los chicos que esa noche se los llevó a Nueva York a un espectáculo y a una cena de gala. En la cena, los chicos se encontraron un billete de diez dólares en el plato junto a una corbata púrpura. Durante décadas, a los miembros del equipo de Washington se les agasajaba al final de cada temporada de remo con un banquete gentileza de Loyal Shoudy en el que cada uno se encontraba una corbata púrpura esperándolo en el plato.

Al año siguiente, en 1924, Washington volvió con un joven Al Ulbrickson remando en la popa y el primer equipo ganó otra vez la regata, en esta ocasión con claridad. En 1926 lo hicieron de nuevo, y esta vez Ulbrickson remó el último cuarto de milla con un desgarro muscular en un brazo. En 1928, los Bears de California de Ky Ebright ganaron su primer título en Poughkeepsie camino de la victoria en los Juegos Olímpicos de ese año y en los de 1932. Hacia 1934 por fin se empezaba a tomar en serio a las universidades del oeste. De todos modos, a la mayoría de propietarios de veleros que navegaban por el Hudson cada junio para ver las regatas, procedentes de Manhattan o de los Hamptons, les parecía natural suponer que ese año el este recuperaría de nuevo su lugar tradicional en la cima del mundo del remo.

Puede que el ascenso de los equipos del oeste horrorizara a los seguidores del este, pero en los años treinta fascinó a los editores de prensa de todo el país. La historia se insertaba en un discurso deportivo más amplio que había aumentado las ventas de periódicos y noticiarios desde que la rivalidad entre dos boxeadores —un pobre de Colorado con sangre *cherokee*, llamado Jack Dempsey, y un exmarine del este, llamado Gene Tunney— cautivó la atención del país en los años veinte. La rivalidad entre este y oeste se trasladó al fútbol americano con el East-West Shrine Game, y cada enero le añadía interés a la Rose Bowl, por aquel entonces, lo más cercano a un campeonato nacional de fútbol americano universitario. Finalmente, estaba a punto de insuflarle más vida la aparición en el horizonte del oeste de un caballo de carreras desgarbado, pero brioso y algo bruto, llamado *Seabiscuit*, que desafió y derrotó a la niña de los ojos del *establishment* de las carreras, al rey de las pistas del este, *War Admiral*.

Un elemento notable de todas estas rivalidades este-oeste es que los representantes del oeste casi siempre parecían encarnar ciertos atributos que contrastaban claramente con los de sus homólogos del este. En general, parecían hijos de sus propias obras, toscos, asilvestrados, indígenas, musculosos, simples y quizá, a ojos de algunos, un poco bastos; sus homólogos del este parecían distinguidos, sofisticados, adinerados, refinados y quizá, como mínimo a su juicio, algo superiores. A menudo, había parte de verdad en estas líneas esenciales de diferenciación. Sin embargo, las percepciones de la rivalidad en el este adoptaban con frecuencia un cierto esnobismo, y eso molestaba a los deportistas y seguidores del oeste.

En el oeste también molestaba que los prejuicios del este prevalecieran abrumadoramente en la prensa nacional, que a menudo parecía funcionar a partir de la premisa de que todo lo que quedaba más al oeste de las Rocosas era China. A veces, la misma actitud prevalecía incluso en la prensa del oeste. A lo largo de los años treinta, incluso después de las victorias de Washington y California en Poughkeepsie, el *Los Angeles Times*, por ejemplo, hizo correr mucha más tinta cubriendo los seguidores, la distribución en botes, los cambios de entrenador y las pruebas eliminatorias de los equipos del este que las victorias y los tiempos récord cada vez más impresionantes de los del oeste.

Joe y los demás estudiantes de primero de Washington que compitieron en la regata de Poughkeepsie de 1934 no podrían haber sido más adecuados para su papel en el conflicto regional en curso. La penuria económica de los últimos años no había hecho más que acentuar las distinciones entre ellos y los chicos a los que estaban a punto de enfrentarse. Y también había hecho que su historia resultara todavía más cautivadora para el país en general. Una vez más, la regata de 1934 se perfilaba como un enfrentamiento entre el privilegio y el prestigio del este, de un lado, y la sinceridad y la fuerza del oeste, del otro. En términos financieros, iba a ser claramente un enfrentamiento entre potentados y necesitados.

En los días inmediatamente anteriores a la regata, los entrenadores de la mayoría de los dieciocho equipos presentes empezaron a trabajar de noche, tanto para ahorrarles a los chicos el calor sofocante del mediodía como para que el manto de la oscuridad ocultara sus tiempos y estrategias de competición al resto de equipos y a las legiones de periodistas preguntones que se habían desplazado a la orilla del Poughkeepsie.

El día de la regata, el sábado 16 de junio, amaneció despejado y cálido. A mediodía, cuando los seguidores empezaron a llegar en tren y en automóvil de todo el este, los hombres ya se quitaban los abrigos y las corbatas, y las mujeres se ponían sombreros de ala ancha y gafas de sol. A media tarde, la ciudad de Poughkeepsie vibraba. Los vestíbulos de los hoteles y los restaurantes estaban abarrotados de seguidores que sorbían varios brebajes con hielo, muchos reforzados con alcohol ahora que se había terminado la Prohibición. Por las calles, los vendedores ambulantes se abrían camino entre el público y ofrecían perritos calientes y helados.

Todas las tardes los tranvías bajaban por el acantilado traqueteando por la empinada orilla del Hudson en Poughkeepsie para transportar seguidores a la ribera. Sobre el río flotaba una calima gris. De aquí para allá navegaban ferris blancos, propulsados por electricidad, que llevaban seguidores a la orilla oeste, donde les esperaba un tren panorámico con trece vagones abiertos, equipados de tribunas descubiertas. A las cinco de la tarde, más de setenta y cinco mil personas bordeaban ambas orillas del río, sentados en la playa, de pie en los muelles, subidos al tejado, al acantilado y a las empalizadas que había a lo largo del recorrido, sorbiendo limonada y abanicándose con copias del programa.

La regata inaugural era la de los estudiantes de primero, que recorrían dos millas, seguidos a intervalos de una hora por la regata de tres millas del segundo equipo y finalmente la de cuatro del primero. Cuando Joe y sus compañeros de equipo llevaron el *City of Seattle* del cobertizo al río, pudieron admirar por primera vez el espectáculo de una regata en Poughkeepsie. Exactamente una milla río arriba del antiguo puente del ferrocarril, dos kilómetros de acero fino y elevado construidos en 1889, se extendía a lo ancho del río una línea de botes de referencia —siete botes de remo idénticos anclados— que formaban la línea de salida. En cada bote de referencia, había un asistente preparado para aguantar la popa del bote en su carril correspondiente hasta el pistoletazo de salida. Media milla río abajo del puente del ferrocarril, había un puente nuevo para coches en el que había docenas de asistentes. Entre los dos puentes y hasta la línea de llegada, el río estaba atestado de yates fondeados, con las cubiertas de teca repletas de seguidores de la regata, muchos vestidos de blanco náutico y gorras azul marino con galón de oro. Entre los veleros, entraban y salían como una flecha canoas y lanchas a motor de madera. Solo estaban despejados los siete carriles de en medio del río. Justo antes de la línea de llegada, un guardacostas blanco de 250 pies, el *Champlain*, estaba amarrado a la sombra de un destructor imponente y gris cuya tripulación animaba a los guardiamarinas de Annapolis. A un lado y otro del río, también estaban fondeados una serie de barcos altos con el casco negro —goletas y balandros del siglo pasado— de cuyas jarcias colgaban ristras coloridas de gallardetes.

Al acercarse los botes de los estudiantes de primero a los botes de referencia de la línea de salida, las lanchas de los entrenadores siguieron a sus respectivos equipos, y los motores petardeaban y gorgoteaban mientras andaban al ralentí, y el humo blanco del tubo de escape hacía borbotear el agua que dejaban detrás. Sobre el río flotaba un vago olor a gasolina diésel. Tom Bolles, que llevaba el sombrero de fieltro de la buena suerte, le gritó unas instrucciones de última hora al timonel, George Morry. Washington estaba en el carril tres, justo al lado de los Orange de Syracuse, que tenían el dos. A los Orange los entrenaba una leyenda del remo de ochenta y cuatro años, Jim Ten Eyck —del que se decía que había competido en remo por primera vez en 1863, el día después de la batalla de Gettysburg—, habían ganado tres de los cuatro últimos títulos de estudiantes de primero y eran los actuales campeones y supuestos favoritos.

El calor había disminuido uno o dos grados. Un leve viento del norte agitó suavemente el agua, que en la calima de media tarde tenía un color de plomo. Los gallardetes de los barcos altos se movían perezosamente. Al colocar los chicos de Washington el bote en posición, el asistente del bote de referencia correspondiente al carril tres alargó una mano y agarró la popa. Morry le gritó a George Lund, que estaba delante de todo, que pusiera recta la proa. Morry levantó la mano para indicarle al juez de salida que su bote estaba listo para remar. Joe Rantz respiró hondo y se concentró. Roger Morris ajustó el agarre del remo.

Tras el pistoletazo de salida, Syracuse tomó inmediatamente la delantera, remando a treinta y cuatro paladas por minuto, seguida de cerca por Washington, que remaba a treinta y una. Todos los demás —Columbia, Rutgers, Pennsylvania y Cornell— quedaron rezagados casi inmediatamente. Un cuarto de milla río abajo, parecía que, tal como estaba previsto, los Orange de Syracuse se afianzarían en el liderazgo. Pero a la altura de la baliza de media milla, Washington había recuperado terreno y adelantaba la proa sin subir el ritmo de palada. Al pasar por debajo del puente del ferrocarril con la milla, los asistentes del puente hicieron explotar una salva de tres bombas, una indicación de que el bote del carril tres, Washington, estaba por delante cuando todavía quedaba otra milla. Poco a poco la proa del bote de Syracuse entró en el campo de visión de Joe y empezó a retrasarse. Él no le prestó atención, sino que se centró en el remo que tenía en las manos, tirando fuerte, pero con suavidad, remando cómodamente, casi sin dolor. En la baliza de milla y media, a alguien de la mitad de Syracuse se le quedó clavado un remo. Los Orange flaquearon un momento y luego enseguida recuperaron el ritmo. Pero ya daba igual. Washington iba dos largos y medio por delante. Cornell, que iba tercero, casi había desaparecido, ocho largos atrás. George Morry giró la cabeza a uno y otro lado, echó un vistazo y se quedó asombrado de lo amplia que era su ventaja. Sin embargo, al igual que hizo en abril contra California en el lago Washington, ordenó subir el ritmo en los últimos cien metros, simplemente para dar espectáculo. Explotó otra salva de tres bombas cuando los chicos de Tom Bolles cruzaron la línea de meta a la sorprendente distancia de cinco largos por delante de Syracuse.

En Seattle y en Sequim, la gente que había estado apiñada alrededor de las radios en las cocinas y en los salones se levantó y gritó de alegría al oír la última salva. Como quien no quiere la cosa, agricultores, pescadores y trabajadores de los astilleros del estado de Washington, chicos que nueve meses antes no habían remado ni una pizca, habían barrido a los mejores botes del este y se habían proclamado campeones nacionales de estudiantes de primero.

Los muchachos se dieron la mano, remaron hasta el bote de Syracuse, recogieron como trofeo las camisetas que se acababan de quitar los *Orangemen* vencidos, les dieron la mano y luego remaron tranquilamente de vuelta al pabellón de los botes. Se apearon del *City of Seattle* en el muelle flotante y celebraron el ritual universal de los equipos ganadores: remojar al timonel. Cuatro chicos lo placaron antes de que pudiera escaparse por la rampa, lo cogieron de brazos y piernas, lo balancearon tres veces, y lo tiraron al Hudson con un buen impulso que hizo que diera vueltas por el aire, sacudiendo las piernas y los brazos antes de caer de espalda con un sonoro *plaf*. Cuando Morry volvió al muelle a nado, los chicos lo ayudaron a salir del río maloliente y subieron al destartalado pabellón de los botes para ducharse y probar ellos mismos el agua del Hudson. Tom Bolles corrió al despacho de la Western Union de Poughkeepsie y mandó telegramas a casa. Otro tanto hizo George Varnell del *Seattle Times*: «No hay una pandilla de chavales más contenta en todo el país. Es como una droga inocua».

Sin embargo, no era solo la gente de Washington la que se levantó y prestó atención a lo que acababa de ocurrir. Había algo en la forma como habían ganado los estudiantes de primero de Washington que ese día en Poughkeepsie llamó la atención de casi todos, igual que llamó la atención de los seguidores de todo el país que escuchaban la radio o leyeron los periódicos al día siguiente. A pesar de la relativa falta de emoción de la regata, el *New York Times* —la encarnación del *establishment* del este— la calificó de *sensacional*. No era el amplio margen de la victoria o el tiempo de 10:50 lo que maravillaba a la gente. Era la forma en que habían remado. Desde el pistoletazo hasta la salva final, remaron como si pudieran seguir al mismo ritmo dos o diez millas más. Habían remado con tanta compostura, tan *serenamente* en palabras del *Times*, tan dueños de sí mismos, que al acabar, en lugar de desplomarse en los asientos y jadear, siguieron con la espalda recta y miraron tranquilamente a su alrededor. Parecía que solo hubieran salido a dar un paseo en bote por la tarde y que se preguntaran a qué venía tanta expectativa. Parecían, ni más ni menos, unos ingenuos del oeste.

Una hora más tarde, el segundo equipo de Syracuse le alegró el día a su anciano entrenador al resistir un intento de adelantamiento de la Marina —acompañado incluso de un gemido de sirenas por parte del destructor, que pretendía así animar a los guardiamarinas— y ganar la segunda regata del día.

Al acercarse la tercera y principal competición del día, la regata de los primeros equipos, el sol había empezado a ponerse y sobre el río se instalaba una oscuridad turbia y pantanosa. Al Ulbrickson caminaba tranquilamente por la ribera, esperando a subir al vagón de la prensa del tren panorámico con George Pocock y Tom Bolles, cuando un periodista se le acercó y le preguntó si estaba nervioso. Ulbrickson se rio, dijo que estaba completamente tranquilo y se puso un cigarro en la boca por el lado equivocado. La verdad era que había pocas cosas que Ulbrickson quisiera tanto como ganar la regata de los primeros equipos en Poughkeepsie. Todavía tenía que hacerlo como entrenador, y la gente de Washington que le pagaba el sueldo había empezado a tomar nota de ese hecho. Y Ulbrickson quería dejar las cosas claras en otro sentido. Ese abril, momentos después de que los chicos del primer equipo ganaran a California en el lago Washington, la Associated Press publicó una noticia que al día siguiente retomaron los periódicos de todo el país. Decía lo siguiente: «Aunque los Bears no lograron adelantar al veterano primer equipo de los Huskies…, en ese último impulso demostraron que están destinados a los Juegos Olímpicos de 1936». Era como si la victoria de Washington se presentara al país como una especie de casualidad. Ese tipo de cosas irritaban a Al Ulbrickson.

La regata de primeros equipos de Poughkeepsie de 1934 acabó siendo un duelo entre los chicos de Ulbrickson y los de Ebright. La salida fue limpia y los botes fueron juntos en los primeros cien metros. Pero hacia el final de la primera milla de las cuatro que tenía el recorrido, las dos universidades del oeste se habían puesto claramente por delante de las del este. California empezó en cabeza, luego le cedió el primer lugar a Washington y luego lo volvió a recuperar. A la milla y media, Washington había vuelto a tomar la delantera. Los dos botes se dirigían al puente del ferrocarril con Washington primera, pero en el momento en que pasaban por debajo de la estructura de acero, California había reducido la brecha en cuestión de centímetros. Entraron en la milla final completamente igualados y remaron así, palada a palada, durante los próximos tres cuartos de milla. Entonces, en el último cuarto de milla, California dio rienda suelta a toda la potencia de su gigantesco, desgarbado, pero tremendamente fuerte remero de popa, Dick Burnley, que medía metro noventa y tres. California tomó la delantera. Washington se encogió y terminó tres cuartos de largo atrás. Ebright consiguió su segundo título consecutivo de la Asociación Interuniversitaria de Remo, se vengó de su derrota en el lago Washington y confirmó la conclusión a la que había llegado en abril el periodista de la Associated Press.

A los chicos del primer equipo el viaje en tren de vuelta a Seattle se les hizo largo y triste. Aparentemente, Al Ulbrickson se había tomado la derrota estoicamente. En el tren bromeó con los muchachos y los intentó animar. Pero cuando los chicos se alejaban, se quedaba echando humo. La última vez que Ky Ebright había ganado la regata de la Asociación Interuniversitaria de Remo había conseguido el oro olímpico, un dato que el *New York Times* enseguida señaló al tiempo que se unía a la Associated Press en la predicción de que California iría otra vez a los Juegos Olímpicos de 1936. La comparación no era del todo exacta, tal como Ulbrickson sabía perfectamente. Todavía faltaban dos años para los próximos Juegos Olímpicos. Pero Ulbrickson se enfrentaba a un hecho duro y objetivo: parecía que Ebright tenía el don de ganar las regatas más importantes.

Diez días después, Joe Rantz volvía a estar sentado en un tren, mirando por la ventana manchada de moscas del vagón, y veía cómo empezaba a extenderse una nueva calamidad estadounidense.

Tras su victoria en Poughkeepsie, viajó solo a Pennsylvania, donde visitó a su tío Sam y a su tía Alma Castner, que lo habían acogido durante años tras la muerte de su madre. Luego se fue a Nueva Orleans. Paseó por la ciudad humeante, quedó maravillado al ver los grandes barcos que remontaban el Misisipi por encima del nivel de la calle, comió enormes platos de gambas y cangrejo, atacó boles humeantes de sopa de quingombó y de arroz jambalaya, y se empapó de los ritmos y el rugido del jazz y el blues que corrían por las calles del Barrio Francés en las noches cálidas y sedosas perfumadas de jazmín y bourbon.

Ahora regresaba a casa y atravesaba unos Estados Unidos que habían empezado a secarse y a desprenderse.

Ese verano fue excepcionalmente caluroso en buena parte de Estados Unidos, aunque el verano de 1936 lo iba a superar con creces. En las Dakotas, Minnesota y Iowa, la temperatura veraniega llegó pronto. El 9 de mayo hizo 43 grados en Sisseton (Dakota del Sur) y el 30 de mayo se alcanzaron los 45. Ese mismo día hubo 43 grados en Spencer (Iowa) y 42 en Pipestone (Minnesota). Y al hacer más calor, dejó de llover. En Sioux Falls (Dakota del Sur) ese mes solo tuvieron una décima de pulgada de lluvia, y eso en plena temporada del maíz.

Desde las llanuras superiores, el calor y la aridez se extendieron por todo el país. En junio, más de la mitad de Estados Unidos sufría un calor y una sequía extremos. Ese verano en San Luis la temperatura iba a estar por encima de los 38 grados ocho días consecutivos. En el aeropuerto Midway de Chicago superaría los 38 durante seis días seguidos y llegaría a un máximo histórico de 43 el 23 de julio. En Topeka (Kansas), el mercurio rebasaría los 38 grados cuarenta y siete veces ese verano. Julio iba a ser el mes más caluroso jamás registrado en Ohio.

En el Lejano Oeste todavía era peor. En Orofino (Idaho) el 28 de julio llegaron a los 48 grados. Ese verano los diez estados con la temperatura media más elevada del país estaban todos en el oeste. Y el calor más extremo no fue en el suroeste, donde la gente lo esperaba y las cosechas y el estilo de vida estaban adaptados. El calor abrasó, en cambio, enormes extensiones del oeste entre montañas e incluso partes del nordeste, normalmente verde.

En esas condiciones no podía cultivarse nada y sin maíz, trigo ni heno, los ganados no podían sobrevivir. Alarmado, el secretario de Agricultura, Henry Wallace, envió una expedición al desierto del Gobi para ver si había especies de hierba que pudieran sobrevivir en los desiertos en los que rápidamente se estaban convirtiendo el oeste y el Medio Oeste.

Sin embargo, el calor y la sequía, en cierto modo, eran lo de menos. El 9 de mayo se formó una tormenta de arena colosal en el este de Montana, atravesó las Dakotas y Minnesota, vertió toneladas de tierra en Chicago y luego se cernió sobre Boston y Nueva York. Igual que en noviembre de 1933, los paseantes de Central Park se detuvieron y miraron hacia arriba, aterrados ante el cielo ennegrecido. Alrededor de 350 millones de toneladas de la capa superficial del suelo se habían desprendido solo con esa tormenta. El *New York Times* la calificó de «la mayor tormenta de arena de la historia de Estados Unidos». Pero, de hecho, faltaban meses para las tormentas más grandes y el más grande sufrimiento.

Mientras Joe viajaba hacia el norte y el oeste a través de Oklahoma y el este de Colorado, por la ventanilla del tren pasaba un paisaje de tonos sepia. Daba la sensación de que todo el país se hubiera marchitado y vuelto marrón bajo el sol abrasador. Excepto el movimiento del propio tren, parecía que todo estuviera inmóvil, como a la espera de la siguiente arremetida. A lo largo de las cercas había hileras de polvo. Los tallos raquíticos de maíz, que solo llegaban a la cintura y ya tenían las hojas rojizas y enroscadas sobre sí mismas, se extendían tristemente por campos marrones y resecos en hileras discontinuas. Los molinos de viento estaban quietos y las aspas de acero galvanizado brillaban al sol. En el fondo de las charcas secas, en las que el barro se había agrietado y había formado mosaicos de baldosas duras como una piedra, había cabizbajas y apáticas reses a las que se les adivinaban las costillas. Al pasar el tren por un rancho de Colorado, Joe vio a hombres que disparaban al ganado moribundo y que tiraban los cuerpos en grandes zanjas.

Sin embargo, era la gente que se veía desde el tren la que más atraía la atención de Joe. Sentados delante de los porches, descalzos en los campos secos, encaramados a las cercas, con monos desvaídos o con vestidos de guinga hechos jirones, se ponían la mano de visera y se quedaban mirando el tren con dureza y frialdad, con una mirada que parecía envidiar a los que viajaban en él por la posibilidad de abandonar esa tierra dejada de la mano de Dios.

Y, de hecho, algunos decidieron hacer justamente eso. Cada tanto se veían automóviles con la pintura desvaída y parches en los neumáticos avanzando por las carreteras llenas de surcos, paralelas a la vía férrea, siempre en la misma dirección: el oeste. Los coches llevaban sillas viejas, máquinas de coser y bañeras atadas al techo. Los asientos de detrás estaban abarrotados de niños polvorientos, perros, abuelos desdentados, ropa de cama y cajas de latas de conservas. En muchos casos, los ocupantes sencillamente se habían ido de casa y habían dejado la puerta abierta para que los vecinos pudieran aprovechar lo que no se habían llevado: sofás, pianos o somieres demasiado grandes para amarrarlos encima del coche. Algunos —sobre todo, hombres solteros— no tenían coche en el que cargar sus pertenencias. Simplemente caminaban a duras penas al lado de las vías, con sombreros de ala ancha y abrigos negros polvorientos —los abrigos de domingo—, cargaban maletas viejas atadas con cordel o agarraban un fardo que se habían tirado al hombro, y levantaban la vista hacia Joe mientras él pasaba a toda velocidad.

El tren siguió por el este de Washington y subió la cordillera de las Cascadas, donde por todo el bosque, extremadamente seco, había avisos ante el riesgo de incendio y donde en los últimos meses leñadores desesperados y sin trabajo habían provocado incendios con la intención de que se crearan puestos de trabajo para combatirlos. Luego el ferrocarril por fin bajó a la benevolencia verde y relativamente fresca de la región del estrecho de Puget, quizá la única región de Estados Unidos que ese verano no se sofocaba de calor.

Sin embargo, Joe se encontró con que, si bien la temperatura no era tan calurosa en Seattle, los ánimos en cambio sí estaban caldeados. En las ciudades portuarias de la costa oeste había estallado un conflicto laboral que coleaba desde hacía tiempo entre casi treinta y cinco mil miembros de la Asociación Internacional de Estibadores y las compañías navieras. Hasta su resolución, el conflicto se cobró ocho vidas. En Seattle alcanzó el punto culminante el 18 de julio en los muelles. Mil doscientos miembros de la Asociación Internacional de Estibadores formaron cuñas y rompieron los cordones de la policía montada, armada con gas lacrimógeno y porras, y consiguieron impedir la descarga de mercancía por parte de esquiroles, entre los que había miembros de las asociaciones de estudiantes y jugadores de fútbol americano de la Universidad de Washington reclutados por las compañías navieras. Se armó la de Dios es Cristo. La batalla campal en el puerto y en las calles adyacentes a Smith Cove duró varios días y dejó decenas de heridos en ambos bandos. Los huelguistas, armados con maderos, embistieron las posiciones de la policía. La policía montada lanzó cargas de caballería contra la masa de huelguistas porra en mano. El alcalde, Charles Smith, le ordenó al jefe de policía que montara un emplazamiento para metralletas en el embarcadero 91; el jefe de policía se negó y le entregó la placa al alcalde.

Mientras el país se asaba bajo el sol implacable y la violencia se extendía por los muelles y puertos del oeste, ese verano el diálogo político nacional también se acaloró. Franklin Roosevelt llevaba un año y medio en el cargo, la bolsa de momento se había estabilizado y las cifras de empleo mejoraban ligeramente. Sin embargo, para millones de estadounidenses —para la mayoría de estadounidenses—, los tiempos difíciles seguían pareciendo tan difíciles como antes. La oposición machacó al nuevo presidente, centrándose en sus métodos más que en sus resultados. El 2 de julio, en un discurso a la nación retransmitido por radio, el presidente del Partido Republicano Henry Fletcher, arremetió contra el *New Deal* del presidente, al que llamó «una desviación antidemocrática de todo lo que es característicamente estadounidense». Siguió prediciendo con un sesgo pesimista y alarmante las consecuencias funestas de lo que parecía un experimento radical consistente en gastar como un Gobierno sobredimensionado de estilo socialista: «El estadounidense medio piensa:

«Quizá estoy mejor que el año pasado, pero me pregunto: ¿Lo seguiré estando cuando tenga que pagar los impuestos?, y ¿qué hay de mis hijos y de los hijos de mis hijos?"». Dos días después, el senador republicano William Borah de Idaho, aunque se le consideraba de forma muy general un republicano progresista, advirtió de que las políticas de Roosevelt ponían en peligro los fundamentos de la libertad de Estados Unidos y que su «insidiosa parálisis burocrática amenaza la libertad de prensa y somete al país al yugo de la tortura, los gastos colosales y el desánimo».

Sin embargo, en un rincón del país se empezaba a cocer algo grande en ese verano tremendamente caluroso. Algo más positivo. El 4 de agosto, en la oscuridad anterior al amanecer, los ciudadanos de Seattle se subieron al coche y se dirigieron al este, hacia la cima de la cordillera de las Cascadas. La gente de Spokane cogió las cestas de pícnic, las llenó de emparedados, las cargó en los asientos traseros del coche y se dirigió al oeste. El jefe George Friedlander y una delegación de indios Colville se vistieron con pantalones de gamuza, mocasines y tocados ceremoniales, y se dirigieron al sur. A última hora de la mañana, las carreteras del este de Washington estaban repletas de automóviles que convergían desde todas las direcciones en un lugar inverosímil: Ephrata, un pueblo perdido de 516 personas, en los desolados Scablands, no lejos del río Columbia y de un cañón seco de ochenta kilómetros de longitud llamado Grand Coulee.

A primera hora de la tarde, veinte mil personas se habían reunido en Ephrata detrás de una barrera de cuerda. Entre ellos, estaban George Pocock y su familia. Cuando Franklin D. Roosevelt apareció en la tarima que tenían enfrente, con la boquilla del cigarro airosamente torcida hacia arriba, la multitud le dio la bienvenida a voz en cuello. Entonces Roosevelt se puso a hablar, inclinándose sobre el atril y agarrándolo. En tono comedido, pero con una emoción creciente, empezó a exponer su visión de los beneficios que la presa Grand Coulee traería a esa tierra árida a cambio de 175 millones de dólares de dinero público: medio millón de hectáreas de tierra desértica ganadas para la agricultura, agua de riego en abundancia para millones de hectáreas de tierras agrícolas ya existentes, grandes cantidades de energía eléctrica barata que se podía distribuir por todo el oeste y miles de puestos de trabajo en la construcción de la infraestructura hidroeléctrica y de riego que la presa necesitaría. Mientras hablaba, el gentío lo interrumpía una y otra vez con aplausos y aclamaciones a coro. Al hablar de que el agua del Columbia corriera sin obstáculos hasta el mar, dando rienda suelta a su energía, subrayó el alcance nacional de la gran tarea que tenían por delante: «No es un problema del estado de Washington ni un problema del estado de Idaho, sino que es un problema que afecta a todos los estados de la Unión». Hizo una pausa, se sacó un pañuelo del bolsillo y se secó la frente, en la que brillaban algunas gotas de sudor. «Creo que vamos a ver con nuestros propios ojos abaratarse el precio de la electricidad y la energía hasta el punto de que se van a convertir en artículos de consumo estándar en todas las casas a las que pueda llegar el tendido eléctrico». Y entonces pasó a la conclusión dirigiéndose directamente a los hombres y mujeres que tenía delante: «Tenéis grandes oportunidades y hacéis muy bien en aprovecharlas… Así que me voy de aquí con la sensación de que esta tarea está bien encarrilada; que sacamos adelante un proyecto útil y que lo vamos a ver terminado en beneficio de nuestro país». Cuando acabó, la muchedumbre volvió a gritar su aprobación.

Muchos jamás olvidarían ese día. Para ellos fue un comienzo, el primer atisbo de esperanza. Si a nivel individual poco podían hacer para darle la vuelta a la situación, quizá colectivamente sí podían hacer algo. Quizá las semillas de la salvación no estaban solo en la perseverancia, el trabajo duro y un fuerte individualismo. Quizá estaban en algo más básico: en la sencilla idea de que todo el mundo arrimara el hombro y trabajara codo con codo.

George Pocock trabajando en su taller

CAPÍTULO VIII

«Un buen bote debe tener vida y elasticidad para
sintonizar con el ritmo de un equipo».

George Yeoman Pocock

El guardabosques se acercó sigilosamente a Joe por detrás. Joe estaba de pie sobre una larga barra de grava en el río Dungeness, examinando un remanso en busca de salmones, y el ruido de la corriente de agua amortiguó los pasos del guardabosques. Después de medir a Joe y calcular que el joven no tenía las de ganar en un enfrentamiento mano a mano, el guardabosques cogió una madera gruesa que flotaba en el río, apuntó cuidadosamente y le atizó a Joe en la parte de atrás de la cabeza. Joe cayó inconsciente en la barra de grava. Volvió en sí poco después, justo a tiempo de ver a Harry Secor enfurecido persiguiendo al guardabosques río abajo, blandiendo un arpón como si fuera una lanza. El guardabosques se esfumó, pero Joe y Harry sabían que volvería con refuerzos. Se acabó lo que se daba. Ya no pescaron más salmones.

Después de su viaje de punta a punta del país, Joe pasó el resto del verano de 1934 en la casa todavía a medio acabar de Silberhorn Road en Sequim, en un intento desesperado de reunir suficiente dinero para el siguiente curso universitario. Cortó más heno, cavó más acequias, dinamitó más tocones de árboles y repartió asfalto negro y caliente por la carretera 101. Pero, sobre todo, trabajó en el bosque con Charlie Mc-Donald. Charlie decidió que su casa necesitaba un tejado nuevo. Una tarde enganchó los caballos de tiro a una calesa y llevó a Joe río arriba a buscar cedros. La parte alta de su finca se había talado por primera vez doce años atrás. Los leñadores pudieron escoger entre los árboles vírgenes que todavía crecían a la orilla de ese tramo del Dungeness: altísimos abetos Douglas y macizos cedros rojos del Pacífico. Algunos cedros tenían más de dos mil años de antigüedad y sus tocones —de un diámetro de dos metros diez o dos metros cuarenta, y de igual longitud— se erguían como monumentos antiguos entre una densa maraña de *salales*, arándanos, jóvenes álamos de Virginia y penachos púrpura de adelfillas. Ante la magnificencia de los enormes cedros, apreciados, sobre todo, para listones y tejas para techar, los hombres que los talaron solo se llevaron la mejor parte, el tramo medio, y dejaron tramos largos de la copa, donde estaban las ramas, y de la parte de abajo, donde los troncos empezaban a ensancharse y el veteado de la madera ya no iba perfectamente derecho y centrado. Buena parte de lo que habían dejado todavía podía aprovecharse, pero solo si uno sabía leer la madera y descifrar su estructura interna.

Charlie llevó a Joe entre los tocones y los árboles talados y le enseñó a entender qué había debajo de la corteza de los troncos caídos. Les daba la vuelta con un chuzo y los aporreaba con la cara plana de un mazo, atento a si resonaba, lo que era señal de buen estado. Pasaba las manos por encima, buscando nudos ocultos e irregularidades. Se agachaba en los extremos cortados y escudriñaba los anillos de crecimiento anual, en busca de un diagnóstico preciso sobre lo apretadas y regulares que debían ser las vetas del interior. Joe estaba maravillado, le fascinaba la idea de ver en la madera lo que otros no podían ver, emocionado como siempre ante la idea de que se podía encontrar algo valioso en lo que otros habían ignorado y dejado atrás. Cuando Charlie encontraba un tronco que le gustaba y le explicaba a Joe por qué le gustaba, los dos utilizaban una sierra de través para trocear la madera en piezas de sesenta centímetros —cortes de la longitud de los listones para el tejado— y la cargaban en la calesa.

Más adelante, Charlie le enseñó a Joe a descifrar las sutiles pistas de forma, textura y color que le permitirían partir la madera en listones bien formados y detectar los puntos ocultos de debilidad o elasticidad. Le enseñó al joven cómo dividir limpiamente un tronco en cuartos con un mazo y cuñas de hierro; cómo utilizar un pesado mazo de madera para hundir una azuela —la principal herramienta para cortar listones: una hoja larga y recta con un mango perpendicular igualmente largo— en el árbol a través de las vetas en lugar de siguiéndolas; cómo pasar la azuela de forma pareja a lo largo de la madera; cómo escuchar la madera cuando empezó a *hablarle*, con el crujir y el suave quebrarse de las fibras al separarse las unas de las otras, diciéndole que estaban preparadas para partirse a lo largo del eje que él quería; cómo darle el giro definitivo a la azuela hundida en la madera para que salga un listón, limpio y elegante, liso y suavemente ahusado de una punta a la otra, listo para colocarlo en un tejado.

En pocos días, Joe dominaba la azuela y el mazo, y podía examinar un tronco y partirlo en listones casi tan rápido y de forma tan certera como Charlie. El año que llevaba remando lo había dotado de una fuerza prodigiosa en los brazos y hombros, y daba cuenta del montón de piezas de cedro como una máquina. Pronto lo rodeó una pequeña montaña de listones en el corral de los McDonald. Orgulloso de su nueva habilidad, descubrió que darle forma a la madera de cedro conectaba con él de una forma vaga pero profunda, que lo satisfacía íntimamente y le daba paz. En parte, se trataba del viejo placer que siempre le proporcionaba dominar nuevas herramientas y resolver problemas prácticos: entender los ángulos y los ejes en los que la madera de cedro se partiría limpiamente y aquellos en los que no lo haría. Y, en parte, se trataba de la naturaleza profundamente sensual del trabajo. Le gustaba la forma en que la madera le susurraba cosas antes de rajarse, casi como si estuviera viva, y cuando por fin cedía entre sus manos, le gustaba la manera como indefectiblemente se descubría en pautas de colores preciosas e impredecibles —vetas naranjas, burdeos y de color crema—. Al mismo tiempo, al abrirse la madera, siempre perfumaba el aire. El aroma picante y dulce que desprendía la madera de cedro recién partida era el mismo olor que a menudo impregnaba el pabellón de los botes en Seattle cuando Pocock trabajaba en la buhardilla. A Joe le parecía que había algún tipo de conexión entre lo que él hacía aquí entre un montón de listones recién partidos, lo que Pocock hacía en su taller y lo que él intentaba hacer en los botes de competición que Pocock construía —algo que tenía que ver con la aplicación deliberada de fuerza, con la delicada coordinación de la mente y los músculos, y con la repentina aparición del misterio y de la belleza.

Cuando Joe volvió al pabellón de los botes el 5 de octubre de 1934, también era una tarde radiante, muy parecida a la del día en que se presentó por primera vez como estudiante de primero. El termómetro rondaba los veinte grados y el sol brillaba en el Cut igual que ese día de hacía un año. El escenario había cambiado solo en un aspecto: el largo verano de sequía había bajado drásticamente el nivel del lago, había dejado al descubierto bancos marrones de tierra y el muelle flotante había quedado alto, seco e inútil. Como mínimo durante un tiempo, los chicos iban a tener que echar los botes bajándolos a la orilla y metiéndolos en el agua ellos mismos.

Sin embargo, la gran diferencia era la actitud del grupo de chicos con los que Joe había remado el año pasado. Al entrar y salir del pabellón, en jersey y *shorts*, ayudando a Tom Bolles a inscribir a los nuevos estudiantes de primero, había un inconfundible dejo de arrogancia en su forma de caminar. A fin de cuentas, eran los campeones nacionales. Ahora que ya estaban en segundo curso, les tocaba a ellos holgazanear en la amplia entrada del pabellón de los botes, con los brazos cruzados, sonriendo al ver cómo los estudiantes de primero formaban una cola, entre nervios, para pesarse por primera vez y comentaban algo sobre intentar sacar los remos de los estantes sin darle a nadie antes de subir torpemente a bordo de la *Old Nero*.

Incluso más allá del trofeo con el que habían vuelto de Poughkeepsie, Joe y sus compañeros de segundo curso tenían razones para enfocar con confianza y optimismo la temporada que empezaba. Al Ulbrickson siempre insistía en que nadie del equipo leyera las páginas de deportes durante el curso universitario. No podía sacarse nada bueno y sí muchas cosas malas de que los chicos se preocuparan demasiado por las especulaciones de Royal Brougham en el *Post-Intelligencer* o de George Varnell en el *Seattle Times*. Sin embargo, en verano poco podía hacer para controlar las lecturas de los muchachos, y en ambos periódicos habían salido muchos artículos que les podían haber llamado la atención. A la mañana siguiente de la regata de Poughkeepsie en junio, Varnell se soltó y escribió lo que mucha gente de Seattle pensaba después de haber escuchado la regata por la radio: «Contad con este equipo de estudiantes de primero de Washington como posibles representantes en los Juegos Olímpicos de 1936». Y durante el verano también se sugirió que Al Ulbrickson haría bien en elevarlos a la categoría de primer equipo ese mismo año, pasándolos por delante del segundo equipo y que los miembros del primero bajaran de nivel. Parecía una idea muy improbable, pero se proponía en público y los chicos de segundo curso empezaron a hablar discretamente sobre el asunto entre ellos.

Y, de hecho, la idea le rondaba a Al Ulbrickson desde hacía algún tiempo. Había una serie de factores a su favor. En primer lugar, estaba la asombrosa facilidad con la que los estudiantes de primero ganaron en Poughkeepsie en junio. Después estaba el hecho de que eran un grupo robusto y atlético, con una media de ochenta y seis kilos, más fornidos y fuertes de media que el primer y segundo equipos. Eso significaba que había un gran potencial de fuerza en el bote. Detectaba muchos errores técnicos en su mecánica, pero se podían trabajar. Lo más importante era su carácter. Era un grupo rudo, no muy sofisticado, pero eran serios y estaban acostumbrados a trabajar duro. Y hasta cierto punto el carácter todavía se podía formar en chicos tan jóvenes como unos estudiantes de primero. Aún eran maleables. También era igualmente importante el hecho de que podía estar seguro de que ninguno se licenciaría antes del verano olímpico de 1936.

Ulbrickson no iba a contarles nada de esto. Lo último que le convenía era que una pandilla de advenedizos de segundo empezara a pensar que eran el regalo de Dios al mundo del remo. O que el próximo junio podían ganar una regata de primeros equipos de cuatro millas porque el junio pasado habían ganado la regata de dos millas de estudiantes de primero. Eso era harina de otro costal: el doble de largo y, en muchos sentidos, más del doble de difícil. Ahora mismo le convenía que pensaran en fortalecer su cuerpo, mejorar en disciplina mental y aprender a meter y sacar el remo del agua sin que la mitad del lago Washington entrara en el bote. Eran buenos, pero todavía estaban verdes. Si llegaban a convertirse en lo que él esperaba que se convirtieran, necesitaría que cada uno desarrollara el difícil equilibrio entre ego y humildad que los grandes remeros siempre consiguen alcanzar. Por ahora, lo que él veía pavoneándose por el pabellón de los botes y holgazaneando en la entrada era mucho ego y poca humildad.

El año pasado estos chicos habían estado principalmente a las órdenes de Tom Bolles. Ahora, tanto si finalmente remaban como primer equipo o como segundo, eran responsabilidad de Ulbrickson. Por lo que le había dicho Bolles, ya sabía que había un par de los que debería estar particularmente atento. Uno era el pequeño del bote, un chico de diecisiete años que ocupaba el asiento número dos y que medía metro ochenta y ocho, George «Shorty» Hunt. Trabajaba como una mula y era absolutamente indispensable. Pero era un manojo de nervios, una persona a la que había que tratar con guante de seda para que se calmara, como un caballo de carreras.

El otro era el chico rubio con el pelo rapado del asiento número tres, Rantz, el muchacho al que descubrió en las anillas del gimnasio del Instituto Roosevelt dos años antes. Era más pobre que una rata. Solo hacía falta verlo para darse cuenta. Con todo, Bolles le contó que, cuando quería, Joe Rantz remaba más tiempo y con más intensidad que los demás. El problema es que no parecía que siempre quisiese. Toda la primavera pasada había estado completamente imprevisible: un día centrado y descentrado al siguiente. Seguía su propio ritmo. Los demás chicos lo llamaban *don Vaporlibre*. Era físicamente fuerte, independiente, en apariencia seguro de sí mismo, simpático y al mismo tiempo extrañamente sensible. Parecía tener debilidades ocultas, puntos sensibles que había que vigilar si querías que no te fallara, aunque nadie, ni siquiera los demás estudiantes de segundo, sabían cuáles eran, de dónde diantre venían o incluso si valía la pena aguantarlos. Sin embargo, Al Ulbrickson no era el tipo de persona que pierde mucho tiempo intentando entender los puntos sensibles de un chico.

El entrenador cogió un megáfono y gritó a los estudiantes de segundo que se reunieran en la rampa. Los chicos se dirigieron al agua arrastrando los pies. Ulbrickson se puso en un lugar ligeramente más elevado de la rampa, para ganar un poco de ventaja frente a los chicos, que eran muy altos. A Ulbrickson le importaban ese tipo de cosas. Para llevar a chicos corpulentos que no eran mucho más jóvenes que él, y en muchos casos eran igual de determinados, necesitaba todas las ventajas posibles. Se ajustó la corbata y se sacó la llave de la fraternidad del bolsillo del chaleco y empezó a hacerla girar con el cordón, como solía hacer en ese tipo de ocasiones. Los miró fijamente un rato sin decir nada y dejó que su actitud hiciera que callaran. Y entonces, sin prolegómenos, empezó a contarles cómo iría todo.

«No comeréis carne frita —empezó abruptamente—. No comeréis pastelitos y, en cambio, comeréis mucha verdura. Comeréis bien, comida sustanciosa y sana, el tipo de comida que os hace vuestra madre. Iréis a dormir a las diez de la noche y os levantaréis puntualmente a las siete. No fumaréis ni beberéis ni masticaréis tabaco. Y seguiréis este régimen todo el año, mientras reméis conmigo. No se puede maltratar el cuerpo seis meses y después pretender remar los otros seis. Hay que abstenerse todo el año. No utilizaréis palabras irreverentes en el pabellón de los botes ni en ningún otro lugar donde yo os pueda oír. Seguiréis esforzándoos con los estudios y mantendréis una buena media. No decepcionaréis a vuestros padres ni a vuestros compañeros de equipo. Y ahora a remar».

Los esfuerzos de Ulbrickson por bajarles los humos a los estudiantes de segundo se saldaron con resultados discretos. Dos semanas más tarde tomó una decisión que inevitablemente puso al descubierto hasta qué punto los tenía en alta consideración por mucho que intentara ocultarlo. La primera vez que apuntó en la pizarra del pabellón las listas provisionales de distribución en botes para el nuevo año, todo el mundo pudo ver enseguida que cuatro de los cinco posibles botes de primer equipo estaban tripulados, como de costumbre, por una mezcla de chicos de distintas clases —algunos del segundo bote de estudiantes de primero del último año, algunos de ambos botes del segundo equipo del año pasado y algunos del bote del primer equipo del año pasado—. Solo un bote del año pasado se había conservado intacto: el bote de Joe, el primer bote de los estudiantes de primero. Como mínimo por ahora, los estudiantes de segundo iban a sentarse juntos igual que en junio, cuando las bombas que indicaban su victoria explotaron encima del puente para coches de Poughkeepsie: George Lund en la proa, Shorty Hunt en el dos, Joe Rantz en el tres, Chuck Hartman en el cuatro, Delos Schoch en el cinco, Bob Green en el seis, Roger Morris en el siete, Bud Schacht en la popa y George Morry en el asiento de timonel. La tripulación del bote parecía una prueba concreta e innegable de que aquello sobre lo que los estudiantes de segundo especulaban era cierto —tenían algo especial y Ulbrickson confiaba en ellos como grupo de una manera poco habitual—. Pero para que nadie —y especialmente los propios estudiantes de segundo— sobreinterpretara, Ulbrickson puso el bote al final de la lista, que a grandes rasgos indicaba la categoría de los equipos dentro del programa. Los estudiantes de segundo no estaban en el primer bote ni en el segundo. De hecho, estaban en el quinto, el peldaño más bajo de la escalera y el último lugar donde alguien esperaría encontrar serios aspirantes a ser el primer equipo en la próxima primavera.

Los chicos no sabían cómo interpretar el doble mensaje. Aunque no tenían tanta relación, estaban contentos de volver a remar juntos, aunque fuera porque parecía que lo hacían muy bien. Pero teniendo en cuenta que eran campeones, les pareció que les bajaban de categoría injustificadamente y se sintieron bastante intimidados por el comportamiento de su nuevo entrenador. La arrogancia pronto desapareció de sus andares. Ulbrickson era un tipo más duro que Bolles, y estaba claro que esta temporada iba a ser más dura que la última.

Al entrar en la temporada de entreno de otoño, a Joe en especial le costaba mantener el ánimo. La categoría del bote en el que remaba no era lo único que le preocupaba. No solo se trataba de la dureza de los largos entrenos o de los días en que debían remar bajo la lluvia y con un frío intenso. Eran temas personales. A pesar de haber trabajado todo el verano, todavía iba más apurado que el año anterior. Incluso la entrada para una película el sábado por la noche ahora le parecía un lujo excesivo. Sus citas con Joyce se convirtieron en reuniones grises en la cafetería, donde mezclaban kétchup con agua caliente, lo llamaban sopa de tomate y completaban la comida con galletitas saladas. El anillo de diamantes que Joyce llevaba en la mano los reconfortaba a los dos, pero a veces Joe no podía evitar mirarlo y preguntarse si algún día sería capaz de cumplir con lo que significaba.

También había asuntos familiares que lo agobiaban. Finalmente Joe fue a ver a su hermano Fred y le preguntó a bocajarro dónde estaba su padre, y Fred, después de un rato de carraspear y titubear, se lo contó. Harry, Thula y los hermanastros de Joe vivían en Seattle. De hecho, siempre habían estado ahí, desde la noche de 1929 en que se fueron en coche y dejaron a Joe en Sequim.

Primero se mudaron a una cabaña ruinosa en los muelles, al lado de Hooverville. No era una chabola de tela asfáltica, pero tampoco era mucho mejor. Solo tenía dos habitaciones. Una, con un váter y un fregadero, hacía las veces de cocina y baño; la otra, con una estufa de leña en una esquina, servía de sala de estar y dormitorio para los seis. Por la noche pasaban camiones con gran estruendo a pocos centímetros de la puerta. Bajo las farolas de la calle haraganeaban prostitutas y macarras. Por las esquinas de ambas habitaciones correteaban ratas. Harry no encontró el trabajo que había venido a buscar a Seattle y cobraba el paro.

No estuvieron mucho tiempo en la cabaña del muelle, pero el siguiente lugar adonde fueron solo era ligeramente mejor, una casa vieja en el barrio de Phinney Ridge, al oeste del lago Green. La vivienda se había construido en 1885 y ya no se habían hecho más obras o arreglos. Solo tenía una toma de corriente eléctrica y una única estufa de leña. La estufa no les era de gran ayuda porque no podían permitirse la leña con que alimentarla. Encaramada a la colina, la casa recibía todas las ráfagas de aire que entraban a la ciudad desde el Ártico. Desesperada por calentar la casa y poner un poco de comida en la mesa, Thula empezó a frecuentar los comedores de beneficencia de la ciudad y el economato de barrio que llevaba la Asociación de Ciudadanos Desempleados, una organización fundada por socialistas de la ciudad. Los miembros de la asociación, que se dedicaba a distribuir comida y leña a los más desfavorecidos, aprovechaban lo que podían de las cosechas medio estropeadas de los campos del este de Washington y buscaban leña en la cordillera de las Cascadas, y llevaban todo lo que encontraban a Seattle. Sin embargo, lo que se conseguía en el economato siempre era poca cosa. La mayor parte de las comidas que Thula conseguía servirles a sus hijos consistían en estofados poco espesos, hechos de chirivías, nabos suecos, patatas y ternera picada. Como faltaba casi siempre leña para la estufa, le dio por darle la vuelta a la plancha eléctrica, enchufarla a la única toma de corriente y cocinar el estofado encima.

El padre de Thula murió en 1926, pero su madre vivía en una casa grande unas manzanas colina abajo, pasada Aurora Avenue, cerca del lago Green. De entrada, a Mary La Follette nunca le gustó el matrimonio de Thula, y ahora estaba claramente disgustada con Harry y el curso que habían tomado los acontecimientos. La única concesión que hacía ante las dificultades económicas de la familia era dejar que cada domingo por la mañana Thula enviara a los niños a casa a comer un bol de sémola de trigo. Y eso era todo. Un bol de sémola de trigo cada semana y ninguna ayuda más. El ritual parecía pensado para enviar un mensaje. Ochenta años más tarde, a Harry Junior todavía le temblaba la voz al recordarlo: «Un bol. Una vez a la semana. Nunca lo entendí». En cambio, Thula sí entendió el mensaje. Le dijo a Harry que se fuera de casa y que no volviera hasta que tuviera un trabajo. Harry se marchó a Los Ángeles. Seis meses después, volvió con una moto, pero sin trabajo.

Thula le dio otro ultimátum y finalmente Harry encontró un trabajo de mecánico jefe en la Golden Rule Dairy and Bakery de Fremont.

La Golden Rule era una lechería y panadería ferozmente antisindical —que al cabo de pocos años se encontraría en el centro de un boicot a nivel de la ciudad y de un conflicto laboral— y en consecuencia el sueldo era bajo. Pero el caso es que era un sueldo y Harry no podía permitirse ser selectivo. Se mudó con la familia a una casa pequeña pero digna en la Treinta y Nueve con Bagley, no lejos de la panadería y de la orilla norte del lago Union donde Joe remaba casi cada tarde. Fue ahí donde Joe se encontró con ellos en otoño de 1934, en una dirección que Fred finalmente le dio.

No fue una reunión propiamente dicha. Una tarde Joe y Joyce se subieron al Franklin y condujeron hasta la casa. Aparcaron en Bagley, respiraron hondo y subieron una escalera de cemento hasta el porche cogidos de la mano. Dentro se oía a alguien que tocaba el violín. Joe llamó a la puerta amarilla de dos paneles y el violín dejó de tocar. Detrás de las cortinas de encaje se movió una sombra en la mitad superior de la puerta. Hubo un momento de duda, y luego Thula abrió la puerta a medias.

No parecía especialmente sorprendida de verlos. Joe tuvo la sensación de que hacía mucho que esperaba ese momento. Le echó una mirada a Joyce y la saludó con bastante amabilidad, pero no los invitó a entrar. Se hizo un largo silencio. Nadie sabía qué decir. Joe pensó que Thula parecía agobiada y agotada, y que aparentaba mucho más de treinta y seis años. Tenía la cara pálida y demacrada, y los ojos un poco hundidos. Joe se fijó un momento en los dedos, enrojecidos e irritados.

Finalmente Joe rompió el silencio: «Hola, Thula. Hemos venido a ver cómo estáis».

Thula lo miró detenidamente un momento, con una expresión opaca, y luego bajó la mirada al empezar a hablar.

«Estamos bien, Joe. Ahora estamos bien. ¿Cómo va la universidad?».

Joe le dijo que iba bien, que ahora estaba en el equipo de remo.

Thula le respondió que ya lo había oído y que su padre estaba orgulloso. Le preguntó a Joyce cómo estaban sus padres y dijo que lo sentía cuando Joyce le contestó que su padre estaba bastante enfermo.

Thula seguía con la puerta abierta solo a medias y con el cuerpo impedía la entrada. Joe se dio cuenta de que, aun cuando se dirigía a ellos, seguía mirando al suelo del porche, como si examinara algo que estuviera a sus pies e intentara encontrar ahí la respuesta a algo.

Finalmente Joe preguntó si podía entrar a saludar a su padre y a los niños. Thula le dijo que Harry estaba en el trabajo y que los niños habían ido a casa de unos amigos. Joe preguntó si podía volver otro día con Joyce y visitarlos.

De repente, pareció que Thula había encontrado lo que andaba buscando. Levantó de golpe la mirada y la fijó en Joe. «No», dijo en un tono más frío.

«Vive tu vida, Joe. No te metas en la nuestra». Y dicho esto cerró suavemente la puerta y corrió el pestillo, que soltó un chasquido leve y metálico.

Esa tarde, mientras se alejaban en coche de la casa de Bagley, Joyce estaba a punto de estallar. A lo largo de los años se había ido enterando de cosas sobre los padres de Joe y sobre lo que había pasado exactamente en Sequim y antes, en la mina Gold and Ruby. Supo de la muerte de su madre y del largo y solitario viaje en tren a Pennsylvania. Y, con todo, no podía entender que Thula se hubiera comportado con tanta frialdad con un niño huérfano de madre ni que el padre de Joe se hubiera mantenido tan impasible ante la situación. Tampoco podía entender que aparentemente Joe estuviera tan poco enfadado ni que siguiera intentando congraciarse con ambos, como si no hubiera pasado nada. Finalmente, cuando Joe se desvió hacia la cuneta para dejarla en casa del juez, Joyce estalló.

Quería saber por qué dejaba Joe que sus padres lo trataran como lo hacían. ¿Por qué seguía fingiendo que no le habían hecho ningún daño? ¿Qué clase de mujer dejaría a un niño solo? ¿Qué clase de padre lo permitiría? ¿Por qué no se enfadaba nunca con ellos? ¿Por qué no pedía sencillamente que le dejaran ver a sus hermanastros? Al terminar, Joyce estaba al borde de las lágrimas.

Miró a Joe, que estaba en el asiento de al lado, y enseguida vio, a través de las lágrimas, que sus ojos también tenían una expresión dolida. Pero se le veía decidido y fijaba la mirada hacia delante, por encima del volante, en lugar de volverse hacia ella.

«No lo entiendes —murmuró—. No podían hacer nada más. Había demasiadas bocas que alimentar y punto».

Joyce se quedó pensando en las palabras de Joe y luego dijo: «Lo que pasa es que no entiendo por qué no te enfadas».

Joe seguía mirando fijamente hacia delante a través del parabrisas.

«Enfadarse quita energía. Te consume. No puedo desperdiciar energía de esa manera y pretender seguir adelante. Cuando se fueron, tuve que poner toda la carne en el asador solo para sobrevivir. Ahora tengo que estar centrado. Tengo que ocuparme yo del tema».

Joe se refugió en la vida del pabellón de los botes. Los chicos todavía le tomaban el pelo por sus gustos en ropa y música, y en realidad solo estaba cómodo con Roger y Shorty, pero por lo menos le parecía que en el pabellón tenía un objetivo. Los rituales del remo, el lenguaje especializado del deporte, los detalles técnicos que se esforzaba en dominar, la sabiduría de los entrenadores, incluso su letanía de normas y los distintos tabús que imponían; a Joe le parecía que todos esos elementos le daban al mundo del pabellón una estabilidad y un orden de los que hacía tiempo que creía que el mundo exterior carecía. La dureza de los entrenos de la tarde lo dejaba agotado y dolorido, pero se sentía limpio, como si le hubieran frotado el alma con un cepillo de alambre.

El pabellón de los botes se había convertido en un hogar en mayor medida que los sombríos límites de su cubículo en el sótano de la YMCA o la casa a medio construir de Sequim. Le gustaba la forma como la luz entraba a raudales a través de las ventanas de las enormes puertas correderas, las pilas de botes pulidos en los armazones, el silbido del vapor de los radiadores, el golpeteo de las taquillas, el olor a madera de cedro, barniz y sudor. A menudo se quedaba en el edificio hasta bastante después del entreno, y cada vez se sentía más atraído hacia el fondo de la sala, hacia las escaleras que llevaban al taller de Pocock. Joe temía interrumpir el trabajo del artesano y no se le hubiera ocurrido subir las escaleras sin que Pocock le hubiera invitado a hacerlo. Al señor Pocock, como siempre lo llamaban los chicos, se le trataba con un respeto especial. Pocock no lo favorecía especialmente, más bien al contrario. A menudo se quedaba por el muelle flotante mientras los chicos se preparaban para el entreno, y le daba un toque al balancín de ese bote o al de ese otro, charlaba con los chavales y de vez en cuando soltaba una o dos perlas de sabiduría, la sugerencia de que probaran a ajustar así o *asá* la palada. De hecho, Pocock, que solo tenía la educación básica, tendía a pensar que era él el que tenía que mostrar respeto, y no estos chicos universitarios.

Sin embargo, Pocock era mucho más culto de lo que cabría suponer por su formación, algo de lo que cualquiera que lo conociera se daba cuenta enseguida. Era una persona leída en un amplio abanico de temas: religión, literatura, historia y filosofía. A la mínima te citaba a Browning, a Tennyson o a Shakespeare, y la cita siempre era oportuna y reveladora, nunca pretenciosa o afectada. La consecuencia era que, a pesar de su humildad, los amplios conocimientos y la discreta elocuencia del constructor de botes despertaban un gran respeto, nunca mayor que cuando estaba trabajando en el taller, entregado a su oficio. A Pocock no se le interrumpía cuando trabajaba. Nunca.

De modo que Joe se quedaba al pie de las escaleras, mirando intrigado hacia arriba, pero sin compartir su curiosidad con nadie. No obstante, se dio cuenta de que esos días Pocock trabajaba mucho en el taller. En verano habían vuelto a entrar pedidos súbitamente, en parte porque los programas de remo llevaban mucho tiempo sin encargar nuevos equipos tras el crac de 1929 y en parte por los recientes éxitos en Poughkeepsie de los equipos de Washington, equipados con botes de Pocock. Ahora el inglés tenía que entregar ocho pedidos de botes de ocho asientos, algunos para los mejores programas de remo de todo el país: la Marina de Estados Unidos, Syracuse, Princeton y Pennsylvania. A principios de septiembre, pudo escribirle a Ky Ebright en Berkeley en un tono marcadamente distinto al de hacía un año. Su caballerosidad no le permitía ser vengativo, pero ahora se mostraba completamente seguro de sí mismo: «Amigo, si vas a comprar algo, te recomendaría que no lo dejaras para muy tarde. En los últimos dos años hemos estado bajo mínimos y los chicos del este, de repente, se dan cuenta de que tienen que hacerse con nuevos equipos. O sea que estaremos ocupados». Cuando Ebright le respondió cuestionando los precios, esta vez fue Pocock el que dio un paso atrás e insistió con firmeza en el importe: «El precio de un bote de ocho asientos es de 1.150 dólares… Hay una cosa que tengo clara, Ky, me niego a entrar en una carrera para ver quién construye el bote de ocho más barato del país. No puedo construirlos todos, pero tengo buenas posibilidades de construir los mejores».

De hecho, George Pocock ya estaba construyendo los mejores botes, y de largo. No es que construyera botes de competición. Los esculpía.

Según como se mire, un bote de competición es una máquina con una función muy concreta: permitir que un cierto número de hombres o mujeres corpulentos, y alguien menudo, se impulsen sobre una superficie de agua de la manera más rápida y eficiente posible. Mirado de otra forma, es una obra de arte, una expresión del alma humana, con su hambre infinita por lo ideal, la belleza, la pureza y la elegancia. Buena parte del genio de Pocock como constructor de botes consistió en que fue capaz de destacar como productor de máquinas y como artista.

Cuando su padre le enseñó el oficio en Eton, utilizaba herramientas manuales sencillas: sierras, martillos, escoplos, garlopas y bloques para lijar. En buena parte, las siguió utilizando, aunque en los años treinta salieron herramientas eléctricas más modernas y que ahorraban trabajo. Por una parte se debía a que en todo tendía a lo tradicional. En parte era porque pensaba que las herramientas manuales le permitían controlar los detalles del trabajo con mayor precisión. Y en parte era porque no soportaba el ruido que hacían las herramientas eléctricas. El trabajo artesano exigía pensar y para pensar se necesitaba un entorno tranquilo. Pero sobre todo era porque quería estar más cerca de la madera: quería notar la vida de la madera con las manos y a su vez insuflarle al bote algo de sí mismo, de su vida, su orgullo y su entrega.

Hasta 1927 construyó los botes exactamente como su padre le había enseñado a hacerlo en Inglaterra. Trabajaba en un bao perfectamente recto en forma de *I* de dieciocho metros de largo y construía un delicado armazón de pícea y fresno. Entonces juntaba y clavaba cuidadosamente listones de cedro americano en las costillas del armazón para formar el casco. Para ello se necesitaban miles de clavos y tornillos de latón, cuyas cabezas había que limar a mano con paciencia y mucho trabajo antes de poder aplicar capas de barniz marino al exterior. El encaje y clavado de las tablas era un trabajo duro y enervante. En cualquier momento, un resbalón del escoplo o un golpe desacertado con el martillo podía estropear el trabajo de días.

En 1927 introdujo una mejora que revolucionó la construcción de botes de competición en Estados Unidos. Hacía años que Ed Leader, que sucedió a Hiram Conibear como entrenador del equipo de remo de Washington, le proponía a Pocock que intentara construir un bote con cedro rojo del Pacífico, que es tan abundante —y alcanza unas dimensiones tan grandes— en Washington y Columbia Británica. Al fin y al cabo, el cedro americano era caro porque se tenía que importar de Sudamérica

—en realidad, el cedro americano, *Cedrela odorata*, no es un cedro, sino que es de la familia de la caoba—. También era de notoria fragilidad y siempre había que andar reparando la flota de botes. A Pocock le atraía la idea de probar con el cedro autóctono. Hacía años que se fijaba en la ligereza y durabilidad de las viejas canoas indias de cedro que, de vez en cuando, todavía surcaban las aguas del estrecho de Puget. Pero Rusty Callow, el entrenador jefe, lo disuadió de experimentar con esa madera. Callow había sido leñador en su juventud y, como la mayoría de leñadores, pensaba que el cedro solo servía para sacar listones y tejas. Sin embargo, cuando Pocock finalmente siguió su corazonada y empezó a experimentar con la madera en 1927, se quedó asombrado ante las posibilidades que se abrían.

El cedro rojo del Pacífico *(Thuja plicata)* es una especie de madera milagrosa. Su baja densidad hace que sea fácil darle forma, ya sea con un escoplo, una garlopa o un serrucho. La estructura celular abierta la hace ligera y flotante y, en remo, *ligereza* significa «velocidad». Sus vetas apretadas y parejas la hacen fuerte pero flexible, tan fácil de doblar como resistente a torcerse, combarse o ahuecarse. No tiene brea ni savia, pero sus fibras contienen unas sustancias químicas llamadas *tujaplicinas* que actúan como conservantes naturales, lo que la convierte en muy resistente a la podredumbre, al tiempo que le confiere un olor agradable. Tiene un aspecto bonito, se le puede dar un buen acabado y sacarle mucho brillo, esencial para conseguir el fondo suave y sin fricción que un buen bote necesita.

Pocock se convirtió enseguida. Pronto recorrió el noroeste en busca de la mejor calidad de cedro que pudiera encontrar, y hacía largos viajes hasta los aserraderos humeantes de la península Olímpica y más al norte, hasta los bosques todavía vírgenes de Columbia Británica. Encontró lo que buscaba en los bosques neblinosos que rodean el lago Cowichan en la isla de Vancouver. De las reservas de cedro que encontró ahí —secciones largas, rectas y de vetas apretadas, cortadas de árboles antiguos y enormes— podía serrar elegantes tablas de madera de una anchura de medio metro y dieciocho metros de largo. Y de esas tablas podía recortar pares idénticos de tablas mucho más finas, delicadas láminas de cedro de poco más de un centímetro de grosor, cada una igualita a la otra, con las mismas vetas. Al colocar esos pares exactos a cada lado de la quilla, podía asegurarse de que el aspecto y el rendimiento del bote eran perfectamente simétricos.

Esas láminas flexibles de cedro también le permitieron a Pocock dejar de clavar tablas a las costillas del bote. En lugar de ello, simplemente ataba las láminas de madera al armazón del bote, forzándolas así a adaptarse a su forma, cubría todo el conjunto con mantas gruesas y desviaba el vapor de la calefacción del pabellón y lo dirigía debajo de las mantas. El vapor hacía que el cedro se relajara y se doblara para encajar con la forma del armazón. Cuando apagaba el vapor y quitaba las mantas al cabo de tres días, las láminas de cedro habían adoptado perfectamente la nueva forma. Solo tenía que secarlas y pegarlas al armazón. Era la misma técnica que los pueblos *salish* de la costa del noroeste habían utilizado durante siglos para formar cajas de madera alabeada a partir de tablas de cedro. Los botes de líneas elegantes que se obtenían del proceso, no solo eran más hermosos que los botes de cedro americano, sino más rápidos. Harvard probó uno de los primeros que salieron del taller de Pocock y enseguida informó de que el bote había bajado las mejores marcas del equipo en algunos segundos.

Con el bote cubierto de piel de cedro, Pocock instalaba los rieles y los asientos, los balancines, el timón y los ribetes. Para él era un orgullo trabajar con un amplio abanico de maderas del noroeste: pino de azúcar para las quillas, fresno para el armazón, pícea de Sitka para las bordas y los asientos tallados a mano, y cedro amarillo de Alaska para las falcas. Esta última le gustaba especialmente porque, al envejecer, el color pasaba de marfil viejo a un tono dorado parecido a la miel, que encajaba perfectamente con el rojo bruñido de los cascos de cedro. Pocock cubría con tela de seda las secciones de popa y proa y la pintaba con barniz. Al secarse el barniz y endurecerse la tela, aparecía un embellecimiento amarillo translúcido, frágil y precioso, a proa y popa. Finalmente, trabajaba en el acabado frotando durante horas el casco de cedro con piedra pómez y trípoli pulverizados, aplicando capas finas de barniz marino y luego frotando el acabado una y otra vez hasta que relucía como agua en calma. En total se necesitaban quince litros de barniz para conseguir el acabado que quería. Pocock solo consideraba que el bote estaba listo para remar cuando realmente brillaba, cuando parecía vivo con su elegancia y su potencial de velocidad.

El cedro escondía algo más, una especie de secreto que Pocock descubrió por casualidad después de que los primeros botes que hizo de esa madera pasaran un tiempo en el agua. A la gente le dio por llamarlos *botes banana* porque cuando estaban en contacto con el agua tanto la proa como la popa tendían a curvarse ligeramente hacia arriba. Pocock le dio vueltas a ese efecto y sus consecuencias, y poco a poco se dio cuenta de algo sorprendente. A pesar de que el cedro no se expande ni se hincha *a través* de las vetas cuando está húmedo, y por lo tanto no tiene tendencia a combarse, se expande ligeramente *a lo largo* de la veta. En el caso de un bote de dieciocho metros de longitud, puede llegar a hincharse más de dos centímetros. Como el cedro estaba seco cuando se encajó en el armazón, pero se volvía húmedo después de un uso frecuente, la madera tendía a expandirse ligeramente en longitud. Sin embargo, el armazón interior del bote, al estar hecho de fresno que siempre se mantiene seco y rígido, no permitía que se expandiera. La piel de cedro estaba, por lo tanto, comprimida, lo que forzaba los extremos del bote ligeramente hacia arriba y le confería lo que los constructores de botes llaman *arqueo*. El resultado era que el conjunto del bote estaba sometido a una sutil pero continua tensión causada por la compresión no liberada en el revestimiento, algo parecido a un arco tensado a la espera de que se lo soltara. Eso le daba una especie de viveza, una tendencia a saltar hacia delante con el agarre de los remos de una manera que ningún otro diseño o material podía reproducir.

Para Pocock, esta inagotable capacidad de recuperación —esta disposición a levantarse, a seguir, a persistir ante la resistencia— era la magia del cedro, la fuerza invisible que le insuflaba vida al bote. Y en lo que a él le concernía, un bote que no tuviera vida era un bote que era indigno de los jóvenes que se dejaban la piel en el esfuerzo de moverlo por el agua.

A finales de octubre, Ebright contestó la carta de Pocock. Si encargaba un nuevo bote, lo quería diseñado a medida. Quería uno con menos arqueo. Pocock estaba horrorizado. Después de sostener que Pocock le había enviado material de menor calidad, Ebright pedía un bote que, sencillamente, no iría tan rápido como los mejores de su taller, un bote que no lo haría quedar bien como artesano. Pocock le contestó con una explicación técnica larga y pormenorizada de su diseño y le propuso algunas modificaciones menores que pensaba que satisfarían a Ebright sin comprometer la integridad del bote. Ebright contestó irritado con sus propios argumentos técnicos y siguió: «Pienso que no hay nadie en el mundo que sepa tanto de construcción de botes como tú, pero quizá a todos nos vendrían bien ideas nuevas… No sé si te gustará el tono de esta carta, George». A Pocock no le gustó en absoluto el tono de la carta, pero lo dejó pasar. Tenía pedidos de casi todos los grandes programas de remo del país. Ebright podía encargar un bote o no, como quisiera.

Y, finalmente, Ebright encargó un bote. Cuando estuvo acabado, Pocock pagó un dólar a ocho de los chicos para que lo entregaran en el puerto de Seattle y se pudiera mandar al sur.

Los chicos remaron en el bote por el Cut y hacia el extremo sur del lago Union. Ahí lo sacaron con cuidado del agua, le dieron la vuelta, lo sostuvieron encima de sus cabezas e iniciaron un porteo de dos kilómetros y medio por Seattle. Como si fueran una tortuga de dieciséis patas y más de dieciocho metros de largo, cruzaron Mercer Street y se dirigieron al sur en Westlake, zambulléndose en el tráfico del centro. Con las cabezas metidas en el bote, no veían mucho más que sus propios pies y la espalda del compañero que tenían delante, de modo que les precedía un timonel que agitaba las manos para avisar a los vehículos que se acercaban de que los evitaran, al tiempo que gritaba instrucciones con el lenguaje del remo: «¡Alto, chicos! ¡A puerto! ¡Cargad!». Esquivaron tranvías y autobuses, doblaron las esquinas guardando suficiente distancia, y miraron de vez en cuando afuera del bote para orientarse. Al girar a la derecha y entrar en el barrio comercial de la Cuarta Avenida, la gente se paraba en la acera o salía corriendo de las tiendas para verlos pasar —y se los quedaban mirando, reían y aplaudían—. Finalmente, giraron a la derecha en Columbia, siguieron por la pronunciada pendiente que lleva al muelle, corretearon al cruzar las vías de ferrocarril y llegaron al puerto sin ningún daño ni desperfecto. Ahí enviaron el bote camino de California, contra los que pronto competirían en el estuario de Oakland.

Ese octubre empezaron a crecer las tensiones en el pabellón de Washington. Los constantes rumores de que en primavera los estudiantes de segundo podían ser los seleccionados para el primer equipo tenían a todo el mundo alterado. Como de costumbre, Al Ulbrickson no soltaba prenda, pero los mayores pensaban que justamente eso era una señal de mal agüero. ¿Por qué no acallaba los rumores y decía que los estudiantes de segundo optarían al primer equipo al año siguiente, como siempre? Mientras los chicos se cambiaban y guardaban y sacaban remos de los estantes, casi no se oían las bromas y burlas habituales. Las miradas frías empezaron a sustituir a las sonrisas francas. En el agua, de vez en cuando los botes intercambiaban abucheos cuando los entrenadores no podían oírles.

Si el ambiente del pabellón de los botes empeoró, también lo hizo el tiempo. Al principio solo era la habitual llovizna de otoño, pero la mañana del 21 de octubre se desató el infierno al hacer acto de presencia el siguiente de una serie de acontecimientos meteorológicos extremos que marcaron los años centrales de la década de los treinta. Una terrible borrasca huracanada —una tormenta que hizo que el vendaval del otoño anterior pareciera casi una brisa primaveral— entró de golpe en el estado de Washington.

Pareció que llegara de la nada. A las nueve de la mañana, el lago Washington no estaba más que algo picado, un típico día gris de finales de otoño con vientos suaves del sureste que quizá iban a ocho kilómetros por hora. Al cabo de una hora, soplaban vientos constantes del suroeste a ochenta kilómetros por hora. Al mediodía, cruzaban el lago Washington ráfagas que llegaban a los ciento veinte kilómetros por hora. En Aberdeen, en la costa, el viento superó los ciento cuarenta kilómetros por hora. Era la mayor borrasca de la que se tenía noticia en la zona de Seattle.

En el embarcadero 41 se le rompieron las amarras al transatlántico *President Madison* y se escoró contra el vapor *Harvester*, al que hundió. Delante de Port Townsend, también se hundió el buque cerquero *Agnes*, en el que se ahogaron cinco pescadores de Seattle. Hubo que rescatar a treinta pasajeros del *Virginia V*, uno de los últimos integrantes de la histórica *Flota Mosquito* de la ciudad, después de que chocara contra un muelle y le quedara dañada la superestructura. En el campo, el viento se llevó los tejados de los graneros y construcciones anexas enteras. Un hangar del aeropuerto Boeing —por entonces el principal de Seattle— se vino abajo y destruyó varios aviones que había dentro. En el Hotel Alki se derrumbó una pared de ladrillo y mató a un huésped chino que estaba en la cama. En Hooverville los tejados de hojalata rodaron por el cielo y las chabolas quedaron hechas puras trizas, lo que dejó a sus moradores aturdidos entre los escombros. En una panadería cercana se juntaron hombres hambrientos frente al escaparate de cristal cilindrado que los separaba de los estantes de pan recién horneado, con la esperanza de que el escaparate implosionara. En el campus de la Universidad de Washington, las claraboyas de vidrio del pabellón de baloncesto se derrumbaron, cayeron gigantescos abetos Douglas y cinco secciones de asientos provisionales del estadio de fútbol americano volaron por los aires. El viento sopló durante seis horas y media, casi sin descanso, y cuando finalmente amainó habían caído miles de metros cúbicos de madera de árbol, se habían producido millones de dólares de daños materiales, habían muerto dieciocho personas y Seattle había quedado prácticamente incomunicada con el resto del mundo.

Entonces volvió la lluvia, como siempre pasa. No fue el diluvio del año anterior, pero llovió la mayoría de días de lo que quedaba de octubre y los primeros de noviembre. Del Pacífico también siguieron entrando un número infrecuente de vendavales menores. Una de las pocas ventajas que se suponía que tenían los equipos de la costa oeste sobre los de la costa este era que estos últimos no podían entrenar al aire libre en invierno, ya que sus ríos estaban helados. En lugar de ello, se veían obligados a remar en piscinas cubiertas, sucedáneos que quedaban lejos de la experiencia real. Un entrenador del oeste dijo para burlarse que era como «estar sentado al borde de una bañera con una pala». Como consecuencia de la exposición al aire libre, los chicos de Washington eran, año tras año, especialmente resistentes y hábiles para remar en aguas encrespadas. Pero uno no podía remar si el bote se le hundía, y a medida que iba pasando noviembre de 1934, el agua estaba tan encrespada que amenazaba continuamente con tragarse los botes. Día tras día, Ulbrickson tenía que mantenerlos en tierra. Era exigente con sus chicos, pero no iba a dejar que la tripulación de un bote se hundiera en medio del lago Washington. A mediados de noviembre, calculó que llevaba dos semanas de retraso.

A lo largo de ese mes, en un ambiente completamente distinto como el de los lujosos estudios de cine Geyer-Werke en la berlinesa Harzer Strasse, Leni Riefenstahl miraba de día y de noche, con ojos cansados pero entusiastas, a través de las lentes de aumento de su pequeña máquina de edición de películas Lytax. Vestida con un blusón blanco, estaba sentada en la mesa de edición hasta dieciséis horas al día, a menudo hasta las tres o las cuatro de la madrugada, y comía muy de vez en cuando, rodeada de miles de cintas que colgaban de ganchos delante de paredes de cristal iluminadas por detrás. La tarea inmediata que tenía entre manos era revisar, cortar y empalmar una selección de los ciento veinte mil metros de película en bruto que rodó en el congreso del partido nazi de 1934 en Núremberg.

La película que surgiría de sus esfuerzos, *El triunfo de la voluntad (Triumph des Willens)*, iba a definir la iconografía de la Alemania nazi. Todavía hoy se erige como un monumento a la capacidad de la propaganda de promover el poder absoluto y justificar el odio sin límites. Riefenstahl sería recordada por esa película durante el resto de su vida.

El propio congreso de Núremberg de 1934 fue un himno al poder y una herramienta cuidadosamente diseñada para concentrarlo y potenciarlo. Desde el momento en que el avión de Adolf Hitler bajó de las nubes y se acercó a Núremberg el 4 de septiembre de ese año, cada movimiento que hizo, todas las imágenes que se desplegaron, todas las palabras que pronunciaron él y sus adláteres, estaban cuidadosamente calculadas para reforzar la idea de que el partido nazi era invencible. Y además, que era el único objeto legítimo de fervor, tanto político como religioso. Y más aún: que esa nueva religión alemana estaba personificada y encarnada en su líder.

Los principales coreógrafos del congreso fueron Albert Speer, el arquitecto en jefe de Hitler, que diseñó el enorme decorado de cine en el que se convirtió Núremberg; Joseph Goebbels, responsable del valor propagandístico general del acontecimiento, lo que hoy en día llamaríamos la *construcción del mensaje*; y Leni Riefenstahl, cuyo trabajo consistía en captar cinematográficamente el congreso mismo y, lo que es más importante, su espíritu subyacente —ampliar el mensaje y transmitirlo a un público mucho más numeroso que los 750.000 miembros del partido que esa semana estaban, de hecho, en Núremberg.

Era una alianza tensa y tirante, especialmente entre Riefenstahl y Goebbels. A medida que la influencia de Riefenstahl siguió creciendo, a Goebbels cada vez le costaba más comprender que una mujer ocupara esa posición, del mismo modo que le costaba entender por qué su mujer se oponía tan enérgicamente a sus muchas aventuras.

Después de la guerra, Riefenstahl dijo que en un primer momento dudó de hacer la película, temerosa de la interferencia de Goebbels y de su poderoso Ministerio de Propaganda. En su autobiografía, tremendamente ególatra y revisionista, afirmó que aceptó rodar la película solo después de que Hitler le prometiera mantener a raya a Goebbels.

También sostuvo que había tenido que mantener a raya a Goebbels en un ámbito más personal: que él estaba tan rendido ante sus encantos, y tan decidido a que fuera su amante, que una noche acudió al piso de ella, se puso de rodillas y le suplicó que se acostaran, y solo consiguió que ella le señalara la puerta de la calle. Riefenstahl dijo que Goebbels nunca le perdonó que lo humillara con su rechazo.

A pesar de todo eso, e independientemente de la veracidad que concedamos al relato de Riefenstahl sobre su relación con Goebbels, el congreso de 1934 y, en especial, la película tuvieron un éxito colosal. *El triunfo de la voluntad* fue todo lo que Riefenstahl esperaba que fuera, y muchos todavía la consideran la mejor película de propaganda de todos los tiempos. Con un equipo de 172 personas, que incluía a 18 cámaras vestidos con el uniforme de las SA para que se confundieran con el público, Riefenstahl grabó los acontecimientos de la semana desde todos los ángulos imaginables y utilizó técnicas que nunca se habían probado en un documental: cámaras sobre plataformas rodantes que se movían por rieles, cámaras montadas en plataformas que subían y que ofrecían vistas a vuelo de pájaro, o cámaras dentro de hoyos cavados a nivel del suelo para conseguir planos contrapicados de las imponentes figuras nazis. Y las cámaras lo captaron todo: el estruendo de medio millón de miembros uniformados del partido marchando al compás, concentrados en enormes formaciones rectangulares, perfectas en su uniformidad y conformidad; los discursos de Rudolf Hess, Goebbels y del propio Hitler, aporreando la tribuna, con los ojos encendidos, escapándosele saliva de la boca; la arquitectura monumental de Speer, los edificios macizos de piedra que contribuían con su peso y solidez a la abrumadora sensación de poder, los enormes espacios abiertos que sugerían una ambición sin límites; la inquietante desfilada de antorchas de las SA de la segunda noche, con las antorchas parpadeantes, las bengalas de magnesio y las hogueras que iluminaban las caras relucientes recortadas contra la oscuridad de la noche; las filas de las SS con las camisas negras marchando a paso de ganso delante de Heinrich Himmler, con gafas y cara de cangrejo; las enormes banderas estampadas con esvásticas, ondeando al fondo de casi cada plano. Si el lector tiene en la cabeza alguna imagen de la pompa y el poder nazi, es probable que venga, directa o indirectamente, de *El triunfo de la voluntad*.

Sin embargo, las imágenes más aterradoras de la película de Riefenstahl quizá eran las de apariencia más inocente. Se grabaron el tercer día del congreso, mientras Hitler se dirigía a decenas de miles de chicos de la Hitler-Jugend, las Juventudes Hitlerianas, y de su rama más joven, el Deutsches Jungvolk. El paso por las Juventudes Hitlerianas todavía no era obligatorio, como más adelante lo sería; estos chicos ya eran firmes partidarios y se les había adoctrinado con un antisemitismo feroz. Vestidos con pantalones cortos, camisas caqui y pañuelos atados al cuello, con aspecto ni más ni menos que de escultistas con esvásticas en el brazalete, tenían entre diez y dieciocho años. Muchos estaban destinados a convertirse en miembros de las SS o las SA.

Desde la tribuna, Hitler se dirigió directamente a ellos, golpeando al aire con el puño cerrado. «Queremos que nuestro pueblo sea obediente» —vociferó—, «¡y tenéis que practicar la obediencia! Ante nosotros está Alemania. Dentro de nosotros arde Alemania. ¡Y detrás de nosotros nos sigue Alemania!». En el campo, las cámaras de Riefenstahl recorrían lentamente las filas de los jóvenes, con las lentes enfocadas ligeramente hacia arriba para captar sus caras. Una suave brisa de otoño les despeinaba los cabellos, mayoritariamente rubios. Los ojos les brillaban con fervor, iluminados por la confianza. Tenían las caras tan graciosas, tan inmaculadas, tan perfectas, que todavía hoy en la vieja película en blanco y negro uno casi ve el rubor rosáceo de las mejillas. Y, sin embargo, muchas de esas caras son las de los jóvenes que un día arrancarían niños sollozantes de los brazos de sus madres y los meterían en cámaras de gas; que ordenarían que un grupo de mujeres polacas se desnudaran, las pondrían en fila al borde de unas trincheras y les dispararían por la espalda; o que encerrarían a todas las mujeres y los niños del pueblo francés de Oradour-sur-Glane en el granero y le prenderían fuego.

Leni Riefenstahl hizo bien su trabajo y Hitler quedó satisfecho. Un poco menos de dos años después, en 1936, tuvo la oportunidad de rodar otra película de propaganda, que de nuevo se deleitaría en imágenes de juventud, belleza y gracilidad, y que volvería a inducir al mundo a un engaño mayúsculo y siniestro.

Después del trimestre de otoño, Joe volvió a Sequim para pasar la Navidad con Joyce y su familia. Durante todo el otoño había estado suspirando por las vacaciones y por pasar tiempo con Joyce en algún lugar distinto de la deprimente cafetería de la universidad.

Cuando ya lo tenía todo listo para abandonar la ciudad, le llamó la atención un titular del *Daily*: «Los estudiantes de último año se enfrentan a una vida de endeudamiento y poco trabajo». El artículo le dejó el ánimo por los suelos. Decía que la deuda media entre licenciados era de doscientos dólares y que el importe medio de cuatro años de estudios era de más de dos mil. En 1934 ambas cantidades eran una friolera para alguien como Joe. Pero lo que más le sorprendió al seguir leyendo, de lo que se acordaba años después, era de la revelación de que «más de la mitad de los hombres entrevistados reciben la formación universitaria sin que les suponga ningún gasto, ya que estos corren a cargo de sus padres o familiares, que no esperan que se les reembolse». Toda la base del esfuerzo de Joe por seguir en la universidad era la perspectiva de un futuro más prometedor. No se le había ocurrido que las puertas no se le abrían solas a un hombre con un título universitario. Y una vez más se topaba con el hecho de que muchos de sus compañeros de clase, aparentemente, no tenían ni que preocuparse por el dinero, que muchos tenían a gente que cuidaba de ellos y les mandaba miles de dólares que no esperaban volver a ver. El artículo removió la vieja ansiedad y desconfianza en sí mismo que siempre amenazaba con volver a la superficie. Y añadió algo nuevo a la mezcla: un ponzoñoso toque de celos.

TERCERA PARTE

Lo que realmente importa

(1935)

Joe y Joyce en Seattle

CAPÍTULO IX

*«Uno de los primeros consejos de un buen entrenador
de remo cuando ya se han adquirido las nociones básicas es
"tira con tu propio peso", y es justo lo que hace el joven remero
cuando se da cuenta de que el bote va mejor si lo hace. Desde
luego, aquí hay implicaciones sociales».*

GEORGE YEOMAN POCOCK

Los chicos estaban sentados en bancos duros, vestían *shorts* y jerséis de algodón que no combinaban y temblaban de frío. El sol ya se había puesto y el gran espacio interior del pabellón de los botes era incómodo y lo cruzaban corrientes de aire. Afuera la noche era muy fría. Los cristales de las grandes puertas correderas estaban cubiertos de escarcha en las esquinas. Era la noche del 14 de enero de 1935, el primer día del año recién estrenado en que se reunía el equipo. Los chicos y unos cuantos periodistas esperaban que Al Ulbrickson presentara su plan para la próxima temporada de competiciones. Tras una larga e incómoda espera, Ulbrickson salió del despacho y empezó a hablar. Cuando acabó, en el pabellón ya nadie tenía frío.

Empezó de forma sencilla, anunciando un cambio de estrategia básica. En lugar de tomárselo con cierta calma durante las primeras semanas del trimestre de invierno, tal como solían hacer, y centrarse en detalles de forma y técnica mientras esperaban que el tiempo mejorara, iban a remar a destajo todos los días desde el principio del año, sin que importase el tiempo. Primero, iban a conseguir una condición física óptima y, después, ya se preocuparían de afinar la técnica. Pero lo más importante es que todos —no solo los estudiantes de segundo— iban a empezar a competir entre ellos en equipos cerrados en lugar de en combinaciones continuamente cambiantes. Y se competiría para aspirar a lo máximo. Esta temporada no iba a ser una más. «En un momento u otro —afirmó—, los equipos de Washington han ganado los títulos más importantes de Estados Unidos. Sin embargo, nunca han participado en los Juegos Olímpicos. Ese es nuestro objetivo». El esfuerzo por ir a Berlín en 1936 y ganar el oro en esa ciudad iba a empezar esa noche.

Abandonando su habitual reticencia, a pesar de la presencia de periodistas en la sala, Ulbrickson empezó a animarse y casi se emocionó. Había más potencial en esa sala, dijo, que el que jamás había visto en un pabellón en todos sus años de remero y de entrenador, más del que esperaba volver a ver en su vida. Entre ellos, les dijo a los chicos, estaba el mejor equipo que Washington había tenido. Mejor que el gran equipo de 1926 en el que él mismo había remado y que ganó en Poughkeepsie. Mejor que los grandes equipos de California que ganaron el oro olímpico en 1928 y 1932. Quizá el mejor que Washington jamás vería. Acabó diciendo, como si fuera una certeza, que de entre ellos nueve chicos estarían en el podio de Berlín en 1936. Dependía de cada uno de ellos el que estuviera entre esos nueve. Cuando acabó, los chicos se pusieron de pie y gritaron con entusiasmo, aplaudiendo con las manos por encima de la cabeza.

Fue una actuación tan impropia de Al Ulbrickson que todo el mundo en Seattle con un mínimo interés por el remo tomó nota. Al día siguiente el *Seattle Post-Intelligencer* estaba exultante: «El remo de Washington ante una nueva etapa. Los Juegos Olímpicos de Berlín en el horizonte». El *Washington Daily* informó de que «a pesar del frío intenso, anoche el pabellón irradiaba más ardor y entusiasmo del que se ha visto en muchos años».

No tardó en estallar una guerra abierta en el pabellón de los botes. Las calladas rivalidades que habían surgido durante la temporada de otoño se convirtieron en batallas en toda regla. Las miradas que antes se evitaban ahora se clavaban gélidas. Los golpes fortuitos con el hombro se convirtieron en torneos de empujones. Las taquillas se cerraban con estrépito. Se intercambiaban insultos. Se guardaban rencores. Los hermanos Sid y George Lund —uno en el bote de los estudiantes de segundo y el otro en un bote del segundo equipo— apenas se saludaban con gruñidos todas las tardes.

Los nueve chicos del bote de los estudiantes de segundo estaban seguros de que Ulbrickson se dirigió a ellos y habló sobre ellos. Cambiaron su cántico de «C-E-B» a «S-M-B». Cuando se les preguntaba qué significaba, sonreían y decían: «Seamos más buenos». No era verdad. Era: «Seamos medalla en Berlín». Se convirtió en una especie de código secreto que encarnaba sus ambiciones. Sin embargo, en la pizarra todavía figuraban como el bote número cuatro de un total de cinco, sin que importase lo que cantaran en el agua. Y esos días Ulbrickson, al menos en público, parecía tener a otros muchachos en mente. En especial, en las siguientes semanas le dio por hablar a cualquier periodista que se le pusiera por delante de las grandes perspectivas de un potencial remero de popa para el primer equipo, un chico llamado Broussais C. Beck Junior. El padre de Beck había sido el director de los emblemáticos grandes almacenes Bon Marché de Seattle y un detractor furibundo de las organizaciones de trabajadores, famoso por contratar a espías que se infiltraban en los sindicatos y le daban el parte. En su día, él también fue un extraordinario remero de popa en el equipo de Washington y más adelante presidente de la Junta de Administradores de Remo de Washington. Su propio padre fue uno de los pioneros más destacados de Seattle y fundó una gran hacienda en la zona de Ravenna Park, justo al norte de la universidad. Los sectores empresariales y un buen número de ex alumnos tenían muchas ganas de ver ahora al joven Beck remando en la popa del primer equipo de Washington. Tuviera o no el potencial del que había hablado Ulbrickson, no había duda de que era el tipo de chico al que a los entrenadores les gusta tener cerca para que los exalumnos estén contentos. Joe, por su parte, tomó nota de ello. Estaba claro que Beck era uno de los chicos que no tenía que preocuparse por el dinero o por llevar la camisa limpia. Joe se preguntaba si tenía que preocuparse por algo.

Los planes de Ulbrickson para que los chicos remaran y se pusieran en condiciones de competir se complicaron a partir del día siguiente a su fogoso discurso. Un titular del *Daily* lo resumió así: «Entreno frustrado: carámbanos en los remos». El tiempo, que había sido lluvioso y borrascoso desde finales de octubre, se volvió polar. La noche del discurso de Ulbrickson, un viento frío del norte levantó enormes olas en el estrecho de Puget y mojó de agua salada las dos primeras hileras de casas en Alki Beach y a lo largo de la costa de Seattle oeste. En los días sucesivos, las temperaturas rondaron los -10º C, las ráfagas de nieve se convirtieron en pequeñas ventiscas y estas, a su vez, se convirtieron en tormentas de nieve en toda regla. El asedio siguió sin tregua, hasta bien entrada la tercera semana de enero. Igual que en otoño, Ulbrickson tuvo que quedarse día tras día en el pabellón con los equipos, o como mucho sacarlos para que hicieran *sprints* por el Cut, remando bajo la nieve hasta que las manos se les entumecían tanto que no podían aguantar los remos. Nunca lo dijo, pero debió de empezar a suspirar por una de esas piscinas cubiertas que tenían en el este. Los chicos del este, al menos, tocaban los remos, mientras que los suyos estaban hacinados en un pabellón, mirando por la ventana una de las mejores aguas para remar del mundo.

A medida que el tiempo empeoraba, Tom Bolles vio cómo el equipo de estudiantes de primero se reducía de los 210 que se habían presentado en otoño a 53 el 14 de enero. La tercera semana de enero, el *Daily* advirtió de que:«Si la borrasca dura tres días más, Tom Bolles se va a quedar sin equipo de estudiantes de primero». Bolles, sin embargo, parecía imperturbable. «El remo es un deporte en el que no hace falta seleccionar», observó. Y aunque Bolles todavía no hablaba demasiado de ello, era consciente de que, entre los pocos chicos que se presentaban, había un talento extraordinario. De hecho, empezaba a pensar que quizá podía juntar un equipo de estudiantes de primero que superara al del año pasado.

La guerra que se había ido dibujando se convirtió en una batalla naval con todas las de la ley. El 24 de enero, otro texto del *Daily* encendió la mecha. Debajo de una gran fotografía de Joe y los estudiantes de segundo remando a bordo del *City of Seattle* había una leyenda en negrita que rezaba: «Sueñan con Poughkeepsie y los Juegos Olímpicos». En el titular que la acompañaba se podía leer: «Ulbrickson ve con buenos ojos a los estudiantes de segundo, los campeones del año pasado». Los chicos del primer equipo del año anterior estaban indignados. Durante meses había parecido como si Ulbrickson hubiera favorecido discretamente a los más jóvenes, pero había sido algo sutil. Ahora era algo público, negro sobre blanco, y lo podían leer ellos, sus amigos y, peor todavía, sus novias. Todo parecía indicar que iban a quedar desplazados, humillados por culpa de los estudiantes de segundo que Ulbrickson tanto apreciaba.

Uno de los chicos del bote de estudiantes de segundo, Bob Green, tenía la costumbre de emocionarse y animar a gritos a sus compañeros de equipo durante las regatas. En cierto sentido, iba contra el protocolo, ya que normalmente en un bote solo grita el timonel, y podía llegar a interferir con las paladas, especialmente en las regatas. Pero parecía que el año anterior a los estudiantes de segundo les había funcionado, y George Morry, el timonel habitual de los estudiantes de segundo, se había acostumbrado.

Sin embargo, sacaba de quicio a algunos de los chicos mayores de otros botes, en especial a Bobby Moch, el pequeño timonel espabilado del que parecía perfilarse como el mejor bote del segundo equipo. A medida que los botes empezaron a competir para pasar al primer equipo, a Moch, del segundo, le fue irritando más y más el comportamiento de Green. Pero pronto descubrió que podía utilizarlo en beneficio suyo. Siempre que su bote se acercaba al de Joe y los estudiantes de segundo, Moch se inclinaba discretamente hacia el remero de popa y le susurraba: «Después de cinco más, veinte de las grandes». Mientras tanto, Green se dirigía a gritos a su propio equipo y los animaba. Cinco paladas más tarde, Moch dirigía el megáfono al bote de los estudiantes de segundo y decía: «Bueno, Green ha vuelto a abrir la boca. ¡Adelantémosles!». Cuando decía esto último, su bote ya tomaba la delantera, como por arte de magia. En el bote de los estudiantes de segundo, Green, enfadado de que lo hubieran nombrado, empezaba a chillar todavía más fuerte. Desde el asiento del timonel, Morry metía cuchara: «¡Diez de las grandes!», pero mientras tanto el bote de Moch se alejaba silenciosamente. Cada vez que Moch lo probaba, los estudiantes de segundo hacían lo mismo: de repente, todos perdían la compostura al unísono. Agitaban los remos, los hundían demasiado o demasiado poco en el agua, desacompasados entre ellos, enfadados y desesperados por remontar, y perdían cualquier atisbo de buen estilo. Una y otra vez, se llevaban *un puñetazo en la cara*, como lo llamaba Moch. Y nadie se lo llevaba más que Joe, a quien todo le parecía otra burla a su costa, pensada para ponerlo en evidencia. Pero siempre funcionaba. Moch siempre terminaba sentado en la popa del bote, mirando atrás por encima del hombro, riéndose de los estudiantes de segundo que súbitamente parecían unos desgraciados sin modales, y diciéndoles adiós con la mano de forma desenfadada. Bobby Moch —tal como iban a acabar sabiendo todos los afectados— no tenía un pelo de tonto.

Tampoco lo tenía Al Ulbrickson, aunque empezaba a tener serias dudas sobre los estudiantes de segundo. Francamente, se esperaba que a esas alturas emergerían de forma clara como los nuevos integrantes del primer equipo. Pero al ver las dificultades que tenían, incluso con los chicos del segundo equipo, no parecían la tripulación que había ganado con una facilidad tan asombrosa en Poughkeepsie. Daba la sensación de que iban todos por el mal camino. Ulbrickson los estudió durante unos cuantos días e intentó entender qué pasaba, en busca de fallos individuales. Después llamó a su despacho a todos los que parecían tener más dificultades: George Lund, Chuck Hartman, Roger Morris, Shorty Hunt y Joe Rantz. No era todo el bote, pero casi.

Que te llamaran para ir al despacho de Al Ulbrickson era algo que intimidaba. No pasaba a menudo y cuando ocurría impresionaba. Esta vez, como casi siempre, el entrenador no gritó ni dio golpes en la mesa, sino que invitó a los chicos a sentarse, fijó en ellos los ojos grises y les dijo directamente que todos tenían posibilidades de salir del bote si no se espabilaban. Estaban complicando su plan de mantener el equipo intacto ¿y no era eso lo que ellos querían? Si era así, ¿entonces por qué no remaban como lo hicieron en el campeonato? A él le parecía un caso de pereza. No se esforzaban lo suficiente. No tenían chispa. Y eran descuidados. Acuchillaban el agua con los remos en lugar de hacer como si cavaran. No utilizaban la espalda. No seguían el ritmo. Lo peor de todo es que estaban dejando que sus emociones subieran al bote con ellos y perdían los nervios por nimiedades, y eso tenía que acabar. Para terminar, les recordó que había, como mínimo, cuatro chicos compitiendo por cada uno de los asientos del primer equipo. Entonces paró de hablar y sencillamente señaló la puerta.

Los chicos salieron del pabellón de los botes alterados e intentaron ignorar a un grupo de jóvenes y mayores que les sonreían desde la entrada. Joe, Roger y Shorty subieron por la colina bajo la lluvia, hablando de lo que acababa de pasar con incipiente agitación.

Shorty y Roger eran amigos desde el primer día. Shorty era tan naturalmente parlanchín y Roger tan naturalmente reservado y seco que formaban una combinación extraña. Pero, de alguna manera, encajaban. Y Joe les agradecía que ninguno de los dos le hubiera hecho pasar un mal momento. De hecho, Joe se había dado cuenta de que, cada vez más, ambos venían a su lado cuando los chicos mayores lo molestaban. Shorty remaba en el asiento número dos, justo detrás de Joe y últimamente le daba por ponerle la mano en el hombro siempre que parecía bajo de ánimo y decirle: «No te preocupes, Joe. Yo te cubro las espaldas».

A nadie se le escapaba que Hunt era un joven extraordinario. Cómo de extraordinario era lo que nadie sabía a ciencia cierta. Pero al cabo de unos pocos años, Royal Brougham lo señalaría, junto a Al Ulbrickson, como uno de los dos mejores remeros que vistieron los colores de Washington. Como Joe, se crio en una pequeña ciudad, Puyallup, entre Tacoma y las estribaciones del monte Rainier. A diferencia de Joe, su vida familiar fue estable y, como consecuencia, creció a gusto consigo mismo y desarrolló al máximo sus capacidades. En el instituto de Puyallup era una estrella. Jugaba a fútbol americano, a baloncesto y a tenis. Era tesorero de clase, ayudante de biblioteca, miembro del club de radio y cada año figuraba en el cuadro de honor. Participaba en la sociedad de honor y la sección de la YMCA del instituto. Y se licenció con dos años de antelación. También era bastante guapo, con el pelo negro y ondulado. A la gente le gustaba compararlo con el actor Cesar Romero. Cuando entró en la universidad medía metro ochenta y ocho, y sus compañeros de clase pronto lo apodaron *Shorty*, es decir, «enano». Utilizó el nombre durante el resto de su vida. Era un figurín, siempre iba bien vestido y atraía las miradas de las chicas que tenía alrededor, aunque no parecía que tuviera novia.

A pesar de sus cualidades, hasta cierto punto también era una persona contradictoria. Era parlanchín y sociable, y le gustaba ser el centro de atención, pero al mismo tiempo era extraordinariamente reservado sobre su vida privada. Le gustaba que toda la gente que giraba a su alrededor siguiera girando, pero siempre a distancia. Tendía a pensar que su opinión era siempre la buena, y no tenía mucha paciencia para la gente que no lo veía así. Como pasaba con Joe, lo rodeaba una frontera invisible que no dejaba que los demás cruzaran. Y, como Joe, era sensible. Uno nunca podía estar seguro de qué lo pondría furioso, qué lo encerraría en sí mismo o qué lo distraería. Parecía que las pullas de otros botes eran una de esas cosas.

Al subir juntos esa noche por la colina después de la charla con Ulbrickson, Joe, Shorty y Roger hablaban animadamente pero en voz baja. Hacía tiempo que Al Ulbrickson seguía una norma según la cual una infracción en el entreno bajaba dos botes al remero afectado; una segunda infracción lo expulsaba del equipo. No estaban seguros de si lo que acababa de pasar era una infracción en el entreno o no, pero temían que lo fuera. En cualquier caso, les dolía que los hubiera reñido. Shorty, en especial, estaba alterado y se iba poniendo furioso. Roger los seguía alicaído y parecía incluso más taciturno que de costumbre. Al rodear el estanque Frosh comentaron entre dientes que Ulbrickson no había sido justo, que había sido demasiado estricto y duro, y que no se había dado cuenta de cuánto trabajaban. Que estaría mejor que, de vez en cuando, le diera una palmadita en la espalda a algún remero en lugar de exigirles siempre más. Pero no era probable que cambiase, eso ya lo sabían. Y las cosas se ponían delicadas. Acordaron que, desde entonces, sería mejor que se cubrieran las espaldas entre ellos.

Al separarse del grupo y tirar por University Avenue hacia el YMCA, con los hombros encorvados y los ojos entrecerrados por el viento y la lluvia, Joe pasó junto a restaurantes baratos abarrotados de estudiantes atolondrados, contentos de haber dejado atrás el frío, que comían comida china o hamburguesas, fumaban y bebían cerveza. Joe los miró de reojo, pero siguió andando, inclinado bajo la lluvia. Había bravuconeado y se había quejado de Ulbrickson con Shorty y Roger, pero ahora que estaba solo, las bravatas se desvanecieron y el viejo lastre de angustia y desconfianza en uno mismo volvió a dominarlo. Después de todo lo que había pasado, saltaba a la vista que seguía siendo completamente prescindible, incluso en el pabellón, el único lugar que había empezado a parecerle más o menos como un hogar.

El día después de su charla en el despacho, Al Ulbrickson anotó con satisfacción en su diario que el bote de los estudiantes de segundo volvía a estar súbitamente en forma tras vencer con comodidad a los cuatro botes restantes en su primera salida. Esquivando chubascos, remando entre olas espumosas, parando entre regatas para achicar los botes, en las semanas siguientes los cinco posibles primeros equipos pelearon con uñas y dientes, y a lo largo de todo ese periodo los estudiantes de segundo parecían haberse reencontrado consigo mismos. Ulbrickson decidió ponerlos a prueba. Organizó una prueba cronometrada de una milla. Los estudiantes de segundo consiguieron una ventaja de un largo y ya no la cedieron: se adelantaron de forma decisiva en la baliza de media milla y lograron la victoria sin esfuerzo aparente. Sin embargo, Ulbrickson se llevó una decepción al mirar el cronómetro. Les sobraban diez segundos respecto al ritmo que él quería en ese momento de la temporada. No obstante, habían ganado, así que al día siguiente finalmente colocó el bote de los estudiantes de segundo como primer equipo en la pizarra del pabellón.

Al día siguiente, remaron con torpeza y perdieron de largo. Ulbrickson los degradó inmediatamente a tercer bote. Esa noche, cuando escribió en su diario, un Ulbrickson decepcionado no dejó títere con cabeza: «horrible», «cada uno por su lado», «ni un atisbo de trabajo en equipo», «se han dormido completamente», «demasiadas críticas», «falta la vieja moral». Unos días más tarde, montó una prueba de tres millas. Los estudiantes de segundo fueron a la zaga en la primera milla. En la segunda igualaron al segundo equipo, que iba a la cabeza. Luego, sencillamente, superaron a los mayores en la última milla, se alejaron y ganaron por un convincente largo y medio. Ulbrickson se rascó la cabeza y volvió a colocarlos como primer bote en la pizarra. Sin embargo, justo después de ascenderlos, volvieron a venirse abajo. En el diario escribió «están muertos de raíz», «no han cogido el ritmo» o «Rantz alarga demasiado los brazos». A estas alturas Ulbrickson había pasado de la leve confusión a la pura consternación, si no a la locura. A su manera discreta, se estaba obsesionando a marchas forzadas, casi al estilo de Ahab, en su búsqueda del mejor primer equipo, uno que pudiera ganar a Ky Ebright en California en abril y en Poughkeepsie en junio y estar en posición de ir a Berlín al año siguiente.

Tenía muy presente a Ebright. El entrenador de California, normalmente vociferante, guardaba un extraño silencio en Berkeley. A un periodista deportivo de la zona de San Francisco le dio por llamarlo *la esfinge de Berkeley* y se preguntaba si esos días le diría «hola» a su mujer por las noches. La última vez que había sido tan reservado fue en el periodo previo a las temporadas olímpicas de 1928 y 1932. Ahora todo lo que Ulbrickson podía encontrar en los periódicos de San Francisco y alrededores era el chisme desconcertante de que Dick Burnley —el sensacional remero de popa de Cal, que llevó al primer equipo de Ebright a la victoria en Poughkeepsie por delante de los chicos de Ulbrickson— había crecido un centímetro de altura.

Ebright no era lo único que preocupaba a Ulbrickson. Ni tampoco era solo el rendimiento súbitamente errático de los estudiantes de segundo en los que había depositado tantas esperanzas. De hecho, una parte de lo que le inquietaba era positivo: la duda cuando hay mucho donde elegir. Había empezado a detectar mucho talento inesperado en otros botes.

Para empezar, estaba la nueva cosecha de estudiantes de primero de Tom Bolles. De momento, no entraban dentro de su radar, pero Ulbrickson sabía que tendría que incluirlos en sus planes para el próximo año, y el próximo año era lo más importante. Bolles informaba de que a la nueva cosecha solo la separaban segundos de las marcas récord que Joe y su equipo se habían anotado el año anterior, y cada vez que salían al agua parecía que mejoraban. Había un chaval con el pelo rizado en la popa del bote de los estudiantes de primero, Don Hume, que parecía especialmente prometedor. Todavía no estaba pulido, pero nunca se le veía cansado, nunca daba muestras de dolor, simplemente seguía, seguía hacia adelante pasara lo que pasara, como una locomotora bien engrasada. En ningún puesto, excepto en el de timonel, es tan importante la experiencia como en la popa, y a Hume todavía le faltaba acumular mucha experiencia. Había un par de chavales más en el equipo de los estudiantes de primero que daban muy buena impresión: un chico grandullón, musculoso y tranquilo que se llamaba Gordy Adam en el asiento número cinco y Johnny White en el número dos. El padre de White fue un destacado remero en solitario, y su hijo creció en un ambiente de remo.

Uno de los botes del segundo equipo —aquel en el que Bobby Moch estaba al timón, el que de vez en cuando dejaba atrás al bote de los estudiantes de segundo— también contaba con un par de sorpresas prometedoras, igualmente estudiantes de segundo. Había otro chico de pelo rizado, que medía metro noventa y tres, y tenía un aspecto ligeramente ridículo y una sonrisa radiante, que se llamaba Jim McMillin. Sus compañeros de equipo lo llamaban *Stub*. El año anterior no había remado especialmente bien en el segundo bote de estudiantes de primero. Ahora parecía que, de golpe, había encontrado su lugar en el bote de Moch. Era lo suficientemente corpulento para proporcionar la palanca y la potencia que un gran equipo necesita en medio del bote, y parecía que nunca se daba por vencido, aunque lo estuviera. Remaba con la misma intensidad cuando tenía las de ganar que cuando tenía las de perder. Tenía mucho carácter y había dejado claro que se veía en el primer bote. También había un chico con gafas que se llamaba Chuck Day. Ulbrickson se había fijado en él cuando era un estudiante de primero. Era casi imposible que a uno se le pasara por alto, aunque solo fuera porque hablaba por los codos, era muy bromista y se hacía notar. Igual que a Hume, todavía le faltaba pulirse como remero, pero tenía tendencia a luchar primero y preguntar después, y le empezaba a dar resultados. Había momentos en que un equipo necesitaba ese tipo de chispa para que todos los cilindros se pusieran en marcha y aceleraran.

Entre finales de febrero y principios de marzo, Ulbrickson decidió que era el momento de cambiar de táctica. Abandonó la idea de equipos cerrados y empezó a mezclar y combinar a los muchachos en distintos botes. Se lo dijo así: «Os voy a ir cambiando hasta que consiga un primer bote que despegue y deje atrás a los demás equipos. Entonces sabré que tengo la buena combinación». Lo primero que hizo fue sacar a Joe del bote de los estudiantes de segundo. Pero igual que pasó el año anterior, cuando Tom Bolles prescindió de Joe, el bote bajó de velocidad. Al día siguiente, Joe volvía a estar en el bote. Ulbrickson probó a Stub McMillin en el asiento número siete del bote de estudiantes de segundo, pero lo sacó al día siguiente. Volvió a retirar a Joe, con idéntico resultado. Colocó a Shorty Hunt en el bote del segundo equipo, el que Moch timoneaba. Fue poniendo y sacando a chicos de todos los botes. A medida que iba pasando el mes de marzo, se fue decidiendo por dos aspirantes a primer equipo: uno de los segundos equipos de la temporada anterior —el que incluía a Moch, McMillin y Day— y el bote de los estudiantes de segundo, que se había conservado intacto a pesar de sus intentos de reorganizarlo y mejorarlo. Ambos botes conseguían marcas impresionantes, pero ninguno parecía capaz de imponerse al otro con claridad. Ulbrickson necesitaba que uno de los dos tomara la delantera, aunque solo fuera para sacarlo de su sufrimiento, pero no acababa de pasar.

Ulbrickson sabía cuál era el verdadero problema. En su diario no paraba de apuntar el montón de fallos técnicos que detectaba: Rantz y Hartman todavía no doblaban los brazos en el momento adecuado de la palada; el agarre de Green y Hartman llegaba antes de tiempo; el de Rantz y Lund demasiado tarde, etc. Sin embargo, ese no era el verdadero problema, no se trataba de una acumulación de pequeños fallos. En febrero le comentó a George Varnell del *Seattle Times* que había «más talento individual en el equipo de este año que en cualquier otro que yo haya entrenado». El problema básico consistía en que se había visto obligado a utilizar la palabra *individual*. Había demasiados días en que no remaban como equipos, sino como sumas de individuos. Ya podía predicar el trabajo en equipo, que cuanto más les reprochaba los problemas técnicos de cada uno, más parecían enfrascarse los muchachos en sus pequeños mundos separados y, a veces, desafiantes.

El pésimo tiempo que había azotado Seattle desde el octubre del año anterior por fin desapareció, aunque no sin despedirse de la ciudad el 21 de marzo con una ventisca de finales de primavera. El 2 de abril encima del lago Washington lucía un sol radiante. En el campus, los estudiantes abandonaron el olor a cerrado de la Biblioteca Suzzallo y la humedad de sus habitaciones de alquiler, salieron al aire libre con los ojos entreabiertos y buscaron un lugar donde tumbarse en el césped. Los chicos llevaban camisetas de deporte y playeras por primera vez desde el verano pasado. Las chicas vestían faldas con estampados de flores y calcetines cortos. Los abundantes cerezos del cuadrángulo florecieron. Los zorzales petirrojos iban dando saltitos por el césped, ladeando la cabeza para ver si oían a algún gusano. Las primeras golondrinas del año, de color verde y violeta, se arremolinaban entre los chapiteles de la biblioteca. El sol entraba a raudales a las aulas a través de las ventanas y los profesores interrumpían de vez en cuando sus clases para mirar el campus soleado.

En el pabellón de los botes, los chicos se quitaron los jerséis y se tumbaron en la rampa a disfrutar del sol como lagartos blancos y ágiles. El conservador del pabellón de canoas constató una súbita demanda de canoas, todas alquiladas por combinaciones de chico y chica. El *Daily* llevaba un gran titular: «El campus, embriagado de amor y de pájaros».

Joe y Joyce estaban entre los primeros que alquilaron una canoa. Joyce todavía vivía y trabajaba en casa del juez y cada día odiaba más el trabajo. Joe pensó que quizá le iría bien salir al agua. Se encontró con ella en el césped de delante de la biblioteca, llevaba un vestido de verano y hablaba con unas amigas. La cogió de la mano y se fueron corriendo al pabellón de las canoas. Ahí él se quitó la camisa, la ayudó a subir a una canoa y remó con brío por el Cut. Se abrió camino tranquilamente entre la extensión verde de nenúfares y las guaridas de los castores de la orilla sur de la bahía de Union hasta que encontró un lugar que le gustó. Entonces dejó que la embarcación fuera a la deriva.

Joyce se recostó en la proa, dejó que su mano dibujara surcos en el agua y se empapó de sol. Joe se echó en la popa lo mejor que pudo y se quedó mirando el cielo, azul y diáfano. De vez en cuando, croaba una rana y se zambullía en el agua, alertada por el lento acercarse de la canoa a la deriva. A una cierta altura planeaban libélulas azules que hacían vibrar las alas con un sonido seco. Algunos tordos sargento se aferraban a los juncos de la orilla y soltaban una especie de risitas. Mecido por el leve movimiento de la canoa, Joe se quedó dormido.

Mientras Joe dormía, Joyce contemplaba la cara del chico con el que se había comprometido. Estaba todavía más guapo que en el instituto, y en momentos relajados como ese, su cara y su cuerpo musculoso rebosaban una serenidad y una armonía que a Joyce le recordaban las antiguas estatuas de mármol de atletas griegos que acababa de estudiar en la clase de historia del arte. Pensó que, al verlo así, costaba pensar que hubiera vivido momentos difíciles.

Pasaban con gran estruendo elegantes motoras entarimadas de caoba que iban desde el lago Washington al Cut y que en la cubierta posterior llevaban a alumnas en bañador que los saludaban al pasar. Sus amplias estelas mandaban ondulaciones a través de los nenúfares y mecieron la canoa de un lado a otro, lo que despertó a Joe. El joven le sonrió a Joyce, que hizo otro tanto desde la proa. Joe se incorporó, sacudió la cabeza para despejarse un poco, sacó la guitarra de su vieja caja ajada y se puso a cantar. Primero cantó las canciones que Joyce y él cantaban juntos en el autobús escolar en Sequim —canciones divertidas y despreocupadas, canciones que les hacían reír a los dos— y Joyce lo acompañó alegremente igual que entonces.

Luego Joe pasó a canciones de amor suaves, lentas y melodiosas, y Joyce se quedó callada y escuchó con atención, contenta de una forma distinta, más profunda. Cuando Joe dejó de tocar hablaron de cómo sería cuando estuvieran casados y tuvieran una casa y quizá niños. Hablaron en serio, largo y tendido, y perdieron la noción del tiempo hasta que el sol empezó a ponerse detrás de Capitol Hill y a Joyce, que llevaba un vestido ligero, le entró frío. Entonces Joe remó de vuelta a la orilla de la bahía de la universidad y la ayudó a salir de la canoa. Fue un día que ambos recordarían hasta la vejez.

Al día siguiente Joe, que todavía rebosaba buena voluntad, puso un poco de gasolina, fue con el viejo Franklin hasta Fremont y aparcó enfrente de la lechería y panadería Golden Rule. Bajó la ventanilla y se puso a esperar, procurando disfrutar del olor intenso a pan horneado, pero demasiado nervioso para apreciarlo de verdad. Un poco después de las doce, salieron en tropel del edificio muchos trabajadores vestidos de blanco y se sentaron en el césped y abrieron las fiambreras. Al rato se sumaron algunos hombres con monos oscuros y Joe reconoció inmediatamente a su padre. Como medía metro ochenta y seis, era fácil que fuera el más alto del grupo. No se le veía nada cambiado. Incluso el mono parecía el que siempre había llevado en la finca de Sequim. Joe bajó del coche y cruzó la calle.

Harry levantó la vista, lo vio venir y se quedó inmóvil, agarrando la fiambrera. Joe le alargó la mano y dijo: «Hola, papá».

Presa del asombro, Harry no dijo nada, pero estrechó la mano de su hijo. Hacía cinco años y medio que no lo veía. Joe ya no era el niño flacucho que había dejado atrás en Sequim. Harry dudaba. ¿Joe había venido a enfrentarse con él o a perdonarlo?

«Hola, Joe. Me alegro mucho de verte».

Cruzaron la calle y entraron en el Franklin. Harry desenvolvió el bocadillo de salami y le ofreció la mitad a Joe sin decir nada. Empezaron a comer y tras un silencio largo e incómodo, a hablar. Al principio Harry habló sobre todo de la maquinaria de la panadería —los hornos y las amasadoras mecánicas enormes y la flota de camiones de reparto de cuyo mantenimiento se encargaba—. Joe dejó que su padre se explayase, sin que le interesara demasiado, pero deleitándose en el timbre familiar de su vozarrón profundo, la voz que le había contado tantos cuentos sentados de noche en las escaleras de la cabaña de la mina Gold and Ruby, la voz que le había enseñado tantas cosas mientras trataban de reparar maquinaria en Sequim o buscaban árboles con enjambres de abejas en el bosque.

Cuando Joe por fin empezó a hablar, le salieron preguntas sobre sus hermanastros: ¿Cómo le iba a Harry Junior? ¿Se había puesto al día en la escuela después del accidente con la grasa de tocino? ¿Cómo era de alto Mike? ¿Y qué tal seguían las niñas? Harry le dijo que todos estaban bien. Se hizo una pausa larga. Joe preguntó si podía pasar un día y verlos. Harry se miró el regazo y dijo: «No creo, Joe». En lo más profundo de Joe, algo se le removió; ira, decepción, resentimiento, no estaba seguro de qué, pero era antiguo, conocido y doloroso.

Entonces, tras otra pausa, Harry añadió sin levantar la vista: «Bueno, a veces Thula y yo salimos de excursión. Entonces en casa solo están los niños». Miró por la ventanilla como si tomara distancia con lo que acababa de decir. Parecía aliviado: Joe no le iba a preguntar sobre aquella noche horrible en Sequim cuando lo abandonaron a su suerte.

Hay algo que a veces ocurre en remo que es difícil de conseguir y de definir. Muchos equipos, incluso equipos ganadores, nunca lo acaban de encontrar. Otros lo encuentran, pero no consiguen mantenerlo. Se llama *swing*. Solo ocurre cuando los ocho remeros reman tan a la par que todo lo que hace cada uno está sincronizado con lo que hacen los demás. No se trata solo de que los remos entren y salgan del agua justo en el mismo momento. A un tiempo, dieciséis brazos tienen que ponerse a tirar, dieciséis rodillas tienen que empezar a doblarse y estirarse, ocho cuerpos tienen que empezar a deslizarse hacia delante y hacia atrás, y ocho espaldas tienen que doblarse y enderezarse. Cada mínima acción —cada sutil giro de muñeca— debe tener su reflejo exacto en todos los remeros, de un extremo del bote al otro. Solo entonces el bote seguirá avanzando sin obstáculos, fluida y elegantemente entre palada y palada. Solo entonces dará la sensación de que el bote forma parte de cada uno de ellos y de que se mueve por su cuenta. Solo entonces el dolor cede a la euforia. Remar se convierte entonces en una especie de lenguaje perfecto. Poesía: esa es la sensación que da un buen *swing*.

Un buen *swing* no necesariamente conlleva que el equipo vaya más rápido, excepto en la medida en que, si nadie frena el curso del bote, a los remeros les rinde más el esfuerzo en cada palada. Principalmente a lo que contribuye es a permitirles conservar la potencia y remar a un ritmo más lento sin dejar de avanzar por el agua de la forma más eficiente posible, y a menudo más rápido que un equipo que remara de forma menos eficiente a un ritmo más rápido. Les permite contar con una reserva de energía para un *sprint* devastador y *destrozamúsculos* al final de la regata. Es endiabladamente difícil mantener un buen *swing* cuando se sube el ritmo. A medida que el tempo aumenta, cada acción del millar de acciones distintas tiene que ocurrir a intervalos más y más cortos, de manera que en algún punto se convierte en prácticamente imposible mantener un buen *swing* con un ritmo rápido. Sin embargo, cuanto más se acerca un equipo a ese ideal —mantener un buen *swing* remando a ritmo rápido— , más cerca está de remar a otro nivel, al nivel en que reman los campeones.

Joe y sus compañeros de equipo encontraron su *swing* cuando eran estudiantes de primero, el día que ganaron en Poughkeepsie, y Al Ulbrickson no se había olvidado de ese dato. De hecho, no podía sacarse la imagen de la cabeza. Hubo algo maravilloso, casi mágico, en la forma en que liquidaron esa regata. Ulbrickson tenía que suponer que aquel don todavía estaba ahí.

Sin embargo, al acercarse la regata de la Costa del Pacífico, a principios de abril, el tiempo volvió a empeorar y los estudiantes de segundo no parecían, en absoluto, capaces de recuperar y conservar su magia. Un día la tenían y al siguiente la perdían. Se imponían al segundo equipo el lunes, perdían estrepitosamente el martes, volvían a ganar el miércoles y perdían el jueves. Cuando ganaban, lo hacían cómodamente; cuando perdían, se venían completamente abajo. Echando humo, Ulbrickson hizo público su dilema y el 2 de abril le contó al *Seattle Times*: «Nunca había visto una situación como esta… Es la primera vez que una campaña de entrenos de la Universidad de Washington llega a este punto sin que la superioridad de un equipo quede clara con anterioridad». En cualquier caso, tenía que tomar una decisión.

Al final hizo lo que quería hacer desde un principio. Proclamó oficialmente que el bote de los estudiantes de segundo, en su integridad, era el primer equipo de 1935. Los periódicos locales lo anunciaron al mundo. Los estudiantes de segundo, por su parte, inmediatamente perdieron la siguiente regata frente al segundo equipo. El segundo equipo reclamó que se le nombrara primer equipo de cara a la regata. Ulbrickson, llevándose las manos a la cabeza, dijo que se lo pensaría. Competirían una vez más en California. Quien ganara la primera prueba cronometrada tras su llegada a Oakland remaría como primer equipo en la regata de la Costa del Pacífico.

Ascender a los estudiantes de segundo a primer equipo era inusual, pero no insólito. De hecho, Ky Ebright estaba haciendo básicamente lo mismo, quizá como reacción a todo lo que había leído sobre los estudiantes de segundo de Washington. Por increíble que fuera, al acercarse el momento de la regata de la Costa del Pacífico, Ebright degradó a los chicos del primer equipo que el año anterior habían ganado el título nacional en Poughkeepsie en favor de un bote mixto de estudiantes de segundo y remeros del segundo equipo. Solo uno de los campeones nacionales del año pasado estaba en el primer bote, y Ebright no salía de su asombro ante el bajo rendimiento de los chicos mayores. Cuando Royal Brougham llegó a Oakland para cubrir la regata, Ebright le hizo la siguiente pregunta: «¿Sabrías decirme por qué el equipo que el pasado junio era el mejor de Estados Unidos no rema lo suficientemente rápido como para ganar a un bote de estudiantes de segundo y de remeros del segundo equipo?». Brougham no tenía ni idea de por qué, pero estuvo encantado de pasarle la información a Ulbrickson, que estaba en Seattle. Y añadió una advertencia: le había puesto un cronómetro al nuevo bote de Ebright. «No se crea que el nuevo primer equipo de los Bears es lento, Sr. Ulbrickson…, ese bote tira mucho». Cuando Ulbrickson supo esos datos, especialmente el hecho de que Ebright hubiera sustituido incluso a Dick Burnley, el gigantesco remero de popa que había llevado a Cal a la victoria sobre sus chicos en Poughkeepsie, no pudo sino quedarse atónito. Sabía que Ebright pensaba en el año siguiente, en 1936, y que buscaba talento más joven, igual que él. ¿Pero a quién diablos podría haber encontrado Ebright que echara a una máquina como Burnley de un bote de campeonato nacional?

A las ocho de la mañana del 7 de abril, los tres equipos de Washington estaban en California, en las aguas contaminadas del estuario de Oakland, remando bajo la lluvia y con un viento de cincuenta kilómetros por hora, a las puertas de la bahía de San Francisco que por primera vez les salpicaba espuma salada en la cara. A excepción del sabor de sal del agua, se sintieron como en casa. Habían traído con ellos un poco de Seattle al sur. A Cal no se la veía por ninguna parte. Remaron a lo largo de todo el estuario y de las marismas de la orilla este de la bahía. Las torres plateadas del puente de la Bahía, cuya construcción casi se había terminado, se elevaban espectaculares vistas desde el agua, y las elegantes agujas se extendían por la bahía con un encanto sorprendente hacia Treasure Island y San Francisco. En la bahía a mar abierto, sin embargo, el oleaje era más intenso, tanto como para amenazar con tragarse los botes. Ulbrickson ordenó dar media vuelta.

En la ida, le pareció que el segundo equipo se movía mejor que los estudiantes de segundo. En la vuelta, dio la sensación de que les fue mejor a los estudiantes de segundo que al segundo equipo. Todo el mundo esperaba que Ulbrickson organizara la prueba cronometrada decisiva que había prometido antes de que se marcharan de Seattle. Entre los miembros de un bote y los del otro, casi no cruzaban palabra.

Mientras tanto, Al Ulbrickson y Ky Ebright bailaron la danza habitual: el baile de la catástrofe. Cada uno intentó superar al otro en pronósticos pesimistas para la inminente regata. Ulbrickson se quejó de que sus chicos pesaban demasiado, que estaban en muy baja forma por culpa de los entrenos que se habían anulado en Seattle. Había hecho todo lo posible para dejarlos listos para revista, pero no lo había conseguido. Valoradlos «por la incógnita que son», dijo. «Mis chicos no están listos para una regata. Ayer remaron tres millas y al final de la primera echaban un palmo de lengua afuera. Nunca habíamos podido trabajar tan poco y en unas condiciones más difíciles». Los periodistas, sin embargo, observaron que los chicos tenían aspecto de estar bastante en forma cuando se apearon del tren. Cuando le preguntaron por qué se había presentado con un bote lleno de estudiantes de segundo, Ulbrickson le lanzó una mirada torva al periodista y dijo: «Son lo mejor que tenemos». Ebright, que intentaba empujar las percepciones en un sentido contrario, dijo menos cosas, pero fue más directo al expresarlas. Hablando con el *New York Times*, sostuvo por activa y por pasiva que «California tiene alguna oportunidad, pero creo que ganará Washington». Y añadió: «No tenemos tantas posibilidades. Nuestro primer equipo es, sin duda, más lento que el del año pasado y no tiene ninguna experiencia de competición». De forma extraña, seguía sin decir nada de sus propios chicos.

El 10 de abril, Ulbrickson organizó finalmente la prueba cronometrada que tenía que determinar quién iba a competir como primer equipo. Joe y sus compañeros estudiantes de segundo llegaron a la meta casi un largo por detrás del segundo equipo. Se desplomaron en el bote, presas de la desesperación y la incredulidad. Los chicos del bote del segundo equipo estaban radiantes de alegría. Al Ulbrickson volvió al hotel y garabateó en su diario: «Ahora sí que me he metido en un buen lío». Sin embargo, todavía no anunció cuál sería el primer equipo.

KY EBRIGHT

El 12 de abril por la mañana pasó lo mismo, pero Ulbrickson hizo una prueba. Los estudiantes habían ido al sur con un bote nuevo, que todavía no estaba estrenado. Sin embargo, desde un principio no conectaron con el bote. Se quejaron desde su llegada de que no les encajaba. Así que Ulbrickson los metió en el agua una vez más, esta vez en el bote antiguo con el que habían ganado de forma tan convincente en Poughkeepsie, el *City of Seattle*. Remaron magníficamente e igualaron la marca del segundo equipo. «El bote antiguo les hace sentir exactamente como en casa», anotó Ulbrickson en su diario.

Esa noche, después de cenar en el Hotel Oakland, le soltó la bomba al segundo equipo. Ulbrickson haría competir a los estudiantes de segundo como primer equipo a pesar de sus repetidas derrotas. «Lo siento», dijo. «Quizá no debería hacerlo, pero no puedo evitarlo». Los chicos del segundo equipo salieron de la sala enfurecidos, se internaron en la oscuridad de la noche y trataron de que se les pasara el enfado caminando por las calles de Oakland. Al explicar el cambio de parecer a la Associated Press, Ulbrickson se descubrió, abandonó el baile de la catástrofe y dijo sencillamente lo que creía de corazón sobre los estudiantes de segundo. Afirmó que «potencialmente» eran «el mejor equipo que haya entrenado hasta la fecha». Sin embargo, esa noche escribió abatido en su diario: «Vaya posición en la que encontrarse el día antes de la regata»…

El 13 de abril, el día de la regata, volvió a llover y del sur venía un fuerte viento de proa a lo largo del estuario de Oakland. Las aguas del estuario no estaban impolutas ni en sus mejores días. La ranura larga y estrecha de agua entre Oakland y la isla de Alameda que era el estuario, se había convertido, en buena parte, en una carretera marina que discurría por un paisaje industrial semiobsoleto. Cruzado por varios puentes de acero, el recorrido de la carrera trazaba una ligera curva en Union Point, justo antes de la línea de meta en el puente de Fruitvale Avenue. A ambos lados del canal navegable, se sucedían almacenes de ladrillo en estado ruinoso, tanques que almacenaban petróleo, grúas herrumbrosas y fábricas mugrientas. Había todo tipo de embarcaciones amarradas a lo largo de las orillas: juncos chinos, remolcadores, destartaladas casas flotantes, viejas goletas y barcazas en las que se amontonaba la carga industrial. El agua iba crecida, era de un color entre gris y verde incluso en los días soleados, estaba contaminada y apestaba a gasolina diésel y a algas. Al lado del pabellón de los botes de Cal había una tubería de diez centímetros que arrojaba aguas residuales directamente al estuario.

Era un entorno en el que no era fácil encontrar un lugar desde el que ver una regata de remo, pero a primera hora de la tarde del 13 de abril casi cuarenta mil espectadores se habían reunido bajo las sombrillas en solares, en muelles dispersos, en los tejados de los almacenes y en pequeñas embarcaciones amarradas junto al recorrido. La mayor concentración de seguidores estaba, de largo, en la línea de meta, en el puente de la Fruitvale Avenue. En ese lugar miles de seguidores de California vestidos de azul y dorado empujaban para conseguir ver bien el agua. Los locutores de radio se apiñaban bajo un refugio cerca del puente, listos para retransmitir los resultados a todo el país.

A las 15:55 horas, la regata empezó con las dos millas de los estudiantes de primero. Don Hume, el remero de popa de Washington, hacía pocos días que había salido de la enfermería y todavía se estaba recuperando de una amigdalitis aguda, pero nadie que viera la regata podría haberlo adivinado. Los estudiantes de primero de Washington pronto consiguieron medio largo de ventaja. En la baliza de una milla, llevaban un largo de ventaja, y ambos equipos remaban a treinta y dos paladas por minuto. Al pasar la curva y llegar al tramo final, los estudiantes de primero de Cal intentaron remontar y subieron el ritmo a treinta y cuatro paladas. Washington aceleró el ritmo para igualar el de California. Ambos botes remaban al mismo ritmo y la palada de Hume fue decisiva. En el último cuarto de milla, Hume remó con tanta suavidad, potencia y eficacia que, con los chicos que tenía detrás sincronizados, el bote de Washington se adelantó todavía más y cruzó la línea de meta tres largos por delante de California. Los asistentes del puente dejaron caer una bandera blanca que indicaba la victoria de las palas blancas de Washington.

Para los chicos mayores de Washington que acababan de bajar de categoría, la regata de los segundos equipos revestía una especial importancia y podía abrirles puertas de cara al futuro. A las 16:10 horas, todavía furiosos por el cambio de parecer de Ulbrickson, llevaron el bote a la línea de salida al pie de Webster Street, un poco al sur de Jack London Square y a tres millas del final. Cuando dieron el pistoletazo de salida, California se adelantó y luego se estabilizó en treinta y dos paladas. Con Bobby Moch marcando el ritmo y el gran Stub McMillin en la sala de máquinas, Washington los igualó y empezó a adelantarse. En la baliza de mitad de recorrido, entre ellos y el bote de Cal se abría un espacio de agua.

Entonces empezaron a remar en serio. Moch les gritaba una y otra vez que subieran el ritmo. Le dieron duro. Con cada palada castigaban a Cal, a Ulbrickson, a los estudiantes de segundo y a cualquiera que pudiera dudar de ellos, y liberaban la frustración de meses de trabajo, se comían el recorrido, se lanzaban contra el viento y la lluvia que tenían en contra. Bobby Moch tenía la costumbre de pedir diez de las grandes añadiendo el nombre de alguien a la orden para darle más impacto emocional. Unas veces era: «Diez de las grandes para Al»; y otras: «Diez de las grandes para el señor Pocock». Esta vez gritó por el megáfono:

«¡Diez de las grandes para Joe Beasley!». Nadie del bote, ni por lo que parece el mismo Moch, habían oído hablar de Joe Beasley, pero él se divertía. Le dieron diez de las grandes. Luego gritó: «¡Y diez de las grandes para esos estudiantes de segundo!». El bote pegó un tirón. Cuando pasaron la curva y vieron al público en el puente, iban cinco largos por delante. Al cruzar a toda velocidad la línea de meta y pasar por debajo del puente, estaban ocho largos por delante y todavía se alejaban.

Cuando llegó el momento de la regata de los primeros equipos, los seguidores de Cal finalmente tuvieron algo que celebrar.

Al remar hasta la línea de salida, Joe y los estudiantes de segundo pensaron que ahora, después de lo que acababa de hacer el segundo equipo, tenían que ganar, no solo para justificar la fe de Ulbrickson en ellos, sino para mantener las aspiraciones olímpicas. De hecho, pensaron que desde ese momento tenían que ganar cada regata o todo se acabaría. En los siguientes dieciséis minutos, hicieron todo lo que pudieron para asegurarse de que no se terminaba todo. Después de la regata, el jefe de la sección de deportes del *San Francisco Chronicle*, el muy curtido Bill Leiser, se limitó a decir: «Ha sido una gran batalla. La mejor regata que he visto en el estuario».

Cal había practicado salidas rápidas toda la semana, pero al principio ninguno de los dos botes estaba realmente listo. Cuando ya avanzaron un poco, Washington tomó la delantera en un primer momento. Cal reaccionó rápida y decisivamente subiendo el ritmo e igualando a Washington, y entonces se adelantó medio largo. Ambos botes se quedaron en estas posiciones durante la siguiente milla y media, y los remos de Washington entraban y salían del agua casi palada por palada con los de Cal a un ritmo constante de treinta por minuto. Al acercarse a Government Island y la baliza de mitad de regata, California subió lentamente el ritmo y aumentó su ventaja hasta un largo. George Morry, en el asiento del timonel, pidió más y el ritmo de Washington subió a treinta y dos, pero Morry lo mantuvo ahí aunque Cal subió a treinta y cuatro y medio, y rechazó ceder a la tentación del pánico o de salir disparado. Muy lentamente, Washington empezó a recuperar centímetro a centímetro sin abandonar un ritmo lento, pero empezando a ganar en pura potencia. Al llegar a la punta sur de la isla, la ventaja de Cal se había reducido a un cuarto de largo. Entonces las proas quedaron igualadas. Al acercarse a la curva del recorrido, Washington le sacó la cabeza al bote de California. Ahora Washington subió a cuarenta y cuatro, y Cal a unos agotadores treinta y ocho.

Los dos botes tomaron la curva el uno al lado del otro y entraron en el campo de visión de los aficionados del puente. Los seguía un ejército de lanchas y embarcaciones de recreo. Los observadores de esas embarcaciones, al estudiar a los chicos con los prismáticos, pensaron que ambos equipos parecían cansados.

California hizo un *sprint*, llegó a cuarenta paladas por minuto y recuperó la delantera. Los seguidores de Cal rompieron en gritos de júbilo. Sus chicos estaban un cuarto de largo por delante y se acercaban a la línea de meta. Sin embargo, George Morry hizo lo que le habían dicho. Ulbrickson le había dado instrucciones de mantener el ritmo tan lento como pudiera durante tanto tiempo como pudiera. Sus chicos seguían remando a treinta y cuatro paladas y Morry se resistió a la tentación de pedir un ritmo más rápido, aunque Cal mantenía sus frenéticas cuarenta paladas y el puente de la Fruitvale Avenue empezaba a perfilarse delante de ellos. Una cosa es el ritmo de palada y otra muy distinta es la potencia. Morry sabía que todavía disponía de mucha potencia. Se imaginaba que a estas alturas Cal casi seguro que no tenía. Se inclinó hacia delante y dijo: «¡Diez de las grandes!». Los chicos de Washington le dieron duro. El bote pegó un tirón. Después de las diez paladas, las proas de los botes volvían a estar igualadas. Con el puente y la línea de meta cada vez más cerca, Morry volvió a gritar: «¡Diez de las grandes!». Joe, Shorty, Roger y todo el mundo con un remo en las manos lo dieron todo en las últimas paladas. En la lancha que iba justo detrás de los chicos, Al Ulbrickson contenía el aliento. Los botes cruzaron por debajo del puente codo con codo.

En el puente dejaron caer al mismo tiempo una bandera azul y otra blanca. Los seguidores se callaron de golpe, confundidos. Alguien en alguna de las embarcaciones que iban detrás gritó: «¡Washington por un palmo!». Los seguidores de los Huskies estallaron en gritos de júbilo. Entonces se oyó por los altavoces: «California por dos palmos». Ahora eran los seguidores de Cal los que gritaban eufóricos. Los locutores de radio que se apiñaban en el refugio dudaban, pero finalmente comunicaron la noticia al país: «Ha ganado California». Las agencias de noticias difundieron el mismo mensaje. En el puente, los seguidores de Washington lo tenían claro: señalaban el agua indignados y gesticulaban. Sus chicos se habían adelantado al final, lo había visto todo el mundo. Los seguidores de California que estaban apostados sobre la barandilla cuando los botes pasaron por debajo insistían en que la proa del bote de Cal había pasado por debajo del puente primero, como mínimo por tres palmos. Era un caos. Y entonces, súbitamente, volvieron a hablar por los altavoces: «Los asistentes de meta anuncian oficialmente que Washington ha ganado por un metro ochenta». Entre los seguidores de California se elevó una queja inmensa y multitudinaria. En Seattle un avance informativo desde Oakland interrumpió la programación habitual de la radio y la gente, que estaba desanimada junto a la radio, se levantó, se dio palmadas en la espalda y se estrechó las manos.

Resultó que ninguno de los equipos ni jueces oficiales habían dudado en ningún momento del resultado. Simplemente les costó llegar a los altavoces porque el puente estaba abarrotado de gente. La mayoría de espectadores no se había dado cuenta de que el puente cruzaba el estuario con una leve inclinación. La meta, en cambio, atravesaba el agua en línea recta y se cruzaba con el puente en la parte californiana del recorrido, mientras que se cruzaba con la parte de Washington varios metros antes del puente. En efecto, la proa del bote de California fue la que pasó debajo del puente, pero en ese momento un metro ochenta del bote de Washington ya había cruzado la línea. Esa noche, cuando Ulbrickson volvió al hotel, anotó en el diario una frase escueta: «Vaya día»…

En el viaje en tren de vuelta a casa, reinaba una inmensa alegría. Los rencores del otoño y el invierno estaban olvidados; todos habían salido ganando. Ahora Tom Bolles estaba seguro de que tenía un equipo de estudiantes de primero que, como mínimo, igualaba al del año pasado. El segundo equipo había demostrado su valía, al menos por ahora. Los estudiantes de segundo eran los campeones de la regata de la Costa del Pacífico en la categoría de primeros equipos. Juntos se habían impuesto a California en sus propias aguas. Ahora todo parecía posible.

El día después de la regata, en Seattle el asunto era noticia de portada, con un gran titular en el *Seattle Times* que proclamaba: «Los Huskies arrasan». El 18 de abril la ciudad celebró un desfile triunfal en honor de los equipos de remo, así como de un equipo femenino de natación que acababa de volver de Chicago con unas cuantas medallas y seis récords nacionales, y de Jack Medica, una estrella de la natación

CAPÍTULO X

«Un bote es un objeto sensible, un casco
con ocho asientos, y, si no lo es, uno tiene que dejarlo,
porque significa que no es para él».

GEORGE YEOMAN POCOCK

En una época en que los estadounidenses disfrutan de docenas de canales de deporte por cable, en que los deportistas profesionales ganan sueldos anuales de decenas de millones de dólares y en que todo el país prácticamente cierra por el día festivo virtual en el que se ha convertido el domingo de la Super Bowl, cuesta imaginarse lo importante que en 1935 era para la gente de Seattle la creciente relevancia del equipo de remo de la Universidad de Washington. Seattle era una ciudad tradicionalmente considerada, y que a veces tendía a considerarse a sí misma, un lugar atrasado en muchos aspectos, entre los cuales el mundo del deporte no era el menor. Históricamente, el equipo de fútbol americano de la universidad había sido una propuesta ganadora, con una hazaña asombrosa en su haber: un récord de sesenta y tres partidos consecutivos sin perder entre 1907 y 1917. Durante esa racha, con Gil Dobie como entrenador, Washington se anotó 1.930 puntos y sus oponentes 118. Sin embargo, hay que reconocer que el cumplimiento de las normas por parte de Dobie puede haber sido un poco laxo. Se decía que en una ocasión equipó a dos jugadores enclenques con hombreras de hierro, un ajuste que dio a los chavales una misteriosa capacidad para tumbar a hombres mucho más corpulentos. En cualquier caso, los Sun Dodgers de Washington —que cambiaron el nombre por el de Huskies a sugerencia del equipo de 1922— jugaron casi exclusivamente en la costa oeste y consiguieron llegar al escenario nacional de la Rose Bowl solo dos veces, de las que una empató con la Marina de Estados Unidos y en la otra perdió contra Alabama.

El béisbol en Seattle nunca consiguió llegar al escenario nacional. Hubo una serie de equipos profesionales de béisbol en la ciudad desde el 24 de mayo de 1890, cuando los Reds de Seattle se enfrentaron a los Spokanes de Spokane Falls. En los años sucesivos, la ciudad conoció equipos de béisbol que respondieron a los nombres de los Seattles, los Klondikers, los Rainmakers, los Braves, los Giants, los Rainiers, los Siwashes, los Indians y, con poca fortuna, los Clamdiggers de Seattle. Sin embargo, todos eran equipos de las ligas menores que solo jugaban en competiciones locales y regionales. Y el béisbol en Seattle acababa de sufrir un gran revés —uno de los muchos que iban a producirse— cuando las tribunas de madera del estadio de los Indians, el Dugdale Park, quedaron reducidas a cenizas en julio de 1932. El equipo se trasladó a Civic Field, un estadio de fútbol americano de un instituto. Pero el campo no tenía hierba y no era mucho más que un rectángulo de tierra y piedras. Durante y entre partidos, el personal de mantenimiento correteaba con sacos de arpillera y recogía todas las piedras que podía para evitar que los jugadores tropezaran al correr tras un globo o que se desollaran vivos al deslizarse hasta la base. Se demostró que era una causa perdida y una tarea interminable. Uno de los alumnos de instituto que jugaban ahí, Edo Vanni —más adelante gerente de los Rainiers— dijo del campo: «Si un caballo se hubiera quedado encerrado ahí, se habría muerto de hambre. No había más que piedras». Durante décadas, los aficionados al béisbol de Seattle tuvieron que escoger un equipo del este al que animar si querían tener posibilidades en las grandes ligas.

El deporte de Seattle ascendió brevemente a la fama internacional en 1917, cuando el equipo profesional de *hockey*, los Metropolitans, se convirtió en el primer equipo estadounidense que ganó la Stanley Cup al imponerse a los Canadiens de Montreal. Sin embargo, los Metropolitans normalmente solo jugaban en la Asociación de Hockey de la Costa del Pacífico, y cuando el propietario del estadio no les renovó el contrato en 1924, el equipo se vino abajo.

Si tenemos en cuenta este escaso patrimonio deportivo, las victorias de los equipos de remo de Washington dieron a los ciudadanos de Seattle algo que no tenían desde hacía tiempo; algo, de hecho, que nunca habían tenido. Con el triunfo aplastante en California y las recientes victorias en Poughkeepsie, y ahora incluso las expectativas de futuras victorias en los Juegos Olímpicos, de golpe cualquier ciudadano de Seattle podía sacar pecho y enorgullecerse. Podía escribir a amigos y parientes del este y comentar la situación. Por la mañana podía leer noticias sobre los equipos de remo en el *Post-Intelligencer* y después disfrutar de nuevo al leerlas en el *Seattle Times* a última hora de la tarde. Podía hablar del asunto con el peluquero mientras le cortaba el pelo, sabiendo que al peluquero le importaba tanto como a él. Esos chicos del bote —largo a largo y victoria a victoria— estaban poniendo súbitamente a Seattle en el mapa, y era probable que siguieran haciéndolo en un futuro cercano. En la ciudad todo el mundo lo creía, y eso era algo que los unía y reconfortaba en una época muy dura.

Sin embargo, si se entretenían un poco en la portada del *Times* o del *Post-Intelligencer*, los habitantes de Seattle no podían dejar de ver presagios de otros problemas futuros.

El 14 de abril, el día después de la regata de la Costa del Pacífico en el estuario de Oakland, las tormentas de arena de los últimos años se vieron súbitamente eclipsadas por una catástrofe que todavía se recuerda en los estados de las Llanuras como *Domingo Negro*. En pocas horas, un viento frío y seco que venía del norte desprendió de los campos secos más del doble de la cantidad de tierra que se había excavado del canal de Panamá y la levantó a dos mil quinientos metros de altura. En buena parte de cinco estados, el sol de media tarde dio paso a la oscuridad total. Las partículas de tierra que el viento transportaba generaban tanta electricidad estática en el aire que las alambradas resplandecían en la oscuridad diurna. Los agricultores que trabajaban en sus tierras se ponían de cuatro patas y andaban a tientas, incapaces de encontrar el camino hasta su propia casa. Los coches se salían de la carretera y se metían en las cunetas, donde sus ocupantes se ponían trapos en la cara, intentaban respirar, sufrían náuseas y escupían tierra. A veces abandonaban el coche y se acercaban tambaleándose a las casas cercanas, aporreaban la puerta y pedían guarecerse, a lo que los desconocidos accedían.

Al día siguiente, el jefe de la delegación de la Associated Press en Kansas City, Ed Stanley, utilizó la expresión *dust bowl* o «cuenco de polvo» en un teletipo sobre los efectos devastadores del fenómeno, y un nuevo término entró en el vocabulario estadounidense. En los siguientes meses, cuando se hizo evidente el alcance de los estragos, el goteo de refugiados harapientos de cuyo viaje al oeste Joe Rantz había sido testigo el verano pasado se convirtió en un torrente. En unos pocos años, dos millones y medio de estadounidenses levantaron el campamento y se dirigieron al oeste, hacia un futuro incierto: desarraigados, desposeídos, privados de la simple comodidad y dignidad de tener una casa.

Durante meses, había parecido que las cosas remontaban en Estados Unidos. Habían vuelto a aparecer ofertas de trabajo en el *Seattle Times* y el *Post-Intelligencer*, igual que en cientos de periódicos de todo el país; hombres como Harry Rantz empezaron a encontrar trabajos cualificados. Sin embargo, el vendaval del 14 de abril derrumbó de un soplo las esperanzas que habían ido abrigando millones de personas. El *Post-Intelligencer* avisó a la gente de la ciudad de que vendrían inmigrantes y aumentaría la competitividad por los puestos de trabajo. «A punto de empezar la gran emigración al oeste: los que buscan un hogar ven en el noroeste una tierra prometida», rezaba un titular del *Post-Intelligencer* del 4 de mayo. Las agencias de colocación de Seattle recibían consultas sobre la disponibilidad de trabajo —cualquier tipo de trabajo, sin que importara lo mal pagado que estuviera— desde estados tan lejanos como Missouri o Arkansas. La mayoría de inmigrantes eran agricultores y las agencias inmobiliarias estaban desbordadas con consultas sobre la disponibilidad de tierras baratas cerca de Seattle. Los agentes respondían asegurando que había mucha tierra barata. Sin embargo, rara vez mencionaban que alrededor del estrecho de Puget las tierras en general eran tierras taladas, con cientos de tocones por hectárea, y que había que quitarlos arrancándolos, excavando o dinamitando; ni tampoco mencionaban que la tierra que había debajo era sedimento glacial, arcilla compacta con piedras; ni que el clima era fresco y gris, poco adecuado para el tipo de cultivos que proporcionaban el sustento de la gente del Medio Oeste.

Al mismo tiempo, el redoble de titulares de mal agüero procedentes de Europa empezaba a sonar cada vez más fuerte e insistente. Solo con los titulares de las últimas cuatro semanas del *Seattle Times* ya había para preocuparse: «Decretada la pena de muerte para pacifistas. Alemania se apresta para la lucha» (19 de abril); «Los nazis encarcelan a monjas y monjes mayores en un nuevo ataque a la cristiandad» (27 de abril); «La iniciativa de Alemania de construir submarinos despierta la inquietud de Gran Bretaña» (28 de abril); «Gran Bretaña igualará los aviones nazis. Emplazan a Hitler a fijar un límite» (2 de mayo); «Gran Bretaña exige a Hitler que no militarice la Renania» (7 de mayo); «Los nazis cuentan con una nueva arma: un barco que alcanza los sesenta nudos» (17 de mayo); «La policía de Hitler encarcela a un ciudadano estadounidense» (18 de mayo). Era difícil ignorar estas noticias sombrías, pero no imposible. Eso fue lo que hizo la inmensa mayoría de estadounidenses, en Seattle y en todas partes. Seguía pareciendo que los asuntos de Europa estaban a un millón de kilómetros de distancia, y justamente ahí es donde la mayoría quería que se quedaran.

El primer día de entreno para Poughkeepsie, Ulbrickson sorprendió a un grupo de periodistas en el pabellón de los botes con el anuncio de que los estudiantes de segundo no necesariamente iban a mantener la categoría de primer equipo en Poughkeepsie, a pesar de su victoria en Oakland. Señaló que entre los mayores del segundo equipo había chicos con mucha experiencia y talento. Algunos merecían la oportunidad de competir en un campeonato nacional como primer equipo antes de licenciarse. Probablemente, Ulbrickson era sincero en este punto. En efecto, le dolió decepcionar a los mayores en Oakland, especialmente teniendo en cuenta que ganaron las pruebas definitivas en el estuario después de que él rompiera su palabra. Pero había algo más. Era consciente de que los mayores habían dominado completamente la competición en Oakland. Los estudiantes de segundo, en cambio, habían ganado por un margen muy estrecho, y le habían provocado a su entrenador un buen ardor de estómago mientras esperaba los resultados oficiales. Eso no contribuyó en absoluto a su causa.

Joe y los demás estudiantes de segundo no se lo podían creer. No habían ganado a otro equipo en el estuario, sino que habían ganado al primer equipo de Cal, los campeones nacionales del año anterior. Se habían dejado la piel para derrotar a chicos de más edad y con mucha más experiencia, probablemente el mismo equipo que Ebright se llevaría a Poughkeepsie. Sin embargo, se volvía a cuestionar su estatus de primer equipo. Furiosos, prometieron poner a los chicos del segundo equipo en su lugar tan pronto como salieran al agua.

En lugar de hacer eso, se perjudicaron a sí mismos y a su causa. El 9 de mayo, Ulbrickson montó otra competición entre los dos botes. En la lancha de Ulbrickson había un invitado importante: J. Lyman Bingham, de la Unión de Aficionados al Atletismo (AAU, por sus siglas en inglés), un socio de confianza de Avery Brundage, presidente tanto de la AAU como del Comité Olímpico Estadounidense. Cuando Ulbrickson gritó la orden de empezar a través del megáfono —«¡Listos… y a remar!»—, el bote del segundo equipo, con Bobby Moch en la popa, se alejó enseguida de los estudiantes de segundo, con facilidad y de forma decisiva. Ulbrickson aceleró el motor de la lancha, dio caza a los dos botes y gritó: «¡Alto!». Los volvió a alinear y dio la salida de nuevo. Una vez más, el segundo equipo tomó la delantera decisivamente. Bingham se volvió hacia Ulbrickson y le preguntó secamente: «¿Cuál dijiste que era el primer equipo? Quizá me fijo en el equipo equivocado». Ulbrickson estaba desconcertado.

En las siguientes semanas Ulbrickson puso a competir los dos botes entre ellos una y otra vez. En alguna ocasión ganaron los estudiantes de segundo, pero casi siempre perdieron. Remaban bien cuando estaban a su aire, pero en el momento en que veían a los chicos mayores se venían abajo por completo. Los meses de burlas los habían sacado de quicio.

En abril Ulbrickson casi alardeó ante las dos agencias de noticias nacionales de que este equipo de estudiantes de segundo era magnífico; «potencialmente el mejor equipo que haya entrenado hasta la fecha», dijo ante todo el mundo. Ahora ellos parecían empeñados en dejarlo en ridículo. Los invitó a entrar en la oficina con paso firme, cerró la puerta y les leyó la cartilla. «Si no conseguís trabajar bien, voy a deshacer el equipo», gruñó Ulbrickson. Solo el hecho de decirlo ya le dolió. Todavía no se había olvidado de la asombrosa forma en que los estudiantes de segundo ganaron el título de estudiantes de primero en Poughkeepsie el año anterior. Tampoco se habían olvidado los demás. Casi todos los artículos que los mencionaban todavía rememoraban ese momento en Nueva York, cuando su bote se adelantó a los demás como si lo impulsaran jóvenes dioses en lugar de hombres jóvenes. Sin embargo, Ulbrickson sabía que, en definitiva, no eran dioses, sino jóvenes, los que tenían que ganar las regatas y, a diferencia de los dioses, los jóvenes podían fallar. Su trabajo era detectar esos fallos, solucionarlos si podía y sustituirlos si no podía.

El remo es, en varios aspectos, un deporte de paradojas esenciales. En primer lugar, un bote de competición de ocho asientos —impulsado por hombres y mujeres corpulentos y con potencia física— está controlado y dirigido por la persona más baja y menos potente del bote. El timonel —hoy en día, a menudo, una mujer incluso cuando el resto del equipo es masculino— debe tener el carácter para mirar a hombres y mujeres el doble de altos que él a la cara, gritarles órdenes y confiar en que esos gigantes reaccionen inmediata y ciegamente a esas órdenes. Quizá es la relación más extraña que se da en el mundo del deporte.

La física del deporte presenta otra paradoja. Desde luego, el objetivo es que el bote se mueva por el agua tan rápido como sea posible. Sin embargo, cuanto más rápido va el bote, más difícil es remar bien. La complicadísima secuencia de movimientos, cada uno de los cuales tiene que ejecutarse con una precisión exquisita, se convierte en mucho más difícil de realizar a medida que aumenta el ritmo de palada. Remar a un ritmo de treinta y seis es un reto mucho mayor que remar a uno de veintiséis. A medida que se acelera el tempo, la penalización de un error —que el remo toque el agua una décima de segundo demasiado pronto o demasiado tarde, por ejemplo— se vuelve cada vez más severa y las posibilidades de un desastre son cada vez mayores. Al mismo tiempo, el esfuerzo que supone mantener un ritmo rápido hace que el dolor físico sea todavía más devastador y, por lo tanto, que la probabilidad de cometer un error sea mayor. En este sentido, la velocidad es el objetivo último del remero, pero también su peor enemigo. Dicho de otra manera, remar bella y eficazmente a menudo significa remar de forma dolorosa. Un entrenador anónimo lo expresó de forma muy clara: «Remar es como un pato hermoso. En la superficie todo es elegancia, ¡pero debajo el bicho patalea como un condenado!».

Sin embargo, la mayor paradoja del deporte tiene que ver con el carácter de las personas que tiran de los remos. Los grandes remeros y remeras están hechos de materias contradictorias: de agua y aceite, de fuego y tierra. Por un lado, deben tener una gran confianza en sí mismos, egos fuertes y una fuerza de voluntad titánica. Tienen que ser casi inmunes a la frustración. Nadie que no crea firmemente en sí mismo —en su capacidad de aguantar reveses y prevalecer sobre la adversidad— tiene probabilidades de meterse en algo tan audaz como el remo de alta competición. El deporte ofrece tantas posibilidades de sufrir, y tan pocas alegrías, que solo los más tenazmente independientes y emprendedores tienen las de ganar. Y, sin embargo, al mismo tiempo —y es un aspecto crucial— ningún otro deporte exige y premia el abandono completo del propio yo como lo hace el remo. Los grandes equipos pueden tener a hombres o mujeres con un talento o una fuerza excepcionales; pueden contar con timoneles y remeros de popa y de proa extraordinarios; pero no hay estrellas. Lo que importa es el trabajo en equipo: el fluir perfectamente sincronizado de músculos, remos, bote y agua; la sinfonía única, completa, unificada y bella en la que se convierte un equipo en movimiento. No importa la persona ni el individuo.

Se trata de una psicología compleja. Si bien los remeros tienen que controlar su fuerte sentimiento de independencia, al mismo tiempo tienen que mantenerse fieles a su individualidad, a sus capacidades únicas como remeros y remeras y, en general, como seres humanos. Incluso si pudieran, pocos entrenadores se limitarían a clonar a sus remeros más corpulentos, fuertes, listos y capaces. Las regatas de remo no las ganan los clones. Las ganan los equipos, y los grandes equipos son mezclas cuidadosamente equilibradas de capacidades físicas y tipos de personalidad. En términos físicos, por ejemplo, puede que los brazos de un remero sean más largos que los de otro, pero puede que este último tenga la espalda más fuerte que el primero. Ninguno de los dos es necesariamente un remero mejor o más valioso que el otro; tanto los brazos largos como la espalda fuerte son bazas para el bote. Sin embargo, si tienen que remar bien juntos, cada uno de estos remeros tiene que ajustarse a las necesidades y capacidades del otro. Cada uno tiene que estar dispuesto a ceder algo que quizá mejoraría su palada para el beneficio conjunto del bote —que el de los brazos cortos se estire un poco más y que el de los brazos largos se estire un poco menos—, de modo que los remos de ambos vayan paralelos y ambas palas entren y salgan del agua justo en el mismo momento. Esta coordinación y cooperación tan delicada tiene que multiplicarse por ocho individuos de altura y físico variados para sacar el máximo partido de las fortalezas de cada uno. Solo de esta forma las capacidades que trae consigo la diversidad —remeros más ligeros y técnicos en la proa y tiradores más fuertes y pesados en medio del bote, por ejemplo— pueden convertirse en ventajas en lugar de ser desventajas.

Y sacar provecho de la diversidad quizá es incluso más importante en lo que se refiere al carácter de los remeros. Un equipo que solo esté compuesto de ocho remeros muy enérgicos y agresivos degenera, a menudo, en una pelea disfuncional en el bote o se agota en la primera parte de una regata larga. De forma similar, puede que una tripulación de introvertidos silenciosos pero fuertes nunca encuentre la resolución visceral que hace que el bote deje atrás de golpe a sus competidores cuando todo parece perdido. Los buenos equipos son buenas mezclas de personalidades: alguien que encabece el ataque y alguien que se guarde un as en la manga; alguien que presente batalla y alguien que haga las paces; alguien que piense bien las cosas y alguien que tire adelante sin pensar. De alguna manera, todo esto tiene que cuadrar. Ese es el reto más difícil. Incluso después de encontrar la mezcla justa, cada hombre o mujer del bote tiene que entender cuál es su sitio en el entramado del equipo, aceptarlo y aceptar a los demás tal cual son. Si todo coincide con precisión, se trata de una experiencia única. La intensa vinculación afectiva y la sensación de euforia que resulta de ella son la razón por la que reman muchos remeros, mucho más que por trofeos u honores. Sin embargo, se necesitan chicos y chicas con un carácter extraordinario y con una capacidad física extraordinaria para conseguirlo.

Eso era lo que Al Ulbrickson creía haber visto en el bote de los estudiantes de segundo el pasado junio, en Poughkeepsie. Se habían convertido en el equipo perfecto que todo entrenador de remo busca. Ahora era muy reacio a desgarrar la tela de lo que entonces los unía, pero parecía que los chicos no le daban otra opción. Parecía que ellos mismos venían deshilachados.

El 22 de mayo volvió a poner a prueba a ambos botes, que remaron dos millas a ritmo de competición. Los mayores ganaron por un largo. Al día siguiente los puso a prueba con tres millas. Los mayores consiguieron un impresionante 15:53, ocho segundos por delante de los estudiantes de segundo. Finalmente, Ulbrickson les dijo a los periodistas que esperaban en la rampa lo que hacía semanas que querían oír. A menos que sucediera un milagro, los mayores competirían como primer equipo en Poughkeepsie; era casi seguro que los estudiantes de segundo bajarían a segundo equipo, a pesar de haber ganado en California. Sin embargo, añadió que los estudiantes de segundo continuarían remando juntos. Ulbrickson dijo que tendría una mentalidad abierta y vería cómo se comportaban ambos botes en el Hudson antes de la regata. No obstante, a todo el mundo le quedó claro, incluidos Joe y sus abatidos compañeros de equipo, que lo tenía prácticamente decidido.

Los periodistas deportivos de Seattle no estaban nada seguros de que fuera la decisión correcta. Royal Brougham, del *Post-Intelligencer*, llevaba meses apoyando la causa de los estudiantes de segundo, a pesar de que últimamente habían estado torpes. George Varnell, del *Seattle Times*, había observado atentamente las últimas pruebas, y se dio cuenta de algo que no sabía si Ulbrickson también había visto. En las pruebas de dos y tres millas, los estudiantes de segundo habían arrancado mal, le habían dado al agua de forma ineficaz, como si estuvieran sobreexcitados y nerviosos, y habían dejado que los mayores se les adelantaran. Pero al final de la primera milla, parecía que remaban igual de bien que los mayores. Más aún, en la prueba de tres millas a los mayores se les había empezado a ver hechos polvo al comenzar la última milla. Clarence Dirks, que escribía para el *Post-Intelligencer*, también se había dado cuenta de lo mismo. Parecía que los estudiantes de segundo mejoraban con cada palada, y al final de la tercera milla se iban acercando a buen ritmo. El recorrido de primeros equipos en Poughkeepsie era de cuatro millas.

El viaje a Poughkeepsie no fue la excursión bulliciosa y despreocupada del año anterior. El tiempo fue caluroso en todo el país, en el tren faltaba aire y no se estaba cómodo. Al Ulbrickson estaba nervioso. Después de la triple victoria en California, le había dado por contarle a todo Seattle que este año arrasaría en la regata de Poughkeepsie y que ganaría las tres competiciones. Los ciudadanos reaccionaron con entusiasmo y aflojaron monedas de cinco centavos, de veinticinco y de dólar, y consiguieron la asombrosa cantidad de doce mil dólares para enviársela a los equipos al este. Ulbrickson pensó que tenía que devolver la deuda cumpliendo su palabra.

La tensión entre los estudiantes de segundo y los chicos mayores se podía cortar con un cuchillo. Hasta donde era posible, intentaban evitarse, pero el tren era un lugar cerrado y el viaje al este fue una pesadez para ambos grupos. Día sofocante tras día sofocante, los entrenadores y los equipos se juntaban en grupos pequeños y poco comunicativos y jugaban a las cartas, leían revistas baratas, charlaban y se fijaban con quién iban al vagón restaurante y con quién no. Joe, Shorty Hunt y Roger Morris pasaban la mayor parte del tiempo solos en un rincón del vagón. Esta vez nadie cantó; Joe se dejó la guitarra en casa.

Al cabo de cinco días llegaron a Poughkeepsie. Al apearse del tren, un domingo por la mañana, para todos fue un alivio encontrarse en medio de un refrescante temporal de verano en lugar de en el bochorno agobiante que se imaginaban. Mientras Pocock daba instrucciones con aire preocupado, los chicos descargaron cuidadosamente los botes del furgón de carga. Una gran grúa de construcción subió la lancha del entrenador desde un vagón abierto y la depositó suavemente en el Hudson. Luego los chicos empezaron a descargar las docenas de lecheras que llevaban consigo. Cada uno contenía casi cuarenta litros de agua fresca, clara y rica del noroeste. Remarían en aguas del Hudson. Puede incluso que se ducharan con ella. Pero no volverían a beber de ella.

Los periodistas se agolparon en torno a Ulbrickson mientras descargaba sus bártulos. Todavía no había anunciado oficialmente la composición del primer equipo, pero fue sincero: «Para mí el equipo de estudiantes de segundo ha sido una gran decepción». Prosiguió: «No entendemos qué les ha pasado… Empezaron a perder garra antes de la regata de California…; a no ser que vuelvan a ser los de antes aquí remaran como segundo equipo». Los periodistas deportivos del este estaban atónitos. No se podían creer que Ulbrickson se planteara bajar de categoría a los chicos a los que habían visto arrasar hacía un año, chicos que luego, y de eso solo hacía dos meses, habían derrotado al primer equipo de California.

Al día siguiente, los equipos de los Huskies llevaron a cabo un ritual de larga tradición en Poughkeepsie y visitaron los pabellones de los rivales en señal de respeto hacia los adversarios antes de meterse en el río. En cada parada, Ulbrickson tenía que explicar de nuevo a su homólogo que sí, que tenía la intención de mandar a los estudiantes de segundo al segundo equipo. A los entrenadores les costaba tanto creérselo como a los periodistas. El venerable Jim Ten Eyck de Syracuse, que ahora tenía ochenta y tres años, sacudió la cabeza canosa y dijo que no se creía que Ulbrickson fuera a hacerlo de verdad, que en su opinión era una artimaña, que el 18 de junio los estudiantes de segundo irían de primer equipo. Después de que Ulbrickson y sus chicos se marcharan, Ten Eyck volvió a sacudir la cabeza y dijo: «Ulbrickson debe de tener dos grandes botes si hace eso».

El bote de los estudiantes de segundo ahora no estaba compuesto exclusivamente por estudiantes de segundo. Ulbrickson había colocado al veterano Wink Winslow de timonel, en lugar de a George Morry, con el objetivo de sacar provecho de la experiencia de Winslow en el remo en ríos. Aparte de eso, se trataba del mismo equipo que se había hecho con la victoria aquí hacía un año sin aparente esfuerzo.

Cuando se pusieron a remar, las condiciones en el agua eran duras. Todavía llovía y soplaba un viento frío y fuerte río abajo. El río era una masa palpitante de olas grandes y el agua era oscura y aceitosa. Estas eran exactamente el tipo de condiciones que los chicos de Washington temían más, no por la lluvia ni el viento, con los que estaban más familiarizados que la mayoría, sino por el especial movimiento lateral del agua del río cuando las olas llevadas por el viento interactúan con la marea. Ulbrickson metió a los chicos en el agua dos veces ese día para exponerlos al máximo a las condiciones adversas. Los botes de Washington estaban solos. Todos los demás equipos —que habían recibido la visita de los Huskies y habían echado una mirada a su entreno con disimulo— estuvieron encantados de quedarse el resto del día en la calidez de sus pabellones.

Los que estaban con mejor temperatura y más a gusto eran los Bears de California. Ky Ebright, su primer equipo y el de estudiantes de primero habían llegado varios días antes y se habían alojado en un pabellón nuevo de estreno en la orilla de Poughkeepsie, que era más cómoda. El pabellón tenía agua corriente, duchas calientes, un comedor, cocina, luz eléctrica y dormitorios espaciosos. El contraste con su pabellón no les sentó nada bien a los chicos de Washington. Al seguir lloviendo y ventando, su pabellón viejo y destartalado en la orilla de tierras altas, con goteras en el tejado y duchas con agua fría del río, parecía diseñado para que se deprimieran. Y la escasa comida de la pensión de la madre Palmer, arriba en la colina, este año les hacía pasar verdadera hambre. En lugar de dormir seis en cada habitación como el año pasado, ahora tenían que encontrar lugares para extender ocho o nueve bastidores largos en cada habitación. Aun sin el calor asfixiante del año pasado, el alojamiento era verdaderamente incómodo.

Sin embargo, probablemente lo que más incomodó a Al Ulbrickson fueron las noticias de última hora que acababa de recibir de Ebright: que poco antes de abandonar Berkeley, había vuelto a poner a cuatro chicos del equipo del campeonato nacional del año pasado en el primer equipo de este año. En total, seis chicos del bote de Cal eran veteranos del equipo del campeonato del año pasado. Ulbrickson se preguntó si la derrota del equipo de Cal en Oakland había sido, en cierta medida, una artimaña de Ebright en el camino al premio más importante de un campeonato nacional en Poughkeepsie. Desde la perspectiva de Ulbrickson, era especialmente preocupante que, después de algunos días viendo trabajar al reconstituido primer equipo de Cal en el Hudson, la multitud de corredores de apuestas y periodistas que se habían desplazado a Poughkeepsie ya hubieran empezado a hacer comparaciones entre este equipo de Cal y el gran equipo que ganó el oro para California en los Juegos de 1932. Y en cierto sentido todavía era peor noticia la elección del flaco Eugene Berkenkamp para el gran remo de popa. En los estancos de Poughkeepsie, donde los hombres se reunían para intercambiar las últimas noticias e ir mirando las probabilidades que ofrecían los corredores de apuestas, se oía que Berkenkamp podía ser como el gran Peter Donlon. Donlon contribuyó decisivamente a que Cal consiguiera su otra medalla de oro olímpica, en 1928, y el tiempo más rápido de la historia en el recorrido de Poughkeepsie.

El 12 de junio, seis días antes de la regata, Ulbrickson volvió a enfrentar a los dos botes en el río, y los estudiantes de segundo se vinieron abajo nada más ver a los chicos mayores. Acabaron muy por detrás de ellos, a la asombrosa distancia de ocho largos, y por fin se resolvió la duda. Ulbrickson tiró la toalla. Los estudiantes de segundo bajaron oficialmente a la categoría de segundo equipo, mientras que los mayores remarían como primer equipo. Para Joe y sus compañeros de equipo fue un golpe terrible, pero desde el punto de vista de Al Ulbrickson, la distancia de ocho largos del flamante primer equipo parecía traer buenos presagios de cara a la regata culminante del 18 de junio. Y la regata que más quería ganar era la del primer equipo. Washington no lo conseguía desde 1926, cuando el mismo Ulbrickson llevó a los Huskies a la victoria. Sin embargo, la misma tarde en que Ulbrickson oficializó la bajada de categoría de los estudiantes de segundo, Robert Kelley del *New York Times*, al ver al recién ungido primer equipo de Washington en una prueba, observó lo mismo en lo que ya habían reparado los periodistas de Seattle: en la cuarta y última milla, pareció que los chicos mayores se arrastraban un poco.

Ese mismo día, Ulbrickson recibió un mensaje manuscrito del presidente de Estados Unidos. Unos días antes, Ulbrickson había invitado a Franklin Delano Roosevelt —un gran aficionado al remo, cuyo hijo Franklin Junior en algunos días iba a remar para Harvard contra Yale— a acompañarlo en la lancha de entrenador y asistir a una prueba cronometrada. El presidente respondió que, sintiéndolo mucho, no le era posible, ya que tenía que estar en Washington D. C. para firmar la ampliación a ley de la National Recovery Administration (Administración de Recuperación Nacional) antes de irse a New London para ver remar a Franklin Junior. Sin embargo, esa tarde Ulbrickson recibió una llamada de Hyde Park, un poco más río arriba. Era John Roosevelt, el hijo pequeño del presidente. También había remado para Harvard y quería saber si podía acompañarlo en lugar del presidente.

Al día siguiente, acompañado en la lancha por John Roosevelt —un muchacho alto y apuesto con el pelo peinado hacia atrás y una sonrisa cálida y cautivadora—, Ulbrickson realizó una última prueba cronometrada, solo para ver qué podía esperar el día de la regata. Los mayores, el flamante primer equipo, empezaron en las cuatro millas. En la baliza de tres millas se unieron Joe y los estudiantes de segundo. Enseguida se adelantaron al primer equipo. En la baliza de dos millas se unieron los extraordinarios estudiantes de primero de Tom Bolles. Durante el resto del recorrido, los estudiantes de segundo y los de primero lucharon por el primer puesto ante un primer equipo claramente agotado, a la zaga de ambos botes. Al final, los estudiantes de primero llegaron medio largo por delante de Joe y los estudiantes de segundo, y ambos botes guardaban una buena distancia respecto al primer equipo. Sorprendido, George Pocock dijo: «Hoy los estudiantes de segundo parecieron algo por primera vez en semanas. Desde luego, dieron la sensación de ser un equipo con camino por delante». Hasta ese momento, por lo que sabemos, Al Ulbrickson no dijo nada —ni en público ni a su círculo más íntimo—, pero esa noche debió de revolverse en su litera. Ahora la suerte ya estaba echada, se habían imprimido los programas y los chicos mayores seguirían remando como primer equipo. Pero no podía haberle gustado lo que acababa de ver.

El 14 de junio, Ulbrickson invitó a Royal Brougham a subir a las dependencias del equipo a ver una cosa. Durante meses, Brougham había utilizado su columna diaria sobre deportes, «The Morning

After» («El día después»), para cantar las alabanzas de los estudiantes de segundo, a veces a costa de los chicos mayores que ahora componían el primer equipo. Los mayores se lo tomaron como un desafío. Ahora, en su vestuario, habían colgado carteles motivadores: «¡Acordaos del «Morning After"!» y «¡A por los niños de Brougham!». Además, Ulbrickson le contó a Brougham que Bobby Moch tenía un mantra nuevo para pedir un esfuerzo más: «Diez para R. B».. Ulbrickson dijo que, cuando Moch acababa así la frase, «los chicos se enardecían tanto que tenían que envolver los mangos de los remos con amianto para que no se prendiera fuego en el bote».

Lo que probablemente Ulbrickson no sabía era que Bobby Moch había desarrollado un elaborado conjunto de códigos de los que solo él y su equipo sabían el significado real. Algunos eran sencillamente versiones abreviadas de órdenes más largas que a veces él daba en el bote. «RED», por ejemplo, significaba «ralentizar en los deslizamientos». «OCE» significaba «ojo con la estabilidad». La mayoría, sin embargo, estaban codificadas porque ni Moch ni sus chicos querían que los otros equipos o los entrenadores supieran su significado exacto. «DUR» significaba «démosles un repaso». «DCS» significaba «duro con los segundones», por los estudiantes de segundo. Y, en el mismo sentido, «DCNA» significaba «duro con los niños de Al».

La mañana de la regata todo estaba en calma en el pabellón de Washington. A diferencia de los entrenadores de fútbol americano, que a menudo intentan preparar anímicamente a los jugadores para un partido importante, los entrenadores de remo siguen a veces la táctica contraria. Según Ulbrickson, los remeros en forma son como caballos de carreras muy excitables. Una vez se ponen en marcha, se dejan la piel para ganar. Tienen una fuerza de voluntad indomable. Pero no es una buena idea que lleguen a la línea de salida empapados de sudor. Ulbrickson siempre procuraba que las horas previas a una competición fueran tranquilas, y los chicos pasaron el día dormitando, jugando a las cartas y charlando.

Para la regata se esperaban hasta cien mil personas, pero a primera hora de la tarde quizá solo se había llegado a un tercio de esa cifra. El día era muy lluvioso y borrascoso, y la lluvia caía a raudales del cielo oscuro. No era un día para estar a la intemperie y ver una regata. Un destructor de la Marina y un guardacostas, el *Tampa*, de 72 metros, corrían por la zona, pero menos de cien embarcaciones más pequeñas —veleros, casas flotantes y balandras— se habían abierto camino hasta la línea de meta, donde estaban ancladas y se mecían. Casi todos los tripulantes estaban bajo cubierta siempre que podían, mientras esperaban que empezaran las regatas.

A media tarde empezaron a salir a cubierta con chaquetones de marinero e impermeables. En Poughkeepsie un grupo de seguidores compró manteles de hule de color rosa vivo y se hicieron capas y capuchas. Otro grupo arrasó una ferretería, compró un rollo de tela asfáltica y se las ingenió para sacar impermeables. Poco a poco, masas oscuras de gente apiñada bajo los paraguas se abrieron camino por la fuerte bajada que va desde Main Street al agua y tomaron posiciones a lo largo de la orilla o guardaron cola para cruzar el río en ferri. El tren panorámico se empezó a llenar, aunque este año los vagones abiertos no eran tan populares como los cerrados, que enseguida estuvieron ocupados. En los pabellones a ambas orillas del río, los chicos acababan de aparejar los botes. De los dieciséis botes que ese día había en el río, George Pocock había construido quince.

Un poco antes de las 16:00 horas, con una lluvia torrencial, los estudiantes de primero de Tom Bolles remaron río arriba hasta los botes de referencia y adoptaron la posición de salida, con Columbia a un lado y California al otro. Tom Bolles y Al Ulbrickson se subieron al vagón de la prensa junto a John Roosevelt, que de la noche a la mañana se había convertido en un seguidor entusiasta de los Huskies. Del ala del sombrero viejo y andrajoso que le traía suerte a Bolles, caían gotas de agua. Desde que en 1930 había empezado a llevarlo los días de regata, no había perdido ni una carrera.

En el agua el tiempo era todavía más duro que en tierra. Los botes quedaron alineados, sonó el pistoletazo de salida y la regata —y el intento de Washington de arrasar en el Hudson— empezó antes que nadie se diera cuenta. Royal Brougham, encorvado sobre un micrófono de la NBC, se puso a retransmitir la carrera. Los seguidores apostados a lo largo de la orilla miraban detenidamente a través de la cortina de lluvia y se esforzaban en distinguir un bote del otro.

Hubo regata en las primeras treinta paladas. Luego, cuando Don Hume en la popa, la mole de Gordy Adam en medio del bote y el tenaz Johnny White en el asiento número dos cogieron ritmo, los estudiantes de primero de Washington empezaron a adelantarse y, palada a palada, se fueron alejando de los demás, sin aparente esfuerzo.

A partir de media milla, la regata estaba prácticamente decidida. El resto del recorrido fue pan comido. En la última milla, el bote de Washington ampliaba su ventaja un poco más con cada palada. Durante los últimos cien metros, en el vagón de la prensa, Tom Bolles se puso nervioso, luego se entusiasmó y finalmente, según todas las crónicas, se puso «histérico», agitando el sombrero viejo y empapado en el aire mientras los estudiantes de primero —un equipo todavía mejor que el del año pasado, tal como llevaba meses diciendo— cruzó la línea de meta y derrotó a California por cuatro largos.

A la hora en que tenía que empezar la regata de segundos equipos, las 17:00, la lluvia había amainado un poco, y el aguacero había dado paso a chaparrones intermitentes, pero todavía hacía viento y el agua estaba encrespada. Al remar río arriba hacia la línea de salida, Joe, igual que sus compañeros de equipo, tenía muchas cosas en las que pensar. Este año Cal no había enviado un segundo equipo a Poughkeepsie, pero las universidades del este rebosaban potencia y talento. La Marina era una amenaza a la que tener muy en cuenta. Sin embargo, el mayor peligro se encontraba entre las bordas de su propio bote. A él y a los demás chicos, las derrotas a manos de los mayores les habían afectado a la seguridad en ellos mismos. Hacía semanas que todo el bote era objeto de incesantes cuestionamientos y humillaciones. Parecía que todo el mundo, desde Seattle hasta Nueva York, solo quería saber una cosa: ¿qué diablos les había pasado? Ni él ni nadie del bote sabían cómo empezar a responder esa pregunta. Lo único que sabían es que la facilidad con la que habían creído en ellos mismos tras la victoria en California hacía tiempo que se había evaporado y había dado paso a una mezcla de desesperación y ansiedad, así como a una fortísima determinación que rayaba en furia —un deseo absorbente de recuperar un poco de respetabilidad antes de que acabara la temporada—. Quietos en la línea de salida, a bordo del *City of Seattle*, que se balanceaba con las olas altas, a la espera del pistoletazo de salida, con el agua de la lluvia que les bajaba por el cuello y la espalda y les caía a gotas de la nariz, la cuestión de fondo era si tenían la madurez y la disciplina para centrarse en el bote, o si la furia, el miedo y la incertidumbre los desquiciarían. Se movían inquietos en los asientos e iban cambiando mínimamente la forma en que cogían los remos, el lugar donde cargaban el peso, ajustaban los ángulos, intentaban que los músculos no se les agarrotasen y se quedaran paralizados. Un viento incierto les azotaba la cara y les obligaba a entrecerrar los ojos.

Tras el pistoletazo, salieron lentos y quedaron detrás de los tres botes restantes: la Marina, Syracuse y Cornell. De hecho, durante media milla pareció que podían venirse abajo como equipo, tal como les había pasado tan a menudo últimamente. Entonces se notó algo, algo que hacía tiempo que no notaban. De algún modo, la determinación se impuso a la desesperación. Empezaron a dar paladas largas, hermosas y perfectamente sincronizadas, a un ritmo tranquilo de treinta y tres. Al final de la primera milla, dieron con el *swing* y tomaron la delantera. La Marina intentó disputársela, avanzando rápidamente mientras pasaban debajo del puente del ferrocarril en la baliza de dos millas, pero Wink Winslow pidió más. El ritmo subió un punto, a treinta y cuatro, y luego otro punto más hasta treinta y cinco. El bote de la Marina dudó y luego empezó a perder terreno.

Durante la restante milla y media, los estudiantes de segundo aguantaron el ritmo y remaron fabulosamente —con una línea perfecta, larga y elegante—, pasaron por debajo del puente de los coches y acabaron a una cómoda distancia de dos largos por delante de la Marina. En el puente estalló una traca para señalar su victoria. Sentado ante el micrófono de la radio, Royal Brougham se regocijó con el triunfo de sus preferidos. Declaró que, al final de la regata de tres millas, los estudiantes de segundo le había parecido que tenían el mismo aspecto que al final de la regata de dos millas del año anterior: como si pudieran continuar remando hasta la ciudad de Nueva York y verla sin llegar a sudar.

En el vagón de prensa del tren panorámico, Al Ulbrickson observaba en silencio. Siguió así, completamente impasible, mientras el tren se puso a cambiar de sentido y dio marcha atrás durante cuatro millas río arriba para el comienzo de la regata de primeros equipos. Interiormente solo podía estar agitado. Estaba a un paso de hacer lo que ningún entrenador había hecho hasta entonces: ganar las tres regatas de Poughkeepsie en botes de ocho asientos, cumplir su promesa a la gente de Seattle y volver a casa con posibilidades claras de ir a Berlín.

Al acercarse las seis y el comienzo de la regata culminante, el tiempo mejoró un poco más, aunque siguió lloviendo suave e intermitentemente.

Más gente abandonó los bares y los vestíbulos de los hoteles de Poughkeepsie y se abrió camino hasta el río. Lloviera o no, nadie de la ciudad quería dejar de ver qué tipo de equipo había conseguido Ulbrickson, que pudiera desplazar a sus talentosos estudiantes de segundo.

Siete primeros equipos remaron hasta la línea de salida para competir por el título nacional entre una leve bruma fantasmagórica. A California le había tocado el carril más favorable, el número uno, el más cercano a la orilla occidental del río, donde era menos probable que la corriente afectara al bote. Washington estaba justo al lado, en el carril número dos. La Marina, Syracuse, Cornell, Columbia y Pennsylvania se extendían a lo ancho del río en los carriles tres a siete.

El juez gritó: «¿Listos?» y, uno por uno, los timoneles dieron algunas órdenes de última hora a sus equipos y luego levantaron la mano. Sonó el pistoletazo. Los siete botes salieron de la línea juntos, tambaleándose. Coincidiendo palada a palada, siguieron formando un conjunto compacto durante los primeros cien metros. Entonces Washington se adelantó poco a poco y consiguió una ligera ventaja de algo más de un metro. Desde la popa del *Tamanawas*, un bote recién construido, Bobby Moch ordenó al equipo que mantuviera el ritmo. Le alegró comprobar que podían conservar el liderazgo remando a treinta y dos paladas por minuto. En la media milla, Washington seguía a la cabeza a la misma distancia, con Syracuse pisándole los talones y la Marina a su izquierda, un metro detrás de Syracuse. Cornell y California estaban muy rezagadas.

En la siguiente media milla, Cornell se destacó poco a poco por la izquierda y se asentó en la tercera posición. Washington, por su parte, amplió la ventaja sobre Syracuse. Cal seguía última. En su vagón del tren panorámico, Ky Ebright estaba preocupado. Se inclinó hacia delante con unos binoculares y observó detenidamente los botes. No pensaba que sus chicos estuvieran lo suficientemente cerca para recuperar terreno más adelante. En la milla y media, Washington estaba muy adelantada, ya en aguas abiertas, y ampliaba su ventaja. En el vagón de prensa, los periodistas de Seattle y los seguidores de Washington se pusieron a animar, guiados por nada menos que John Roosevelt, que empezó a cantar: «Vamos, Washington. Vamos…». Los seguidores de los muelles y de los barcos de Poughkeepsie se dedicaron a hacer variaciones del mismo cántico al empezar a ver los botes río arriba. Parecía que un gran número de ellos quería ver algo histórico en lo que presenciaba —ese huidizo arrasar en el Hudson—, aunque fuera un equipo del oeste el que consiguiera la hazaña. Al cruzar la baliza de dos millas y media, Washington seguía a la cabeza, aunque su ventaja se había reducido a unos tres metros. Al Ulbrickson lo contemplaba atentamente desde su asiento en el vagón de prensa, entre los cánticos de los seguidores. Todavía faltaba una milla y media para conseguir lo que deseaba con todas sus fuerzas; eso lo tenía muy presente. Y veía que finalmente California y Cornell empezaban a acercarse a ambos lados del bote de Washington. La Marina y Syracuse se vinieron abajo. La cosa estaba entre Washington, Cornell y California.

Centímetro a centímetro, los otros dos botes empezaron a acortar distancias con Washington. Bobby Moch guiaba desde la popa del *Tamanawas* como si fuera un jinete, inclinado hacia la lluvia, animando al bote a seguir adelante, pidiendo a gritos diez de las grandes, que subieran el ritmo de palada y después que lo subieran todavía un poco más. En medio del bote, el corpulento Jim McMillin daba paladas enormes, potentes y fluidas. Delante, en el asiento número dos, Chuck Day intentaba afinar el movimiento y mantener el bote en un perfecto equilibrio palada tras palada, aun cuando Moch seguía pidiendo más. Sin embargo, los chicos se iban quedando sin energía, y California y Cornell no dejaban de acercarse. Cuando los tres botes pasaron debajo del puente del ferrocarril en la tercera milla, Cornell adelantó la proa. Luego Cal lo igualó. Lentamente, de forma exasperantemente lenta, Washington quedó en tercer lugar. En la última milla, Cal y Cornell batallaron codo con codo, tan cerca entre ellos que nadie sabía decir quién iba por delante en un momento dado. No obstante, todo el mundo podía ver que Washington había quedado dos largos detrás.

Al cruzar la meta Cornell y California, se hizo el caos. En el puente de los coches, Mike Bogo, un tabernero de Poughkeepsie que pesaba unos ciento treinta kilos y era el encargado de hacer estallar los explosivos que indicaban el número de carril del ganador, detonó cinco bombas correspondientes a Cornell. Los seguidores de Cal, indignados, pusieron el grito en el cielo. Los seguidores de Cornell subieron a toda prisa la colina hasta el principal corredor de apuestas de la ciudad y pidieron las ganancias, que se les abonaron. Al cabo de unos minutos anunciaron los resultados oficiales: Ky Ebright y California habían ganado su tercer título nacional consecutivo en la categoría de primeros equipos por un tercio de segundo. Los seguidores de California subieron a toda prisa la colina y pidieron sus ganancias al mismo corredor de apuestas, que pagó de nuevo. Ahora debía treinta mil dólares y pronto tuvo que dejar el negocio. Mike Bogo, abatido, comentó más adelante: «Me da igual quién gane. A mí lo que me gusta es hacer estallar las bombas».

Cal no solo había ganado, sino que lo había hecho en un tiempo récord de 18:52, a pesar del fuerte viento de través y las aguas encrespadas. El único equipo que había conseguido un mejor tiempo era el propio equipo de Ebright, el que se colgó la medalla de oro en los Juegos Olímpicos de 1928.

Al Ulbrickson nunca dejaba entrever la más mínima emoción. Antes de abandonar el vagón de prensa, felicitó como es debido a Ky Ebright y luego sorteó animosamente el aluvión de preguntas dirigidas a él. Royal Brougham disparó la primera y quizá la más mortífera: ¿había cometido un error mayúsculo al bajar de categoría a los estudiantes de segundo? «¡No, señor!», respondió tajante. «Los estudiantes de segundo han remado de maravilla, pero jamás hubieran terminado terceros en la competición de primeros equipos. Ha sido una de las regatas más rápidas en toda la historia del remo... No teníamos la potencia ni el peso para ganar a esos tipos». Sin embargo, el día después, Brougham señaló de nuevo en su columna que «esos tremendos estudiantes de segundo» parecían frescos como una rosa al completar las tres millas, mientras que no se podía decir lo mismo del primer equipo.

En cuanto a Ulbrickson, tenía que enfrentarse a un hecho fundamental y sombrío: había vuelto a ser incapaz de cumplir sus promesas públicas. No estaba claro que se le fuera a conceder otra oportunidad.

El 21 de junio el *Post-Intelligencer* publicó un gran titular en la sección de deportes: «Ofrecen 10.000 $ por Tom Bolles». La noticia que lo acompañaba afirmaba que una universidad del este cuyo nombre no se especificaba había abordado a Bolles horas después de la regata de los estudiantes de primero. El sueldo —164.000 dólares actuales— era mucho más de lo que Washington podía pagar, tal como enseguida dejaron claro los responsables de la universidad. Esa tarde Bolles negó que lo hubieran abordado, pero probablemente porque ya había rechazado la oferta. En la calle corría el rumor de que, en lugar de marcharse al este, Bolles sustituiría a Ulbrickson en Seattle. Bolles estaba cursando un posgrado de historia y parecía improbable que quisiera dejar la universidad hasta que lo acabara. Sea como fuere, era evidente que la situación de los entrenadores en Washington era súbitamente incierta, y que mientras la estrella de Bolles había subido repentinamente, la de Ulbrickson había caído con la misma brusquedad. El 23 de junio, Royal Brougham aconsejó a sus lectores que no hicieran caso de los rumores y añadió que sabía de buena tinta que Bolles le había prometido a Ulbrickson que no aceptaría el puesto de Washington a no ser que Ulbrickson se fuera primero a otros lares. Sin embargo, nadie fuera de la administración de la universidad, Ulbrickson incluido, estaba realmente seguro de qué pasaba. En cualquier caso, Ulbrickson sí estaba seguro de una cosa: pensaba que había trabajado demasiado duro y había llevado el programa de remo demasiado lejos como para que se deshicieran de él sin contemplaciones. «No esperaré a que me echen», le confesó a un amigo. «Antes lo dejo yo».

El pueblo de Grand Coulee, con B Street a la derecha

CAPÍTULO XI

«Y el remero, cuando se forma intelectualmente
en la universidad y físicamente está en forma,
también siente algo... Creo que los remeros saben de qué
hablo. Se vuelven de una determinada manera.
He visto a remeros... De hecho, vi a un hombre que era tan
dinámico, estaba tan en forma y era tan listo,
que lo vi intentando subir por una pared. ¿No es ridículo?
Pero así de bien se sentía: quería subir por la pared».

GEORGE YEOMAN POCOCK

El viejo Franklin de Joe se ahogaba, carraspeaba y resollaba al subir por la empinada cuesta del puerto de Blewett, en lo alto de la cordillera de las Cascadas. Todavía había nieve en las partes sombrías de las cimas más altas, y el aire era fresco, pero el Franklin tenía tendencia a sobrecalentarse en cuestas empinadas. Joe se alegró de que se hubiera acordado de colgar frente al radiador una bolsa de lona llena de agua por la mañana, cuando tiró el banjo y la ropa en el asiento de atrás, se despidió de Joyce para el resto del verano y salió de Seattle en coche, rumbo al este, en busca de trabajo.

Joe superó el puerto de montaña y empezó a bajar a través de bosques secos de pinos ponderosa hacia la huerta de manzanas y cerezas de Wenatchee, donde las urracas blanquinegras echaban a volar entre cerezos en busca del botín maduro y rojo. Atravesó un puente estrecho de acero sobre el río Columbia y salió del cañón hacia los campos de trigo suavemente ondulantes de la meseta del río. Condujo hacia el este kilómetros y más kilómetros por una carretera que se extendía en una interminable línea recta y se ondulaba por encima de los campos de trigo de un verde jade.

Luego giró hacia el norte y bajó hacia los *scablands* de Washington, un paisaje torturado al que dieron forma una serie de cataclismos hace entre doce y quince mil años. Al final de la última glaciación, una presa de hielo de seiscientos metros de alto que contenía un lago enorme en Montana —al que más adelante los geólogos llamarían *lago Missoula*— cedió no una, sino varias veces, lo que dio lugar a una serie de inundaciones de un alcance y una virulencia inimaginables. En la más importante, en un lapso aproximado de cuarenta y ocho horas, 220 kilómetros cúbicos de agua arrollaron buena parte de lo que hoy es el norte de Idaho, el este de Washington y el extremo norte de Oregon, una corriente diez veces superior a la de todos los ríos del mundo juntos. Una enorme pared de agua, barro y rocas —en algunos lugares, superior a los trescientos metros de altura— estalló sobre el campo y corrió con gran estruendo hacia el Pacífico a velocidades que alcanzaron los 160 kilómetros por hora, con lo que aplanó montañas enteras, se llevó millones de toneladas de la capa superficial del suelo y abrió cicatrices profundas, a las que en inglés se llama *coulees*, en el lecho de roca subyacente.

Al descender hacia la mayor de estas excavaciones, el Grand Coulee, descubrió un mundo que, en muchos sentidos, era extraño y, sin embargo, poderosamente hermoso, un mundo de rocas quebradas, artemisas plateadas, hierbas del desierto aquí y allá, arena llevada por el viento y pinos atrofiados. Bajo un cielo azul pálido, Joe conducía bordeando la base de unos acantilados altos, enteramente compuestos de basalto. Algunas liebres del tamaño de perros pequeños atravesaban la carretera con torpeza. Entre las artemisas se escabullían coyotes escuálidos. Lo veían pasar búhos cavadores de cara inexpresiva que estaban encaramados en los postes de las cercas y no pestañeaban. Las inquietas ardillas merodeaban por las rocas resquebrajadas, y ora buscaban serpientes de cascabel en las artemisas de debajo, ora ladeaban la cabeza para vigilar a los halcones que volaban en círculo. Por el terreno del *coulee* bailaban remolinos de polvo. Soplaba un viento fuerte, seco e incesante en todos los ochenta kilómetros de longitud del *coulee*, un viento perfumado de salvia y del olor penetrante y mineral de las rocas quebradas.

Joe subió en coche por el *coulee* hasta la destartalada población de Grand Coulee, encaramada justo encima del río Columbia en el lugar donde el Gobierno de Estados Unidos se había comprometido hacía poco a construir una presa tan enorme que, una vez terminada, sería la estructura de albañilería más grande desde la Gran Pirámide de Guiza, más de cuatro mil años atrás. Joe se abrió camino por una carretera de grava que bajaba abruptamente al río, atravesó la gran extensión de agua verde por un puente de acero y aparcó enfrente del edificio del Instituto Nacional de Reempleo.

Al cabo de treinta minutos, salió de la oficina con un trabajo. Le dijeron que la mayoría de trabajos que quedaban por cubrir en las obras de la presa eran para trabajadores no cualificados y se pagaban a cincuenta centavos la hora. Sin embargo, al leer el formulario de solicitud, Joe se dio cuenta de que, para ciertos trabajos, había niveles salariales más altos, especialmente para los hombres cuyo trabajo consistía en colgarse con arneses de las paredes de los acantilados y aporrear la piedra dura con un martillo neumático. El trabajo con el martillo neumático se pagaba a setenta y cinco centavos la hora, así que Joe marcó esa casilla y entró en la sala de auscultación para que lo reconocieran. Trabajar con un martillo neumático en esas condiciones exigía una parte superior del cuerpo suficientemente fuerte como para encajar el agotador retroceso de la máquina, piernas suficientemente fuertes como para mantener todo el día el cuerpo apartado de la pared del acantilado, suficiente gracia de movimientos y condición física para trepar por los acantilados y esquivar las piedras que caían de arriba, y suficiente seguridad en uno mismo para saltar por el borde del acantilado. Al quedarse en *shorts* y decirle al médico que remaba en la universidad, el trabajo fue suyo.

Ahora, en el largo y persistente crepúsculo de una tarde de finales de junio en el noroeste, Joe se sentó en el capó del Franklin, enfrente de la oficina, y observó la configuración del paisaje que tenía delante. Por el cañón y un poco más río arriba, encaramada a un banco de grava de la orilla oeste, estaba la parte de la ciudad construida por el Gobierno, que el funcionario le había dicho a Joe que se llamaba Engineer City, donde se alojaba el personal técnico y supervisor. Las casas de ese barrio eran modestas pero dignas, y tenían parcelas de césped nuevo cuyo verde parecía extraño, rodeado de un entorno uniformemente marrón. Río arriba una pasarela estrecha se extendía cuatrocientos cincuenta metros por encima del río y se balanceaba ligeramente, como una telaraña con la brisa de la tarde. Junto a la pasarela había un puente más sólido, construido más cerca del agua, que incorporaba una enorme cinta transportadora que, al parecer, llevaba montones de piedras y grava de una orilla del río a la otra. En la orilla oeste del río estaban construyendo un gran compartimento estanco hecho de planchas de acero para desviar el agua de la base de los acantilados. La zona de detrás del compartimento estanco era un hormiguero de hombres y máquinas, y cada uno levantaba una nube de polvo.

Había excavadoras de vapor y eléctricas que lidiaban con montones de rocas sueltas; apisonadoras que empujaban la tierra y las piedras de un lugar a otro; orugas diésel que iban de aquí para allá y excavaban terrazas; enormes camiones de volcar Mack AP de alta capacidad que subían trabajosamente carreteras llenas de baches, por las que se salía del cañón y que transportaban rocas del tamaño de un automóvil; tractores de carga frontal que recogían más rocas y las soltaban en camiones de vuelco lateral que las llevaban a cintas transportadoras; grúas altas que movían planchas de acero por encima del agua, donde los martinetes que había en las barcazas soltaban bocanadas de humo y las aproximaban al lecho del río. En la base de los acantilados, cientos de hombres provistos de mazos y palancas trepaban encima de montones de rocas caídas y las preparaban para los tractores de carga frontal. En los acantilados mismos, unos cuantos hombres que colgaban de cuerdas se desplazaban de un lado a otro como arañas negras. Al observarlos, Joe vio que perforaban agujeros en las paredes de la roca con martillos neumáticos. Se oyó un silbido largo y agudo, y los hombres de los martillos neumáticos se dirigieron a toda prisa a lo alto de sus carriles. Los hombres de los picos y las palancas se alejaron corriendo de la base de los acantilados. El ruido profundo, hueco y sobrecogedor de una explosión retumbó por todo el cañón y reverberó contra las paredes de roca, mientras columnas de polvo blanco salían disparadas de la pared de los acantilados del oeste, y una ducha de piedras y rocas caía sobre los montones que había debajo.

Joe lo miraba todo completamente fascinado y con bastante aprensión. No estaba seguro de dónde se estaba metiendo, pero tenía claro que iba a averiguarlo. En el largo y ondulante viaje a través de los campos de trigo de la meseta, había tenido mucho tiempo para pensar dónde estaba y adónde iba.

Ante todo, la respuesta a cuál era su situación era que volvía a estar sin un centavo y más que ligeramente desanimado. No solo por el eterno problema de encontrar dinero, sino por el remo en general. El año lo había afectado emocionalmente. Al bajar de categoría, subir y volver a bajar, había empezado a pensar en sí mismo como una especie de yoyó en manos de los entrenadores, o de las Parcas, no lo sabía exactamente: ahora para arriba, ahora para abajo. La sensación que el remo le daba de perseguir un objetivo llevaba aparejado el peligro constante de fracasar y perder de esa manera el valioso pero frágil orgullo que sus primeros éxitos le habían proporcionado.

Y, sin embargo, la idea del oro olímpico había empezado a abrirse camino en su mente. Una medalla era algo real y tangible. Algo que nadie podría negar ni quitarle. Le sorprendió todo lo que había empezado a significar para él. Pensó que quizá tenía algo que ver con Thula. O con su padre. Desde luego con Joyce algo tenía que ver. En cualquier caso, cada vez tenía más la sensación de que tenía que lograr ir a Berlín. Sin embargo, ir a Berlín dependía de formar parte del primer equipo. Formar parte del primer equipo dependía, en primer lugar, de pagar la matrícula de otro curso en la universidad. Y pagar la universidad dependía de ponerse un arnés y bajar de buena mañana por el borde de un acantilado.

Ese mismo día, Al Ulbrickson volvía a lamerse las heridas. Antes de dejar Poughkeepsie, había aceptado reunirse en Long Beach (California) con Cal, Pennsylvania, Syracuse, Wisconsin y UCLA para una regata excepcional de primeros equipos con un recorrido de dos mil metros.

Dos mil metros era la distancia olímpica y, después de Poughkeepsie, la prensa nacional volvió a afirmar que ahora era prácticamente seguro que el primer equipo de California representaría a Estados Unidos en Berlín en 1936. Ulbrickson estaba empeñado en demostrar que se equivocaban. Sabía perfectamente que una regata de dos mil metros era algo completamente distinto del enorme esfuerzo de remar cuatro millas en Poughkeepsie. Tener un equipo capaz de dominar ambas distancias era un reto dificilísimo. En teoría, un equipo bien entrenado debía hacer las mismas cosas básicas en ambas distancias: lograr una buena salida para cobrar velocidad, aflojar todo lo que se pudiera para guardar energía para el final, sin dejar nunca de mantenerse a una distancia peligrosa, y luego darlo todo en un *sprint* hasta la línea de meta. La diferencia estribaba en que en una regata de dos mil metros todo iba mucho más rápido y era más duro. El nivel de velocidad conseguido al principio era más importante, decidir dónde colocarse a mitad de competición era más difícil y crítico, e inevitablemente el *sprint* final era más desesperado. Si bien todas las distancias exigían mucho músculo, la regata de dos mil metros también exigía pensar a la velocidad del rayo. Y ahí es donde Ulbrickson creía que contaba con una ventaja en la distancia corta: tenía a Bobby Moch en el asiento del timonel.

Ganar a California en esa distancia le daría a Ulbrickson una oportunidad de salvación inmediata, una ocasión de cambiar las quinielas dominantes sobre los próximos Juegos Olímpicos y, si los rumores que corrían por Seattle eran ciertos, una manera de conservar su puesto de trabajo.

Algo más de seis mil seguidores abarrotaban el Estadio Marino de Long Beach el día de la regata, sentados en tribunas descubiertas o de pie en la arena a lo largo de ambas orillas del recorrido de agua salada recto como una flecha, detrás de los cuales se erguía un bosque de torres de perforación de petróleo. Del Pacífico entraba una ligera brisa perpendicular al recorrido. En el ambiente se respiraba un leve y acre olor a petróleo.

Washington y California tomaron la delantera tras la salida. Los dos botes cogieron ritmo y remaron en modo de *sprint*, e hicieron buena parte del recorrido como si estuvieran pegados. Cuando quedaban doscientos metros, California le sacó unos centímetros a Washington. Cuando faltaban cien metros, ampliaron la ventaja a un cuarto de largo. De repente, Bobby Moch le gritó algo a su equipo. Últimamente había añadido un nuevo cántico a sus órdenes, «FERA», que anotó en su álbum y junto al que escribió «obsceno, se refiere a Ebright». Quizá fue lo que gritó ahora. Nunca lo dijo. Fuera lo que fuese, tuvo su efecto. En los últimos cincuenta metros, el bote de Washington volvió a coger impulso y se acercó rápidamente a California.

Sin embargo, no fue suficiente. Los Bears de California de Ky Ebright cruzaron la línea de meta con un fabuloso tiempo de 6:15,6: medio segundo por delante de Washington. En lugar de encontrar la salvación, Al Ulbrickson volvió a casa con otra derrota. Era muy posible que fuera la última.

El trabajo con el martillo neumático era muy duro, pero a Joe le acabó gustando. Se pasaba ocho horas al día colgado de una cuerda en medio del calor asfixiante del cañón, dándole a la pared de roca que tenía delante. El martillo neumático pesaba treinta y cuatro kilos y parecía que tuviera vida y voluntad propias: siempre retrocedía, intentaba zafarse de las manos de Joe mientras él intentaba empujarlo contra las rocas. El *choc-choc-choc* continuo y como de metralleta de la máquina de Joe y de las de los hombres que lo rodeaban era ensordecedor. A su alrededor se arremolinaba el polvo de la roca, arenoso e irritante, que le entraba en los ojos, la boca y la nariz. Saltaban esquirlas y fragmentos de roca puntiagudos y le picaban en la cara. El sudor le bajaba por la espalda y caía en el vacío que había debajo.

Había que desprender unos pocos cientos de metros de piedra suelta —la *sobrecarga*, como la llamaban los ingenieros— de la pared de los acantilados para llegar al lecho de granito más antiguo sobre el que se construirían los cimientos de la presa. Luego había que darle forma al granito mismo para que encajara con el contorno de la futura presa. Era un trabajo duro. Tan duro que cada día desaparecían aproximadamente seiscientos metros de acero de las puntas de todos los martillos y taladradoras neumáticas que se utilizaban en el cañón.

Sin embargo, a pesar de su dureza, el trabajo tenía muchas cosas que a Joe ya le parecían bien. Ese verano aprendió a trabajar estrechamente con los hombres que colgaban a su derecha y a su izquierda, todos atentos a las piedras que caían de arriba, pendientes de avisar a los de abajo y de buscar puntos de la roca en los que pudiera haber filones. A Joe le gustaba la camaradería sin complicaciones, la masculinidad sencilla y absoluta. La mayoría de días trabajaba sin camiseta ni sombrero. Pronto se le broncearon los músculos y el pelo se le volvió más rubio bajo el sol ardiente del desierto. Acababa el día agotado, muerto de sed y con un hambre canina. Pero también se sentía purificado por el trabajo, igual que a veces después de un entreno duro en el lago Washington. Se sentía ágil y flexible, lleno de juventud y de garbo.

Tres veces al día, y a veces cuatro los fines de semana, comía en el comedor de la empresa, grande y hecho de tablas de madera blancas, en Mason City, la ciudad levantada a toda prisa que administraba MWAK, el consorcio de empresas que construían la presa. Sentado codo con codo con hombres dispuestos por filas en mesas largas y apretadas entre sí, Joe comía como lo había hecho en su infancia en la mina Gold and Ruby: con la cabeza gacha, atacaba montañas de comida servida en vajillas baratas. La comida no era nada del otro mundo, pero las raciones eran prodigiosas. Cada mañana los treinta hombres que trabajaban en la cocina preparaban trescientas docenas de huevos, dos mil quinientas tortitas, doscientos treinta kilos de panceta y salchicha, y setecientos litros de café. Para la comida manejaban trescientas barras de pan de medio metro, quinientos ochenta litros de leche y mil doscientas copas de helado. Para la cena emplataban seiscientos ochenta kilos de carne roja —excepto los domingos, cuando servían quinientos cuarenta kilos de pollo— y trescientas treinta empanadas. Joe siempre dejaba el plato limpio, el suyo y el de quien tuviera a mano.

Cada noche Joe subía la colina hasta un lugar llamado Shack Town, donde había encontrado una habitación barata en un largo y destartalado edificio con aspecto de nave, que servía para alojar a hombres solteros. Aferrado a las laderas rocosas y los llanos polvorientos de encima de las obras, Shack Town no era mucho mejor que una versión seca y polvorienta de Hooverville, en los muelles de Seattle. La mayoría de edificios estaban hechos de madera basta, algunos de poco más que tela asfáltica clavada sobre un armazón de madera. Como la mayoría de casuchas, la de Joe no tenía instalación de agua y su habitación solo disponía de la electricidad suficiente para una bombilla en el techo y un hornillo en un estante. La media docena de calles de grava de Shack Town contaban con duchas comunitarias, pero Joe pronto se dio cuenta de que, por muchas ganas que tuviera de desprenderse del polvo de roca, ducharse era una experiencia que distaba de ser cómoda. En las vigas de encima de las duchas acechaba una auténtica plaga de arañas viuda negra, y tenían tendencia a caer encima de los hombres desnudos cuando le daban al agua y ellas notaban el vapor que subía. Después de ver cómo algunos de sus vecinos salían desnudos de las duchas, gritando y dándose golpes, a Joe finalmente le dio por llevar una escoba en la ducha cada tarde para limpiar las vigas de intrusos de ocho patas antes de darle al agua.

Durante las primeras dos semanas, Joe se quedaba casi siempre solo después del trabajo y la cena, sentado en la oscuridad de la casucha, tocando el banjo, moviendo los dedos largos y delgados arriba y abajo del cuello del instrumento, y cantando bajito para sí mismo. Algunas noches se sentaba bajo la bombilla y le escribía largas cartas a Joyce. A veces salía después de que anocheciera, se sentaba en una roca y contemplaba el cañón en toda su espectacularidad. Buena parte de las obras estaba iluminada con focos, y en la inmensa oscuridad que las rodeaba la sensación era de ensueño. La escena que se veía abajo parecía desplegarse como un amplio diorama dentro de una caja iluminada. Había nubes de polvo flotando bajo los focos igual que flota la niebla bajo las farolas. Al moverse por el terreno desigual, los faros amarillos y las luces traseras rojas de los camiones y del equipamiento pesado entraban y salían de entre las sombras. Los sopletes de soldar de los hombres que trabajaban en el compartimento estanco de acero se encendían y se apagaban, de un vivo color naranja y azul eléctrico. Las hileras de luces blancas parpadeantes dibujaban los contornos de los puentes colgantes que cruzaban el río. El río mismo era negro, invisible debajo de los puentes.

Cuando llevaba dos semanas trabajando en Grand Coulee, Joe se dio cuenta de que entre la multitud de estudiantes de universidad que habían coincidido en Grand Coulee en busca de un trabajo de verano había dos que eran del pabellón de los botes de Washington. No los conocía demasiado, pero eso iba a cambiar enseguida.

Johnny White era el número dos en el extraordinario bote de estudiantes de primero de Tom Bolles de ese año. Aunque medía tres centímetros menos que Joe y era de complexión más delgada, tenía un buen físico y llamaba la atención, con los rasgos finos y simétricos, los miembros elegantemente proporcionados, y una cara despejada y llena de entusiasmo. Tenía una mirada cálida y afable, y una sonrisa radiante. Si alguien hubiera buscado un modelo que representara al chico típicamente estadounidense, Johnny hubiese dado el pego. También era un chaval muy majo y casi tan pobre como Joe Rantz.

Se crio en la parte sur de Seattle, en la orilla oeste del lago Washington, al sur de Seward Park. Las cosas fueron bien hasta 1929. Pero con el crac financiero, el negocio de su padre —exportar chatarra de acero a Asia— prácticamente desapareció. John White Senior dejó la oficina en el edificio Alaska del centro y montó un despacho en el piso de arriba de la casa a orillas del lago. Durante los siguientes años, estuvo ahí sentado, día tras día, mirando el lago, oyendo el tictac del reloj, esperando que sonara el teléfono y que se concretara algún pedido. Nunca ocurrió.

Finalmente, un día se levantó de la silla, bajó a la orilla del lago y se puso a plantar un huerto. Tenía que alimentar a sus hijos y no le quedaba dinero, pero podía cultivar algo. No tardó en tener el mejor huerto del barrio. En la tierra negra y fértil que bordeaba el lago, cultivó tallos de maíz tierno que crecieron mucho, y tomates grandes y suculentos, dos hortalizas que siempre se les han resistido a los hortelanos de Seattle. Cultivó frambuesas de Logan y cogió manzanas y peras de los árboles viejos de la finca. Crio gallinas. La madre de Johnny, Maimie, cambiaba los huevos por otros productos, enlataba los tomates y hacía vino de las frambuesas de Logan. Cultivaba peonias en otro huerto que había a un lado de la casa y las vendía a un florista de Seattle. Se fue a un molino de harina a buscar costales, los puso en lejía e hizo paños de cocina que vendía por la ciudad. Una vez por semana compraba carne asada y la servía el domingo para cenar. El resto de la semana comían sobras. Después, en 1934, la ciudad decidió abrir una playa en la costa frente a la casa y el huerto de los White a orillas del lago quedó condenado.

El padre de Johnny tenía una pasión, el remo, que relegaba a un segundo plano al resto de sus aficiones y le daba ánimos en esos años difíciles. Antes de mudarse a Seattle, fue un remero de primer nivel en el prestigioso Club Atlético Pennsylvania de Filadelfia. Se llevó el bote a Seattle y ahora pasaba mucho tiempo remando solo en el lago Washington, de aquí para allá por delante de su casa, la playa y lo que había sido su huerto, sobreponiéndose a la frustración.

Johnny era la niña de sus ojos, y su gran deseo era que su hijo se convirtiera en remero. Por su parte, el gran deseo de Johnny era estar a la altura de las expectativas de su padre, a menudo muy exigentes, fueran cuales fueren. Y hasta entonces Johnny no lo había decepcionado. Era extraordinariamente inteligente, ambicioso y se había graduado en el Franklin High School a los dieciséis, dos años antes.

Eso dio lugar a un pequeño problema. Era demasiado joven y poco desarrollado para remar en la universidad, la única posibilidad de remar que había en la ciudad. Así que, de mutuo acuerdo con su padre, Johnny se fue a trabajar, tanto para ahorrar lo suficiente para la universidad como para, igual de importante, fortalecer los músculos y remar con los mejores cuando llegara a la universidad. Escogió el trabajo más difícil y físicamente más exigente que pudo encontrar: lidiar con vigas de acero y equipamiento pesado en un astillero del puerto de Seattle y luego apilar madera y mover a pulso enormes troncos de abeto y de cedro con un chuzo en un aserradero cercano. Al llegar a la universidad, al cabo de dos años, tenía suficiente dinero para costearse un par de cursos universitarios y suficientes músculos para destacar enseguida como uno de los más prometedores estudiantes de primero de Tom Bolles. Ahora, en verano de 1935, llegó a Grand Coulee a por más: más dinero y más músculos.

El otro chico de Washington que se presentó en Grand Coulee ese verano se llamaba Chuck Day. Igual que Johnny White, era un número dos, puro músculo, de espaldas anchas, pero un poco más ligero que los chicos que estaban en medio del bote. Tenía el pelo castaño y la cara cuadrada, con la mandíbula fuerte y ancha. En un momento podía pasar de tener una expresión alegre en la mirada a relampaguear de furia. La sensación general que transmitía era ligeramente agresiva. Llevaba gafas, pero no dejaba de tener un aspecto duro. Y casi siempre llevaba un Camel o un Lucky Strike colgándole del labio, excepto cuando Al Ulbrickson andaba cerca. En cualquier momento había tantas posibilidades de que estuviera alegre como de mal genio. Le encantaba gastar bromas y montar barullo, y siempre parecía que tenía una gracieta lista. El año anterior había sido rival de Joe en el bote del segundo equipo, aquel que se convirtió en primero. En buena parte por eso, Joe y él apenas habían intercambiado dos palabras seguidas que no fueran palabrotas.

Norteamericano de origen irlandés por los cuatro costados, Day se crio justo al norte del campus de Washington, en la zona donde estaban las asociaciones estudiantiles. Su padre era un dentista de prestigio, de modo que su familia se libró de las peores consecuencias de la Depresión y vivió de manera bastante desahogada, ya que los dientes tienden a cariarse independientemente de los ciclos económicos. A primera vista, a Joe no le parecía que tuviera sentido que un chaval como Day trabajara en un lugar tan sucio y peligroso como el *coulee*.

En realidad, tal como Joe no tardaría en descubrir, no había otro lugar en el que Chuck Day tuviera más posibilidades de estar ese verano que en Grand Coulee. Había que entender su forma de ser: era un competidor feroz. Si se le planteaba un reto, se dejaba la piel. Y no sabía qué significaba rendirse. Si había que construir una presa en un río, por Dios que le dejaran pasar y le dejaran hacer.

Joe, Johnny y Chuck forjaron una alianza fluida y cómoda. Sin mediar palabra, dejaron de lado las rivalidades del pabellón de los botes, se olvidaron de los insultos del curso pasado y perdieron de vista la competición que todos sabían que tenían por delante el curso próximo.

El Grand Coulee era distinto de cualquier sitio en el que ninguno de ellos hubiera estado. El trabajo era durísimo, el sol de justicia, la suciedad y el estruendo incesante eran casi insoportables; pero el espacio era enorme, el paisaje asombroso y la gente eficaz y fascinante. Parecía que ese verano todos los tipos y variedades de la humanidad se hubieran dado cita en el *coulee*, y los más coloridos se habían instalado en Shack Town. Mezclados con todos los estudiantes de universidad, los chicos de campo y los leñadores sin trabajo, había mineros entrecanos procedentes de todo el oeste. Había filipinos, chinos, galeses, isleños del Pacífico Sur, afroamericanos, mexicanos e indios americanos, la mayoría de estos últimos de la cercana reserva Colville. No todos los habitantes de Shack Town trabajaban en la presa. Muchos vivían ahí para proporcionarles varios servicios a los hombres que sí lo hacían: lavarles la ropa, cocinarles la comida en los comedores, venderles artículos diversos o tirarles la basura. Y también había mujeres, aunque casi todas ejercían la misma profesión.

Un poco más arriba de la calle mayor de Grand Coulee, estaba B Street, un tramo de tres manzanas de tierra y grava que a cada lado tenía edificios levantados a toda prisa y que contenían todas las distracciones que pudiera imaginar un joven: salas de juego, bares, billares, burdeles, hoteles de mala muerte y salones de baile. Durante el día, cuando los hombres trabajaban en las obras de la presa, B Street dormitaba. Los perros se dejaban caer en medio de la calle para echarse una siesta. De vez en cuando un coche que venía del centro chisporroteaba hacia la colina y esquivaba los perros durmientes antes de aparcar delante del Dentista Genial y Sin Igual, el conductor se apeaba y caminaba nerviosamente hacia la consulta. Del Red Rooster o de Gracie's Model Rooms salían cada tanto atractivas jóvenes y cruzaban la calle para comprar algo en Blanche's Dress Shop o hacerse la permanente en La James Beauty Shop. Harry Wong, el cocinero del Woo Dip Kitchen, solía aparecer a primera hora de la tarde trajinando cajas de verduras al restaurante, que cerraba y no volvía a abrir hasta que empezaba el servicio.

Sin embargo, por la noche —especialmente las noches de viernes y sábado, después de que los hombres guardaran cola para cobrar en la oficina de MWAK— B Street florecía. En los bares y salones de baile sonaba música *jazz* y *country*. Los hombres se agolpaban en restaurantes iluminados con lámparas de queroseno parpadeantes, y se sentaban a comer bistecs baratos y a beber cerveza sin gas en mesas que no eran más que tablas de pino que descansaban sobre dos caballetes. Las profesionales, las *yuju* en el hablar de la ciudad, se asomaban por las ventanas de los pisos de arriba de los hoteles baratos, salones de baile e incluso del edificio de los bomberos, y llamaban a los hombres que pasaban por la calle. Otras esperaban en las habitaciones superiores de burdeles conocidos como el Red Rooster y Gracie's, mientras en la calle chulos vestidos con trajes baratos intentaban atraer a los clientes. Los fulleros se entretenían en mesas de fieltro verde en cuartos traseros, fumando puros a la espera de víctimas. En el Grand Coulee Club y el Silver Dollar, pequeñas orquestas tocaban canciones de baile para las bailarinas profesionales. Por diez centavos, un tipo solitario podía bailar una canción con una mujer guapa. A medida que avanzaba la noche y corría el alcohol, la orquesta tocaba cada vez más rápido, los intervalos entre bailes se acortaban cada vez más y los hombres se vaciaban los bolsillos a un ritmo cada vez más rápido, desesperados por seguir bailando entre brazos sedosos, con la cara pegada a los cabellos perfumados.

Ya de madrugada, los hombres finalmente emprendían tambaleándose el camino de regreso a sus literas de Mason City, Engineer City o Shack Town. Los que iban a Mason City se enfrentaban a un reto en el camino de vuelta. La forma más rápida de cruzar el cañón era por la estrecha pasarela colgante de 450 metros que se balanceaba sobre el río. No parecía que a nadie le supusiera ningún problema cuando se dirigían a B Street a última hora de la tarde, pero volver a casa lleno de alcohol a las tres de la madrugada era otro cantar. Con un par de docenas de borrachos tambaleándose al mismo tiempo, la pasarela daba sacudidas, se tensaba y se balanceaba como una serpiente a la que molestaran. Casi todas las noches de fin de semana alguien acababa en el río. Cayeron tantos hombres de la pasarela que MWAK tomó la iniciativa de colocar una embarcación río abajo las noches de viernes y sábado para sacar a los supervivientes del agua.

Joe, Johnny y Chuck paseaban por la B Street los sábados por la noche, sin perder detalle y con los ojos como platos. Ninguno había visto nada igual y no estaban seguros de cómo comportarse en ese nuevo mundo. Siempre tenían en la cabeza la máxima de Al Ulbrickson de «no fumar, no beber, no mascar tabaco y no despotricar». Como atletas, se enorgullecían de su disciplina, pero había muchas tentaciones. Así que rondaban nerviosos por los bares, las salas de juego y los salones de baile, bebían cerveza y algún que otro chupito de whisky, y cantaban con las variopintas bandas de vaqueros. De vez en cuando Chuck o Johnny aflojaban diez centavos por un baile, pero a Joe el precio le parecía una exageración. Por diez centavos, uno podía comprar una barra de pan o una docena de huevos en Ultramarinos Carsten, a dos pasos de B Street. Y en casa tenía a Joyce. Los chicos se quedaban mirando con vergüenza a las *yuju* que les hacían señas desde las ventanas, pero no cedían a sus encantos. En las salas de juego se reunían en torno a las mesas cubiertas de fieltro, pero Joe no sacaba la cartera del bolsillo. Le costaba demasiado ganar dinero como para arriesgarlo a las cartas, aun en el caso improbable de que la partida fuese limpia. Cuando Chuck Day se sentaba en la mesa, Joe y Johnny se quedaban a su lado, vigilándolo bien, listos para sacarlo de cualquier problema. Los tres se habían dado cuenta de que aquí las discusiones llegaban a las manos y acababan en B Street, y alguna vez se decía que habían aparecido navajas y pistolas.

El Cine Grand Coulee proyectaba películas de estreno todos los fines de semana. Joe, Johnny y Chuck descubrieron que era un buen lugar para pasar la tarde del sábado lejos del sol y del polvo, comiendo palomitas, bebiendo zarzaparrilla fría y relacionándose con los demás clientes, muchos de los cuales eran las bailarinas profesionales y las *yuju* vestidas con ropa de calle. Al hablar con ellas antes de la película y durante los intermedios, los chicos se dieron cuenta de que muchas eran jóvenes simpáticas, sencillas y honradas, realmente no tan distintas del tipo de chicas con las que se habían criado en sus respectivos lugares de origen, solo que las dificultades las habían llevado a tomar medidas desesperadas.

La comida también los traía a B Street: *chow mein* en Woo Dip Kitchen; tamales caseros en el puesto de Hot Tamale Man; *sundaes* montañosos en la heladería de Atwater's Drugstore; tarta de cereza recién hecha en el Doghouse Café. Y The Best Little Store by a Dam Site era un buen lugar para comprar caprichos y pequeños lujos, desde puros baratos hasta golosinas en barra Oh Henry!

Cuando querían huir del clamor de B Street y de Grand Coulee, a veces los chicos cogían el coche y se iban a Spokane y exploraban los sitios que frecuentaba Joe o viajaban por el *coulee* y nadaban en el lago Soap, una rareza geológica en la que vientos frescos y cálidos acumulan la espuma mineral que da nombre al lago en montones de un blanco crema de entre medio metro y un metro de profundidad a lo largo de la playa.

Sin embargo, la mayor parte del tiempo se quedaban en Grand Coulee, donde podían jugar a pelota entre artemisas, tirar piedras por el borde de los acantilados, disfrutar descamisados del cálido sol de la mañana en los salientes de piedra, sentarse ante una hoguera nocturna con los ojos empañados por el humo y contar historias de fantasmas mientras los coyotes aullaban en la distancia, y en general comportarse como los adolescentes que de hecho eran: chicos desenfadados a los que habían soltado en la inmensa extensión del desierto del oeste.

El taller de George Pocock

CAPÍTULO XII

*«Igual que de un jinete habilidoso se dice que
se convierte en parte de su caballo, el remero habilidoso
tiene que convertirse en parte de su bote».*

GEORGE YEOMAN POCOCK

Mientras Joe Rantz, Johnny White, Chuck Day y miles de jóvenes estadounidenses trabajaban en los recovecos calurosos de piedra de Grand Coulee en el verano de 1935, miles de jóvenes alemanes se afanaban en las obras de otro gran proyecto público, en este caso, en Berlín. Desde que Adolf Hitler lo visitó en otoño de 1933, el emplazamiento de 131 hectáreas en rápida construcción del *Reichssportfeld* había sufrido una transformación espectacular. Se había derribado el hipódromo contiguo, y ahora más de quinientas empresas contratadas por el Estado nazi trabajaban en la adecuación del espacio para los Juegos Olímpicos. Para poder poner a trabajar al máximo número de hombres, Hitler decretó que casi todo el trabajo tenía que hacerse a mano, incluso el que las máquinas podían hacer de forma más eficaz. En cualquier caso, a todos los hombres se les exigía que fueran «trabajadores obedientes, no sindicalizados y de raza aria».

Todo lo que tenía que ver con el proyecto era enorme. El Estadio Olímpico, con la pista a trece metros bajo el nivel del suelo, se excavó y niveló, y la parte central se sembró de hierba que ya estaba exuberante y verde. Se erigieron ciento treinta y seis pilares cuadrados espaciados de forma regular alrededor del perímetro de lo que iba a ser una columnata de dos pisos. Se construyeron los moldes para setenta y dos gradas que podían acoger a 110.000 personas. En esos moldes se iban a verter diecisiete mil toneladas de cemento. Se iban a soldar siete mil trescientas toneladas de planchas de metal. Al lugar de las obras llegaron más de treinta mil metros cúbicos de piedra natural, y cientos de picapedreros trabajaban con martillos y cinceles para cubrir la parte exterior del estadio con bloques de piedra caliza de Franconia, de color marfil y de la mejor calidad. Más o menos avanzados en su construcción, había un estadio de *hockey*, una piscina olímpica, un hipódromo, una sala de exposiciones enorme y monolítica, un gimnasio, un anfiteatro griego, pistas de tenis, restaurantes y edificios administrativos en rápido crecimiento. Igual que el estadio, la mayoría iban revestidos de piedra natural, siempre de procedencia alemana: más piedra caliza de Franconia, basalto de las colinas de Eifel, granito y mármol de Silesia, *travertino* de Turingia y pórfido de Sajonia.

Al oeste del estadio, se había nivelado una inmensa explanada donde reunirse, el Maifeld, y se estaba levantando un gran campanario de piedra caliza. La torre acabaría alcanzando un poco más de setenta y cinco metros de altura. La gran campana que alojaría llevaba en el borde inferior una inscripción embutida entre dos esvásticas: «Ich rufe die Jugend der Welt!» («¡Llamo a los jóvenes del mundo!»). Y efectivamente los jóvenes acudieron. Primero por los Juegos Olímpicos y luego por otras razones. Al cabo de un poco menos de diez años, en los últimos días desesperados del Tercer Reich, decenas de chicos de las Juventudes Hitlerianas —de tan solo diez u once años— se agazaparon en la base del campanario entre bloques de la mejor piedra caliza de Franconia, los escombros de los edificios que ahora se levantaban, y dispararon a jóvenes rusos, buena parte de los cuales no eran mucho mayores que ellos. Y en esos últimos días, mientras Berlín quemaba todo a su alrededor, a algunos de esos chavales alemanes —los que lloraban o se negaban a disparar o intentaban rendirse— sus oficiales los colocaron contra los bloques de piedra caliza y los fusilaron.

Veinticuatro kilómetros al sudeste, en el agradable barrio residencial de Grünau, también andaban enfrascados en las preparaciones para las competiciones olímpicas de remo, canoa y kayak. Grünau se encuentra en la orilla oeste del largo y estrecho Langer See, uno de los lagos en los que el río Dahme vierte sus aguas, justo donde los barrios residenciales empiezan a ceder el paso a prados abiertos y extensiones de bosque tupido al sudeste de Berlín. El Langer See, con sus aguas de un azul intenso, hacía tiempo que era el centro de los deportes acuáticos berlineses. Desde la década de 1870 se habían celebrado en el lago regatas de remo y vela. El emperador Guillermo II construyó un espacioso pabellón de verano en Grünau para que la familia real pudiera alojarse con comodidad mientras presenciaba las competiciones o sus propios miembros se aventuraban en el agua. En 1925 había docenas de clubs de remo en Grünau y alrededores, entre ellos algunos cuyos miembros eran exclusivamente judíos, otros cuyos miembros eran exclusivamente nórdicos y muchos cuyos miembros estaban armoniosamente mezclados. Desde 1912 las mujeres también remaron en esos clubs, aunque el código de vestimenta femenino exigía ropa claramente incómoda para remar: botas con cordones hasta arriba, faldas largas y blusas de manga larga con un cuello que se ataba.

Con motivo del Campeonato Europeo de Remo de 1935, un equipo de ingenieros acababa de terminar una gran tribuna cubierta, con capacidad para acoger a siete mil quinientas personas. En la orilla se había previsto una extensa zona cubierta de hierba al este de la tribuna para dar cabida a otros diez mil espectadores de pie. Ahora que se acercaban los Juegos Olímpicos, los responsables tenían la intención de añadir una serie de enormes tribunas de madera construidas encima del agua en la otra orilla del lago. Mientras tanto, albañiles y carpinteros andaban atareados construyendo un pabellón para botes grande y señorial, Haus West, un poco más al este de las tribunas fijas, que complementaba a dos grandes pabellones para botes ya existentes, Haus Mitte y Haus Ost. Ninguno de ellos tenía nada que ver con los pabellones que Joe y sus compañeros de equipo conocían: el antiguo hangar de hidroaviones de Seattle o los pabellones destartalados de Poughkeepsie. Estos eran edificios de piedra caliza modernos e imponentes con tejados de teja roja. Entre todos sumaban veinte vestuarios, cuatro cuartos de duchas, veinte duchas con agua caliente, un almacén en la planta baja para noventa y siete botes de competición, y salas provistas de camillas de masaje para los remeros agotados. Durante los Juegos Olímpicos, Haus West, la más cercana a la línea de meta, estaría dedicada en buena parte a servicios administrativos, con salas reservadas para periodistas, equipos de radiodifusión, teletipos, teléfonos, laboratorios de revelado rápido y una aduana para facilitar a la prensa internacional los trámites de inmigración y aduaneros. En el segundo piso, Haus West también presentaría una amplia grada. Con una vista despejada sobre el recorrido de las regatas, la grada serviría de mirador desde el que los hombres más poderosos de Alemania presenciarían las regatas olímpicas, y como un escenario en el que el mundo podría verlos a ellos.

A mediados de septiembre, Joe volvió de Grand Coulee con suficiente dinero para poderse costear el curso académico si no gastaba demasiado. Pasó por Sequim para ponerse al día con los McDonald y los padres de Joyce, y luego enseguida regresó a Seattle para estar con ella. Ese verano Joyce dejó súbitamente el trabajo de Laurelhurst después de que una tarde el juez correteara tras ella alrededor de la mesa en busca de servicios que las asistentas no suelen ofrecer. No tardó en encontrar otro trabajo en casa de una familia que vivía cerca, pero las cosas empezaron mal. El primer día de trabajo de Joyce, Mrs. Tellwright, la señora de la casa, le pidió como quien no quiere la cosa que para cenar cocinara pato *à l'orange*. Joyce estaba horrorizada. Sabía qué era un pato y sabía qué era una naranja, pero se le escapaba qué tenían que ver el uno con la otra. En cuanto a cocina, era básicamente una chica de campo. Ella dominaba más el pollo frito y el pastel de carne. Pero quería quedar bien, así que lo hizo lo mejor que pudo. Por lo que parece el resultado no fue nada apetecible, por no decir incomible. Mrs. Tellwright comió un bocado, hizo una ligera mueca, dejó el tenedor sobre la mesa y le dijo amablemente: «Bueno, guapa, quizá no estarían de más unas clases de cocina». Resultó ser el principio de una larga y feliz amistad. Efectivamente, Mrs. Tellwright le pagó a Joyce las clases de cocina y aprovechó para ir ella misma. En los años sucesivos pasaron muchos buenos ratos juntas en la cocina.

Sin embargo, Joe y Joyce estaban cada vez más preocupados por algo más serio que el pato *à l'orange*. Cuando Joe retomó las visitas a su padre en la panificadora, sentados en el Franklin mientras compartían su comida, Harry comentó que Thula y él habían pasado buena parte del verano haciendo excursiones largas —las llamaban «pícnics»— a varios lugares de todo el estado, sobre todo a los sitios del este de Washington que solían frecuentar de jóvenes, y que ese otoño también pensaban seguir con las excursiones. Al principio, a Joe le pareció muy bien. Para él significaba que podía visitar a sus hermanastros sin miedo de que Thula lo echara de casa. Pero la primera vez que Joyce y él pasaron por la Bagley Avenue en una de esas ocasiones, se enteraron de que Harry y Thula llevaban tres días fuera. Habían dejado a Harry Junior, Mike, Rose y Polly solos, sin nadie que los vigilara y sin suficiente comida. Harry Junior, que era el mayor y entonces tenía trece años, dijo que sus padres llenaron una olla a presión con estofado de ternera, patatas y verduras, se llevaron una barra de pan y algunas latas, y se fueron de excursión a Medical Lake, donde empezaron a salir juntos. No sabía cuándo volverían. Mientras tanto, sus hermanastros y él habían limpiado los armarios en busca de comida.

Joe y Joyce salieron a tomar un helado con los cuatro niños y luego pasaron por una tienda de ultramarinos y compraron provisiones básicas antes de dejarlos en casa. Al día siguiente, Joe comprobó que Harry y Thula habían vuelto. Sin embargo, Joe no podía entender qué les pasaba por la cabeza a su padre y a Thula. Al parecer, estas ausencias se habían ido produciendo a lo largo de todo el verano.

El verano de Thula Rantz estaba siendo animado. Su estrella por fin empezaba a subir. Desde que Harry consiguió el trabajo en la panificadora Golden Rule, finalmente había tenido la ocasión de dedicar todo el tiempo al violín, y ahora los años de esforzados ensayos en la cabaña de Idaho y en la casa inacabada de Sequim comenzaban a dar su fruto. Logró que le hiciera una prueba en Los Ángeles, nada menos que Fritz Kreisler.

Kreisler fue uno de los mejores violinistas del siglo XX. Austríaco, hijo del médico de la familia de Sigmund Freud, a los siete años fue el alumno más joven en ingresar en el Conservatorio de Viena. A los diez años ganó la prestigiosa medalla de oro del conservatorio antes de pasar al Conservatorio de París, donde estudió a las órdenes de Joseph Massart y Léo Delibes. De ahí dio el salto a la verdadera celebridad y durante décadas tocó en las salas de conciertos más importantes del mundo —en Berlín, Viena, París, Londres o Nueva York— grabó para los grandes sellos tanto de Europa como de Estados Unidos. Gravemente herido en la Primera Guerra Mundial, sobrevivió y regresó con mayor maestría. Cuando los nazis llegaron al poder en 1933, se negó a volver a tocar en Alemania, se nacionalizó francés y emigró a Estados Unidos.

Después de la prueba, Thula regresó a Seattle exultante. Según ella, Kreisler la había calificado como «la mejor violinista que jamás había escuchado». Todavía no tenía una plaza en una orquesta importante, pero se abría esa posibilidad, y a Thula le parecía que estaba viviendo el mejor momento de su vida, la confirmación de lo que ella y sus padres siempre habían creído. Y alcanzó un cierto grado de celebridad, al menos, local. Esa primavera y ese verano, la emisora KOMO Radio de Seattle emitió una serie de conciertos en vivo de Thula, y por primera vez miles de personas pudieron oír de qué era capaz. Ahora, con el futuro que se le abría a ella y los ingresos fijos del trabajo de Harry, estaba empeñada en salir de casa y celebrarlo; en vivir la vida, para variar, como había que vivirla.

Joe volvía a ir cada día al pabellón de los botes y se ponía en forma para la temporada. También estaban Johnny White y Chuck Day, curtidos y morenos de Grand Coulee y con amplias sonrisas, y suscitaban muchas preguntas del resto de compañeros cada vez que ellos y Joe hablaban de un misterioso lugar llamado B Street.

También volvió Al Ulbrickson. Tal como Royal Brougham predijo en junio, los rumores sobre su marcha se demostraron prematuros, para tranquilidad de Joe y los demás chicos. Cualquier tentación de sustituirlo que hubiera podido haber después de Poughkeepsie y Long Beach desapareció entre temporada y temporada, o como mínimo quedó en suspenso. El hecho era que la administración no creía que pudieran encontrar a nadie mejor por la miseria que le pagaban a Ulbrickson. Sin embargo, continuaba sin estar claro durante cuánto tiempo iban a seguirle pagando.

A primera hora de la mañana de un día de septiembre, su mujer Hazel se levantó y vio que Ulbrickson ya estaba despierto, sentado en pijama delante de una máquina de escribir vieja, tecleando diligentemente. En la cara tenía una expresión adusta y resuelta. Arrancó el papel de la máquina de escribir, giró sobre la silla y se lo entregó a Hazel. Era un comunicado para el *Seattle Times*. En esencia se trataba de una afirmación sencilla y audaz: el equipo de ocho remeros de la Universidad de Washington iba a ganar el oro en los Juegos Olímpicos de Berlín de 1936. Hazel levantó la vista del documento y se lo quedó mirando atónita. Pensó que se había vuelto loco. El Al Ulbrickson que ella conocía nunca soltaba proclamas como esa, rara vez decía algo que remotamente sugiriera cuáles eran sus esperanzas y sus sueños, ni siquiera en casa, ya no digamos en los periódicos. Sin embargo,

Ulbrickson se levantó, dobló el documento y lo metió en un sobre dirigido al *Times*. Había cruzado una especie de Rubicón. Si tenía que seguir en el remo, le dijo a Hazel, este año no habría segundos puestos. Ni en Poughkeepsie ni en ninguna parte. Iba a por todas. Le contó a su mujer que probablemente nunca volvería a tener a chicos del nivel de los de esa temporada. Si no podía ganar con ellos, si esta vez no podía encontrar la buena combinación, si no llegaba al final y se llevaba el oro en Berlín en 1936, al final de temporada dejaría de entrenar.

El 10 de septiembre, Ulbrickson tuvo un encuentro con los periodistas en el pabellón de los botes. No les reveló el compromiso que había asumido ante Hazel, pero fue claro sobre lo que estaba en juego esa temporada. Con calma y un tono comedido, sin exageraciones, dijo que él y sus chicos se enfrentarían a «la competición más reñida que jamás haya visto este país para poder representar a Estados Unidos en Berlín... No nos falta ambición, y desde el principio de los entrenos de otoño, los remeros de Washington tendrán en la cabeza las pruebas de selección para los Juegos Olímpicos». Dijo que era consciente de que no eran los favoritos. Todo el mundo sabía que Cal partía de una posición ventajosa. Pero concluyó que «desde luego, no nos pueden detener por intentarlo».

Ulbrickson sabía que decirlo era una cosa y hacerlo era otra. Conseguirlo significaba reunir todos sus recursos y tomar decisiones difíciles. Tendría que prescindir de chicos que le caían bien y trabajar con chicos que no necesariamente le gustaban. Tendría que superar a Ky Ebright, cosa que no era moco de pavo. Tendría que encontrar financiación en un año que, de nuevo, se perfilaba malo. Y tendría que aprovechar más el que quizá era su mayor recurso, George Pocock.

Al y Hazel Ulbrickson invitaban a menudo a cenar a George y Frances Pocock, y estos últimos hacían otro tanto. Después de la cena, a los dos hombres les gustaba hablar de remo durante horas. Trataban el diseño de los botes y las técnicas de aparejo, debatían sobre la estrategia en las regatas, rememoraban victorias y derrotas pasadas, y analizaban las fortalezas y debilidades de los demás equipos y entrenadores. Para el reservado Ulbrickson era una oportunidad de relajarse, abrirse y sincerarse con el inglés, de bromear sobre asuntos del pabellón de los botes y fumarse un cigarrillo sin que lo vieran los chicos. Sobre todo, era una oportunidad de hacer lo que los entrenadores de Washington llevaban haciendo desde 1913: aprender algo de Pocock, ya fuera una cita oportuna de Shakespeare, una forma de planear una regata o cómo entender los entresijos mentales del remero. A las puertas del año olímpico, su conversación se centraba inevitablemente en las fortalezas y debilidades de los chicos que Ulbrickson tenía a su cargo.

El éxito en la búsqueda del oro olímpico exigiría encontrar nueve jóvenes con una fuerza, una armonía de movimientos, una resistencia y, sobre todo, una fortaleza mental extraordinarias. Tendrían que remar prácticamente sin errores en regatas cortas y largas, en todo tipo de circunstancias. Tendrían que convivir bien en espacios reducidos durante semanas: viajar, comer, dormir y competir sin fricciones entre ellos. Tendrían que remar con una inmensa presión psicológica en el escenario más destacado del deporte, ante los ojos de todo el mundo.

En algún momento de ese otoño, surgió el tema de Joe Rantz. Ulbrickson llevaba un año estudiando a Joe, desde que Tom Bolles lo avisó de que el chico era susceptible e irregular, que había días en los que remaba como el mercurio —tan suave, fluido y potente que parecía a la vez parte del bote, del remo y del agua— y días en los que era un desastre. Desde entonces, Ulbrickson lo había probado todo: había regañado a Joe, lo había animado, lo había bajado de categoría y lo había vuelto a subir. Sin embargo, no había avanzado en la resolución del misterio en torno a Joe. Ahora Ulbrickson se dirigió a Pocock en busca de ayuda. Le pidió al inglés que le echara un ojo a Rantz: que hablara con él, que intentara entenderlo y, si era posible, arreglarlo.

Una mañana de septiembre radiante y fría, mientras Pocock empezaba a subir las escaleras hacia la buhardilla, vio a Joe haciendo abdominales en un banco al fondo de la sala. Pocock le hizo una señal para que se acercara, dijo que se había dado cuenta de que Joe a veces miraba hacia el taller y le preguntó si quería echar un vistazo. Joe subió las escaleras a saltos.

La buhardilla era luminosa y aireada, y la luz matutina entraba por dos ventanales de la pared de atrás. El aire estaba cargado del olor agradable pero intenso del barniz marino. En el suelo había montones de serrín y virutas de madera retorcidas. Un bao en forma de *I* ocupaba casi toda la longitud de la buhardilla, y encima descansaba el armazón de un bote de ocho asientos en construcción.

Pocock empezó con una explicación de las distintas herramientas que utilizaba. Le enseñó a Joe garlopas con las asas de madera bruñidas por décadas de uso, y con las hojas tan afiladas y precisas que podían cortar virutas de madera delgadas y transparentes como el papel de seda. Le puso en las manos varias escofinas, taladros, escoplos, limas y mazos viejos que se trajo de Inglaterra. Dijo que algunos tenían un siglo de antigüedad. Le explicó las muchas variaciones de cada herramienta; que cada lima, por ejemplo, era ligeramente distinta de las demás, que cada una servía para una cosa diferente, pero que todas eran indispensables para fabricar un buen bote. Llevó a Joe hasta un estante de madera y le enseñó muestras de las distintas maderas que utilizaba: pino de azúcar suave y maleable, pícea amarilla dura, cedro fragante y fresno blanco claro. Sostuvo cada pieza, la examinó y le dio vueltas y más vueltas, y habló de las propiedades únicas de cada una y de que todas tenían que aportar sus cualidades individuales para conseguir un bote que cobrara vida en el agua. Sacó un tablón largo de cedro de un estante y señaló los anillos de crecimiento anual. Joe ya sabía bastante sobre las propiedades del cedro y sobre los anillos de crecimiento de cuando partía listones con Charlie McDonald, pero se sintió cautivado escuchando hablar a Pocock de la importancia que tenían para él.

Joe se agachó al lado del hombre mayor, se fijó en la madera y escuchó atentamente. Pocock dijo que los anillos contaban más cosas que la edad de un árbol; contaban toda la historia de la vida del árbol a lo largo de hasta dos mil años. Su grosor o delgadez hablaba de años difíciles de lucha amarga, mezclados con años prósperos de súbito crecimiento. Los distintos colores hablaban de las diferentes tierras y minerales con los que habían topado las raíces, algunas duras y pobres, otras ricas y nutritivas. Los defectos e irregularidades revelaban que los árboles habían soportado incendios, impactos de relámpagos, huracanes y plagas, y que, sin embargo, habían seguido creciendo.

A medida que Pocock fue hablando, Joe se quedó fascinado. No era solo lo que el inglés decía, ni la cadencia suave y sencilla de su voz; era la veneración tranquila con la que hablaba de la madera —como si fuera algo sagrado— lo que cautivó a Joe. Pocock susurró que la madera nos daba una lección de supervivencia, de superación de las dificultades, de prevalecer sobre la adversidad, pero que también nos enseñaba algo sobre la razón subyacente por la que sobrevivimos. Algo sobre la belleza infinita, sobre la elegancia imperecedera, sobre cosas mayores y más importantes que nosotros. Sobre las razones por las que todos estamos aquí.

«Claro, yo sé hacer botes», dijo y luego añadió, citando al poeta Joyce Kilmer: «Pero solo Dios sabe hacer árboles».

Pocock sacó una lámina fina de cedro, fresada a un centímetro, para revestir un bote. Dobló la madera e invitó a Joe a hacerlo. Habló de la curvatura y la vida que le daba a un bote cuando la madera se ponía en tensión. Habló de la fuerza subyacente de las fibras de cedro y de que, junto a la elasticidad, le proporcionaban a la madera la capacidad de recuperar la forma, entera e intacta, o del hecho de que, con vapor y presión, podían adoptar una forma nueva y conservarla para siempre. Dijo que la capacidad de darse, de doblarse, de ceder, de acomodarse era a veces una fuente de fortaleza en los hombres igual que lo era en la madera, siempre que estuviera acompañada de determinación y principios.

Llevó a Joe a un extremo del largo bao en forma de *I* sobre el que construía el armazón de un nuevo bote. Pocock se puso a examinar la quilla de pino e invitó a Joe a hacer otro tanto. Dijo que tenía que ir perfectamente recta a lo largo de los diecinueve metros del bote, que no tenía que haber ni un centímetro de variación de un extremo al otro o el bote nunca sería fiable. Y, a fin de cuentas, esa fiabilidad solo podía venir del constructor, del mimo con el que ejercía su oficio y del amor con el que trabajaba.

Pocock se quedó en silencio, dio unos pasos hacia atrás para ver mejor el armazón del bote, se puso las manos en la cadera y estudió detenidamente el trabajo que había hecho hasta entonces. Dijo que, para él, el arte de construir un bote era como una religión. No bastaba con dominar los detalles técnicos. Había que entregarse espiritualmente; había que rendirse completamente. Cuando terminabas y te alejabas del bote, había que sentir que habías dejado en él, para siempre, una parte de ti mismo, un pedacito de corazón. Se volvió a Joe. «El remo —le dijo— es así. Y buena parte de la vida también es así; al menos las cosas que importan. ¿Sabes a qué me refiero, Joe?». Joe, un poco nervioso, nada seguro de que lo supiera, asintió tímidamente, volvió al piso de abajo y retomó los abdominales, intentando dar con la respuesta.

Ese mes el Partido nazi celebró su séptimo congreso anual en Núremberg, llamado con asombrosa ironía *el Congreso de la Libertad*. De nuevo, acudieron cientos de miles de guardias de asalto y camisas negras. De nuevo, Leni Riefenstahl —que ahora tenía treinta y tres años y se había afianzado como la cineasta preferida de Hitler— estaba presente para documentar el espectáculo, aunque el único metraje que vería la luz fue una película corta que documentaba los juegos de guerra que Hitler organizó en el congreso para simbolizar el desafío de Alemania a la prohibición de rearme establecida en el Tratado de Versalles. Años después, tras la guerra, Leni Riefenstahl intentó pasar de puntillas sobre su participación en el Congreso de la Libertad. Entonces no se recordaba principalmente por los juegos de guerra, sino por lo que pasó la noche del 15 de septiembre.

El congreso alcanzó el punto culminante esa noche cuando Adolf Hitler acudió al parlamento alemán, el Reichstag, para presentar tres nuevas leyes. El Reichstag se había reunido en Núremberg por primera vez desde 1543 para aprobar una ley —y para hacer un espectáculo público de la aprobación— que convertía el símbolo del Partido Nazi, la esvástica, en la bandera oficial de Alemania. Pero Hitler presentó dos leyes más, y fue por ellas por las que siempre sería recordado el congreso de 1935, y el posterior intento de Riefenstahl de distanciarse tenía que ver con ellas.

La Ley de Ciudadanía del Reich establecía que los ciudadanos eran las personas de nacionalidad alemana «de sangre alemana o similar» que «demuestren con su conducta que están dispuestos y son capaces de servir al pueblo alemán y al Reich». Por omisión, a cualquier ciudadano que no fuera de «sangre alemana o similar» se lo relegaba al estatus de súbdito del estado. La consecuencia fue que, a partir de enero de 1936, se despojó a los judíos alemanes de la ciudadanía y de todos los derechos asociados. La Ley de la Sangre —oficialmente, la Ley para la Protección de la Sangre Alemana y el Honor Alemán— prohibía el matrimonio de judíos y no judíos; convertía en nulos los matrimonios que vulneraran la ley, incluso si se habían celebrado en un país extranjero; prohibía las relaciones extraconyugales entre judíos y no judíos; prohibía que los judíos contrataran a mujeres alemanas de menos de cuarenta y cinco años para que trabajaran en sus casas; y prohibía a los judíos exhibir la recién proclamada bandera nacional. Y resultó que todo eso no era más que el principio. En los siguientes meses y años, el Reichstag añadió docenas de leyes adicionales que restringían todos los aspectos de la vida de los judíos alemanes hasta que, de hecho, ser judío se declaró ilegal.

Incluso antes de la tramitación de las leyes de Núremberg, la vida de los judíos alemanes se había vuelto prácticamente insoportable. Desde que el Partido Nazi asumió el poder en 1933, se excluyó a los judíos de los puestos de funcionario y de los cargos públicos; de ejercer profesiones como la medicina, la abogacía y el periodismo; de invertir en la bolsa; y de una amplia variedad de puestos públicos y privados. En todos los pueblos y ciudades alemanas, aparecieron encima de las entradas y puertas de hoteles, farmacias, restaurantes, piscinas públicas y tiendas de todo tipo letreros que proclamaban que los judíos no eran bienvenidos *(«Juden unerwünscht»)*. Los negocios propiedad de judíos fueron objeto de grandes boicots apoyados por el Estado. Cerca de Ludwigshafen había una señal en la carretera que rezaba: «¡Conduzca con precaución! ¡Curva cerrada! Judíos a 120 kilómetros por hora». En 1935, aproximadamente la mitad de los judíos alemanes habían perdido el trabajo.

Esto ocurría en todas partes de Alemania, incluso en el lugar más pacífico y bucólico. Mientras ese otoño los tilos y abedules que bordeaban el Langer See en Grünau empezaban a ponerse amarillos y rojos, los hombres y mujeres miembros de los muchos clubs de remo de la zona seguían reuniéndose pronto por la mañana o los fines de semana, deslizaban los botes en las aguas claras y azules del lago y remaban por el recorrido de la regata tal como llevaban décadas haciendo. Después de un buen entreno, todavía se reunían en los *Gaststätten* de la zona a tomarse una cerveza con unos *pretzels* o se echaban en el césped de delante de los pabellones, con la mirada atenta al progreso de las nuevas instalaciones olímpicas en construcción.

Sin embargo, bajo la superficie, las cosas habían empezado a cambiar en Grünau. Buena parte de la cordialidad del remo había desaparecido. En 1933 se prohibió el importante Club de Remo Judío Helvetia. Ahora la multitud de clubs con miembros judíos y no judíos estaban amenazados con la disolución si no purgaban la lista de socios. Siguieron existiendo algunos clubs exclusivamente judíos, pequeños y discretos. Pero ahora que los judíos ya no eran ciudadanos, esos clubs y sus miembros estaban sujetos a los caprichos de los responsables locales del Partido Nazi: en cualquier momento podían ser objeto de una redada, obligarlos a cerrar y confiscarles el equipo.

Hombres que habían remado juntos toda la vida empezaron a volver la espalda a sus antiguos compañeros de equipo y vecinos. Se eliminaron ciertos nombres de algunas listas. En las puertas de los pabellones aparecieron letreros de prohibición. Se cerraron puertas y se cambiaron llaves. En la bonita campiña que rodea a Grünau, clausuraron con tablas o alquilaron a familias alemanas por una parte ínfima de su valor las casas grandes y cómodas de los comerciantes y profesionales liberales judíos, suficientemente ricos y clarividentes para huir de Alemania.

En Estados Unidos se había hablado de la posibilidad de boicotear los Juegos Olímpicos de 1936 desde que los nazis llegaron al poder en 1933. Ahora, en algunas partes del país, el debate cobró una especial intensidad.

En Seattle, Al Ulbrickson aplazó el entreno del primer equipo hasta el 21 de octubre. Necesitaba más tiempo para estudiar las piezas del tablero, para encontrar una estrategia para el final olímpico antes, incluso de empezar a mover las piezas.

Eso le dio a Joe algunas semanas para acostumbrarse a las clases de ingeniería y pasar más tiempo con Joyce cuando ella tenía un día o medio día de fiesta. En las largas y perezosas tardes de fin de semana, tardes en las que el aire era translúcido, quieto y lleno de olor a hojas quemadas, volvieron a alquilar canoas y remaron por la bahía de Portage. Iban a partidos de fútbol americano y a los bailes que siempre seguían a los partidos. Pasaban por la casa de Bagley cuando Harry y Thula no estaban, apiñaban a los hermanastros de Joe en el Franklin, compraban salchicha ahumada, y pan y leche del día anterior en la tienda de la esquina, y hacían pícnics rápidos a orillas del lago Green. Luego llevaban a los niños a su casa en un santiamén antes de que Harry y Thula volvieran. Iban al centro en las noches frías, negras y estrelladas, y miraban los escaparates de las tiendas: fisgaban en Bon Marché, en Frederick & Nelson, y en la zapatería Nordstrom mientras hablaban de su futura boda y del día en que podrían comprar en esos sitios. Las tardes de domingo, en las que se podía ir al cine por quince centavos, veían películas: *Here comes Cookie*, con George Burns y Gracie Allen, en el Paramount; *Sucedió una vez*, con Claudette Colbert, en el Liberty; o *Sombrero de copa*, con Fred Astaire y Ginger Rogers, en el Orpheum.

Cuando Joyce no podía acompañarlo, Joe pasaba buena parte del tiempo libre en el pabellón. Al faltar todavía algunas semanas para competir por las plazas, las tensiones del año anterior habían disminuido y a Joe le gustaba charlar con Johnny White, Chuck Day, Roger Morris y Shorty Hunt. Hacían calistenia juntos, se pasaban una pelota de fútbol americano, salían a remar improvisadamente y hacían todo lo posible para no hablar de la temporada que estaba a punto de empezar.

Al final del día, después de que los demás se hubieran marchado a su casa o a sus trabajos a tiempo parcial, Joe se quedaba a menudo en el pabellón hasta que anochecía, igual que la primavera pasada. Una de esas tardes, salió de la sauna envuelto en una toalla y se topó con la mole desgarbada de Stub McMillin, el remero número cinco del segundo bote del año pasado, que barría y vaciaba cubos de basura. Joe se dio cuenta de que McMillin debía de haber aceptado el trabajo de conserje del pabellón. Con la tensión entre ambos botes, Joe nunca había tenido demasiada relación con McMillin, pero ahora, al verlo trabajar, lo invadió un sentimiento de complicidad con el chico. Se le acercó, le dio la mano, entablaron una conversación y Joe finalmente le confesó lo que llevaba tiempo ocultando a los demás compañeros: que él trabajaba de conserje en el YMCA, en el turno de noche.

Joe no tardó en darse cuenta de que Stub McMillin le caía muy bien. Stub se crio en Seattle, en Queen Anne Hill, y era casi tan pobre como Joe. Se costeaba la carrera a base de trabajar en todo lo que se terciara: cortar céspedes, repartir periódicos o barrer el suelo. Cuando no remaba, estudiaba o dormía, trabajaba, y el trabajo no le daba para mucho más que la ropa y la comida. A Joe le gustaba coincidir con McMillin. Le parecía que podía bajar un poco la guardia cuando salía el tema de su situación económica. Joe no tardó en quedarse hasta tarde casi todos los días, barriendo con McMillin, ayudándole a acabar pronto el trabajo para que pudiera irse a casa a estudiar.

A veces, al final del día, en lugar de ayudar a McMillin, Joe subía las escaleras del fondo del pabellón y miraba si George Pocock tenía tiempo de charlar. Si el inglés todavía trabajaba, Joe se sentaba en un banco con las piernas dobladas y se limitaba a mirar al inglés sin hablar demasiado, fijándose en cómo le daba forma a la madera. Si Pocock había terminado, Joe lo ayudaba a ordenar las herramientas y la madera, o barría del suelo el serrín y las virutas de madera. Pocock ya no soltó grandes discursos sobre la madera, el remo o la vida, como hizo la primera vez que hablaron. En lugar de eso, parecía interesado en saber más cosas de Joe.

Una tarde le preguntó a Joe cómo había llegado hasta ahí, hasta el pabellón de los botes. Joe se dio cuenta de que era una gran pregunta formulada con sencillez. Respondió dubitativamente y con cautela, ya que no tenía la costumbre de descubrirse. Pero Pocock insistió y le preguntó discreta y hábilmente sobre su familia, de dónde venía y adónde esperaba llegar. Joe hablaba atropelladamente, nervioso, dando vueltas a historias sobre su madre, su padre y Thula, sobre Spokane, la mina Gold and Ruby y Sequim. Pocock le preguntó qué le gustaba y qué no, qué cosas hacían que se levantara por la mañana y qué cosas le daban miedo. Poco a poco se centró en lo que más le interesaba: «¿Por qué remas?», «¿Qué esperas sacar del remo, Joe?». Y cuanto más conseguía sonsacarle, más empezaba a dilucidar los entresijos de este enigma de muchacho.

A Pocock lo ayudaba el hecho de que su madre falleció seis meses después de su nacimiento. La segunda mujer de su padre se murió al cabo de unos años, antes de que George pudiera recordar. Sabía qué significaba criarse en un hogar sin madre y el vacío que eso dejaba en el corazón de un niño. Sabía qué eran el impulso inagotable de completarse a sí mismo y el ansia constante. Poco a poco empezó a acercarse a la esencia de Joe Rantz.

Cuando empezó el entreno del primer equipo, la tarde del 21 de octubre, se presentaron suficientes chicos, todos remeros veteranos, como para llenar cuatro botes. Desde el principio, las rivalidades, tensiones e inseguridades de la temporada pasada volvieron a aparecer. Mientras los remeros se cambiaban y se ponían los atuendos de remo, se respiraba tensión en el amplio interior del pabellón. Ulbrickson no hizo ningún esfuerzo para rebajar esa tirantez.

Esta vez no hubo discurso acalorado. Ni falta que hacía. Todo el mundo sabía exactamente lo que estaba en juego. Reunió a todos los chicos en la rampa, se ajustó la corbata e hizo una serie de declaraciones técnicas: excepto en un periodo previo a las Regatas del Día de Clase de primavera, ese año no necesariamente iba a haber un bote de estudiantes de segundo, ni uno correspondiente al primer equipo y otro al segundo, ni botes compuestos exclusivamente por remeros de una sola clase. Alguna vez competirían en las combinaciones antiguas, pero la mayor parte de veces los mezclaría según su criterio y experimentaría hasta que encontrara un bote que fuera claramente superior a los demás. Hasta que no se encontrara la mezcla ideal, cada palo tendría que aguantar su vela. Y desde el principio iban a practicar *sprints* de dos mil metros, así como regatas más largas. Para ganar en Poughkeepsie y en Berlín, necesitaba un bote que tuviera tanto la velocidad para un *sprint* como la resistencia para aguantar cuatro millas, el tipo de bote difícil de conseguir que Ky Ebright se llevó a Poughkeepsie y Long Beach la primavera pasada y con el que, sin duda, iba a volver la próxima primavera.

Ulbrickson contaba con materiales mágicos, casi alquímicos, con los que trabajar: los campeones del año pasado en la categoría de estudiantes de primero, que ahora estaban en segundo; los chicos del bote de Joe, que iban en el segundo equipo y se mantenían invictos; y algunos chicos extraordinarios del segundo equipo del año pasado, que ahora se repartían entre el primer equipo y el segundo. Y las vueltas que Ulbrickson le dio al asunto en septiembre parecieron ofrecer resultados desde el principio. El entrenador pensó mucho en la distribución inicial en botes, y en los primeros días de remo dos equipos nuevos parecieron especialmente prometedores. El primero estaba constituido, en buena parte, en torno a un núcleo de los estudiantes de primero del año pasado: Don Hume, el remero de popa potente y corpulento; Gordy Adam en el asiento número siete; William Seaman en el número seis; y Johnny White en el número cuatro. El único miembro del antiguo equipo de Joe en ese primer bote era Shorty Hunt en el número dos. En el segundo bote especialmente prometedor, había tres antiguos compañeros de equipo de Joe: Bob Green en el asiento número seis, Charles Hartman en el número dos y Roger Morris en la proa. Sin embargo, Joe Rantz no consiguió entrar en ninguno de esos dos botes. Durante las siguientes semanas, saltó entre dos botes más, remando con todas sus fuerzas, pero con el ánimo un poco decaído al darse cuenta de lo dura que iba a ser la competencia esa temporada.

Ese otoño a Joe no solo le preocupaba la distribución en botes o la conciencia cada vez mayor de que llegar a Berlín iba a ser más difícil que todo lo que había hecho hasta entonces. Como a la mayoría de remeros de competición, lo difícil le atraía. Un buen reto siempre conseguía llamarle la atención y despertar su interés. En muchos sentidos, ese era el motivo por el que remaba.

Lo que le preocupaba ahora no era tanto el miedo a fracasar como una progresiva sensación de pérdida. Echaba de menos la discreta camaradería que había surgido entre sus compañeros de clase de segundo curso después de dos años de remar —y ganar— juntos. Cada vez que Ulbrickson le gritaba, echaba de menos a Shorty Hunt, que desde el asiento de atrás le susurraba: «No te preocupes, Joe. Yo te cubro las espaldas». Echaba de menos la fluida, aunque mayoritariamente silenciosa, camaradería que lo había unido con el bronco y sarcástico Roger Morris desde el primer día de entreno de los estudiantes de primero. Nunca había pensado que le pudiera importar que ese par estuviera con él en el bote, pero resultó que sí importaba y mucho. Se dio cuenta, sorprendido y afectado, de que tenía algo y lo había perdido sin haber sido del todo consciente de que lo tenía. Sentía lo mismo cada vez que veía pasar en otro bote a su nuevo amigo de Grand Coulee, Johnny White, y a Shorty, que ahora formaban parte de otra cosa, de un equipo de chicos decididos a superar el bote en el que estaba él. Cuando lo abandonaron en Sequim, Joe se dijo a sí mismo que no dependería de nadie más, ni siquiera de Joyce, para ser feliz o para saber quién era. Empezó a ver que había hecho exactamente eso, con las dolorosas consecuencias de costumbre. No se lo esperaba ni se había preparado para ello, y ahora parecía que el suelo que pisaba se le movía de una forma impredecible.

Entonces, al cabo de pocos días del comienzo de la temporada, el suelo que pisaba Joe sufrió una buena sacudida. El 25 de octubre, al volver al pabellón después de un entreno largo, frío y pasado por agua, lo esperaba su hermano Fred, de pie bajo la lluvia en el muelle flotante, lívido y con una mirada grave bajo el ala de su sombrero de fieltro. Había recibido una llamada de Harry desde el hospital y luego había pasado por la casa de Bagley para decírselo a los niños. Thula había muerto. Una septicemia provocada por una obstrucción intestinal.

Joe estaba atontado. No sabía qué pensar ni sentir respecto a Thula. Aunque fuera triste, era lo más cercano a una madre que había conocido desde que tenía tres años. Hubo buenos momentos en Spokane cuando se sentaban juntos en el columpio del jardín trasero en el ambiente agradable de la noche y cuando todos se reunían para cantar en el salón, alrededor del piano. Con los años Joe se planteó qué podía haber hecho él para que las cosas hubieran ido mejor entre ellos más adelante, cuando empezaron los problemas. Que hubiera podido esforzarse más en llevarse bien con ella, entender más la estrechez en la que vivía o quizá incluso ver como mínimo algo de lo que su padre veía en ella. Ahora ya no tendría la oportunidad de enseñarle hasta dónde podía llegar. Sin embargo, también se dio cuenta de que su tristeza tenía límites y de que más allá de un determinado punto, sencillamente, no sentía tantas cosas por ella. Sobre todo, le preocupaban su padre y, todavía más, sus hermanastros. Si Joe sabía algo era qué significaba para un niño no tener madre.

A la mañana siguiente, Joe pasó por la casa de Bagley. Llamó suavemente a la puerta. Al no responder nadie, Joe siguió un camino de ladrillos bordeado de hortensias que rodeaba la casa y llamó a la puerta trasera. Se encontró a su padre y a los niños sentados en una mesa de pícnic en el césped empapado. Harry preparaba una jarra de Kool-Aid de cereza, el preferido de los niños. Sin decir nada, Joe se sentó con ellos y estudió sus caras. Rose y Polly tenían los ojos enrojecidos. Igual que Mike. Harry Junior presentaba una mirada distraída y cansada, como si no hubiera dormido mucho. Al padre de Joe se le veía muy afectado y súbitamente mayor.

Joe le dijo a su padre que lo sentía mucho. Harry le dio las gracias, sirvió el Kool-Aid en los vasos de plástico y se sentó abatido.

Hablaron un rato sobre la vida de Thula. Joe, que tenía presentes a los niños que lo observaban por encima de los bordes de sus vasos de plástico, se extendió hablando sobre las cosas que recordaba con cariño. Harry se puso a hablar de una excursión que no hacía mucho que habían hecho a Medical Lake, pero se le hizo un nudo en la garganta y no pudo seguir. De todos modos, habida cuenta de la situación, a Joe le pareció que su padre estaba bastante entero para ser la segunda vez que perdía a una mujer joven. En esta ocasión no mostró ningún deseo de escaparse a Canadá ni a ninguna parte. En cambio, parecía que le daba vueltas a algún tipo de decisión interior.

Finalmente, se volvió hacia Joe y dijo: «Hijo, tengo una idea. Construiré una casa donde podamos vivir todos juntos. Quiero que vengas en cuanto esté acabada».

Ante estas últimas palabras, Joe se quedó mirando a su padre sin acertar a decir nada. No sabía cómo tomárselo ni si podía confiar en él. Farfulló una respuesta que no lo comprometía. Su padre y él hablaron un poco más sobre Thula. Joe les dijo a los niños que, a partir de entonces, iba a venir a hacerles compañía. Pero esa noche condujo de vuelta al YMCA sin saber qué hacer; la confusión se transformaba en rencor, el rencor pasaba a una rabia callada y la rabia volvía a dar paso a la confusión, y todo lo envolvía como si de olas se tratara.

Si Joe estaba como atontado desde un punto de vista emocional, también estaba atontado desde un punto de vista físico. Por tercer año consecutivo, un tiempo inusualmente frío y tormentoso llegó a Seattle poco después de que empezaran los entrenos. El 29 de octubre un viento muy fuerte azotó la costa exterior de Washington y un viento de cincuenta kilómetros por hora sacudió las embarcaciones del lago Washington. Esa noche el termómetro se desplomó hasta los grados negativos y empezó a nevar con intensidad. En Seattle se quemaron nueve casas por culpa de chimeneas obstruidas por la nieve. Durante los siguientes siete días, cada día fue más frío que el anterior.

A pesar de todo, Al Ulbrickson metió a sus cuatro potenciales primeros equipos en el lago Washington. Fue remo bajo un severo tiempo frío. Los chicos remaron con los nudillos blancos y castañeteo de dientes, con las manos tan frías que apenas notaban los remos y tenían un dolor punzante en los pies. Colgaban carámbanos de la proa, de la popa y de los balancines que aguantaban los escálamos. Al entrar y salir del agua, en las palas de los remos se acumulaban capas y capas de hielo duro y transparente, que hacían que pesaran más. Se formaban pedacitos de hielo dondequiera que el agua salpicara las sudaderas de los chicos y los gorros tejidos que les cubrían las orejas.

Practicaban el remo desde posiciones de medio deslizamiento y un cuarto de deslizamiento. Un día hacían un *sprint* y al siguiente remaban maratones largos y agotadores de dieciséis o veinte kilómetros. Parecía que Ulbrickson no se diera cuenta del frío. Los seguía de aquí para allá del lago en su lancha, envuelto en un abrigo y una bufanda, y les gritaba a través del megáfono. Cuando finalmente paraban de remar en la oscuridad gélida de última hora de la tarde y volvían al muelle, tenían que desprender el hielo de los escálamos para sacar los remos. Entonces, con los botes del revés sobre las cabezas, y los carámbanos apuntando hacia arriba de forma algo extraña, con los músculos de las piernas y los brazos acalambrados en el ambiente frío, se deslizaban y resbalaban por el muelle cubierto de hielo y subían la rampa fatigosamente hasta el pabellón. Una vez dentro, se echaban en los bancos y gritaban de dolor al intentar recuperar la movilidad de los miembros en la sauna.

A mediados de noviembre el tiempo se moderó, es decir, que se hizo frío y lluvioso como son los noviembres en Seattle. A los chicos les pareció casi tropical comparado con lo que acababan de pasar. Ulbrickson anunció que daría por cerrado el entreno de otoño el 25 de noviembre con una regata de dos mil metros en condiciones de competición. El resultado permitiría que todo el mundo supiera dónde estaba a las puertas del esfuerzo más largo y duro, posterior a las vacaciones de Navidad.

El 25 llegó otra ola de frío. Ulbrickson dijo a los timoneles de los cuatro botes que no sobrepasaran un ritmo de veintiséis paladas por minuto. Quería ver dónde estaba la potencia y era probable que una palada más baja lo revelara. Ulbrickson estuvo muy contento con el resultado. Para lo que era él, compareció exultante ante los periodistas después del evento. «Tenemos —dijo— una alineación más potente que en la primavera de 1935, y creemos que hay tres botes buenos y rápidos que en enero tendrán posibilidades». El mismo bote que había sido el dominante todo el otoño —el bote constituido en torno a cuatro estudiantes de primero del año anterior— ganó por la impresionante distancia de tres largos y con un tiempo de 6:43. Estaba lejos de lo que Ulbrickson consideraba unos dos mil metros rápidos, pero para una prueba a un ritmo bajo de palada era un buen tiempo. En segundo lugar quedó el bote que había sido el segundo mejor durante todo el otoño: el bote con el corpulento Stub McMillin en medio y Roger Morris en la proa. El bote de Joe quedó tercero.

Joe llevaba semanas sin acabar de remar bien, sobre todo desde la muerte de Thula. Entonces le llegó una carta de Sequim. Charlie McDonald también había muerto; en su caso, en un accidente de coche en la carretera 101. Fue un golpe muy duro. Charlie había sido un consejero y un profesor, el adulto que estuvo a su lado y le dio una oportunidad que nadie más le dio. Ahora se había ido, y Joe se sintió incapaz de centrarse en nada más que no fueran esas pérdidas.

Al tocar a su fin la temporada de otoño, Joe casi nunca tenía la cabeza en el bote, y eso se notaba en la forma de remar. Lo consolaba el hecho de que Ulbrickson había contado a la prensa que el tercer bote todavía tenía posibilidades. Pero no podía evitar plantearse si realmente

Ulbrickson lo decía en serio. Por lo que Joe veía, nadie en la lancha de entrenadores lo miraba a él.

Sin embargo, sí había alguien que lo observaba atentamente. Joe se había dado cuenta de que ese otoño George Pocock iba a menudo en la lancha de entrenadores, pero no había reparado en adónde apuntaban los prismáticos de Pocock.

El 2 de diciembre, un poco más de un mes después de que muriera Thula, Harry Rantz adelantó algo de dinero para la compra de una parcela de dos mil dólares frente al lago junto a la casa en la que vivían Fred y Thelma, cerca del extremo norte del lago Washington. Después sacó un papel y un lápiz y se puso a diseñar una casa nueva, una casa que de nuevo construiría con sus propias manos y en la que finalmente reuniría a Joe con su familia.

Unos días más tarde, el 8 de diciembre, en el Hotel Commodore de Nueva York, la Unión de Aficionados al Atletismo de Estados Unidos votó una moción que proponía el envío de un comité de tres hombres a Alemania para investigar las acusaciones de maltrato nazi a los judíos. Tras el recuento de todos los votos —incluidos los votos fraccionados—, la moción no prosperó, por 58,25 contra 55,75. Y con ella —tras varios años de lucha— el último esfuerzo estadounidense serio de boicotear los Juegos Olímpicos de Berlín fracasó. También fue una victoria para Avery Brundage, presidente del Comité Olímpico Estadounidense, y sus aliados, que pelearon con uñas y dientes para garantizar que no hubiera boicot. Pero, sobre todo, fue una victoria para Adolf Hitler, que enseguida se dio cuenta de la facilidad con la que se podía engañar al mundo.

En fechas tan cercanas como finales de noviembre, el movimiento a favor del boicot estaba muy activo. El 21 de noviembre diez mil manifestantes antinazis escoltados por la policía marcharon pacíficamente por Nueva York en la hora punta del tráfico. Llevando carteles y tras una pancarta en la que se leía «La Federación Antinazi llama a todos los estadounidenses a boicotear los Juegos Olímpicos de la Alemania nazi», los manifestantes bajaron con gesto serio por la Eighth Avenue y luego por Twenty-Third Street hacia el este para reunirse en Madison Square Park. Ahí la multitud —que, sobre todo, incluía judíos, líderes sindicales, profesores de universidad y católicos— escuchó a más de veinte oradores que brindaron datos sobre lo que ocurría en Alemania, cómo los nazis lo ocultaban y por qué sería inadmisible que Estados Unidos participara en los Juegos.

Avery Brundage y sus aliados del AOC (Comité Olímpico Estadounidense, por sus siglas en inglés) contraatacaron con vehemencia. Brundage creía firmemente en el espíritu olímpico y, sobre todo, en el principio de que la política no debía jugar ningún papel en el deporte. Sostenía, con razón, que sería injusto que los políticos alemanes privaran a los deportistas estadounidenses de la oportunidad de competir en un escenario de nivel mundial. Sin embargo, a medida que la situación en Alemania se volvía más sombría y el enfrentamiento por un eventual boicot se intensificaba, muchos de sus argumentos empezaron a adoptar un giro distinto. En septiembre de 1934, Brundage visitó Alemania. Se le diseñó una visita rápida y estrechamente vigilada a las instalaciones deportivas alemanas, y sus cicerones nazis le aseguraron que a los deportistas judíos se les daba un trato justo. Volvió a Estados Unidos afirmando con seguridad y vehemencia que las protestas judías no se correspondían con la realidad.

Sin embargo, los nazis no tuvieron que emplearse a fondo para engañar a Brundage. El hecho era que las opiniones de Brundage —como las de muchos estadounidenses de su clase— estaban condicionadas por sus propios prejuicios antisemitas. En 1929 escribió en términos escalofriantes sobre la probable llegada de una raza superior, «una raza físicamente fuerte, mentalmente despierta y moralmente sana; una raza a la que no se podrá someter». Ahora, al oponerse al movimiento favorable al boicot, recurrió a una serie de argumentos inquietantes. Señaló que tampoco se admitían judíos en los clubs a los que él pertenecía, como si una injusticia disculpara otra. Igual que los nazis, siempre ponía en el mismo saco a judíos y comunistas, y a menudo metía en la misma categoría general a todos los simpatizantes del movimiento favorable al boicot. Él y sus aliados, incluso al hablar en público, solían trazar una distinción entre *estadounidenses* y judíos, como si fueran dos condiciones incompatibles. Charles H. Sherrill, quizá su aliado más importante y antiguo embajador de Estados Unidos en Turquía, se había proclamado a menudo un amigo de los judíos estadounidenses. Pero igual que Brundage, recientemente había visitado Alemania. De hecho, asistió al congreso de Núremberg de 1935 como invitado personal de Hitler. Ahí, en un encuentro privado con Hitler —e igual que muchos estadounidenses que lo saludaron—, se sintió cautivado por la fuerte personalidad del dictador y por sus logros innegables en resucitar la economía alemana. De vuelta a casa, con las mismas vaguedades tranquilizadoras que Brundage, Sherrill se puso a negar sistemáticamente los indicios cada vez más evidentes de lo que les pasaba a los judíos en Alemania. También le dio por insertar amenazas en sus comentarios *projudíos*: «No oculto que soy projudío, y por ese motivo tengo una advertencia para los judíos estadounidenses. Hay un gran peligro en esta agitación olímpica… Es casi seguro que asistimos a una ola de antisemitismo entre aquellos que antes ni se lo planteaban y que pueden pensar que 5.000.000 de judíos de este país utilizan a 120.000.000 de estadounidenses para sacarles las castañas del fuego». Fue a Brundage mismo, sin embargo, a quien se le ocurrió la pirueta lógica más retorcida para defender la causa anti-boicot: «Los deportistas de este país no tolerarán el uso del deporte estadounidense como vehículo para trasplantar odios del Viejo Mundo a Estados Unidos». En otras palabras, el problema —los «odios del Viejo Mundo»— no venía de los nazis, sino de los judíos y sus aliados que se atrevían a denunciar lo que pasaba en Alemania. A finales de 1935, intencionadamente o no, Brundage cruzó la frontera entre manipulado y manipulador.

Sin embargo, el asunto estaba zanjado. Estados Unidos iba a los Juegos Olímpicos de Berlín. Lo que quedaba por delante era seleccionar a los deportistas dignos de llevar la bandera estadounidense al corazón del Estado nazi.

CUARTA PARTE

Rozar lo divino

(1936)

El primer equipo de 1936

De izquierda a derecha: Don Hume, Joe Rantz, Shorty Hunt, Stub McMillin, Johnny White, Gordy Adam, Chuck Day y Roger Morris. Agachado: Bobby Moch

CAPÍTULO XIII

«Cuando en un bote de ocho asientos se consigue
el ritmo justo, estar dentro es un auténtico placer. No es duro
cuando se alcanza el ritmo, el swing, *como lo llaman.*
He oído gritos de placer entre los remeros cuando en un bote
de ocho asientos se ha alcanzado ese swing; *es algo que no*
olvidarán mientras vivan».

GEORGE YEOMAN POCOCK

A última hora de la tarde del 9 de enero, Al Ulbrickson reunió a los chicos en el pabellón de los botes y lanzó una clara advertencia: dijo que todos los que se presentaran el siguiente lunes para aspirar al primer equipo «tenían que estar preparados para participar en la mejor temporada de Washington, y la más dura». Después de meses de hablar del año olímpico, finalmente había llegado. Ulbrickson no quería que nadie subestimara lo que estaba en juego ni el altísimo coste de participar.

Cuando Joe acudió al pabellón de los botes ese lunes y echó un vistazo a la pizarra, lo sorprendió ver que su nombre estaba en la lista del primer bote del primer equipo, igual que el de Shorty Hunt y el de Roger Morris. Después de remar en los botes número tres y cuatro todo el otoño, a Joe se le escapaba por qué, de repente, había subido de categoría. Resultó que, en realidad, no era un ascenso de categoría. Ulbrickson había reconstituido en parte algunas antiguas distribuciones en botes de 1935, de forma puramente temporal. Quería dedicar las primeras semanas a trabajar los aspectos básicos. «Por lo general —dijo—, los remeros están más receptivos a sugerencias cuando trabajan con compañeros de equipo conocidos». Sin embargo, enseguida que empezaran a remar a ritmo de competición, mezclaría los botes, y cada palo volvería a aguantar su vela. De momento, la distribución por botes no significaba nada.

Y todos volvieron al agua. El resto de enero y los primeros días de febrero remaron seis días a la semana, desde posiciones de un cuarto de deslizamiento y de medio deslizamiento, y con paladas más cortas para centrarse en la técnica. Practicaron las salidas de regata. Trabajaron las debilidades de cada uno. Cada pocos días caían ráfagas de nieve sobre el lago Washington. Cuando no nevaba, estaba despejado y hacía un frío intenso y viento. Remaban de todos modos, algunos ataviados con chándales, y algunos, de forma incoherente, con *shorts* y gorros de lana. Vinieron los de Universal Pictures y los grabaron por si después necesitaban el metraje para los Juegos Olímpicos. De vez en cuando hacían regatas cortas entre ellos. El que oficialmente era el primer bote, el de Joe, solía quedar tercero. El tercer bote solía quedar primero. Ulbrickson observó que los chicos del bote de Joe empezaban bien, luego perdían el *swing*, después lo recuperaban, más adelante lo volvían a perder, hasta tres veces en una sola regata. Su agarre era el peor de los tres primeros botes.

Un día gris de febrero, Ulbrickson se esforzaba desde la lancha en corregir los problemas del bote número uno y empezaba a perder la paciencia cuando vio que George Pocock remaba solo a lo lejos. Soltó un «¡Alto!» dirigido a los chicos y puso la lancha al ralentí sin dejar de mirar a Pocock.

Los chicos notaron la mirada perdida de Ulbrickson y se dieron la vuelta en los asientos para ver qué estaba mirando. Pocock avanzaba sigilosamente por el agua como sin esfuerzo y su bote tenía un aspecto etéreo entre la neblina que se había asentado sobre el agua. Su cuerpo delgado y erguido se deslizaba con fluidez hacia delante y hacia atrás del bote, sin titubear ni frenar. Los remos se hundían y salían del agua sin ruido, y en la oscuridad del lago, junto al bote, aparecían charcos amplios y lisos.

Ulbrickson agarró el megáfono, le hizo señal al constructor de embarcaciones de que se acercara al bote y le dijo: «George, cuéntales lo que intento enseñarles. Cuéntales lo que intentamos conseguir». Pocock rodeó lentamente el bote y habló en voz baja con cada uno de los chicos, inclinándose levemente hacia el largo bote de cedro. Entonces le hizo una señal a Ulbrickson y se fue remando. No pasaron más de tres minutos.

Cuando Ulbrickson gritó «¡A remar!», los chicos impulsaron el bote hacia delante con fuerza, con un agarre y una palada súbitamente limpios. Desde ese momento, la mayoría de días George Pocock también fue en la lancha de los entrenadores, envuelto en un abrigo y una bufanda, con un sombrero de fieltro calado cubriéndole las orejas, tomando notas y señalándole cosas a Ulbrickson.

En general, Ulbrickson estaba satisfecho. A pesar de las dificultades meteorológicas y el rendimiento errático del bote número uno, las cosas progresaban; las pruebas cronometradas eran prometedoras para principio de temporada. Con la inyección de sangre nueva del excepcional bote de estudiantes de primero del año pasado, se volvía a enfrentar al problema de tener demasiado talento en el agua. Eso hacía que, a veces, fuera difícil separar lo bueno de lo muy bueno, y lo muy bueno de lo extraordinario. Sin embargo, a finales de febrero empezó a vislumbrar el aspecto que iba a tener el bote del primer equipo, un bote para Berlín, aunque no estaba preparado para hablar con la prensa ni con los chicos sobre la cuestión. Mientras compitieran entre ellos en un plano de igualdad, era probable que los muchachos siguieran mejorando. No obstante, una cosa era evidente. Si ese año un bote de Washington conseguía surcar las aguas berlinesas del Langer See, Bobby Moch iba a sentarse en la popa con un megáfono pegado a su cara.

Con un metro sesenta y ocho, y cincuenta y cuatro kilos, el tamaño de Moch era casi el perfecto para un timonel. De hecho, George Pocock diseñaba los botes para que funcionaran a la perfección con un timonel de cincuenta y cinco kilos. En general, era deseable incluso menos peso, siempre que el chico tuviera la fuerza para gobernar el bote. Igual que los jinetes, los timoneles hacen a menudo grandes esfuerzos para no aumentar de peso: pasan hambre, se purgan, hacen ejercicio de forma compulsiva y pasan horas en la sauna intentando sudar medio kilo o un kilo. A veces, los remeros pensaban que el timonel les pesaba y lo solucionaban por su cuenta encerrando a sus diminutos capitanes unas cuantas horas en la sauna. «El típico maltrato de los remeros», dijo un timonel de Washington más adelante, entre risas. En el caso de Bobby Moch, nunca le costó controlar el peso. Y, de todos modos, incluso si le hubiera sobrado medio kilo aquí o allá, el kilo y medio dedicado al cerebro lo hubiera compensado con creces.

La primera tarea de un timonel es gobernar el bote para que siga una línea recta durante toda la regata. En un bote de Pocock de los años treinta, el timonel controlaba el timón tirando de un par de cuerdas en la popa, al final de las cuales había un par de espigas de madera a las que se llamaba *aldabas* porque a veces se utilizaban para subir el ritmo de palada golpeándolas contra una tablilla de eucalipto sujeta a un lado del bote. Cuando ocho jóvenes corpulentos se mueven constantemente en una embarcación de sesenta centímetros de ancho y hace viento, y la marea o la corriente los intenta desviar de su rumbo sin parar, gobernar un bote no es poca cosa. Pero no es, ni mucho menos, la primera preocupación del timonel.

Desde el momento en que el bote coge impulso, el timonel es el capitán. Él o ella tiene que controlar, tanto desde un punto de vista físico como psicológico, todo lo que ocurre en el bote. Los buenos timoneles conocen a sus remeros del derecho y del revés —las fortalezas y los puntos débiles de cada cual— y siempre saben cómo sacar lo máximo de cada uno. Tienen el carácter que consigue que ocho remeros agotados hundan todavía más los remos y se esfuercen más, incluso cuando parece que todo está perdido. Cuentan con unos conocimientos enciclopédicos sobre sus rivales: cómo les gusta competir, cuándo es probable que se pongan a esprintar o cuándo les gusta estar a la espera. Antes de una competición, el timonel recibe del entrenador un plan de regata, y él o ella es el responsable de llevarlo fielmente a la práctica. Sin embargo, en una situación tan volátil y dinámica como una regata de remo, las circunstancias a menudo cambian de golpe y hay que tirar los planes de regata por la borda. El timonel es la única persona del bote que mira hacia delante y que en todo momento puede ver cómo se perfila la regata, y él o ella tiene que estar preparado para reaccionar rápidamente ante cualquier imprevisto. Cuando un plan de regata no da resultado, cambiar de plan, a menudo en una fracción de segundo, depende del timonel, igual que comunicarlo rápida y enérgicamente al equipo. A menudo esto implica bastantes gritos y aspavientos. En la regata en la que Cal ganó la medalla de oro en Ámsterdam en 1928, Don Blessing llevó a cabo lo que el *New York Times* llamó «una de las grandes sesiones de alaridos demoníacos que jamás se hayan oído en este planeta… ¡Vaya lenguaje y vaya vocabulario! Si uno cerraba los ojos, esperaba el chasquido de un último latigazo cruel en las espaldas de los esclavos de la galera». En fin, un buen timonel es a la vez un jefe, un animador y un entrenador. Él o ella es reflexivo, astuto como un zorro, inspirador y, en muchos casos, la persona más dura de todo el bote.

El pequeño Bobby Moch era todo eso y más. Se había criado en Montesano, un pueblo maderero nebuloso a orillas del río Chehalis, en el suroeste de Washington. Era un mundo oscuro y húmedo; un mundo dominado por grandes árboles, grandes camiones y hombres corpulentos. En las colinas neblinosas de las afueras del pueblo crecían abetos Douglas y cedros enormes. De día y de noche, los pesados camiones madereros atravesaban el pueblo con gran estruendo por la carretera 41 rumbo a los aserraderos de Aberdeen. Por la calle mayor se pavoneaban fornidos leñadores que llevaban gruesas camisas de franela y botas con tachuelas, y que los sábados por la noche jugaban al billar en el Star Pool Hall y los domingos por la mañana pasaban el rato en el Montesano Café bebiendo café largo.

El padre de Bobby, Gaston —un relojero y joyero suizo— no era un hombre corpulento. Pero era un ciudadano destacado del pueblo, un miembro orgulloso de los bomberos, todos voluntarios, y se le recordaba por haber conducido el primer coche de Aberdeen a Montesano, un trayecto de diecinueve kilómetros que hizo en nada menos que una hora y media. Cuando Bobby tenía cinco años, una operación chapucera en el apéndice casi lo mató. La convalecencia lo dejó bajo, delgado y enfermizo —aquejado de asma severa— a lo largo de toda la escolaridad y más allá. Decidido a que su debilidad y estatura no supusieran un obstáculo, en el instituto probó todos los deportes imaginables, sin dominar ninguno, pero practicándolos todos con tenacidad. Cuando no pudo entrar en el equipo de fútbol americano del instituto, él y otros chicos que no eran lo suficientemente altos para que los seleccionaran se reunieron en un solar, un poco más allá de Broad Street, y montaron un segundo equipo de fútbol americano, sin cascos ni hombreras. Bobby era el más enclenque de los chicos enclenques del solar y siempre era el último al que escogían, y a pesar de que pasaba medio partido con la cara en el suelo, más adelante atribuyó a esa experiencia buena parte del éxito que después tuvo en la vida. «No importa cuántas veces caes —le dijo a su hija Marilynn—. Lo que importa es cuántas veces te levantas». En el último año de instituto, por pura fuerza de voluntad, fue premiado en nada menos que baloncesto. Y el kilo y medio de materia gris que llevaba en el cráneo le venía muy bien en el aula. Acabó como primero de su clase y recibió el premio extraordinario de la promoción de 1932 de Montano High School.

Cuando se matriculó en la Universidad de Washington, puso la mira en ser timonel. Como con todo lo que intentó, luchó con uñas y dientes para conseguir un puesto en la popa de uno de los botes de Al Ulbrickson. Sin embargo, una vez estuvo en ese asiento, su tenacidad enseguida se lo ganó. Como todo el mundo en el pabellón de los botes, Ulbrickson no tardó en descubrir que el único momento en el que a Moch no se le veía completamente contento y cómodo en el asiento de timonel era cuando iba primero. Mientras viera otro bote delante de él, mientras tuviera algo que superar, alguien a quien ganar, el chico estaba que se salía. En 1935 Moch empuñó el megáfono en el segundo bote que esa temporada competía con Joe y los demás estudiantes de segundo por la categoría de primer equipo. No fue una elección del gusto de todos. Desplazó a un chico bien considerado con el que sus nuevos compañeros de equipo habían remado dos años, y al principio no le tuvieron a Moch el respeto que, para un timonel, es imprescindible. Eso hizo que Moch les exigiera más. «Fue una temporada dura. Yo no les gustaba lo más mínimo —dijo más adelante—. Les exigí que lo hicieran mejor, así que me creé muchos enemigos». Moch llevó a esos chicos como un negrero con látigo. Tenía una voz grave de barítono que era sorprendente en un joven tan enclenque, y la utilizaba de forma efectiva, dando órdenes a gritos, con autoridad absoluta. Sin embargo, también era lo suficientemente astuto como para saber cuándo dejarlos tranquilos, cuándo elogiarlos, cuándo suplicarles y cuándo bromear con ellos. Poco a poco se ganó a sus nuevos compañeros de equipo.

La conclusión es que Bobby Moch era inteligente y sabía cómo utilizar su inteligencia. De hecho, a finales de la temporada de 1936 tenía su propia llave de la asociación Phi Beta Kappa y, si quería, la podía hacer girar con un dedo, como Al Ulbrickson.

A finales de febrero, al dividir en grupos a los chicos, Ulbrickson empezó a darle más importancia al número —uno, dos y tres— que atribuía a cada bote. Joe pasó del bote número uno al dos. El 20 de febrero, en un día de remo intenso con mucha nieve y un viento del este persistente, el número uno y el dos llegaron muy igualados. Las esperanzas de Joe renacieron. No obstante, una semana más tarde, Ulbrickson lo bajó al bote número tres.

El tiempo seguía intratable, pero de todos modos los chicos remaron. Ignoraron el frío, la lluvia, el aguanieve, el granizo y la nieve. Sin embargo, había días en que el viento revolvía tanto la superficie del lago Washington que nadie podía seguir remando sin riesgo de que el agua se lo tragara. A pesar del tiempo, las pruebas cronometradas de los primeros botes seguían siendo buenas, pero no mejoraban tan rápido como Ulbrickson esperaba que lo hicieran en ese momento. El entrenador todavía no había encontrado un bote que dejara atrás a los demás. Y, con todo, el remo bajo tiempo frío mezclado con días en los que no podían remar, la moral de los chicos empezó a verse afectada. «Demasiados llorones», garabateó Ulbrickson en su diario el 29 de febrero.

Una tarde excepcionalmente tormentosa de principios de marzo, cuando los chicos holgazaneaban por el pabellón, George Pocock le dio un golpecito en el hombro a Joe y le pidió que lo acompañara a la buhardilla. Tenía algunas ideas que quería compartir con él. En el taller, Pocock se inclinó sobre el lateral de un bote nuevo y empezó a barnizar el casco vuelto del revés. Joe colocó un caballete en el otro lado del bote y se sentó encima mirando al hombre mayor.

Pocock empezó diciendo que llevaba un tiempo observándolo y que era un buen remero. Se había fijado en algunos fallos técnicos: que doblaba los brazos en la zona de los codos un poco pronto respecto a la palada, y que no agarraba el agua con toda la limpieza con que lo haría si seguía moviendo las manos a la misma velocidad a la que el agua se movía bajo el bote. Pero no era de eso de lo que quería hablar.

Le dijo a Joe que había veces en que parecía que pensara que era el único tipo en el bote, como si dependiera de él llevarlo hasta la línea de meta. Dijo que, cuando alguien remaba de esa manera, solía atacar el agua en lugar de trabajar con ella y, peor todavía, no solía dejar que el equipo lo ayudara a remar.

Le sugirió a Joe que pensara en una regata bien remada como en una sinfonía y en él como en un intérprete dentro de la orquesta. Si un músico de la orquesta toca desafinado o con un tempo distinto, se echa a perder toda la pieza. Con el remo pasa lo mismo. Más importante que la potencia con la que reme un individuo es la armonía que consigue entre lo que él hace en el bote y lo que hacen los demás. Y un remero no puede encontrar la armonía con sus compañeros de equipo si no les abre su corazón. A Joe tenía que importarle su equipo. No solo tenía que entregarse al remo, sino también a sus compañeros de equipo, aunque significara llevarse una decepción.

Pocock hizo una pausa y levantó la vista hacia Joe. «Si hay un tipo en el bote que no te cae bien, Joe, tienes que conseguir que te caiga bien. Tiene que importarte si él gana la regata, no solo si la ganas tú».

Le dijo a Joe que procurara no desaprovechar la oportunidad. Le recordó que ya había aprendido a remar más allá del dolor, más allá del agotamiento, más allá de la voz que le decía que era imposible. Eso significaba que tenía la oportunidad de hacer cosas que la mayoría de hombres nunca tendrían la oportunidad de hacer. Y acabó con una observación que Joe nunca olvidaría. «Joe, cuando empieces a confiar de verdad en los demás chicos, vas a notar una fuerza dentro de ti que está muy lejos de todo lo que hayas imaginado. A veces te parecerá como si hubieras remado hasta salirte del planeta y estuvieras remando entre las estrellas».

El día siguiente era domingo y, como llevaba semanas haciendo cada fin de semana, Joe recogió a Joyce y la llevó en coche al solar a orillas del lago Washington donde su padre construía la nueva casa. La parte del sótano estaba casi completa y, con la parte de arriba en obras, Harry se había trasladado al sótano con sus hijos. Se parecía más a una cueva que a una casa, se entraba por una gran puerta como de garaje y solo había una pequeña ventana que daba al lago. Pero Harry había metido una cocina de leña y, al menos, dentro había una buena temperatura y se estaba seco.

Joe y su padre se pasaron la mañana llevando madera de la carretera a las obras bajo una lluvia torrencial y luego subiéndola al nivel de lo que iba a ser el piso principal de la casa. Joyce entretenía a los niños dentro, jugando a las cartas y preparando caramelo y chocolate a la taza en la cocina de leña. Ella y Joe estaban preocupados por los cuatro, y es que todavía les costaba adaptarse a la pérdida de su madre. Como Harry trabajaba a tiempo completo en la casa, no recibían demasiada atención. A menudo tenían pesadillas, Rose y Polly solían llorar cuando se las dejaba solas, y aunque todos siguieron en la escuela, las notas se vieron afectadas. Joe les prometió a todos diez centavos por cada excelente que sacaran. Ahora Joyce intentaba pensar en cosas maternales que pudiera hacer con ellos.

En muchos sentidos, a Joyce le resultaba fácil y natural hacer de madre de los hijos de Thula. Veía a niños desconsolados con grandes

necesidades y su instinto la impulsaba a rodearlos con los brazos y cuidar de ellos. Es lo que hizo desde la primera vez que los vio después de
la muerte de Thula. El rencor y el enfado que todavía sentía hacia Thula
lo llevaba por dentro, lejos de la vista de los niños. Sin embargo, lo que
a Joyce le resultaba más difícil era saber qué hacer y qué sentir respecto al padre de Joe. A primera vista se llevaban bien. Harry la trataba
de forma afable, incluso cálida, y ella intentaba corresponderle. Pero,
en su interior, Joyce todavía estaba furiosa. No se olvidaba ni le podía
perdonar a Harry no haber estado al lado de Joe todos esos años, sus
debilidades o dejar que Thula echara a Joe como si no fuera más que un
perro callejero. Y cuantas más vueltas le daba, más se enfadaba.

JOE EN LA NUEVA CASA DE HARRY A ORILLAS DEL LAGO WASHINGTON

A última hora de la tarde, Joe y su padre habían trasladado toda la
madera y, como llovía con más intensidad que nunca, Harry se dirigió
a la casa. Joe le gritó: «No tardo en llegar, papá»; y se acercó al muelle
de la vecina casa de Fred y contempló las olas blancas y grises del lago
pensando en el futuro inmediato.
　　La línea de meta de la regata de la Costa del Pacífico de abril se
encontraba a poco más de un kilómetro de ahí. ¿Estaría en el primer
bote cuando pasara por este muelle? Pensó que probablemente no.
Las ráfagas de viento lo zarandearon y por la cara le cayó el agua de

la lluvia. No le importaba. Se quedó mirando el agua, consideró las lecciones de Pocock del día anterior y se repitió una y otra vez las palabras del constructor de botes.

Nada le daba más miedo a Joe, que se había pasado los últimos seis años abriéndose obstinadamente su propio camino, que depender de los demás. La gente te falla. La gente te deja tirado. Depender de la gente, confiar en ella, es lo que te hace daño. Sin embargo, parecía que la confianza era el núcleo de lo que Pocock pedía. Pocock dijo que había que buscar la armonía con los demás. Había una especie de verdad absoluta en eso, algo que tenía que aceptar.

Estuvo un buen rato en el muelle, mirando fijamente el lago, indiferente a la lluvia, y los pensamientos se le juntaban, se conectaban con otros pensamientos y abrían perspectivas nuevas. Como músico, entendía el concepto de armonía. Harry Secor y él trabajaron juntos para tenderle una trampa al salmón real gigante del río Dungeness. Contempló maravillado a los caballos de Charlie McDonald, Fritz y Dick, agachándose y tirando juntos, moviendo enormes álamos de Virginia como si fueran palillos, y los animales palpitaban y tiraban a la vez, como una sola criatura. Charlie le contó que tirarían hasta que se les saltaran los arneses o les estallara el corazón. En la pared del acantilado de Grand Coulee, Joe y los hombres con los que trabajó se vigilaron los unos a los otros para esquivar las rocas que caían de encima. Por las tardes y los fines de semana, Johnny White, Chuck Day y él rondaron juntos por B Street en busca de aventuras; no se trataba de superar a los demás.

Joe se dio la vuelta y entrevió a través de la cortina de lluvia la casa que su padre construía. Justo detrás de la casa, un tren de carga avanzaba pesadamente por los raíles en los que circularía el tren panorámico durante la regata de California. Dentro, los niños, Joyce y su padre estaban bajo un mismo techo, ahora mismo sentados junto al fuego, esperando a que él se resguardara de la lluvia y entrase. Y mientras estaba bajo la lluvia, los sentimientos de Joe empezaron a cambiar, moviéndose como notas en un pentagrama en el que aparecían fragmentos de temas nuevos.

Cuando volvió a la cálida cueva que su padre había construido, Joe se secó el cabello con una toalla, sacó el banjo de la caja y colocó una silla delante de la cocina de leña. Reunió a los niños a su alrededor. Afinó el banjo con cuidado, toqueteó las clavijas y punteó las cuerdas de acero.

Entonces se aclaró la garganta, dibujó una amplia sonrisa y empezó a cantar. Uno por uno, los niños, Joyce y Harry se le unieron.

El 19 de marzo, Al Ulbrickson pensó que había identificado el bote olímpico. Todavía lo tenía marcado como segundo bote en la pizarra, pero los chicos que lo componían empezaban a superar de forma sostenida al primer bote, y Ulbrickson iba colocando discretamente a los últimos seleccionados en ese bote.

En la proa estaba Roger Morris. En el asiento número dos, Chuck Day. En el número tres estaba uno de los estudiantes de primero de Tom Bolles de la temporada pasada, Gordy Adam, el chico de la granja lechera a orillas del río Nooksack, cerca de la frontera con Canadá. Gordy fue a una escuela rural con dos aulas y luego al Mount Baker High School en el pueblo de Deming. Después pasó cinco meses muy duros pescando salmón en el mar de Bering, en Alaska, para reunir suficiente dinero para empezar la universidad. Era un joven discreto. Tan discreto que en la regata del año anterior contra California remó las dos millas de competición con un corte muy profundo en el dedo gordo y no se lo dijo a nadie. En recuerdo de ese episodio, Royal Brougham se empezó a referir a él como «el corajudo Gordy Adam».

En el número cuatro Ulbrickson colocó al ágil y apuesto Johnny White. Stub McMillin, corpulento y alto, estaba en el número cinco. Shorty Hunt ocupaba el número seis. En el número siete había otro de los antiguos estudiantes de primero de Tom Bolles, Merton Hatch. En la posición de popa estaba un cuarto miembro del equipo de estudiantes de primero de la temporada anterior: el impasible Don Hume.

Colocar a un estudiante de segundo de diecinueve años en la posición crucial de remero de popa no era una decisión habitual, pero Hume había destacado tanto como estudiante de primero que muchos ya decían que podía convertirse en el mejor remero de popa de Washington desde que Ulbrickson mismo remara en dicha posición; quizá todavía mejor. Era de Anacortes, que entonces era un rudo puerto conservero y maderero, ochenta kilómetros al norte de Seattle. En el instituto fue el deportista perfecto y polivalente —una estrella del fútbol, el béisbol y el atletismo en pista— y un alumno sobresaliente. También era un pianista de mucho talento, fan de Fats Waller y capaz de lidiar con cualquier cosa, desde canciones de *swing* hasta Mendelssohn. Cuando se sentaba al piano, siempre se formaba un corro de gente a su alrededor. Después del crac, su padre perdió el trabajo en una planta de celulosa y se fue a Olympia en busca de empleo. Don se quedó en Anacortes alojado con amigos de la familia y acabó encontrando trabajo en un aserradero.

Un día, caminando por la playa de guijarros en el canal entre Anacortes y la isla de Guemes, se topó con un bote de remo abandonado, de aspecto chapucero y cuatro metros de largo. Lo restauró, lo metió en el agua y descubrió que le encantaba remar. Realmente le encantaba, más que cualquier otra cosa. Después de acabar el instituto, remó obsesivamente durante un año —para un lado y otro del canal en días nebulosos y, cuando hacía sol, aventurándose hasta las islas San Juan—. Cuando se terminó el trabajo en el aserradero y decidió ir a Olympia a reunirse con sus padres, remó hasta su destino —una travesía de seis días que cubría casi cien millas de agua—. Ese otoño se mudó a Seattle, se matriculó en la carrera de Geología y se fue derechito al pabellón de los botes, donde Tom Bolles y Al Ulbrickson enseguida se dieron cuenta de que tenían entre manos a un extraordinario deportista.

Hume tiraba de los remos con la suavidad de la seda y con la regularidad exacta y mecánica de un metrónomo. Parecía que tuviera un sentido del ritmo innato y profundamente arraigado. Pero, sobre todo, su dominio del remo, la fiabilidad que siempre demostraba y la seguridad que desprendía, sólida como una roca, eran tan evidentes que todos los demás chicos del bote las notaban enseguida y no les costaba sincronizarse con Hume independientemente de las condiciones del agua o de las circunstancias de la competición. Don era un elemento clave.

En la popa del bote estrella de Ulbrickson, empuñando el megáfono estaba, cómo no, Bobby Moch.

Joe estaba en el tercer bote. Y parecía que se iba a quedar en él. Hasta ese momento no había conseguido entrar en el supuesto segundo bote, de modo que parecía que no iba a remar en la regata de Cal ni en sucesivas. Pero entonces, el 21 de marzo, entró en el pabellón y vio su nombre en la pizarra, en el asiento número siete del bote número dos, del que todo el mundo hablaba como el mejor candidato para primer bote. No se lo podía creer. No sabía si Pocock había hablado con Ulbrickson, si Merton Hatch había cometido algún error muy gordo o si Ulbrickson sencillamente necesitaba a otra persona para que ese día ocupara el asiento número siete. Fuera cual fuera la razón, esta era su gran oportunidad.

Joe sabía lo que tenía que hacer y hacerlo le pareció sorprendentemente fácil. Esa tarde se sintió como en casa desde el momento en que entró en el pabellón. Los chicos le caían bien. No conocía tanto a Gordy Adam ni a Don Hume, pero ambos se tomaron la molestia de darle la bienvenida a bordo. Su amigo más antiguo y de más confianza, Roger Morris, que estaba sentado en la proa, lo saludó con la mano y gritó para que se oyera desde el otro extremo: «Hola, Joe, ¡veo que por fin has encontrado el buen bote!». Sus colegas de Grand Coulee, Chuck Day y Johnny White, también estaban sentados por la parte delantera. Al sujetar los zapatos al estribo y ponérselos, Stub McMillin dijo con la cara iluminada: «Bueno, chicos, ahora este bote va a volar». Shorty Hunt le dio una palmada en la espalda y susurró: «Yo te cubro la espalda, Joe».

Ese día Joe remó como nunca había conseguido remar antes: como Pocock le había dicho que remara, entregándose completamente al esfuerzo del equipo, como si fuera una extensión del compañero de delante y del de atrás, siguiendo perfectamente la palada de Hume, transmitiéndosela a Shorty, al que tenía detrás, en un flujo continuo de músculo y madera. Joe lo vivió como una transformación, como si se hubiera apoderado de él alguna especie de magia. Lo más parecido que le venía a la memoria era la noche de primer curso en que se encontró en el lago Union con las luces de Seattle centelleando en el agua y la respiración de sus compañeros de equipo sincronizada con la suya, tal como delataba el vaho que espiraban en el ambiente oscuro y frío. Ahora, al salir del bote en el crepúsculo, se dio cuenta de que la transformación no nacía tanto de que él intentara hacer lo que había dicho Pocock como del hecho de que su equipo era un puñado de chicos con los que podía hacerlo. Sencillamente confiaba en ellos. Al final era así de sencillo. Ulbrickson escribió en el diario: «Cambié a Hatch por Rantz y fue de gran ayuda».

Al final resultó que esa entrada en el diario se quedó muy corta. Fue el último cambio que Ulbrickson tuvo que hacer. En los días sucesivos, el bote empezó a volar, tal como Stub McMillin dijo que haría.

El 22 de marzo llevó la delantera desde el principio hasta el final. El 23 de marzo ganó por unos asombrosos siete largos en una primera regata y por unos holgados tres o cuatro en una segunda. La mañana del 27 de marzo, en medio de una notable tormenta de nieve de finales de primavera, llegó tres largos por delante. Esa tarde, haciendo un *sprint* de dos mil metros, Don Hume llevó el ritmo de palada hasta unas infernales cuarenta, los chicos lo siguieron perfectamente y el bote cruzó una vez más la línea de meta a una buena distancia del resto. El 28 de marzo, cuando todavía caía algo de nieve, Ulbrickson elevó oficialmente la embarcación a la categoría de primer bote. Tardó unos días más en anunciarlo a la prensa, pero el entrenador había tomado la decisión de su carrera. Ese era el equipo con el que intentaría ir a los Juegos Olímpicos de Berlín.

Esa tarde George Pocock bautizó personalmente el nuevo bote en el que los chicos remarían para las pruebas. Mientras Joe y sus compañeros de equipo sostenían el bote, Pocock vertió una jarra de un líquido misterioso sobre la proa y dijo: «Bautizo a este bote como *Husky Clipper*. Que tenga éxito en todas las aguas que surque, especialmente en Berlín». Al bajar el bote a la rampa para meterlo en el agua, algunos chicos arrugaron la nariz intentando identificar el extraño olor del líquido de la proa. Pocock se rio: «Jugo de chucrut. Para que se acostumbre a Alemania».

El 4 de abril, Ulbrickson organizó una última prueba cronometrada de tres millas antes de anunciar oficialmente la distribución en botes para la regata de la Costa del Pacífico. Después de dos millas de prueba, Bobby Moch subió el ritmo a treinta y dos y lo mantuvo. Entonces el récord de tres millas estaba en 16:33,4; conseguido por el primer equipo de Washington que Joe vio desde el ferri en 1934. Ahora Joe y sus compañeros de equipo terminaron con 16:20, y lo hicieron con la espalda recta al final de la regata y una respiración normal, a gusto. Cada vez que se metían en el *Husky Clipper*, parecía que mejoraban.

Había una razón muy sencilla para explicar lo que pasaba. A los chicos del *Clipper* se les había seleccionado con una competencia muy dura, y de la selección había surgido una especie de personalidad común: todos eran hábiles, todos eran duros y todos eran muy decididos, pero también eran todos buenas personas. Todos tenían orígenes humildes o habían sufrido una cura de humildad debido a los estragos de la época. Cada uno a su manera, habían aprendido que en la vida no se podía dar nada por supuesto, que, a pesar de su fuerza, belleza y juventud, en el mundo había fuerzas que los superaban. Los retos a los que se habían enfrentado juntos les habían enseñado la humildad —la necesidad de integrar sus egos individuales en el bote como conjunto— y la humildad era la puerta de entrada común a través de la cual ahora podían juntarse y empezar a hacer lo que no habían podido hacer antes.

Pero antes de las pruebas para los Juegos Olímpicos en Princeton, Al Ulbrickson se enfrentaba a una serie de retos colosales: primero, la regata de la Costa del Pacífico contra California en el lago Washington. Si ganaba las tres regatas, Ulbrickson pensaba que podría convencer a la gente de Seattle para que volviera a financiar el envío de los tres botes a Poughkeepsie para el campeonato nacional de junio. Entonces —ganara o perdiera en Poughkeepsie— se llevaría al primer equipo a Princeton en julio. Si se imponían, eso significaba viajar a Berlín, una o dos pruebas eliminatorias y finalmente la regata en la que se dirimiría la medalla de oro contra los mejores equipos del mundo. Era un reto enorme, pero cada vez que Al Ulbrickson veía al flamante primer equipo en el agua, confiaba más en lograrlo.

En Berkeley, Ky Ebright tenía, si cabe, todavía más confianza que Al Ulbrickson, tanto en la inminente regata de Seattle como en sus perspectivas olímpicas. Casi seguro que se había enterado de la prueba cronometrada de tres millas en la que el primer equipo de Ulbrickson anotó 16:20, pero no eran noticias como para inquietarlo. Sus chicos ya habían conseguido un tiempo asombroso de 15:34 en una prueba de tres millas en el estuario. El bote iba con la corriente a favor, pero de todos modos la diferencia era de casi un minuto. El 8 de abril montó otra prueba cronometrada en aguas mansas. El primer equipó marcó 16:15, cinco segundos por delante del equipo de Ulbrickson. Para no caer en la complacencia, cuando el equipo llegó al muelle, Ebright solo se permitió un brusco: «Para variar, esta vez se os ha visto bien». La cuestión era que Ebright tenía todos los motivos para estar satisfecho de cómo se perfilaban las cosas esa temporada de 1936, y que no había visto nada procedente de Seattle que le hiciera cambiar de opinión.

En cualquier caso, Ebright prefería no arriesgarse. Lo apostaba todo a empezar el año olímpico con una victoria sobre Washington en Seattle. Empezó la temporada escribiendo el nombre de cada uno de sus remeros en pedacitos de papel y metiéndolos en un sombrero —los campeones de Poughkeepsie junto a los demás competidores de segundo curso, del segundo equipo y del primero—. Luego fue cogiendo nombres, uno a uno, para determinar la distribución inicial por botes. El mensaje era que nadie podía confiar en sus logros pasados para conseguir una plaza en el primer bote. Todos iban a tener que ganárselo de cero.

Las cosas habían marchado bien desde entonces. El omnipresente sol de California le había permitido trabajar con los chicos a su ritmo hasta culminar en una serie de ensayos de tres millas que los dejaron preparados y en forma. Cuando los puso a prueba en la distancia corta, lo hicieron igual de bien. Teniendo en cuenta esto y la paliza que encajó Washington tanto en Poughkeepsie como en Long Beach el verano anterior, pensó que se encontraba en una buena posición para imponerse en las regatas largas en Washington y Poughkeepsie y pasar después a dominar las regatas cortas en las pruebas olímpicas y en Berlín.

En las últimas semanas, Ebright reinstauró una tradición a la que había recurrido antes de las grandes regatas desde su triunfo olímpico de 1932: la mesa de entreno del primer equipo. Cualquier chico que hubiera conseguido entrar en los dos primeros botes tenía derecho a cenar gratis con sus compañeros de equipo en Stephens Union, en el campus de Berkeley. Dado el contexto de penuria, para los chicos eso suponía un poderoso incentivo para conseguir un hueco en uno de esos dos botes. Por otra parte, a Ebright también le ofrecía la posibilidad de controlar el valor nutritivo de lo que se zampaban sus muchachos. La comida de la mesa de entreno era sustanciosa, rica sobre todo en proteína y calcio. La mayoría de noches eso significaba un bistec gordo y jugoso, y toda la leche que los chavales fueran capaces de beber.

En Seattle no había presupuesto para una mesa de entreno. Pero Al Ulbrickson estaba igual de preocupado que Ebright por que sus chicos se nutrieran bien a las puertas de la temporada de competición. La receta de Ulbrickson era bastante menos apetecible que un bistec. Cada tarde a los chicos de Washington se les obligaba a dar cuenta de un vaso lleno de una solución de calcio de color rosa y que sabía a tiza, y luego de un vaso de gelatina efervescente Knox. A veces la gelatina daba problemas, según cómo y cuándo se había mezclado. Había que engullirla rápido antes de que empezara a solidificarse o uno se atragantaba. Algunos meses después, tras leer un artículo sobre la dieta de Ulbrickson y ante el éxito de sus chicos, un preparador de caballos llamado Tom Smith se dedicó a buscar heno rico en calcio para un caballo de carreras que respondía al nombre de *Seabiscuit*.

Ky Ebright y sus chicos llegaron a Seattle a media tarde del martes 14 de abril y se alojaron en el Hotel Edmond Meany. Por la mañana, Ulbrickson metió a sus muchachos en un agua muy encrespada; no había remado en condiciones parecidas desde el día de 1932 en que Cal derrotó a Washington por dieciocho largos y Washington apenas había llegado a la línea de meta antes de hundirse.

Sin embargo, cuando los chicos de California se presentaron en el Montlake Cut el miércoles por la mañana, hacía un sol radiante y el agua estaba lisa como si fuera cristal. Al llevar sus botes a la rampa para meterlos en el agua, los campeones nacionales de California impresionaban. Los periodistas de Seattle se maravillaron de lo morenos que estaban comparados con los rostros pálidos de Seattle. Y si alguno de los periodistas que ese día se reunieron en la rampa albergaba alguna duda de que Ky Ebright se tomaba en serio la amenaza de Washington, esas dudas se disiparon de inmediato. El propio Ebright mismo empuñó enseguida un megáfono, subió al asiento del timonel del primer bote, el *California Clipper*, y empezó a dar órdenes a gritos mientras salía con el bote para desplazarse ocho millas al sur del lago Washington, lejos de la vista de los entrenadores de Washington.

En los siguientes dos días, ni Ulbrickson ni Ebright organizaron pruebas cronometradas o, si lo hicieron, no revelaron los resultados. Ambos entrenadores siguieron lanzando las acostumbradas valoraciones pesimistas de las posibilidades de sus chicos. Ebright dijo con un bostezo que su primer bote no era nada del otro mundo; los calificó de «un equipo bueno dentro de lo estándar». Ulbrickson consiguió darle todavía más dramatismo al asunto y situó a los Bears como claros favoritos antes de lamentarse: «Esta temporada nos han perjudicado las inclemencias del tiempo». Y luego mintió descaradamente: «Además, los chicos no son unos fueras de serie».

El sábado 18 de abril fue un día fantástico para ver una regata, pero duro para remar. El cielo estaba completamente azul y despejado. La previsión era que, en el momento de la regata, la temperatura subiera hasta los veintitantos grados. A media mañana, una corriente constante de aire cálido del sur agitaba la superficie azul del lago Washington. Con un tiempo así, la regata podía atraer a muchísima gente a las playas del extremo norte del lago.

A Joe se le había ocurrido una idea para aprovechar la llegada de esas multitudes al nuevo barrio de su padre. Harry y él compraron cincuenta kilos de cacahuetes con cáscara que venían en dos sacos de arpillera. La noche anterior, Joyce, Harry, Rose, Mike, Polly y Harry Junior se fueron a dormir tarde, poniendo los cacahuetes en bolsitas de papel con la idea de venderlas a los aficionados al remo. Ahora tenían cientos de bolsitas listas, y enseguida que comenzó a aparecer gente, a primera hora de la tarde, Joyce y los niños se dispersaron por las playas, tratando de vender cacahuetes a diez centavos la bolsa.

Igual que en 1934, a las 13:00 horas zarpó un ferri —este año se trataba del *MV Chippewa* —del muelle oceanográfico de la Universidad de Washington con un montón de estudiantes y la banda de música. El *Chippewa* estaba decorado con mucha elegancia para ser un ferri. De hecho, muchos pasajeros decían que estar a bordo era como viajar en un transatlántico, ya que tenía paneles de caoba filipina en toda la cabina principal, un salón para fumadores, otro para mujeres, una cocina muy completa, asientos acolchados de cuero rojo y una sala de observación acristalada delante. A veces se fletaba para cruceros especiales a la luz de la luna, durante los cuales un sofisticado sistema de altavoces hacía llegar la música en vivo de la sala de observación a todo el barco. La banda de Washington se colocó en la sala de observación, encendió los micrófonos y se puso a tocar música de baile. Igual que dos años antes, en la cubierta bailaban chicos con pantalones informales y en mangas de camisa, y chicas con vestidos de verano provistos de volantes.

Al emprender su rumbo al norte, lago arriba hacia la línea de meta en Sheridan Beach, al *Chippewa* se le unieron un crucero de la Marina y casi cuatrocientas embarcaciones más que hacían ondear gallardetes dorados y púrpura. En ese momento el viento del sur soplaba bastante más fuerte. El humo negro y el vapor blanco que salían de las chimeneas de las embarcaciones más grandes se desviaron decididamente hacia el norte, y las olas espumosas empezaron su danza en el extremo norte del lago, donde el viento barría el agua contra la costa.

A las 14:15 horas salió un tren panorámico de la estación de la universidad y se dirigió a 125th Street para la salida de la regata de estudiantes de primero, de dos millas. En ese momento, se había reunido a lo largo del recorrido la mayor multitud jamás congregada en el noroeste para presenciar una regata de remo.

No decepcionaron. Cuando la regata de estudiantes de primero empezó puntualmente a las 15:00 horas, pareció que iba a ser una regata reñida. Ahora las olas cruzaban el recorrido y en todo momento amenazaban con desestabilizar los botes. Era fácil no agarrar más que aire entre olas o hundir demasiado la pala en el agua y quedarse encallado. En la baliza de un cuarto de milla, al remero del asiento número siete de Cal le pasó justamente eso, y los cuatro remos de estribor casi llegaron a pararse antes de volver a arrancar. Cuando ya volvían a estar en marcha, fue al remero del asiento número tres a quien se le quedó encallado el remo. Mientras tanto, Washington consiguió una cómoda distancia y se dispuso a aprovecharla. Cuando cruzaron la línea de meta cuatro largos y medio por delante, el tiempo oficial quedó registrado en 10:11,2. Esa marca superaba por más de un minuto el récord en ese recorrido de 11:24,8 que desde 1934 ostentaban Joe y sus compañeros de equipo de primer curso. Cuatro cronometradores no oficiales registraron un tiempo más razonable de 10:42, y se revisó la cifra. De todos modos, seguía siendo un nuevo récord en ese recorrido por un amplio margen, y Tom Bolles se mantenía invicto en el lago Washington. Antes de que se acabara el día, las universidades de la costa este, especialmente Harvard, tomaron buena nota de ello. Los días de Bolles en Washington estaban contados.

La regata de segundos equipos empezó a las 15:45 horas y, a todos los efectos era cien metros más adelante. Cuatro chicos del bote de Washington eran veteranos del equipo de segundo curso de la temporada pasada en el que iba Joe: Bud Schacht, George Lund, Delos Schoch y Chuck Hartman. Eran chicos que sabían remar en aguas encrespadas y sabían qué había que hacer para ganar. En la salida cogieron la delantera con facilidad, ampliaron la distancia a cada baliza de cuarto de milla y cruzaron la línea casi seis largos por delante de California. Su tiempo, 16:14,2, batió el récord que ostentaba Cal por casi un minuto.

En el muelle de la casa de Fred Rantz, Harry, los niños y Joyce estaban sentados comiendo cacahuetes y tiraban las cáscaras al lago. Las ventas de la mañana habían sido decepcionantes. Iban a comer cacahuetes durante una buena temporada. Harry miraba al lago, hacia Sand Point, con los binoculares. La radio Philco de la casa —un lujo que había comprado de segunda mano para la ocasión— estaba al máximo volumen para poder oír la retransmisión de la regata de la NBC en KOMO cuando empezara.

Joyce dejaba que las piernas le colgaran por el borde del muelle. En el extremo norte del lago, un hidroavión plateado sobrevolaba la zona de la línea de meta. Joyce bajó la vista al agua, más allá de las cáscaras de cacahuete que flotaban. Se sentía inquieta.

A primera hora de la mañana le había cortado el pelo a Joe mientras él estaba sentado en una silla de su pequeño cuarto de la YMCA, con una toalla sujeta al cuello con una pinza de la ropa. Era un ritual que Joyce llevaba a cabo una vez al mes y siempre le apetecía. Le daba una oportunidad de estar cerca de Joe, de charlar con él en privado, lejos de los ojos y oídos de los demás, y siempre parecía que a Joe le gustaba y le relajaba.

Sin embargo, esa mañana, mientras Joyce trabajaba metódicamente peinándole el pelo rubio, midiéndolo a simple vista, utilizando el peine como guía y cortando el pelo a la longitud justa para conseguir el corte de pelo que a él le gustaba, Joe estuvo inquieto en la silla. Al final ella le preguntó qué pasaba. Él dudó, le costó encontrar las palabras, pero tal como Joyce recordaría más adelante, la esencia era que había algo en esa regata, en ese bote, que era distinto. En realidad, no podía explicarlo; simplemente sabía que no quería fallarles a los chicos.

A las 16:15 horas, mientras los dos primeros equipos remaban hasta la línea de salida, la NBC Red Network empezó la retransmisión, que se oía de costa a costa, para cubrir los momentos previos a la regata. El viento de cola se había intensificado todavía más y ahora cortaba toda la longitud del lago, amontonando más agua encrespada en el extremo norte. Hasta entonces los cuatro botes que habían competido habían llegado muy por delante de los récords del recorrido, incluso los botes perdedores. Los cuerpos alargados y erguidos de los remeros captaban el viento y funcionaban como velas, con lo que impulsaban a los botes. Ahora estaba claro que, si no había ningún desastre imprevisto, alguno de los primeros botes también iba a establecer un nuevo récord.

En la línea de salida, el *Husky Clipper* cabeceaba con el oleaje. Roger Morris y Gordy Adam, que estaban delante, se esforzaban por mantener la proa del bote apuntando al norte entre la presión incesante de las olas. Bobby Moch levantó la mano para indicar que su equipo estaba listo para remar. En el bote de Cal, el timonel Tommy Maxwell hizo otro tanto.

En las lanchas de los entrenadores que iban al ralentí detrás de los botes, Al Ulbrickson y Ky Ebright estaban francamente nerviosos. El hecho era que ninguno de los dos sabía a qué se enfrentaban en el otro bote. Ambos entrenadores tenían equipos excelentes y lo sabían; en cambio ninguno de los dos estaba demasiado seguro del equipo del otro. Los chicos del bote de California pesaban un total de 706 kilos, mientras que los chicos del bote de Washington pesaban 709: solo tres kilos más. Ambos botes tenían timoneles espabilados y remeros potentes y experimentados. Ambos botes eran de la máxima calidad, los últimos y mejores de Pocock, astillas elegantes de cedro: el *Husky Clipper* y el *California Clipper*. Ambos botes medían diecinueve metros de largo y, kilo arriba o abajo, pesaban lo mismo. Ambos presentaban elegantes revestimientos de cedro, de un grosor de cinco y treinta segundos de pulgada. Ambos contaban con elegantes falcas de cedro amarillo, armazones de fresno, bordas de pícea de Sitka y material de cubierta, de proa a popa, hecho de seda impregnada de barniz. Pero, sobre todo, ambos presentaban la marca de Pocock: la ligera curvatura que les daba compresión, elasticidad y vivacidad en el agua. Era difícil saber quién partía con ventaja. Iba a ser una cuestión de habilidad y agallas.

Cuando el juez de salida gritó «¡A remar!», ambos botes echaron a correr como caballos de carreras nerviosos a los que se hubiera retenido demasiado tiempo en el cajón de salida. Ambos equipos empezaron a buen ritmo, a unas treinta y cinco o treinta y seis paladas. En el bote de Cal, el corpulento remero de popa, Gene Berkenkamp, que acribilló a Washington en Poughkeepsie y Long Beach la temporada anterior, enseguida dio a su equipo una pequeña ventaja. Durante tres cuartos de milla, los dos equipos remaron hombro con hombro, golpeando con furia las aguas picadas. En el bote de Washington, Don Hume igualó el ritmo de Berkenkamp pero no conseguía recuperar la distancia.

Entonces Bobby Moch empezó a utilizar ese kilo y medio de cerebro. Hizo algo contraintuitivo pero inteligente, algo claramente difícil de hacer, pero que él sabía que era lo correcto. Con el rival por delante, remando a unas treinta y cinco paladas y consolidado en cabeza, le dijo a Hume que bajara el ritmo. Hume pasó a veintinueve.

Casi inmediatamente los chicos del bote de Washington encontraron el *swing*. Don Hume sirvió de modelo al dar grandes tirones, fluidos y profundos. Joe y el resto de chicos lo siguieron. Muy lentamente, asiento a asiento, el *Husky Clipper* empezó a alcanzar al *California Clipper*. En la baliza de una milla, los dos botes estaban igualados y Washington empezaba a adelantarse.

En el bote de Cal, Tommy Maxwell echó una mirada incrédula a los de Washington e inmediatamente gritó: «¡Diez de las grandes!».

Bobby Moch lo oyó, le devolvió la mirada, pero no picó el anzuelo. Gene Berkenkamp y el resto de los chicos de Cal se inclinaron sobre los remos y tiraron diez veces con todas sus fuerzas como se les había pedido. Bobby Moch se encorvó en la popa, miró a Don Hume a los ojos y le gruñó que se mantuviera en veintinueve paladas. Cuando Cal acabó sus diez de las grandes, no habían reducido de forma significativa la pequeña ventaja de Washington.

Con el viento en la cara, ambos equipos casi volaban por el recorrido; al saltar de ola en ola, entraba espuma por encima de la proa, y las palas de los remos entraban y salían como una exhalación de las aguas encrespadas. Después de las diez grandes, Cal había bajado el ritmo a treinta y dos, y luego a treinta y uno, pero con sus veintinueve el bote de Washington seguía por delante. Tommy Maxwell pidió otras diez de las grandes. De nuevo, Moch se contuvo y no cogió el guante, y de nuevo Washington mantuvo la posición, con la proa del *Husky Clipper* quizá dos metros y medio por delante de la de Cal.

En el asiento número siete de Washington, Joe se dio cuenta de algo: el bote pasaba por delante de la casa de su padre en la orilla oeste del lago. Tuvo la tentación de echar una miradita de reojo por si veía a Joyce. Pero no lo hizo. Siguió centrado en el bote.

En ese momento, el tren panorámico pasó ruidosamente justo por detrás de la casa de Harry Rantz y dejó una estela de humo que quedó a merced del fuerte viento. Al lado, en el muelle de Fred, Joyce y los niños estaban de pie, dando saltos arriba y abajo y levantando los brazos al ver que la punta del bote de Joe sobresalía. Harry estaba a su lado, con los viejos binoculares clavados en el bote y una sonrisa en la curtida cara.

Cerca de la baliza de dos millas, el bote de California perdió ligeramente la estabilidad y, al cabo de poco, le volvió a pasar. En dos ocasiones dos chicos del lado de estribor no consiguieron soltar de forma limpia y, cada vez que pasó, les rompió el ritmo y los ralentizó. Washington amplió la distancia a tres cuartos de largo. Tommy Maxwell, en apuros, les pidió más a sus chicos. Berkenkamp subió el ritmo de nuevo a treinta y cinco, y luego a treinta y seis. Bobby Moch siguió ignorándolo.

Finalmente, cuando quedaba media milla, Moch le gritó a Hume que acelerara. Hume llevó al equipo a treinta y dos, el ritmo más alto al que se atrevía en aguas encrespadas, y resultó suficiente. El *Husky*

Clipper salió impulsado hacia delante, tal como George Varnell informó en el *Seattle Times* al día siguiente, «como si estuviera vivo». Ahora entre los chicos y el *California Clipper* había un pedazo de agua, y en la última media milla aceleraron como ningún bote había acelerado en el lago Washington. Al lanzarse sobre los últimos centenares de metros, sus ocho cuerpos firmes se balanceaban de aquí para allá como péndulos, en una perfecta sincronía. Las palas blancas aparecían por encima del agua como alas de aves marinas volando en formación. Con cada palada perfectamente ejecutada, la distancia entre ellos y los chicos de Cal, ahora agotados, se ampliaba. A bordo de los hidroaviones que sobrevolaban la zona, los fotógrafos de prensa tenían que esforzarse para que los dos botes entraran en un solo encuadre. Sonaron los silbatos de cientos de embarcaciones. La locomotora del tren panorámico gimió. Los estudiantes del *Chippewa* gritaron. Y un clamor largo y sostenido se elevó por encima de las decenas de miles de personas apostadas a lo largo de Sheridan Beach cuando el *Husky Clipper* cruzó la línea tres largos por delante del *California Clipper*.

A pesar de todo, el equipo de California dio una muestra de valor y siguió remando con la máxima intensidad que pudo. De nuevo, ambos botes batieron el récord del recorrido, pero Washington lo batió mucho más holgadamente, con una marca de 15:56,4: unos cómodos treinta y siete segundos por delante.

En la lancha, Al Ulbrickson guardaba silencio cerca de la línea de meta y escuchaba a la banda del *Chippewa*, que tocaba «Bow Down to Washington». Mientras veía a sus chicos remando hasta el bote de Cal para quedarse con sus jerséis, tuvo muchas cosas sobre las que hacer balance. Su primer equipo se había impuesto a un muy buen equipo de California, los últimos campeones nacionales, y lo habían hecho en circunstancias difíciles. Habían remado, como les señaló a los periodistas más entrada la tarde, «mejor de lo que habían remado hasta entonces». De hecho, estaba claro que eran algo fuera de lo común, pero era demasiado pronto para decir si la magia iba a perdurar. Hacía dos años, su primer equipo se había impuesto a Ebright en la regata de la Costa del Pacífico para luego perder en Poughkeepsie. ¿Quién podía garantizar que a este grupo no le iba a pasar lo mismo? Y este año se avecinaban las pruebas olímpicas después de Poughkeepsie, por no decir nada de lo que venía tras aquello.

Ulbrickson seguía tenaz y decididamente reservado. Los periódicos dominicales de Seattle del día siguiente iban llenos de comentarios emocionados sobre Berlín. Muchas personas que habían presenciado los acontecimientos del lago pensaron que habían visto algo que iba más allá de una buena regata. Clarence Dirks, que escribía para el *Seattle Times*, fue el primero en señalarlo mezclando metáforas con toda tranquilidad: «Sería inútil intentar destacar a miembros concretos del primer bote de Washington, igual que sería imposible intentar escoger una nota en una canción bellamente compuesta. Todos estaban engranados en una máquina que funcionaba perfectamente; de hecho, eran un poema del movimiento, una sinfonía de cadenciosas palas».

Poughkeepsie de noche

CAPÍTULO XIV

«Para alcanzar el calibre de campeonato, entre los
miembros de un equipo tiene que haber una confianza absoluta
y tienen que ser capaces de dejarse llevar, en la confianza
de que a nadie le va a caer todo el peso de la palada. El equipo de
1936, con Hume en la popa, se dejaba ir cuando remaba y lo
hacía con una elegante precisión. Como tenían plena confianza
entre ellos se unían en la palada con mucha potencia; y luego
avanzaban sigilosamente hasta la próxima palada con el bote
tirando hacia delante y un parón apenas perceptible. Eran el
clásico ejemplo del remo de ocho en su mejor versión».

George Yeoman Pocock

Dos días después, el 20 de abril, Adolf Hitler cumplió cuarenta y siete años. En Berlín, miles de simpatizantes se reunieron para presenciar con gran júbilo cómo Hitler pasaba revista a una formación de más de quince mil carros de combate, vehículos blindados y piezas de artillería que atravesaron con estruendo el enorme parque de la ciudad, el Tiergarten. La multitud que se agolpaba a lo largo de Charlottenburger Chaussee era tan tupida que la gente de las filas de atrás tenía que utilizar periscopios de alquiler para ver lo que pasaba delante. Las niñas de Joseph Goebbels, con largos vestidos blancos y cintas blancas en el pelo, le ofrecieron a Hitler un ramo de flores. La Federación de Oficiales Alemanes del Reich le entregó una copia de *Mein Kampf* transcrita a mano sobre pergamino en letra medieval. Las cubiertas eran de hierro y el tomo pesaba treinta y cuatro kilos.

Sin embargo, un mes atrás Hitler recibió un regalo todavía mayor, y se lo concedieron los que pronto se iban a convertir en sus enemigos mortales. El 7 de marzo por la mañana, treinta mil tropas alemanas entraron en la desmilitarizada Renania, en clara violación tanto del Tratado de Versalles como de los Acuerdos de Locarno, de los que Alemania era signataria. Era, de lejos, la decisión más osada de Hitler hasta ese momento, su apuesta más arriesgada y un paso importante hacia la catástrofe que no tardaría en cernerse sobre el mundo. Durante los siguientes dos días, Hitler, Goebbels y el resto de los líderes nazis esperaron ansiosos la reacción del mundo. Sabían que Alemania todavía no tenía la potencia militar para sobrevivir a una guerra con Francia o Gran Bretaña, y no digamos a una combinación de las dos. Hitler confesó más adelante que las siguientes cuarenta y ocho horas fueron las más tensas de su vida.

No había motivo para preocuparse. En Inglaterra, el ministro de Asuntos Exteriores, Anthony Eden, dijo que «lamentaba profundamente» las noticias, y luego se dedicó a presionar a los franceses para que no reaccionaran de forma exagerada. No lo hicieron; de hecho, no hicieron nada. Joseph Goebbels escribió con gran alivio: «El *Führer* está inmensamente contento… Inglaterra no se da por aludida, Francia no actuará sola, Italia está decepcionada y a Estados Unidos no le interesa el tema».

Ahora Hitler comprendió con absoluta claridad la escasa determinación de los poderes al oeste de Alemania. Sin embargo, la reocupación de Renania no dejó de tener algún coste. Aunque no hubo reacción militar, hubo un gran revuelo entre la opinión pública de muchas capitales extranjeras. Cada vez más gente en Europa y Estados Unidos empezaba a hablar de nuevo de Alemania, igual que lo habían hecho en la Primera Guerra Mundial, cuando en general se la había percibido como una nación de *hunos*, de bárbaros descontrolados. Hitler sabía que a Occidente le resultaría más fácil movilizarse contra un país de bárbaros que contra un país civilizado. Necesitaba marcarse un punto de relaciones públicas —no a nivel interno, en el que la reocupación de Renania fue inmensamente popular—, sino en Londres, París y Nueva York.

Ahora la cúpula nazi estaba convencida de que los inminentes Juegos Olímpicos, en agosto, ofrecerían la oportunidad perfecta para una mascarada. Alemania se presentaría al mundo como un país extraordinariamente limpio, eficiente, moderno, tecnológico, culto, vigoroso, razonable y hospitalario. Desde los barrenderos hasta los hoteleros, pasando por los funcionarios, miles de alemanes acudían al trabajo con el máximo celo para asegurarse de que, cuando llegara agosto, el mundo viera la mejor cara de Alemania.

En el ministerio de Propaganda, Joseph Goebbels se puso a construir una realidad paralela en la prensa alemana, limpiándola temporalmente de referencias antisemitas, elaborando sofisticados relatos acerca de las intenciones pacíficas de Alemania, promocionando Alemania en términos elogiosos, como acogedora con todos los pueblos del mundo. En las lujosas nuevas oficinas de los laboratorios de impresión Geyer en el sur de Berlín, Leni Riefenstahl empezó a utilizar los 2,8 millones de marcos que el Gobierno nazi había canalizado hasta ella a través del ministerio de Propaganda con el propósito de producir su película sobre los inminentes juegos: *Olympia*. El secretismo, que se remontaba a octubre del año anterior, estaba pensado para ocultarle al Comité Olímpico Internacional la fuente política e ideológica de la financiación de la película. De hecho, durante el resto de su vida, Riefenstahl siguió insistiendo en que la película no era más que un documental artístico sobre el mundo del deporte. La verdad, sin embargo, era que desde su génesis *Olympia* fue un producto político e ideológico.

Al combinar intencionadamente imágenes sanas de agilidad, belleza y vigor juvenil con la iconografía e ideología de los nazis, Riefenstahl retrataba ingeniosamente al nuevo Estado alemán como algo ideal, el producto final perfecto de una civilización muy refinada que descendía directamente de los antiguos griegos. La película no solo reflejó, sino que en muchos aspectos definió el mito nazi, todavía incipiente, pero cada vez más elaborado.

Después del correctivo a California en el lago Washington, Al Ulbrickson les dio dos semanas libres a los chicos del primer equipo para que se dedicaran a las asignaturas del curso y arreglaran sus asuntos personales antes de empezar la recta final hacia Berlín. Cuando se fueron hacia Poughkeepsie, Ulbrickson les recordó que podía que no volvieran a Seattle hasta septiembre. Había mucho que hacer.

Cuando volvieron al pabellón de los botes el 4 de mayo, los puso a trabajar a un ritmo tranquilo, todavía con la idea de pulir los últimos problemas técnicos. Los primeros días de vuelta al agua remaron de forma irregular hasta que volvieron a encontrar el *swing*. Nada más encontrarlo, empezaron a dejar atrás a los demás botes del lago. Pero el 18 de mayo, la sombra del desastre académico se cernió sobre el equipo. Ulbrickson se enteró de que, a pesar de la pausa, cuatro chicos del primer equipo todavía tenían trabajos sin acabar y solo les faltaban días para que los declararan no aptos. Estaba hecho una furia. En enero había advertido a los chicos: «No nos podemos entretener con rezagados académicos…; los que se queden atrás están fuera y punto». Ahora arrastró a Chuck Day, Stub McMillin, Don Hume y Shorty Hunt a su despacho, cerró de un portazo y les echó una buena bronca. «Podéis ser los mejores remeros del país a nivel individual, pero no seréis de ninguna utilidad para el equipo a no ser que os esforcéis de verdad en clase… ¡Y eso significa estudiar!». Ulbrickson todavía estaba que echaba humo cuando los chicos salieron en tropel del despacho. De repente, todo corría riesgo. Lo peor de todo era que, mientras la mayoría solo tenía que entregar algún trabajo atrasado, Don Hume directamente tenía que bordar un examen final para seguir siendo apto. Si había algún chico que Ulbrickson no podía permitirse perder, ese era Don Hume.

Sin embargo, los chicos se lo pasaban en grande. Dentro y fuera del agua, ahora casi siempre estaban juntos. Comían juntos, estudiaban juntos y tocaban juntos. La mayoría se había inscrito en el Varsity Boat Club y vivía en la casa de alquiler del club en la 17th Avenue, una manzana más al norte del campus, aunque Joe seguía en el sótano de la YMCA. Las noches de los fines de semana se reunían en torno al viejo piano vertical del salón del club y cantaban durante horas mientras Don Hume tocaba canciones de *jazz*, de musicales, de *blues* y *ragtime*. A veces, Roger Morris sacaba el saxofón y lo acompañaba. A veces, Johnny White aparecía con el violín y se sumaba con un estilo desenfadado. Y, casi siempre, Joe sacaba el banjo o la guitarra y también se unía. Ya nadie se reía de él; a nadie se le pasaba por la cabeza reírse de él.

Don Hume se lució en el examen y los demás acabaron sus trabajos. A finales de mayo, los chicos volvieron a conseguir tiempos extraordinarios en el agua. El 6 de junio, Ulbrickson sacó al primer y segundo equipo para hacer una última prueba de cuatro millas. Le dijo a Bobby Moch que mantuviera al primer bote detrás del segundo en las dos primeras millas. Pero a medida que avanzaron por el lago, incluso remando a unas relajadas veintiséis paladas, el primer equipo no consiguió quedarse detrás de sus competentes compañeros del segundo bote. Se iban adelantando simplemente por la potencia de sus paladas, largas y lentas. Cuando Moch finalmente dejó que se soltaran en la última milla, consiguieron una ventaja de siete largos y todavía se alejaban al cruzar la línea de meta.

Al Ulbrickson no necesitaba ver más. Los entrenos prácticamente se podían dar por acabados hasta que llegaran al Hudson. Les dijo a los chicos que empezaran a hacer las maletas y que las hicieran como si se fueran a Berlín.

Esa misma tarde, en Berkeley, Ky Ebright y los chicos de California subieron a un tren que se dirigía hacia el este, a Poughkeepsie. Ebright desprendía pesimismo. A preguntas de si había repasado el alemán, Ebright espetó: «No espero tener que utilizar esa lengua». Cuando se le recordó que fue igual de agrio sobre sus posibilidades antes de los Juegos Olímpicos tanto de 1928 como de 1932, respondió de manera cortante: «Esta vez es distinto». Pero, de nuevo, el catastrofismo era sobre todo de cara a la galería. Ebright había hecho algunos cambios de alineación desde su derrota en el lago Washington, y el nuevo equipo había conseguido tiempos extraordinarios en el estuario. Sabía que su derrota en la regata de tres millas en el lago Washington no necesariamente prejuzgaba nada sobre la regata de cuatro millas en el Hudson, no más que la temporada pasada. Como mínimo, Ebright debía de creer que sus chicos estarían entre los mejores en Poughkeepsie. Probablemente Washington se vendría abajo al final, igual que en la temporada anterior. E incluso si Washington se imponía de algún modo, las pruebas olímpicas que se iban a celebrar seguidamente en Princeton redefinirían el panorama. Washington todavía tenía que demostrar que podían ganar un *sprint* de dos mil metros. Con un poco de suerte, Ebright volvería a casa después de Berlín con un título nacional y la tercera medalla de oro consecutiva. Eso decía la prensa de la zona de San Francisco y, buena parte de la prensa nacional, y es razonable suponer que también lo pensaba Ky Ebright.

Cuatro días después, a las ocho de la tarde del 10 de junio, una escolta policial encabezaba un convoy de coches que llevaba a los equipos y entrenadores de Washington por Greek Row y dejaba atrás a estudiantes que los vitoreaban, y luego atravesó el centro de Seattle rumbo a Union Station. Los chicos estaban exultantes, igual que los entrenadores. Tal como se les dijo, se habían preparado para el viaje partiendo de la suposición de que no iban a volver hasta septiembre. Algunos incluso hicieron planes para viajar por Europa después de los Juegos Olímpicos —una idea emocionante para chicos de Seattle— aunque ninguno de ellos estaba demasiado seguro de cómo iba a conseguir el dinero si realmente pudiera hacerlo. Johnny White tenía un total de catorce dólares en el bolsillo. George Pocock le escribió a su padre, Aaron, para decirle que podía ser que pasara por Londres y lo visitara. Bobby Moch le pidió a su padre las direcciones de sus parientes en Suiza y en Alsacia-Lorena para poderles hacer una visita. Su padre, Gaston, dudó y, de pronto, pareció acongojado por razones que a Bobby se le escapaban, pero finalmente dijo que le enviaría las direcciones más adelante, si el equipo realmente iba a Europa.

En la estación, como en años anteriores, la banda de música tocó el himno del equipo, las animadoras bailaron, los entrenadores pronunciaron breves discursos, se disparaban los *flashes* y las cámaras de los noticiarios runruneaban mientras los chicos subían al tren. Este año la estación estaba abarrotada, no solo de estudiantes y periodistas, sino también de padres, hermanos, tíos, tías, abuelos, primos, vecinos y completos desconocidos. Quizá por fin la ciudad estuviera a punto de salir en el mapa. Si era el caso, todo el mundo quería ser testigo de la coronación. Al subir al tren, Royal Brougham observó que nunca había visto marcharse de la ciudad a un equipo «con tanta alegre determinación y optimismo. Estos chavales lo viven de verdad… Ahora mismo prácticamente le están dando la mano a Hitler».

Sin embargo, Brougham estaba preocupado. No era la primera vez que veía todo aquello, y había vivido las tristes consecuencias de las esperanzas truncadas en Seattle la temporada anterior. Se sentó ante la máquina de escribir que tenía en su vagón y aporreó las últimas líneas de su columna matutina. «No os olvidéis —advirtió a sus lectores—, del espectro inquietante de la última milla». De momento, dejó implícita su preocupación todavía mayor ante el *sprint* de dos mil metros de las pruebas olímpicas.

Mientras el tren ronqueaba, daba sacudidas y empezaba a avanzar, los chicos que estaban asomados a las ventanas se despidieron a gritos: «Adiós, mamá». «Os escribiré desde Berlín». Joe también se asomó por la ventana y recorrió la estación con la mirada. Entonces, en un rincón alejado, la vio. Joyce estaba con su padre y los niños, daba saltos sin parar y aguantaba por encima de la cabeza un cartel en el que había pintado un gran trébol verde de cuatro hojas.

Mientras el tren avanzaba hacia el este, los chicos se calmaron, despreocupados. Hacía calor, pero no era asfixiante, y holgazaneaban en las literas hasta hartarse, jugaban a *blackjack* y al póquer, y recuperaron la antigua tradición de lanzar globos llenos de agua a las vacas y a los perros que dormitaban a lo largo del camino. La primera mañana del viaje, Al Ulbrickson les dio buenas noticias. Les anunció que quería que cada uno ganara un kilo y medio o dos kilos antes de llegar a Poughkeep-sie. El vagón restaurante era suyo y podían pedir lo que quisieran. Los chicos prácticamente salieron en estampida. Joe no acababa de creérse-lo. Pidió un bistec, y luego otro, esta vez con un helado.

Mientras los chicos comían, Al Ulbrickson, Tom Bolles y George Pocock se reunieron en el vagón para abordar la estrategia. Sabían perfectamente lo que pensaba Ky Ebright, lo que inquietaba a Royal Brougham y lo que muchos periodistas del este apuntaban: el primer equipo de Washington llegaría justo a los últimos cien metros de la regata de cuatro millas. Pasara lo que pasara, ese año estaban decididos a no perder la regata de esa manera. Así que confeccionaron un plan de regata. A Ulbrickson siempre le había gustado venir desde atrás y guardarse algo para el final de la regata, pero siempre había intentado conseguir una salida potente, seguir de cerca a los líderes a lo largo de la carrera y luego derrotarlos con un *sprint* matador al final. El nuevo plan partía de esta estrategia, pero le daba una vuelta más. Saldrían de la línea de salida con el impulso necesario para cobrar velocidad, pero después bajarían inmediatamente a un ritmo tranquilo, a veintiocho o veintinueve paladas. Es más, seguirían con un ritmo bajo sin que im-portara lo que hicieran los otros botes, siempre que mantuvieran con ellos una distancia aproximada de dos largos. En principio, manten-drían ese ritmo bajo durante una milla y media, y entonces lo subirían a treinta y uno hasta la baliza de dos millas. En ese punto, Bobby Moch le diría a Don Hume que acelerara y fuera a por los líderes, que en ese momento empezarían a cansarse. La salida intencionadamente lenta entrañaba sus riesgos. Significaba que, probablemente, tendrían que adelantar a todos los botes del río en su camino hacia la línea de meta, pero llegarían al final remando al máximo. Cuando todos estuvieron de acuerdo, Al Ulbrickson fue a explicarle el plan a Bobby Moch.

Los chicos de Washington llegaron a Poughkeepsie a primera hora de la mañana del 14 de junio, en medio de una tormenta de verano. Empapa-dos por la lluvia torrencial, descargaron los botes de un vagón de carga, los levantaron por encima de sus cabezas y corrieron al río a estibar los botes e inspeccionar sus aposentos. Este año no se alojaban en la vieja casucha destartalada en la orilla de las tierras altas. Al Ulbrickson había dispuesto que se alojaran en el antiguo pabellón de Cornell, una estructura mucho más sólida en la orilla este del río, al lado del pabellón de California. Mientras se quitaban los abrigos mojados y recorrían pesadamente el edificio, se maravillaron ante el lujo de los nuevos aposentos. Había duchas calientes, equipos para hacer ejercicio, luces eléctricas y un dormitorio espacioso, con camas largas. Incluso había una radio en la que los chicos podrían escuchar desde partidos de béisbol a *Fibber McGee and Molly*, retransmisiones en directo de la Filarmónica de Nueva York desde el Carnegie Hall o, si el dial caía en manos de Joe, *The National Barn Dance* de Chicago. Había un porche cerrado con tela mosquitera donde podían dormir si el calor apretaba. Y, si fuera diluviaba, era todo un detalle que no cayeran gotas del techo.

Cuando acabaron de instalarse, empezaron a oler a comida. Guiados por su olfato, y especialmente por el de Joe Rantz, enseguida descubrieron lo mejor del nuevo sitio: una cocina en la playa, a siete metros de la puerta principal. En los fogones reinaba la figura imponente de Evanda May Calimar, una mujer de color y, como no tardarían en descubrir, una cocinera como la copa de un pino. Trabajaban para ella su hijo Oliver, su madre y su cuñado, todos atareados preparando pollo frito para la comida de los chicos de Washington. Los muchachos enseguida descubrieron que habían ido a parar al paraíso de los glotones. Royal Brougham presenció su primera comida y luego telegrafió un artículo sobre el tema. El *Post-Intelligencer* lo publicó debajo de una fotografía de Joe con el siguiente pie: «Joe Rantz, el campeón de la comida».

En los días sucesivos, George Pocock fue de pabellón en pabellón, ocupándose de los botes de los rivales de Washington. Una vez más, diecisiete de los dieciocho botes que ese año estaban en el río habían salido de su taller. A Pocock le gustaba trabajar en ellos ajustando los balancines, dándoles otra capa de barniz a los cascos o haciendo pequeñas reparaciones. No quería ver en el río botes gastados o decrépitos que llevaran su nombre. Y ese tipo de detalles creaban excelentes relaciones con los clientes. El primer lugar al que se acercó fue al lado, al pabellón de California, para ocuparse de los botes de Ky Ebright.

En cambio, los chicos de Washington se negaban a hablar con los de California y viceversa. En la plataforma que compartían, los dos equipos se cruzaban en silencio, apartando la vista, lanzando solo una mirada de soslayo, como perros que se rodean antes de una pelea. Y es que una pelea era algo perfectamente posible. Poco después de que llegaran, un periodista se acercó a Shorty Hunt con aire despreocupado y dejó caer que la sensación en el pabellón de California era que los chicos de Washington iban de duros, que siempre parecía que buscaran pelea, que si no se peleaban con alguien, se pelearían con ellos mismos, pero que California estaría encantada de ahorrarles el problema. Shorty contestó: «Si esos patanes quieren pelea, pelearemos, pero nosotros no la buscamos».

Mientras tanto, Ulbrickson y Bolles pusieron a trabajar a sus chicos, remando a un ritmo bajo, pero en distancias largas, con la idea de que se sacaran de encima el kilo y medio o dos kilos que les habían animado a ganar intencionadamente durante el viaje en tren. La teoría era que así llegarían a un peso de competición perfecto y en plena forma el día de la regata, el 22 de junio: ni demasiado ligeros ni demasiado pesados. Sin embargo, la cocina de la señora Calimar no tardó en contrarrestar los esfuerzos de los entrenadores.

Entonces se filtró la noticia de que el primer equipo de California había conseguido unos espectaculares 19:31 en cuatro millas. Era, de lejos, el tiempo más rápido de la temporada en el río. Los chicos de Cornell también habían empezado a conseguir marcas impresionantes. La tarde del 17 de junio, Al Ulbrickson animó el ambiente y montó su propia prueba cronometrada. Remando a las nueve de la noche bajo un manto de oscuridad y en aguas encrespadas, Joe y sus compañeros de equipo se ventilaron las cuatro millas en lo que Al Ulbrickson les contó a los periodistas que era un tiempo solo una fracción de segundo por encima de 19:39, significativamente lejos de los impresionantes 19:31 de Cal. Esa noche Johnny White apuntó el tiempo real en su diario: 19:25.

Al día siguiente empezaron a circular rumores de que California había hecho otra prueba cronometrada. Ebright no quiso revelar el tiempo, pero algunos testigos informaron de que el primer equipo terminó con un tiempo fenomenal de 18:46. El *Poughkeepsie Eagle-News* incluso decía que 18:37. Royal Brougham telegrafió un artículo desanimante al *Post-Intelligencer:* «Los remeros bronceados de California volverán a partir como favoritos… Eso no es remar, es volar».

Sin embargo, Ulbrickson no perdió la calma. Quería que los chicos estuvieran descansados el día de la regata y ya había visto bastante. Les dijo a los muchachos que se relajaran. Desde ese momento hasta el día de la regata, el 22, solo habría entrenos ligeros para mantener la forma. A los chicos les pareció bien. Sabían algo que nadie más sabía, ni siquiera Ulbrickson.

La noche de la última prueba cronometrada, después de que el viento amainara y las aguas se calmaran, empezaron a remar de vuelta río arriba, en la oscuridad, al lado del segundo bote y del de los estudiantes de primero. Las luces rojas y verdes de la lancha de los entrenadores no tardaron en desaparecer río arriba. Los botes pasaron bajo los dos puentes cubiertos con collares relucientes de luces ámbar. En la costa y en el acantilado, una cálida luz amarilla salía de las ventanas de las casas y los pabellones. Era una noche sin luna. El agua estaba negra como la tinta.

Bobby Moch puso a remar a los chicos del primer bote a unas cómodas veintidós o veintitrés paladas. Joe y sus compañeros de equipo charlaban en voz baja con los chicos de los otros botes. Pero pronto se dieron cuenta de que se habían adelantado sin querer, simplemente remando de forma suave y sostenida. De hecho, pronto se adelantaron tanto que no oían a los chicos de los demás botes. Y entonces, uno a uno, se dieron cuenta de que no oían nada, excepto el suave murmullo de las palas al hundirse y al salir del agua. Ahora remaban en una oscuridad total. Estaban solos y juntos en un reino de silencio y oscuridad. Años después, de viejos, todos se acordaban de ese momento. Según el recuerdo de Bobby Moch: «No se oía nada, excepto los remos al entrar en el agua…, un *sep* y no se oía nada más…, ni siquiera los escálamos hacían ruido al soltar». Remaban perfectamente, con fluidez, sin pensar. Remaban como en otro plano, como en un vacío negro entre las estrellas, exactamente como había dicho Pocock. Y era bonito.

En los días inmediatamente previos a la regata de Poughkeepsie, otra gran noticia deportiva dominaba los titulares de las páginas de deportes y, a veces incluso, de las portadas en todo el país: la noticia de un combate de boxeo en la categoría de pesos pesados. El alemán Max Schmeling fue el campeón del mundo de pesos pesados de 1930 a 1932, y estaba decidido a recuperar el título que le había arrebatado James Braddock. Sin embargo, un boxeador afroamericano de Detroit que contaba veintidós años y se llamaba Joe Louis representaba un obstáculo para Schmeling. Louis había peleado en veintisiete combates profesionales con veintidós *nocauts* y ninguna derrota, y había conseguido el estatus de aspirante número uno a nivel mundial. En todo ese proceso, había empezado a socavar los prejuicios raciales de muchos estadounidenses blancos, aunque ni mucho menos de todos. De hecho, iba camino de convertirse en uno de los primeros afroamericanos al que la generalidad de los estadounidenses blancos de a pie verían como un héroe. El ascenso de Louis había sido tan espectacular que pocos periodistas o corredores de apuestas estadounidenses le daban demasiadas posibilidades a Schmeling.

Sin embargo, en Alemania veían las cosas de forma muy distinta. Aunque Schmeling no era miembro del Partido nazi, Joseph Goebbels y la élite nazi se asociaron a él con entusiasmo y lo promocionaron como símbolo de la supremacía alemana y aria. La prensa alemana, bajo la atenta dirección del ministro de Propaganda, le dio mucha importancia al inminente combate.

Todo el mundo a ambos lados del Atlántico tenía su opinión sobre lo que iba a ocurrir. Incluso los entrenadores de Poughkeepsie encontraron tiempo para comentar el combate. «Schmeling quizá aguante cuatro asaltos», opinó Al Ulbrickson. Ky Ebright fue más directo: «Louis lo va a matar».

La noche del lunes 19, cuando el combate empezó en un estadio de los Yankees con todas las entradas vendidas, Louis era el claro favorito en Nueva York, en una proporción de ocho a uno. En Alemania, aunque el interés por el combate era altísimo, casi no se hicieron apuestas. Las posibilidades de Schmeling eran tan bajas que pocas personas querían arriesgar su dinero, y nadie quería que lo descubrieran apostando por un estadounidense negro.

En un pequeño cuadrado de luz blanca en el enorme y oscuro vacío del estadio, Louis acechó durante tres asaltos a Schmeling alrededor del cuadrilátero como un depredador, arremetiendo contra la cara con duros cortos de izquierda. Parecía que iba a ser una noche corta. Pero en el cuarto asalto, como surgido de la nada, Schmeling le asestó a Louis un fuerte derechazo en la sien que lo dejó sentado en el suelo. Louis tardó dos segundos en levantarse y se cubrió la cara hasta que sonó la campana. A lo largo del quinto asalto, Louis pareció aturdido e ineficaz. Y entonces, al final del quinto asalto, después de la campana —que ninguno de los dos boxeadores oyó entre el ruido de la multitud— Schmeling le asestó a Louis un derechazo especialmente demoledor en la parte izquierda de la cabeza. En los siguientes seis asaltos, Louis se tambaleó por el cuadrilátero, castigado por un aluvión incesante de derechazos a la mandíbula, y se mantuvo a duras penas en pie, pero sin anotarse prácticamente puntos e infligiendo poco castigo al el boxeador alemán. Muchas personas entre el público, muy mayoritariamente blanco, se volvieron súbita y salvajemente contra Louis. «Locos de alegría», según la crónica del *New York Times*, le gritaban a Schmeling que terminara. Finalmente, en el duodécimo asalto, Schmeling entró a matar. Con Louis inclinándose casi sin rumbo por el cuadrilátero, el alemán se recostó sobre el cuerpo del estadounidense y lanzó una ráfaga rápida de fuertes derechazos a la cabeza y a la cara, seguidos de un último golpe devastador en la mandíbula. Louis quedó de rodillas y luego cayó de cara. El árbitro, Arthur Donovan, contó hasta diez. Después, en el vestuario, Louis dijo que no se acordaba del combate más allá del quinto asalto.

Esa noche, por las calles de Harlem lloraban hombres hechos y derechos. Los más jóvenes tiraban piedras a los coches llenos de seguidores blancos que volvían del combate. En los barrios germanoamericanos de Nueva York, la gente bailaba en la calle. En Berlín, Adolf Hitler le envió un telegrama de felicitación a Schmeling y flores a su mujer. Pero nadie estaba más contento con el combate que Joseph Goebbels. Había pasado la noche en su lujosa casa de verano de Schwanenwerder, con Magda y Anny, la mujer de Schmeling, escuchando la retransmisión en la radio hasta altas horas de la madrugada. Le mandó a Schmeling su propio telegrama de felicitación: «Estamos orgullosos de ti. Un cordial saludo y *Heil Hitler*». Luego ordenó que la agencia de noticias Reuters, controlada por el Estado, publicara un comunicado: «Inexorablemente y no sin justificación, exigimos que Braddock defienda el título en suelo alemán». Al día siguiente, todavía emocionado, Goebbels se sentó a escribir una entrada en su diario: «Estuvimos toda la noche en ascuas con la mujer de Schmeling. Contamos chascarrillos, nos reímos y animamos. En el duodécimo asalto, Schmeling noqueó al negro. Fantástico. Un combate espectacular y emocionante. Schmeling combatió por Alemania y ganó. El hombre blanco se impuso al negro, y el hombre blanco era alemán. No me fui a la cama hasta las cinco».

Sin embargo, al final Joe Louis se tomó la revancha. Efectivamente, volvió a enfrentarse a Max Schmeling al cabo de dos años, y Schmeling duró dos minutos y cuatro segundos antes de que, desde su esquina, tiraran la toalla. Joe Louis reinó como campeón del mundo en la categoría de pesos pesados desde 1937 a 1949, mucho después de que sacaran el cuerpo carbonizado de Joseph Goebbels de los escombros humeantes de la cancillería del Reich en Berlín y lo pusieran al lado de los de Magda y sus hijas.

El sábado por la tarde, Ulbrickson les dijo a los chicos del primer equipo que, si querían, podían coger la lancha de los entrenadores y darse una vuelta. El parque de atracciones que quedaba más arriba les aburría, y Ulbrickson no quería que estuvieran holgazaneando por el pabellón toda la tarde, impacientándose y poniéndose nerviosos por la regata del lunes.

Los chicos ficharon a uno de los ayudantes de entrenador como capitán y piloto, y se metieron en la embarcación. Al no saber hacia dónde ir, decidieron hacerle una visita al presidente de Estados Unidos, que sabían que vivía en algún lugar río arriba. Dieron unos acelerones y la embarcación se adentró en el río, rumbo al norte, y dejó atrás los pabellones de la Marina y Columbia. Siguieron hacia el noroeste con gran estruendo a través de la curva de Krum Elbow, y continuaron otras dos millas junto a bosques y acantilados hasta que llegaron a un muelle en el que había un letrero que rezaba: «Estación de Hyde Park». Ahí preguntaron cómo se llegaba a la casa del presidente y los dirigieron a una cala que estaba a una milla río abajo.

Cuando encontraron la cala, dejaron la lancha en manos del ayudante de entrenador, atravesaron unas vías de tren, cruzaron con cuidado por un estrecho puente de caballete y emprendieron la subida por el bosque. En la siguiente media hora, deambularon por caminos de herradura y carreteras llenas de maleza, atravesaron a toda prisa grandes extensiones de césped y dejaron atrás un molino harinero y una cuadra del tamaño de una catedral, hasta que finalmente se toparon con unos invernaderos y una casita de jardinero en la que parecía que había alguien. Llamaron a la puerta y apareció una pareja mayor. Cuando los chicos les preguntaron si estaban cerca de la finca del presidente, la pareja asintió con entusiasmo, les dijeron que se encontraban en ella y les indicaron el camino a la casa principal. Pasando por el vivero contiguo y subiendo por otro sendero, finalmente llegaron a un ancho camino de grava que llevaba a una gran extensión de césped en la que se erguía Springwood, la majestuosa mansión de tres pisos hecha de ladrillos y mampostería, con un pórtico semicircular sostenido por columnas griegas de color blanco. Era, de lejos, la casa más espléndida que cualquiera de ellos hubiera visto.

Nerviosos, pero ya demasiado cerca para echarse atrás, caminaron arrastrando los pies hasta el pórtico y miraron adentro. Faltaba poco para las nueve y oscurecía. Dentro veían a un joven aproximadamente de su edad, apoyado en el extremo de una larga mesa, leyendo un libro. Llamaron a la puerta. Pareció que el joven llamaba a un criado, pero luego dejó el libro en la mesa y se acercó él mismo a la puerta. Cuando la abrió, los chicos dijeron quiénes eran, mencionaron que habían conocido a John Roosevelt el año pasado y preguntaron si el presidente estaba en casa. El joven dijo que no, pero los invitó calurosamente a entrar. Era Franklin Roosevelt Junior, pero quería que lo llamaran Frank. Sonrió ligeramente y explicó que remó en el asiento número seis en el segundo bote de Harvard y que acababa de volver de New London (Connecticut), donde, aunque el primer bote carmesí había ganado la regata anual contra Yale, el segundo bote no lo había hecho. Dijo que justo antes de la regata habían despedido a Charlie Whiteside, el entrenador de Harvard, y que ahora se hablaba mucho de que el nuevo entrenador jefe iba a ser un tipo llamado Tom Bolles, especialmente si los estudiantes de primero de Bolles conseguían otra victoria en Poughkeepsie. Roosevelt tenía muchas ganas de hablar con los chicos de Washington.

Los hizo pasar a la biblioteca del presidente, los invitó a sentarse y empezó a hablar rápido sobre remo y entrenadores. Mientras hablaba, los chicos miraban la sala boquiabiertos. Casi todas las paredes estaban cubiertas de libros, desde el suelo hasta el techo, que era muy alto. En todos los huecos de las paredes no ocupados por libros, había retratos de los presidentes estadounidenses y de varios Roosevelt. Una chimenea ornamentada dominaba el fondo de la sala donde estaban sentados. Delante de la chimenea había una mesa-biblioteca donde se amontonaban las novedades sobre todos los temas imaginables. En casi todas las demás mesas de la sala, lucía un jarrón de flores frescas o una figura de porcelana. Shorty Hunt, que empezaba a estar más relajado, se sentó en una cómoda butaca tapizada cercana a la chimenea, y luego casi pegó un salto cuando Frank le dijo que era la preferida del presidente, y que a veces daba sus famosas charlas informales en la radio desde esa misma silla.

Hablaron una hora. Esa noche, ya de vuelta al pabellón, Johnny White sacó su diario y escribió, como si hubiera pasado por la casa de un vecino de Seattle: «Esta noche hemos visitado la casa del presidente en Hyde Park. Desde luego que tienen un sitio fantástico».

La mañana de la regata, el consenso en la prensa del este era, al menos, que California y Cornell eran los primeros equipos mejor posicionados, y se esperaba que Washington llegara un poco por detrás de ellos. Al fin y al cabo, el año pasado California solo ganó a Cornell por cuatro décimas de segundo. En cambio, los periódicos de Seattle señalaban como favorito a Washington, aunque por un margen estrecho. A pesar de sus anteriores predicciones pesimistas, Royal Brougham reveló su porra personal: Washington, ganador; Cornell, segundo y California, tercero. Sin embargo, en su artículo de esa mañana para el *Post-Intelligencer*, dijo que Cal probablemente sería la favorita por poco entre los corredores de apuestas. En realidad, los corredores de apuestas de los estancos de Poughkeepsie acumulaban la misma cantidad para Cal y para Washington, con Cornell rezagada en una proporción de ocho a cinco. La conclusión parecía ser que cualquiera de las tres universidades podía ganar la regata de primeros equipos.

Ahora Brougham husmeaba por la ciudad. Quería captar todo el color local que pudiera antes de que fuera el momento de sentarse y aporrear la crónica después de la regata final. Debido a las condiciones de la marea, la competición no empezaría hasta las 20:00 horas, justo después de la puesta de sol. Así que Brougham se tomó su tiempo y fue a la caza de algún chisme. Anotó que en Poughkeepsie hacía un buen día, bastante despejado. Unas pocas nubes blancas como de algodón atravesaban el cielo azul pálido, empujadas por la brisa justa para que la sensación fuera de un agradable frescor.

A media tarde, Royal Brougham tomó la fuerte bajada hasta la orilla del río, donde un destructor y dos guardacostas habían tomado posiciones entre la flotilla habitual de yates, veleros, lanchas, zódiacs y canoas reunidos cerca de la línea de meta. En el pabellón de California, Ky Ebright estaba sentado en el porche de arriba, con gafas oscuras, saludando con la cabeza y sonriendo a la gente mientras iban pasando por debajo, sin decir nada. En el edificio de al lado, Al Ulbrickson, con un atuendo inusualmente colorido —una gorra blanca de paño, un jersey a rayas amarillas y la corbata púrpura de la suerte que Loyal Shoudy le regaló en 1926—, estaba sentado en el muelle de delante del pabellón de Washington. Cuando los periodistas le intentaron sonsacar alguna declaración, Ulbrickson escupió en el agua, masticó una brizna de hierba y miró un buen rato el río agitado por el viento antes de decir: «Si se calma un poco, iremos rápidos». Royal Brougham siguió su camino. Sabía que los periodistas no iban a arrancarle mucho más a Ulbrickson.

A última hora de la tarde, el muelle de Main Street estaba abarrotado de gente que esperaba ferris que los llevaran al otro lado del río, donde el tren panorámico. Brougham se fijó en docenas de embarcaciones pequeñas, desde fueraborda hasta botes de remo, que también transportaban a gente de todo tipo: mujeres achispadas que llevaban sombreros a la moda de Fifth Avenue, gordos con colillas de puro en la boca u hombres mayores que vestían abrigos de mapache y llevaban en las manos banderines universitarios.

Uno a uno, los equipos de primer curso se metieron en los botes y se pusieron a remar río arriba hasta la línea de salida cerca del pabellón de Columbia, una estructura elegante que, por su aspecto, parecía como si pudiera hacer las veces de club de campo refinado del este. Un poco antes de las 18:00 horas, Royal Brougham se subió al tren panorámico en la orilla oeste del río justo cuando estaba a punto de dar marcha atrás hacia la línea de salida de la regata de dos millas de los estudiantes de primero, tirando de un vagón de prensa y de veintidós vagones con tribunas descubiertas llenos de seguidores sentados bajo lonas blancas. Hasta 90.000 personas se apostaban a ambas orillas del Hudson, la mayor asistencia en años. La brisa de hacía un rato había amainado y el agua era plácida, lisa y como de cristal, teñida de bronce con la luz oblicua de última hora de la tarde. Ulbrickson tenía razón. La cosa iba a ir rápido.

Al empezar a dar marcha atrás el tren, Tom Bolles, que llevaba su gastado sombrero de fieltro de la suerte, tenía muchas cosas en que pensar. Estaba enterado de lo que le había pasado a Charlie Whiteside. Harvard dejó claro a quien quisiera escucharle que estaban dispuestos a pagar muy bien para conseguir el entrenador jefe que querían. Y Bolles sabía que volvía a estar en el primer lugar de la lista. Si esa temporada los chicos tampoco le fallaban, le harían una oferta, y pensó que esta vez probablemente la aceptaría.

Los chicos no le fallaron, y lo hicieron con facilidad y elegancia. Al empezar la regata, exactamente a las 18:00 horas, la Marina y California se pusieron en cabeza. Washington cogió un ritmo relativamente lento de treinta y dos, pero no dejó de estar cerca. Tirando de los remos con garbo y eficiencia, poco a poco superaron a la Marina y se pusieron detrás de Cal. En la baliza de una milla, al pasar por debajo del puente del ferrocarril, adelantaron a Cal. California intentó recuperar el liderato varias veces, pero Washington siempre acababa volviendo al primer puesto, y eso que seguía a treinta y dos. Finalmente, a un cuarto de milla del final, California inició de nuevo un *sprint* desde atrás para adelantarse a los chicos de Bolles. El timonel de Washington, Fred Colbert, soltó a su equipo. Washington tiró con gran impulso hacia delante, el ritmo subió a treinta y nueve, y en la línea de meta le sacaba a Cal un largo entero. Y con eso, Washington ganó la regata, pero perdió a Tom Bolles.

Una hora después, empezó la regata de segundos equipos y, de nuevo Washington venció con facilidad a sus rivales, en una regata bastante similar. Al principio, la Marina y Cornell se adelantaron a Washington por un cuarto de largo, pero, al ver que podía mantener la proa en esa posición con el equipo remando a unas relajadas treinta o treinta y una, Winslow Brooks, el timonel de Washington, se limitó a ponerse cómodo y ver cómo los dos líderes se agotaban. Estuvo una milla y media sin hacer nada, y entonces vio que, poco a poco, estaban igualando a los chicos de Annapolis y Berkeley sin haberles pedido a sus hombres que subieran el ritmo. A una milla de la línea de meta, finalmente les pidió que aceleraran. El ritmo subió a treinta y siete, y Washington sencillamente se levantó y se alejó de los demás competidores. Súbitamente los chicos de los botes de la Marina y Cornell parecía que remaran en pegamento. Cada palada de Washington en la última milla amplió la distancia. Cruzaron la línea de meta tres largos por delante de la Marina, y todavía se alejaban a la cabeza de una procesión dispersa de botes que se extendía detrás de ellos.

Al cruzar la línea de meta los últimos botes e irse apagando los aplausos, se empezó a oír un murmullo entre la multitud, que se había dado cuenta de varias cosas. Por segunda vez en dos años, Washington volvía a estar al borde de arrasar en la regata. Por su parte, California podía convertirse en la segunda universidad que ganara la regata de primeros equipos cuatro años seguidos, así como la primera que ganara tres clasificaciones olímpicas seguidas. Sin embargo, todavía había esperanza para los seguidores del este. Parecía que este año Cornell, por fin, podía sacarse la espina. O quizá la Marina.

Mientras el tren panorámico volvía a dar marcha atrás para el comienzo de la regata de primeros equipos, el ambiente se volvió excitante y el cielo oscuro restallaba de electricidad estática. La muchedumbre zumbaba. Los silbatos de los barcos pitaban. Los exalumnos se cogían de los hombros y cantaban el himno del equipo. Algunos estaban a punto de conseguir una gran victoria y otros a punto de encajar una dura derrota.

Cuatro millas río arriba, justo debajo de Krum Elbow, Joe Rantz, sentado en el *Husky Clipper* cerca de la orilla este, oyó el estallido de cinco bombas río abajo y supo que el segundo equipo de Washington, en el carril número cinco, había ganado la regata. Levantó el puño al aire en silencio. Lo mismo hicieron Shorty Hunt y Roger Morris. La mitad de los chicos del segundo bote habían sido miembros del equipo de primer curso de 1935. Todos se habían llevado la decepción de no estar sentados donde estaban Joe, Shorty y Roger, a la espera de que a las 20:00 horas empezara la regata de primeros equipos.

El sol se había escondido detrás del acantilado, en la orilla oeste del río. A las agujas de los chapiteles de las iglesias de Poughkeepsie, en la orilla este, les llegaban los últimos rayos de sol. En el río, la penumbra se cernía sobre el agua como un velo gris. El río mismo había adquirido un tono violeta, cálido e intenso, que reflejaba el del cielo. A lo ancho del río, se extendía una hilera de botes de referencia grises que marcaban la línea de salida. Río abajo empezaron a aparecer luces centelleantes en los ojos de buey de algunos de los grandes barcos anclados cerca de la línea de llegada. En la orilla este del río, pasó un tren de pasajeros a gran velocidad, del que salían nubes de humo que se arremolinaban. En la orilla oeste, el tren panorámico paró con una sacudida junto a la hilera de botes de referencia. Justo encima de la hilera, un operario del telégrafo estaba sentado con cierto peligro en la empinada orilla del río, con el teclado en la mano y un alambre de cobre que subía por la colina que tenía detrás hasta un poste en el que había hecho una conexión con la línea principal, listo para decirle al mundo que empezaba la regata. Joe y sus compañeros de equipo empezaron a remar hacia la hilera de botes de referencia para ocupar su posición. En la popa, Bobby Moch se puso a repasar con ellos una vez más el plan de regata. En Seattle, Hazel Ulbrickson cerró la puerta de casa para que no la molestaran durante la competición. Joyce tenía permiso de la señora Tellwright para encender el gran mueble radio del salón.

En el tren panorámico, en un vagón de prensa lleno de entrenadores de Washington, exalumnos y periodistas, George Pocock y Tom Bolles caminaban de un lado a otro del pasillo. Al Ulbrickson estaba sentado en silencio y masticaba un chicle de forma metódica, mirando fijamente debajo del ala de su gorra blanca de paño hacia el lugar donde estaba sentado Joe. A Washington le había tocado el peor carril, el número siete, en medio del río, donde cualquier atisbo de viento o corriente iba a ser más fuerte y donde, al anochecer, iba a ser difícil incluso ver el bote. Como en 1935, a California le había tocado el carril número uno, el carril más resguardado, protegido por el terraplén del ferrocarril, justo debajo de Ulbrickson.

Diez años atrás, el mismo Ulbrickson contribuyó decisivamente a que el primer equipo de Washington se llevara el campeonato nacional. Desde entonces, ningún primer equipo de Washington lo había ganado. Ulbrickson se acordó de lo que le juró a su mujer y de la promesa a Seattle que la temporada pasada no cumplió. Los Juegos Olímpicos estaban a la vuelta de la esquina. Casi todo lo que Al Ulbrickson le pedía a la vida se iba a decidir en los siguientes veinte minutos.

A las 20:00 horas, el juez de salida preguntó: «¿Estáis listos?». Dos timoneles levantaron la mano. El juez de salida esperó un par de minutos y volvió a preguntar: «¿Estáis todos listos?». Esta vez levantaron la mano tres timoneles. Exasperado, el juez de salida volvió a esperar mientras los distintos equipos hacían algunos cambios de última hora. Preguntó una tercera vez: «¿Estáis todos listos?». Esta vez se levantaron las siete manos.

Sonó el pistoletazo de salida, los botes salieron adelante con impulso, y el telegrafista anclado en la ribera le dio al teclado para que el mundo supiera que la trigésimo octava regata anual de primeros equipos de Poughkeepsie finalmente había empezado.

Durante cinco paladas, los siete botes fueron codo con codo y todos remaron con intensidad. Entonces Washington súbitamente aflojó y el resto de competidores le pasaron por delante. A Bobby Moch no le importaba, era justo lo que quería. Fijó el ritmo en veintiocho paladas y fue viendo cómo las espaldas de los timoneles rivales desaparecían río abajo en la penumbra. Para que los chicos mantuvieran el ritmo,

Moch se puso a cantar su nuevo mantra haciéndolo coincidir con cada palada —«Guarda, guarda, guarda»—, recordándoles que el secreto era conservar las fuerzas.

Pennsylvania, la Marina y California pronto se situaron en cabeza, remando a un ritmo alto en un primer momento y luego disminuyéndolo poco a poco hasta las treinta y pocas paladas. Después de media milla, Washington era el séptimo de los siete, casi cinco largos detrás de los líderes. Syracuse y, sorprendentemente, la poderosa Cornell —la gran esperanza del este— seguían rezagadas como Washington, quizá porque era su plan.

Bobby Moch empezó a acercar el bote al carril de Syracuse. Estaba adelantándose. Siguiendo el recorrido, su carril iba a llevar al *Husky Clipper* debajo del puente del ferrocarril, justo donde el agua se arremolinaba detrás de un machón y corría río arriba. Si entraban en el remolino, el bote prácticamente se pararía un momento. La única forma de evitarlo era siguiendo el límite entre su carril y el de Syracuse. El *Clipper* se deslizó hacia el límite hasta que las palas de los Orange casi chocaban contra las de los Huskies. Hecho una furia, el timonel de Syracuse empezó a gritar y puso a Moch de vuelta y media. Al alcanzarlos Washington, Moch se inclinó hacia el bote de Syracuse, sonrió y dijo bastante bajo, pero en su voz grave de barítono: «Vete al infierno, Syracuse». Mientras el timonel de Syracuse volvía a despotricar, sus chicos perdieron un poco el compás y el bote empezó a quedarse atrás.

Al cabo de una milla, para asombro del público del tren panorámico, Columbia se puso en tercer lugar, por delante de California y por detrás de la Marina y Pennsylvania. Al adelantar los chicos de Nueva York a los de Berkeley, los neoyorquinos del tren se pusieron a gritar con entusiasmo. Pero en la baliza de milla y media, California respondió al movimiento y volvió a dejar a Columbia y a Pennsylvania detrás y recuperó la segunda posición. La Marina, California y Pennsylvania ahora formaban un grupo, muy por delante del resto, que se sucedía en el liderato y se adelantaba agresivamente. Washington estaba cuatro largos por detrás de los líderes. Parecía que Cornell no acababa de encontrar su lugar y estaba rezagada junto a Washington. Syracuse se había quedado última a distancia.

En el vagón de prensa, se hizo el silencio entre los periodistas y entrenadores de Washington al ver lo rezagado que estaba el *Husky Clipper*. La gente empezó a susurrar: «Venga, Bobby, acelera, acelera». Al Ulbrickson estaba silencioso, tranquilo, como una esfinge, mascando lentamente el chicle que tenía en la boca. Pensaba que en cualquier momento Bobby Moch daría el paso, tal como habían planeado. Se quedó mirando el río todavía más fijamente a medida que la progresiva oscuridad empezó a envolver el bote. Lo único que se veía de Washington eran los extremos blancos de las palas que aparecían y desaparecían rítmicamente en el agua, todavía a un ritmo cómodo, constante y pausado de veintiocho.

A las dos millas, Pennsylvania empezó a flaquear y quedó detrás de Columbia. Cal y la Marina luchaban por el liderato. Cornell había quedado detrás de Washington, que había pasado al quinto puesto. Sin embargo, Bobby Moch no cambió el ritmo en lo más mínimo. Todavía lo separaban cuatro largos del líder. En el vagón de la prensa, Al Ulbrickson empezó a estar incómodo. A Moch se le había dicho que no dejara que los primeros se alejaran más de dos largos. Estaba al doble de distancia. Y, a estas alturas, se suponía que ya tendría que haber empezado a moverse. Estaba claro que ese no era el plan de regata que se le había dado a Moch. Tom Bolles y George Pocock estaban sentados y tenían un aspecto serio. Empezaba a parecer una actitud suicida. Pero, en el agua, Bobby Moch le dijo a Don Hume: «Sin prisas. Los podemos alcanzar cuando queramos».

Al pasar la baliza de dos millas y media, la situación era esencialmente la misma. California y la Marina estaban muy por delante y Columbia les iba a la zaga; Washington había pasado por delante de una Pennsylvania muy venida a menos, pero seguía a unos monumentales cuatro largos de distancia. A pesar de todo, Ulbrickson no se inmutaba; simplemente miraba por la ventana el parpadeo de las palas blancas en el agua y mascaba chicle. Pero había empezado a deslizarse en el asiento. No se podía creer lo que ocurría. ¿Qué diablos estaba haciendo Moch? ¿Por qué no los soltaba, por Dios?

En el bote, Bobby Moch miró los cuatro largos entre su proa y la popa de California y le gritó al equipo: «¡OK, tarados! Estamos a un largo de distancia».

Río abajo, los miles de seguidores que se agolpaban en la orilla y los barcos en Poughkeepsie no podían ver todavía los botes que se aproximaban, pero oían a los timoneles gritando como focas en la oscuridad del río. Poco a poco, los gritos sonaron más cercanos. Luego, surgiendo del ocaso, aparecieron las proas de tres embarcaciones, un poco más allá del puente del ferrocarril. Se oyó un clamor cuando el público pudo discernir la situación de la regata. La Marina y Cal iban codo con codo, y parecía que cualquiera de las dos tenía las de ganar, y en tercer lugar, de forma asombrosa, daba la sensación de que estaba Columbia. A Cornell, de forma igualmente asombrosa, no se la veía por ninguna parte, pero, al menos, el este podía presumir de un bote con posibilidades, quizá de dos. Casi nadie se fijó en el bote de Washington, que aparentemente avanzaba con dificultad en medio del río, tan rezagado que apenas se podía ver en la oscuridad creciente.

Cuando el bote de Washington pasó por debajo del esqueleto negro del puente del ferrocarril en la baliza de tres millas, todavía estaba tres largos por detrás y solo quedaba una milla. Los líderes habían aflojado un poco y eso había reducido la distancia, pero si Moch había subido el ritmo, era imperceptible.

Ahora los chicos de Washington remaban como en una especie de trance, de algún modo distanciados de ellos mismos, aunque agudamente conscientes de los movimientos de cada uno, por diminutos que fueran. No había mucho ruido en medio del río, excepto los cánticos de Moch, el golpeteo de los remos en los escálamos, su propia respiración, profunda y rítmica, y su pulso, que les resonaba en los oídos. Casi no había dolor. En el asiento número cinco, Stub McMillin se dio cuenta atónito de que todavía respiraba por la nariz después de remar tres millas.

En el tren, Al Ulbrickson casi se rindió. «Están demasiado lejos de los primeros —dijo entre dientes—. Se les ha ido de las manos. Tendremos suerte si acabamos terceros». Ulbrickson tenía la cara lívida. Parecía que se le hubiera petrificado. Incluso dejó de mascar chicle. En el carril que tenía más cerca, California había vuelto a la cabeza con un remo hermoso. Con competidores cansados detrás y a menos de una milla para terminar, Cal estaba en una posición cómoda para ganar. Parecía que Ky Ebright había vuelto a ser el más listo.

Sin embargo, si alguien había sido más listo que Al Ulbrickson, era su propio timonel: el chico bajito con su propia llave de la asociación Phi Beta Kappa. Y ahora echaría el resto. De repente se inclinó hacia Don Hume y gritó: «¡Diez de las grandes para Ulbrickson!». Ocho remos largos de pícea se hundieron en el agua diez veces. Entonces Moch gritó de nuevo: «¡Diez más para Pocock!». Otras diez paladas enormes. Y luego otra mentira: «¡Aquí está California! ¡Les pisamos los talones!

¡Diez grandes más para mamá y papá!». Muy lentamente, el *Husky Clipper* se deslizó por delante de Columbia y empezó a acercarse a la Marina, que estaba segunda.

En el tren, alguien dijo sin darle importancia: «Bueno, parece que Washington recupera terreno». Al cabo de un minuto, otra persona exclamó con mucha más urgencia: «¡Mira a Washington! ¡Mira a Washington! ¡Ahí viene Washington!». En el tren y en la orilla, todas las miradas se trasladaron de la cabeza de la regata a las ocho palas blancas que apenas se veían en medio del río. De la multitud, se empezó a elevar otro clamor, profundo y gutural. Parecía imposible que Washington salvara la distancia. Estaban a media milla del final, todavía terceros y dos largos por detrás. Pero avanzaban y la forma en que lo hacían despertaba una atención inmediata y absoluta.

En el bote, Moch estaba fuera de sí. «¡OK! ¡Ahora! ¡Ahora! ¡Ahora!», gritó. Don Hume subió el ritmo a treinta y cinco, luego a treinta y seis y, más adelante, a treinta y siete. En el lado de estribor, Joe Rantz lo siguió con la suavidad de la seda. El bote empezó a tener *swing*. La proa empezó a levantarse del agua. Washington dejó atrás a los guardiamarinas como si su bote estuviera clavado en el agua.

El timonel de Cal, Grover Clark, echó una mirada al río y, por primera vez desde que lo había dejado atrás en la línea de salida, vio el bote de Washington, y no tan lejos de su popa. Atónito, gritó al equipo que acelerara, y el ritmo de Cal ascendió rápidamente a treinta y ocho. Moch le pidió a Hume que subiera un punto y Washington alcanzó las cuarenta paladas por minuto. El ritmo del bote de California dio la sensación de flaquear y luego se volvió errático.

California y Washington se lanzaron a los últimos quinientos metros a toda velocidad e irrumpieron en el corredor de agua abierta entre las embarcaciones de los espectadores. La gente de las barcas de remo estaba de pie, arriesgándose a un chapuzón por ver lo que pasaba. Algunos barcos de vapor grandes empezaron a escorarse hacia el centro del río al ocupar la gente sus carriles. El clamor de la multitud envolvió a los remeros. Los silbatos de los barcos chillaban. En la plataforma delante del pabellón de Washington, Evanda May Calimar, la cocinera del equipo, agitaba una sartén sobre la cabeza, gritando y animando a los chicos. En el vagón de periodistas de Washington, se armó el caos. George Varnell del *Seattle Times* se metió las credenciales de periodista en la boca y empezó a devorarlas. Tom Bolles se puso a darle golpecitos en la espalda a un desconocido con su viejo sombrero de fieltro de la suerte. Royal Brougham gritó: «¡Vamos, Washington! ¡Vamos!». Solo Al Ulbrickson seguía callado e inmóvil, pegado a la silla, con la mirada como una piedra gris y fría, clavada en las palas blancas del río. Joe Williams del *World-Telegram* lo miró de reojo y pensó: «Por las venas de este tipo, parece que no corre la sangre».

Con la línea de meta cada vez más perfilada delante de él en la oscuridad creciente, Bobby Moch gritó algo inarticulado. Johnny White, en el asiento número tres, tuvo de golpe la sensación de que, en lugar de remar, volaban. Stub McMillin se moría de ganas de mirar a hurtadillas, de echar un vistazo al carril número uno, el de California, pero no se atrevió. En el número seis, por encima del ruido de la multitud, Shorty Hunt oyó a alguien que gritaba frenéticamente por la radio. Intentó entender las palabras, pero solo pudo deducir que pasaba algo extraordinariamente emocionante. No tenía ni idea de cómo estaban las cosas; solo que todavía no había entrado el bote de California en su campo de visión. Fijó la mirada en la nuca de Joe Rantz y tiró de los remos con todas sus fuerzas. Joe lo redujo todo a una acción, a un movimiento continuo, a un pensamiento: el viejo mantra del equipo corría por su cabeza como un río y lo oía una y otra vez, no en su voz, sino en el nítido acento de Oxford de George Pocock: «¡C-E-B, C-E-B, C-E-B!», —«centrados en el bote».

Entonces, en los últimos doscientos metros, la capacidad de pensar desapareció y el dolor se presentó, de repente, como un chillido, cerniéndose de golpe sobre todos, abrasándoles las piernas, los brazos, los hombros, arañándoles la espalda, desgarrándoles el corazón y los pulmones cuando tragaban aire desesperadamente. Y en esos últimos doscientos metros, en un extraordinario esfuerzo de velocidad, a cuarenta paladas por minuto y aporreando el agua hasta convertirla en espuma, Washington adelantó a California. Con cada palada, los chicos les sacaban un asiento. En el momento en que los botes cruzaron la línea de meta, en los últimos coletazos del crepúsculo, se vio una grieta de agua entre la popa del *Husky Clipper* y la proa del *California Clipper*.

En el vagón de la prensa, las comisuras de los labios de Ulbrickson se contrajeron tímidamente en algo que tenía un vago parecido con una sonrisa. Volvió a mascar el chicle, lenta y metódicamente. A su lado, George Pocock echó la cabeza hacia atrás y dio un alarido. Tom Bolles siguió azotando la espalda del tipo que tenía delante con el viejo sombrero de fieltro. George Varnell se sacó de la boca los restos bien masticados de sus credenciales de prensa. En Seattle, Hazel Ulbrickson y su hijo Al aporrearon la superficie de cristal de su mesa de centro hasta que se hizo añicos. En el puente de los coches, Mike Bogo tuvo el placer de hacer estallar siete bombas muy seguidas. En el bote, los chicos levantaron los puños en la oscuridad de la noche.

Durante un buen rato, Ulbrickson se quedó con la mirada perdida en la oscuridad mientras los seguidores se apresuraban a entrar en el vagón para felicitarlo y darle una palmadita en la espalda. Cuando finalmente se levantó, los periodistas se agolparon a su alrededor y él se limitó a decir: «Bueno, ha sido muy ajustado, pero han ganado». Y luego añadió: «Supongo que ese alfeñique sabía lo que hacía».

Washington se había convertido en el campeón nacional y había arrasado en el Hudson. La increíble victoria desde atrás de ese día fue histórica en su alcance y espectacularidad. En el centro de prensa de la estación de Poughkeepsie, los periodistas deportivos de todo el país se sentaron ante las máquinas de escribir y empezaron a aporrear superlativos. Robert Kelley del *New York Times* la llamó «un hito en la historia de Poughkeepsie». Herbert Allan del *New York Post* la calificó de «espectacular y sin precedentes». George Timpson del *Christian Science Monitor* la llamó «brillante». James Burchard del *World-Telegram* lo expresó con más originalidad: «Fue una cuestión de psicología, puro nervio y remar con inteligencia. La cabeza de Moch fue el mejor remero en el bote de Washington». Royal Brougham le dio muchas vueltas a cómo calificar lo que había logrado Bob Moch. Finalmente se decantó por: «Fue de una pasmosa sangre fría».

Al Ulbrickson bajó al agua y siguió a los chicos río arriba con la lancha hasta el pabellón. Al remar río arriba en la cálida oscuridad del verano, Ulbrickson vio que tiraban de los remos impecablemente, con la elegancia y precisión excepcionales que estaban convirtiendo en norma. El entrenador empuñó un megáfono y gritó por encima del gruñir acuoso del motor de la lancha: «¡Eso es! ¿Por qué no habéis remado así en la regata?». Los chicos se miraron entre ellos con una sonrisa nerviosa. Nadie acababa de saber si lo decía en broma o no.

Sí lo decía en broma, pero el comentario tenía su sentido. Para conseguir su objetivo, Ulbrickson iba a tener que imponerse a Ebright una vez más. En poco menos de dos semanas, iban a tener que competir dos veces, en un par de *sprint*s de dos mil metros, para poder representar a Estados Unidos en Berlín. En una de esas regatas, California iba a estar en el carril contiguo, y para ellos era la última oportunidad de desquitarse y conseguir un billete para Alemania. Ulbrickson no quería que a sus chicos se les subieran los humos. Y aunque estaba encantado con el resultado, no estaba del todo contento con la insubordinación de Moch. En cualquier caso, tenía que recordarles quién mandaba.

Sin embargo, fuera más o menos cierto lo del «danés adusto», Ulbrickson también sintió la necesidad de decir algo digno de la ocasión. Cuando llegaron al pabellón, se encontraron a cientos de seguidores eufóricos que se disputaban un hueco en la poco firme plataforma o daban vueltas delante del edificio y soltaban gritos. Los chicos se apearon del bote y, para deleite de los espectadores, tiraron a Bobby Moch al Hudson. Luego, después de recuperarlo del agua, formaron una falange, entraron al edificio por la fuerza y cerraron la puerta tras ellos, dejando entrar solo a unos pocos periodistas de Seattle. Ulbrickson se encaramó a un banco y los chicos, que llevaban agarrados los jerséis que se habían cobrado de los equipos perdedores, se sentaron en el suelo a su alrededor. «Habéis hecho historia, vosotros, remeros y timoneles de primer curso, segundo equipo y primer equipo. Estoy orgulloso de vosotros. Todos los hijos e hijas de Washington están orgullosos de vosotros… Jamás en la historia, un equipo ha presentado una batalla tan valiente y animosa para ganar el título de remo más codiciado de este país que la que hoy ha presentado el primer equipo. Y solo os puedo decir que estoy orgulloso y muy contento». Hizo una pausa, miró a la sala y concluyó: «No espero volver a ver una regata tan bien remada». Y entonces bajó. Nadie lanzó un grito. Nadie se levantó y aplaudió. Todo el mundo se quedó sentado y se dejó impregnar del momento en silencio. En la noche tormentosa de enero de 1935 en la que Ulbrickson empezó a hablar abiertamente de ir a los Juegos Olímpicos, todo el mundo se puso de pie y gritó entusiasmado. Pero, por aquel entonces, parecía un sueño. Ahora estaban a punto de hacer que pasara de verdad. Los gritos de júbilo parecían peligrosos.

Bobby Moch

CAPÍTULO XV

«He aquí el secreto de los equipos que tienen éxito: su swing, *esa cuarta dimensión del remo que solo puede apreciar un remero que haya remado en un equipo con* swing, *donde el movimiento es asombroso y, el trabajo de impulsar el bote, una delicia».*

GEORGE YEOMAN POCOCK

«Hace cuatro años que dominan el Hudson toscos forasteros del Lejano Oeste», espetó Joe Williams del *New York World-Telegram* el día después de las regatas de Poughkeepsie. «La regata ha perdido su forma y pauta originales. Ya no es un acontecimiento del este… Cuando no gana un equipo del oeste, gana el otro… Ayer Washington se llevó todo lo que se podía llevar del río. Los lugareños constataron con alivio que los visitantes habían tenido la decencia de dejar los puentes y los voluminosos ferris». Luego Williams, supuestamente en broma, pedía al presidente Roosevelt que hiciera algo ante la «situación de grave inquietud».

Puede que el tono fuera irónico, pero el fondo del artículo de Williams no era ninguna broma para miles de seguidores del este. Parecía que sus universidades no tenían posibilidades en una regata que habían diseñado para demostrar su propia destreza en el remo.

Y no eran solo los periodistas y seguidores del este los que se enfrentaban a una nueva realidad después de la regata de 1936. Ky Ebright sabía perfectamente qué había presenciado en la regata de primeros equipos, y era lo suficientemente listo y diplomático para reconocerlo directamente. Mientras hacía las maletas con sus chicos para el viaje a Princeton y las pruebas olímpicas, donde intentaría una vez más imponerse a Washington, señaló a Joe y a sus compañeros de equipo y dijo: «He aquí el mejor equipo de Estados Unidos. Ese es el bote que tendría que ir a Berlín, y el resto del mundo tendrá que presentar algo muy sonado para arrebatarles los Juegos Olímpicos». No se trataba de la típica charla previa a una regata que minimizaba las expectativas y en la que tanto él como Al Ulbrickson se enzarzaban con cierta frecuencia. Ebright hablaba completamente en serio y desde la necesidad de reducir las expectativas de Berkeley. Iría a Princeton, competiría e intentaría conseguir la representación olímpica, pero cuando Bobby Moch orquestó aquella victoria fría, calculadora y como surgida de la nada, Ebright enseguida observó el efecto desmoralizador que tuvo en sus propias filas. La forma reflexiva en que Washington remó esa regata en parte pareció un reto, pero sobre todo pareció una advertencia. A medida que avanzaba por el recorrido, Moch podría haber izado encima de la popa una bandera con la frase estampada «No me pises» y la figura de una serpiente de cascabel enroscada.

El 1 de julio, después de una semana de entrenos y descanso en Poughkeepsie, los chicos hicieron las maletas, metieron el *Husky Clipper* en un vagón de carga y se dirigieron a las pruebas olímpicas de Estados Unidos de 1936. A las seis de la tarde llegaron a Princeton y entraron en el mundo de la Ivy League, un mundo de estatus y tradición, de gustos refinados y asunciones implícitas sobre la clase social, un mundo habitado por los hijos de banqueros, abogados y senadores. Para chicos que eran hijos de padres de clase trabajadora, era un terreno desconocido pero intrigante.

Se alojaron en el señorial Princeton Inn, majestuosamente encaramado a las cuidadas calles del club de golf Springdale, un edificio que hacía que incluso la casa del presidente en Hyde Park pareciera un poco estrecha y destartalada. Desde sus habitaciones, los chicos veían a los exalumnos de Princeton paseándose por el campo de golf con pantalones bombachos, calcetines altos de rombos y gorras de *tweed*. Los chicos exploraron el lago Carnegie y entraron en el pabellón de botes de Princeton para ver cómo eran las instalaciones. Era una gran estructura de piedra, con arcos góticos por encima de las entradas a los muelles, una estructura mucho más elegante que las casas de tablas de madera de las que la mayoría venía. Era mucho mejor que su viejo hangar de aviones; se parecía más a la flamante Biblioteca Suzzallo de Seattle. Incluso el propio lago Carnegie era un símbolo de riqueza y privilegio. Hasta principios del siglo XX, los equipos de Princeton remaron en el canal del Delaware y el Raritan, que pasaba por el sur del campus. A los chicos de Princeton, sin embargo, no les parecía cómodo remar entre barcazas carboneras y barcos de recreo que también utilizaban el canal, así que convencieron a Andrew Carnegie para que les construyera un lago privado. Por aproximadamente cien mil dólares, unos dos millones y medio de dólares actuales, Carnegie fue comprando con discreción todas las fincas a lo largo de un tramo de cinco kilómetros del río Millstone, casi nada, y alumbró un circuito de remo de primer nivel: poco profundo, recto, protegido, hermoso y bastante libre de barcazas carboneras.

Durante los primeros días en Princeton, los chicos se relajaron y disfrutaron del entorno lujoso del hotel y el club de campo. Don Hume intentó librarse de los síntomas de un fuerte resfriado. Dos veces al día, se metían en el bote y hacían entrenos ligeros. Sobre todo practicaban *sprints* a ritmo intenso y salidas de regata. La salida se contaba entre los elementos más críticos de una regata de dos mil metros y era algo que últimamente les costaba.

Seis equipos competían para representar a Estados Unidos en Berlín: Washington, California, Pennsylvania, la Marina, Princeton y el New York Athletic Club. Se los dividiría en dos grupos de tres para una primera prueba eliminatoria el 4 de julio. Los dos primeros botes de cada prueba pasarían a una prueba final de cuatro botes al día siguiente.

Al acercarse las pruebas eliminatorias, el tiempo se volvió agobiantemente caluroso, los primeros indicios de lo que estaba a punto de convertirse en una ola de calor letal en todo el este. La noche del 3 de julio, los chicos estaban nerviosos e inquietos, conscientes de la importancia de lo que estaba en juego. El calor húmedo no les dejaba dormir. Al Ulbrickson fue de habitación en habitación diciéndoles que descansaran, pero el tono de su voz revelaba su propia preocupación. Esa noche, mucho después de que apagaran las luces, Joe y Roger estaban sentados en la oscuridad, bromeando, contando historias, intentando quitarle hierro al vértigo emocional. De vez en cuando, un brillo naranja destacaba en la oscuridad cuando Chuck Day pegaba una calada a un cigarrillo prohibido.

No se trataba de que les preocupara seriamente la primera prueba eliminatoria. Competirían contra Princeton y el New York Athletic Club. Ninguno de los dos era un rival serio. California, por su parte, se iba a enfrentar a Pennsylvania y a la Marina, ambos grandes esprínteres. La preocupación era qué pasaría después de la primera eliminatoria. Pennsylvania había cambiado a tres de los ocho remeros de Poughkeepsie y los había sustituido por recién licenciados que no podían competir en la regata interuniversitaria, pero sí en pruebas olímpicas. La Marina había incluido al teniente de navío Vic Krulak de los marines como timonel. California también había hecho un hueco en su bote a licenciados recientes. De hecho, Washington era el único equipo que iba a estar compuesto exclusivamente por estudiantes universitarios. Suponiendo que los chicos se clasificaran en la primera eliminatoria, los equipos que se encontrarían en la final estarían compuestos, hasta cierto punto, por desconocidos. Desconocidos que, supuestamente, eran mejores que los chicos que acababan de derrotar en Poughkeepsie.

El sábado 4 de julio, un poco antes de las seis y media, los chicos dejaron el pabellón de los botes de Princeton para ir a la regata. Era una tarde sofocante e infestada de insectos. Varios millares de personas se reunieron a lo largo de la orilla del lago para las pruebas clasificatorias, la mayoría de las cuales subieron a las recién construidas tribunas en la línea de meta. Los chicos metieron el *Husky Clipper* marcha atrás en el cajón de salida, sobre una plataforma flotante que se había construido especialmente para las pruebas olímpicas, y esperaron.

Con el pistoletazo, Washington salió del cajón a un ritmo fuerte de treinta y ocho paladas. El *Husky Clipper* se puso en cabeza casi de inmediato. Al cabo de un minuto, Moch le dijo a Don Hume que aflojara el ritmo. Hume bajó a treinta y cuatro. Después de tres minutos, Hume aflojó a treinta y dos, e incluso bajando el ritmo, el bote seguía adelante y empezó a ampliar su ventaja. Tanto el New York Athletic Club como los chicos de Princeton remaban a treinta y cinco. En la baliza de mitad de recorrido, al bote de Washington lo separaba agua de los otros dos. Al empezar a acercarse a la línea de meta, los del Club hicieron un *sprint*, adelantaron a Princeton y amenazaron a Washington. Moch le dijo a Hume que volviera a un ritmo de treinta y ocho. El *Husky Clipper* se adelantó súbitamente y cruzó la línea de meta dos largos y medio por delante de los neoyorquinos.

A pesar de que estaban confiados, a los chicos de Washington les sorprendió la facilidad con que ganaron. La tarde era bochornosa, pero apenas sudaron. Se alejaron remando de los carriles de la regata y se apostaron junto a la orilla cerca de la baliza de kilómetro y medio. La verdadera incógnita del día era cómo se comportaría California en la prueba clasificatoria, y los chicos querían verlo por sí mismos.

A las 19:00 horas, la Marina, Pennsylvania y California abandonaron la línea de salida, todos a buen ritmo. En los primeros mil metros, los tres botes se disputaron el liderato sin que ninguno destacara. En ese momento, Pennsylvania aceleró y se adelantó poco a poco. Sin embargo, al llegar a los últimos quinientos metros, fue California la que consiguió que los seguidores de la tribuna se levantaran. Los de Berkeley llevaron a cabo un adelantamiento increíble, dejaron súbitamente atrás a la Marina y Pennsylvania, y ganaron por un cuarto de largo. Fue un auténtico espectáculo y reforzó la tradicional creencia —compartida por muchos entrenadores y periodistas presentes ese día— de que, a pesar de las victorias de Washington en las regatas largas de Poughkeepsie y Seattle, California seguía siendo el equipo que mejor esprintaba. Era difícil defender lo contrario. California ganó la prueba con una marca de 6:07,8; mientras que Washington necesitó diez segundos más, 6:17,8, para cubrir la misma distancia. «Una diferencia casi insuperable para los Huskies», sentenció Malcolm Roy del *New York Sun*.

Al regresar esa noche al Princeton Inn, a los chicos de Washington los invadió de nuevo la ansiedad. Al Ulbrickson volvió a pasar buena parte de la noche yendo de habitación en habitación, sentado a los pies de las literas, tranquilizando a sus chicos, recordándoles que, de hecho, ya habían ganado un *sprint* en los últimos dos mil metros de Poughkeepsie, diciéndoles lo que ya sabían, pero necesitaban oír una vez más: que podían ganar a cualquier equipo de Estados Unidos, incluida California, en cualquier distancia. Lo único que tenían que hacer era seguir creyendo los unos en los otros.

Asintieron y estuvieron de acuerdo. La campaña de primavera —el compañerismo inmediato que todos sintieron la primera vez que salieron al agua juntos, la holgada victoria sobre Cal en el lago Washington, el sensacional triunfo con remontada en Poughkeepsie y la misma prueba clasificatoria de esa tarde— los había convencido claramente de que juntos eran capaces de grandes cosas. Ninguno dudaba de nadie en el bote. Pero la cuestión ya no era creer los unos en los otros. Lo que era más difícil era estar seguro de uno mismo. Las corrosivas sustancias químicas del miedo seguían bien instaladas en sus cerebros y entrañas.

Bien entrada la noche, después de que Ulbrickson decidiera finalmente retirarse a sus aposentos, los chicos se escaparon del hotel solos o en parejas, y pasearon por la orilla del lago Carnegie. Había luna llena, y el lago era de color plateado y brillaba. A sus pies, entre la hierba, cantaban los grillos; en los árboles zumbaban las cigarras. Miraron las estrellas bañadas por la luz de la luna, y hablaron bajo, recordando quiénes eran y qué habían hecho. Para algunos, fue suficiente. Años después, Joe recordaba que esa noche lo invadió una sensación de calma. Empezó a notar una progresiva determinación, primero como un arroyo y luego como un río. Finalmente, a altas horas de la noche, volvieron a las habitaciones y durmieron, algunos plácidamente y otros no tanto.

Por la mañana, Chuck Day se levantó y escribió en su diario: «Pruebas olímpicas finales, muy nervioso pero con confianza». Johnny White escribió: «Nos levantamos con bastante miedo y fuimos a visitar a Alvin con frecuencia».

Alvin Ulbrickson no podía estar precisamente relajado. Era el día de la verdad. Muchos colegas verían la regata esa tarde, no solo Ebright, sino también el viejo Jim Ten Eyck de Syracuse, Ed Leader de Yale, Jim Wray de Cornell y Constance Titus, un campeón olímpico de remo con espadilla de 1904. Pero, sobre todo, ahí estaba Royal Brougham, listo para retransmitir la regata en vivo a cincuenta emisoras de todo Estados Unidos a través de la cadena CBS. Todo Seattle —y buena parte del resto del país— estaría escuchándolo. No habría ningún lugar donde esconderse si los chicos le fallaban.

Esa mañana hubo tormenta en Nueva Jersey, y la lluvia aporreó el tejado del Princeton Inn. A mediodía, sin embargo, las nubes se alejaron hasta el horizonte y el día se volvió caluroso y sofocante, pero despejado. El lago Carnegie estaba liso como un espejo y reflejaba un cielo azul translúcido. La prueba olímpica final no estaba prevista hasta las 17:00 horas, así que los chicos pasaron la mayor parte del día holgazaneando en el pabellón de Princeton, intentando no pasar calor. A media tarde, empezaron a llegar al lago Carnegie sedanes negros y cupés llenos de seguidores. Los conductores dejaron los coches bajo los árboles que daban sombra en los últimos centenares de metros del recorrido, luego extendieron manteles de pícnic encima de la hierba y abrieron cestas llenas de emparedados y bebidas frías. Las tribunas de la línea de meta se llenaron poco a poco de gente que se abanicaba con los programas, los hombres con sombreros de fieltro y panamás, las mujeres con sombreros de ala plana colocados en ángulos vistosos. En total, quizá diez mil personas desafiaron el calor para presenciar tan solo seis minutos de competición, seis minutos que harían pedazos los sueños de nueve chicos de entre los que estaban a punto de meterse en el agua.

A las 16:45 horas los equipos que habían quedado en primer y segundo lugar en las pruebas del día anterior —California, Pennsylvania, Washington y el New York Athletic Club— remaron desde el pabellón de Princeton hasta el lago Carnegie. Se abrieron camino bajo los elegantes arcos de un puente de piedra, siguieron por una larga y amplia curva del lago y por la recta que llevaba hasta los cajones de salida. Los neoyorquinos le dieron la vuelta al bote y fueron los primeros en meterlo en el cajón, y luego Pennsylvania hizo lo mismo. Cuando Washington intentó remar hacia atrás hasta el cajón, un gran cisne blanco y tozudo obstaculizó el camino hasta que Bobby Moch, gritándole con el megáfono y agitando los brazos con furia, por fin lo convenció para que se hiciera lentamente a un lado. Entonces California entró remando hacia atrás.

Con el sol de media tarde, los árboles altos que crecían en la orilla proyectaban sombras largas sobre los cajones de salida y los botes, pero el calor no había disminuido de forma notable. Los chicos de Washington se habían quitado los jerséis justo antes de meterse en el bote e iban con el torso desnudo. Ahora estaban sentados con los remos en el agua listos para el primer tirón fuerte, todos con la mirada puesta en la nuca del compañero de delante, intentando respirar lento, y con la cabeza centrada en el bote. Bobby Moch alargó la mano debajo del asiento y tocó el sombrero de fieltro de Tom Bolles, unos pocos gramos de peso a cambio de mucha suerte.

Un poco después de las cinco, el juez de salida preguntó: «¿Estáis todos listos?». Los cuatro timoneles levantaron la mano e inmediatamente se oyó el pistoletazo de salida.

Washington no empezó bien. Después de cuatro o cinco paladas, a Gordy Adam y Stub McMillin se les salieron los remos del agua antes de que acabaran de tirar. La consecuencia fue que el bote perdió momentáneamente el equilibrio y se frenó bruscamente la velocidad que el equipo intentaba conseguir. Los tres botes restantes se adelantaron. En la siguiente palada, los ocho remos de Washington agarraron el agua de forma limpia, perfecta y simultánea.

El New York Athletic Club se puso brevemente a la cabeza, pero Pennsylvania, que aporreaba el agua a un ritmo intenso de cuarenta paladas por minuto, enseguida recuperó el primer puesto. California, que remaba a treinta y ocho, iba tercera, tres metros por delante de la proa de Washington. Bobby Moch y Don Hume subieron el ritmo a treinta y nueve para recuperar velocidad, pero cuando lo consiguieron, empezaron a bajarlo inmediatamente a treinta y ocho, luego a treinta y siete, a treinta y seis, y a treinta y cinco. Al bajar el ritmo, el *Husky Clipper* seguía manteniendo la posición justo por detrás de la popa de California. Delante de todos, Pennsylvania continuaba azotando el agua a treinta y nueve paladas hasta volverla blanca. A un cuarto del recorrido, Bobby Moch se dio cuenta de que se estaban acercando sigilosamente a California. Le dijo a Hume que bajara de nuevo el ritmo y Hume lo dejó en unas sorprendentemente bajas treinta y cuatro. Al acercarse a la baliza de medio recorrido, el New York Athletic Club, de repente, empezó a flaquear y enseguida se quedó detrás de Washington. Pennsylvania continuaba a la cabeza por tres cuartos de largo e incluso ampliaba lentamente su distancia respecto a California. El *Husky Clipper* seguía clavado en la estela de California. Los chicos siguieron remando a treinta y cuatro.

Pero qué treinta y cuatro… Don Hume a babor y Joe Rantz a estribor marcaban el ritmo con paladas largas, lentas, dulces y fluidas, y los chicos de cada lado los seguían a la perfección. Desde las orillas del lago Carnegie, los chicos, los remos y el *Husky Clipper* parecían una sola cosa que se enroscaba y desenroscaba con elegancia y fuerza, impulsándose sobre la superficie del agua. Ocho espaldas desnudas se balanceaban para delante y para atrás de forma perfectamente simultánea. Ocho palas blancas se hundían y salían del agua parecida a un espejo justo en el mismo momento. Cada vez que las palas se introducían en el lago, desaparecían casi sin salpicar ni provocar ondas. Cada vez que se levantaban las palas, el bote seguía adelante sin frenarse ni titubear.

Justo antes de la baliza de kilómetro y medio, Bobby Moch se inclinó hacia Don Hume y gritó: «¡He aquí California! ¡Ahora los adelantamos!». Hume subió un poco el ritmo, a treinta y seis, y Washington pasó por delante de California con rapidez, asiento a asiento. Empezaron a acercarse sigilosamente a la popa de Pennsylvania. El remero de popa de Penn, Lloyd Saxton, viendo que la proa del *Husky Clipper* se acercaba desde atrás, subió el ritmo a unas matadoras cuarenta y una. Pero a medida que las paladas de Pennsylvania se volvían más frecuentes, inevitablemente también se acortaban. Mirando los *charcos* que las palas de Washington dejaban en el agua, a Saxton le sorprendió la distancia entre ellos. «Donde nosotros introducíamos una palada cada metro, ellos la introducían cada metro y medio. Era increíble», dijo después de la regata. Washington se puso al lado de Pennsylvania.

Sin embargo, Bobby Moch todavía no había soltado a los chicos. Cuando quedaban quinientos metros, finalmente lo hizo. Le gritó a Hume que subiera el tempo. El ritmo subió hasta treinta y nueve, y luego inmediatamente hasta cuarenta. Durante cinco o seis paladas, las proas de los dos botes se disputaron el primer puesto, para delante y para atrás, como las cabezas de los caballos de carreras en la recta final. Finalmente la proa de Washington se adelantó aproximadamente un metro, de forma decisiva. A partir de ahí, fue, como Gordy Adam diría más adelante, «pan comido». A cuatrocientos metros de la meta, Washington sencillamente voló, dejó atrás a los muchachos agotados de Pennsylvania como un tren expreso que pasara por delante del tren lechero de la mañana, y entró en los últimos cuatrocientos metros con una elegancia y una fuerza extraordinarias. Al día siguiente, Shorty Hunt les contó a sus padres que las últimas veinte paladas habían sido «el momento en que me he sentido mejor en un bote». En la línea de meta estaban a un largo de distancia y todavía la ampliaban. Al cruzar la línea, Bobby Moch desafió las leyes de la física y del sentido común y, de repente, se puso de pie en la popa del bote de sesenta centímetros de ancho, lanzando un puño triunfante al aire.

Pennsylvania quedó tercera y California, cuarta. El bote del New York Athletic Club finalmente cruzó la línea de meta medio empujado por la corriente, tres largos y tres cuartos por detrás del bote de Washington, con la mitad del equipo echado encima de los remos después de haber sufrido un colapso por el calor.

Por todo el estado de Washington —en pequeños pueblos humeantes con aserraderos de la península Olímpica, en granjas lecheras encaramadas a la cordillera de las Cascadas, en lujosas casas victorianas del barrio de Capitol Hill de Seattle, y en el pabellón atravesado por corrientes de aire de los Huskies en Montlake Cut— la gente se puso de pie y gritó con entusiasmo. Las madres y los padres de los remeros corrieron a las oficinas de Western Union para felicitar a sus hijos. Los periodistas se pusieron a pensar en los titulares. Los camareros sirvieron rondas a invitación de la casa. El sueño se había hecho realidad. Los chicos se iban a los Juegos Olímpicos. Por primera vez, Seattle iba a competir a nivel mundial.

Sentados junto a la radio en la casa a medio acabar de Harry Rantz a orillas del lago Washington, Joyce y los niños también lo celebraron. Harry no dijo nada, pero de repente, con una sonrisa de oreja a oreja, empezó a rebuscar en una caja, sacó una gran bandera estadounidense, la clavó en la pared de encima de la radio y se alejó para admirarla. Los niños salieron corriendo a contarles la buena noticia a sus amigos del barrio. Joyce, radiante de alegría, se puso a limpiar las cáscaras de cacahuete que los niños habían tirado al suelo mientras oían la regata con muchos nervios. En alguna parte de su mente, sentía una pequeña tristeza: esto significaba que Joe no volvería a casa hasta el final del verano. Pero sabía que eso era un detalle sin importancia, y la alegría se impuso al empezar a imaginarse a Joe, vestido con uniforme olímpico, apeándose de un tren en Seattle cuando, finalmente, volviera en otoño.

Con amplias sonrisas, Joe y sus compañeros de equipo volvieron al pabellón de Princeton, tiraron a Bobby Moch al agua, lo pescaron y luego se pusieron en fila para los fotógrafos de la prensa y de los noticiarios que los esperaban en la plataforma. Henry Penn Burke, presidente del Comité Olímpico de Remo de Estados Unidos, se puso al lado de Bobby Moch y le hizo entrega de una copa de plata. Mientras las cámaras de los noticiarios runruneaban, Moch, empapado y con el torso desnudo, aguantaba una de las asas de la copa y Burke, con traje y corbata, aguantaba la otra. Entonces Burke empezó a hablar. Habló y habló y habló. Los chicos estaban cansados, hacía un calor abrasador en la plataforma y querían llegar a las duchas y empezar a celebrarlo. Sin embargo, Burke seguía hablando. Finalmente, Moch tiró un poco de la copa y la liberó de la mano de Burke. Burke siguió hablando. Al final, con la copa en manos de Moch, los chicos sencillamente se fueron y Burke se quedó solo en la plataforma, hablando mientras las cámaras de los noticiarios seguían grabando.

Al Ulbrickson también hizo algunas declaraciones para la prensa. Cuando le preguntaron cómo se explicaba el éxito del primer equipo en esta temporada, fue directo al meollo de la cuestión: «Todos los remeros tenían una confianza absoluta en todos sus compañeros… No se puede atribuir la victoria a personas concretas, ni siquiera al remero de popa Don Hume. La cooperación sincera de toda esta primavera es la responsable de la victoria».

Ulbrickson no era un poeta. Ese era el terreno de Pocock. Pero esa declaración era todo lo más que podía llegar en la expresión de sus sentimientos. Debió de saber, con una certeza de las que se notan en las entrañas, que finalmente tenía entre manos lo que se le había resistido durante años. Todo coincidió: los buenos remeros, con la actitud, la personalidad y las capacidades adecuadas; un bote perfecto, de líneas puras, equilibrado y endiabladamente rápido; una estrategia ganadora tanto en distancias largas como cortas; un timonel con las agallas y la inteligencia para tomar decisiones difíciles y tomarlas rápido. Todo junto era más de lo que podía expresar con palabras, quizá incluso más de lo que podía expresar un poeta: algo que iba más allá de la suma de sus partes; algo misterioso, inefable y digno de verse. Y sabía a quién estarle agradecido por buena parte de ello.

Esa tarde, al volver a pie al Princeton Inn con George Pocock, ambos con las americanas sobre los hombros en el cálido y húmedo crepúsculo, Ulbrickson se detuvo en seco, se giró de repente hacia Pocock y le alargó la mano derecha. «Gracias por tu ayuda, George», dijo. Más adelante Pocock se acordó del momento: «Viniendo de Al —comentó—, era el equivalente de fuegos artificiales y banda de música».

Esa noche los chicos pudieron disfrutar del banquete anual, cortesía de Loyal Shoudy, en el que al lado de cada cubierto encontraron la tradicional corbata púrpura y un billete de cinco dólares esperándoles. Sin embargo, mientras cenaban y celebraban la victoria, en los pasillos del Princeton Inn empezaron a circular rumores inquietantes.

A las ocho de la tarde se confirmaron los rumores. Después de su tedioso discurso en la plataforma de delante del pabellón de Princeton, Henry Penn Burke se llevó a Al Ulbrickson, George Pocock y Ray Eckman, el director deportivo de Washington, a una sala y, de hecho, les dio un ultimátum. Si Washington quería ir a Berlín, los chicos tendrían que pagarse el viaje. «Tendréis que pagar los costes, o si no… —dijo Burke—. Sencillamente no hay dinero». Burke, que por cierto también era el presidente del Pennsylvania Athletic Club de Filadelfia y uno de sus mayores recaudadores de fondos, añadió que Pennsylvania tenía mucho dinero y que, como segundo clasificado, estaría encantado de ocupar el lugar de Washington en Berlín.

Esa semana, en todas partes de Estados Unidos ocurrieron dramas similares. El Comité Olímpico Estadounidense (AOC, por sus siglas en inglés) andaba escaso de dinero. Se les pidió a nadadores, esgrimistas y docenas de otros equipos que se financiaran total o parcialmente el viaje a Berlín. Pero, hasta ese momento, ni el AOC ni el Comité Olímpico de Remo habían hecho ninguna referencia a que no pudieran enviar al equipo ganador a los Juegos. Desprevenido, Ulbrickson estaba atónito y furioso. La universidad ya había tenido que suplicar y rascar cada centavo de exalumnos y de los ciudadanos de Seattle solo para mandar a los chicos a Poughkeepsie y Princeton. Y no había ninguna posibilidad de que estos chicos contribuyeran con sus propios fondos. No eran los herederos ni descendientes de la industria; eran estadounidenses de clase trabajadora. Era patético. Los de Washington ya querían marcharse de la sala, pero Burke seguía hablando. Señaló que California se pagó el viaje en 1928, igual que en 1932. Yale, dijo, no tuvo ningún problema para recaudar «fondos privados» en 1924. Seguro que alguien en Seattle podía aportar el dinero.

Ulbrickson sabía perfectamente que el dinero casi crecía en los árboles en Yale, y que era mucho más fácil conseguir fondos en 1928, antes de la Depresión, que en 1936. En 1932, Ebright solo había tenido que correr con los gastos de transportar a su equipo 560 kilómetros, desde Berkeley a Los Ángeles. Ulbrickson le preguntó con frialdad a Burke cuánto tenían que conseguir y para cuándo. Burke contestó que cinco mil dólares antes de que terminara la semana. Si no, iría el equipo de Pennsylvania.

Después del encuentro, Ulbrickson se fue a buscar a Royal Brougham y a George Varnell, y en cuestión de minutos estaban proponiendo titulares y escribiendo columnas especiales para telegrafiarlas al *Post-Intelligencer* y al *Times* para las ediciones del día siguiente. En Seattle, al cabo de unos minutos empezaron a sonar los teléfonos. Ray Eckman llamó a su ayudante, Carl Kilgore, que a su vez empezó a hacer llamadas en la ciudad. A las 22:00 horas de Seattle, Kilgore había fichado a docenas de líderes ciudadanos y había trazado un plan básico. Por la mañana abrirían la sede en el Washington Athletic Club, nombrarían a un presidente y montarían equipos. Mientras tanto, todo el mundo hizo más llamadas. Al Ulbrickson intentó no alarmar a sus remeros. Se trataba exactamente del tipo de estupideces por las que no quería que se preocuparan. Les contó lo mínimo sobre la falta de financiación y esa noche se fueron a la cama pensando que todo se arreglaría.

Por la mañana Shorty Hunt les escribió una breve carta a sus padres: «¡Un sueño hecho realidad! ¡Qué suerte la nuestra, chico! Nadie me puede decir que no tuvimos a la Fortuna de cara». Luego él y el resto del equipo desayunaron melón y helado antes de presentarse para remar ante las cámaras de la Fox Movietone.

Al cabo de unas horas, los ciudadanos de Seattle se levantaron con titulares y boletines de radio alarmantes. Toda la ciudad se fue a trabajar. Las alumnas de las instituciones de enseñanza mixta que estaban de vacaciones de verano agarraron latas y empezaron a ir puerta a puerta por sus barrios. Paul Coughlin, presidente de la asociación de exalumnos, llamó a algunos de los más destacados licenciados de la universidad. Se imprimieron miles de etiquetas de solapa y los estudiantes que estaban en el campus por el curso de verano se pusieron a venderlas por los pasillos a cincuenta centavos la pieza. Los locutores de radio interrumpieron su programación para pedir fondos. En el centro de la ciudad, I. F. Dix, el director general de la Pacific Telephone and Telegraph, aceptó el cargo de presidente de la campaña. Rápidamente, del despacho de Dix, empezaron a salir telegramas dirigidos a las cámaras de comercio de todas las ciudades, pueblos y aldeas del estado. Se enviaron más de mil cartas a las oficinas de la Legión Estadounidense y demás organizaciones cívicas y fraternales.

Por la tarde, fueron entrando el dinero y las promesas de pago: unos contundentes 500 $ del *Seattle Times* para empezar; 5$ de la cervecería Hide-Away; 50 $ de la poderosa Standard Oil; 1 $ de un donante que deseó permanecer en el anonimato; o 5 $ de Cecil Blogg de Tacoma, uno de los timoneles de Hiram Conibear. Empezó a llegar dinero también desde las localidades de los chicos, donde sus logros llevaban semanas acaparando titulares: 50 $ de Montesano, la patria chica de Bobby Moch; 50 $ de Bellingham, el pueblo más cercano a la granja lechera en la que Gordy Adam se crio; 299,25 $ de la Olympia de Don Hume; o 75 $ del Sequim de Joe Rantz. Al final del primer día de campaña, los voluntarios vendieron 1.523 $ en etiquetas de solapa. Al acabar el segundo día, T. F. Davies, presidente de la Cámara de Comercio de Seattle, metió un cheque certificado en un sobre y lo envió por correo urgente a Al Ulbrickson.

Por entonces, Ulbrickson y los chicos se preparaban despreocupadamente para navegar hasta Alemania el 14 de julio a bordo del buque de vapor *Manhattan*. Solo horas después del encuentro con Henry Penn Burke y la breve conversación con Royal Brougham y George Varnell de esa misma noche, Ulbrickson puso su mejor cara de póquer —que es tanto como decir su expresión natural—, se fue a ver a Burke y al Comité Olímpico Estadounidense y explicó que, de hecho, Washington sí tenía el dinero para pagarse el viaje a Berlín. Entonces, antes de que alguien pudiera hacer alguna pregunta incómoda sobre cómo había conseguido cinco mil dólares tan rápido, aceptó al vuelo la invitación del New York Athletic Club de utilizar sus instalaciones de entreno en un barrio residencial cercano, a orillas del estrecho de Long Island, y se marchó rápidamente de Princeton.

Mientras los chicos —ahora oficialmente la delegación olímpica estadounidense en la modalidad de ocho remeros— se instalaban en Travers Island, se estaban empezando a convertir, sin que ellos fueran demasiado conscientes, en celebridades a nivel nacional. En Seattle, ya se los consideraba unas superestrellas. Los entrenadores y periodistas del este los habían seguido con creciente interés desde la victoria como estudiantes de primero en Poughkeepsie en 1934. Y ahora, después de ver esas últimas veinte paladas en Princeton, los periodistas de todo el país empezaban a poner negro sobre blanco sus pensamientos esa tarde, cuando vieron perfilarse en el crepúsculo a Joe y a sus compañeros de equipo en Poughkeepsie, hacía dos semanas. Podía ser que estos jóvenes fueran el mejor equipo universitario de remo de todos los tiempos.

Travers Island está en el estrecho de Long Island, al sur de Nueva Rochelle. El complejo del New York Athletic Club, terminado en 1888, se extendía a lo largo de doce hectáreas perfectamente cuidadas, en el centro de las cuales se erguía un club amplio y lujoso. Con un comedor formal y una ostrería, una sala de billar, un gimnasio completo, un pabellón de botes, todos los equipos de entreno que se pudieran imaginar, una zona de tiro al plato, un campo de béisbol, una pista de bolos, un cuadrilátero de boxeo, pistas de tenis y de *squash*, una pista de atletismo, baños turcos, una piscina, una peluquería, servicio de habitaciones y amplios céspedes; a efectos prácticos, era un club de campo para deportistas aficionados, así como un local de postín para los eventos sociales del condado de Westchester. Y, desde luego, permitía acceder a las aguas del estrecho, excelentes para el remo. Pero lo mejor de todo, para chicos del campo, los bosques y los pueblos del noroeste del Pacífico, era que solo estaba a unos kilómetros de los múltiples misterios y maravillas de la ciudad de Nueva York.

Esa semana el calor sofocante seguía pesando sobre la costa este y sobre buena parte del país, pero los chicos no iban a dejar que un poco de calor les impidiera darle un bocado a la Gran Manzana. Visitaron la Tumba del General Grant; intentaron subir a bordo del *Queen Mary*, pero no pudieron; echaron un vistazo al campus de Columbia; dieron una vuelta por el Rockefeller Center; pasearon arriba y abajo por Broadway; y comieron en Jack Dempsey's. Entraron en tropel en el cabaré Minsky's y salieron con los ojos como platos y sonrisas avergonzadas, aunque Johnny White confió su opinión personal a su diario: «Fue vulgar». Caminaron por Wall Street, acordándose del tono callado con el que sus padres hablaban de ese sitio en 1929.

Fueron en metro hasta Coney Island y vieron que cientos de miles de neoyorquinos se les habían adelantado, huyendo del calor asfixiante de Manhattan en plena semana laborable. Desde el abarrotado paseo marítimo, y hasta donde les alcanzaba la vista, las playas eran un oscuro hervidero de cuerpos apretujados en la arena. Se abrieron camino entre la muchedumbre, fascinados por las mil voces de Nueva York: madres que hablaban italiano, chicos puertorriqueños que hablaban español, abuelos que hablaban *yidis* y niñas que hablaban polaco, niños atolondrados gritándose cosas en docenas de lenguas y en todas las variedades del inglés, con las voces marcadas por la entonación del Bronx, de Brooklyn o de Nueva Jersey. Engulleron perritos calientes a cinco centavos en Nathan's, comieron algodón de azúcar y bebieron Coca-Cola helada. Subieron a la noria de 50 metros de altura y a las escalofriantes montañas rusas. Pasearon entre los chapiteles y las torrecillas de Luna Park, repitieron en las atracciones, engulleron cacahuetes y bebieron más Coca-Cola. Al volver a la ciudad, estaban agotados y no demasiado impresionados con Coney Island. «Vaya sitio de mala muerte... —confió Chuck Day en su diario—. Antros sucios y abarrotados de gente, una estafa». Y tampoco se llevó una buena impresión de los acalorados ciudadanos de la gran Nueva York: «Toda la gente de Nueva York tiene un aspecto cansado, pálido y flojo. Rara vez sonríen y no desprenden la salud y el vigor del oeste».

Mientras exploraban Nueva York, empezaron a darse cuenta, uno a uno, de lo que representaban. Una tarde en *Times* Square, un hombre alto y corpulento corrió hacia Shorty, lo miró de arriba abajo y dijo: «¡Eres Shorty Hunt! —miró a los demás chicos—: ¿Sois el equipo de Washington, verdad?». Cuando le aseguraron que sí, dijo que había reconocido a Shorty por una foto del periódico. Él mismo era un antiguo remero de Columbia, y después de ver sus recientes hazañas, había decidido enviar a su hijo a estudiar la carrera al oeste para que se convirtiera en un gran remero. Fue la primera vez que empezaron a entender que ahora eran el equipo de Estados Unidos, no el de la Universidad de Washington; que la *W* de sus jerséis estaba a punto de ser sustituida por *USA*.

Para Joe, el momento de epifanía llegó en el piso número ochenta y seis del nuevo Empire State Building. Ninguno de ellos había cogido un ascensor que tuviera más que los pocos pisos que suelen tener los de los hoteles, y la rápida ascensión los emocionó y les dio miedo a la vez. «Se me taponaron los oídos y los ojos se me salían de las órbitas», escribió a sus padres esa noche un arrebatado Shorty Hunt.

Joe no había volado nunca en avión y nunca había visto una ciudad desde una perspectiva más alta de la que le permitía su estatura de metro ochenta y ocho. Ahora, de pie en el mirador, contempló los muchos chapiteles de Nueva York levantándose a través de una cortina de humo, vapor y calima, y no acabó de saber si le parecía hermoso o aterrador.

Se recostó sobre el pretil bajo de piedra y miró los coches y autobuses en miniatura y los enjambres de personas diminutas que correteaban por las calles. Joe se dio cuenta de que, a sus pies, la ciudad murmuraba. La cacofonía de bocinazos, gemidos de sirenas y estrépito de tranvías que le atacó los oídos a nivel de calle aquí se reducían a algo más suave y relajante, como la respiración sonora de una criatura enorme. Era un mundo mucho más grande y conectado de lo que jamás había creído posible.

Echó una moneda de cinco centavos a un telescopio para ver mejor el puente de Brooklyn, recorrió la parte baja de Manhattan y se fijó en la lejana estatua de la Libertad. Dentro de pocos días, Joe navegaría a sus pies rumbo a un lugar donde, por lo que sabía, la libertad no se daba por supuesta, donde al parecer se la atacaba. La conciencia que cristalizó en todos los chicos también cristalizó en Joe.

Ahora representaban algo mucho más grande que ellos mismos: una forma de vida, una serie de valores compartidos. De esos valores, tal vez el fundamental era la libertad. Pero las cosas que los unían —la confianza en los demás, el respeto mutuo, la humildad, el juego limpio o estar pendiente de los otros— también formaban parte de lo que Estados Unidos significaba para ellos. Y junto a la pasión por la libertad, esas eran las cosas que estaban a punto de llevarse a Berlín y mostrar al mundo cuando se metieran en el bote en Grünau.

A Bobby Moch también lo visitó una súbita revelación. En su caso le llegó a la sombra de un árbol en un campo abierto de Travers Island, después de abrir un sobre. El sobre contenía una carta de su padre, la carta que Bobby le había pedido, con la lista de las direcciones de los familiares a los que quería visitar en Europa. Sin embargo, el sobre también contenía un segundo sobre, sellado, con la advertencia: «Para leer en la intimidad». Ahora, alarmado y sentado bajo un árbol, Moch abrió el segundo sobre y lo leyó. Al terminar la lectura, se le escaparon algunas lágrimas.

Eran noticias bastante inocuas vistas desde el siglo XX, pero en el contexto de las actitudes sociales de Estados Unidos en los años treinta, a Bobby le causaron una honda impresión. Gaston Moch le contaba a su hijo que, cuando conociera a sus parientes de Europa, sabría por primera vez que él y su familia eran judíos.

Bobby se quedó sentado en el árbol rumiando un buen rato, no porque súbitamente supiera que era miembro de la que entonces todavía era una minoría muy discriminada, sino porque al asimilar la noticia se dio cuenta, por primera vez, del terrible dolor que su padre debía de haber cargado en silencio en su interior durante tantos años. Durante décadas, a su padre le pareció que para tener éxito en Estados Unidos era necesario esconderles a sus amigos, a sus vecinos e incluso a sus propios hijos un elemento esencial de su identidad. A Bobby lo educaron en la creencia de que a todo el mundo había que tratarlo a partir de sus acciones y su reputación, no a partir de estereotipos. Fue su propio padre quien se lo enseñó. Ahora esa enseñanza parecía revelar de forma dolorosa que su padre no se sintió lo suficientemente seguro como para vivir de acuerdo con esa idea, que ocultó sus orígenes a su pesar, como si fuera un secreto del que avergonzarse, incluso en Estados Unidos, incluso ante su querido hijo.

El 9 de julio, los neoyorquinos se asaban, afectados por la mayor ola de calor de la historia estadounidense. Durante un mes, el oeste y el Medio Oeste habían sufrido temperaturas insólitas. Ni siquiera el terrible verano de 1934 fue tan extremo. Ahora la zona azotada por el calor se extendía de costa a costa y muy al norte, hasta Canadá. Esa semana tres mil estadounidenses morirían por culpa del calor, cuarenta de ellos en la ciudad de Nueva York.

Sin embargo, la delegación olímpica estadounidense de remo en la modalidad de ocho se encontraba tan fresca como se podía estar. Cada tarde se metían en un bote y se iban al refugio del New York Athletic Club, la isla de Huckleberry, a una milla de Travers Island, en las frescas aguas del estrecho de Long Island. Eran cuatro hectáreas de paraíso, y los chicos quedaron rendidos desde que se apearon de la lancha y bajaron a una de sus muchas calas de granito, con las cintas indias de plumas de pavo que los miembros del club vestían siempre que visitaban la isla. Saltaban desde salientes de la roca, se zambullían en el agua verde y fresca del estrecho, nadaban, hacían barullo y luego se echaban sobre cálidas losas de granito y se tostaban antes de volver a zambullirse en el agua.

Chuck Day fumaba Lucky Strike y bromeaba. Roger Morris estaba tumbado con aspecto soñoliento y le lanzaba comentarios irónicos a Day sobre el hecho de que fumara. Gordy Adam estaba encantado de empaparse de sol con la cinta india puesta. Joe se fue a estudiar la geología de la isla y descubrió estrías glaciales grabadas en el granito. Bobby Moch intentó organizar actividades y llevar a los chicos aquí o allá, y lo placaron y lo tiraron al agua tres o cuatro veces por las molestias que se tomaba. Todos estaban a gusto, cómodos. Con el mar y el bosque a su alcance, estaban en su elemento de una manera en que nunca podrían estarlo en Manhattan, a pesar de todo su brillo y *glamour*.

Al tercer día, Al Ulbrickson puso punto final a la natación. Era de la firme opinión de que cualquier tipo de ejercicio distinto del remo era perjudicial para los remeros porque no desarrollaba los músculos adecuados.

Finalmente, llegó el momento de hacer las maletas para Alemania. El 13 de julio, Pocock supervisó a los chicos mientras cargaban con cuidado los diecinueve metros del *Husky Clipper* en un camión muy largo y lo conducían, con escolta policial, a través del corazón de la ciudad de

Nueva York hasta el muelle 60, a orillas del Hudson, donde preparaban al buque de vapor *Manhattan* para su salida dos días más tarde. Pocock pasó los días en Travers Island lijando cuidadosamente el casco del bote y aplicando luego capas y más capas de barniz marino, puliendo cada capa hasta que el casco brillara. No era solo una cuestión de estética. Pocock quería darle al bote el fondo más rápido posible. Las fracciones de segundo podían ser decisivas en Berlín.

Cuando aparcaron el camión junto al *Manhattan*, Pocock vio que el muelle era un revoltijo de oficinas, pequeños almacenes, montones de mercancías y pasarelas con cubierta para los pasajeros. Los chicos y él eran los responsables de cargar el bote en el barco y enseguida se dieron cuenta de que no había ningún lugar donde pudieran maniobrar con el largo bote para que pudiera entrar. Todos llevaban corbatas para la recepción, a la que seguiría una cena en el Hotel Lincoln. Con el bote sobre las cabezas, bajo el calor sofocante y húmedo, caminaron atentos pero cansados de un lado al otro del muelle durante casi una hora, mirando fijamente el inmenso casco rojo del buque e intentando todo lo que se les ocurría.

Finalmente, en la otra punta del muelle, alguien vio una tolva que bajaba a un ángulo de sesenta grados hasta el nivel de la calle. Con cuidado, insertaron la proa del bote en la tolva. Luego, caminando a cuatro patas, lo arrastraron tolva arriba hasta la cubierta de paseo. Desde ahí, aguantándolo por encima de sus cabezas, lo llevaron hasta la cubierta del barco, lo ataron, lo cubrieron con una lona y rezaron para que nadie lo confundiera con un banco y se sentara encima. Entonces corrieron hacia la recepción, exageradamente tarde y empapados de sudor.

En el Hotel Lincoln, se registraron oficialmente en el Comité Olímpico Estadounidense y se mezclaron por primera vez con sus compañeros olímpicos en el vestíbulo. Estaba Glenn Cunningham, vestido con un elegante traje gris y una corbata de un amarillo intenso. En un rincón de la sala, los fotógrafos acorralaron a Jesse Owens, vestido con un traje de un blanco inmaculado, y lo convencieron para que posara con un saxofón. «Cuando te avise —dijo uno de los fotógrafos—, sopla ese cachivache». Siguiendo las instrucciones, Jesse sopló. El instrumento emitió un suspiro largo y ruidoso. «Mejor que mires los neumáticos, Jesse; ese ruido es de pinchazo», bromeó alguien.

Al darse una vuelta por la sala, los chicos de Washington pensaron que seguramente no eran los más famosos, ni los más rápidos a pie, ni siquiera los más fuertes, pero —con la excepción de Bobby Moch— probablemente eran los más altos. Entonces conocieron a Joe Fortenberry, que medía dos metros, y a Willard Schmidt, de la primera delegación olímpica estadounidense de baloncesto, que medía dos metros tres centímetros. Cuando fueron a darles la mano e intentaron mirar a los ojos de Schmidt, incluso a Stub McMillin le pareció que se arriesgaba a que le diera un tirón en el cuello. Bobby Moch ni lo intentó. Pensó que habría necesitado una escalera.

El día siguiente fue un torbellino de actividad: recoger las credenciales olímpicas y los visados alemanes, aprovisionarse de artículos diversos de última hora o comprar cheques de viaje. Johnny White no sabía cómo iba a conseguir dinero en Europa. Todavía tenía la mayor parte de los catorce dólares con los que había salido de casa, pero no iban a durarle mucho. Entonces, en el último minuto, llegó de Seattle un sobre con cien dólares. Su hermana, Mary Helen, lo había enviado —eran casi todos sus ahorros— diciéndole que, a cambio, se iba a quedar con su viejo violín. Johnny sabía perfectamente que no tenía ningún interés en el violín.

Esa noche remataron la visita de Nueva York con una salida al Loew's State Theatre, donde Duke Ellington y su orquesta terminaban una semana de actuaciones. Sobre todo para Joe y Roger, fue el plato fuerte de la estancia en Nueva York. Bajo la inmensa araña de cristal de Bohemia del teatro, sentados en butacas rojas de felpa y rodeados de ebanistería dorada, escucharon embelesados cómo Ellington y su orquesta interpretaban «Mood Indigo», «Accent on Youth», «In a Sentimental Mood», «Uptown Downbeat» y una docena y media de canciones más. Joe se deleitó con la música clara y metálica y, envuelto en ella, se dejó llevar por el ritmo.

Volvieron tarde al Alpha Delta Phi Club para descansar una última noche antes de que, al día siguiente, empezara la aventura de verdad. En el momento de apagar las luces, ochenta kilómetros al sur, el zepelín *Hindenburg* se soltó de su amarre en Lakehurst (Nueva Jersey) y avanzó pesadamente por el Atlántico de vuelta a Alemania y hacia su pequeño papel en los Juegos Olímpicos de 1936; una mole oscura en el cielo nocturno, con grandes esvásticas negras estampadas en las aletas de cola.

EL PASAPORTE OLÍMPICO DE JOE

Ante las cámaras de los noticiarios que rodaban y entre disparos de las lámparas de *flash*, los chicos subieron animadamente por la pasarela y entraron en el *Manhattan* a las diez y media de la mañana. Igual que el resto de los 325 miembros de la delegación olímpica estadounidense que viajaban en el barco, sentían vértigo y entusiasmo a partes iguales. Ninguno había estado en un barco mayor que los ferris de Seattle, y el buque de vapor *Manhattan* —doscientos metros de longitud, 24.289 toneladas de peso, con ocho cubiertas para pasajeros y capaz de acoger a 1.239 pasajeros— no era un ferri. De hecho, era un auténtico transatlántico de lujo. Con solo cinco años de antigüedad, el *Manhattan* y su hermano, el buque de vapor *Washington*, fueron los primeros grandes transatlánticos que se construyeron en Estados Unidos desde 1905 y los más grandes que los estadounidenses habían construido.

Esa mañana, en el atracadero del Hudson, el *Manhattan* era de lo más estadounidense que se pudiera imaginar, con el casco rojo y la superestructura blanca coronada por dos chimeneas, inclinadas graciosamente hacia atrás y pintadas con rayas horizontales rojas, blancas y azules. Cuando los deportistas entraron alegremente a bordo, a todos les dieron una pequeña bandera estadounidense, y las barandillas pronto estuvieron abarrotadas de jóvenes con expresión radiante que ondeaban banderas y hablaban a gritos con la familia y los seguidores reunidos en el muelle.

Los chicos se instalaron en el piso de abajo, el de clase turista, y guardaron sus bártulos. Conocieron a los demás remeros que representarían a Estados Unidos en Berlín y les estrecharon la mano: Dan Barrow, un remero con espadilla en solitario del Pennsylvania Athletic Club; dos parejas, una con timonel y otra sin, también del Pennsylvania Athletic Club; un equipo de dos espadillas del Undine Barge Club de Filadelfia; y dos equipos de cuatro remeros: uno de muchachos de Harvard del Riverside Boat Club de Massachusetts, con timonel, y otro del West Side Rowing Club de Buffalo (Nueva York), sin timonel.

Cumplidas las formalidades, se unieron a los que ondeaban banderas en la cubierta. Al acercarse las doce, la hora prevista para zarpar, más de diez mil espectadores acudieron al muelle 60. Sobrevolaban el muelle zepelines y aviones. Los fotógrafos de los noticiarios tomaron algún metro más de película y bajaron correteando del barco para captar con sus cámaras el momento de la partida del buque. Empezó a salir humo negro de las chimeneas rojas, blancas y azules. Una brisa ligera y cálida hacía ondear los gallardetes de las jarcias en los mástiles de proa y popa.

Justo antes de las doce, los deportistas se reunieron en la cubierta superior para acompañar a Avery Brundage y a otros responsables del Comité Olímpico Estadounidense, que desplegaron una enorme bandera blanca con los cinco anillos olímpicos entrelazados y se pusieron a izarla en el mástil de popa. El gentío del muelle se quitó los sombreros, los agitó por encima de la cabeza e inició un cántico: «*Ray! Ray! Ray! For the USA!*». Una banda empezó a tocar una canción marcial, soltaron amarras y el *Manhattan* comenzó a dar marcha atrás para salir del Hudson.

Joe y los demás chicos volvieron corriendo a la barandilla, donde esta vez hicieron ondear las banderas y retomaron el cántico sin vergüenza:

«Ray! Ray! Ray! For the USA!». En el muelle la gente les gritó: «¡Buen viaje!». Los silbatos de los remolcadores, los ferris y los barcos cercanos empezaron a aullar. En el río, los barcos de los bomberos se pusieron a tocar las sirenas y expulsaron chorros de agua blanca al aire. Los aviones se inclinaron hacia un lado y sobrevolaron el buque en pequeños círculos mientras los fotógrafos sacaban vistas aéreas.

Los remolcadores empujaron la proa del *Manhattan* hasta que apuntó río abajo y el buque empezó a bajar majestuosamente por el oeste de Manhattan. Cuando se abría camino más allá de Battery, Joe notó la primera brisa refrescante en días. Al pasar por Ellis Island y la estatua de la Libertad, él, igual que todo el mundo, corrió a la barandilla de estribor para verla pasar. Se quedó en la cubierta mientras el barco se abría camino a través del estrecho, con Staten Island a un lado y Brooklyn al otro, y luego avanzaba por la parte baja de la bahía y finalmente salía al Atlántico, donde empezó a balancearse ligeramente en un giro largo, lento y amplio hacia el puerto de destino.

Joe todavía siguió en la cubierta, recostado en la barandilla, disfrutando del aire fresco, viendo pasar Long Island, intentando asimilarlo todo y recordarlo para podérselo contar a Joyce cuando volviera a casa. No fue hasta al cabo de unas horas, cuando el sol empezó a declinar y a Joe le entró frío en cubierta, cuando regresó a las tripas del barco, algo acostumbrado ya al vaivén, en busca del resto de chicos y de algo para comer.

Esa noche, al navegar el *Manhattan* hacia el noroeste y envolverlo la oscuridad, el barco resplandecía de luz y vibraba con la música, cobraba vida con la risa de los jóvenes que se lo pasaban en grande y se aventuraban por el vacío negro del Atlántico Norte rumbo a la Alemania de Hitler.

EL BUQUE DE VAPOR *MANHATTAN*

CAPÍTULO XVI

«Los buenos pensamientos tienen mucho que ver
con el buen remo. No basta con que los músculos de un equipo
trabajen al unísono; la mente y el corazón de los remeros
también tienen que funcionar como uno solo».

GEORGE YEOMAN POCOCK

Mientras Joe se adormecía a bordo del *Manhattan*, la primera luz del alba se posaba sobre Berlín y descubría a grupos de hombres, mujeres y niños obligados a caminar por las calles a punta de pistola. Las detenciones habían empezado hacía horas, bajo el manto de la noche, cuando policías y soldados de asalto irrumpieron en las chabolas y carromatos, donde vivían familias gitanas, y las sacaron de la cama. Ahora se dirigían a un vertedero del barrio berlinés de Marzahn, donde iban a quedar retenidos en un campo de detención, lejos de la mirada de los extranjeros que llegaban a Berlín por los Juegos Olímpicos. Con el tiempo, se los mandaría a campos de exterminio del este y serían asesinados.

Su traslado solo era un paso más en un proceso que llevaba meses desarrollándose y con el que los nazis estaban transformando Berlín en algo parecido a un enorme decorado de película: un lugar donde la ilusión se podía perfeccionar, donde lo irreal podía hacerse pasar por real, y lo real se podía esconder. Habían quitado los letreros que prohibían que los judíos entraran en edificios públicos y los habían guardado para volver a utilizarlos más tarde. El periódico furibundamente antisemita *Der Stürmer* —con sus grotescas caricaturas de judíos y su lema «Los judíos son nuestra desgracia»— se retiró temporalmente de los quioscos. En *Der Angriff*, su principal publicación de propaganda, Joseph

Goebbels les había entregado a los berlineses el guion de su papel en el espectáculo, detallando cómo tenían que comportarse con los judíos y cómo tenían que darles la bienvenida a los extranjeros cuando llegaran: «Tenemos que ser más encantadores que los parisinos, más naturales que los vieneses, más vivaces que los romanos, más cosmopolitas que Londres y más prácticos que Nueva York».

Cuando llegaran los extranjeros, todo sería agradable. Berlín se convertiría en una especie de benigno parque de atracciones para adultos. Se limitaría a través de estrictos controles el precio que se les podía cobrar a los extranjeros por cualquier cosa: desde habitaciones en hoteles de lujo como el Adlon a la *bratwurst* que los vendedores callejeros ofrecían por toda la ciudad. Para mejorar el escenario, se había recogido y sacado de la calle, además de a los gitanos, a más de catorce mil indigentes. Se detuvo a cientos de prostitutas, se las examinó a la fuerza para ver si sufrían alguna enfermedad venérea, y luego se las soltó para que ejercieran su oficio, para satisfacción carnal de los visitantes.

A los periodistas extranjeros, que iban a transmitir sus impresiones de la nueva Alemania al resto del mundo, se les ofrecerían alojamientos especiales, el mejor equipo, los mejores miradores desde los que ver los Juegos y servicio de secretaría gratuito. Había una cuestión, sin embargo, que habría que tratar con delicadeza si surgía. Si los periodistas extranjeros intentaban entrevistar a judíos alemanes o investigar «la cuestión judía», habría que acompañarlos educadamente a la oficina de la Gestapo más próxima para que se les interrogara sobre sus intenciones, y después se los seguiría sin que se dieran cuenta.

A cada lado de las vías de tren por las que los visitantes llegarían a Berlín, se blanquearon edificios mugrientos, se alquilaron a muy buen precio edificios de viviendas vacíos, y debajo de los alféizares —incluso de los de los edificios vacíos— se colocaron jardineras idénticas, llenas de geranios rojos. Prácticamente todas las casas junto a las vías de tren tenían colgada la bandera roja y blanca con la esvástica negra. Muchas también hacían ondear la bandera blanca olímpica. Unas pocas —en su mayoría casas judías— solo tenían puesta la bandera olímpica. En las estaciones de tren había colgadas miles de esvásticas. De hecho, todo Berlín estaba cubierto de esvásticas. A lo largo del céntrico paseo Unter den Linden, el amplio bulevar de Berlín, los cientos de tilos que dieron su nombre a la calle se sustituyeron por columnatas regulares de astas que llevaban enormes estandartes rojos de catorce metros con esvásticas. De la puerta de Brandeburgo colgaban estandartes igual de altos. En la plaza Adolf Hitler, unos anillos concéntricos, formados por mástiles altos en los que ondeaban banderas olímpicas, rodeaban una torre central de diecinueve metros de altura, cubierta con veinte esvásticas, con lo que quedaba un espectacular cilindro de color rojo intenso en medio de la herbosa plaza. En las agradables y sombreadas calles que llevaban al circuito de remo de Grünau, de árbol en árbol, colgaban cintas con esvásticas pequeñas.

Las calles se barrieron y volvieron a barrer. Los escaparates de las tiendas se limpiaron. Los trenes se pintaron. Las ventanas rotas se sustituyeron. A la salida del Estadio Olímpico, se aparcaron en filas perfectas docenas de limusinas Mercedes nuevas de cortesía, a la espera de grandes personalidades. A casi todo el mundo, desde los taxistas hasta los basureros, se los había vestido con algún tipo de uniforme nuevo y elegante. Los libros extranjeros y los libros prohibidos, los libros que escaparon a las hogueras de 1933, reaparecieron de repente en los escaparates de las librerías.

Con el decorado a punto, Leni Riefenstahl estaba muy ocupada movilizando a docenas de cámaras y técnicos de sonido, y ubicando montones de cámaras. En el Estadio Olímpico, dentro del *Reichssportfeld*, instaló treinta cámaras solo para la ceremonia de inauguración. Hizo cavar hoyos para las tomas desde abajo y mandó levantar torres de acero para los planos en picado. Construyó rieles junto a la pista de arcilla roja por los que podían moverse plataformas rodantes. En las piscinas olímpicas de natación y salto, sumergió cámaras en cajas que las protegían del agua. Para las competiciones ecuestres, sujetó cámaras a las sillas de montar y, en el caso de las pruebas de natación, las hizo flotar en balsas. En el centro de Berlín instaló cámaras en edificios estratégicos, las montó encima de camiones, las suspendió de zepelines y mandó cavar más hoyos, todo para captar secuencias a ras de suelo de los corredores de maratón y los relevistas de la antorcha mientras se abrían camino por la ciudad. En el recorrido de remo en Grünau, hizo construir un embarcadero en el Langer See que corría paralelo al circuito, e instaló rieles por los que una plataforma rodante con una cámara podía seguir a los botes en los últimos cien metros de las regatas. Tomó prestado un globo antiaéreo de la Luftwaffe y lo ató cerca de la meta, de forma que un cámara pudiera grabar tomas aéreas.

Dondequiera que instaló cámaras, Riefenstahl se aseguró de conseguir los ángulos más favorecedores, en general en contrapicado, para grabar a las principales estrellas del espectáculo, Adolf Hitler y su entorno. Entonces, con casi todas las cámaras en su lugar, Riefenstahl y todo Berlín esperaron la llegada del resto del elenco.

Esa mañana, Don Hume y Roger Morris estaban echados en sus literas a bordo del *Manhattan* y sufrían arcadas. Al Ulbrickson se encontraba bien, pero Hume y Morris, postrados por el mareo, lo preocupaban. Eran los dos remeros más ligeros del bote, y justamente se había propuesto que aumentaran de peso durante el viaje.

Joe Rantz se levantó en plena forma. Se dirigió a la cubierta de paseo y se encontró con una auténtica explosión de deporte. Los gimnastas giraban con agilidad en las barras paralelas y asimétricas, y daban grandes saltos encima de los potros, intentando hacer coincidir sus precisos movimientos con el lento balanceo del barco. Robustos halterófilos levantaban enormes pedazos de hierro sobre la cabeza, temblando y balanceándose ligeramente bajo su peso. Los boxeadores se entrenaban en un cuadrilátero improvisado, bailando con los pies para mantener el equilibrio. Los esgrimistas atacaban. Los velocistas corrían despacio, atentos a no torcerse el tobillo. En la pequeña piscina de agua salada del barco, los entrenadores habían atado cuerdas de goma a los nadadores, de modo que no se movieran al nadar y que no acabaran en la cubierta cuando al barco le embistieran olas particularmente grandes. En la popa se oían los disparos de pistola de los pentatletas contra el océano vacío.

Cuando sonó el *gong* que indicaba que el desayuno de los hombres estaba listo, Joe fue a la mesa que le tocaba y se llevó una decepción al descubrir que a los deportistas solo se les permitía pedir de un menú restringido, pensado aparentemente para alimentar canarios o timoneles. Se comió todo lo que pudo pedir e intentó repetir, pero no le dejaron. Se marchó del comedor casi tan hambriento como había entrado. Decidió que hablaría con Ulbrickson del asunto.

Mientras tanto, se dio una vuelta por el barco. Debajo de la cubierta encontró un gimnasio lleno de máquinas para hacer ejercicio, un cuarto de juegos para niños, peluquerías, un centro de manicura y un salón de belleza. Descubrió un agradable salón en clase turista, provisto de una pantalla para lo que entonces todavía se llamaba *cine sonoro*. A Joe todo le pareció fenomenal. Pero cuando subió a las cubiertas de primera clase, se topó con un mundo completamente distinto.

Los camarotes, revestidos de maderas exóticas, eran espaciosos, con tocadores integrados, muebles tapizados de felpa, alfombras persas, teléfonos en la mesita de noche y baños privados con duchas de agua dulce, tanto caliente como fría. Joe se paseó discretamente sobre la lujosa moqueta a través de un laberinto de pasillos que llevaban a una gran coctelería, luego a una tienda de puros, a una sala de trabajo y después a una biblioteca revestida de roble y con gruesas vigas. Llegó a un salón para fumadores con una chimenea que se extendía en toda la anchura de la sala, y murales y relieves que pretendían sugerir que el fumador había entrado en un templo azteca. Se asomó al Veranda Café, con escenas venecianas pintadas en las paredes, y que contaba con una gran pista de baile elíptica. Pasó por el patio de Palmeras Chinas, donde no solo había palmeras auténticas, sino techos altos de estilo rococó enlucidos de blanco, columnas de mármol, delicados murales asiáticos pintados a mano y muebles estilo Chippendale. Entró en el comedor de primera clase, con su propio balcón para orquesta, iluminación suave detrás de ventanas empotradas para crear la ilusión de perpetua luz diurna y mesas redondas, cubiertas con manteles elegantes y con su propia lámpara dorada estilo Luis XVI; todo dispuesto bajo un techo en forma de cúpula pintado con murales de escenas mitológicas como las bacanales. Y finalmente vio el Gran Salón, con su propio escenario teatral y su pantalla de cine sonoro, con más alfombras persas, divanes y butacas elegantes, pilastras estriadas de nogal, molduras talladas a mano, ventanas anchas con cortinas de terciopelo y otro techo alto rococó de yeso en forma de cúpula.

Joe intentó pasar desapercibido, o todo lo desapercibido que puede un chico de metro ochenta y ocho. Se suponía que no tenía que estar pululando por esos sitios. Se esperaba que los deportistas se quedaran en las zonas de clase turista, excepto cuando se entrenaban en la cubierta de paseo durante el día. La intención era que este sitio fuera el reducto del tipo de personas que Joe había visto en el campo de golf de Princeton, o en los céspedes perfectamente recortados de las fincas que había vislumbrado más arriba del Hudson. Sin embargo, Joe se quedó un poco más, fascinado de ver cómo seguía viviendo la otra mitad.

Al volver a su camarote, se encontró con algo que le hizo pensar que también él era un chico con clase. En Nueva York les habían tomado las medidas para los conjuntos olímpicos, y ahora Joe se encontró encima de su litera con una chaqueta cruzada de sarga azul y pantalones azules a juego. La chaqueta llevaba el escudo olímpico de Estados Unidos estampado en el pecho y tenía relucientes botones de latón, cada uno con un escudo en miniatura. Había unos pantalones blancos de franela; un *canotier* de paja blanco con una cinta azul; una camisa blanca de etiqueta; calcetines blancos con los bordes en rojo, blanco y azul; zapatos blancos de piel y una corbata a rayas azules. Había un chándal azul, que llevaba «USA» impreso de forma muy visible en el pecho. Y había un uniforme de remo: *shorts* blancos y un elegante jersey blanco con un escudo olímpico de Estados Unidos en la parte izquierda del pecho y cintas rojas, blancas y azules bordadas alrededor del cuello y por la parte de delante. Para un chico que había ido todo un año al entreno de remo con el mismo jersey arrugado, se trataba de un asombroso tesoro sartorial.

En el barco, rumbo a Berlín

El tejido del jersey era suave, casi como la seda, y cuando Joe lo sostuvo para mirarlo mejor, brilló con la luz de la tarde que entraba a raudales a través del ojo de buey. Todavía no lo habían derrotado ni se había visto obligado a ceder el jersey a un remero rival. No tenía ninguna intención de que este jersey fuera el primero. Volvería a casa con él.

En los días sucesivos, Don Hume y Roger Morris se fueron recuperando lentamente de su mareo y los chicos empezaron a entrenar. En cubierta encontraron una máquina de remo y la probaron, y posaron en ella para los fotógrafos de noticias. Al Ulbrickson posó con ellos, pero en cuanto los fotógrafos terminaron, echó a los chicos de la máquina, y dijo, como solía decir a menudo, que la única forma de desarrollar músculos para remar es remando en un bote de verdad. Mientras iban caminando, Roger Morris le sonrió burlonamente a Al y dijo: «Diantre, si quieres que rememos en un bote, baja el *Clipper* por un lado del barco y remamos lo que queda de camino».

Cuando Ulbrickson no miraba, daban vueltas corriendo por la cubierta, se entrenaban en el gimnasio, jugaban al tejo y al *ping-pong* con otros deportistas e intimaban con algunos cuyos nombres ya eran, o no tardarían en ser, conocidos, como Ralph Metcalfe, Jesse Owens y Glenn Cunningham. Johnny White se fue en busca de chicas y volvió poco optimista. Y, excepto Don Hume, todos empezaron a perder peso.

Al Ulbrickson habló con alguien de la cocina y con alguien del Comité Olímpico Estadounidense, y argumentó que el menú adecuado para un gimnasta de trece años no tenía por qué ser el indicado para un remero de metro noventa, y que ocho esqueletos en un bote no iban a ganar ninguna medalla. Enseguida levantaron las duras restricciones del menú, y casi se puede decir que los chicos empezaron a vivir en el comedor de clase turista. Libres para pedir cualquier cosa de la carta tantas veces como quisieran, excepto postres azucarados o comidas excesivamente grasas, hicieron justamente eso y repitieron de plato principal una y otra vez, como en el tren a Poughkeepsie. Eran los primeros que se sentaban y los últimos en levantarse. Y nadie —con la única excepción de Louis Zamperini, el corredor de fondo de Torrance (California)— comía más que Joe Rantz. Sin embargo, Stub McMillin lo intentó. Un día llegó al comedor antes que el resto del equipo. Pidió dos montones de tortitas, las embadurnó con mantequilla, las ahogó en jarabe y estaba a punto de hincarles el diente cuando Al Ulbrickson entró. Ulbrickson se sentó, le echó un vistazo al plato, lo deslizó a su lado de la mesa y dijo: «Mil gracias por preparármelas, Jim», y devoró lentamente los dos montones mientras McMillin lo fulminaba con la mirada ante un plato de tostadas secas.

Después de la cena, había entretenimientos más formales: un espectáculo de variedades, una hora *amateur*, juicios y bodas falsas, bingos, torneos de ajedrez y de damas, y una noche de casino durante la cual los deportistas apostaban dinero de mentira. Entonaban canciones todos juntos y había un baile del capitán, en el que a todo el mundo le daban globos, cornetas y sombreros de fiesta. Hubo un debate formal sobre la siempre controvertida afirmación de que «es mejor vivir en el este que en el oeste». Se proyectaban películas sonoras en el salón de clase turista para los deportistas y en el Gran Salón para los pasajeros de primera. Sin embargo, a los chicos de Washington no les convencía del todo lo de las clases y se las saltaban. Pronto descubrieron que cuando cinco o seis remeros corpulentos se sentaban en el Gran Salón, y resultaba que eran deportistas olímpicos que representaban a Estados Unidos, no había nadie que protestara. De modo que se aficionaron a visitar las cubiertas superiores para ver una película, y cada noche, de camino al Gran Salón, hacían una parada para llevarse una de las grandes bandejas de entremeses, y luego se la iban pasando mientras veían la película.

Pronto quedó claro que había límites que no se podían transgredir en el *Manhattan*. Eleanor Holm tenía veintidós años, era guapa, estaba casada y era algo conocida, ya que había actuado en pequeños papeles en varias películas de los hermanos Warner. Gozaba de cierta fama por haber cantado «I'm an Old Cowhand» en un cabaré, vestida solo con un sombrero blanco de vaquero, un traje de baño blanco y tacones altos. También era una gran nadadora y ganó una medalla de oro en los Juegos Olímpicos de 1932 en Los Ángeles. Ahora se la consideraba favorita para ganar los cien metros espalda en Berlín. En el segundo día del viaje, un grupo de periodistas la invitó a subir a las cubiertas de primera clase para lo que resultó ser una fiesta de toda la noche, durante la que bebió una buena cantidad de champán, comió caviar y embelesó a muchos de los plumíferos, entre los que estaba William Randolph Hearst Junior. A las seis de la mañana del día siguiente, estaba como una cuba y la tuvieron que llevar a su camarote de clase turista. Cuando se levantó, Avery Brundage la mandó llamar, la amonestó y le dijo que la expulsaría del equipo si seguía bebiendo. Lo hizo. Al cabo de unos días, estuvo en otra fiesta organizada por los dipsómanos periodistas. Esta vez, la acompañante del equipo de natación, Ada Sackett, la pilló con las manos en la masa.

Por la mañana Sackett y el médico del barco despertaron a una muy resacosa Holm en su camarote. El médico la miró y la declaró alcohólica. Dee Boeckmann, entrenadora del equipo de mujeres, hizo pasar a unas cuantas compañeras de Holm por su camarote, señaló a la pálida, desmelenada y mareada Holm y se extendió sobre los efectos diabólicos del alcohol. Ese mismo día, Avery Brundage expulsó a Holm del equipo olímpico de Estados Unidos.

Holm estaba destrozada y muchos compañeros suyos deportistas estaban indignados. A algunos les parecía que a Holm los periodistas le habían tendido una trampa para fabricar una historia. A otros les parecía que la habían expulsado no tanto por beber como por desafiar a Brundage. Aunque el manual del deportista prohibía beber, Brundage había organizado un encuentro de todo el equipo de Estados Unidos el primer día en el barco, y les dijo que la cuestión de «comer, fumar y beber» dependía del juicio de cada cual. Y, en efecto, Brundage escribió más adelante que a Holm se la había expulsado en parte por «insubordinación». Más de doscientos compañeros deportistas de Holm firmaron una petición para que se la readmitiera. Todos sabían que era fácil conseguir alcohol y que, de hecho, en el barco se bebía bastante. En efecto, mientras Holm y los periodistas estaban de fiesta en primera clase, Chuck Day y algunos amigos también estaban de juerga toda la noche en la zona de clase turista, mezclando con alegría leche, Ovaltine y alcohol. Pero para Brundage la disciplina era sacrosanta.

Las noticias sobre Eleanor Holm, tal como habían previsto algunos periodistas, dieron titulares durante días en Estados Unidos, y a largo plazo fue una gran ayuda para su carrera. Tras la Prohibición, muchos estadounidenses estaban hartos y cansados de que los sermonearan sobre los peligros del Demonio del Ron, y la cobertura de la prensa fue comprensiva con Holm. Alan Gould de la Associated Press no tardó en ficharla para que cubriera los Juegos Olímpicos de Berlín como reportera, aunque realmente sus artículos no los escribía ella. Años después conseguiría papeles en grandes películas y aparecería en la portada de la revista *Time*. La historia también inspiró titulares en Europa, y llamó la atención de Joseph Goebbels, que estaba absolutamente de acuerdo con la manera de pensar de Brundage. Un comunicado del Ministerio de

Propaganda proclamó: «No es ella la que importa. Son los demás y la disciplina. Para ese fin, ningún sacrificio es demasiado grande, sin que importe la cantidad de lágrimas que se derramen».

La noche del 21 de julio, los chicos vieron la luz lejana de unos faros en la costa suroeste de Irlanda. A las tres de la madrugada, el *Manhattan* recaló en el pequeño puerto de Cobh. Desde ahí, rodeó la costa de Cornualles hasta Plymouth y luego atravesó el canal hasta El Havre, donde llegó a primera hora del 22 de julio. A los chicos no los dejaron bajar del barco, pero pasaron buena parte del día en la barandilla de la cubierta viendo cómo los estibadores franceses cargaban y descargaban mercancía. Era la primera vez que veían Europa con sus propios ojos y algunos pequeños detalles les llamaron la atención: los edificios viejos que parecían en amenaza de ruina, las mujeres que iban en bicicleta y llevaban barras de pan largas como un brazo, los chicos con boinas vistosas, los hombres que trabajaban en el puerto y que, cada tanto, paraban a beber vino, aparentemente sin prisa por completar la tarea.

Esa noche navegaron por el canal y dejaron el resplandor de las luces de Calais al este. A la hora de la cena del 23 de julio, finalmente llegaron a Alemania. En Cuxhaven una lancha en la que ondeaban banderas nazis se abarloó al buque para recoger a los periodistas y fotógrafos alemanes que habían embarcado en El Havre. Al atardecer, el *Manhattan* se internó en el Elba rumbo a Hamburgo. Los chicos abarrotaban la barandilla junto al resto de la delegación. Estaban con los nervios a flor de piel, deseosos de bajar del barco. Excepto Don Hume, que parecía volver a enfrentarse a una especie de resfriado, todos habían ganado dos o tres kilos. Empezaban a notarse fofos, decididamente poco atléticos. Querían estirar los brazos y las piernas y subirse a un bote de competición. Querían echarle un vistazo a ese Estado nazi.

Lo que vieron los sorprendió. Años después casi todos recordaban el trayecto remontando el curso del Elba como uno de los grandes momentos del viaje. La tripulación del *Manhattan* enfocó reflectores sobre la enorme bandera olímpica blanca que ondeaba en el mástil de popa, sobre la bandera estadounidense en el mástil de proa, y sobre las chimeneas rojas, blancas y azules del barco. Mientras el buque avanzaba río arriba, grandes multitudes corrían a los puertos y muelles que había en el camino para verlo pasar. Los saludaban, les gritaban cuatro palabras en inglés y los animaban. Los chicos devolvían el saludo y les contestaban con gritos de guerra indios. El gran transatlántico dejaba atrás a barcos más pequeños y embarcaciones en cuyas popas ondeaban esvásticas. Casi todos los barcos con los que coincidían encendían y apagaban las luces o le daban al silbato o a la sirena para saludarlos. Dejaron atrás cervecerías iluminadas por ristras brillantes de luces eléctricas, llenas de gente que cantaba alegremente, bailaba polcas y levantaba jarras de cerveza en su dirección. En la cubierta superior, los pasajeros de primera clase bebían champán y también canturreaban. Todo el mundo estaba contento de encontrarse en Alemania.

LLEGADA DE LA DELEGACIÓN OLÍMPICA ESTADOUNIDENSE A BERLÍN

Al día siguiente, en Hamburgo, los chicos se levantaron a las cinco y se esforzaron en descargar el *Husky Clipper* del *Manhattan* en medio de una lluvia torrencial. Vestidos con los formales uniformes olímpicos, desplazaron el bote de una cubierta a la siguiente, intentando evitar los pescantes de los botes salvavidas y los cables tensores. George Pocock y Al Ulbrickson miraban la escena con preocupación. Algunos estibadores alemanes estaban deseosos de ayudar, pero Pocock los alejó con un grito que aprovechaba casi todo su vocabulario alemán: «*Nein!* ¡No, gracias! *Danke!*», temeroso de que los estibadores no trataran el delicado revestimiento del bote como era debido. Cuando finalmente consiguieron dejar el casco en el muelle, los chicos volvieron a subir al *Manhattan*, con las chaquetas de sarga empapadas y los sombreros de paja un poco encorvados, y esperaron al desembarco oficial.

Cuando, una hora más tarde, bajaron del barco con el resto de la delegación estadounidense, se abrieron paso a través de una nave llena de barriles y de cajas de transporte hasta una sala de recepción de techos altos donde cientos de alemanes jubilosos y una banda que tocaba marchas de Sousa los saludaron. Ellos saludaron a su vez, sonrieron y se subieron a varios autobuses que los llevaron por calles estrechas hasta el Rathaus de Hamburgo, el viejo ayuntamiento. Ahí, el *Bürgermeister* de la ciudad, un nazi acérrimo que respondía al nombre de Carl Vincent Krogmann, ofreció un largo discurso de bienvenida en alemán. Como no entendieron ni una palabra, los chicos, en palabras de Shorty Hunt, «estuvieron ahí y lo encajaron». Se animaron, sin embargo, cuando los trabajadores del ayuntamiento empezaron a ofrecer puros, vino, cerveza y zumo de naranja.

A las doce estaban instalados en un tren con destino a Berlín. Esa tarde, cuando llegaron a la vieja y grandiosa estación Lehrter de la ciudad, un poco más al norte de Tiergarten, se quedaron asombrados ante el recibimiento que encontraron. Al apearse del tren y formar filas con sus compañeros de equipo, otra banda de música se puso a tocar otra marcha de Sousa. Avery Brundage y el duque Adolf Friedrich Albrecht Heinrich de Mecklemburgo se saludaron con besos en las mejillas. Entonces, los deportistas estadounidenses caminaron por el andén junto a una imponente locomotora negra con esvásticas estampadas en los lados. Entraron en otra zona de recepción, donde miles de alemanes habían abarrotado la estación para verlos. A Shorty Hunt la escena enseguida lo desconcertó: «Te hacía sentir como un bicho raro en un puesto de feria, te señalaban boquiabiertos y decían algo sobre *zwei meter*; claro, querían decir que medíamos dos metros, más de seis pies». Jóvenes esculturales vestidos de blanco los condujeron a través de la multitud hasta unos autobuses militares descubiertos, de color barro, en los que ondeaban banderas estadounidenses.

La procesión de autobuses se puso en marcha, dejó a un lado el edificio del Reichstag, atravesó la puerta de Brandeburgo, y siguió hacia el este por Unter den Linden, que estaba cubierta de banderas. Ahí, decenas de miles de alemanes —quizá hasta cien mil, según algunas fuentes— flanqueaban el recorrido, animándolos y agitando banderas olímpicas, nazis y alguna que otra bandera estadounidense, y saludándolos en alemán y en inglés. Con el techo del autobús descubierto, los chicos de Washington asomaban por encima del vehículo, y aunque estaban boquiabiertos, devolvían los saludos con entusiasmo, conscientes de lo simpáticos que parecían los berlineses. En el ayuntamiento de ladrillo rojo, el Rotes Rathaus, Avery Brundage aceptó las llaves de la ciudad e hizo un breve discurso. Tras la larga batalla en torno a la propuesta de boicot, Brundage estaba visiblemente emocionado de estar ahí. Arropado por los aplausos de sus huéspedes alemanes, afirmó exultante: «Ningún país desde la Grecia antigua ha captado el espíritu olímpico como lo ha hecho Alemania».

Mientras Brundage hablaba, Joe y sus compañeros de equipo miraban con recelo el gran número de dignatarios alemanes que formaban fila detrás de él con expresión seria. Los chicos estaban agotados. Habían empezado el día a las cinco de la mañana a bordo del *Manhattan* y, a decir verdad, no tenían ganas de escuchar más discursos que no entendían. Por suerte, cuando Brundage dejó de hablar, acompañaron a los deportistas afuera, donde caía una leve lluvia y la multitud había empezado a dispersarse. La mayoría de deportistas se subieron a unos autocares que se dirigían al oeste, a la nueva villa olímpica de Charlottenburg, pero los remeros estadounidenses se montaron en dos autocares con rumbo a la pequeña localidad de Köpenick, al sureste de Berlín.

Ese mismo día, en Estados Unidos, un neoyorquino llamado Richard Wingate escribió una carta al editor de deportes del *New York Times* que iba a resultar profética. «Mr. Brundage —empezó— ha llegado a su destino, a la utopía de la deportividad y la buena voluntad, donde la cerveza nazi y la sangre judía corren abundantes, donde robots fabricados por Hitler atormentan y persiguen a los muertos vivientes… Durante dos meses los muertos estarán enterrados. Pero cuando, en septiembre, se acaben los Juegos Olímpicos, profanarán sus tumbas… y de nuevo los muertos caminarán por las calles de Alemania».

Esa tarde los chicos llegaron a la que en las próximas semanas sería su casa, una academia de cadetes de policía en Köpenick, a unos kilómetros de distancia de las instalaciones de remo olímpico de Grünau, también a orillas del Langer See. El edificio —todo de vidrio, acero y cemento— era de reciente construcción y tan moderno en su diseño que, visto desde hoy, parece hecho en los años setenta u ochenta en lugar de en los años treinta. A la mayoría de cadetes de policía que normalmente vivían en él los habían trasladado para acoger a los remeros estadounidenses y de varios países más. Lo único que los cadetes habían dejado era un establo en la planta baja lleno de caballos de la policía. En su exploración del edificio, los chicos lo encontraron limpísimo, bien iluminado y práctico, pero siempre helado y equipado solo con duchas de agua fría, un recordatorio no deseado del viejo pabellón de Poughkeepsie.

Después de visitar el comedor, donde el *catering* de la Norddeutscher Lloyd servía raciones generosas de comida de estilo estadounidense, la mayoría de chicos se tumbaron en las literas a leer o escribieron cartas a sus padres. Joe decidió dar un paseo y ver dónde estaba. Pronto le pareció como si se hubiera metido en un cuento de hadas alemán. A Joe, Köpenick le parecía medieval, aunque buena parte de lo que veía era del siglo XVIII. Al recorrer las estrechas calles de adoquines, pasó por panaderías, queserías y carnicerías, todas con un letrero tallado a mano o pintado que colgaba afuera y proclamaba su función en caracteres góticos: *Bäckerei*, *Käserei* o *Fleischerei*. Pasó por el Rathaus de la ciudad con su alta torre del reloj, las esbeltas torres laterales y los arcos góticos. De la taberna que había en el sótano del edificio, llegaba música, risas y el agradable olor de la cerveza alemana. Pasó por una vieja y pintoresca sinagoga en la calle Freiheit, con una brillante estrella de David que se erguía sobre el tejado en forma de pico. En el extremo sur de la ciudad, cruzó un puente sobre un foso y llegó a un castillo construido por un príncipe prusiano en 1690. Detrás del castillo descubrió unos jardines formales. Ahí se sentó en un banco y miró hacia un lado del Langer See, hacia el recorrido de la regata en Grünau donde sus esperanzas olímpicas se verían cumplidas o frustradas en poco más de dos semanas. El sol casi se había puesto, el cielo se había despejado y el lago se extendía ante él como una piedra pulida sobre la que brillaba el último reflejo de la luz del día. Pensó que era una vista que transmitía una tranquilidad poco común.

No podía saber de ningún modo el maldito secreto que Köpenick y sus plácidas aguas escondían.

Al día siguiente, los chicos se despertaron pronto, con ganas de salir al agua. Después del desayuno, un autobús militar los transportó tres millas al sur del Langer See hasta el recorrido de la regata en Grünau, donde descubrieron que iban a compartir un pabellón de ladrillo y estuco, nuevo y magnífico, con el equipo de remo alemán. Encima de la entrada, una bandera estadounidense y una bandera nazi daban la impresión de encararse. Los remeros alemanes fueron corteses, pero tampoco desbordaban entusiasmo al verlos. A George Pocock le parecieron un poco arrogantes. Productos del Club de Remo Vikingo de Berlín, donde se los conocía como el «equipo del planeador», de media parecían un poco mayores que los chicos de Washington. Tenían un equipo excelente. Estaban extraordinariamente en forma y eran muy disciplinados, casi militares en su porte. A diferencia de todos los demás equipos alemanes que había en Grünau ese verano, ellos no habían sido seleccionados individualmente por el Estado nazi. En lugar de ello, se habían consolidado como el equipo nacional alemán a través de su evidente habilidad como conjunto. George Pocock y Al Ulbrickson sospechaban, sin embargo, que el Gobierno nazi había subvencionado su amplia formación.

Mientras los chicos se preparaban para sacar al *Husky Clipper* al Langer See por primera vez, un fotógrafo que se había arrastrado debajo del bote para sacar una foto se levantó con demasiada brusquedad y se dio un golpe en la cabeza que abrió una grieta larga y delgada en el casco. El bote estuvo retirado hasta que George Pocock lo reparó. Frustrado, Ulbrickson dio tiempo libre a los chicos hasta que Pocock obrara su magia en el *Clipper*. Los chicos volvieron a la academia de policía, robaron terrones de azúcar de la cocina para dárselos a los caballos de la policía, se aburrieron enseguida y luego vagaron por Köpenick bajo la lluvia, atrayendo dondequiera que fueran a multitudes de habitantes de los pueblos que sentían curiosidad.

Cuando Pocock reparó el bote y los chicos volvieron al agua, los resultados fueron especialmente decepcionantes. Habían perdido el compás, y los tirones eran débiles e ineficientes. Los equipos canadiense y australiano, que practicaban *sprints*, los adelantaron con sonrisitas en la cara. Esa noche, Johnny White escribió en su diario: «Estuvimos desastrosos». Al Ulbrickson estaba de acuerdo. Desde que los había juntado en un bote en marzo, nunca los había visto remar tan mal. Había mucho trabajo que hacer, y casi todos tenían que perder bastante peso.

Para colmo, casi todos estaban resfriados en mayor o menor grado, y el resfriado de Don Hume parecía que le estaba bajando al pecho, convirtiéndose en algo más preocupante. No ayudaba el hecho de que una lluvia constante, impulsada por un viento frío, siguiera presente en el Langer See casi sin parar, ni que los barracones de la policía no tardaran en demostrarse fríos y con corrientes de aire.

En los días sucesivos, los chicos desarrollaron una rutina: remar mal por la mañana y luego dirigirse a Berlín para divertirse, por la tarde. Sus pasaportes olímpicos les daban acceso libre a casi todo lo que ocurría en la ciudad. Asistieron a una representación de vodevil, visitaron la tumba de un soldado desconocido de la Gran Guerra y fueron a escuchar una opereta. Se acercaron al *Reichssportfeld* y salieron impresionados por la inmensidad y modernidad del estadio. Fueron en tranvía al centro de la ciudad, donde todo el mundo excepto Joe, que no podía permitirse los veintidós dólares del precio, compró o encargó una cámara Kodak Retina. Pasearon por Unter den Linden, donde las aceras estaban atestadas de turistas extranjeros y alemanes de provincias, más de un millón de los cuales habían acudido a la ciudad en los últimos días. Compraron *bratwursts* de los vendedores callejeros, coquetearon con chicas alemanas y miraron boquiabiertos a los miembros de las SS que, vestidos con camisas negras, pasaban en limusinas Mercedes de líneas puras. Una y otra vez, alemanes de a pie los saludaban extendiendo la mano derecha con la palma hacia abajo al grito de: «*Heil, Hitler!*». Los chicos cogieron la costumbre de responder extendiendo su propia mano y gritando: «*Heil, Roosevelt!*». Los alemanes, en la mayoría de casos, hacían como que no se enteraban.

Por la tarde, volvían a Köpenick, donde los prohombres de la ciudad parecían empeñados en proporcionarles entretenimiento nocturno, lo quisieran o no los deportistas. Una noche, era una muestra de los perros policía que se adiestraban en el castillo. Otra noche, era un concierto. «Ha sido un desastre de orquesta. Muy desafinada», se quejó Roger Morris en su diario. Johnny White abundó en ese juicio negativo y utilizó la que se estaba convirtiendo rápidamente en su expresión favorita de desagrado: «Fue vulgar». Dondequiera que fueran, los vecinos del lugar los rodeaban y les pedían autógrafos como si fueran estrellas de cine. Al principio, fue divertido, pero pronto resultó agotador. Finalmente, los chicos se aficionaron a alquilar botes por la tarde y remar alrededor del castillo bajo la lluvia, haciéndoles compañía a los cisnes blancos que surcaban las mismas aguas, simplemente para estar tranquilos y en silencio.

Tampoco se trataba de que evitaran a cualquier precio llamar la atención. El 27 de julio, fueron al entreno en Grünau tocados con las cintas indias con plumas de la isla Huckleberry. El resultado, en palabras de Johnny White, fue un «pequeño tumulto», al aglomerarse los seguidores alemanes a su alrededor para echar una mirada a los que se rumoreaba que eran miembros de una tribu pálida del noroeste. Fue, sobre todo, para divertirse, pero también un esfuerzo para subir la moral del pabellón, que estaba de capa caída.

El bote seguía sin ir todo lo bien que debía, y aunque la mayoría de chicos se recuperaban de sus resfriados, Gordy Adam y Don Hume todavía estaban enfermos. El 29 de julio, Hume estaba demasiado enfermo para remar. Demasiado enfermo, de hecho, para salir de la cama. Ulbrickson colocó a Don Coy, uno de los remeros sustitutos que habían viajado con ellos, en la posición crucial de remero de popa. Pero los chicos estaban tan poco familiarizados con las paladas de Coy como él lo estaba con esa posición. El bote sencillamente no fluía.

De izquierda a derecha: Joe Rantz, Stub McMillin, Bobby Moch, Chuck Day y Shorty Hunt

Al Ulbrickson empezaba a estar preocupado. Al llegar a Grünau los equipos de otros países, George Pocock y él mismo pasaban mucho tiempo junto al agua, estudiando a la competencia. Después de ver lo disciplinados que eran los alemanes, empezó a tomárselos muy en serio. Los italianos —cuatro de ellos veteranos del equipo de Livorno que se habían quedado a dos décimas de segundo de ganar a California en los Juegos Olímpicos de 1932— también parecían rivales a tener muy en cuenta. Eran jóvenes corpulentos, duros, de clase trabajadora, bastante mayores que sus chicos. La media de edad era de veintiocho años y algunos de ellos estaban bien entrados en los treinta, pero parecían gozar de una excelente forma. Remaban con mucha garra, aunque con tendencia a tirar la cabeza hacia delante y hacia atrás con cada palada. Ulbrickson supuso que a los italianos, igual que a los chicos alemanes, el Gobierno fascista que los había mandado a los Juegos probablemente los había subvencionado. No le preocupaba el equipo japonés, de la Universidad Imperial de Tokio. Remaban en un bote mucho más pequeño, de solo dieciséis metros, con remos cortos y palas pequeñas, todo pensado para adaptarse a sus cuerpos menudos. La media era solo de 65 kilos por remero. Sin embargo, el primer día que salieron al agua, dejaron a todo el mundo atónito cuando demostraron súbitamente la única ventaja de sus paladas cortas al subir el ritmo de veintisiete a unas absurdas cincuenta y seis en solo quince segundos. Azotaron el agua hasta que se volvió blanca y aceleraron tan rápido que parecían, en palabras de Ulbrickson, «como patos que intentaran elevarse por encima del agua». El equipo australiano estaba enteramente formado por policías corpulentos y fornidos de Nueva Gales del Sur y, aunque no parecía que su técnica fuera impresionante, tenían mucho nervio tras sus barrigas algo generosas, así como una buena dosis de actitud australiana, especialmente en relación con el equipo británico.

A principios de mes, los australianos llegaron a Inglaterra para remar en la más prestigiosa y tradicional de las regatas de remo, el Grand Challenge Cup de la Real Regata de Henley. En Henley se les informó educada, pero tajantemente, de que las normas de la regata, que se celebraba desde 1879, prohibían la participación de cualquier persona «que es o haya sido, por oficio o por trabajo remunerado, mecánico, artesano o peón». Al parecer, a los policías se los consideraba «peones». Lamentablemente, no podían participar en la regata. Los hombres que trabajaban para ganarse la vida tendrían una injusta ventaja sobre los jóvenes con «ocupaciones sedentarias». Indignados, los australianos se fueron de Gran Bretaña y se dirigieron a Berlín, donde estaban decididos, contra todos los pronósticos, a derrotar a los que llamaban *los malditos anglos*.

Pero por encima de todo, los británicos eran, a ojos de muchos —incluidos Al Ulbrickson y George Pocock— el barco con las de ganar en Berlín. El remo, a fin de cuentas, era un deporte típicamente británico, y el equipo olímpico británico de 1936 procedía del antiguo y venerable Leander Club. Sus remeros y su timonel eran los mejores de los mejores, seleccionados con atención de entre las abundantes filas de buenos remeros de Oxford y Cambridge, donde los chicos iban a clase con trajes de *tweed* y corbata, donde a veces lucían corbatas de seda por los pabellones, donde eran propensos a subir a los botes con *shorts* blancos, calcetines oscuros hasta la rodilla y pañuelos en el cuello, pero donde, sin embargo, remaban como si hubieran nacido para ello.

Ulbrickson se moría de ganas de verlos de cerca. Y lo mismo les pasaba a los australianos.

A primera hora de la tarde del 1 de agosto, Joe y el resto de la delegación olímpica estadounidense llevaban más de dos horas de pie en filas perfectamente ordenadas en la enorme explanada verde del Maifeld, dentro del *Reichssportfeld*. Esperaban la llegada de Adolf Hitler y el comienzo de la que, tal vez, fuera la ceremonia pública más espectacular que el mundo hubiera visto hasta la fecha: la inauguración de la Undécima Olimpiada. Nunca se había intentado nada a la escala de lo planeado para ese día, pero al fin y al cabo, como escribió Albion Ross en el *New York Times* algunos días antes, hasta entonces nunca había organizado unos Juegos Olímpicos «un régimen político que debe su triunfo a una nueva conciencia de las posibilidades de la propaganda, la publicidad y la pompa. Hasta hoy, la puesta en escena de los Juegos Olímpicos ha sido cosa de aficionados. Esta vez el trabajo lo han hecho profesionales, los profesionales con más talento, recursos y éxitos en su haber de la historia».

Desde su llegada, la llovizna había salpicado intermitentemente los sombreros de paja de los chicos, pero ahora las nubes empezaban a disiparse, y con las chaquetas y corbatas azules y los pantalones de franela blancos, estaban comenzando, igual que el resto de deportistas estadounidenses, a notarse incómodos. A lo lejos, el Hindenburg, del que colgaba una bandera olímpica, zumbó sobre el centro de Berlín en un lazo perezoso, giró y se fue acercando lentamente al estadio. Entre las filas de deportistas, pasaban unas jóvenes alemanas vestidas de uniforme que repartían galletas y naranjada e intentaban que todo el mundo siguiera vivaracho. Sin embargo, los estadounidenses estaban cansados de estar de pie y esperar.

Mientras los deportistas de otros países seguían más o menos atentos, los estadounidenses empezaron a deambular y a fijarse en las cosas que había por ahí: miraron por el cañón de algunas piezas de artillería que les habían colocado delante, a bocajarro; estudiaron las esculturas monolíticas de piedra en la entrada del estadio; o simplemente se echaron en la hierba húmeda y se pusieron los sombreros de paja en la cara para dormir la siesta. Joe y sus compañeros de equipo atravesaron una verja que daba a una zona dominada por el campanario y se toparon con un destacamento de la guardia de honor de Hitler que desfilaba de un lado para otro, marchando a paso de ganso encima del pavimento, con tanto entusiasmo que levantaban polvo de granito con las botas negras de tachuelas. Shorty Hunt se fijó en que incluso los caballos marchaban a paso de ganso.

Dentro del estadio, Leni Riefenstahl y Joseph Goebbels intercambiaban gritos. Riefenstahl estaba ahí desde las 6:00 horas, corriendo de un lado para otro, desplegando unas treinta cámaras y a sesenta colaboradores, instalando equipos de sonido, ora intimidando, ora implorando entre lágrimas a los responsables del COI que le dejaran colocar el equipo donde quería, echando a equipos de grabación de noticiarios internacionales, y buscando sin cesar y exigiendo sin piedad las mejores posiciones posibles desde las que grabar los acontecimientos del día. Una de las principales era una estrecha franja de cemento en la que había fijado una cámara a la reja de la plataforma donde los altos cargos nazis presidirían la ceremonia. La plataforma iba a estar tan abarrotada con los cuadros del partido que se había obligado a Riefenstahl a situar su cámara fuera de la reja, y lo habían atado a él y a la cámara a la reja por cuestión de seguridad. Fue una solución estrambótica, pero que le permitiría a Riefenstahl hacer lo que siempre conseguía hacer: capturar la toma perfecta, la toma ideal. En este caso, iba a ser un zum de Adolf Hitler mirando a la multitud concentrada mientras lo aclamaban.

Sin embargo, a primera hora de la tarde, Riefenstahl sorprendió a oficiales de las SS desatando al cámara y a su equipo de la reja. Indignada, exigió explicaciones y la informaron de que Goebbels les había ordenado sacar al cámara y a su aparato de ahí. Riefenstahl, furiosa, les gritó a los oficiales que Hitler en persona le había dado permiso para colocar la cámara ahí. Los hombres de las SS, desconcertados, dudaron. Riefenstahl se subió a la reja, se ató a la cámara y dijo que se quedaría ahí hasta que empezaran los Juegos Olímpicos. Empezaron a llegar invitados de alto copete y se sentaron alrededor de la tribuna, con la mirada fija en Riefenstahl, que estaba, según su propia versión, llorando y temblando de rabia mientras se agarraba tenaz al borde del balcón.

Llegó el propio Goebbels. «¿Te has vuelto loca? —gritó al ver a Riefenstahl—. No puedes estar ahí. Estás arruinando toda la solemnidad del cuadro. ¡Marcháos tú y tus cámaras de aquí inmediatamente!».

Riefenstahl le dijo entre dientes: «Le he pedido permiso al *Führer* con la debida antelación, y me lo ha dado».

«¿Por qué no has construido una torre junto a la tribuna?», gritó Goebbels.

«¡No me dejaron!», soltó Riefenstahl.

Ahora Goebbels estaba «que trinaba de rabia», tal como luego lo expresó Riefenstahl. Pero ella no iba a abandonar el sitio. Nadie, ni siquiera el enormemente poderoso ministro de Propaganda, iba a interponerse entre ella y la visión que tenía de la película.

En este punto, la figura imponente de Hermann Göring se acercó a la plataforma a grandes zancadas, vestido con un espectacular uniforme militar blanco. Al ver a Göring, Goebbels empezó a gritarle todavía más fuerte a Riefenstahl, pero Göring levantó abruptamente la mano y Goebbels calló de golpe. Göring se volvió hacia Riefenstahl y le susurró: «Venga, guapa. Aquí hay sitio incluso para mi barriga». Riefenstahl pasó por encima de la reja y la cámara siguió en su lugar.

Goebbels guardaba silencio, pero estaba furioso. Su batalla con Riefenstahl —en definitiva y paradójicamente, una batalla por un objetivo común, glorificar los ideales de los nazis— siguió en lo que quedaba de Juegos y más allá. Al cabo de unos días, escribió en su diario: «Le he leído la cartilla a Riefenstahl, que se está comportando de manera indescriptible. Una mujer histérica. ¡Sencillamente no es un hombre!».

A las 15:18 horas, Adolf Hitler abandonó la cancillería en el centro de Berlín, de pie en su limusina Mercedes, saludando a la nazi, con el brazo derecho en alto. Decenas de miles de miembros de las Juventudes Hitlerianas, soldados de asalto y guardias militares con casco flanqueaban el camino desde la puerta de Brandeburgo hasta el *Reichssportfeld*, pasando por el Tiergarten. Cientos de miles de ciudadanos alemanes de a pie se habían concentrado en el camino, asomados a las ventanas y agitando banderas, o de pie en las gruesas aglomeraciones a lo largo de la calle, de nuevo con los periscopios a mano para conseguir ver a Hitler. Ahora, al pasar su limusina, saludaron a la nazi, con el brazo derecho extendido y las caras vueltas hacia arriba, extasiados, y a medida que el *Führer* iba avanzando gritaron en sucesivas oleadas: «*Heil! Heil! Heil!*».

En el Maifeld, los chicos empezaron a oír el rumor distante de las aclamaciones del gentío, y el rumor fue creciendo y acercándose lentamente, y luego los altavoces atronaron: «¡Viene! ¡Viene!». Los chicos volvieron tranquilamente a la formación estadounidense, que no acababa de ser compacta. A las 15:30 horas, los responsables del Comité Olímpico Internacional, cubiertos de cordones dorados y con sombreros de copa de seda y chaquetas con colas largas, salieron al Maifeld y formaron un doble cordón. A las 15:50 horas Hitler llegó al campanario. Pasó revista a la guardia de honor, que desfiló ante él, y luego siguió hasta el Maifeld dando grandes zancadas. Durante unos instantes, fue una figura pequeña con un uniforme caqui y botas altas y negras, solo en la gran extensión de hierba. Entonces atravesó a grandes zancadas el cordón de responsables del COI y empezó a pasar revista a los deportistas, separados de ellos por una barrera de cuerda. En su mayor parte, los deportistas mantuvieron sus formaciones, excepto los estadounidenses, un buen número de los cuales corrió hasta la barrera para ver bien a Hitler. Los chicos de Washington sencillamente siguieron sentados en la hierba y lo saludaron cuando pasó por delante.

Exactamente a las 16:00 horas, Hitler entró por el extremo oeste del estadio. Una orquesta colosal —la Filarmónica de Berlín fusionada con la orquesta nacional y complementada con media docena de bandas militares— atacó los primeros compases de la *Huldigungsmarsch* de Wagner, la marcha de homenaje. Al ver a Hitler bajando las escaleras hasta el nivel de la pista, 110.000 personas se pusieron en pie, extendieron la mano derecha y empezaron a rugir rítmicamente: «*Sieg Heil! Sieg Heil! Sieg Heil!*».

Flanqueado ahora por oficiales nazis con uniformes grises y seguido de los responsables olímpicos con sus sombreros de seda, Hitler avanzó a lo largo de la pista de arcilla roja, con los *Heils* vibrando por todo el estadio. Gudrun Diem, una niña de cinco años con un vestido azul claro, y que en el pelo llevaba una guirnalda de flores, se adelantó unos pasos, dijo «*Heil, mein Führer!*» y le regaló un pequeño y delicado ramo de flores. Hitler le sonrió, cogió las flores y subió las escaleras hasta la amplia plataforma panorámica, donde se dirigió a grandes zancadas hasta su lugar de honor y miró a la multitud mientras la gran orquesta, dirigida por Richard Strauss, empezaba a tocar el «Deutschlandlied», con su estribillo «Deutschland, Deutschland über alles», seguida inmediatamente por el himno del Partido Nazi, el «Horst-Wessel-Lied».

Al irse apagando los últimos y estridentes compases de esta canción, hubo un momento de silencio. Entonces empezó a doblar la enorme campana de más allá del Maifeld, primero lenta y suavemente, luego cada vez más fuerte, insistente y sonora, mientras los deportistas empezaban a entrar en el estadio, encabezados, como siempre, por la delegación griega. Al pasar por delante de Hitler, todas las delegaciones saludaron con la bandera. La mayoría también lo saludaron con la mano. Algunos ofrecieron el saludo olímpico, que desgraciadamente se parecía al saludo nazi: el brazo derecho extendido, con la palma hacia abajo, pero un poco apartado del cuerpo en lugar de directamente hacia delante como en la versión nazi. Algunos ofrecieron la versión nazi, más sencilla. Muchos, entre ellos los franceses, ofrecieron versiones ambiguas, que no eran ni una cosa ni la otra. Unos pocos no saludaron en absoluto. En respuesta a cada uno, la multitud aplaudía con más o menos entusiasmo, dependiendo de lo cercano que el gesto fuera al saludo nazi.

En el Maifeld, los estadounidenses finalmente formaron filas bien hechas, se ajustaron la corbata o se alisaron la falda, se pusieron bien el sombrero y empezaron a avanzar hacia el túnel a través del cual iban a entrar en el estadio. Desfilar no era su fuerte, especialmente si se los comparaba con los alemanes. Pero al entrar en el túnel y oír una oleada de *Heils* en el estadio, echaron los hombros atrás, cogieron el paso y espontáneamente empezaron a cantar a grito pelado:

Eh, eh, aquí está la pandilla.
¿Y qué diantre nos importa?
¿Y qué diantre nos importa?
Eh, eh, estamos muy alegres.
¿Y qué diablos nos importa…?

Encabezados por el abanderado estadounidense, el gimnasta Alfred Joachim, salieron cantando de la oscuridad del túnel y desfilaron por el inmenso interior del estadio. Era un mundo de imágenes y sonidos que difícilmente, ni cuando fueran viejos, iban a olvidar. Mientras la orquesta tocaba una canción ligera, marcharon en columna de ocho en fondo hacia la pista. Al llegar donde estaba Hitler, volvieron la cabeza a la derecha, miraron inexpresivamente hacia las alturas de la plataforma, se quitaron los sombreros de paja, se los pusieron en el corazón y siguieron caminando mientras Joachim mantenía desafiantemente en alto la bandera de las barras y estrellas. En su mayoría, el público aplaudió con educación, pero entre los aplausos hubo algunos chiflidos y patadas en el suelo.

Sin embargo, las expresiones de desacuerdo pronto quedaron ahogadas. Cuando los últimos estadounidenses todavía pasaban ante Hitler, los primeros deportistas alemanes empezaron a salir del túnel, vestidos con trajes blancos de lino y luciendo gorras blancas de marinero. Inmediatamente, se levantó entre el público un enorme clamor sordo. Prácticamente todos los 110.000 espectadores volvieron a ponerse en pie y saludaron a la nazi levantando el brazo derecho. La orquesta pasó de repente de la marcha ligera que estaba tocando a otra interpretación contundente del «Deutschlandlied». El público, inmóvil con miles de brazos extendidos, cantaba animadamente. En el estrado, a Hitler le brillaban los ojos. Cuando el abanderado alemán llevó la esvástica por delante de Hitler, este saludó y se tocó el corazón con la mano derecha mientras las cámaras de Riefenstahl grababan. Los estadounidenses siguieron desfilando con cierta incomodidad alrededor de la pista y hasta la zona interior de la misma al son del «Deutschlandlied». Más adelante George Pocock diría que cuando oían las notas del himno alemán empezaban a desfilar deliberadamente desacompasados respecto a la música.

Cuando todos los deportistas estuvieron reunidos en filas en la zona interior de la pista, Theodor Lewald, presidente del Comité Organizador Olímpico alemán, se acercó a una batería de micrófonos que había en el estrado y se enfrascó en lo que pronto se convirtió en un discurso interminable. Mientras seguía y seguía, un locutor de radio británico que lo retransmitía para el Reino Unido, se esforzaba en que la audiencia no perdiera el interés: «En un momento va a hablar Herr Hitler… He aquí los aplausos. Creo que el doctor Lewald ha terminado. No, sigue hablando». La voz de Lewald resonaba en un segundo plano mientras el locutor se esforzaba en rellenar el hueco radiofónico y describía los uniformes de los distintos equipos, la plataforma desde la que hablaban los oradores o el Hindenburg que sobrevolaba el estadio como una luna cercana.

Finalmente Lewald se calló. Hitler, que había estado charlando con Leni Riefenstahl, se acercó al micrófono y declaró inaugurados los Juegos con una sola frase. Cogió desprevenido al locutor británico, que retomó la retransmisión emocionado y aliviado: «¡Ese era Herr Hitler! ¡Quedan inaugurados los Juegos!».

La ceremonia llegó a un punto culminante. En la puerta de Maratón varias filas de trompetistas tocaron una fanfarria. Se izó la bandera olímpica. Richard Strauss dirigió a la enorme orquesta en el estreno de su «Himno olímpico». Fuera del estadio, tronó la artillería. De golpe, miles de palomas blancas echaron a volar desde unas jaulas en medio de la pista y se arremolinaron por el estadio en un torbellino blanco. Tocaron otra fanfarria y, en la puerta este del estadio, apareció un joven rubio y esbelto vestido de blanco que sostenía en alto una antorcha. Entre el público se hizo el silencio mientras bajó con gracia las escaleras del este, rodeó la pista de arcilla roja y subió las escaleras del oeste, donde se detuvo de nuevo, recortado contra el cielo, sosteniendo la antorcha por encima de la cabeza. Entonces, con el redoble de la campana olímpica de fondo, se dio la vuelta, se puso de puntillas y tocó con la antorcha un enorme caldero de bronce. Del caldero, salieron llamas. Finalmente, cuando el sol empezaba a declinar detrás de la llama olímpica, un coro de miles de personas vestidas de blanco se levantó en bloque y empezó a cantar el «Coro del Aleluya» del *Mesías* de Händel. Los espectadores se pusieron de pie y cantaron a su vez. La música y las voces se elevaron, se unieron y crecieron por el enorme interior del estadio, llenándolo de luz, amor y alegría.

Esa noche, cuando los deportistas empezaron a abandonar el estadio, casi todo el mundo en la pista y fuera de ella estaba más o menos atónito. Nadie había presenciado nunca nada que se pareciera a lo que acababan de ver. Los periodistas extranjeros corrieron a sus teletipos y mandaron un sinfín de telegramas, y al día siguiente los periódicos de todo el mundo llevaban titulares entusiastas. Los chicos de Washington también estaban impresionados. Roger Morris dijo que eran «las imágenes más impresionantes que jamás hubiera visto». Johnny White dijo: «Todo te transmitía una sensación fabulosa». Y eso era precisamente lo que se pretendía: transmitir una sensación fabulosa. La estrategia de conformar la opinión mundial sobre la nueva Alemania recibió un impulso determinante. El Estado nazi colgó un letrero afuera para que lo viera todo el mundo: «Bienvenidos al Tercer Reich. No somos lo que dicen que somos».

Últimas instrucciones de Ulbrickson

CAPÍTULO XVII

«Ver a un equipo ganador en acción es ser testigo
de una armonía perfecta en la que todo encaja…
La fórmula de la resistencia y el éxito es remar con el
corazón y la cabeza además de con la fuerza física».

George Yeoman Pocock

A principios de agosto, el tiempo en el Langer See se volvió invernal. Por el recorrido de la regata en Grünau, soplaba sin descanso un viento frío y cortante. Los chicos remaban en medio del viento vestidos con sudaderas, con las piernas embadurnadas de grasa de ganso. A solo dos semanas de las regatas eliminatorias, todavía no habían recuperado la forma. El bote se frenaba en los agarres y botaba en aguas encrespadas en lugar de atravesarlas con eficacia. No iban sincronizados. Se les encallaban los remos. No tenían el cuerpo en forma. Llenaban sus diarios con comentarios autocríticos. Johnny White anotó sencillamente que «estaban hechos un desastre».

Todos estaban preocupados, pero fuera del agua seguían deleitándose en el ambiente estimulante que ese verano envolvía Berlín y disfrutando de estar juntos, deambulando por la ciudad, comiendo *schnitzel*, bebiendo cerveza, levantando jarras y cantando «Bow Down to Washington». Cuando el director deportivo de Stanford, Jack Rice, los invitó a cenar al lujoso Hotel Adlon, no dudaron en aprovechar la oportunidad. Vestidos con pantalones de diario y los jerséis del equipo con la gran *W* delante, se abrieron camino a través del cordón policial y entraron en el lujoso vestíbulo del hotel, donde el olor a cuero y a whisky de malta se mezclaba con estallidos de risa, el tintineo de copas y la música suave y lenta de un piano. En el comedor de techos altos, un camarero con faldones los acompañó a una mesa con candeleros de marfil y mantel blanco de lino. Se quedaron con los ojos como platos y miraron a los demás comensales que los rodeaban: altos cargos olímpicos extranjeros; estadounidenses y británicos ricachones; alemanas elegantes con trajes de fiesta largos y sueltos de seda, raso, lamé o satén tachonado de lentejuelas. Aquí y allá se sentaban oficiales de las SS, cada uno en su mesa, charlando, riendo, bebiendo vino francés y atacando filetes o *sauerbraten* con el cuchillo y el tenedor. Con sus uniformes de gala grises y negros, y sus sombreros de pico adornados con calaveras plateadas sobre la mesa, destacaban entre el resto de comensales: pulcros, severos e inquietantes. Pero a nadie parecía importarle su presencia.

El 6 de agosto, Al Ulbrickson castigó a los chicos. No habría más salidas a Berlín ni a ningún otro sitio hasta después de los Juegos. A solo seis días de la regata eliminatoria, Ulbrickson no estaba nada satisfecho con su evolución. De hecho, no estaba satisfecho de unas cuantas cosas. El tiempo frío y húmedo y la falta de calefacción en los barracones de la policía no facilitaban que Don Hume se librara del resfriado, o lo que fuera que le persistía en el pecho. Desde que se puso enfermo por primera vez a principios de julio en Princeton, Hume no había dejado de toser y de arrastrarse. «Hume lo es todo para nosotros. A no ser que se recupere rápido y vuelva a ponerse en forma, no vamos a tener muchas posibilidades», se había quejado Ulbrickson a la Associated Press la semana anterior. Hume seguía, por lo menos, igual de enfermo.

Y después estaba el tema del recorrido de la regata. El 5 de agosto, Ulbrickson se enzarzó en una discusión —acalorada, multilingüe y en buena parte incomprensible para todas las partes afectadas— con responsables de la Fédération Internationale des Sociétés d'Aviron y responsables olímpicos alemanes. El recorrido de Grünau tenía seis carriles, pero los dos carriles exteriores —el cinco y el seis— estaban tan expuestos a los vientos preponderantes en el Langer See que, a veces, prácticamente no se podía remar en ellos. De hecho, por la mañana Ulbrickson había anulado un entreno para no arriesgarse a que sus chicos se ahogaran en los carriles exteriores. Los carriles uno a tres, en cambio, se encontraban tan cerca de la orilla sur del lago que estaban casi completamente protegidos durante buena parte del recorrido. Tal disparidad resultaba muy desigual. Si el día de la regata hacía viento, los botes de los carriles cinco y seis empezarían con una penalización de, aproximadamente, dos largos respecto a los carriles interiores. Ulbrickson quería que los dos carriles exteriores se eliminaran. Señaló que, en todas las competiciones olímpicas anteriores, tanto las regatas eliminatorias como las finales se habían limitado a cuatro botes. Pero después de un intercambio acalorado y largo, Ulbrickson no consiguió su propósito. Se utilizarían los seis carriles.

La preocupación de Ulbrickson aumentó cuando empezó a fijarse en el equipo británico. En la parte trasera del bote, había dos hombres de Cambridge que eran el núcleo del equipo: John Noel Duckworth, el timonel, y William George Ranald Mundell Laurie, el remero de popa. Duckworth era, como después diría alguien: «bajo de estatura y grande de coraje». La parte de la estatura era obvia al verlo. La parte del coraje la demostraba cada vez que salía al agua. También la mostraría unos años más tarde en el Pacífico Sur cuando, contra las órdenes, se quedó con los soldados británicos heridos mientras las tropas japonesas los rodeaban. Cuando llegaron los japoneses y se dispusieron a ejecutar a los heridos, Duckworth los reprendió con tanta dureza que le dieron una paliza brutal, pero no atacaron a sus compañeros. Lo mandaron al campo de prisioneros de guerra Changi en Singapur. Después lo obligaron a caminar por la jungla a él y a 1.679 prisioneros más a lo largo de 350 kilómetros hasta el campo Songkurai 2 en Tailandia, y los pusieron a trabajar como mano de obra esclava en el ferrocarril entre Tailandia y Birmania. Ahí, cuando murieron los prisioneros de beriberi, difteria, viruela, cólera o bajo tortura, Duckworth los atendió como capellán mientras trabajaba codo con codo con ellos. Al final, solo sobrevivieron 250 y Duckworth fue uno de ellos.

Laurie, al que llamaban «Ran», era quizá el mejor remero de popa de su generación, ochenta y cinco kilos de fuerza, elegancia y aguda inteligencia. Su hijo Hugh, el actor, también acabaría remando para Cambridge. Desde todos los puntos de vista, Ran era un joven que destacaba. Juntos, Duckworth y Laurie llevaron a Cambridge a tres victorias consecutivas sobre Oxford en la regata anual —que se sumaban a una racha de siete victorias anteriores—, a pesar de que los de Oxford acababan de cambiar la cerveza de la mesa de entreno por leche en un intento desesperado de invertir la tendencia. Ulbrickson se imaginaba que solo esa experiencia —remar ante la mirada de entre medio millón y un millón de seguidores que cada año abarrotaban las orillas del Támesis para la regata— ya les daba una ventaja a los británicos en cuanto a confianza.

Sin embargo, lo que más preocupaba a Al Ulbrickson al ver entrenarse al equipo británico en Grünau era cuánto le recordaba a sus propios chicos. No se trataba de que alguno se asemejara físicamente a sus muchachos, no era eso. Tampoco se trataba de que su estilo al remar fuera parecido. De hecho, los británicos todavía remaban con la palada larga que las universidades y los colegios ingleses llevaban generaciones enseñando. Washington, por supuesto, utilizaba la palada más corta y vertical que George Pocock adaptó del estilo de los barqueros del Támesis y le enseñó a Hiram Conibear veinte años atrás.

En lo que los británicos se parecían a los de Ulbrickson era en la estrategia. Les gustaba hacer exactamente lo que los chicos de Washington hacían tan bien. Sobresalían en quedarse rezagados, pero sin dejar de estar cerca, en remar con fuerza, pero a un ritmo lento, en presionar a sus rivales para que subieran el ritmo de palada en exceso y demasiado pronto, y entonces, cuando los demás equipos estaban reventados, esprintar de golpe y dejarlos atrás, cogiéndolos desprevenidos, poniéndolos nerviosos y arrasando con ellos. Excepto por la gorra de *cricket* y el pañuelo en el cuello que Duckworth llevaba en su asiento, timoneaba de forma muy parecida a Bobby Moch. Y Ran Laurie manejaba el remo de popa de forma muy parecida a Don Hume. Sería interesante ver qué pasaba al juntar en el Langer See a dos equipos que jugaban al mismo juego.

Al acercarse las pruebas eliminatorias y tomar conciencia de la importancia de lo que se avecinaba, los chicos de Ulbrickson empezaron a ponerse tensos e inquietos. Los que llevaban diarios o escribían cartas a sus padres les confiaron lo nerviosos que estaban, igual que antes de las pruebas olímpicas de Princeton. Chuck Day empezó a pedirle a Al Ulbrickson sesiones para ganar confianza. Entre ellas, fumaba Lucky Strike y Camel, uno tras otro, y se burlaba de los demás chicos que intentaban que se frenara un poco.

Los estadounidenses no eran los únicos que estaban tensos. Veinticuatro equipos internacionales compartían instalaciones de remo y comedor en Grünau y Köpenick. Todos estaban compuestos de jóvenes corpulentos, sanos y muy competitivos, cada uno de los cuales estaba a punto de enfrentarse a un momento determinante de su vida. Entre ellos prevalecía mayoritariamente el espíritu olímpico y surgieron muchas amistades durante las tres semanas en las que vivieron y compitieron en Alemania. Los chicos de Washington desarrollaron una camaradería espontánea con el equipo australiano, exclusivamente formado por polícias, con el que compartían, no solo una lengua más o menos común, sino también una manera desenfadada, confiada e incluso un poco fanfarrona de enfocar la vida. También se avinieron con el equipo suizo. Eran unos «diablos grandullones», observó Johnny White, pero rebosaban alegría y buena voluntad, y a los chicos les gustaba sentarse a su lado en el autobús entre Köpenick y Grünau mientras los suizos cantaban a grito pelado canciones de estilo tirolés.

Sin embargo, al acercarse las pruebas eliminatorias, los nervios empezaron a estar a flor de piel entre todos los equipos de Grünau y Köpenick. Los australianos no disimulaban su desprecio por los británicos. Los británicos no podían mirar a los alemanes sin acordarse de la última guerra y preocuparse por una próxima. Y a los chicos de Washington les costaba dormir. Casi cada noche había algún ruido molesto en la calle adoquinada a la que daban las ventanas. Una noche eran los soldados de asalto con las camisas pardas cantando y desfilando con botas de tachuelas. Otra eran maniobras militares nocturnas —motos estruendosas con sidecares, camiones con luces verdes encendidas en la cabina del conductor, cureñas que transportaban artillería de campaña— que hacían ruido al pasar bajo las farolas. Luego eran cadetes de policía taladrando a horas anómalas. Luego remeros alemanes que cantaban. Luego un contingente de canoístas que había acabado las regatas, había recibido un varapalo y estaba empeñado en celebrar una fiesta de consolación en el piso de abajo.

Desesperados, los chicos decidieron hacer algo. Seis eran estudiantes de ingeniería, así que trataron el problema desde un punto de vista de ingeniero. Crearon un mecanismo con el que, cómodamente sentados en sus literas, podían tirar de unas cuerdas y arrojar cubos de agua sobre cualquier persona que estuviera en la calle y los molestara, y recuperar y esconder los cubos rápidamente y sin salir de la cama. Esa noche tuvieron una oportunidad de utilizarlo, ya que el equipo yugoslavo decidió armar jaleo en la calle. Los chicos tiraron de las cuerdas y el agua cayó en cascada, no solo sobre los yugoslavos, sino también sobre unos cadetes de policía alemanes que intentaban que los balcánicos se callaran. Los deportistas y los cadetes de policía, empapados e indignados, entraron en tropel al edificio gritando como posesos. Salieron deportistas de las habitaciones y se asomaron al hueco de la escalera. Todo el mundo chillaba en una lengua distinta. Finalmente aparecieron los chicos de Washington, con aspecto soñoliento, confundido y claramente inocente. Cuando alguien exigió saber de dónde venía el agua, se encogieron de hombros y apuntaron dócilmente hacia arriba, hacia los canadienses.

Al día siguiente, a la hora de la comida, volvieron a saltar chispas. Se había convertido en una tradición que los distintos equipos entonaran canciones de sus países durante las comidas. Cuando le tocó al equipo yugoslavo, sorprendieron con una extraña interpretación de «Yankee Doodle». Nadie entendió por qué escogieron esa canción. Ni siquiera estaba claro si cantaban en inglés o en una de las varias lenguas de Yugoslavia. Pero los estadounidenses conocían la canción, y la forma como interpretaron algunos versos convenció a Chuck Day de que los yugoslavos habían identificado a los aguafiestas de la noche anterior y que ahora dirigían un insulto mortal a Estados Unidos. Day saltó de su silla y se lanzó contra los yugoslavos a puñetazo limpio. Bobby Moch cargó tras él, y no fue a por el timonel yugoslavo, sino a por el más corpulento del equipo. Detrás de Moch vino el resto de los chicos de Washington, y detrás de ellos, simplemente porque sí, todo el equipo australiano. El equipo alemán acudió en ayuda de los yugoslavos. Volaron sillas, se intercambiaron insultos, chocaron pechos contra pechos. Unos empujaron a otros. Hubo unos cuantos puñetazos más. Todo el mundo gritaba, y de nuevo nadie entendía lo que decían los demás. Finalmente los holandeses se zambulleron en la refriega, separaron a algunos chicos, los retiraron hasta las mesas e intentaron que se calmaran en un perfecto y diplomático inglés.

Pero incluso dentro de su preocupación y enfado, entre los chicos de Ulbrickson ocurría algo más que no era tan evidente. Al empezar a ver los síntomas de tensión y nerviosismo en los demás, instintivamente se acercaron más entre ellos. Comenzaron a apiñarse en la plataforma antes y después de los entrenos, a hablar de qué podían hacer para que cada entreno fuera mejor que el anterior, se miraban a los ojos y hablaban en confianza. Las bromas y los juegos quedaron en un segundo plano. Empezaron a ponerse serios de una forma en que nunca lo habían estado. Todos sabían que estaban a un paso de un momento en que los demás no lo pudieran aprovechar por su culpa.

Joe Rantz andaba todo el tiempo pensando que era el eslabón débil del equipo. Había sido el último que se había incorporado al bote, a menudo le había costado dominar la parte técnica del deporte y todavía remaba de forma desigual. Pero lo que Joe aún no sabía —de hecho, no iba a darse cuenta de ello hasta mucho más tarde, cuando él y los demás chicos ya eran viejos— era que ese verano todos los muchachos del bote sentían exactamente lo mismo. Cada uno pensaba que tenía suerte de estar en el bote, que no daba la talla respecto a lo buenos que eran los otros chicos, y que en cualquier momento podía fallarles a los demás. Todos estaban decididos a que eso no pasara.

Lentamente, en esos últimos días, los chicos —cada uno a su manera— se centraron y calmaron. Apiñados en el muelle, se cogían los unos a los otros por los hombros y repasaban el plan de regata, hablando bajo pero con más seguridad, acelerando su avance por el camino lleno de baches entre la juventud y la madurez. Se citaban frases de Pocock los unos a los otros. Roger y Joe daban paseos por las costas del Langer See, hacían saltar piedras en el lago y despejaban la mente. Johnny White encontró tiempo para echarse a tomar el sol sin camisa en el césped enfrente de Haus West, para broncearse y que su sonrisa blanca como un anuncio de dentífrico luciera todavía más, pero también para pensar cómo iba a remar. Shorty Hunt escribió largas cartas a sus padres que le servían para rebajar la ansiedad al plasmarla sobre el papel. Y por fin el bote que tenían debajo empezó a cobrar vida. Remaban dos veces al día y empezaron a liberar lo que estaba latente en sus cuerpos y a encontrar su *swing*. Pareció que todo volvía a encajar siempre que Don Hume estuviera de remero de popa. Y Hume daba la sensación de ser clave. Tan pronto como Hume volvió, desaparecieron la indecisión, la torpeza y la inseguridad que notaron cuando Ulbrickson lo sacó. George Pocock se dio cuenta de la diferencia de un solo vistazo. Habían vuelto. El 10 de agosto, Pocock les dijo que lo único que necesitaban ahora era un poco de competencia. Al día siguiente, un periodista británico que los observó avisó a los lectores ingleses de que los chicos del Leander Club podían encontrarse con sus iguales en el equipo estadounidense: «El bote de ocho de la Universidad de Washington es el mejor de aquí, y es todo lo perfecto que puede llegar a ser un equipo».

Según las reglas fijadas para la regata olímpica de remo de 1936, los catorce equipos de ocho remeros iban a tener dos oportunidades de conseguir llegar a la regata en la que el 14 de agosto se disputarían las medallas. Si un equipo determinado ganaba en la regata clasificatoria del 12 de agosto, pasaba directamente a la regata de las medallas y conseguía un valioso día libre. Todos los equipos perdedores iban a tener que competir en una repesca el 13 de agosto, e iban a tener que ganar esa prueba eliminatoria para llegar el día siguiente a la regata en la que se disputaban las medallas. Para la prueba clasificatoria, a los chicos de Washington les tocó competir contra Francia, Japón, Checoslovaquia y el equipo que más les preocupaba, Gran Bretaña.

Con el bote finalmente bien encarrilado, Al Ulbrickson hizo lo que siempre hacía antes de las grandes regatas: dio por terminados los entrenos y, excepto una ligera vuelta en remo, les dijo a los chicos que descansaran hasta la primera regata. El 11 de agosto, se sentaron en las tribunas de Grünau y vieron las pruebas clasificatorias en todas las categorías de remo, excepto en la suya, la de ocho asientos, prevista para el día siguiente. Todo el equipo estadounidense de remo llegó a Berlín con grandes expectativas. «Los expertos y críticos de remo han sido hoy unánimes en predecir que Estados Unidos va a llevarse alguna de las regatas», proclamó con osadía un periodista deportivo el 28 de julio, bajo un titular tan confiado como: «Los expertos creen que Estados Unidos arrasará en las competiciones deportivas de remo». George Pocock no lo tenía tan claro. Había examinado los botes de los demás equipos estadounidenses y le parecieron pesados, de mala calidad, viejos y decrépitos.

En las seis competiciones que se celebraron ese día, Estados Unidos acabó penúltimo en tres, y último en otras tres. Para deleite del público que rodeaba a los chicos en las tribunas, Alemania quedó primera en las seis pruebas clasificatorias. Esa noche Chuck Day escribió: «Una actuación pésima». Roger Morris dijo: «Hoy empezaron las competiciones de remo, pero parece que Estados Unidos se olvidó de empezar». «Me imagino que depende de nosotros dejar el pabellón alto», dijo Johnny White.

El 12 de agosto, el día de las pruebas clasificatorias en la categoría de ocho remeros, Don Hume había perdido unos preocupantes seis kilos respecto a su peso normal, los 78 kilos que pesaba en Poughkeepsie. Con 72 kilos y metro ochenta y cinco de altura, estaba en los huesos.

Todavía tenía el pecho cargado y de vez en cuando algo de fiebre, pero insistía en que estaba en condiciones de remar. Al Ulbrickson lo tuvo en la cama en Köpenick todo el tiempo que pudo. A media tarde, lo sacó y lo metió en el autobús con el resto de los chicos, rumbo a la regata.

Las condiciones eran casi ideales para remar. El cielo estaba ligeramente cubierto, pero la temperatura era de veintitantos grados. Un viento muy suave daba algo de movimiento a las aguas del Langer See, de un gris pizarra, y el poco viento que había venía de popa. A los chicos les tocó remar en la primera prueba, a las 17:15 horas, y en el carril uno, el más protegido del recorrido, aunque con aguas tan tranquilas importaba poco.

VISTA DESDE LAS TRIBUNAS EN GRÜNAU

Cuando los chicos llegaron a Grünau, en las taquillas frente al recorrido de la regata habían empezado a hacer cola grupos con binoculares y cámaras en las manos, y con muchas ganas de pasárselo bien. Después de entrar en el recinto, los espectadores con las entradas más caras se dirigían a la tribuna cubierta y permanente en la orilla más cercana al agua, mientras que los que tenían las entradas más baratas atravesaban pesadamente un pontón hacia las enormes tribunas descubiertas de madera de la orilla más lejana, donde las banderas de las distintas naciones que participaban en la competición de remo ondeaban a lo largo de la amplia parte trasera de la estructura. En el asta de delante de Haus West, se agitaba perezosamente una bandera olímpica grande y blanca.

Dos mil metros más arriba del recorrido, en la orilla más lejana del lago, se había construido una pasarela hasta la línea de salida, que entraba 65 metros en el Langer See. Había jóvenes uniformados listos para agarrar las popas de los botes cuando llegaran a la salida. Bastante detrás de la pasarela, y curiosamente lejos de la vista de los timoneles, el juez de salida estaba en una plataforma construida encima de la superestructura de una embarcación de fondo plano. Cientos de periodistas de todos los países, con blocs de notas y cámaras, abarrotaban la otra orilla; a poca distancia había flotas de coches listos para llevarlos corriendo hasta la línea de meta para que pudieran ser testigos tanto de la salida como de la llegada de cada prueba clasificatoria. En una embarcación con un radiotransmisor de ondas cortas, había un locutor preparado para seguir la pista de los botes por el recorrido y retransmitir todas las pruebas directamente por los altavoces situados en la línea de meta, de manera que los espectadores y los periodistas pudieran saber cómo iba cada bote antes de que entraran en su campo de visión.

Espera antes de ir a por el oro

380

Cuando Joe y los chicos ya habían calentado y remado hasta la línea de salida, un poco antes de las 17:15 horas, quizá habían entrado veinticinco mil personas en el recinto de la regata. Los chicos llegaron a la pasarela remando hacia atrás y esperaron. Justo al lado, en el carril dos, Ran Laurie, Noel Duckworth y el resto del equipo británico hicieron otro tanto. Duckworth saludó a Bobby Moch con la cabeza y Moch le devolvió el saludo.

La regata empezó exactamente a las 17:15 horas. Una vez más, los estadounidenses salieron mal. Igual que en Princeton, alguien en la mitad del bote sacó el remo antes de la cuenta en la primera o segunda palada. En el cuarto carril, los japoneses enseguida revolotearon hasta el primer puesto, azotando el agua a casi cincuenta paladas por minuto con sus remos y movimientos cortos. Noel Duckworth y Ran Laurie empezaron fuerte en el bote británico, pero luego aflojaron y se pusieron en segundo lugar detrás de los japoneses, seguidos por Checoslovaquia, Francia y Estados Unidos, los últimos, que remaban a treinta y ocho.

Moch y Hume mantuvieron el ritmo hasta que adelantaron a los checos en los trescientos metros. Luego aflojaron hasta treinta y cuatro. En cabeza, los japoneses, que todavía remaban como posesos, ampliaron su ventaja sobre los británicos a un largo. Pero ni Moch ni Duckworth pensaban en los japoneses, sino que pensaban el uno en el otro. Durante setecientos metros más, los botes siguieron en sus respectivas posiciones. Al acercarse a la baliza de mitad de regata, los japoneses, agotados, se vinieron súbita y previsiblemente abajo y se quedaron rezagados, junto a los checos. Lo mismo les ocurrió a los franceses. Eso dejó a los estadounidenses y británicos exactamente donde esperaban estar, solos en cabeza cuando empezaban a entrar en su campo de visión las tribunas y los pabellones. Ahora se trataba del juego del gato y el ratón.

Moch le pidió a Hume que aumentara el ritmo, a ver qué pasaba. Hume lo subió hasta treinta y seis. El bote estadounidense se puso a medio largo de la popa del bote británico. Duckworth miró de reojo. Laurie y él llevaron a los británicos hasta treinta y ocho paladas, lo que frenó el avance de los estadounidenses. El bote británico siguió en cabeza. Los chicos de ambos botes ya oían el clamor del público en las orillas del lago. Ambos timoneles veían las tribunas y el gran letrero en blanco y negro que rezaba «Ziel» y marcaba la meta, pero ninguno estaba dispuesto a tomar la iniciativa. Los dos estaban a la espera. Los británicos daban paladas largas y amplias, y acababan los tirones prácticamente tumbados. Los estadounidenses daban paladas más cortas y dedicaban mucho menos tiempo a recuperarse entre ellas.

Finalmente, cuando quedaban 250 metros, Moch gritó: «Ahora, chicos. ¡Ahora! ¡Diez de las grandes!». Los chicos hundieron los remos con fuerza y la bandera estadounidense que golpeteaba en la cubierta de proa del *Husky Clipper* empezó a moverse más allá de Duckworth y avanzó hasta la mitad de la longitud del bote británico. Duckworth y Laurie subieron a cuarenta paladas por minuto. Por un momento conservaron su posición, y las palas blancas del bote estadounidense destellaban furiosamente junto a las palas carmesí de los británicos. Luego Bobby Moch le gritó a Hume que volviera a subir el ritmo, y el *Clipper* retomó el adelantamiento.

En el bote británico, Ran Laurie hundía la pala con furia en el agua. Todavía estaba relativamente fresco y quería darlo todo. Pero como muchos remeros de popa británicos de esa época, manejaba un remo con una pala más pequeña y estrecha que el resto de su equipo, ya que la idea era que la función del remero consistía en marcar el ritmo, no en impulsar el bote. Con la pala pequeña evitaba el riesgo de agotarse y perder la forma. Pero también significaba que no le sacaba todo el partido posible al agua. Ahora Laurie corría el riesgo de terminar la regata más importante en la que jamás hubiera participado completamente agotado, lo último que quiere un remero.

Sin embargo, la proa británica seguía por delante de la proa estadounidense a falta de 150 metros. Pero los estadounidenses habían encontrado el *swing* y no lo dejaban escapar. Remaban con toda la fuerza de la que eran capaces, cortando el agua con movimientos amplios, una y otra vez, dejándose llevar por el ritmo como si formaran parte de un único engranaje, cercanos a las cuarenta paladas por minuto. Todos los músculos, tendones y ligamentos de sus cuerpos ardían de dolor, pero remaban más allá del dolor, remaban en una armonía perfecta y sin tacha. Nada podía pararlos. En las últimas veinte paladas, y especialmente en las últimas doce, magníficas, sencillamente salieron disparados por delante del bote británico, de forma decidida y clara. Los veinticinco mil seguidores internacionales de las tribunas, una buena parte de los cuales era estadounidense, se levantaron y los vitorearon mientras atravesaban con la proa la línea de meta seis metros por delante del bote británico. Al cabo de un momento, Don Hume se fue de bruces y se desplomó encima del remo.

Moch estuvo un minuto entero salpicándole agua a Hume en la cara antes de que este fuera capaz de volver a sentarse con la espalda recta y ayudar a remar hasta la plataforma. Cuando los chicos llegaron, recibieron buenas noticias. El tiempo que habían conseguido, 6:00,8, era un récord en ese recorrido. Y todavía mejor, era un récord mundial y olímpico, que superaba los 6:03,2 de California en 1928. Cuando Al Ulbrickson llegó a la plataforma, se puso de cuclillas junto al bote y con una sonrisa críptica, dijo tranquilamente: «Bien remado, chicos».

Joe nunca había oído hablar a su entrenador en ese tono de voz. Le parecía notar un dejo de respeto silencioso. Casi de deferencia.

Esa noche en Köpenick, al atacar la cena en la academia de policía, los chicos estaban exultantes. Los británicos ahora tendrían que remar y ganar en una repesca al día siguiente si querían ser uno de los seis botes finalistas en la regata en que se disputarían las medallas. Los estadounidenses iban a tener un día libre. Al Ulbrickson, sin embargo, estaba de todo menos exultante. Estaba muy preocupado. Después de la cena ordenó que Don Hume volviera a la cama. El chico parecía un muerto viviente. Tuviera lo que tuviera, claramente era más que un resfriado, quizá una infección de bronquios o una neumonía errante. En cualquier caso, Ulbrickson tenía que pensar quién iba a hacer de remero de popa cuando los chicos compitieran por el oro dentro de cuarenta y ocho horas.

Al día siguiente, después de la comida, los chicos se pasearon por el pueblo tomándose el pelo entre ellos, entrando en algunas tiendas, sacando fotos con las cámaras nuevas, comprando algunos *souvenirs*, explorando rincones de Köpenick que todavía no habían visto. Como la mayoría de estadounidenses que ese verano estaban en Berlín, habían llegado a la conclusión de que la nueva Alemania era un buen sitio. Era limpio, los alemanes eran exageradamente simpáticos, todo funcionaba perfecta y eficientemente, y las chicas eran guapas. Köpenick era encantadoramente pintoresco; Grünau, verde, residencial y bucólico. Ambas poblaciones eran igual de agradables y tranquilas que cualquier localidad de Washington.

Sin embargo, había una Alemania que los chicos no podían ver, una Alemania que se les escondía, a propósito o por una cuestión de tiempo.

No solo se trataba de que hubieran retirado los carteles —«Für Juden verboten», «Juden sind hier unerwünscht»—, de que hubieran detenido a los gitanos y se los hubieran llevado, o de que el periódico *Stürmer* se hubiera retirado de los quioscos. Había secretos más importantes, oscuros y envolventes.

No sabían nada de la sangre que había corrido por las aguas del río Spree y del Langer See en junio de 1933, cuando tropas de asalto de las SA detuvieron a cientos de judíos, socialdemócratas y católicos de Köpenick y torturaron a noventa y uno hasta matarlos. A algunos los pegaron hasta que se les desgarraron los riñones o hasta que se les rajó la piel, y luego les tiraron alquitrán caliente en las heridas antes de arrojar los cuerpos mutilados en los tranquilos canales de la ciudad. Tampoco veían el inmenso campo de concentración de Sachsenhausen que ese verano se estaba construyendo un poco al norte de Berlín, donde se retendría a más de doscientos mil judíos, homosexuales, testigos de Jehová, gitanos y, más adelante, prisioneros de guerra soviéticos, ciudadanos polacos y estudiantes universitarios checos, y donde decenas de miles morirían.

Y había muchas más cosas a la vuelta de la esquina. En las afueras se divisaba el inmenso complejo amarillo de ladrillo duro de la fábrica AEG Kabelwerk, pero no podían ver a los miles de trabajadores esclavos a los que pronto se destinaría ahí, donde fabricarían cables eléctricos, trabajarían doce horas al día y vivirían en miserables campamentos cercanos, hasta morirse de tifus o de desnutrición. Cuando los chicos pasaban por la hermosa sinagoga en el número 8 de la calle Freiheit, o sea, «Libertad», no podían ver a la turba con antorchas que la saquearía y la reduciría a cenizas la noche del 9 de noviembre de 1938, la noche de los Cristales Rotos.

Si hubieran echado un vistazo a la tienda de ropa de Richard Hirschhahn, puede que hubieran visto a Richard y a su mujer, Hedwig, trabajando con máquinas de coser en la trastienda mientras sus hijas —Eva, de dieciocho años, y Ruth, de nueve— esperaban en el mostrador a que entrara algún cliente. Los Hirschhahn eran judíos, miembros de la congregación de la calle Freiheit, y estaban muy preocupados por cómo iban las cosas en Alemania. Pero Richard había luchado en la Gran Guerra y lo habían herido, y no pensaba que a largo plazo pudieran hacerle ningún daño a él ni a su familia. «He vertido sangre por Alemania. Alemania no me fallará», solía decirles a su mujer y a sus hijas. De todos modos, hacía poco que Hedwig había vuelto de un viaje a Wisconsin y los Hirschhahn habían empezado a pensar en emigrar ahí. De hecho, esa semana recibían la visita de unos amigos estadounidenses, que se habían acercado a Köpenick para ver los Juegos Olímpicos.

Los chicos podrían haber echado un vistazo a la tienda y verlos a todos, pero lo que no podrían haber visto fue la noche en que hombres de las SS vendrían a por Ruth, la más pequeña. A Ruth fue a la primera a la que darían muerte, porque tenía asma y era demasiado débil para trabajar. Al resto de la familia la dejarían en Köpenick para que trabajaran como esclavos —Eva en una fábrica de municiones de Siemens y sus padres en un taller donde se fabricaban uniformes militares alemanes— hasta que también les llegó la hora, en marzo de 1943. Entonces las SS meterían a Richard y a Hedwig en un tren hacia Auschwitz. Eva se les escaparía, conseguiría esconderse en Berlín y sobreviviría miraculosamente a la guerra. Pero sería la única, una rara excepción.

Igual que los Hirschhahn, muchos habitantes de Köpenick con los que los chicos se cruzaban en la calle estaban condenados: la gente que atendía a los chicos en las tiendas, las mujeres mayores que paseaban por los aledaños del castillo, las madres que empujaban los cochecitos por las calles adoquinadas, los niños que chillaban alegremente en los parques infantiles, los hombres mayores que paseaban al perro…, personas queridas y que serían destinadas a vagones de ganado y a la muerte.

Esa tarde los chicos bajaron al agua en Grünau para ver la repesca y saber quién los acompañaría a ellos, a Hungría y a Suiza en la regata en la que se disputarían las medallas. Sorprendentemente, ni Alemania ni Italia —los dos equipos, aparte de los británicos, que más preocupaban a Ulbrickson— habían ganado las pruebas clasificatorias. Ahora, sin embargo, remando bajo un cielo gris, Alemania dejó atrás con facilidad a los checos y a los policías australianos. Italia se impuso holgadamente al frenético equipo japonés, a Yugoslavia y a Brasil. Pareció que ambos ganadores aflojaron al final, que prefirieron guardarse energía y conseguir tiempos relativamente lentos, haciendo lo justo para clasificarse.

Gran Bretaña, en cambio, tuvo que emplearse a fondo con los canadienses y los franceses, y el equipo se vio obligado a anotar el tiempo más rápido del día para ganar la prueba clasificatoria.

Ahora Al Ulbrickson sabía contra qué equipos iba a competir por la medalla de oro al día siguiente: Italia, Alemania, Gran Bretaña, Hungría y Suiza. Pero, cuando fue a comprobar la atribución de carril, se llevó una desagradable sorpresa. El Comité Olímpico Alemán y la Fédération Internationale des Sociétés d'Aviron —encabezadas respectivamente por Heinrich Pauli, presidente del comité de remo de la Asociación del Reich de Ejercicio Físico, y Rico Fioroni, un suizo italiano— habían introducido nuevas reglas para la selección de los carriles, reglas que hasta entonces no se habían utilizado en ninguna competición olímpica. Ulbrickson no entendía la fórmula, y hasta el día de hoy no está claro cómo funcionaba o si realmente había fórmula. El efecto global era el contrario que en el procedimiento habitual, en el que a los que se clasificaban con el tiempo más rápido les correspondían los carriles más favorables, mientras que los que acababan más lentos tenían que conformarse con los carriles menos favorables. En este caso, tal como todo el mundo en Grünau sabía, los mejores carriles eran los resguardados, más cercanos a la orilla: los carriles uno, dos y tres; los menos deseables eran los carriles cinco y seis, que estaban en pleno Langer See. Ulbrickson se puso hecho una furia y se quedó horrorizado cuando vio las atribuciones. Carril uno: Alemania; carril dos: Italia; carril tres: Suiza; carril cuatro: Hungría; carril cinco: Gran Bretaña; y carril seis: Estados Unidos. Era casi el orden contrario del que se esperaba, partiendo de los tiempos de clasificación. Penalizaba a los botes con más talento y más rápidos, y daba todas las ventajas a los botes más lentos. Ofrecía los carriles resguardados al país anfitrión y a su más estrecho aliado, y los peores carriles a sus futuros enemigos. Era muy sospechoso y justo lo que Ulbrickson se temía desde que vio el recorrido en Grünau. Si al día siguiente había algún tipo de viento de proa o de través, sus chicos tendrían que remontar nada menos que dos largos solo para igualar al resto.

Al día siguiente por la mañana, en Grünau caía una lluvia fría y constante, y un viento borrascoso azotaba el recorrido. En la academia de policía de Köpenick desapareció el alborozo. Don Hume todavía estaba en la cama, la fiebre le volvió a subir, y Al Ulbrickson decidió que no podía remar. Don Coy tendría que entrar de nuevo en el bote en la posición de remero de popa. Ulbrickson le dio la noticia a Hume y después a los demás a medida que se fueron levantando.

En la mesa de desayuno, los chicos comieron huevos revueltos y bistec en silencio, con la mirada perdida. Había llegado el día por el que habían trabajado durante todo el año —tres años en el caso de la mayoría— y para ellos era inconcebible que no estuvieran todos juntos en el bote en la última regata. Empezaron a hablar de ello, y cuanto más hablaban, más seguros estaban: no era una buena decisión. Hume tenía que estar con ellos, pasara lo que pasase. No eran nueve tipos en un bote, eran un equipo. Se levantaron en bloque y fueron a ver a Ulbrickson. Ahora Stub McMillin era el capitán del equipo, así que se aclaró la garganta y dio un paso adelante como portavoz. Le dijo al entrenador que Hume era crucial para el ritmo del bote. Nadie más podía reaccionar tan rápido y con tanta fluidez ante los ajustes que en cada momento se tenían que hacer durante una regata competitiva. Bobby Moch también abrió la boca. Nadie más que Hume podía mirarle a los ojos y saber lo que él pensaba en el preciso instante en que lo estaba pensando. Solo necesitaba tener a Hume sentado delante. Entonces Joe dio un paso adelante: «Si lo metes en el bote, entrenador, tiraremos de él hasta la meta. Métalo. Solo para que nos acompañe».

Ulbrickson les dijo que subieran, que cogieran sus cosas y entraran en el autobús militar alemán que los esperaba afuera para llevarlos a Grünau, a la regata. Los chicos empezaron a subir en tropel. Después de unos cuantos segundos, Ulbrickson gritó por el hueco de la escalera: «¡Y que os acompañe Hume!».

Al final del mediodía, la lluvia todavía no había remitido en Grünau. Encima del recorrido de la regata, la cima del Müggelberg estaba coronada de nubes bajas, y la niebla que se acumulaba en el bosque llegaba cerca del agua. El Langer See estaba encrespado, en el agua el viento todavía era fresco, y la escena tenía algo oscuro y sombrío.

SEGUIDORES ALEMANES ESPERAN BAJO LA LLUVIA

Sin embargo, decenas de miles de espectadores, la mayoría alemanes, empezaron a invadir el recinto de la regata y se apiñaron bajo paraguas negros o envueltos en impermeables y capas para la lluvia. A pesar de la lluvia, estaban animados. En los años treinta, el remo era el segundo deporte olímpico que atraía más seguidores —después del atletismo— y en las pruebas clasificatorias Alemania había dado muestras de ser muy competitiva, si no dominante, entre los aspirantes a medalla de este año. Un torrente de personas cruzó el pontón en el extremo oeste del recorrido y empezó a ocupar las enormes tribunas descubiertas de madera de la orilla más lejana. Unos cuantos millares más se apretujaron en los recintos de hierba de la orilla, hombro con hombro bajo la lluvia. Los tres mil más afortunados se refugiaron bajo la inmensa tribuna permanente, justo delante de la línea de meta. Poco antes de la primera regata, algo más de setenta y cinco mil seguidores abarrotaban el recinto, la mayor concentración de público que jamás hubiera asistido a una regata olímpica de remo.

Los cámaras de Leni Riefenstahl correteaban de aquí para allá y apartaban a los espectadores que se colaban en sus planos a la vez que intentaban mantener seco el equipo. En el confortable centro de prensa de Haus West, cientos de periodistas de todo el mundo comprobaron los teletipos y los equipos de radiotransmisión de onda corta y estándar. Bill Slater, el comentarista de la NBC, estableció conexión con Nueva York. Los jueces olímpicos comprobaron los cronómetros electrónicos de la línea de meta. La embarcación de radiodifusión de onda corta se colocó detrás de la línea de salida. En los cómodos pabellones a la orilla del Langer See, los remeros guardaron la ropa de calle en las consignas y empezaron a ponerse los uniformes nacionales. Algunos se echaron sobre las camillas de masaje y dejaron que los masajistas liberaran la tensión previa a la regata de su espalda y de los músculos de sus hombros. Los chicos estadounidenses encontraron una camilla libre, pusieron a Don Hume en ella como un cadáver envuelto en abrigos, y lo mantuvieron caliente, seco y descansado todo el tiempo que pudieron. Mientras tanto, George Pocock se puso a aplicar una capa de aceite de cachalote a los bajos del *Husky Clipper*.

A las 14:30 horas, mientras los chicos seguían preparándose en su pabellón, la primera regata del día —la de cuatro remeros con timonel— abandonó la línea de salida. Los suizos se pusieron en cabeza en un primer momento, pero pronto los superó el bote alemán. A medida que los botes se acercaban a la línea de meta, los estadounidenses oían el clamor de la multitud, que empezaba a gritar «*Deutschland! Deutschland! Deutschland!*» cada vez más fuerte, y el ruido llegó a su punto culminante al atravesar Alemania la línea de meta ocho segundos por delante de los suizos. Luego los compases del «Deutschlandlied» arropado por decenas de millares de voces. Luego un clamor más profundo y gutural de la multitud, y un grito distinto: «*Sieg Heil! Sieg Heil! Sieg Heil!*».

Adolf Hitler había entrado en el recinto de la regata, seguido de un gran séquito de altos cargos nazis. Vestido con un uniforme oscuro y una capa larga para la lluvia, se quedó un momento aferrado a la mano del presidente suizo-italiano de la Fédération Internationale des Sociétés d'Aviron, Rico Fioroni, mientras ambos sonreían y conversaban animadamente. Entonces subió por una escalera al amplio balcón delante de Haus West y ocupó el sitio de honor, desde el que contempló a la multitud y al Langer See con la mano derecha levantada. Al sentarse su séquito a ambos lados de él, el público y la prensa extranjera vio que había venido acompañado de casi toda la cúpula nazi. A su derecha estaba Joseph Goebbels. El público siguió rugiendo «*Sieg Heil!*» hasta que Hitler finalmente bajó la mano y se reanudó la regata.

A la multitud no le faltaron ocasiones para hacer más ruido. Esa tarde, prueba tras prueba, los remeros alemanes pasaron por delante de sus rivales y ganaron la medalla de oro en las cinco primeras regatas. Cada vez se izó la bandera nazi delante de Haus West al final de la regata, y el público gritó cada vez «*Deutschland über alles*» un poco más fuerte. En el balcón, Goebbels, vestido con una gabardina de color claro y un sombrero de fieltro, aplaudió teatralmente, casi como si fuera un payaso, al cruzar los distintos botes alemanes la línea de meta. Hermann Göring, con un uniforme negro y una capa como Hitler, se inclinaba y se golpeaba la rodilla con cada victoria alemana y entonces se volvía hacia Hitler y le sonreía. Hitler miraba por los binoculares y simplemente asentía con entusiasmo cada vez que un bote alemán cruzaba la línea de meta. A las cinco y media la lluvia remitió, el cielo se iba despejando un poco, y el público estaba sumido en una especie de frenesí, pues parecía que ese día Alemania arrasaría, a pesar de todas las expectativas en sentido contrario.

En la sexta regata, de dos remeros, el bote alemán estuvo en cabeza hasta los últimos 250 metros, pero la pareja británica formada por Jack Beresford y Dick Southwood dio un acelerón y ganó por seis segundos. Por primera vez en todo el día, se hizo el silencio en el recorrido de la regata en Grünau. En el pabellón, donde estaba comprobando las jarcias del *Husky Clipper* por última vez, George Pocock se quedó un momento quieto y se dio cuenta con súbito orgullo de que mecánicamente había erguido la espalda al oír «God Save The King».

Cuando faltaba poco para la última competición, que también era la más prestigiosa —la regata de ocho remeros—, el público volvió a dejarse oír. Esta era la competición de la que los países presumían más, la prueba definitiva de la capacidad de los remeros de unir sus esfuerzos, la mayor muestra de fuerza, elegancia y garra en el agua.

Un poco antes de las seis, Don Hume se levantó de la camilla de masaje donde estaba descansando y se unió al resto de chicos cuando se ponían el *Husky Clipper* sobre los hombros y empezaban a caminar tranquilamente hacia el agua. Los alemanes y los italianos ya estaban en sus respectivos botes. Los italianos llevaban uniformes azul claro de aspecto sedoso y, desenfadados, se habían atado pañuelos blancos a la cabeza a la manera de los piratas. Los alemanes resplandecían con sus *shorts* y sus jerséis blancos, que llevaban estampados un águila negra y una esvástica. Los estadounidenses vestían *shorts* de atletismo de distintos colores y sudaderas raídas. No querían que los uniformes nuevos se ensuciaran.

Bobby Moch colocó el sombrero de fieltro de Tom Bolles debajo de su asiento en la popa del bote para que les trajera suerte. Junto a la orilla, un oficial de la Marina alemana estaba apostado en la proa de una lancha y hacía el saludo nazi con el brazo extendido en la dirección de Hitler. Los chicos hicieron un corro con Ulbrickson para repasar el plan de regata por última vez. Entonces se metieron en el bote, se sentaron y se ataron los pies a los extensores, se apartaron de la plataforma y se pusieron a remar por el lago hacia la línea de salida. Ulbrickson, Pocock y Royal Brougham, con binoculares en la mano, se abrieron camino entre el nutrido público y subieron al balcón de uno de los pabellones cercanos a la línea de meta. Todos tenían una expresión seria. Por muy buenos que fueran los chicos, pensaban que las posibilidades que tenían de hacerse con la medalla de oro eran entre escasas y nulas: remaban en el carril seis y Don Hume tenía un aspecto cadavérico.

En Seattle era primera hora de la mañana. Los grandes almacenes, las tiendas de aparatos eléctricos, la tienda de pianos Sherman Clay, incluso la joyería Weisfield & Goldberg, llevaban días haciendo el agosto vendiendo los nuevos muebles radio Philco 61F Olympic Special. A pesar de que el precio era de 49,95 $, en Seattle se los quitaban de las manos. Venían con un sintonizador de onda corta y un equipo especial «aéreo de alta eficiencia» para garantizar la buena recepción tanto de la radiodifusión estándar de la NBC como de la de onda corta en varias lenguas que venía directamente de Berlín. Ahora, al acercarse el momento de la regata, los dependientes repartían por las casas de Seattle las últimas radios que se habían pedido el día anterior y las instalaban.

En la casa ahora ya prácticamente acabada de Harry Rantz en el lago Washington, no había dinero para una radio nueva y lujosa que captara las emisoras extranjeras, pero Harry pensó que con la Philco que había comprado en abril para la regata de California oirían bien la retransmisión de la NBC en KOMO. Se levantó antes del amanecer, preparó café y encendió la radio para asegurarse de que funcionaba. Joyce bajó un poco más tarde y despertó a los niños, y ahora estaban todos en la cocina comiendo copos de avena e intercambiando sonrisas para intentar disimular los nervios.

Por todo Estados Unidos millones de personas —personas que apenas habían oído hablar de Seattle antes de la regata de Poughkeepsie, personas que iban a trabajar más tarde ese viernes por la mañana, si tenían la suerte de trabajar, personas que se ocupaban de las tareas del campo, si todavía tenían la suerte de ser propietarios de una finca— también empezaban a toquetear los diales de la radio. Las noticias sobre Jesse Owens habían fascinado a buena parte del país, y habían transmitido lo que realmente estaba en juego en esos Juegos Olímpicos. Ahora Estados Unidos esperaba a ver si los brutotes chicos del oeste, de la Universidad de Washington, escribían otro capítulo de la historia.

A las 9:15 horas, la voz del comentarista de la NBC, Bill Slater, empezó a chisporrotear en la sintonía de KOMO en Seattle, retransmitida desde Berlín. Joyce rebuscó en el bolso y sacó un librito. Pasó las páginas y extrajo con cuidado un trébol verde y delicado de cuatro hojas que Joe le había dado y que ella había guardado entre las páginas del libro. Lo puso encima de la radio, acercó una silla y se dispuso a escuchar.

Al remar los chicos por el recorrido hacia la línea de salida, quedó claro que tanto las condiciones meteorológicas como el carril que les tocaba representaban un reto. Habían vuelto a caer chaparrones, pero el problema no era la lluvia. Al fin y al cabo, eran de Seattle. El viento, en cambio, soplaba de manera intermitente desde el oeste, atravesaba el recorrido con un ángulo de aproximadamente cuarenta y cinco grados, y daba empujones repentinos al bote por estribor. Delante, a Roger Morris y Chuck Day les costaba mantener la estabilidad del bote. En la popa, Bobby Moch agarraba las aldabas de madera de las cuerdas del timón y tiraba, ahora para aquí y después para allá, moviendo el timón e intentando que el bote fuera recto.

Los chicos habían remado con mucho viento en Seattle y en Poughkeepsie, pero este viento racheado y de lado iba a dar problemas. Moch habría preferido un viento de proa constante y directo. Justo delante de él, dándole la cara, Don Hume intentaba conservar la energía y les marcó a los chicos que tenía detrás un ritmo tranquilo y lento, pero sin volcarse demasiado en sus propias paladas. A Moch no le gustaba la pinta que tenía Hume.

Joe Rantz, en cambio, se encontraba bien. Al alejarse el ruido de la multitud a sus espaldas, el mundo del bote se volvió tranquilo y silencioso. Parecía que ya no era momento de palabras. Joe y los chicos del medio del bote se balanceaban suavemente hacia delante y hacia atrás, remaban lento, calentaban, y disfrutaban de inspirar y espirar, del flexionar y relajar de los músculos. Debajo de ellos, el bote daba una sensación de fluidez, agilidad y elegancia.

La angustia le había burbujeado a Joe en la barriga toda la mañana, pero ahora, más decidido que nervioso, empezaba a dar paso a una leve sensación de tranquilidad. Justo antes de que abandonaran el pabellón, los chicos habían hecho un corro. Todos estuvieron de acuerdo en que, si Don Hume tenía las agallas de remar esa regata, los demás no iban a fallarle.

Llegaron a la línea de salida, giraron el *Husky Clipper* 180 grados y lo pegaron a la pasarela. Se agachó un joven delicado con un uniforme que parecía de *boy scout*, alargó el brazo y agarró la popa. Estaban en medio del Langer See. Ante ellos se extendía un golfo abierto y expuesto, formado por la curvatura de la orilla norte. El viento era peor que enfrente de las tribunas y ahora empujaba la proa sin cesar y mandaba olas pequeñas y agitadas a babor. Roger Morris y Gordy Adam se esforzaban en reequilibrar desde estribor: intentaban hacer palanca contra el viento y mantener la proa apuntando más o menos a la mitad del carril. En el carril de al lado, el bote británico ocupó su posición. Noel Duckworth estaba agachado en la popa, con la gorra de *cricket* bien calada para que no se le volara.

Esperaron la salida. Bobby Moch se puso el megáfono delante de la boca. A cada momento les daba instrucciones a gritos a Roger y Gordy; luego echaba una mirada nerviosa de reojo para ver si el juez de línea ya había salido de la cubierta de lona de encima de su embarcación. A su lado, Duckworth hacía lo mismo. Pero ambos estaban centrados sobre todo en las proas. Era crucial que el bote estuviera bien alineado en la salida. Detrás de ellos, fuera de su campo de visión, el juez salió de repente de la cubierta, con la bandera en alto. La bandera se agitó enfurecida un momento por encima de su cabeza. Casi enseguida, se volvió ligeramente hacia los carriles uno y dos, gritó al viento un ininterrumpido «*Êtes-vous prêts? Partez!*» en una sola tirada ininterrumpida y bajó la bandera.

Bobby Moch no oyó al juez ni vio la bandera. Por lo que parece, tampoco fue el caso de Noel Duckworth. Cuatro botes salieron impulsados hacia delante. Durante un instante aterrador, el bote británico y el *Husky Clipper* se quedaron inmóviles en la línea de salida, paralizados en el agua.

Nazis en Grünau

CAPÍTULO XVIII

*«Algunos hombres que están en la misma condición
física que tú, cuando ya no les queda la fuerza de todos los
días, recurren a una reserva misteriosa de un poder mucho
mayor. Es entonces cuando se pueden alcanzar las estrellas.
Así están hechos los campeones».*

GEORGE YEOMAN POCOCK

Joe vio de reojo que el bote húngaro, dos carriles más allá, salía impulsado hacia delante y que los remeros ya estaban metidos en la siguiente palada. Una fracción de segundo más tarde, vio que el bote británico hacía lo mismo. Rantz gritó: «¡Salgamos de aquí!». Bobby Moch espetó: «¡Remad!». Los ocho remos estadounidenses se hundieron en el agua. Durante otra fracción de segundo, el *Husky Clipper* se combó ligeramente bajo los chicos al resistirse a poner en movimiento casi una tonelada de peso muerto. Entonces el bote salió hacia delante y los chicos finalmente se alejaron, con un retraso de una palada y media en la regata de su vida.

Al darse cuenta de lo que había ocurrido, la confianza de Chuck Day se resintió. Lo notaba en las entrañas, era un sentimiento agudo de ansiedad. A Roger Morris le rondaba por la cabeza un pensamiento intranquilizador: «Estamos jodidos, nosotros y los ingleses». Bobby Moch también lo veía así, pero su papel era pensar las cosas con calma y no dejarse llevar por el pánico. El plan que tenía era remontar desde atrás, como siempre. Pero la pésima salida significaba que la desventaja de dos largos a la que se enfrentaban por culpa de la atribución de carril todavía se había ampliado. Había que ganar velocidad y había que hacerlo ya. Avanzar contra el viento iba a ser una lucha titánica. Le gritó a Hume que le diera fuerte. Hume marcó el ritmo a treinta y ocho paladas. Los chicos clavaban los remos con fuerza y rapidez.

EL EQUIPO ALEMÁN

Al otro lado del recorrido, en los carriles uno y dos, la salida de los alemanes y los italianos fue limpia y se pusieron rápidamente en cabeza. El bote británico, cuando empezó a moverse, también salió con brío, arremetiendo con furia para recuperar sus posibilidades. Detrás, el bote estadounidense empezó a recuperar posiciones más despacio. Cuando los primeros botes cruzaron la baliza de los cien metros, un locutor que iba a bordo de la embarcación con la radio de onda corta retransmitió la clasificación a los altavoces de la línea de meta. El público rugió cuando supo que Alemania iba primera. Sin embargo, no era una ventaja amplia y a estas alturas de la regata tampoco era tan significativa. Los seis botes estaban bastante juntos, y la distancia entre la proa de Alemania, en primera posición, y la proa de Estados Unidos, en última, era aproximadamente de un largo y medio. Bobby Moch le dijo a Hume que aflojara un poco el ritmo, y Hume lo bajó a treinta y cinco. Seguía siendo un ritmo más alto del que le hubiera gustado a Moch, un ritmo casi de *sprint*, pero era el que necesitaba para seguir en liza. Echó unos

cálculos rápidos. Si conseguía mantenerse a esa distancia de los primeros botes, remando a unas treinta y cinco paladas, quizá todavía tendría
cuerda para el inevitable *sprint* final. Los chicos empezaron a coger el
ritmo y el *swing*.

Al adentrarse en la parte más abierta del Langer See, el viento soplaba todavía más fuerte. Las olas, blancas y espumosas, empezaron a
salpicar la pequeña bandera estadounidense que se agitaba con furia en
la cubierta de proa. Ante las ráfagas que aporreaban la proa por babor,
Bobby Moch empezó a forcejear con la caña del timón. Con vientos
de esta intensidad, la única forma de evitar que el bote hiciera eses era
mover el bote ligeramente a babor con el timón y avanzar por el recorrido en línea recta, pero con la proa no del todo alineada con la popa.
Esto implicaba enfrentarse a más resistencia del agua, a más resistencia
al avance, y significaba, por lo tanto, que los remeros tenían más trabajo.
Y era endiabladamente difícil. Si Moch le daba demasiado al timón, el
bote corría el riesgo de escorarse hacia el carril de la izquierda, mientras
que si le daba demasiado poco, podía verse empujado hacia la derecha
y desviarse del recorrido.

EL EQUIPO ITALIANO

En el punto de los doscientos metros, Noel Duckworth y Ran Laurie tomaron la iniciativa para ponerse en cabeza, adelantaron a Alemania con rapidez y se colocaron en segundo lugar detrás de Suiza,

presionándolos de cerca. Bobby Moch los siguió con la mirada, pero no picó el anzuelo. A él ya le parecía bien que los británicos quedaran agotados en la primera mitad de la regata. Pero luego, a los trescientos metros, Moch vio algo que lo sobrecogió. De repente, frente a él, a Don Hume de repente se le puso la cara blanca y prácticamente cerró los ojos. La boca se le quedó entreabierta. Todavía remaba y seguía un ritmo constante, pero Moch no estaba seguro de que fuera consciente de lo que hacía. Moch le gritó: «¡Don! ¿Estás bien?». Hume no respondió. Moch no sabía si estaba a punto de desmayarse o si solo estaba en Babia. Decidió que de momento dejaría las cosas como estaban, pero empezaba a dudar seriamente de que Hume pudiera acabar la regata, y ya no digamos esprintar cuando llegara el momento.

Los botes se acercaban ahora a la baliza de quinientos metros, a un cuarto del recorrido, y Suiza, Gran Bretaña y Alemania se disputaban el primer puesto mientras que los botes de Estados Unidos e Italia iban detrás de ellos. Hungría era la última. A diferencia de los británicos, los suizos y los alemanes estaban a punto de acogerse al abrigo de la orilla sur, donde el agua era casi plana. A los estadounidenses solo los separaba un largo del primer grupo, pero todavía se encontraban en la parte más abierta del lago, donde se enfrentaban a un viento fuerte e incesante, y cada vez que soltaban el remo les salpicaba la espuma. Poco a poco empezaron a notar un dolor agudo en los brazos y las piernas que también les irradiaba en la espalda. Muy lentamente se fueron quedando atrás. A los seiscientos metros, estaban a un largo y medio. A los ochocientos, volvían a ser los últimos. La frecuencia cardíaca se les disparó hasta las 160 o 170 pulsaciones por minuto.

En las aguas mansas del segundo carril, Italia apareció de golpe desde atrás y avanzó hasta ponerse ligeramente por delante de Alemania. Al cruzar la proa del bote italiano por la baliza de mil metros que marcaba la mitad del recorrido, empezó a sonar una campana que indicaba a los espectadores de la línea de meta que los competidores se acercaban. Setenta y cinco mil personas se pusieron de pie y, por primera vez, pudieron echar un vistazo a los botes que se aproximaban por la gran extensión gris del Langer See como arañas alargadas y estrechas. En la terraza de Haus West, Hitler, Goebbels y Göring se llevaron los binoculares a los ojos. En la terraza del pabellón de al lado, Al Ulbrickson observó que el *Husky Clipper* venía por el carril exterior junto al bote británico. Los árboles y los edificios le impedían ver los carriles más cercanos y los botes que remaban en ellos. Por un momento, desde su perspectiva le pareció que sus chicos y los británicos estaban solos en cabeza y que la regata se había convertido en un duelo. Entonces oyó por los altavoces al locutor, que dio la relación de los tiempos parciales en la baliza de mil metros. El público era un clamor. Italia iba primera, pero solo un segundo por delante de Alemania, que ocupaba el segundo lugar. Suiza iba tercera y un segundo por detrás de Alemania. Hungría era la cuarta. Gran Bretaña había quedado rezagada y se disputaba el último lugar con Estados Unidos. Ahora a los chicos de Ulbrickson los separaban cinco segundos de los primeros clasificados.

En la popa del *Husky Clipper*, Bobby Moch no podía permitirse esperar más. Se inclinó hacia delante y le gritó a Hume que subiera el ritmo. «¡Más fuerte!», le soltó a Hume en la cara. «¡Más fuerte!» No pasó nada. «¡Más fuerte, Don! ¡Más fuerte!», chilló en tono de súplica. La cabeza de Hume se balanceaba hacia delante y hacia atrás con el ritmo del bote, como si estuviera a punto de quedarse dormido. Parecía como si mirara fijamente algo en el suelo del bote. Moch no podía ni siquiera mirarle a los ojos. Los chicos seguían remando a treinta y cinco paladas, y perdían la batalla contra el viento y contra casi todos los demás botes de la regata. Bobby Moch intentó que no lo dominara el pánico.

En la baliza de 1.100 metros, Alemania recuperó el liderato. Entre el público se levantó de nuevo un inmenso clamor, ahora más cercano a los deportistas. Luego el clamor se convirtió en un grito —«¡*Deutsch-land! ¡Deutsch-land! ¡Deutsch-land!*»— acompasado con las paladas del bote alemán. En la terraza, Hitler miraba detenidamente bajo la visera de su gorra y se balanceaba hacia delante y hacia atrás, siguiendo el cántico. Ahora Al Ulbrickson ya veía los botes alemán e italiano, que avanzaban por la orilla más cercana del lago, claramente en cabeza, pero los ignoró y clavó su mirada de ojos grises en el bote estadounidense, en el carril más lejano, e intentó leer el pensamiento de Bobby Moch. Esto empezaba a parecerse a Poughkeepsie. Ulbrickson no sabía si eso era bueno o malo. En Seattle, se hizo el silencio en la sala de estar de Harry Rantz. Era difícil saber qué pasaba exactamente en Berlín, pero la relación de los tiempos parciales resultaba alarmante.

En el bote, Joe no tenía ni idea de cuál era la situación, más allá de ser vagamente consciente de que no había visto botes que se alejaran detrás de ellos —solo la flotilla de motoras que los seguían y que llevaban a técnicos y a los cámaras de Riefenstahl—. Joe había remado todo el rato con fuerza contra el viento y se empezaba a notar los brazos y las piernas como si estuvieran recubiertos de cemento. No habían tenido la oportunidad de guardarse energía. Era demasiado pronto para el *sprint*, pero Joe empezaba a preguntarse qué pasaría si Moch lo pedía. ¿Cuánta cuerda le quedaría a él? ¿Cuánta cuerda les quedaría a los demás remeros? No podía hacer más que confiar en el criterio de Moch.

Dos asientos más adelante, Bobby Moch no paraba de pensar en qué hacer. Hume todavía no reaccionaba, y al acercarse a la baliza de un kilómetro doscientos, la situación bordeaba lo crítico. La única opción que le quedaba a Moch, lo único que se le ocurría, era que Joe pasara a marcar el ritmo. Sería un paso peligroso —en realidad, inaudito—, con bastantes posibilidades de confundir a los remeros y de dar al traste con el ritmo del bote. Pero Moch había perdido la capacidad de regular el ritmo y eso los condenaba al fracaso. Si conseguía que Joe marcara el ritmo, quizá Hume notaría el cambio y se incorporaría. En cualquier caso, tenía que hacer algo y tenía que hacerlo ya.

Al inclinarse Moch hacia delante para decirle a Joe que marcara él el ritmo y que lo aumentara, Hume levantó la cabeza, abrió los ojos de golpe, cerró la boca y miró a Bobby Moch a los ojos. Moch, sobresaltado, lo miró de hito en hito y gritó: «¡Súbelo! ¡Súbelo!». Hume subió el ritmo. Moch volvió a gritar: «Hay que remontar un largo. ¡Quedan seiscientos metros!». Los chicos se recostaron sobre los remos. El ritmo saltó a treinta y seis, y luego a treinta y siete. Cuando los primeros botes dejaban atrás la baliza de kilómetro y medio, el *Husky Clipper* había pasado del quinto lugar al tercero. En la terraza del pabellón, un poco más adelante del recorrido, Al Ulbrickson recuperó la esperanza al ver que el bote se movía, pero pareció que el movimiento decaía cuando a los chicos todavía les faltaba un buen trecho hasta la cabeza de la regata.

A quinientos metros de la meta, todavía estaban casi un largo detrás de Alemania e Italia, en los carriles uno y dos. Los suizos y los húngaros se venían abajo. Los británicos remontaban, pero de nuevo a Ran Laurie, con su remo de pala estrecha, le costaba conseguir suficiente agarre para impulsar el bote contra el viento y las olas. Moch le ordenó a Hume que subiera un punto más el ritmo. En el primer carril, Wilhelm Mahlow, el timonel del bote alemán, le dijo lo mismo a Gerd Völs, el remero de popa. En el bote italiano, Cesare Milani, de treinta años, gritó la misma instrucción a su remero de popa, Enrico Garzelli. Italia amplió un metro la distancia respecto a los demás botes.

Al estrecharse el Langer See en la recta final, el *Husky Clipper* por fin entró en aguas más resguardadas del viento, protegidas a ambos lados por árboles altos y edificios. El juego empezaba ahora. Bobby Moch volvió a colocar el timón paralelo al casco del bote y el *Clipper* por fin empezó a avanzar sin obstáculos. Con unas condiciones iguales a las del resto, y Don Hume de vuelta entre los vivos, los chicos volvieron a acelerar cuando quedaban 350 metros y fueron adelantando a los primeros botes asiento a asiento. A falta de 300 metros, la proa del bote estadounidense quedó más o menos igualada con las proas alemana e italiana. Al encarar los últimos 200 metros, los chicos se pusieron en cabeza a un tercio de largo de distancia. Una oleada de aprensión estremeció al público.

Bobby Moch levantó la vista hacia el enorme letrero en blanco y negro de la meta, «Ziel», en alemán. Empezó a calcular cuánto necesitaba sacarles a los chicos para asegurarse de que llegaba ahí antes que los botes a su izquierda. Era el momento de mentir.

Moch gritó: «¡Veinte paladas más!». Y empezó a contarlas: «Diecinueve, dieciocho, diecisiete, dieciséis, quince…Veinte, diecinueve…». Cada vez que llegaba a quince volvía a empezar desde veinte. Aturdidos, creyendo que realmente llegaban a la meta, los chicos volcaron toda la longitud de sus cuerpos en cada palada, remaron con tanta furia como perfección, y con una asombrosa elegancia. Los remos se doblaban como arcos; las palas entraban y salían del agua limpia, fluida y eficazmente; el casco del bote, resbaladizo con el aceite de cachalote, avanzaba sigilosamente entre los tirones; y la puntiaguda proa de cedro cortaba el agua oscura: bote y hombres formaban un único conjunto que saltaba hacia delante como un ser vivo.

Entonces entraron en un mundo confuso. Estaban en pleno *sprint*, aumentando el ritmo hacia cuarenta, cuando se toparon con una pared de ruido. De golpe estaban junto a la enorme tribuna descubierta de madera de la orilla norte del recorrido, a no más de tres metros de miles de espectadores que gritaban al unísono: «*Deutsch-land! Deutsch-land! Deutsch-land!*». El ruido les cayó encima como una cascada, retumbó de una orilla a la otra y ahogó completamente la voz de Bobby Moch. Incluso Don Hume, sentado solo cuarenta y cinco centímetros delante de él, no conseguía descifrar los gritos de Moch. El ruido los atacó y desconcertó. En el segundo carril, el bote italiano volvió a acelerar. El bote alemán hizo otro tanto, y ambos remaban por encima de cuarenta paladas. Los dos recuperaron terreno para igualarse con el bote estadounidense. Bobby Moch los vio y le gritó a Hume en la cara: «¡Más fuerte! ¡Más fuerte! ¡Dadlo todo!». Nadie lo oía. Stub McMillin no sabía qué pasaba, pero fuera lo que fuese no le gustaba. Lanzó un improperio al viento. Joe tampoco sabía qué pasaba, excepto que sentía un dolor que nunca había sentido en un bote: notaba como si le entraran cuchillos calientes en los tendones de los brazos y piernas y le atravesaran la ancha espalda con cada palada; cada vez que tomaba aliento se le abrasaban los pulmones. Clavó la vista en la nuca de Hume y centró la mente en la sencilla y cruel necesidad de dar la siguiente palada.

En la terraza de Haus West, Hitler dejó los binoculares a un lado. Seguía balanceándose con los cánticos del público, y se rascaba la rodilla derecha cada vez que se inclinaba hacia delante. Goebbels aplaudía como un poseso con las manos encima de la cabeza. Göring empezó a golpear la espalda de Werner von Blomberg. En la terraza de al lado, Al Ulbrickson, «el chaval inexpresivo», estaba quieto como una esfinge, con un cigarrillo en los labios. Esperaba que en cualquier momento Don Hume se desplomara encima de su remo. Bill Slater de la NBC gritaba en la sintonía de KOMO en Seattle. Harry, Joyce y los niños no entendían qué pasaba, pero estaban todos de pie. Pensaban que seguramente los chicos iban por delante.

Moch echó una mirada a la izquierda, vio el acelerón de los botes alemán e italiano, y supo que de alguna manera los chicos tenían que subir más, dar todavía más de lo que estaban dando, por mucho que él supiera que lo estaban dando todo. Lo veía en sus caras: en la mueca contraída de Joe, en la mirada de ojos muy abiertos y asombrados de Don Hume, una mirada que parecía observar más allá de él mismo, a un vacío inconmensurable. Agarró las aldabas de madera que colgaban de la caña del timón y empezó a golpearlas contra las tablillas de eucalipto atadas a cada lado del casco. Incluso si los chicos no lo oían, quizá notaban las vibraciones.

Las notaron. E inmediatamente entendieron lo que significaban: una señal de que tenían que hacer lo imposible, subir todavía más. En algún lugar, en las profundidades de su interior, cada uno cogió briznas de voluntad y de fortaleza que ni siquiera sabía que tenía. Los corazones les bombeaban a casi doscientas pulsaciones por minuto. Estaban más allá del agotamiento, más allá de lo que sus cuerpos podían soportar. La menor pifia de cualquiera de ellos significaría que se les encallara el remo y que la regata acabara en una catástrofe. En la penumbra gris bajo las tribunas llenas de caras que gritaban, sus palas blancas parpadeaban al entrar y salir del agua.

Ahora era codo con codo. En la terraza, Al Ulbrickson mordió y partió el cigarrillo que tenía en los labios, lo escupió, saltó encima de una silla y empezó a gritarle a Moch: «¡Ahora! ¡Ahora! ¡Ahora!». En alguna parte, una voz chilló de forma histérica por un altavoz: «*Italien! Deutschland! Italien! Achh… Amerika! Italien!*». Los tres botes se abalanzaban sobre la línea de meta, y la primera posición iba variando. Moch aporreaba el eucalipto todo lo fuerte y rápido que podía, y el *snap-snap-snap* sonaba como los disparos de una ametralladora en la popa del bote. Hume subió y subió el ritmo hasta que los chicos llegaron a cuarenta y cuatro. Nunca habían remado tan rápido, ni siquiera se habían planteado que fuera posible remar a esa velocidad. Se pusieron en cabeza a poca distancia, pero los italianos volvieron a acercarse. Los alemanes estaban justo a su lado. En los oídos de los muchachos resonaban los gritos de «*Deutsch-land! Deutsch-land! Deutsch-land!*». Bobby Moch estaba sentado a horcajadas en la popa, se inclinaba hacia delante, aporreaba la madera y gritaba cosas que nadie oía. Los chicos dieron una última gran palada y cruzaron la línea de meta.

En la terraza, Hitler levantó un puño cerrado a la altura de los hombros. Goebbels saltaba arriba y abajo. Hermann Göring se dio una palmada en la rodilla y en la cara se le dibujó una sonrisa maníaca.

En el bote estadounidense, Don Hume bajó la cabeza como si rezara. En el alemán, Gerd Völs se echó hacia atrás encima del regazo del remero del asiento número siete, Herbert Schmidt, que levantó un puño triunfante por encima de la cabeza. En el bote italiano, alguien se inclinó hacia delante y vomitó por la borda. El público no olvidaba su clamor: «*Deutsch-land! Deutsch-land! Deutsch-land!*».

Nadie sabía quién había ganado.

El bote estadounidense iba a la deriva por el lago, más allá de las tribunas, hacia un mundo más tranquilo, y los chicos estaban echados encima de los remos, recuperando el aliento, con las caras todavía descoyuntadas de dolor. Shorty Hunt se dio cuenta de que no acababa de ver bien. Alguien susurró: «¿Quién ha ganado?». Roger Morris dijo con voz ronca: «Pues… nosotros…, creo».

Finalmente los altavoces chisporrotearon de nuevo para dar los resultados oficiales. La proa del bote estadounidense había llegado a la meta con 6:25,4, seis décimas de segundo por delante del bote italiano y exactamente un segundo antes que el bote alemán. Los cánticos del público pararon en seco, como si hubieran apretado un botón de apagado.

En la terraza de Haus West, Hitler dio media vuelta y volvió al edificio a grandes zancadas sin decir nada. Goebbels, Göring y el resto de altos cargos nazis corretearon detrás de él. En el bote estadounidense, los chicos tardaron un poco en entender el anuncio de los altavoces. Pero cuando lo hicieron, las muecas de dolor pronto se convirtieron en amplias sonrisas que dejaban entrever los dientes, sonrisas que décadas después parpadearían en antiguos noticiarios e iluminarían el momento más importante de su vida.

En Seattle, los hermanastros de Joe armaron jolgorio, chillaron, aplaudieron, dieron vueltas por la casa, y tiraron al aire cojines de las sillas y almohadas. Harry aplaudía en medio del caos. Joyce estaba sentada en una butaca y lloró sin vergüenza, efusivamente. Al final, todavía con lágrimas en las mejillas, se levantó y apagó la radio. Joyce devolvió cuidadosamente el trébol al libro, por primera vez le dio un abrazo a su futuro suegro y se puso a preparar emparedados.

Ceremonia de entrega de medallas. Bobby Moch en el podio

CAPÍTULO XIX

«¿Cuál es el valor espiritual del remo?...
La disolución de uno mismo en el esfuerzo cooperativo
del equipo como conjunto».

George Yeoman Pocock

Cuando estuvieron seguros de que habían ganado, los chicos remaron lentamente por delante de las tribunas y el público los aplaudió con educación. Al Ulbrickson y George Pocock bajaron apresuradamente de la terraza y empezaron a abrirse camino entre el gentío del césped de delante de Haus West, con ganas de reunirse como fuera con sus chicos. Royal Brougham echó a correr a la sala de prensa y empezó a aporrear la crónica de su carrera, en la que volcó su corazón, para la que buscó en su alma palabras que pudieran hacer algo de justicia a lo que acababa de ver, sin ser consciente de que el gremio de periodistas de Seattle había colocado piquetes alrededor de las oficinas del *Seattle Post-Intelligencer*. No habría edición del *Post-Intelligencer* por la mañana y su crónica nunca se publicaría. Mientras los cámaras de Leni Riefenstahl lo seguían captando todo, los chicos pararon el bote en la plataforma de enfrente de Haus West. Algunos oficiales nazis echaron una mirada con desgana mientras un responsable olímpico se agachaba para estrecharle la mano a Bobby Moch y le ofrecía a Don Hume una inmensa corona de laureles, tan grande que parecía pensada para que la luciera un caballo en lugar de una persona. Hume, avergonzado y sin saber bien qué tenía que hacer con ella, se acercó ligeramente la corona a la cabeza, sonrió tímidamente, y se la pasó a Joe, que hizo lo mismo y se la pasó a Shorty Hunt, y así sucesivamente hasta llegar a Roger Morris en la proa. Al Ulbrickson llegó a la plataforma sin aliento, se agachó junto al bote y, como era propio de él, no encontró palabras.

Finalmente, fingiendo indiferencia, señaló la corona y refunfuñó: «¿De dónde habéis sacado esas hierbas?». Roger le hizo una señal por encima del hombro con el dedo gordo y dijo: «Las hemos recogido río abajo».

Los chicos bajaron del bote y se pusieron firmes mientras una banda alemana tocaba «The Star-Spangled Banner». Luego dieron la mano a varias personas, levantaron el *Husky Clipper* y se lo pusieron encima de los hombros, y lo llevaron de vuelta al pabellón. El aspecto que tenían, con las sudaderas sucias y los *shorts* desconjuntados, era como de acabar de entrenar en el lago Washington. Un periodista de la United Press acorraló a Ulbrickson de camino al pabellón y le preguntó qué pensaba de sus chicos. Esta vez Ulbrickson encontró las palabras. Dijo sin rodeos que eran «los mejores que he visto sentados en un bote. Y he visto a unos cuantos».

A primera hora de la mañana del día siguiente, volvieron a Grünau, donde el equipo de Leni Riefenstahl y los fotógrafos de noticiario extranjeros ardían en deseos de grabarlos. Riefenstahl ya había captado buenas secuencias de la regata en la que se disputó la medalla de oro, pero quería primeros planos desde el punto de vista del timonel victorioso y del remero de popa. Los chicos aceptaron remar con un cámara, que primero se sentó en el asiento de Hume y luego en el de Bobby Moch. Los equipos alemán e italiano le dieron a Riefenstahl facilidades similares. El resultado fue espectacular. La secuencia de remo de ocho todavía se cuenta entre las escenas de acción más vibrantes de *Olympia*. Riefenstahl trenzó con habilidad planos largos del avance de los botes con primeros planos de Bobby Moch y los demás timoneles gritando órdenes a un palmo de la cámara. Estos, a su vez, se mezclan con primeros planos de los remeros de popa haciendo muecas de esfuerzo mientras se balancean hacia delante y hacia atrás, inclinados hacia la cámara y luego alejados de nuevo.

Una vez acabada la grabación, los chicos prepararon el *Husky Clipper* para mandarlo de vuelta a Seattle, volvieron a ponerse los uniformes olímpicos de gala y se dirigieron una vez más al *Reichssportfeld*, donde vieron el partido de fútbol en el que Austria e Italia se disputaban el oro. Después del partido, los chicos bajaron a la pista a recibir las medallas. Tras ponerse en fila junto a los equipos alemán e italiano, los responsables olímpicos recorrieron la fila estadounidense, les colgaron medallas en el cuello a los muchachos y les colocaron pequeñas coronas de laurel en la cabeza. Entonces Bobby Moch, el más bajo de todos, se subió a la plataforma más alta del podio. Uno de los chicos que tenía detrás bromeó: «Solo querías ganar para ser más alto que nosotros por una vez, ¿no?». Le entregaron a Moch un retoño de roble en una maceta. Sus nombres aparecieron de golpe en el panel de trece metros de ancho en el extremo este del estadio. Empezó a sonar «The Star-Spangled Banner», y la bandera estadounidense ascendió lentamente por el asta que había detrás del panel. Mientras Joe veía izarse la bandera con la mano en el corazón, se dio cuenta con sorpresa de que le asomaban lágrimas en los ojos. En el podio, a Moch también se le hizo un nudo en la garganta. Y lo mismo le ocurrió a Stub McMillin. En los últimos compases del himno, todos reprimían las lágrimas, incluido Al Ulbrickson, «el adusto danés».

Esa noche todos los chicos, excepto Joe, salieron a la ciudad. En algún momento se metieron en un lío, que solo documenta vagamente Chuck Day en su diario: «Nos pidieron que nos fuéramos de un par de sitios…, policías, etc.». A las cuatro y media de la mañana, deambulaban a trompicones por el centro de Berlín cantando «Bow Down to Washington», cogiéndose de los hombros los unos a los otros. No volvieron a Köpenick hasta las diez y media de la mañana, con una resaca de campeonato.

En la academia de policía, supieron que Joe había estado despierto toda la noche. Rantz pasó buena parte de la misma haciendo algo tan sencillo como mirar fijamente la medalla de oro, contemplando cómo colgaba de un extremo de su litera. Por mucho que la hubiera deseado, y por mucho que entendiera lo que significaba para todo Seattle y para todo el mundo, durante la noche se había dado cuenta de que la medalla no era lo más importante que se llevaba de Alemania.

Inmediatamente después de la regata, cuando todavía intentaba recuperar el aliento en el *Husky Clipper* mientras el bote iba a la deriva por el Langer See más allá de la línea de meta, a Joe lo envolvió una creciente sensación de calma. En los últimos centenares de metros de regata, en medio del agudo dolor y el ruido ensordecedor de ese *sprint* final enloquecido, hubo un momento concreto en que Joe se dio cuenta, con una claridad asombrosa, de que no podía hacer nada más por ganar la regata más allá de lo que ya hacía. Excepto una cosa. Podía abandonar toda duda, confiar absolutamente y sin reservas en que él y el chico de delante y los chicos de detrás iban a hacer todos exactamente lo que tenían que hacer, justo en el momento en que tenían que hacerlo. En ese instante, supo que no podía haber titubeos ni un atisbo de indecisión. Lo único que él podía hacer era volcarse en cada palada como si se estuviera tirando al vacío por un precipicio, con una fe absoluta en que los demás iban a evitar que todo el peso del bote cayera en su pala. Y lo hizo. Una y otra vez, cuarenta y cuatro veces por minuto, se arrojó a ciegas hacia el futuro, no solo creyendo, sino sabiendo que los demás chicos responderían por él, todos, momento a momento.

En la fragua candente de emociones que fueron esos metros finales en Grünau, Joe y los chicos forjaron por fin el premio que llevaban toda la temporada buscando, el premio que Joe había buscado toda su vida.

Ahora se sentía entero. Ya estaba listo para volver a casa.

JOE CON SU JOVEN FAMILIA

EPÍLOGO

«Armonía, equilibrio y ritmo. Son tres cosas que te
acompañan toda la vida. Sin ellas, no hay civilización
posible. Y por eso un remero, cuando se enfrenta a la vida,
sabe cómo hacerlo y se las arregla. Eso le viene del remo».

GEORGE YEOMAN POCOCK

En todo Seattle —en los acogedores restaurantes del centro, en los humeantes bares de barrio de Wallingford, en las ruidosas cafeterías de Ballard y en las colas de los colmados desde Everett hasta Tacoma—, la gente no podía parar de hablar del tema. Durante las siguientes semanas, los habitantes de la ciudad abarrotaron los cines para ser testigos a través de los noticiarios de lo que sus chicos habían conseguido en Berlín.

En el camino de vuelta, los chicos pararon en Nueva York, donde desfilaron por las arterias de la ciudad en coches descapotables mientras espirales de papeles —cintas de teleimpresora, páginas rasgadas de listines telefónicos viejos o trozos de periódico— bajaban arremolinadas desde los rascacielos. Joe Rantz, de Sequim (Washington), sonreía y sostenía con agilidad un jersey de remo por encima de la cabeza: en la parte delantera, un águila negra y una esvástica, y en la trasera una barra roja como la sangre.

A mediados de septiembre, Joe volvió con los suyos y se instaló en la casa nueva a orillas del lago Washington, donde dormía en la habitación que su padre le construyó al lado de la suya. Joe cedió a la universidad el retoño de roble con el que habían obsequiado a los chicos en Berlín, y el encargado lo plantó cerca del pabellón de los botes. Luego

Joe se preocupó de ganar unos cuantos dólares antes de que empezara la universidad.

Don Hume tampoco tardó en volver, preocupado como Joe por conseguir suficiente dinero para pagarse otro curso en la universidad. Stub McMillin estuvo unos días en Mount Vernon (Nueva York) visitando a unos parientes que, antes de su partida, le prepararon una caja de zapatos llena de emparedados y fruta para que el largo viaje de vuelta se le hiciera más llevadero. Johnny White y Gordy Adam fueron, primero, a Filadelfia a visitar a unos parientes de Johnny y luego a Detroit para recoger un Plymouth nuevo que el padre de Johnny había encargado y conducirlo hasta su casa. Shorty Hunt volvió a tiempo de que le rindieran un homenaje en las fiestas de Puyallup, su pueblo natal. Roger Morris, Chuck Day y Bobby Moch no llegaron a Seattle hasta primeros de octubre, después de un gran viaje de seis semanas por Europa.

George y Frances Pocock, y Al y Hazel Ulbrickson, pasaron por Inglaterra en el camino de vuelta. Pocock pudo ver a su padre —que, a su avanzada edad, tenía una vida muy limitada— por primera vez en veintitrés años. En Eton College, Pocock se encontró a dos hombres con los que trabajó de niño —Froggy Windsor y Bosh Barrett— que todavía estaban en activo en el viejo taller de botes. Los dos lo abrazaron calurosamente y luego sacaron el primer bote que Pocock construyó —el bote de un solo asiento en pino noruego y caoba por el que veintisiete años atrás, en Putney, cobró cincuenta libras esterlinas—, todavía en buen estado y muy apreciado por los alumnos de Eton. Pocock enseguida se metió en el Támesis con él y remó con orgullo a la sombra del castillo de Windsor mientras Frances grababa la escena en una cámara de uso doméstico.

A mediados de octubre, todo el mundo había regresado a Seattle y era el momento de la primera reunión para la temporada 1936-1937. Bobby Moch se licenció *magna cum laude* y entró a trabajar como ayudante de entrenador a las órdenes de Al Ulbrickson. Todos los demás volvieron al bote.

La primavera siguiente, en la mañana del 17 de abril de 1937, el *San Francisco Chronicle* presentaba dos titulares que competían entre sí: «Hoy corre *Seabiscuit*» y «California rema hoy contra Washington».

Esa tarde, *Seabiscuit* ganó la carrera con *handicap* de Marchbank en el hipódromo Tanforan de San Bruno por tres largos. Al otro lado de la bahía, los chicos de Washington se impusieron a California en el estuario de Oakland con una holgada ventaja de cinco largos. *Seabiscuit* estaba al principio de su carrera, mientras que muchos chicos estaban acercándose al final de la suya. Pero no sin antes escribir una página más de la historia del remo. El 22 de junio volvieron a disputar el título nacional en Poughkeepsie. Los estudiantes de primer curso de Washington ya habían ganado su regata, igual que el segundo equipo. Cuando restalló el pistoletazo, los chicos salieron disparados río abajo y en la baliza de dos millas dejaron atrás a la Marina, que quedó en su estela, igual que cinco equipos más. Ganaron por cuatro largos, establecieron un nuevo récord de recorrido y consiguieron lo que horas antes los periodistas del este habían proclamado que era imposible: que una misma universidad arrasara dos veces consecutivas en la regata de Poughkeepsie.

Después de la regata, el más sabio y veterano de los colegas de Al Ulbrickson, el viejo Jim Ten Eyck de Syracuse, dijo finalmente lo que llevaba tiempo pensando sobre el primer equipo de Washington: «Son el mejor equipo de ocho que he visto en mi vida, y no creo que vaya a ver otro igual». Viniendo de un hombre que había observado el ir y venir de los equipos desde 1861, no era una frase cualquiera.

Poughkeepsie fue la última regata de Roger Morris, Shorty Hunt y Joe Rantz. Según los cálculos de Royal Brougham, garabateados esa noche en una servilleta de bar, en cuatro años de remo universitario, habían remado aproximadamente 4.344 millas, suficientes para ir desde Seattle a Japón. Para cubrir esa distancia, habían dado unas 469.000 paladas, casi todas en los entrenos en preparación de 28 millas de competición universitaria. En esos cuatro años, y en el curso de esas 28 millas, los tres —Joe, Shorty y Roger— no habían perdido ni una sola vez.

Al día siguiente, Royal Brougham observó a los chicos desde lejos mientras abandonaban el pabellón de Poughkeepsie y escribió: «Los ocho remeros se dieron la mano tranquilamente, se marcharon en distintas direcciones, y el que muchos consideran el mejor equipo de remo de todos los tiempos pasó a la historia».

A los pocos días de la ceremonia de clausura de los Juegos Olímpicos de 1936, los nazis retomaron, con un entusiasmo despiadado e implacable, la persecución de los judíos alemanes y de otros colectivos a los que consideraban inferiores. Volvieron a colgar los letreros antisemitas; la represión y el terror se reanudaron y se intensificaron. En diciembre, Hermann Göring se reunió en secreto con un grupo de industriales alemanes en Berlín y les dijo en privado lo que no podía decir en público: «Estamos en el umbral de la movilización y ya estamos en guerra. Solo faltan los disparos».

El mundo en general no sabía nada de esto. El espejismo que habían creado los Juegos Olímpicos era total, el engaño fue magistral. Joseph Goebbels logró astutamente lo que todos los propagandistas tienen que lograr: convencer al mundo de que su versión de la realidad es razonable y que la de sus adversarios es sesgada. Al hacerlo, Goebbels no solo creó una visión convincente de la nueva Alemania, sino que también debilitó a los adversarios de los nazis en Occidente —ya fueran judíos estadounidenses en Nueva York, diputados del Parlamento en Londres o parisinos inquietos—, ya que consiguió que parecieran estridentes, histéricos y desinformados. Ese otoño, cuando miles de estadounidenses volvieron de los Juegos Olímpicos, muchos opinaban como uno citado en una publicación propagandística alemana:

Hitler y Goebbels felicitan a Leni Riefenstahl en el estreno de *Olympia*

«En cuanto a Hitler… Bueno, pues creo que a todos nos gustaría llevárnoslo a Estados Unidos y que organizara las cosas ahí igual que en Alemania».

Olympia de Leni Riefenstahl se estrenó en Berlín el 20 de abril de 1938 con una fiesta espléndida en el UFA-Palast am Zoo. Asistió Hitler y toda la élite nazi, así como embajadores y enviados de más de cuarenta países, incluidos Estados Unidos y Gran Bretaña. Acudieron altos mandos militares, estrellas de cine y deportistas, entre los últimos de los cuales estaba Max Schmeling. La música corrió a cargo de la Filarmónica de Berlín. Riefenstahl entró en la sala entre grandes aplausos y recibió una ovación tras la proyección de la película. En Berlín entusiasmó. La película ganaría el favor del público por todo el mundo y Riefenstahl se lanzó a una vertiginosa gira europea, seguida de una gira estadounidense que la llevó hasta Hollywood.

El día después del estreno, Joseph Goebbels le concedió a Riefenstahl una prima de cien mil *reichsmark*. Ese mismo día, Hitler se reunió con el general Wilhelm Keitel para tratar de los planes, que todavía estaban en una fase inicial, de invasión y ocupación de los Sudetes, en Checoslovaquia.

En septiembre de 1939, el espejismo de un Estado nazi civilizado se desmoronó por completo. Hitler invadió Polonia y se dio inicio a la guerra más catastrófica de la historia mundial. En los siguientes cinco años, costaría la vida de entre cincuenta y sesenta millones de personas; tantas que el número exacto no puede saberse. La guerra no llegó a Estados Unidos hasta finales de 1941, pero cuando lo hizo arrastró a los chicos que remaron en Berlín, igual que al resto del país. Todos sobrevivirían a la guerra: algunos eran demasiado altos para el ejército y muchos acababan de licenciarse en ingeniería. Esa carrera los hacía demasiado valiosos para la Boeing Airplane Company y otras empresas cruciales en el esfuerzo bélico como para meterlos en carros de combate o en las trincheras.

Joe se licenció en la Universidad de Washington en 1939, después de recuperar dos años de prácticas en el laboratorio que se había saltado durante su carrera de remo. Joyce se licenció el mismo día en que Joe y ella se casaron a las ocho de esa misma tarde. Con su carrera de ingeniería química, Joe entró a trabajar primero en la Union Oil Company en

Rodeo (California), y después, en 1941, volvió a Seattle a trabajar para la Boeing. En Boeing ayudó a diseñar algunas piezas del B-17, destinado al esfuerzo bélico, y más adelante trabajó en la tecnología de flujo aerodinámico de *sala blanca* que la NASA utilizaría en su programa espacial. Con trabajo fijo, Joe se compró una casa en Lake Forest Park, no lejos de la línea de meta de las regatas entre Washington y California. Joyce y él vivirían ahí el resto de su vida.

Con los años, Joe y Joyce tuvieron cinco hijos: Fred, Judy, Jerry, Barb y Jenny. En todos esos años, Joyce nunca se olvidó de lo que Joe pasó en su infancia, y nunca flaqueó en una promesa que se hizo a sí misma al principio de su relación: independientemente de lo que les deparara el futuro, se encargaría de que él nunca pasara por nada parecido, que nunca más se sintiera abandonado y que siempre tuviera un hogar acogedor y amoroso.

En sus últimos años, después de jubilarse de la Boeing, Joe se metió de lleno en su vieja pasión por trabajar con cedro. Se adentraba en los bosques del noroeste, subía por laderas muy inclinadas y se abría paso entre marañas de árboles caídos, llevando a cuestas una motosierra, un chuzo, un mazo y unas cuantas cuñas de hierro metidas en los bolsillos, en busca de madera salvable. Cuando encontraba lo que buscaba, se emocionaba como cuando de niño encontraba cosas que a los demás les habían pasado por alto o habían dejado atrás, cosas con un valor esencial. Bajaba los troncos de las montañas y los llevaba a su taller, donde los trabajaba a mano hasta convertirlos en listones, postes, pasamanos y otros productos útiles; de hecho, fundó un pequeño y exitoso negocio que servía pedidos de productos de cedro. Al entrar en su novena década, su hija Judy y, a veces, otros miembros de la familia, lo acompañaban para echarle una mano y ver cómo andaba.

Bobby Moch comenzó Derecho, se casó y siguió de ayudante de entrenador en Washington hasta que le ofrecieron ser entrenador jefe en el MIT en 1940. En una muestra de su tenacidad innata, aceptó el puesto, logró que le transfirieran el expediente de Derecho a Harvard, y durante los siguientes tres años se las ingenió para trabajar de entrenador mientras cursaba la licenciatura jurídica de más prestigio de Estados Unidos. En 1945 aprobó las oposiciones para abogado tanto de Massachusetts como de Washington, y volvió a Seattle a ejercer la profesión. Tuvo una carrera jurídica de mucho éxito, y llegó a defender y ganar un caso ante el Tribunal Supremo de Estados Unidos.

JOE Y JOYCE EL DÍA EN QUE SE LICENCIARON Y SE CASARON

Stub McMillin volvió de Alemania sin blanca y habría tenido que dejar la universidad si no hubiera sido por la generosidad del Club Rainier de Seattle, que recaudó 350 $ para que acabara la carrera. No apto para el servicio militar debido a su altura, le tomó el relevo a Bobby Moch en su puesto en el MIT, donde hizo de entrenador a la vez que trabajaba como ingeniero de laboratorio en investigaciones secretas. Finalmente volvió a Seattle, se instaló en Bainbridge Island, trabajó para la Boeing y se casó.

Chuck Day se licenció en Medicina y se alistó en la Marina cuando estalló la guerra. Después de trabajar como médico naval en el Pacífico Sur, volvió a Seattle y abrió una consulta ginecológica que tuvo éxito. Pero siguió fumando sus Lucky Strike y sus Camel, una costumbre que no tardaría en costarle muy cara.

417

Shorty Hunt se casó con su novia, Eleanor, se licenció, entró a trabajar para una constructora y durante la guerra puso sus conocimientos de ingeniería al servicio del país en la unidad de los Seabee en el Pacífico Sur. Cuando volvió a Seattle tras la guerra, fundó una constructora con un socio y se instaló con Eleanor para criar a sus dos hijas.

Don Hume pasó la guerra trabajando en la marina mercante desde el puerto de San Francisco. Tras la guerra, empezó una carrera en la búsqueda de petróleo y gas, un trabajo que lo obligaba a viajar la mayor parte del tiempo y que, a veces, lo llevaba a lugares tan remotos como Borneo. Con los años llegó a ser presidente de la Asociación Minera de la Costa Oeste. Se casó, pero se divorció al cabo de poco tiempo.

Johnny White se licenció en 1938 en ingeniería metalúrgica y se casó en 1940. Johnny siguió los pasos de su padre en el negocio del acero y entró a trabajar para Bethlehem Steel, donde acabó siendo director general de ventas. En 1946 su hermana Mary Helen le devolvió el violín que le había comprado por cien dólares.

Gordy Adam se quedó sin dinero antes de licenciarse y el último año de carrera compaginó los estudios con un trabajo nocturno a tiempo parcial en Boeing. Se quedó en la empresa durante los siguientes treinta y ocho años y trabajó en el B-17, el B-29, el 707 y el 727. Se casó en 1939.

Roger Morris se licenció en ingeniería mecánica, se casó, durante la guerra se dedicó a la construcción militar en la zona de San Francisco y después volvió a Seattle a trabajar para la Manson Construction Company, donde se especializó en proyectos de dragado de gran escala.

Al Ulbrickson entrenó en Washington durante veintitrés años más. En todo este tiempo cosechó muchas victorias emocionantes y algunas derrotas demoledoras. Sus primeros equipos ganaron seis títulos de la Asociación Interuniversitaria de Remo, mientras que sus segundos equipos ganaron diez. Ingresó en el Salón de la Fama del Remo Nacional en 1956, en el mismo año que Tom Bolles, Ky Ebright y Hiram Conibear. Durante la mayor parte de su reinado, Washington se mantuvo —como se mantiene en la actualidad— entre los mejores equipos de remo universitario de Estados Unidos y del mundo. Cuando Ulbrickson se reunió con la prensa en 1959 para hablar de su retiro y se puso a enumerar los mejores momentos de su carrera, entre las primeras cosas que le vinieron a la memoria estuvo el día de 1936 en que por primera vez colocó a Joe Rantz en el bote olímpico y vio que el bote despegaba.

Ky Ebright ganó la tercera medalla de oro olímpica, ansiada durante tanto tiempo, en los Juegos de Londres de 1948. Igual que Ulbrickson, se retiró en 1959, y ya entonces se le consideró uno de los grandes entrenadores de remo de todos los tiempos, con siete campeonatos de primer equipo y dos de segundo equipo en su palmarés. El programa de remo que él creó, como el de Washington, se ha mantenido desde entonces como un aspirante fijo a los máximos títulos nacionales e internacionales.

Al terminar la guerra, George Pocock ya hacía tiempo que había hecho realidad su sueño de convertirse en el mejor constructor de botes del mundo, pero todavía perfeccionó su arte durante los siguientes veinticinco años. Generaciones de remeros estadounidenses siguieron comprando y remando en botes hechos por Pocock y también acudieron a él y aprendieron de él siempre que hablaba de remo. En todo este tiempo, la pasión dominante de Pocock siguió siendo el sencillo placer de dar forma al cedro y crear botes delicados y de exquisita factura. Uno de sus grandes triunfos personales fue el día en que a su taller llegó un pedido de un bote de cedro rojo del Pacífico para mandarlo a la Universidad de Oxford, que lo quería utilizar para la próxima regata contra Cambridge.

En 1969, en el Hotel Baltimore de Nueva York, Pocock ingresó en el Salón de la Fama del Remo de la Fundación Helms. En aquel momento, Stan, su hijo, era el que llevaba el taller de construcción de botes. En los diez años siguientes, materiales sintéticos como la fibra de vidrio y los compuestos de fibra de carbono empezaron a sustituir a la madera como el material principal con el que se fabricaban los botes de competición, y la empresa de los Pocock, bajo la batuta de Stan, fue haciendo la transición. George, quizá felizmente, no llegó a ver el día en que la elegancia de los botes de cedro prácticamente desapareció de las regatas de remo estadounidenses. Murió el 19 de marzo de 1976.

Si los chicos emprendieron caminos distintos después de la regata de Poughkeepsie en 1937, procuraron que esos caminos se cruzaran a menudo. Siguieron teniendo relación el resto de sus vidas, unidos por los recuerdos y por un profundo respeto mutuo. Se reunían como mínimo una vez al año, normalmente dos. A veces solo eran ellos nueve, pero, con el tiempo, cada vez más a menudo las reuniones incluían a sus esposas y a sus hijos. Se reunían alrededor de una parrilla en barbacoas de jardín o en cenas informales en las que cada invitado traía un plato. Jugaban a bádminton y a *ping-pong*, se pasaban la pelota de fútbol americano y montaban barullo en la piscina.

También celebraban de manera más formal los aniversarios señalados. En el décimo, en verano de 1946, sacaron al *Husky Clipper* del pabellón, se pusieron *shorts* y sudaderas, y se metieron con brío en el lago Washington como si no hubieran faltado a ningún entreno en diez años. Bobby Moch los llevó hasta unas respetables veintiséis paladas y remaron de un lado a otro delante de las cámaras de los periodistas. En 1956 volvieron a remar todos juntos. Sin embargo, cuando llegó el aniversario de 1966, Chuck Day había perdido la batalla contra el cáncer de pulmón y había muerto en el mismo hospital donde ejerció de médico. Cuando los dejó, las enfermeras y los médicos con los que había trabajado lloraban por los pasillos.

PASEO EN REMO EN LA REUNIÓN DE 1956

En 1971 el equipo entero ingresó en el Salón de la Fama del Remo de la Fundación Helms en un banquete en Nueva York. En 1976, los ocho que quedaban se reunieron de nuevo para remar juntos en ocasión del cuarenta aniversario. Se pusieron en fila en el pabellón Conibear para que los fotografiaran, con el torso desnudo y agarrando los remos. Por entonces tenían los hombros caídos, la barriga les sobresalía y el cabello de la mayoría de los que todavía tenían se había vuelto gris. Pero mientras las cámaras de televisión los grababan para el telediario de la noche, subieron al *Husky Clipper* con dificultad y remaron. Y, si bien remaron un poco lento, todavía lo hicieron de forma nítida, limpia y eficaz.

Pasaron diez años más y en 1986, cincuenta años después de su victoria en Berlín, empujaron el *Husky Clipper* hacia el lago Washington en una carreta y se subieron con cuidado mientras los fotógrafos se apiñaban a su alrededor, listos para ayudarlos. Bobby Moch se ató el viejo megáfono y dijo con voz ronca: «¡Remad!». Con las articulaciones delicadas y molestias en la espalda, metieron las palas blancas en el agua y se deslizaron hacia el lago. Remando todavía como un solo hombre, fueron atravesando el agua que el sol de media tarde bruñía como si fuera bronce. Luego, al final de la tarde, subieron la rampa renqueando hacia el pabellón, saludaron a los fotógrafos y colocaron por última vez sus remos en los estantes.

Ellos y sus familias siguieron reuniéndose fuera del agua, para celebrar cumpleaños y otras ocasiones señaladas. Pero en los años noventa, esas ocasiones empezaron a incluir entierros. Gordy Adam murió en 1992 y Johnny White en 1997, a tiempo de acompañar al equipo en el homenaje que se le rindió en la capital de Washington, Olympia, para conmemorar el sesenta aniversario en 1996, y en el que destacó el concierto de una banda militar. Shorty Hunt murió en 1999. Cinco días después de los atentados del 11 de septiembre, falleció Don Hume.

Al cabo de un año, en septiembre de 2002, Joe perdió a Joyce. En aquel momento, los dos compartían una habitación en un centro de enfermería especializada, donde él se recuperaba de una fractura de pelvis y ella estaba en fase terminal por culpa de una insuficiencia cardíaca y renal. Las enfermeras, con una sensibilidad poco común, les habían juntado las camas para que se pudieran dar la mano, y así es como murió Joyce. Unos días más tarde, Joe fue al funeral. Y luego volvió a la habitación, solo por primera vez en sesenta y tres años.

Bobby Moch murió en enero de 2005 y Stub McMillin lo siguió en agosto de ese año. Solo quedaban Joe y Roger.

Tras la muerte de Joyce, aunque su propia salud también empezó a deteriorarse, la familia de Joe lo ayudó a hacer realidad muchos sueños de toda la vida. A pesar de que iba en silla de ruedas, viajó con ellos en un crucero por Alaska, se aventuró a remontar el curso del río Columbia en un vapor con rueda de paletas, se subió en el tren de la Nieve hasta el pueblo de Leavenworth en la cordillera de las Cascadas, volvió al emplazamiento de la mina Gold and Ruby de Idaho, voló a Hawái, cogió otro vapor con rueda de paletas Mississipi arriba, fue a Los Ángeles a visitar a Rose, Polly y Barb, fue dos veces a Milwaukee a visitar a su hija Jenny y a su familia, asistió en Nashville al programa radiofónico de música country Grand Ole Opry e hizo un crucero por el canal de Panamá.

A principios de 2007, Joe recibía cuidados paliativos y vivía en casa de Judy. En marzo vistió su chaqueta púrpura, en la que ponía «Salón de la Fama Husky», en un banquete del Varsity Boat Club en Seattle. Cuatrocientas cincuenta personas se levantaron y lo aplaudieron. En mayo contempló desde su silla de ruedas en la orilla del Cut las regatas del día inaugural de los equipos de Washington. Pero en agosto llegó a la línea de meta por última vez. Murió plácidamente en casa de Judy el 10 de septiembre, meses después de que yo lo conociera y empezara a entrevistarlo para este libro. Enterraron sus cenizas en Sequim, cerca de las de Joyce.

En algún momento, el roble que Joe trajo de los Juegos Olímpicos murió después de que lo trasplantaran varias veces dentro del campus de la universidad. Así que un día de invierno de 2008 un pequeño grupo se reunió cerca del pabellón Conibear. A petición de Judy, la universidad había conseguido un roble nuevo. Bob Ernst, director de remo en Washington, hizo un breve discurso y luego Judy colocó nueve paladas de tierra en la base del árbol, una para cada remero.

Roger Morris, el primer amigo de Joe en el equipo, era el último que quedaba. Roger murió el 22 de julio de 2009. En su funeral, Judy tomó la palabra para recordar que, en sus últimos años, Joe y Roger se encontraban a menudo —en persona o por teléfono— y no hacían nada, apenas hablaban, estaban sentados en silencio y ya tenían bastante con estar juntos.

Y así murieron, queridos y recordados por todo lo que fueron: no solo remeros olímpicos, sino buenas personas, todos y cada uno de ellos.

En agosto de 2011, viajé a Berlín para ver el lugar donde los chicos ganaron la medalla de oro setenta y cinco años atrás. Visité el Estadio Olímpico y luego cogí el S-Bahn hasta Köpenick, en la antigua parte este de la ciudad, ocupada por los soviéticos. Ahí paseé por calles adoquinadas, entre edificios antiguos que en su mayoría no sufrieron daños durante la guerra, excepto alguna fachada de ladrillo marcada por la metralla. Pasé por el solar de la calle Freiheit donde estuvo la sinagoga de Köpenick hasta la noche del 9 de noviembre de 1938 y pensé en la familia Hirschhahn.

En Grünau encontré el recinto de la regata poco cambiado respecto a 1936. Ahora una gran pantalla electrónica domina la zona cercana a la línea de meta, pero aparte de eso el lugar se parece bastante a las secuencias y fotografías de la época. El barrio sigue siendo agradable, verde y residencial. Las tribunas cubiertas todavía se levantan cerca de la línea de meta. El Langer See sigue plácido y tranquilo. Jóvenes de ambos sexos con aire serio todavía surcan sus aguas en botes de competición que avanzan por carriles dispuestos exactamente como en 1936.

Visité el Wassersportmuseum de Grünau, donde a media tarde Werner Phillip, el director, me acompañó amablemente por unas escaleras hasta la terraza de Haus West. Estuve ahí un buen rato en silencio, cerca de donde Hitler estuvo hace setenta y cinco años, mirando el Langer See, viéndolo de forma muy parecida a como lo vio él.

Debajo, unos jóvenes descargaban un bote de un camión y cantaban algo en alemán en voz baja, preparándose para salir a remar a última hora de la tarde. En el agua, un remero solitario cuyas palas destellaban se dirigía por uno de los carriles hacia el gran letrero de «Ziel» del final del recorrido. Más cerca de mí, las golondrinas volaban bajas a poca distancia del agua sin hacer el menor ruido, recortadas contra el sol que declinaba, y tocaban de vez en cuando el agua y rizaban la superficie plateada.

De pie en aquel lugar, contemplándolas, se me ocurrió que cuando Hitler vio cómo Joe y los chicos luchaban por remontar desde atrás hasta que efectivamente se adelantaron a Italia y Alemania setenta y cinco años antes, vio, aunque no reconoció, a los heraldos de su caída. No podía saber que un día cientos de miles de chicos como ellos, chicos que compartían su forma de ser —decentes y sencillos, ni privilegiados ni favorecidos en ningún sentido, simplemente leales, comprometidos y perseverantes—, volverían a Alemania vestidos con el verde militar y le darían caza.

Ahora casi todos nos han dejado, las legiones de jóvenes que salvaron el mundo en los años inmediatamente anteriores a cuando yo nací. Pero esa tarde, de pie en la terraza de Haus West, me invadió una sensación de gratitud por su bondad y su cortesía, su humildad y su honor, su sencillez y todas las cosas que nos enseñaron antes de cruzar el agua de la tarde y desaparecer finalmente en la noche.

En cualquier caso, hay un superviviente de la regata olímpica de 1936 que todavía nos acompaña: el *Husky Clipper*. Durante muchos años, estuvo custodiado en el pabellón, sin que se lo utilizara, excepto en ocasión de las salidas en remo de los aniversarios señalados. Durante unos cuantos años de la década de los sesenta, estuvo cedido a la Universidad Luterana del Pacífico de Tacoma. En 1967, Washington pidió que se le devolviera, lo restauró y lo expuso en el centro de estudiantes. Más adelante estuvo expuesto en el Centro de Remo George Pocock de Seattle.

Hoy está en el pabellón Conibear de Washington, un edificio espacioso y abierto construido en 1949 y reformado hace poco. Cuelga en el aireado y luminoso comedor, suspendido del techo, como una aguja elegante de cedro y pícea, con la madera pintada de rojo y de amarillo reluciente bajo los pequeños reflectores. Más allá del bote, en el lado este del edificio, el lago Washington se extiende detrás de una pared acristalada. De vez en cuando, la gente entra y lo admira. Le sacan fotos y se cuentan entre ellos lo que saben sobre él y sobre los chicos que remaron con él en Berlín.

Pero no solo está ahí para decorar y para que se admire. Está para servir de inspiración. Cada otoño varios centenares de estudiantes de primer curso —hombres, mujeres, algunos altos, otros llamativamente bajos— se reúnen debajo del bote las tardes de principios de octubre. Rellenan formularios de matriculación y miran ansiosos a su alrededor, midiéndose entre ellos y charlando nerviosamente hasta que el entrenador de los alumnos de primer curso se pone delante de ellos y pide silencio con voz fuerte y firme. Mientras toman asiento, les empieza a hablar de lo que les espera si pretenden conseguir un sitio en ese equipo. Sobre todo, al principio, habla de lo difícil que será, de la cantidad de horas que habrá que echar, de lo frío, pasado por agua y duro que será. Señala que el equipo de remo de Washington suele tener la mejor nota media de todos los equipos de deporte del campus, y que no es por casualidad. Se espera de ellos que rindan tanto en el aula como en el bote. Entonces cambia un poco de tono y se pone a hablar del honor de tener la oportunidad de tirar de las palas blancas de Washington. Habla de las recientes victorias regionales, de la ahora ya añeja rivalidad con California, del prestigio nacional e internacional del programa, de los muchos campeonatos que los hombres y mujeres de Washington han ganado, de las docenas de remeros olímpicos, hombres y mujeres, surgidos del programa.

Joe en el bosque

Finalmente hace una pausa, se aclara la garganta, levanta la mano y señala el *Husky Clipper*. Se estiran cientos de cuellos. Las miradas serias de los jóvenes se dirigen hacia arriba. Un nivel de silencio nuevo y más profundo se instala en la sala. Y entonces el entrenador empieza a contar la historia.

NOTA DEL AUTOR

Si se puede decir que los libros tienen corazón y alma —y creo que sí se puede decir—, este libro le debe el corazón y el alma a una persona más que a ninguna otra: a la hija de Joe Rantz, Judy Willman. No podría haber empezado a contar la historia de Joe y la historia más amplia del equipo olímpico de remo de 1936, de no haber sido por la estrecha colaboración de Judy en todas las fases del proyecto. Sus contribuciones son tantas que no las enumeraré aquí, pero van desde compartir su extensa colección de documentos y fotografías a conectarme con los miembros del equipo y sus familias, o revisar y comentar muchos borradores de este libro en todas las fases de su desarrollo. Todo esto, sin embargo, palidece en comparación con una contribución en concreto: las interminables horas que pasó conmigo en su sala de estar, contándome la historia de su padre, a veces con lágrimas en los ojos, a veces con una sonrisa en los labios, pero siempre con un orgullo y un amor infinitos.

Judy se crio empapándose de los pormenores de los logros de su padre así como de las penurias que soportó y el impacto psicológico que todo ello tuvo en él. La hija pasó muchísimas horas escuchando las historias del padre. Supo del papel de su madre en la juventud de Joe mientras cocinaban juntas. Con los años, en reuniones frecuentes, llegó a conocer bien a los otros ocho remeros y a considerarlos casi como miembros de la familia. Escuchó al padre de Joe —por aquel entonces reconciliado con la familia, que lo llamaba cariñosamente «Pop»— contar su versión de la historia. Conoció la versión de Thula a partir de su tío, el hijo de Thula, Harry Junior. Y durante casi sesenta años hizo un sinfín de preguntas, reunió recortes de prensa y recuerdos, y documentó todo lo documentable. En esencia, se convirtió en la custodia de la historia de su familia.

En varios lugares de este libro cito fragmentos de conversación o ahondo en un pensamiento del que solo Joe o Joyce tenían conocimiento. Aunque no hubo nadie que grabara esas conversaciones ni nadie transcribió los pensamientos de Joe y Joyce, Joe y Joyce fueron los testigos clave de su propia vida, y son la fuente última de estas piezas de la historia. En los varios meses durante los cuales pude entrevistar a Joe antes de que falleciera, él compartió no solo los datos fundamentales de su historia, sino también, a veces con un nivel de detalle sorprendente, muchos de sus sentimientos y pensamientos concretos en momentos clave de la historia. Fue capaz, por ejemplo, de contarme sus conversaciones con George Pocock en el pabellón, la desolación emocional de ser abandonado en Sequim, el viaje a Grand Coulee, y la relación complicada con su padre y Thula. Más adelante, después de que Joe nos dejara, cuando Judy y yo nos sentábamos tantas horas a estudiar minuciosamente fotografías, cartas y álbumes, ella fue capaz de ayudarme a colmar los huecos, especialmente en esos puntos clave de la historia, muchos de los cuales su madre y su padre le habían narrado una y otra vez durante el curso de una vida. Esas conversaciones y recuerdos están documentados con todo detalle en las notas completas de este libro, en Internet.

Pocas cosas ofrecen tantas oportunidades de unir esfuerzos como la elaboración de un libro. Con esa idea, quiero expresar mi profunda gratitud a las siguientes personas que, además de Judy, contribuyeron a la elaboración de este libro:

En primer lugar, Ray Willman, «el señor Judy», que ha sido indispensable para el proyecto en un sinfín de maneras, grandes y pequeñas, desde el primer día.

Del mundo editorial: en WME, mi agente asombrosamente brillante y valiente, Dorian Karchmar, las maravillosamente capaces

Anna DeRoy, Raffaella De Angelis, Rayhané Sanders y Simone Blaser. En Viking Press, mi excelente editora, Wendy Wolf, que maneja el bisturí con tanta maestría que apenas duele y uno queda agradecido por la curación. También Josh Kendall, que compró el libro y editó el borrador inicial, la asistente de editor Maggie Riggs, y todo el equipo de profesionales inteligentes y con recursos de Viking. Y lejos de Manhattan, Jennifer Pooley, que me ha ayudado por el camino en muchos sentidos.

Entre los familiares y amigos del equipo de 1936, muchos de los cuales compartieron generosamente sus recuerdos y me brindaron la posibilidad de acceder a su colección privada de documentos y objetos de interés —álbumes, cartas y diarios—: Kristin Cheney, Jeff Day, Kris Day, Kathleen Grogan, Susan Hanshaw, Tim Hume, Jennifer Huffman, Josh Huffman, Rose Kennebeck, Marilynn Moch, Michael Moch, Pearlie Moulden, Joan Mullen, Jenny Murdaugh, Pat Sabin, Paul Simdars, Ken Tarbox, Mary Helen Tarbox, Harry Rantz Junior, Polly Rantz, Jerry Rantz, Heather White y Sally White.

En el pabellón de botes de la Universidad de Washington: Eric Cohen, Bob Ernst y Luke McGee, que revisaron el manuscrito y ofrecieron sugerencias muy valiosas y correcciones importantes. También Michael Callahan y Katie Gardner por su ayuda en la búsqueda de fotografías. Me gustaría llamar la atención sobre la excelente página web de Eric: www.huskycrew.com. Es, de lejos, la mejor fuente para cualquiera que desee conocer más a fondo la larga e ilustre historia del remo en Washington.

Del mundo de los remeros y los entrenadores en sentido más amplio: Bob Gotshall, John Halberg, Al Mackenize, Jim Ojala y Stan Pocock.

Del mundo de las bibliotecas y los polvorientos archivos: Bruce Brown, Greg Lange, Eleanor Toews y Suz Babayan.

Por su ayuda con los temas alemanes: Werner Phillip del Wassersportmuseum de Grünau y, más cerca de casa, Isabell Schober.

Por su asombrosa generosidad: Cathi Soriano, nieta de Royal Brougham, que me regaló el distintivo de prensa de Royal de los Juegos Olímpicos de 1936. Es el distintivo que llevaba el día que los chicos ganaron la medalla de oro, y siempre significará muchísimo para mí.

Finalmente, este es, en muchos sentidos, un libro sobre el largo viaje de un joven a un lugar al que poder llamar *hogar*. Escribir su historia me ha recordado una y otra vez que nadie es más afortunado que yo en cuanto a vida hogareña. Quiero dar las gracias a las tres encantadoras e inteligentes mujeres que lo hacen posible: mis hijas Emi y Bobi —cada una de las cuales ha brindado su talento particular a la elaboración de este libro— y mi mujer Sharon. Su atenta lectura del manuscrito, sus muchas conversaciones conmigo sobre el libro, y sus comentarios y sugerencias extremadamente perspicaces lo han mejorado enormemente a todos los niveles. Su amor, su confianza y su respaldo constante han hecho posible que lo escribiera. Sin ella, no habría libros.

NOTAS

El manuscrito original de este libro sumaba más de mil notas. A continuación, se encontrará una versión muy resumida e incompleta de dichas notas. La anotación completa puede consultarse en: www.danieljamesbrown.com. En esta versión resumida, utilizo las siguientes abreviaturas: *ST* (*Seattle Times*), *PI* (*Seattle Post-Intelligencer*), *WD* (*Washington Daily*), *NYT* (*New York Times*), *DH* (*New York Daily Herald*), *HT* (*New York Herald Tribune*) y *NYP* (*New York Post*).

PRÓLOGO

La cita de Pocock procede de la excelente biografía de Gordon Newell, *Ready All!: George Yeoman Pocock and Crew Racing* (Seattle: University of Washington Press, 1987), p. 159. A lo largo del libro, las citas de Pocock sacadas de Newell aparecen con la autorización de la University of Washington Press. El epígrafe griego es de *La Odisea* de Homero (V, 219-220 y V, 223-224) y la traducción es de José Luis Calvo.

La cita de Pocock que utilizo como epígrafe para el prólogo figura en Newell (p. 154).

CAPÍTULO I

El epígrafe del capítulo está sacado de una carta que Pocock le escribió a C. Leverich Brett, impresa en el *Rowing News Bulletin*, 3 (temporada de 1944), publicado en Filadelfia el 15 de junio de 1944. A lo largo del libro, la descripción del tiempo en la zona de Seattle procede de los registros meteorológicos diarios de observadores de varias estaciones de los alrededores de la ciudad que informaban al Instituto de Meteorología de Estados Unidos. Para más estadísticas sobre las consecuencias de la Depresión, véase: Piers Brendon, *The Dark Valley: A Panorama of the 1930s* (Nueva York: Vintage, 2002), p. 86; y el artículo de Joyce Bryant «The Great Depression and New Deal» en *American Political Thought*, vol. 4 (New Haven: Yale-New Haven Teachers' Institute, 1998). Curiosamente, según observa Erik Larson en su excelente libro *In the Garden of Beasts* (Nueva York: Crown, 2012), p. 375, *King Kong* era una de las películas favoritas de Adolf Hitler. Se puede profundizar en el comportamiento de la bolsa a lo largo de este periodo en la tabla del *Wall Street Journal* sobre «Dow Jones Industrial Average All-Time Largest One-Day Gains and Losses», que se puede consultar en: http://online.wsj.com/mdc/public/page/2_3024-djia_alltime.html. El Dow Jones no volvió a los 381 puntos hasta el 23 de noviembre de 1954. En el momento más bajo de 1932, el Dow Jones perdió el 89,19 por ciento de su valor. Véase Harold Bierman, *The Causes of the 1929 Stock Market Crash* (Portsmouth, NH: Greenwood Publishing, 1998). Las observaciones completas de Hoover se pueden leer en *U.S. Presidential Inaugural Addresses* (Whitefish, MT: Kessinger Publishing Company, 2004), p. 211.

La descripción del aspecto y de la forma de vestir de los estudiantes parte de fotografías tomadas en el campus de Washington aquel otoño. El relato del primer día de Joe y Roger en el pabellón de los botes se basa en parte en la entrevista que le hice a Roger Morris el 2 de octubre de 2008. Pueden encontrarse más datos sobre Royal Brougham en Dan Raley, «The Life and *Times* of Royal Brougham,» *PI*, 29 de octubre, 2003. La descripción del pabellón de los botes se basa, por un lado, en mis propias observaciones y, por otro, en la descripción de Al Ulbrickson en «Row, Damit, Row», *Esquire*, abril de 1934. Los datos y las cifras sobre los chicos reunidos aquel día en el muelle proceden de *WD*, «New Crew Men Board *Old Nero*», 12 de octubre, 1933. Años después, Ulbrickson sería uno de los tres hombres del pabellón de los botes —junto a Royal Brougham y Johnny White— que entraría en el Salón de la Fama del Franklin High School.

Puede encontrarse una cantidad ingente de información sobre la construcción de las instalaciones olímpicas de Berlín en Organisationskomitee für die XI Olympiade Berlin 1936, *The XIth Olympic Games Berlin, 1936: Official Report*, vol. 1 (Berlín: Wilhelm Limpert, 1937). Para más datos sobre la actitud inicial de Hitler hacia los Juegos Olímpicos, véase Paul Taylor, *Jews and the Olympic Games: The Clash Between Sport and Politics* (Portland,

OR: Sussex Academic Press, 2004), p. 51. Las impresiones de la familia Dodd sobre Goebbels están documentadas en *In the Garden of Beasts* de Larson. En «Foreign News: Consecrated Press», *Time*, 16 de octubre, 1933, puede encontrarse una historia reveladora sobre Goebbels y la prensa.

A lo largo del libro, los datos astronómicos —referencias a la salida y a la puesta del sol, a la salida de la luna, etc.— proceden de la página web del Observatorio Naval de Estados Unidos. La mejor fuente de información sobre la historia del remo en Washington es el maravilloso compendio de Eric Cohen «Washington Rowing: 100+ Year History», accesible en la red en: http://www.huskycrew.com. Entre los ocho remeros de Yale que tripulaban el bote ganador de la medalla de oro en 1924, figuraba el futuro doctor Benjamin Spock.

CAPÍTULO II

El epígrafe se debe a Pocock, citado en Newell (pp. 94-95). Los datos relativos al vuelo de los hermanos Wright proceden de «A Century of Flight», *Atlantic Monthly*, 17 de diciembre, 2003. Para más información sobre la odisea en motocicleta de George Wyman, véase la entrada sobre él en la página web del Salón de la Fama de la Motocicleta de la AMA: http://motorcycle-museum.org/halloffame. Pueden encontrarse más datos y cifras interesantes sobre el extraordinario año de 1903 en el artículo de Kevin Maney «1903 Exploded with Tech Innovation, Social Change» *USA Today*, 1 de mayo, 2003. Téngase en cuenta que el primer Modelo A era un automóvil completamente distinto del célebre Modelo A de 1927-1931, que siguió al muy exitoso Modelo T.

Algunos detalles de esta etapa de la vida de Joe se basan en un manuscrito inédito, «Autobiography of Fred Rantz» [«Autobiografía de Fred Rantz»]. Los nombres y las fechas de los padres de Thula LaFollette proceden de las inscripciones del cementerio LaFollette en el condado de Lincoln (Washington). Recogí muchos datos sobre la vida de Thula en mi entrevista con Harry Rantz Junior el 11 de julio de 2009. Para una breve historia de la mina Gold and Ruby, consulté «It's No Longer Riches That Draw Folks to Boulder City», en *Spokane Spokesman-Review*, 28 de septiembre, 1990, y «John M. Schnatterly» en N. N. Durham, *Spokane and the Inland Empire,* vol. 3 (Spokane, WA: S. J. Clarke, 1912), p. 566. La anécdota relativa a la *clarividencia* de Thula está sacada de una monografía inédita, «Remembrance» [«Recuerdo»], cuya autora es una de las hijas de Thula, Rose Kennebeck.

CAPÍTULO III

El epígrafe de Pocock aparece citado en Newell (p. 144). La gráfica descripción de Royal Brougham de los rigores del remo procede de «The Morning After: Toughest Grind of Them All?» *PI*, 23 de mayo, 1934. El tratamiento de la fisiología del remo y sus lesiones está sacado en parte de las siguientes fuentes: «Rowing Quick Facts» en la página web de U.S. Rowing: http://www.usrowing.org/About/Rowing101; Alison McConnell, *Breathe Strong, Perform Better* (Champaign, IL: Human Kinetics, 2011), p. 10; y J. S. Rumball, C. M. Lebrun, S. R. Di Ciacca, y K. Orlando, «Rowing Injuries», *Sports Medicine*, 35, núm. 6 (2005): pp. 537–555.

Pocock estudió e imitó el estilo de remo de uno de los mejores barqueros del Támesis, Ernest Barry, que ganó la Doggett's Coat and Badge en 1903 y fue el campeón del mundo de remo con espadilla en 1912, 1913, 1914 y 1920. Puede encontrarse mucha información sobre la historia de la familia Pocock en Newell, al que he seguido muy de cerca en este punto, aunque muchos detalles se basan en las dos entrevistas que le hice a Stan Pocock y algunos más en Clarence Dirks, «One-Man Navy Yard», *Saturday Evening Post*, 25 de junio, 1938, p. 16; así como en un manuscrito inédito, «Memories» [«Recuerdos»], escrito por el mismo Pocock en 1972. Muchos años después, Rusty Callow, que fue entrenador en la Universidad de Washington antes de Ulbrickson, diría de Pocock: «Para él, el esfuerzo sincero y el orgullo por su trabajo son una religión».

Buena parte de la información sobre Hiram Conibear se basa en un manuscrito inédito de 1923 de Broussais C. Beck, «Rowing at Washington», que forma parte del Fondo Beck de la Universidad de Washington, número de entrada 0155-003. La información adicional procede de «Compton Cup and Conibear», *Time*, 3 de mayo, 1937; David Eskenazi, «Wayback Machine: Hiram Conibear's Rowing Legacy», *Sports Press Northwest*, 6 de mayo, 2011, que puede consultarse en: http://sportspressnw.com/2011/05/wayback-machine-hiram-conibears-rowing-legacy/; y la página web de Eric Cohen citada más arriba. La observación de Bob Moch sobre la veneración con que los remeros trataban a Pocock puede encontrarse en Christopher Dodd, *The Story of World Rowing* (Londres: Stanley Paul, 1992).

Por lo que parece, hubo una versión anterior de la *Old Nero*, con asientos solo para diez remeros, según la descripción de Beck. Al Ulbrickson habla de dieciséis asientos en «Row, Damit, Row». Algunos detalles de la juventud de Roger Morris se basan en la entrevista que le hice. La descripción de la palada básica que Ulbrickson enseñaba en los años treinta parte de la que él mismo presenta en «Row, Damit, Row». Con el tiempo, la palada que se utilizaba en la Universidad de Washington ha seguido evolucionando en varios aspectos. La comparación con la pelota de golf es del mismo Pocock, en sus «Memories» (p. 110).

CAPÍTULO IV

El epígrafe procede de la carta ya citada que Pocock le escribió a C. Leverich Brett, publicada en el *Rowing News Bulletin*. Muchos datos de la vida en Sequim se basan en los recuerdos de Joe Rantz, algunos más en los de Harry Rantz Junior y otros en Doug McInnes, *Sequim Yesterday: Local History Through the Eyes of Sequim Old-Timers*, autopublicado en mayo de 2005. La consulta de Michael Dashiell, «An Olympic Hero», *Sequim Gazette*, 18 de enero, 2006, ha servido para completar algunos aspectos. Puede encontrarse un análisis del papel que los precios de los productos agrícolas jugaron en la Depresión en *The Dark Valley* de Piers Brendon (p. 87) y también en *The Worst Hard Time* de Timothy Egan (Boston: Mariner, 2006), p. 79. Joe contó con gran detalle y muchas veces a lo largo de su vida cómo lo abandonaron en Sequim y los esfuerzos que hizo por sobrevivir, y mi relato se basa en lo que me explicó personalmente, así como en la información extraída de mis entrevistas con Judy Willman y Harry Rantz Junior. Algunos datos acerca de Charlie McDonald y sus caballos, así como otros detalles sobre la familia McDonald, parten de un correo electrónico de Pearlie McDonald a Judy Willman del 1 de junio de 2009.

El material biográfico sobre Joyce Simdars, aquí y en el resto del libro, procede de las entrevistas que le hice a Judy Willman, hija de Joyce, así como de fotos y documentos que Judy me facilitó. El descubrimiento de Joe por parte de Ulbrickson en el gimnasio del Roosevelt High School fue una de las primeras cosas de las que Joe me habló cuando empecé a entrevistarlo.

El epígrafe es de Pocock, citado en Newell (p. 144). La información biográfica sobre Roger Morris procede en buena parte de la entrevista que le hice el 2 de octubre de 2008. Pueden encontrarse más datos sobre las ejecuciones hipotecarias a principios de la Depresión en David C. Wheelock, «The Federal Response to Home Mortgage Distress: Lessons from the Great Depression», *Federal Reserve Bank of Saint Louis Review*, accesible en la página web: http://research.stlouisfed.org/. Véase también Brian Albrecht, «Cleveland Eviction Riot of 1933 Bears Similarities to Current Woes», *Cleveland Plain Dealer*, 8 de marzo de 2009.

El álbum de recortes que Joe fue recopilando durante buena parte de su carrera de remero es la fuente de muchos detalles sobre su vida en el pabellón de los botes, el trabajo, las condiciones en las que vivía y las cosas que Joyce y él hacían juntos durante los años de universidad. El esbozo de la vida en el campus de la Universidad de Washington en el otoño de 1933 está sacado de varios números del *WD* de ese otoño.

El relato de las tormentas de arena de 1933 se basa en buena parte en «Dust Storm at Albany», *NYT*, 14 de noviembre, 1933. Los datos relativos a la situación en Alemania durante aquel otoño proceden de Edwin L. James, «Germany Quits League; Hitler Asks "Plebiscite"», *NYT*, 15 de octubre, 1933; «Peace Periled When Germany Quits League», *ST*, 14 de octubre, 1933; Larson, *Garden of Beasts* (p. 152); Samuel W. Mitcham Junior, *The Panzer Legions: A Guide to the German Army Tank Divisions of World War II and Their Commanders* (Mechanicsburg, PA: Stackpole, 2006), p. 8; y «U.S. Warns Germany», *ST*, 12 de octubre, 1933. La referencia al transporte de nitratos a través del canal de Panamá está sacada de «Munitions Men», *Time*, 5 de marzo, 1934. La cita de Will Rogers procede de «Mr. Rogers Takes a Stand on New European Dispute», en *Will Rogers' Daily Telegrams*, vol. 4, *The Roosevelt Years*, ed. de James M. Smallwood y Steven K. Gragert (Stillwater: Oklahoma State University Press, 1997).

Algunos meteorólogos sostienen que en noviembre de 2006 se superó el récord de diciembre de 1933, pero en 2006 las precipitaciones se midieron en el aeropuerto de Seattle-Tacoma, trece kilómetros al sur de Seattle, donde suele llover más. Véase Sandi Doughton, «Weather Watchdogs Track Every Drop», *ST*, 3 de diciembre, 2006; y también Melanie Connor, «City That Takes Rain in Stride Puts on Hip Boots», *NYT*, 27 de noviembre, 2006.

El epígrafe aparece en Newell (p. 88). Puede verse a los estudiantes de primero remando bajo los baupreses de una vieja goleta en una fotografía del *ST*, 18 de febrero, 1934.

Los comentarios de Ulbrickson sobre el desempeño de los distintos muchachos y equipos, aquí y a lo largo del libro, están sacados de su «Daily Turnout Log of University of Washington Crew» ("Diario de remo de la Universidad de Washington"), vol. 4 (1926; 1931-1943), que forma parte del Fondo Alvin Edmund Ulbrickson, una de las colecciones especiales de la Universidad de Washington, número de entrada 2941-001. De aquí en adelante nos referiremos a él como «el diario de Ulbrickson».

Uno de los últimos remeros y discípulos devotos de Ebright fue Gregory Peck. La cita de Buzz Schulte procede de Gary Fishgall, *Gregory Peck: A Biography* (Nueva York: Scribner, 2001), p. 41. Las palabras de Don Blessing son de un artículo de periódico: «Ebright: Friend, Tough Coach», *Daily Californian*, 3 de noviembre, 1999. Buena parte de la información sobre los primeros años de Ebright en Cal y la rivalidad con Washington —incluida la cita sobre lo «despiadada y feroz» que era— procede de una entrevista que Arthur M. Arlett le hizo a Ebright en 1968, custodiada en la sección de Historia Oral Regional de la Biblioteca Bancroft de la Universidad de California-Berkeley. El tenso intercambio de cartas entre Ebright y Pocock tuvo lugar entre octubre de 1931 y febrero de 1933. Las cartas también se encuentran en la Biblioteca Bancroft. Pocock afirma en sus «Memories» (p. 63) que fue él el primero en sugerir a Ebright para el trabajo en Cal.

Las principales fuentes de mi relato de las semanas previas a la regata que enfrentó a California y Washington en 1934 son «Freshmen Win, Bear Navy Here», *ST*, abril de 1934; «Bear Oarsmen Set for Test with Huskies», *San Francisco Chronicle*, 5 de abril, 1934; «Bear Oarsmen to Invade North», *San Francisco Chronicle*, 6 de abril, 1934; «Huskies Have Won Four Out of Six Races», *San Francisco Chronicle*, 6 de abril, 1934; y «California Oarsmen in Washington Race Today», Associated Press, 13 de abril, 1934.

Joyce se acordaba perfectamente de la primera vez que vio competir a Joe desde el ferri, y mi relato de sus sentimientos y pensamientos procede de las muchas conversaciones que mantuvo con su hija Judy. La referencia a John Dillinger está sacada de «John Dillinger Sends U.S.

Agents to San Jose Area», *San Francisco Chronicle*, 13 de abril, 1936. La estimación de más de 300 paladas en dos millas se basa en la cifra de Susan Saint Sing de 200 paladas en 2.000 metros, o una palada cada 10 metros, en *The Wonder Crew* (Nueva York: St Martin's, 2008), p. 88. Dos millas son 3.218 metros, lo que daría un resultado de 321 paladas; sin embargo, el ritmo de palada es inevitablemente más bajo en una regata de dos millas que en un *sprint* de 2.000 metros. Mi relato de la regata de estudiantes de primero de 1934 entre California y Washington se basa principalmente en Frank G. Gorrie, «Husky Shell Triumphs by ¼ Length», Associated Press, 13 de abril, 1934; y Royal Brougham, «U.W. Varsity and Freshmen Defeat California Crews», *PI*, 14 de abril, 1934.

Puede encontrarse mucha más información sobre la vida familiar de Joseph Goebbels en Anja Klabunde, *Magda Goebbels* (Londres: Time Warner, 2003). Los datos adicionales sobre el *Reichssportfeld* que ofrecemos aquí proceden de *The XIth Olympic Games: Official Report*; Duff Hart-Davis, *Hitler's Games* (Nueva York: Harper & Row, 1986), p. 49; y Christopher Hilton, *Hitler's Olympics* (Gloucestershire: Sutton Publishing, 2006), p. 17. A menudo se atribuye la idea de los relevos de antorchas al doctor Carl Diem, organizador en jefe de los Juegos Olímpicos de 1936, pero según *The XIth Olympic Games: Official Report* (p. 58), la propuesta surgió originalmente del Ministerio de Propaganda.

Para un análisis actualizado de la relación de Leni Riefenstahl con los líderes del Partido Nazi, recomiendo vivamente Steven Bach, *Leni: The Life and Work of Leni Riefenstahl* (Nueva York: Abacus, 2007). Véase también Ralf Georg Reuth, *Goebbels* (Nueva York: Harvest, 1994), p. 194; y Jürgen Trimborn, *Leni Riefenstahl: A Life* (Nueva York: Faber and Faber, 2002). Tras la guerra, Riefenstahl negó que hubiera tenido trato con la familia Goebbels y otros jerarcas nazis, pero el diario de Goebbels de 1933 y otros documentos que han salido a la luz desde entonces dejan claro que formaba parte de su círculo social.

CAPÍTULO VII

Curiosamente, la cita de Pocock que abre el capítulo es de una nota que envió envuelta en un remo a un equipo de Washington que remaba en Henley en 1958; véase Newell (p. 81). Mi relato de la regata del primer equipo de 1934 se basa, igual que la regata de los estudiantes de primero, en Gorrie, «Husky Shell Triumphs by ¼ Length», y Brougham, «U.W. Varsity and Freshmen Defeat California Crews», citado más arriba, así como en el diario de Ulbrickson.

La inquietud y expectación de Joe al subir por primera vez al tren con destino a Poughkeepsie es una de las cosas que a menudo sacaba a colación con Judy, igual que otros detalles del viaje al este, especialmente el momento humillante en el que se puso a cantar.

Para muchos más datos sobre la historia de la regata de Poughkeepsie, véanse los múltiples recursos disponibles en la página web que la Asociación Interuniversitaria de Remo dedica a la regata, en: http://library.marist.edu/archives/regatta/index.html. La crónica de la primera victoria de Washington en Poughkeepsie se basa en las entrevistas que le hice a Stan Pocock; George Pocock, citado en «One-Man Navy Yard» (p. 49); «From Puget Sound», *Time*, 9 de julio, 1923; Saint Sing, *Wonder Crew* (p. 228); y Newell (p. 73). La referencia a la lesión de Ulbrickson en la regata de 1926 procede de «Unstarred Rowing Crew Champions: They Require Weak But Intelligent Minds, Plus Strong Backs», *Literary Digest,* 122:33–34. Para más información sobre el tema del este contra el oeste, véase Saint Sing (pp. 232-234).

Muchos elementos de mi descripción de Poughkeepsie el día de la regata de 1934 están sacados de un texto maravilloso de Robert F. Kelley, «75,000 See California Win Classic on Hudson», *NYT,* 17 de junio, 1934. La referencia a que Jim Ten Eyck remó en 1863 procede de Brougham, «The Morning After», *PI*, 27 de mayo, 1937. En ese texto, Ten Eyck también dijo que el primer equipo de Washington de 1936-1937 era el mejor que había visto en su vida.

Mi descripción de las regatas de Poughkeepsie se basa en el artículo de Robert F. Kelley citado más arriba, así como en «Washington Crew Beats California», *NYT,* 13 de abril, 1934; «Ebright Praises Washington Eight», *NYT,* 17 de junio, 1934; George Varnell, «Bolles' Boys Happy», *ST* (un recorte del álbum de Joe Rantz sin fecha); «U.W. Frosh Win» (sin fecha, del álbum de Joe Rantz); y «Syracuse Jayvees Win Exciting Race», *NYT,* 17 de junio, 1934.

Los datos meteorológicos de la primavera y el verano de 1934 son, en parte, de Joe Sheehan, «May 1934: The Hottest May on Record», accesible en la página web de la Oficina de Pronóstico del Tiempo del Servicio Meteorológico Nacional: http://www.crh.noaa.gov/fsd/?n=joe_may1934;

W. R. Gregg y Henry A. Wallace, *Report of the Chief of the Weather Bureau, 1934* (Washington D.C.: United States Department of Agriculture, 1935); «Summer 1934: Statewide Heat Wave», accesible en: http://www.ohiohistory.org; y «Grass from Gobi», *Time*, 20 de agosto, 1934. Para más información sobre las tormentas de arena de ese año, véase Egan, *Worst Hard Time* (especialmente, pp. 5 y 152).

Puede consultarse mucha más información sobre los conflictos laborales de la costa oeste en 1934 en la página web del proyecto de Historia de los Trabajadores de los Muelles de Rod Palmquist: http://depts.washington.edu/dock. Puede verse una pequeña muestra de los ataques retóricos contra Roosevelt en «New Deal Declared 3-Ring Circus by Chairman of Republican Party», *PI*, 3 de julio, 1934; y «American Liberty Threatened by New Deal, Borah Warns», *PI*, 5 de julio, 1934. El texto completo del discurso de Roosevelt en Ephrata puede leerse en «Remarks at the Site of the Grand Coulee Dam, Washington», 4 de agosto, 1934, en la página web del proyecto de la Presidencia de Estados Unidos: www.presidency.ucsb.edu.

CAPÍTULO VIII

La cita de Pocock procede de Newell (p. 156). La descripción del trabajo con el mazo y la azuela para partir la madera de cedro se basa, en parte, en las lecciones que me dio Judy, la hija de Joe, a quien enseñó la técnica. El discurso de Ulbrickson a los chicos en la rampa del pabellón de los botes deriva de varias crónicas periodísticas, así como de la descripción que él mismo hizo de ese tipo de discursos para Clarence Dirks en *Esquire* unos meses atrás. La distribución en botes de este capítulo está sacada de las entradas del diario de Al Ulbrickson correspondientes a la primavera de 1935 y de artículos del *WD*.

Los datos sobre los años que la familia Rantz pasó en Seattle proceden, sobre todo, de mi entrevista con Harry Rantz Junior y de su manuscrito inédito «Memories of My Mother» [«Recuerdos de mi madre»]. Para más información sobre los economatos y el movimiento socialista en Seattle, véase «Communism in Washington State», en: http://depts.washington.edu/labhist/cpproject. Para más datos sobre el conflicto laboral de la panadería Golden Rule, véase la página web sobre la Gran Depresión en el estado de Washington, «Labor Events Yearbook: 1936», en: http://depts.

washington.edu/depress/yearbook1936.shtml. Joe tenía grabado en la memoria el encuentro con Thula en la casa de Bagley, y lo mismo le ocurría a Joyce; ambos lo recordaban con bastante detalle, igual que la conversación que mantuvieron después en el coche. El respeto con que se trataba a Pocock, especialmente cuando trabajaba en el taller, me quedó clarísimo al charlar con Jim Ojala el 22 de febrero de 2011. Le debo a Jim —autor, editor, remero y amigo de los Pocock— una serie de claves sobre cómo era el taller de Pocock, así como la ayuda para conseguir algunas de las fotografías del libro. La correspondencia entre Pocock y Ebright que citamos en estas páginas tuvo lugar entre el 1 de septiembre y el 30 de octubre de 1934.

Las siguientes fuentes me proporcionaron mucha información sobre cómo elaboraba los botes Pocock: *Way Enough! de Stan Pocock* (Seattle: Blabla, 2000); las entrevistas que le hice a Stan; Newell (pp. 95–97 y p. 149); «George Pocock: A Washington Tradition», *WD*, 6 de mayo, 1937; y las «Memories» [«Recuerdos»] de George Pocock.

Mi relato de la gran borrasca de 1934 se basa en gran medida en «15 Killed, 3 Ships Wrecked As 70-Mile Hurricane Hits Seattle», *PI*, 22 de octubre, 1934. Algunas cifras de esta fuente, como el número de víctimas mortales, se actualizaron más adelante. Algunos datos proceden de Wolf Read, «The Major Windstorm of October 21, 1934», accessible en: http://www.climate. washington.edu/stormking/October1934.html, y del *WD* del 23 de octubre de 1934. Le debo a Bob Ernst, director de remo de la Universidad de Washington, la jugosa descripción de las piscinas de remo que utilizan las universidades del este.

Mi análisis de *El triunfo de la voluntad* de Leni Riefenstahl se basa en Trimborn, Bach y Brendon, citado más arriba, pero también, en parte, en la propia autobiografía de Riefenstahl, *Leni Riefenstahl: A Memoir* (Nueva York: St. Martins Press, 1993). Hay que ser muy cauteloso al utilizar el relato de Riefenstahl sobre muchos de estos acontecimientos. He intentado señalar los aspectos en los que puede no resultar fiable.

Joe conservó en su álbum el recorte de periódico sobre «Los estudiantes de último año se enfrentan a una vida de endeudamiento» y hacia el final de su vida todavía se acordaba de los sentimientos que le provocó su lectura.

El epígrafe está sacado de una carta que Pocock escribió a la Asociación Nacional de Aficionados al Remo, impresa en el *Rowing News Bulletin* de 1944. He reunido los comentarios de Ulbrickson basándome en los artículos de Clarence Dirks, «Husky Mentor Sees New Era for Oarsmen: Crews Adopt "On to Olympics" Program as They Launch 1935 Campaign», *PI*, 15 de enero, 1935, y «Husky Crew Can Be Best Husky Oarsmen», *WD*, 15 de enero, 1935. Para más datos sobre Broussais Beck Senior, véase el «Broussais C. Beck Labor Spy Reports and Ephemera» en el Fondo Beck, una de las colecciones especiales de la biblioteca de la Universidad de Washington, número de entrada 0155-001. El tiempo extraordinariamente frío de ese enero está documentado en una serie de artículos de la prensa de Seattle. Consúltense mis notas en Internet para ver las citas completas. La anécdota sobre la relación entre Moch y Green se basa en parte en la entrevista que mantuve con Marilynn Moch y, en parte, en el propio Moch, en la entrevista que le hizo Michael J. Socolow en noviembre de 2004, grabada en una transcripción de la familia Moch. Los asistentes a la *charla* de Ulbrickson con los estudiantes de segundo figuran en la entrada correspondiente al 13 de febrero de 1935 del diario del entrenador.

Algunos datos de mi semblanza de Shorty Hunt se basan en la entrevista que les hice a sus hijas, Kristin Cheney and Kathy Grogan. El retrato de la personalidad de Don Hume procede en parte de Royal Brougham, «Varsity Crew to Poughkeepsie», *ST*, junio de 1936. Las breves pinceladas sobre Chuck Day se basan, en parte, en la entrevista que mantuve con Kris Day.

Los experimentos de Ulbrickson con la composición de los botes están recogidos en su diario, así como en la cobertura del *ST* y el *PI*. La vuelta en canoa ese primer día caluroso de primavera quedó grabada en la memoria tanto de Joe como de Joyce y a menudo les gustaba recordarla con Judy. La conversación de Joe con su padre en el coche junto a la panadería Golden Rule fue uno de esos momentos clave que me contó en detalle, igual que toda la vida lo había hecho con Judy. Mi descripción del *swing* se basa en conversaciones con varios remeros, aunque las observaciones de Eric Cohen sobre este punto resultaron especialmente valiosas. La indecisión de Ulbrickson sobre quién tenía que remar como primer equipo contra California está documentada en una serie de artículos en el *ST, PI* y *NYT* a lo largo de abril de 1935, todos citados en mis notas en línea. Algunos datos proceden de las entradas del diario de Ulbrickson correspondientes a ese mes. Bob Moch, tal como lo cita la entrevista que Michael Socolow mantuvo con él en 2004, es la fuente del comentario en el que Ulbrickson dijo «Lo siento» el 12 de abril de 1935. Mi relato de las regatas en el estuario de Oakland se basa en Bill Leiser, «Who Won?», *San Francisco Chronicle*, 14 de abril, 1935; «Husky Crews Make Clean Sweep», *ST,* 14 de abril, 1935; Bruce Helberg, «Second Guesses», *WD* (sin fecha, recorte del álbum de Bob Moch); «Husky Crews Win Three Races», *ST*, 14 de abril, 1935; y «Washington Sweeps Regatta with Bears: Husky Varsity Crew Spurts to Turn Back U.C. Shell by 6 Feet», *San Francisco Chronicle*, 14 de abril, 1935.

El desfile de vuelta a Seattle aparece documentado en George Varnell, «Crew, Swim Team Welcomed Home», *ST*, 19 de abril, 1935, y «City Greets Champions», *PI*, 19 de abril, 1935. Jack Medica también acabaría participando en los Juegos Olímpicos de 1936, en los que consiguió una medalla de oro en cuatrocientos metros libres, así como dos medallas de plata. El momento de sorpresa y orgullo de Joe, al deleitarse, con los aplausos todavía hacía que se le saltaran las lágrimas cuando me lo contó muchos años después.

CAPÍTULO X

La cita de Pocock está sacada de Newell (p. 85). El incidente de las hombreras de hierro aparece mencionado en Pocock, *Way Enough* (p. 51). El breve panorama que trazo sobre los orígenes del deporte en Seattle se basa en las siguientes fuentes: Dan Raley, «From Reds to Ruth to Rainiers: City's History Has Its Hits, Misses», *PI*, 13 de junio, 2011; C. J. Bowles, «Baseball Has a Long History in Seattle», accesible a través de MLB.com en: http://seattle.mariners.mlb.com; «A Short History of Seattle Baseball», accesible en http://seattlepilots.com/history1.html; Dan Raley, «Edo Vanni, 1918-2007: As Player, Manager, Promoter, He Was "100 Percent Baseball"», *PI,* 30 de abril, 2007; «Seattle Indians: A Forgotten Chapter in Seattle Baseball», disponible en: Historylink.org; y Jeff Obermeyer, «Seattle Metropolitans», en: http://www.seattlehockey.net/Seattle_Hockey_Homepage/Metropolitans. html. No fue hasta 1969, con la llegada de los Seattle Pilots, cuando Seattle finalmente consiguió un equipo de béisbol de primera división. Y al cabo de un año entraron en bancarrota.

Mi relato del Domingo Negro se basa en Egan, *Worst Hard Time* (p. 8); «Black Sunday Remembered», 13 de abril, 2010, en la página web del Instituto del Clima de Oklahoma: http://climate.ok.gov; y Sean Potter, «Retrospect: April 14, 1935: Black Sunday», disponible en: http://www.weatherwise.org. Las consecuencias para Seattle del éxodo que se vivió en los estados de las Llanuras las baso, en parte, en «Great Migration Westward About to Begin», *PI*, 4 de mayo, 1935. La frase anónima «Remar es como un pato hermoso...» ha ido circulando durante años, aunque nadie parece saber quién es su autor. Al Ulbrickson analizó las complejidades que supone el hecho de que remeros con distintas capacidades físicas remen juntos en el *Olympische Rundschau (Panorama olímpico) 7* (octubre de 1939) del Comité Olímpico Internacional. Le debo a Bob Ernst la idea fundamental de que los grandes equipos necesitan una mezcla de capacidades físicas y tipos de personalidad.

La lucha constante entre el bote de Joe, exclusivamente compuesto por estudiantes de segundo, y el bote del segundo equipo que acabó yendo de primero en la regata de Poughkeepsie está recogida en una serie de artículos del *PI*, *ST*, *NYT* y *New York American* de primeros de mayo a primeros de junio de 1935. Véanse las referencias concretas en las notas completas de Internet. Encontré el cuadro de códigos de Bobby Moch en un álbum suyo, cuya consulta debo a la amabilidad de Marilynn Moch.

La descripción que hago de la regata de Poughkeepsie de 1935 procede en gran medida de las siguientes fuentes: «Huge Throng Will See Regatta», *ST*, 17 de junio, 1935; «California Varsity Wins, U.W. Gets Third», *PI*, 19 de junio, 1935; «Western Crews Supreme Today», *ST*, 19 de junio, 1935; Robert F. Kelley, «California Varsity Crew Victor on Hudson for 3rd Successive Time», *NYT*, 19 de junio, 1935; «Sport: Crews», *Time*, 1 de julio, 1935; Hugh Bradley, «Bradley Says: "Keepsie's Regatta Society Fete, With Dash of Coney, Too"», *New York Post*, 25 de junio, 1935; y Brougham, «The Morning After», *PI*, 20 de junio, 1935.

CAPÍTULO XI

La cita de Pocock está sacada de Newell (pp. 85-87). El viaje de Joe a Grand Coulee y las experiencias que vivió ahí eran temas de conversación que le gustaba mucho sacar, y compartió infinitos detalles con Judy, Joyce y, más adelante, conmigo. En algunas partes del capítulo he complementado su descripción del entorno físico con mis propias observaciones, surgidas al conducir por el camino de Joe y explorar el lugar con mis propios ojos; sin embargo, los pormenores de sus experiencias y sentimientos a lo largo de ese verano son suyos tal como me los transmitió o se los transmitió a Judy. Para más información sobre el lago Missoula y las descomunales inundaciones prehistóricas, véase «Ice Age Floods: Study of Alternatives», apartado D: «Background», disponible en: http://www.nps.gov/iceagefloods/d.htm; William Dietrich, «Trailing an Apocalypse», *ST*, 30 de septiembre, 2007; y «Description: Glacial Lake Missoula and the Missoula Floods», accesible en la página web de la USGS en: http://vulcan.wr.usgs.gov/Glossary/Gla-ciers/IceSheets/description_lake_missoula.html.

Los datos relativos a la regata de dos mil metros en Long Beach pro-ceden de «Crew Goes West», *ST*, 20 de junio, 1935, y Theon Wright, «Four Boats Beat Olympic Record», United Press, 30 de junio, 1935.

Las estadísticas sobre el consumo de alimentos en Mason City proce-den de «Here's Where Some Surplus Food Goes», *Washington Farm News*, 29 de noviembre, 1935. Para mucha más información sobre Grand Coulee y B Street, véase Roy Bottenberg, *Grand Coulee Dam* (Charleston: Arcadia Press, 2008), y Lawney L. Reyes, *B Street: The Notorious Playground of Coulee Dam* (Seattle: University of Washington Press, 2008).

Muchos detalles de mi semblanza biográfica de Johnny White proce-den de la entrevista que le hice a su hermana, Mary Helen Tarbox. Otros proceden del manuscrito inédito de esta, «Mary Helen Tarbox, Born No-vember 11, 1918 in Seattle, Washington». Algunos aspectos de mi caracte-rización de Chuck Day se basan en una conversación que mantuve con su hermana, Kris Day.

CAPÍTULO XII

El epígrafe procede de Newell (p. 78). Algunos datos sobre la construcción del Estadio Olímpico son de la página web del Estadio Olímpico de Ber-lín: http://www.olympiastadion-berlin.de. Otros están sacados de Dana Rice, «Germany's Olympic Plans», *NYT*, 24 de noviembre, 1935, y de *The XIth Olympic Games: Official Report*. La referencia a las ejecuciones de cha-vales alemanes por parte de oficiales nazis procede de David Large, *Nazi*

Games: The Olympics of 1936 (Nueva York: W. W. Norton, 2007), p. 324. El repaso de la historia del remo en Grünau se basa en parte en una traducción, amablemente proporcionada por Isabell Schober, de «Geschichte des Wassersports» en la página web del Wassersportmuseum de Grünau, disponible en: http://www.wassersportmuseum-gruenau.de. Otros datos sobre el complejo proceden de la entrevista que le hice a Werner Phillip en el museo.

Buena parte de la información sobre las excursiones de Harry y Thula Rantz al este de Washington parte de las entrevistas que le hice a Harry Rantz Junior. La anécdota relativa a la determinación de Ulbrickson de ganar la medalla de oro en Berlín se basa, en buena parte, en el vídeo de una entrevista con Hazel Ulbrickson, «U of W Crew: The Early Years», producido por el American Motion Pictures Laboratory, Seattle, 1987. Joe solo supo de la conversación entre Ulbrickson y Pocock, y de la misión de Pocock de «arreglarlo», años más tarde. Las sucesivas charlas con Pocock causaron una gran impresión en Joe, y me las contó con todo lujo de detalles igual que antes lo había hecho con Judy. Pocock sacó lo de «solo Dios sabe hacer árboles» de «Árboles» de Joyce Kilmer, en *Trees and Other Poems* (Nueva York: George H. Doran, 1914). Puede verse una traducción inglesa de las Leyes de Núremberg en la página web del Museo del Holocausto de Estados Unidos: http://www.ushmm.org. También consulté Tom Kuntz, «Word for Word / The Nuremberg Laws: On Display in Los Angeles: Legal Foreshadowing of Nazi Horror», *NYT,* 4 de julio, 1999. Para más información sobre los efectos inmediatos que estas leyes tuvieron en Alemania, véase el clásico de William Shirer, *The Rise and Fall of the Third Reich* (Nueva York: Simon and Schuster, 1960), pp. 233–34. La prohibición del Club Judío de Remo Helvetia en 1933 se menciona en «Geschichte des Wassersports».

La semblanza que trazo de McMillin trabajando en el pabellón de los botes procede, sobre todo, del recuerdo de Joe, junto a pormenores proporcionados por el propio McMillin en la transcripción de su entrevista con Michael Socolow de noviembre de 2004, por la colección de la familia Moch, así como por una necrológica, «Legendary U.W. Rower Jim McMillin Dies at Age 91», 31 de agosto, 2005, disponible en: http://www.gohuskies.com. Las circunstancias de la muerte de Thula proceden de la entrevista que le hice a Harry Rantz Junior; los de la de Charlie McDonald, del correo electrónico de Pearlie McDonald, citado más arriba. La primera conversación de Joe con su padre después de la muerte de Thula fue uno de esos momentos que acompañaron a Joe durante toda su vida.

La manifestación de Nueva York favorable al boicot está descrita en «10,000 in Parade Against Hitlerism», *NYT*, 22 de noviembre, 1935. El fracaso definitivo del boicot aparece documentado en «A.A.U. Backs Team in Berlin Olympic; Rejects Boycott», *NYT*, 9 de diciembre, 1935. Para el análisis que hago del movimiento favorable al boicot, y especialmente de las fuerzas reunidas en torno a Avery Brundage para oponerse a él, me he basado en Susan D. Bachrach, *The Nazi Olympics: Berlin 1936* (Boston: Little, Brown, 2000), pp. 47–48; Guy Walters, *Berlin Games: How the Nazis Stole the Olympic Dream* (Nueva York: Harper Perennial, 2007), p. 24; «U.S. Olympic Chief Brands Boycotters as Communists», *PI*, 25 de octubre, 1935; Stephen R. Wenn, «A Tale of Two Diplomats: George S. Messersmith and Charles H. Sherrill on Proposed American Participation in the 1936 Olympics», *Journal of Sport History*, 16, núm. 1 (primavera 1989); «Sport: Olympic Wrath», *Time*, 4 de noviembre, 1935; y «Brundage Demands U.S. Entry», *ST*, 24 de octubre, 1935.

CAPÍTULO XIII

El epígrafe vuelve a proceder de Newell (p. 85). El sentimiento de frustración de Ulbrickson es evidente en su diario, desde mediados de enero hasta febrero. Emmett Watson cita a Ulbrickson —«George, cuéntales lo que intento enseñarles...»— en su *Once Upon a Time in Seattle* (Seattle: Lesser Seattle, 1992), p. 109. El comentario sobre «el típico maltrato de los remeros» es de Eric Cohen, igual que una serie de detalles relacionados con los timoneles de esta parte del libro. La cita de Don Blessing está reimpresa en Benjamin Ivry, *Regatta: A Celebration of Oarsmanship* (Nueva York: Simon and Schuster, 1988), p. 75. La semblanza biográfica que trazo de Bobby Moch se basa en entrevistas con Marilynn y Michael Moch, y en algunos datos adicionales de Amy Jennings, «Bob Moch: Monte's Olympian», *Vidette*, 1 de enero, 1998. El segundo encuentro de Joe con Pocock en el pabellón se basa de nuevo en el recuerdo del propio Joe.

El momento de reflexión y lucidez de Joe mientras estaba en el muelle frente a la casa de su padre era un recuerdo clave para él, un momento en que su vida empezó a cambiar. Los detalles de ese momento proceden de lo que él mismo me contó y del recuerdo de Judy de anteriores explicaciones.

Algunos datos biográficos sobre Gordy Adam y Don Hume se basan en la entrevista que Wayne Cody les hizo para KIRO Radio a Adam, Hume, Hunt y White, 1 de agosto, 1986. En el caso de Gordy también he consultado la entrevista que George A. Hodak le hizo a Gordon B. Adam, mayo de 1988, publicada por la Fundación de Aficionados al Atletismo de Los Ángeles y a la que se puede acceder en: http://www.la84foundation.org/6oic/OralHistory/OHAdam.pdf. He encontrado más información sobre Hume en Wallie Funk, «Hume Rowed from Guemes to Berlin in '36», *Anacortes American*, 7 de agosto, 1996, y «The Laurel Wreath to Don Hume», *WD*, 21 de abril, 1936.

Ulbrickson anotó la incorporación de Joe al bote y el efecto inmediato que tuvo en la entrada de su diario del 21 de marzo de 1936. Las entradas de los días sucesivos confirman la confianza cada vez mayor que le mereció la nueva combinación. Los distintos saludos que los nuevos compañeros de equipo de Joe le dedicaron significaron mucho para él y le encantaba recordarlos a la mínima que Judy le daba pie. El bautizo del *Husky Clipper* con jugo de chucrut está descrito en Newell (p. 137). El hecho de que Ebright sacara los nombres de un sombrero lo revela Sam Jackson, «Ky Ebright Pulls Crew Champions Out of His Hat», *Niagara Falls Gazette*, 22 de febrero, 1936. Jim Lemmon aborda el recurso a la mesa de entreno por parte de Ebright en su *Log of Rowing at the University of California Berkeley, 1870-1987* (Berkeley: Western Heritage Press, 1989), pp. 97–98. Paul Simdars, que más adelante remó para Ulbrickson, describió la alternativa de este último entrenador: una solución de calcio y gelatina líquida. Laura Hillenbrand hace referencia a la búsqueda de heno rico en calcio por parte de Tom Smith y a su conocimiento de los suplementos del equipo de remo de Washington en *Seabiscuit: An American Legend* (Nueva York: Ballantine, 2001).

Royal Brougham afirma que la regata de 1936 atrajo a la mayor multitud que jamás hubiera presenciado una regata de remo en «U.W. Crews Win All Three Races: California Crushed», *PI* (un recorte de prensa sin fecha de la colección de materiales de John White). En una conversación que tuvo con Judy ya de mayor, Joyce se acordaba de lo nerviosos que Joe y ella estaban ese día mientras esperaban el momento de la regata. La descripción que hago de las regatas de ese día proceden del artículo ya citado y de los siguientes: «75,000 Will See Crews Battle», *WD*, 17 de abril, 1936; Clarence Dirks, «U.W. Varsity Boat Wins by 3 Lengths», *PI*, 19 de abril, 1936; George Varnell, «U.W. Crews in Clean Sweep», *ST*, 19 de abril, 1936; «Coaches Happy, Proud, Says Al, Grand, Says Tom», *ST*, 19 de abril,1936; y la entrada del diario de Ulbrickson correspondiente al 18 de abril de 1936.

CAPÍTULO XIV

La cita de Pocock está sacada de Newell (p. 106). Una panorámica contemporánea interesante y sobrecogedora del Berlín de entonces puede encontrarse en «Changing Berlin», *National Geographic*, febrero de 1937. Puede encontrarse más información sobre la situación de Alemania en «Hitler's Commemorative Timepiece», *Daily Mail Reporter*, 7 de marzo, 2011; Claudia Koonz, *The Nazi Conscience* (Cambridge: Harvard University Press, 2003), p. 102; y Walters, *Berlin Games* (pp. 90–92). El mecanismo exacto por el que Riefenstahl, Goebbels y el Gobierno nazi ocultaron la fuente de la financiación que Riefenstahl consiguió para *Olympia* está ampliamente documentado en Bach, *Leni* (pp. 174-176).

La crisis en torno a la idoneidad de algunos chicos se cuenta en George Varnell, «Varsity Quartet to Make Up Work Before Leaving», *ST* (un recorte sin fecha del álbum de Roger Morris), y se menciona en la entrada del diario de Ulbrickson correspondiente al 18 de mayo de 1936. Las marcas cada vez más impresionantes de los muchachos también se anotan en el diario a lo largo de este periodo.

A partir de la salida rumbo a Poughkeepsie, contamos con relatos de primera mano de los acontecimientos en los diarios de tres chicos: Johnny White, Chuck Day y, más adelante, Roger Morris. La estrategia de la regata de Poughkeepsie, urdida en el viaje en tren hacia el este y de la que informó George Varnell en «Varnell Says: New Tactics for U.W. Plan», *ST*, 13 de junio, 1936, es importante, en parte, por la poca consideración en la que Bobby Moch la tuvo a la hora de la verdad. Los detalles del ambiente en el pabellón de los botes en Poughkeepsie y otros hechos en los días previos a la regata proceden de una gran variedad de artículos, citados en la versión en línea de las notas. Bob Moch describe la casi mística remada nocturna en el Hudson en «Washington Rowing: 100+ Year History», que puede leerse en la página web de Eric Cohen: http://huskycrew.com/1930.htm.

Los datos relativos al combate entre Louis y Schmeling proceden de James P. Dawson, «Schmeling Stops Louis in Twelfth as 45,000 Look On», *NYT*, 20 de junio, 1936, y «Germany Acclaims Schmeling as National Hero for Victory Over Louis», *NYT*, 21 de junio, 1936. Informa de los disturbios de esa noche en Harlem «Harlem Disorders Mark Louis Defeat», *NYT*, 20 de junio, 1936, igual que de la celebración en los barrios germanoamericanos. La cita de Goebbels según la cual «el hombre blanco se impuso al negro» procede de la entrada de su diario correspondiente al 20 de junio de 1936.

El relato de la visita a Hyde Park se basa, sobre todo, en una carta de Shorty Hunt a su familia, publicada en *Puyallup Press*, 25 de junio de 1936, con el título de «Local Youth Meets Son of President on Visit to Hyde Park».

La victoria del primer equipo de Washington en Poughkeepsie en 1936 fue una de las grandes regatas de todos los tiempos. Mi relato procede de un gran número de fuentes, de las que las más importantes son las siguientes: Robert F. Kelley, «Rowing Fans Pour into Poughkeepsie for Today's Regatta», *NYT*, 22 de junio, 1936, y «Washington Gains Sweep in Regatta at Poughkeepsie», *NYT*, 23 de junio, 1936; Ed Alley, «Ulbrickson's Mighty Western Crew Defeats Defending Golden Bears», *Poughkeepsie Star-Enterprise*, 23 de junio, 1936; Hugh Bradley, «Bradley Says: 'Keepsie Regatta Society Fete with Dash of Coney Too», *NYP*, 23 de junio, 1936; Harry Cross, «Washington Sweeps Poughkeepsie Regatta as Varsity Beats California by One Length», *HT*, 23 de junio, 1936; «Husky Crews Take Three Races at Poughkeepsie», *PI*, 23 de junio, 1936; James A. Burchard, «Varsity Coxswain Hero of Huskies' Sweep of Hudson», *New York World-Telegram*, 23 de junio, 1936; «Huskies Sweep All Three Races on Hudson», *PI*, 23 de junio, 1936; Malcolm Roy, «Washington Sweeps Hudson», *New York Sun*, 23 de junio, 1936; Herbert Allan, «Moch Brains Enable Husky Brawn to Score First 'Keepsie Sweep», *NYP*, 23 de junio, 1936; y Royal Brougham, «U.W. Varsity Boat Faces Games Test», *PI*, 23 de junio, 1936. El comentario de Jim McMillin sobre la respiración por la nariz procede de la entrevista que le hizo Michael Socolow en noviembre de 2004; el relato de Hazel Ulbrickson está sacado del video «U of W Crew: The Early Years», citado más arriba, igual que la insolencia de Bob Moch; «Vete al infierno, Syracuse». Algunos datos adicionales son del diario de Johnny White.

La cita de Pocock puede encontrarse en Newell (p. 156). La primera referencia al hecho de que Don Hume tuvo que enfrentarse a un «resfriado terrible» aparece en George Varnell, «Shells Late in Arriving; Drill Due Tomorrow», *ST*, 1 de julio, 1936, seis semanas antes de la regata de Berlín en la que consiguieron la medalla de oro. El creciente nerviosismo de los chicos y sus problemas para dormir están descritos en los diarios de White y Day a partir del 4 de julio. Su victoria en la regata final de Princeton se cuenta en «Washington's Huskies Berlin Bound After Crew Win at Princeton», *Trenton Evening Times*, 6 de julio, 1936; Harry Cross, «Washington Crew Beats Penn by Sixty Feet and Wins Olympic Final on Lake Carnegie», *New York Herald Tribune*, 6 de julio, 1936; Robert F. Kelley, «Splendid Race Establishes Washington Crew as U.S. Olympic Standard Bearer», *NYT*, 6 de julio, 1936; George Varnell, «Huskies Win with Ease Over Penn, Bears, and N.Y.A.C», *ST*, 6 de julio, 1936; y Royal Brougham, «Huskies Win Olympic Tryouts in Record Time», *PI*, 6 de julio, 1936. Hay datos adicionales que proceden del diario de Johnny White, de la entrevista que George A. Hodak le hizo a Gordon Adam en 1988, citada más arriba, y de una de varias cartas que Shorty Hunt empezó a escribir a sus padres en este momento, reimpresas en el *Puyallup Valley Tribune*, 10 de julio, 1936. A Joyce le encantó rememorar para Judy el momento en que escuchó la regata de Princeton por la radio, y su orgullo cuando se dio cuenta de que Joe iría a los Juegos Olímpicos. Bob Moch es la fuente de la referencia al tirón a la copa de plata en la entrevista que Michael Socolow le hizo en noviembre de 2004. El comentario de Pocock: «Viniendo de Al…» puede encontrarse en Newell (p. 101).

La crisis por la falta de fondos para Berlín y la campaña subsiguiente para recaudar dinero en Seattle están documentadas en una serie de artículos de la prensa de Seattle de los días sucesivos; véanse las notas en línea. Las estadísticas relativas a la terrible ola de calor de 1936 proceden, sobre todo, de «Mercury Hits 120, No Rain in Sight as Crops Burn in the Drought Area», *NYT*, 8 de julio, 1936, y «130 Dead in Canada as Heat Continues», *NYT*, 12 de julio, 1936. La estancia de los chicos en Travers Island y sus excursiones están descritas en los diarios de Johnny White y Chuck Day, así como en la serie de cartas que Shorty Hunt escribió a sus padres. La subida de Joe al Empire State Building le causó una gran impresión, y las sensaciones que desde esas alturas tuvo sobre el viaje inminente eran un tema de conversación frecuente con Judy, que a su vez lo compartió conmigo. Marilynn Moch me explicó el contenido de la carta que Bob Moch recibió de su padre y la reacción del timonel en las entrevistas que le hice. Buena parte de la descripción de cargar el *Husky Clipper* en el *Manhattan* está sacada de las «Memories» de George Pocock. Algunos detalles de esas horas finales en Nueva York son de los diarios de Day y White.

El equipo olímpico estadounidense de 1936 estaba formado por 382 deportistas, pero no todos viajaron a bordo del *Manhattan*. Algunos datos relativos a la historia y la construcción del *Manhattan* proceden de «*S.S. Manhattan* & *S.S. Washington*», *Shipping Wonders of the World*, n.º 22 (1936). Mi relato de la salida del buque se basa, en parte, en «United States Olympic Team Sails for Games Amid Rousing Send-Off», *NYT*, 16 de julio, 1936.

CAPÍTULO XVI

El epígrafe está sacado de Newell (p. 79). Para más información sobre los preparativos olímpicos en Berlín, véanse Walters, *Berlin Games* (pp. 164-165); Brendon, *Dark Valley* (p. 522); Bach, *Leni* (p. 177); y Richard D. Mandell, *The Nazi Olympics* (Nueva York: Macmillan, 1971), pp. 143-144. Algunos datos complementarios proceden de *The XIth Olympic Games: Official Report*. Para los preparativos de Riefenstahl, me he basado, sobre todo, en el relato que ella misma hace en sus memorias, citado más arriba.

Para mi descripción de la vida a bordo del *Manhattan*, me baso en los recuerdos de Joe y en una carta de Shorty Hunt a sus padres, publicada en *Puyallup Press*, 31 de Julio, 1936. Los diarios de Day y White también ofrecen muchos chismes interesantes. Otros datos proceden de las «Memories» de George Pocock; Arthur J. Daley, «Athletes Give Pledge to Keep Fit», *NYT*, 16 de julio, 1936; y M. W. Torbet, «United States Lines Liner *S.S. Manhattan*: Description and Trials», *Journal of the American Society for Naval Engineers* 44, n.º 4 (noviembre 1932), pp. 480-519. Al Ulbrickson cuenta la anécdota sobre Jim McMillin y las tortitas en «Now! Now! Now!», *Collier's*, 26 de junio, 1937.

Las fuentes que manejo para el incidente de Eleanor Holm incluyen *The Report of the American Olympic Committee: Games of the XIth Olympiad* (Nueva York: American Olympic Committee, 1937), p. 33; los diarios de Day y White; «Mrs. Jarrett Back, Does Not Plan Any Legal Action Against

A.A.U»., *NYT*, 21 de agosto, 1936; Richard Goldstein, «Eleanor Holm Whalen, 30's Swimming Champion, Dies», *NYT*, 2 de febrero, 2004; y Walters, *Berlin Games* (p. 157).

Para contar la llegada de los chicos a Europa, me he basado, sobre todo, en los diarios de Day y White, con información adicional de la carta de Shorty Hunt a sus padres, citada más arriba. La recepción que les brindaron en Hamburgo y Berlín se describe en Arthur J. Daley, «Tens of Thousands Line Streets to Welcome U.S. Team to Berlin», *NYT*, 25 de julio, 1936, y «Olympic Squad Receives Warm Nazi Welcome», Associated Press, 24 de julio, 1936. La reacción de Richard Wingate a la llegada triunfal de Brundage a Berlín aparece en «Olympic Games Comment», *NYT*, 24 de julio, 1936.

La impresión que a los chicos de Washington les causaron Köpenick, Grünau y el equipo alemán deriva del diario de Roger Morris; de las impresiones de George Pocock recogidas en Newell (p. 104) y sus «Memories»; y de Lewis Burton, «Husky Crew Gets Lengthy Workout», Associated Press, 27 de julio, 1936. Las excursiones de los muchachos por Berlín y Köpenick aparecen en los tres diarios —Day, White y Morris— y en la entrevista que Hodak le hizo a Gordon Adam, citada más arriba. Peter Mallory trata del equipo italiano en su *Sport of Rowing* (Henley on Thames: River Rowing Museum, 2011), pp. 735–738. El relato de Pocock sobre la indignación de los australianos en Henley se cuenta en Newell (p. 104).

El relato que hago de la ceremonia de inauguración se basa en Albion Ross, «Nazis Start Olympics as Gigantic Spectacle», *NYT*, 26 de julio, 1936; en la carta de Shorty Hunt a sus padres publicada en *Puyallup Press*, 21 de agosto, 1936; en las memorias de Riefenstahl (pp. 191-192); el diario de Goebbels en Trimborn, *Leni Riefenstahl* (p. 141); Christopher Hudson, «Nazi Demons Laid to Rest in World Cup Stadium», *Daily Mail*, 6 de julio, 2006; los diarios de Day, White y Morris; la entrevista que en 2011 les hice a Mike y Marilynn Moch; el relato de Bob Moch tal como consta en la entrevista que sostuvo con Michael Socolow en noviembre de 2004; Frederick T. Birchall, «100,000 Hail Hitler; U. S. Athletes Avoid Nazi Salute to Him», *NYT*, 2 de agosto, 1936; Royal Brougham, «120,000 Witness Olympic Opening», *PI*, 2 de agosto, 1936; John Kiernan, «Sports of the Times», *NYT*, 2 de agosto, 1936; «Olympic Games», *Time*, 10 de agosto, 1936; Bethlehem Steel, «John White Rowed for the Gold . . . and Won It», *Bottom Line* 6, no. 2 *(*1984); y las «Memories» de Pocock.

La cita de Pocock está sacada de Newell (p. 79). Las aventuras de los chicos en Berlín, Köpenick y Grünau proceden, sobre todo, de los diarios de los tres remeros ya mencionados. A lo largo de estos días, salieron noticias en la prensa relativas a la preocupación por la salud de Don Hume. Para más información sobre Noel Duckworth, véase la breve semblanza biográfica en la página web del Churchill College Boat Club, disponible en: http://www. chu.cam.ac.uk/societies/boatclub/history.html#duckworth. También tiene interés la transcripción de una retransmisión de radio de Singapur a Londres el 12 de septiembre de 1945, accesible en: http://www.historyinfilm. com/kwai/padre.htm. La fuente de parte de la información sobre Laurie es un artículo sobre la regata de 1936 centrado en Ran Laurie y Duckworth, «Beer Scores Over Milk», *NYT*, 5 de abril, 1936. Se dice que Laurie era tan modesto que su hijo Hugh no supo que su padre había ganado una medalla de oro olímpica —en 1948— hasta que se topó con ella en el cajón de los calcetines de su padre muchos años después. Los cadetes de policía empapados y el amago de pelea con los yugoslavos están documentados en los diarios y mencionados en Newell (p. 105).

La valoración de los británicos de que el equipo estadounidense era «perfecto» aparece en «Chances of British Oarsmen», *Manchester Guardian*, 11 de agosto, 1936. El peso y el estado de Hume se abordan de nuevo en «Hume Big Worry», Associated Press, 12 de agosto, 1936. El relato que trazo de la regata clasificatoria se basa en los diarios de los chicos, así como en Royal Brougham, «U.S. Crew Wins Olympic Trial», *PI*, 13 de agosto, 1936; Arthur J. Daley, «Grünau Rowing Course Mark Smashed by Washington in Beating British Crew», *NYT*, agosto de 1936 (no hay una fecha concreta en el recorte); y «Leander's Great Effort», *Manchester Guardian*, 13 de agosto, 1936.

Para más datos sobre las atrocidades nazis en Köpenick, véase «Nazi Tortures Told in "Blood Week" Trial», *Stars and Stripes*, 14 de junio, 1950, y Richard J. Evans, *The Coming of the Third Reich* (Nueva York: Penguin, 2005), p. 360. Para más información sobre el campo de Sachsenhausen, consúltese la entrada correspondiente en la *Enciclopedia del Holocausto* de la página web del Holocaust Memorial Museum de Estados Unidos: http://www.ushmm.org; y la página web de la Fundación de Monumentos de Brandeburgo: http://www. stiftung-bg.de/gums/en/index.htm. Para una relación de las empresas cómplices de los nazis, véase «German Firms That Used Slave or Forced Labor

During the Nazi Era», en la página web de la Biblioteca Virtual Judía, accesible en: http://www.jewishvirtuallibrary.org/jsource/Holocaust/germancos. html. Para un relato sobrecogedor de primera mano sobre cómo eran los campos de trabajos forzados, véase «Record of Witness Testimony number 357», *Voices from Ravensbrück*, página web de la Universidad de Lund, disponible en: http://www3.ub.lu.se/ravensbruck/interview357-1.html. El relato que hago de la terrible historia de la familia Hirschhahn se basa, sobre todo, en una transcripción de la historia oral de Eva Lauffer Deutschkron en «Wisconsin Survivors of the Holocaust», en la página web de la Wisconsin Historical Society: http://www.wisconsinhistory.org.

Las nuevas reglas para la selección de los carriles se mencionan en *The XIth Olympic Games: Official Report* (p. 1.000). Para más datos sobre las atribuciones de carriles de Alemania, véase «Germany Leads in Olympic Rowing as U.S. Fares Poorly in Consolation Round», *NYT*, 14 de agosto, 1936. Los chicos y sus entrenadores creyeron durante el resto de su vida que a Alemania e Italia se les habían asignado expresamente los mejores carriles y a ellos los peores.

George Pocock describe sus sentimientos al oír «God Save the King» en sus «Memories». Las fotografías que se sacaron antes y después de la regata en la que se disputó la medalla de oro, así como las secuencias de la misma regata, parecen confirmar que los estadounidenses llevaban conjuntos desparejos, y no los uniformes oficiales, durante la regata.

Es difícil exagerar la importancia de tener a Don Hume en el barco. Al hablar de la regata en años sucesivos, todos los chicos sacaron el tema. Se le atribuye a Al Ulbrickson la siguiente frase después de la regata: «Cuando Don volvió, los chicos simplemente decidieron que nada podía pararlos», en Alan Gould, «Huskies, It's Revealed, All But Ready for Sick Beds Before Winning Race», Associated Press, 14 de agosto, 1936.

CAPÍTULO XVIII

El epígrafe de Pocock procede una vez más de Newell (p. 81). Mi relato de lo que pasaba en el *Husky Clipper* durante la regata en la que se disputaba la medalla de oro se basa, en gran medida, en los diarios, así como en los recuerdos del propio Joe. Entre las fuentes complementarias hay que destacar la entrevista que Hodak le hizo a Gordy Adam en 1988; las entrevistas que les hice a Marilynn y Michael Moch; una grabación sonora del relato de Moch, disponible en: http://huskycrew.com/bobmoch.mp3; la entrevista que Wayne Cody les hizo para KIRO Radio a Adam, Hume, Hunt y White, 1 de agosto, 1986; el video «U of W Crew: The Early Years», citado más arriba; y las «Memories» de Pocock. Bob Moch hace referencia a contar las paladas que quedaban en su entrevista con Michael Socolow de noviembre de 2004; Jim McMillin, en la entrevista que le hizo Socolow en noviembre de 2004, menciona que soltó un taco.

Entre las fuentes principales para ese día, hay que citar «Beresford's Third Gold Medal», *Manchester Guardian*, 15 de agosto, 1936; Arthur J. Daley, «Fifth Successive Eight-Oared Rowing Title Is Captured by U.S»., *NYT*, 15 de agosto, 1936; Grantland Rice, «In the Sportlight», *Reading Eagle*, 21 de enero, 1937; J. F. Abramson, «Washington 8 Wins Title of World's Greatest Crew», *HT*, 15 de agosto, 1936; Tommy Lovett, «Went to Town as Bob Knocked» (un recorte sin fecha de los materiales de John White, sin fuente); Alan Gould, «U.W. Crew Noses Out Italians», Associated Press, 14 de agosto, 1936; el ya citado «Now! Now! Now!» de Al Ulbrickson en *Collier's*; y *The XIth Olympic Games: Official Report*. La descripción que hago de Hitler y su séquito se basan en fotografías y varios noticiarios contemporáneos grabados ese día.

CAPÍTULO XIX

La cita de Pocock está sacada de la carta citada más arriba dirigida a la Asociación Nacional de Aficionados al Remo, reimpresa en *Rowing News Bulletin*. La crónica de primera mano de la regata que escribió Royal Brougham no llegó a publicarse debido a la huelga de periodistas de Seattle; sin embargo, regresó a ella en «That Day Recalled», *PI*, 24 de julio, 1976. El comentario sobre la baja estatura de Moch procede de la entrevista que le hice a Marilynn Moch. Las lágrimas de los chicos en el podio están documentadas en Gail Wood, «Olympians to Be Honored», un recorte sin fecha del *Olympian* del álbum de Joe Rantz. La escapada nocturna a Berlín está documentada con cierto detalle en los tres diarios. Entre otras cosas, incluyó muchas botellas de champán, una visita al Femina, un club de alterne de mala fama, y equivocarse de tren y llegar a Potsdam, en la otra punta de Berlín, al salir el sol.

El epígrafe está sacado una vez más de Pocock, esta vez de un discurso que dio en el Varsity Boat Club de la Universidad de Washington en 1965. El audio está disponible en la página web de los Huskies en: http://www. huskycrew.org/audio-video/Pocock65mp3.mp3. McMillin hace referencia a su visita a familiares en Nueva York en la entrevista que en 2004 le hizo Socolow. El viaje de vuelta de Johnny White me lo contó Mary Helen Tarbox en la entrevista que le hice. La llegada de Shorty Hunt a su pueblo está recogida en «When Olympic Athletes Were Honored by Valley», *Puyallup Valley Tribune*, 29 de septiembre, 1936. Del viaje de Pocock a Inglaterra se trata en «One-Man Navy Yard» (p. 49) y Newell (p. 111). Las vivencias de Bobby Moch posteriores a los Juegos Olímpicos me las explicó Marilynn Moch en las entrevistas que le hice, con algunos datos también del *Vidette de Montesano*, 11 de noviembre, 1999.

La mejor crónica de la extraordinaria actuación de los chicos en la regata de Poughkeepsie de 1937 es «Washington Crews Again Sweep Hudson Regatta», *NYT*, 23 de junio, 1937. Royal Brougham describe la noche en que los chicos se despidieron en «Ulbrickson Plans Arrival on July 5», *PI*, 23 de junio, 1937.

La proclamación de Göring: «Solo faltan los disparos» puede encontrarse en Shirer, *Rise and Fall* (p. 300). El comentario del estadounidense no identificado procede de un estremecedor panfleto de propaganda prebélica, Stanley McClatchie, *Look to Germany: The Heart of Europe* (Berlín: Heinrich Hoffmann, 1936). Para mucha más información sobre la recepción de *Olympia* de Riefenstahl, véase Bach, *Leni* (pp. 196–213).

Muchos datos sobre las vidas posteriores de los chicos están sacados de una serie de necrológicas. Véanse las notas en línea para las referencias concretas. El recuerdo nítido de Ulbrickson del día en que puso a Joe por primera vez en el primer bote de 1936 se cuenta en George Varnell, «Memories of Crew: Al Recalls the Highlights of a Long, Honored Career», *ST* (sin fecha, un recorte del álbum de Joe Rantz). Algunos datos de la carrera posterior de Ebright proceden de la entrevista que le hizo Arthur M. Arlett en 1968. La salida en remo en ocasión del décimo aniversario está recogida en una serie de artículos y retransmisiones de las televisiones locales de esos años.

Es una pequeña ironía, pero no deja de tener interés el hecho de que entre las primeras tropas aliadas que cruzaron el Elba y se reunieron con las tropas rusas en abril de 1945 —lo que significó que Berlín quedara rodeado y el destino de Hitler sellado—, había un pequeño grupo de ingeniosos chicos estadounidenses remando en un bote de competición alemán que habían capturado.

ÍNDICE